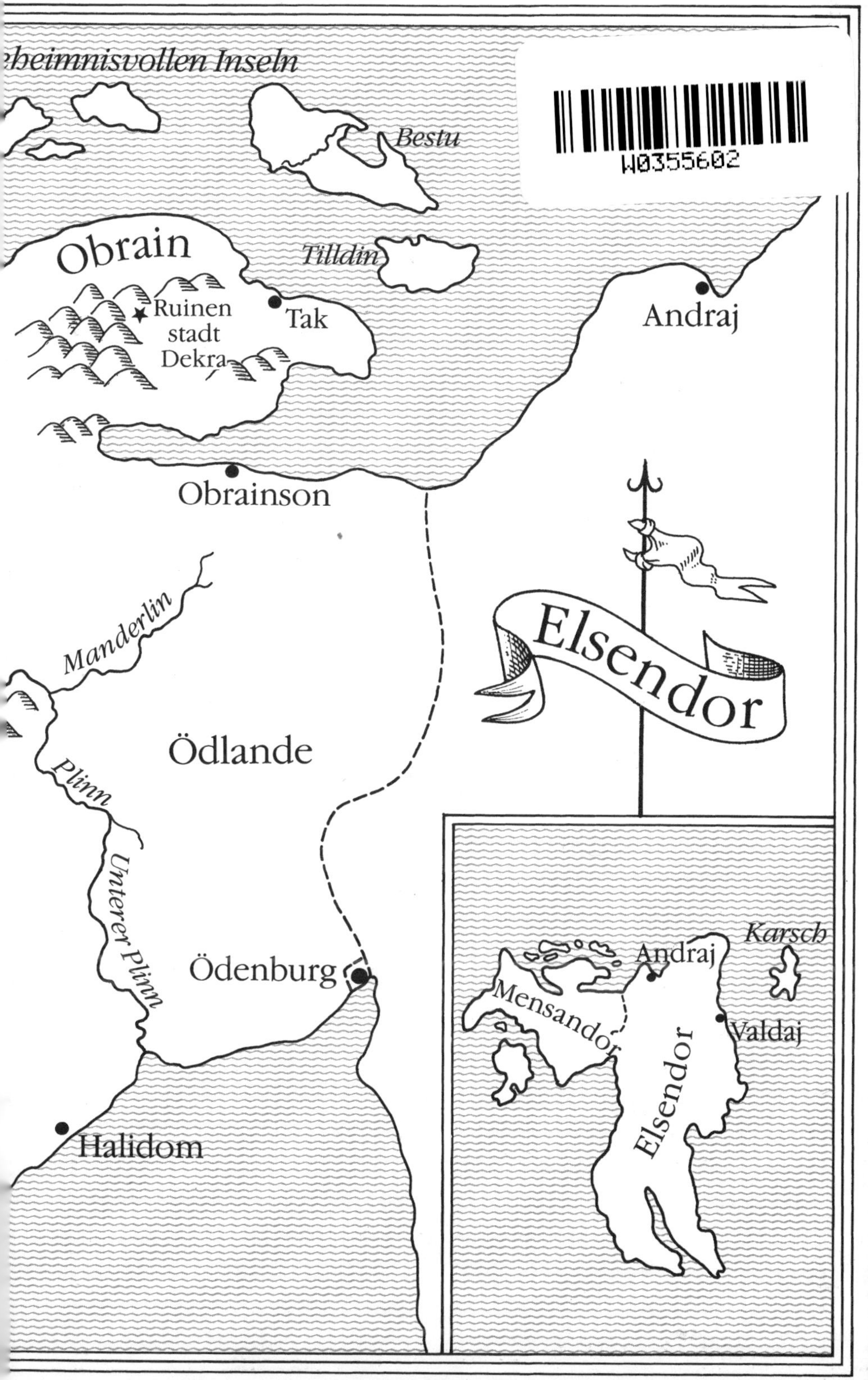

eheimnisvollen Inseln
Bestu
Obrain
Tilldin
Ruinen stadt Dekra
Tak
Andraj
Obrainson
Manderlin
Elsendor
Ödlande
Plinn
Unterer Plinn
Ödenburg
Halidom
Karsch
Andraj
Mensandor
Valdaj
Elsendor
W0355602

Stephen Lawhead
In der Halle des Drachenkönigs

Stephen Lawhead

In der Halle des Drachenkönigs

Die Saga des Drachenkönigs

Roman

Aus dem Englischen
von Frieder Peterssen

Piper
München Zürich

Die Originalausgabe erschien 1985 unter dem Titel
»In The Hall Of The Dragon King« bei Lion Publishing
in Oxford.

ISBN 3-492-03899-9

Gesetzt aus der Garamond-Antiqua
Satz: Uhl + Massopust, Aalen
Druck und Bindung: Clausen & Bosse, Leck
Printed in Germany

Für Ress, mein Goldstück,
in Liebe

I

Unberührt funkelte der tiefe, frische Schnee im silbernen Schein des grauenden Himmels. Von hoch oben in den Lüften beobachtete ein Rabe die stille Landschaft. Seine schwarzen Schwingen wedelten durch die kalte, dünne Luft. Meilenweit war kein anderer Laut zu hören als der heisere Ruf des Vogels, der die frostige Einsamkeit durch sein unregelmäßiges Krächzen unterbrach. Schlafend lag das Land in der Tiefe des Winters.

Bär, Fuchs, Hase und Eichhörnchen saßen warm in ihren schlichten Behausungen. Vieh und Pferde standen zufrieden im Stall; die Tiere hielten dösend die Köpfe gesenkt oder kauten ruhig das erste Futter des Tages. Aus über Nacht am Brennen gehaltenen Herdfeuern stieg durch die grobschlächtigen Kamine der Bauernhütten Rauch zum windstillen Himmel auf. Das Dorf, das sich dicht um die mächtigen Mauern der Burg Askalon drängte, schlief in makellosem Glanz, sicher wie eine Prinzessin im Arm ihres Beschützers.

Im ganzen Land regte sich nichts, nichts rührte sich außer dem Raben, der am Himmel langsam seine Kreise zog.

Schlotternd lag Quentin in seiner Zelle; er hatte sich zu einer Kugel zusammengerollt und eine dünne Wolldecke bis über seine Ohren gezogen, um sich vor der Kälte der Nacht zu schützen. Frierend war er aufgewacht, längst bevor der trübe Himmel sein düsteres Grau durch den Fensterschlitz ganz oben in der Zellenwand schickte. Inzwischen war die Dunkelheit so weit gewichen, daß man die Umrisse der einfachen Dinge, mit denen seine kahle Kammer ausgestattet war, gerade so erkennen konnte.

Neben der Strohschütte, auf der er schlief, stand ein knorriger

Eichenstuhl, den ein Bauer aus der Gegend gezimmert hatte. An der Wand gegenüber dem Bett befand sich ein Tisch gleicher Herkunft, darauf seine bescheidene Habe: eine Lehmschüssel fürs Essen, eine Kerze in einem Holzständer, ein Glöckchen für seine Gebete und eine Pergamentrolle, auf der sämtliche Regeln und Vorschriften verzeichnet waren, die ein Priesterschüler zu befolgen hatte und die Quentin nach fast drei Jahren noch immer nicht so recht auswendig konnte.

Irgendwo im Inneren des Tempels erklang eine Glocke. Quentin stöhnte, dann sprang er auf, behielt die Decke aber über der Schulter. Heute war es so weit, fiel ihm ein. Der große Tag war da. Er überlegte, wie es wohl werden würde, denn so genau er die Vorzeichen auch beobachtet hatte, er ahnte nicht, was kommen würde.

Sämtliche Omen hatten auf eine Veränderung hingedeutet: der Ring um den Mond drei Nächte lang, ehe der Schnee einsetzte, der Sturm, der an seinem Namenstag eingetroffen war, eine Spinne, die über seiner Tür eifrig ein Netz gewebt hatte, selbst die hatte er nicht vergessen, obwohl der Vorfall nun schon einige Zeit zurücklag.

Es war kein Zweifel möglich: Ihm stand etwas Neues bevor.

Was es genau sein würde, blieb im verborgenen, doch gefiel es den Göttern ja oft, einen Teil der Prophezeiung geheimzuhalten. Zumindest den Tag der Veränderung hatte er aus einem Traum abgeleitet. In diesem hatte er einen hohen Berg erklommen und war vom Gipfel hinabgesprungen und ins Weite gesegelt; er war nicht gefallen, sondern geschwebt. Flugträume waren immer ein glückliches Vorzeichen. Sein Glückstag war immer ein Feiertag, und dieser Tag, das Fest der Göttin Kamali, war zwar nicht sehr bedeutend, aber immerhin der erste Feiertag seit seinem Traum.

Heute war fraglos der ereignisreiche Tag. Die Zeichen waren unmißverständlich. Während Quentin sie im Geist durchging, zog er sich sein grobes, schweres Gewand über das kurzgeschnittene Haupthaar. Er schlüpfte in dicke Strümpfe und schnürte die Riemen seiner Sandalen ganz fest. Dann packte er seine Gebetsglocke und rannte aus seinem Gelaß hinaus in den dunklen, eiskalten Gang.

Quentin hatte den hochgewölbten Durchlaß halb hinter sich gebracht, als wieder eine Glocke erschallte. Drei kurze Schläge hallten dumpf wider. Eine kurze Pause. Und dann wieder drei Schläge. Quentin zerbrach sich den Kopf über die Bedeutung dieser Glockentöne; solcherart hatte er noch nie zuvor gehört.

Plötzlich ging ihm ein Licht auf. Ein Warnruf!

Verwirrt blieb er stehen. Als er sich umdrehte, um in Richtung der Glockenschläge zu laufen, stieß er unversehens mit einer runden, weichen Gestalt zusammen. Es war Bjorkis, einer der älteren Priester.

»Au, mein Junge!« rief der Priester gutmütig. »Kein Grund zur Sorge.«

»Das war gerade die Warnglocke!« erwiderte Quentin und schob sich an dem schwer schnaufenden Priester vorbei. »Wir müssen uns beeilen!«

»Nur mit der Ruhe! Die Diener Ariels rennen nicht. Außerdem«, fügte er zwinkernd hinzu, »hat die Glocke zur Versammlung gerufen und nicht zur Warnung.« Mit einemmal kam Quentin sich recht töricht vor. Er spürte, wie er rot wurde; er schlug die Augen zu den Steinfliesen nieder. Der freundliche Priester legte ihm schwer seinen Arm auf die jungen Schultern. »Komm, wir wollen sehen, was uns an diesem kalten Morgen so früh aus unserem warmen Schlummer reißt.«

Gemeinsam schritten die beiden den Gang hinunter und erreichten rasch die große Vorhalle des Tempels. Durch die gigantischen, offenstehenden Türen pfiff ein kalter, stechender Wind. Da standen drei Priester um ein großes, ungestaltes Bündel, das auf dem Boden lag. Was das dunkle Knäuel auch sein mochte, im trüben Morgenlicht war nicht viel zu erkennen. Es war gerade erst von draußen hereingeschleppt worden; davon zeugte eine Schneespur wie auch die Schneeschicht auf dem Bündel selbst.

Als Quentin näher trat, sah er, daß es sich um einen Menschen handelte, der sich vor der Kälte dick eingepackt hatte. Die Priester beugten sich jetzt über die reglose Gestalt, die allem Anschein nach tot war. Bjorkis legte Quentin warnend eine Hand auf den Arm und machte langsam einen Schritt nach vorn.

»Was ist das, liebe Brüder? Ein eigenwilliger Pilger, der verfrüht unseren Tempel aufsucht?«

»So wie er aussieht, ist das kein Pilger«, sagte der Wächter und rieb sich die Hände warm. »Eher ein Bettler, der die Brosamen unseres Festes auflesen will.«

»Dann soll er sie bekommen«, erwiderte Bjorkis.

»Er braucht keine Labung mehr«, stellte Isasch fest, der älteste Priester des Tempels, der als Inbild seiner Würde einen langen, geflochtenen Bart trug. »Oder er wird bald keine mehr brauchen, fürchte ich.« Er klopfte mit seinem heiligen weißen Stab auf den Boden und wedelte mit ihm, um anzuzeigen, daß man den Mann umdrehen sollte, damit sein Gesicht zu sehen war.

Zwei junge Priester knieten sich neben die leblose Gestalt und zogen zaghaft an der breitesten Stelle des Bündels, welche die Schultern des Mannes bildeten. Die Priester achteten sorgsam darauf, sich nicht dadurch zu beflecken, daß sie einen Leichnam berührten, und zupften ergebnislos an den Ecken der groben Felle, die der Mann zum Schutz vor der Kälte trug. Ungeduldig beobachtete Bjorkis ihr ängstliches Vorgehen, bis ihm schließlich der Gaul durchging: »Aus dem Weg mit euch! Ich fürchte mich nicht vor Azrael! Meine Hände haben schon Schlimmeres berührt.« Er beugte sich über den Körper und schob seine Arme darunter.

Quentin, der um den Mann herumgegangen war, um ihn besser sehen zu können, verschlug es bei seinem Anblick die Sprache. Das Gesicht des Fremden war aschfahl, und seine zu einem schmalen Spalt zusammengepreßten Lippen waren blau. Er schien völlig erfroren zu sein. Aber noch während er den Mann furchtsam betrachtete, zuckten dessen graue Lider. Als Bjorkis den Rest Lebensfeuer wahrnahm, schickte er einen der jungen Priester weg: »Hole Wein, Bruder! Rasch! Und eine Phiole mit Salbe!« Zu den anderen sagte er: »Na bitte! Helft mir, ihn auszuziehen. Vielleicht können wir ihn vor dem Heoth bewahren!«

Die Priester stürzten sich auf die reglose Gestalt und nahmen sacht die Kleiderschichten weg. Als sie fertig waren, sah man ihnen ihr Erstaunen deutlich an, auch dem Priester, der gerade mit Wein und Salbe zurückgekommen war.

Vor ihnen am Boden lag ein Ritter in voller Schlachtmontur. Sein Kopf steckte in einem Lederhelm, der mit Eisenbändern verstärkt war. Am Oberkörper trug er eine Brustplatte von der nämlichen Art, die zusätzlich mit kurzen Dornen gespickt war; seine Unterarme und Unterschenkel waren mit stacheligen Schienen bewehrt.

Bjorkis, der noch immer den Kopf des Mannes hielt, zog am Helmriemen. Der Helm löste sich und klapperte über den Boden. Die Umstehenden erhoben ein Gemurmel. Quentin schaute weg. Der Kopf des Ritters war über und über mit Blut bedeckt. Unmittelbar über seiner Schläfe klaffte eine offene Wunde; dort waren Haut und Knochen von einem schneidenden Schlag zerfetzt worden.

Der freundliche Priester, der mit dem Kopf des Ritters auf den Knien am Boden saß, schob ihm das verklebte Haar aus der Stirn. Dann lockerte er sacht die Riemen des Brustpanzers; zwei Priester legten ihn beiseite. Der Kehle des Fremden entrang sich ein Ächzen, erst ganz leise, dann immer kräftiger.

»Die Phiole«, befahl Bjorkis. Er nahm sie entgegen, tauchte zwei Finger in die Salbe und trug den Heilbalsam auf das Gesicht des Mannes auf. Seine aromatischen Düfte zeitigten sofort Wirkung, denn die Augenlider des Kriegers zuckten wieder, dann klappten sie auf, als würde der Mann sich aus einem Traum wach kämpfen.

»Er wird also eine Weile bei uns bleiben«, stellte Isasch fest. »Gebt ihm Wein. Vielleicht berichtet er uns über seinen Auftrag.« Der alte Priester trat näher und bückte sich, auf seinen Stab gelehnt, tiefer, um besser hören zu können, falls der Mann sprechen sollte.

Bjorkis verabreichte dem Ritter den Wein, während dieser, zu schwach, den Kopf zu heben, sich die Flüssigkeit in die Kehle gießen ließ. In Bjorkis' Händen schien der Wein eine zauberische Wirkung zu entfalten. Das Gesicht des Mannes bekam allmählich wieder Farbe, seine Atemzüge wurden tiefer, während sie zuvor kaum erkennbar gewesen waren.

»Willkommen, lieber Ritter«, grüßte Isasch den Fremden ehrerbietig. »Wenn dir nach Reden zumute ist, so sage uns, woher du kommst.«

Der blonde Ritter verdrehte die Augen und bemühte sich, den Kopf demjenigen zuzuwenden, der ihn angesprochen hatte. Seine Anstrengung löste eine Welle von Schmerzen aus, die deutlich sichtbar über sein Gesicht lief. Er sank auf Bjorkis' Schoß.

Inzwischen hatten sich, von der Glocke angelockt, weitere Priester dazugesellt. Sie flüsterten leise miteinander und tauschten ihre Mutmaßungen über den Fremden vor ihnen aus. Der Ritter schlug die Augen wieder auf: Sie glänzten hell und hart, als würde seine Kraft wiederkehren. Er öffnete den Mund und wollte sprechen. Sein Unterkiefer bewegte sich, aber er brachte keinen Laut heraus.

»Noch ein bißchen Wein«, rief Bjorkis. Als man ihm den Becher reichte, zog der dralle Priester einen Beutel aus den Falten seines Gewands. Er faßte in das Ledersäckchen und rieb eine Prise des Inhalts in den Trunk. Dann setzte er dem Ritter den Becher abermals an den Mund. Der am Boden Liegende trank jetzt von selbst, und als er fertig war, hielt er inne, um neuerlich zum Sprechen anzuheben.

»Nun, Herr, gib einem alten Vorwitz Auskunft – falls du keinen guten Grund hast, deine Bestimmung zu verschweigen.« Isasch beugte seinen alten Kopf. Sein weißer Bart reichte fast bis zum Boden. Ein sanftes Lächeln überzog sein runzliges Gesicht, als wollte er den Ritter durch Freundlichkeit zum Reden verlokken.

»Ich heiße Ronsard«, preßte der Ritter hervor. Nach dieser Anstrengung bekam er wieder einen Schluck Wein. Mit seinen im silbrigen Licht stahlgrau schimmernden Augen blickte er die im dichten Kreis über ihn gebeugten Gesichter an. »Wo bin ich?« fragte er ruhig.

»Du bist unter Freunden, Herr«, erwiderte Bjorkis. »Dies ist der heilige Tempel Ariels, und wir sind seine demütigen Diener. Du kannst freiheraus reden. Hier kann dir kein Schaden widerfahren.«

Als hätten die besänftigenden Worte den Ritter beruhigt, leckte er sich die Lippen und sagte mit der ganzen Kraft, die er aufzubringen vermochte: »Ich komme vom König.«

Das waren schlichte Worte, aber in den Ohren seiner Zuhörer klangen sie wie Donnerschall. Vom König! Das Gemurmel hallte von der hochgewölbten Decke des Tempels wider.

Allein der auf seinen Stab gestützte Isasch schien unbeeindruckt zu sein. »Von unserem König? Oder von einem anderen?« fragte der ehrwürdige Priester.

»Von König Eskewar.«

Dieser Name löste unter den versammelten Priestern wieder ein Raunen aus. Der König war so lange fort gewesen, seine Landsleute hatten so lange nichts mehr von ihm gehört, daß sein Name jetzt bei allen Hoffnung zum Keimen brachte.

»Und was ist mit dem König?« fragte der Priester weiter. Sein Nachforschen hatte einen Sinn; es lenkte den Ritter von seinen Wunden und den Schmerzen ab, die sein zerfurchtes Gesicht entstellten.

»Das darf ich nicht sagen – das ist nur für die Ohren der Königin bestimmt. Ich bin verpflichtet, meine Botschaft nur ihr zu überbringen.« Der Recke rang nach Luft und leckte sich die Lippen. »Ich geriet vergangene Nacht in einen Hinterhalt. Strauchdiebe lauerten mir auf; jetzt ruhen sie im Schnee.«

Der Ritter blickte in die Gesichter der über ihn gebeugten Priester empor. Seine Wunde war von der Anstrengung aufgebrochen, Blut sickerte heraus.

»Sei ganz ruhig«, sagte Bjorkis besänftigend. »Du wirst bei uns bleiben, bis du deinem Auftrag wieder nachgehen kannst.« Er winkte ein paar jungen Priestern, daß sie ihm helfen sollten, den Krieger auf eine Bahre zu heben, die man inzwischen herbeigeschafft hatte. »Keiner wird nach den Einzelheiten deiner Botschaft bohren. In diesen Mauern ist dein Geheimnis sicher aufgehoben. Ruhe nun. Deine Wunde sieht nicht gut aus.«

»Nein!« rief der Ritter mit den schmerzverzerrten Zügen heiser. Dann flüsterte er seltsam knarrend: »Ich liege im Sterben. Ihr müßt meine Nachricht der Königin überbringen. Die Sache duldet keinen Aufschub.«

Bjorkis bückte sich und hielt den Kopf des Ritters vorsichtig mit seinen Händen, während man den Fremden auf die Bahre hob. Der Mann klammerte sich an den Holzrahmen und stützte sich auf seine Ellbogen. Das Blut lief ihm in Strömen an Kopf und Hals hinab und hinterließ auf seinem grünen Hemd stumpfe graue Flecken.

»Ihr müßt mir helfen!« forderte er. »Einer von euch muß an meiner Statt zur Königin eilen.« Nach diesen Worten fiel er ohnmächtig auf sein Lager. Sämtliche Farbe war aus seinem Gesicht gewichen. Die Männer, die ihn voll Furcht und Staunen betrachteten, hielten ihn für tot.

Hilflos sahen die Priester einander an. Bjorkis musterte die Gesichter seiner Brüder und maß ihre Sorge. Dann trat er dicht neben Isasch, der ihn beiseite winkte.

»Da haben wir unverhofft ein Problem«, stellte der alte Priester fest. »Ich wüßte nicht, wie wir ihm helfen könnten, außer daß wir seine Wunden heilen und ihn eilends wieder auf seine Reise schicken.«

»Und die Verzögerung?«

»Dagegen läßt sich, fürchte ich, nichts tun.«

»Und dennoch wird er vielleicht trotz all unseres Bemühens sterben«, wandte Bjorkis ein. »Wenn es nicht ohnehin zu spät ist.« Etwas in der Stimme des Ritters, in seinem Blick hatte Bjorkis wachgerüttelt. Der Mann hatte gewiß unsagbare Fährnisse überwunden und weigerte sich allein kraft seines Auftrags zu sterben. Was seine Zeitung auch sein mochte, die Botschaft des Königs war von höchster Bedeutung. Sie war noch wichtiger als ein Menschenleben.

In diesem Augenblick kam der Ritter wieder zu Bewußtsein. Er war jedoch zu schwach, um sich aufzurichten. Ein leises Stöhnen entrang sich seiner Kehle. »Er weilt noch unter uns«, sagte Isasch. »Wie zäh dieser Bote ist!«

Bjorkis und der alte Priester neigten sich dicht zu dem Ritter. »Lieber Ronsard«, flüsterte Bjorkis. »Um deines Lebens willen, quäle dich nicht länger. Wir besitzen große Macht über Krankheiten und Wunden. Schon oft haben wir eine Seele aus Manes' Händen gerettet. Ruhe jetzt. Wir werden alles unternehmen, um deine Wunden zu heilen und dich für deine Bestimmung zu stärken.«

»Nein!« widersprach der Ritter überraschend heftig. »Dafür ist keine Zeit. Einer von euch muß zur Königin reiten.« Seine Augen flehten den Priester an.

»Herr, du weißt nicht, was du da verlangst«, entgegnete Isasch. Mit einer weit ausholenden Armbewegung deutete er auf die versammelten Priester. »Wir unterliegen frommen Gelübden und dürfen den Tempel nicht verlassen, es sei denn zu einer Pilgerfahrt oder im Dienste höchst frommer Dringlichkeit. Das Los von Völkern, Königen und Mächten geht uns nichts an. Wir dienen allein dem Gotte Ariel; einzig ihm sind wir untertan.«

Traurig blickte Bjorkis auf den Sterbenden. »Er redet dem kalten Herzen unseres Gelübdes das Wort. Mein eigenes Herz spricht ›Geh‹, aber ich darf nicht. Denn den Tempel zu verlassen würde heißen, unsere heiligen Eide zu brechen. Jeder Priester, der es täte, würde sein Lebenswerk und die ewige Glückseligkeit seiner Seele verwirken. Keiner würde diese Gefahr auf sich nehmen, noch möchte ich einen darum bitten.«

Die Priester nickten feierlich zustimmend. Einige zuckten die Achseln und wandten sich ab, um nicht in die Sache hineingezogen zu werden, andere streckten hilflos bittend die Hände empor.

»Mag keiner von euch sein Leben für mich wagen? Will keiner das Mißfallen des Gottes in Kauf nehmen, um den König zu retten?« Die Aufforderung des Ritters klang den Umstehenden laut in den Ohren, obwohl er sie kaum geflüstert hatte.

»Ich bin bereit«, sagte jemand mit leiser, unsicherer Stimme.

Bjorkis, Isasch und die übrigen drehten sich nach ihm um. Dort im Schatten eines Bogens stand die schmale Gestalt, die gesprochen hatte. Langsam trat sie vor und stellte sich neben den Sterbenden.

»Du, Quentin?« fragte Bjorkis erstaunt. Die anderen tuschelten hinter vorgehaltenen Händen. »Du wärest bereit?«

2

Das mächtige Roß trug seinen schmächtigen Reiter mit unermüdlicher Leichtigkeit. In der harten Schule des Kampfes geübt, war Balder daran gewöhnt, erwachsene Männer in kompletter Rüstung auf seinem breiten Rücken zu schultern. Quentin, der wie ein zitterndes Blatt im Wind am herrlichen Nacken des Tieres hing, war für ihn kaum eine Last.

Der Tag war noch jung, und obwohl der Himmel wie tags zuvor noch verhangen war, schien die niedrige Wolkendecke bald aufreißen zu wollen. Der Wind hatte aufgefrischt und schickte mit jeder launischen Bö wirbelnde weiße Schleier über die Schneeverwehungen. Jeder Luftzug ließ Quentin am ganzen Leib erschaudern. Er fragte sich, ob er es jemals wieder warm haben würde. Doch die Unannehmlichkeiten störten ihn nur wenig, denn endlich war die angekündigte Veränderung in Gang gesetzt. Wohin sie führen würde, was sie zu bedeuten hatte, das wußte er nicht. Im Augenblick steckte er mitten in diesem Abenteuer, hielt die Sinne aber wach, damit ihm nur kein Vorzeichen entging.

Vor seinen Augen erstreckte sich nichts als die weiße Weite, allein von ungestalten dunklen Brocken unterbrochen, die hier und da wie Pilze aus dem Schnee ragten. Das waren Bauernhütten, und manchmal erhaschte er ein Gesicht, das hinter einem Türstock hervorlugte, oder ein scheues Winken grüßte ihn, wenn eine gebückte Gestalt unter einer Ladung Feuerholz durch den Schnee stolperte.

In den sieben Jahren, die er in der Abgeschiedenheit des Tempels zugebracht hatte, war das Land, so schien es Quentin, nahezu gleich geblieben. Und doch hatte es Veränderungen gegeben. In den Blicken der Bauern, denen er begegnete, lag etwas, das ihn jedesmal untrüglich neu dünkte, wenn er es sah. War es Angst?

Dieser Gedanke bereitete ihm Unbehagen. Ging im Lande etwas vor, das diesen einfachen Menschen angst machte?

Der große Fuchs lief stetig voran, der Hufschlag wurde vom weichen Schnee gedämpft. Aus den Nüstern des Pferdes stiegen Dampfwolken auf, weil der heiße Atem auf die eiskalte Luft traf. Quentin dachte an die kurze Kette von Ereignissen zurück, durch die er in den Sattel von des Königs Ritter Ronsard gelangt war.

Seinem unwillkürlichen Anerbieten, dem Ritter bei der Erfüllung seines Auftrages zu helfen, war ein langes, hitziges Streitgespräch gefolgt. Alle Betroffenen – Bjorkis, Isasch, die übrigen Priester und auch der Ritter selbst – waren dagegen gewesen. Und dennoch hatten sie, sobald sämtliche Umstände erörtert waren, keinen besseren Einfall. Quentin sollte sofort aufbrechen, nachdem man dem Roß einen Tag Ruhe und Futter gegönnt hätte. Man hatte das Pferd geduldig im Außenhof des Tempels vorgefunden, wo sein Herr es hatte stehenlassen, ehe er die Stufen erklommen hatte und dort zusammengebrochen war. Das Wiehern des Tieres beim Sturz des Reiters hatte die Aufmerksamkeit der Tempelwächter erregt. Sie hatten daraufhin den verwundeten, halberfrorenen Ritter entdeckt.

Widerstrebend hatte Bjorkis seine Einwilligung zu dem Unternehmen gegeben, denn auch wenn sein jugendliches Alter gegen Quentin sprach, so war er doch die einzig sinnvolle Wahl. Er war noch Priesterschüler und kein Priester, er hatte weder seine Gelübde abgelegt, noch war er vollständig eingeweiht – ein Vorgang, der sich für gewöhnlich über mindestens zwanzig Jahre erstreckte. Quentin hatte erst sieben Lehrjahre hinter sich. Er war fünfzehn und mußte noch lange Zeit lernen; andere in seinem Alter waren bereits Novizen. Der Weg in den Priesterstand war beschwerlich; die meisten begannen ihn schon als kleine Kinder. Quentin galt als Nachzügler, obwohl er dem Ruf mit acht Jahren gefolgt war.

Jetzt lag diese Laufbahn hinter ihm. Er durfte nie wieder in den Tempel zurückkehren, es sei denn als pflichtschuldiger Beter, der eine Gunst erflehte. Ariel war ein eifersüchtiger Gott; hatte man sich einmal von ihm abgewandt, kannte er einen nicht mehr. Nur indem Quentin sich durch eine große Heldentat auszeichnete, durfte er hoffen, die Gnade des Gottes wiederzuerringen. Das gelobte er zu tun – sobald er dazu imstande wäre.

Die Strecke von Narramur, der heiligen Stadt, nach Askalon, der Festung des Königs, betrug zu Pferde zwei Tagereisen. Der Tempel war gemäß den uralten Bräuchen des Reiches Mensandor in den Gebirgsausläufern errichtet worden und bot einen Blick auf das Land, das er durch seine Gebete schützte. Im Frühling und Frühsommer kamen Pilger aus dem ganzen Land, die um eine gute Ernte und gesundes Vieh flehten. Sämtliche Städte und Dörfer hatten jeweils einen eigenen kleinen Tempel oder ein Gebetshaus, die je nach Bedarf von einem oder mehreren Priestern versehen wurden, aber lieber unternahmen die meisten Gläubigen mindestens einmal im Jahr, wenn möglich auch häufiger, die Pilgerfahrt zum Hochtempel.

Die Straße, die sich aus den steilen Hügeln unterhalb des alten zerklüfteten Fiskill-Gebirges wand, war nicht besonders breit, aber in gutem Zustand – zumindest war sie es bis zum Verschwinden des Königs gewesen. Quentin erinnerte sich nicht an den Abschied des Königs, da er damals noch ein Säugling gewesen war. Aber er hatte seitdem schon oft die lebhaften Schilderungen seiner glanzvollen Abreise erzählen hören.

Der König, in voller Kampfmontur mit dem Abzeichen seiner Würde – einem schrecklichen, sich windenden roten Drachen –, hatte seine königlichen Krieger durch die riesengroßen Tore seiner Festung hinausgeführt. Inmitten Tausender flatternder Banner und dem Ruf Tausender Trompeten von den hohen Zinnen war das Heer des Königs durch die Straßen der Stadt Askalon marschiert, an denen sich die jubelnde Menge drängte, hinaus auf die Ebene. Der Zug sollte einen halben Tag gedauert haben, so viele Männer hatte der König im Geleit.

Das Gefolge war nach Hinsen am Meer geritten, kurz Hinsen geheißen, hatte dort die im Hafen wartenden bauchigen Kriegsschiffe bestiegen und war von dannen gesegelt. Die Schiffe hatte König Selrich, der Herrscher über den kleinen Inselstaat Drin, gestellt, dessen Volk als der Welt beste Seeleute bekannt war.

Weitere Könige von anderen Inseln hatten sich ihnen angeschlossen, so daß die Streitmacht zu einer Menge anschwoll, wie man sie noch nie zuvor gesehen oder für möglich gehalten hatte. Die Krieger wollten auf das Barbarenvolk der Urd treffen, Wesen, die so wild waren, daß man es kaum wagte, sie Menschen zu nennen, so grausam, daß ihr bloßes Dasein eine Gefahr für die übrige Menschheit darstellte. Die Urd hatten sich unter ihrem König Gorr vereinigt und erhoben, um jede gesittete Ordnung herauszufordern. Sie hatten geschworen, alle anderen Völker zu versklaven oder auszutilgen. Sie wollten die Welt beherrschen.

Die zwölf Könige der gesitteten Völker hatten eine Versammlung einberufen und Gorr den Krieg erklärt. Sie waren losgesegelt, um ihn auf seinem eigenen Gebiet zur Schlacht zu stellen, ehe der Herr des Bösen mit seinem Heer ihre Länder verwüsten konnte.

Die Auseinandersetzung hatte zu Beginn des Frühlings eingesetzt, und als der Sommer kam, sah es so aus, als wäre der Feldzug vor Einbruch des Winters abgeschlossen, so erfolgreich waren die vereinten Könige bei den ersten Treffen. Als der verschlagene Gorr seine Krieger in dem fürchterlichen Gemetzel dahinschmelzen sah, zog er sich in seine massige Festung Golgor zurück. Dort grub der halsstarrige Abweichler sich ein und legte eine Stärke und einen Eifer an den Tag, wie sie niemand hatte ahnen können. Von Golgor aus verhöhnte der tobende Riese die tapferen Heere der Könige. Seine Plündierertrupps wurden zwar oft unter hohen Verlusten zurückgeschlagen, zehrten aber beständig an deren Kräften. Als der Winter Einzug hielt, standen sich die Feinde in einem Patt gegenüber.

Der Krieg, dessen Ausgang im Frühjahr so sicher erschienen war, zog sich unendlich hin. Die Jahre vergingen, und der Krieg setzte sich fort. Tausende von Männern starben in jenem gräßlichen Land und sahen ihre Freunde und Lieben nie wieder.

Im siebten Jahr gaben einige Könige auf und zogen mit den dezimierten Haufen ihrer einst so stolzen Heere in die Heimat zurück. Aber Eskewar, Selrich, Brendan, Kalwida und Troan fochten weiter.

Soweit Quentin wußte, kämpften sie noch immer.

Quentin schaute zum Horizont auf. Sein Blick schien unendlich weit zu reichen. Die Landschaft fiel ungehindert nach allen Seiten ab, außer den gelegentlich drohenden Schatten riesiger Felsquader und den schroffen Felsvorsprüngen, die hin und wieder aus den Hügeln aufragten. Doch die Hügel ließ der schlanke Reiter nun hinter sich, und der dunkle Waldrand rückte wie durch Zauberkraft immer näher.

Sein Bestimmungsort Askalon lag auf der anderen Seite des Waldes. Westlich davon erstreckte sich die Tiefebene mit den Bauerndörfern und den Städten, deren größte Belwies hieß.

Weiter im Norden lag Waldsand, eine bedeutende Siedlung von Bauern und Handwerkern, festgebaut an den Ufern der Wilst, einem langen, trägen Zufluß des Arwen, dessen Quellen, gleich sämtlichen Flüssen des Königreiches, in den Höhen des Fiskill-Gebirges oberhalb von Narramur entsprangen. Hinter Quentin erhoben sich die eindrucksvollen Berge selbst, und jenseits von ihnen lag nach Süden hin Sudland und nach Norden hin Obrain.

Das war alles Wildnis, nahezu unerforschtes Gelände, in dem nur wilde Tiere und noch wildere Menschen hausten, die Dher oder auch Dscher, wie sie oft genannt wurden.

Die Dscher bildeten die Überreste der Ureinwohner des Landes. Wie Moos sich an verwitterte Felsen klammert, hielten sie an ihren finsteren Gebräuchen fest und hatten sich seit Menschengedenken nicht geändert.

Sie besaßen angeblich sonderbare Kräfte – Gaben, die sie eher in die Nähe der wilden Tiere rückten, mit denen sie sich ihre rauhe Landschaft teilten, als daß sie sie zu annehmbaren Gefährten gesitteter Menschen machten. Die Dscher blieben meistens unter sich und wurden von jedermann gemieden. Quentin hatte wie die Mehrzahl seiner Altersgenossen nie einen von ihnen gesehen. Für ihn waren sie Figuren aus Kindermärchen, von denen man erzählte, um die Kleinen zu erschrecken und ihnen Artigkeit einzuflößen, wenn sie nicht folgen wollten.

Als Quentin aus seinen Grübeleien über dieses und jenes erwachte, stellte er fest, daß es schon fast Mittag war. Er fing an, sich nach einer geschützten Stelle umzusehen, wo er Rast machen, einen Bissen essen und dem Pferd Ruhe gönnen konnte, obwohl es nicht die geringsten Anzeichen von Anstrengung erkennen ließ. Die schwache Wintersonne, die sich den ganzen Morgen mühsam durch die diesigen Wolken gekämpft hatte, blitzte plötzlich hoch am Himmel wie ein heißer Schürhaken, der sich durch Sackleinen brennt. Mit einem Schlag verwandelte sich die gespenstische Blässe der Landschaft in funkelnde Helligkeit.

Mit der Sonne kam gering und kaum wahrnehmbar etwas Wärme. Zumindest bildete Quentin sich ein, ein wenig davon zu spüren, er glaubte zu fühlen, wie die Hitze sich über seinen Rücken und seine Schultern legte und durch seine dicke, pelzbesetzte Mütze drang. Ein Stück vor sich erspähte er eine Gruppe Birken zwischen vereinzelten Büschen und kleinerem Nadelgesträuch. Der Platz bot ihm ein bißchen Schutz vor dem schneidenden Wind, der, nachdem die Sonne durchgedrungen war, noch schärfer wehte.

Quentin war die Sonne eine willkommene Gefährtin. Er lenkte das Roß vom Pfad und band es an einen Ast. Dann stieg er aus dem Sattel und wühlte in dem kleinen Bündel, das Bjorkis für ihn gepackt und mit Vorräten für die Reise gefüllt hatte. Er fischte einen kleinen Laib Körnerbrot heraus, breitete seinen Umhang auf den Boden und ließ sich zu seinem Mahl nieder.

Die Sonne spielte auf seinem Gesicht und wärmte ihm die kalte Nasenspitze und die Ohren. Quentin setzte seine Kopfbedeckung ab und streckte sein Gesicht der tauenden Wärme entgegen. Wieder führten seine Gedanken zum Durcheinander und der Aufregung seines Abschieds zurück; abermals wiederholte er sich wie schon Hunderte Male die Anweisungen, die er bekommen hatte. Begib dich zum Einsiedler im Wald von Pelgrin. Raste nicht, außer um zu essen und dem Roß Ruhe zu gewähren. Sprich mit niemandem. Gib das Schreiben keinem außer der Königin persönlich.

Der letzte Befehl war am schwierigsten auszuführen. Aber Ronsard hatte ihm, gerade bevor er das Bewußtsein verlor, seinen Dolch gegeben, damit er sich Gehör verschaffen konnte. Den goldenen Dolch des Ritters würde man erkennen und daran um den Ernst seines Begehrens wissen.

Quentin war über seinen bevorstehenden Empfang bei Hofe weniger aufgeregt, als er hätte sein können. Seine Neugier und seine Furcht gingen eher auf den geheimnisvollen Brief, der jetzt in sein schlichtes, grünes Wams eingenäht war – und bestimmt war seine Neugier die stärkere seiner Empfindungen. Gedankenverloren klopfte er auf die Stelle, wo das Dokument an seinen Rippen lag. Was mochte es enthalten? Was mochte so wichtig sein?

Doch sosehr ihn das Rätsel, das er bei sich trug, auch anzog, beschäftigte ein anderer Teil seiner Gedanken sich, wie ein Jagdhund mit einem knorpeligen Knochen, mit einer weiteren Frage, einem Umstand, über den nachzugrübeln er nicht die geringste Lust verspürte: seine Zukunft. Er wich dieser Überlegung aus wie etwas Schmerzlichem, und doch nagte sie an seinem Inneren und drängte sich in sein Bewußtsein. Aber jedesmal schob Quentin sie sanft beiseite. »Was hast du vor, sobald du den Brief überbracht hast?«

Darauf hatte der Junge keine Antwort, genausowenig wie auf die hundert weiteren Fragen, die alle naselang auf ihn einstürmten. Er spürte, daß er das Vollbringen seines Auftrags mit jedem Schritt mehr fürchtete. Er wünschte, und das nicht zum erstenmal, er hätte sich nie gemeldet; er hatte es noch im selben Moment bereut.

Aber es war, als hätte er keinen eigenen Willen gehabt. Er hatte sich von einer unbekannten Macht dazu getrieben gefühlt, dem Flehen des sterbenden Ritters zu entsprechen. Vielleicht hatte ihn der Gott Ariel angestachelt. Vielleicht hatte ihn nur die

Dringlichkeit des Augenblicks angetrieben. Außerdem hatten ja die Vorzeichen angekündigt, daß ... Aber wann hatten Omen sich jemals bewahrheitet?

Mit geschlossenen Augen, das Gesicht der Sonne zugewandt, kaute Quentin sein Körnerbrot und erwog sein Schicksal. Plötzlich fühlte sich sein Gesicht kalt an. Die Sonne war kurz verdeckt gewesen. Und hoch droben hörte er einen Vogel rufen. Quentin zwinkerte mit einem Auge und zuckte vor der Helligkeit zusammen. Er blinzelte heftiger und schirmte sein Gesicht mit einem Arm ab. Schließlich machte er die Quelle des Rufes aus – und im gleichen Augenblick krampfte sich sein Herz zusammen.

Dort kreiste gar nicht so hoch das schlimmste aller denkbaren Vorzeichen: ein Rabe. Er schwebte unmittelbar über ihm und warf mit seinen Flügeln flirrende Schatten auf ihn.

3

Der blaue, mit Wolken gefleckte Himmel war zu einer violetten Kuppel mit orange- und rostroten Streifen geworden, und die Schatten auf dem weißen Schnee hatten sich indigoblau gefärbt, ehe Quentin sein Nachtquartier fand: die grobgezimmerte Holzhütte von Derwin, dem frommen Einsiedler des Pelgrin-Waldes.

Die einfachen Menschen kannten den Einsiedler als jemanden, der Reisenden beistand und sich um die Bauern und Waldbewohner kümmerte, die seiner Heilkunst häufig bedurften. Er war einst Priester gewesen, hatte sein Amt aber aufgegeben, um einem anderen Gott zu folgen, so ging die Kunde in der Gegend. Darüber hinaus war über den Einsiedler nicht viel bekannt, außer daß er nie weit weg war, wenn er gebraucht wurde. Manche behaupteten auch, er besitze viele sonderbare Kräfte, und zählten zu seinen Talenten die Fähigkeit, Drachen aus ihren Höhlen zu rufen, auch wenn das noch niemand beobachtet hatte.

Quentin kam es merkwürdig vor, daß Bjorkis einen solchen Menschen kannte und ihn auch noch als Zuflucht empfahl – selbst wenn diese nur aus einem Lager für die Nacht bestand. Denn Bjorkis hatte ihm eine Silbermünze mitgegeben, die er dem Einsiedler schenken sollte, und gesagt: »Grüße den Bruder im Namen des Gottes und überbringe ihm dieses Zeichen.« Dann hatte er ihm die Münze in die Hand gedrückt. »Das wird ihm viel verraten. Und sage ihm, Bjorkis lasse ihn grüßen.« Er hielt inne und fuhr dann fort: »Und er suche ein helleres Licht.« Der Priester hatte sich hastig abgewandt und mehr zu sich selbst gemurmelt: »Das wird ihm noch mehr verraten.«

Quentin sah sich also im verblassenden Dämmerlicht eines strahlenden Wintertags ankommen. Die Hütte lag ein Stück abseits der Straße und war den Blicken vollkommen entzogen, da sie von hohen Eichen, Nadelgehölz und dichten Hecken aus Stechginster umgeben war. Quentin brauchte trotz der genauen Angaben, über die er verfügte, eine ganze Weile, bis er sie fand.

Schließlich entdeckte er sie, ein niederes, gedrungenes Gebäude, das zum größten Teil aus Kamin und Dach zu bestehen schien. Zwei Fensterchen blickten auf die Welt hinaus, und den Eingang verschloß eine seltsame, oben abgerundete Tür. Die gemütliche Behausung schmiegte sich an einen Hügel am Ende einer natürlichen Lichtung, die den Blick auf die Himmelsweite frei ließ. Der Erdboden stieg bis zur Haustür sanft an, so daß der Knabe ein wenig klettern mußte.

Ruhig ritt Quentin bis vor den Eingang. Von seinem Pferd aus hätte er mühelos auf das Dach springen können. Aber er glitt lieber vom breiten Rücken des Tieres und klopfte mit der Handfläche gegen die schwere Eichentür. Unsicher wartete er; seine Hand hatte kaum einen Ton hervorgebracht, und hätte sich aus dem Kamin nicht langsam Rauch geschlängelt, er hätte die Hütte für verlassen gehalten. Aber es mußten Leute vor ihm dagewesen sein, denn der Schnee war ganz zertrampelt vor Spuren von Menschen und Tieren.

Quentin zog den Dolch des Ritters aus dem Gürtel unter seinem Umhang. Er faßte ihn an der Klinge und hämmerte damit an die Tür, diesmal mit besserem Ergebnis. Er wartete.

Der Himmel dunkelte jetzt rasch. Die Sonne war völlig untergegangen. Er spürte, wie die Kälte das Land fester in den Griff bekam. Von drinnen ertönte kein Laut.

Quentin nahm seinen ganzen Mut zusammen, rüttelte an dem groben Riegel und stellte fest, daß er sich mit ein wenig Gewalt bewegen ließ. Er lehnte sich mit seinem ganzen Gewicht gegen die Tür und drückte. Die ungeschlachte Tür drehte sich in den Angeln und ging mühelos auf. Umständlicher, als er wollte, stolperte Quentin hinein und blieb dabei kurz an der Schwelle hängen.

Der Raum war ein ganzes Stück größer, als man von außen ahnen konnte, und befand sich ziemlich weit in der Erde. Es führten Steinstufen in die Behausung, sie war warm und behaglich und wurde von dem flackernden Feuer erhellt, das im breiten, großzügig angelegten Herd brannte. In dem Raum stand eine absonderliche Sammlung selbstgezimmerter Möbel herum: Stühle, kleine und große Tische, Hocker, ein breites, klobiges Bett und etwas, das Quentin überraschte und ihn auf merkwürdige Weise entzückte: Bücher. Unmengen von Pergamentrollen stapelten sich auf den Tischen und verstopften die Regale. Mehr, als er jemals gesehen hatte, sogar mehr als in der Tempelbibliothek.

Das alles nahm Quentin wahr, als seine Augen sich allmählich an die Dunkelheit des recht trüben Lichts gewöhnten. Er sah auch, daß der Bewohner des Ortes nicht da war. Derwin war offensichtlich ausgegangen; vielleicht um Barmherzigkeit an den Bewohnern des nahen Waldes zu üben. Quentin beschloß, dazubleiben und die Rückkehr des Einsiedlers zu erwarten. Er zog sich einen Hocker an den Herd, wo auf niedriger Flamme ein Feuer brannte.

Quentin wußte nicht, ob ihn das Geräusch oder der Geruch geweckt hatte. Aus der Ferne schienen Stimmen an sein Ohr zu dringen. Er konnte zwar kein einzelnes Wort verstehen, aber das eintönige Brummen zweier Stimmen, die sich leise, aber mit einigem Eifer unterhielten. Auch der Essensduft war nicht weit, warm und kräftig roch es nach Knoblauch. Der Junge schlug die Augen auf.

Da lag er unter seinem eigenen Umhang ein Stück vom Herd entfernt. Am Feuer befanden sich zwei große Männer. Einer kniete am Rand des Herdes und rührte mit einem langstieligen Holzlöffel in einem breiten schwarzen Topf. Der andere saß, in dunkle, fließende Gewänder gehüllt, auf einem Hocker und kehrte ihm den Rücken zu. Während sie redeten, tanzten ihre langen Schatten auf der gegenüberliegenden Wand der Hütte wie die belebten Puppen eines Schattenspiels.

Vorsichtig rappelte Quentin sich hoch. Die Bewegung fiel dem Mann am brodelnden Kessel sofort ins Auge. »Na also, unser junger Freund lebt. Ich habe es dir ja gesagt, Teido.« Er zwinkerte dem anderen Mann zu, der sich umdrehte und den Jungen fragend betrachtete. »Ich habe dir gesagt, meine Suppe bringt ihn zu sich. Verzaubert – von wegen!«

Peinlich berührt, daß er auf seinem Posten eingeschlafen war und jetzt im Mittelpunkt gutmütigen Spottes stand, trat Quentin schüchtern ans Feuer und stellte sich den beiden Männern gleichzeitig vor: »Ich heiße Quentin, meine Herren, und stehe euch zu Diensten!«

»Und wir dir«, erfolgte die übliche Antwort.

Er kramte in seinem Gürtel nach der Silbermünze. »Ich bringe dir dies mit Grüßen von Bjorkis, dem ehrwürdigen Priester des Hochtempels.« Dieser Gruß klang sehr steif und förmlich, aber das kam Quentin zupaß, denn er war sich nicht sicher, welcher Empfang ihn erwartete. Doch als er Derwin die Münze in die Hand drückte, wußte er, daß er von diesem Mann nichts zu fürchten hatte.

Derwin strahlte freundlich. Aus seinem Gesicht, das faltig und runzlig war wie weiches Leder und von der Sonne gebräunt, blitzten hellblaue Augen. Mit den großen, buschigen Augenbrauen, die ein Eigenleben zu führen schienen, unterstrich der Einsiedler alles, was er sagte. Sie wurden ergänzt von einem struppigen Bart, der so üppig wucherte wie ein Wald. Unter seinem Umhang trug Derwin ein schlichtes Priestergewand, das allerdings eher grau als braun war.

»Ja so etwas! Das alte Wiesel schickt dich damit? Ja wirklich?« Der Einsiedler drehte und wendete die Münze nachdenklich. »Ja, da kann man wohl nichts machen, wie?« Dann sagte er zu Quentin: »Der Pfad ist breiter, als viele wissen, auch wenn du sicher keine Ahnung hast, wovon ich spreche.« Quentin starrte ihn verständnislos an. »Nein, natürlich nicht. Und dennoch hat er dich hierher geschickt«, sagte der Einsiedler bei sich.

»Hat er dir noch etwas aufgetragen?« fragte der fromme Mann weiter.

»Nur folgendes: daß er ein helleres Licht suche.«

Daraufhin platzten die beiden Männer vor Lachen. Der andere hatte zwar geschwiegen, war der Unterhaltung aber offenbar genauestens gefolgt. »Hat er das gesagt?« Derwin lachte. »Bei der Götter Bart, dann besteht noch Hoffnung für ihn.«

Quentin stand da, ohne etwas von diesem Heiterkeitsanfall zu begreifen. Er kam sich hilflos und ein bißchen mißbraucht vor, indem er Anlaß zu Witzen gab, von denen er rein gar nichts verstand, über die zwei Fremde aber auf seine Kosten lachten. Sein Stirnrunzeln zeigte ihnen wohl, daß ihm ihre Fröhlichkeit mißfiel, denn Derwin hielt sogleich inne und bot ihm die Silbermünze wieder an: »Diese Münze ist das Sinnbild für einen ausgestoßenen Priester. Schau«, sagte er, wühlte in seiner Kleidung und holte an einer Kette um seinen Hals eine Silbermünze hervor, »ich habe auch eine.«

Quentin nahm die beiden Münzen und betrachtete sie. Sie waren ganz genau gleich, nur daß die von Derwin älter und abgewetzter war.

»Es sind Tempelmünzen, die für besondere Gelegenheiten geprägt werden. Die Priester bekommen sie, wenn sie sterben oder weggehen, als Lohn für ihren Dienst an Gott. Ein großartiger Lohn, was?«

»Du warst Priester?« sagte Quentin lauthals staunend.

»Ja, natürlich. Bjorkis und ich sind sehr gut befreundet. Wir traten der Priesterschaft gemeinsam bei. Wir sind zusammen aufgewachsen.«

»Genug von alten Zeiten«, mischte der Fremde sich ungeduldig ein. »Derwin, stelle mich deinem Gast anständig vor.«

Quentin drehte sich um und musterte den dunklen Mann, den er bisher kaum beachtet hatte. Er war mittelgroß, schätzte Quentin, im Sitzen ließ sich das nicht genauer sagen. Seine Kleider waren dunkel und von unbestimmter Farbe; sie bestanden aus einem langen Umhang, den er locker über einem engen Hemd und einer Hose aus dem gleichen dunklen Stoff trug. Um die Hüften hatte er einen breiten schwarzen Gürtel, an dem ein ziemlich großer Lederbeutel hing.

Die Züge des Mannes fesselten Quentins Aufmerksamkeit

jedoch weit mehr. Das Gesicht zeichnete sich im Feuerschein scharf ab, die Augen waren hell und wach. Über der hohen Stirn wuchs dunkles, dichtes Haar, das zurückgekämmt war und fast bis auf die Schultern reichte. Die scharfe Nase ragte über einem festen Mund hervor, unter dem ein Gebiß mit geraden, weißen Zähnen zum Vorschein kam. Alles in allem verriet sein Aussehen einen Mann der Tat mit raschem Reaktionsvermögen und vielleicht noch rascherem Verstand.

»Quentin«, sagte der ehemalige Priester, »der Mann, den du hier siehst, ist mein alter Freund Teido, ein höchst willkommener und leider zu seltener Gast in dieser bescheidenen Behausung.«

Der Mann senkte den Kopf zum Dank für diese Höflichkeit. Aus Achtung verbeugte Quentin sich tief. »Ich freue mich, dich kennenzulernen, junger Herr«, sagte Teido. »Ein ausgestoßener Priester, so konnte ich feststellen, gibt einen guten Freund.« Darauf lachten beide Männer wieder. Und obwohl Quentin nicht wußte, warum, lachte auch er.

Die drei verspeisten eine kräftige, schmackhafte Brühe mit Schwarzbrot dazu und spülten alles mit einem zu Kopf steigenden nußbraunen Bier hinunter, das Derwin vollkommen zu brauen verstand. Nach der Anstrengung des Tages hielt Quentin beim Essen wacker mit den beiden Männern mit und stellte mehrmals fest, er habe noch nie so gute Kost genossen.

Nach dem Mahl unterhielten sie sich. Das hin und her springende Gespräch deckte der Länge und Breite nach die Fragen der Welt ab. Quentin hatte den Eindruck, als würde kein Gegenstand von Bienen über Bohnen bis zu Büchern ausgelassen. In derartiger Gesellschaft hatte Quentin sich noch nie befunden. Die strengen Tempelregeln hielten den Umgang der Priester untereinander in förmlichen und höchst ausgeklügelten Bahnen. Und obschon Quentin fast ausschließlich zuhörte, fand er die Entdeckung, daß man mit Freunden um eine Tafel mit guten Speisen beim Gespräch sitzen konnte, äußerst berauschend. Er schwelgte darin und sog das Gefühl in sich auf. In seinem Herzen wünschte er sich, der Abend möge ewig dauern.

Schließlich erhob Derwin sich und schüttelte sein müdes Haupt. »Ihr fröhlichen Männer, wir müssen uns schlafen legen! Morgen reden wir weiter.«

»Morgen muß ich Abschied nehmen«, sagte Quentin, der seinen Auftrag völlig vergessen hatte. Ängstlich blickte er in die Gesichter der beiden Männer, die ihn sorgsam beobachteten.

»So rasch?« erwiderte Derwin. »Ich dachte, du würdest ein wenig bleiben. Ich würde dir gern zeigen, was ich getan habe, seitdem ich dem Tempel den Rücken kehrte.«

»Und wie wirst du weiterziehen?« fragte Teido.

»Mein Pferd!« schrie Quentin. Auch das Roß hatte er über dem freundlichen Gespräch an der Tafel des Einsiedlers glatt vergessen. Er rannte zur Tür, schob sie auf und lugte in die kalte schwarze Nacht hinaus. Von einem Pferd war nichts zu sehen. Mit entsetzter Miene sagte er zu den Männern: »Ich habe es verloren!«

»Wie sah es denn aus?« fragte Teido zwinkernd.

»Es war ein Fuchs; das schönste Roß, das ich jemals sah. Und ich habe es verloren.«

»Folge mir«, befahl Derwin ihm unbekümmert. »Er wird, glaube ich, nicht so weit gelaufen sein.« Der Eremit drehte sich um und verschwand hinter einer Trennwand voller Pergamentrollen. Quentin schob sich hinter die Wand und entdeckte, daß sie einen zweiten Raum verbarg, dessen Eingang mit einem riesigen Bärenfell abgedeckt war. Der Raum war dunkel und still, aber warm und roch stark nach Heu und Pferden. Derwin hatte einen Kerzenstummel in der Hand und entzündete damit eine Pechfackel in einer Halterung an der Wand. Die rußige Flamme spuckte und qualmte heftig, dann verstetigte sie sich und warf ein gleichbleibendes Licht in den Raum.

Der Anbau an der Einsiedlerhütte war eine kleine Höhle. Derwins Behausung hatte man unmittelbar vor ihrem Eingang errichtet, was auch den glatten Steinboden in seiner Hütte erklärte. Im fahlen Fackellicht sah Quentin seinen Hengst neben zwei anderen, etwas kleineren Tieren stehen, das Maul in einem Haufen süßen Fenchels, den man ihnen hingeschüttet hatte.

Erleichtert und ein wenig verlegen dankte Quentin seinem Gastgeber ob seiner Umsicht.

»Wir haben uns schon gedacht, daß du kein echter Reiter bist«, meinte Teido gutherzig, »als wir das Roß unangebunden vor der Tür stehen sahen. Ein schlichteres Tier wäre auf der Suche nach Labung weggelaufen. Dein Pferd ist gut geschult, und ich vermute, du bist nicht sein Herr.«

Traurig schüttelte Quentin den Kopf. »Er gehört einem anderen ... gehörte einem anderen ...«

»Genug jetzt! Gehen wir schlafen und reden morgen weiter – und bis dahin ist es, schätze ich, nicht mehr lang.«

4

Ohne Quentin zu fragen, aber nicht ganz gegen seinen Willen, beschloß man, daß Teido ihn auf dem Rest seines Weges begleiten sollte. Das geschah bei einem fröhlichen Frühstück aus heißem Brei mit Milch, zu dem es in Honig getunktes Brot gab. Quentin aß mit ungewöhnlichem Eifer, seine gute Laune sprühte wieder von einem neuen Sinn für Abenteuer.

Die beiden Männer hatten sich sehr überrascht gezeigt, daß Quentin ohne Zwischenfälle so weit durch den Wald gelangt war. Teido hatte gesagt: »Hier in der Gegend bietet der Pelgrin Gesetzlosen jeder Art Schutz. Ein paar von ihnen würden dein Roß sicher schätzen.« Er gluckste, und Derwin setzte hinzu: »Seinen Reiter aber gar nicht.«

»Sie würden es nicht wagen, mich anzurühren«, verkündete Quentin unbekümmert, voller Selbstvertrauen und guter Laune. »Ich habe einen Brief für die Königin bei mir.«

Bei dieser Zeitung, dem ersten klaren Hinweis auf Quentins rätselhaften Auftrag, wären die beiden Männer fast von ihren Sitzen aufgesprungen. Quentin machte erschrocken den Mund zu, als ihm klarwurde, daß er sein Geheimnis gelüftet hatte. »Für die Königin?« sagte Teido, der sich sofort wieder in der Gewalt hatte. »Was für Dinge kannst du mit der Königin zu verhandeln haben, mein Junge?«

Jetzt tat Quentin vorsichtig und geheimnisvoll. »Das ist meine Sache und geht dich nichts an«, sagte er ein wenig verärgert, obschon seine Wut sich auf seine eigene Fahrlässigkeit bezog und nicht auf den Frager.

»Ist dieser Brief nicht vielleicht vom König?« fuhr Teido fort.

»Ich sage dir nichts mehr darüber, Herr«, versetzte Quentin.

Da mischte Derwin sich ein. »Junger Herr, es mag dir vielleicht nicht ohne weiteres in den Sinn kommen, aber mein Freund und ich haben längst erkannt, daß du in wichtiger Mission unterwegs bist. Dein Roß zum Beispiel ist das eines Recken und nicht der Gaul eines Priesterschülers. Ich wette darauf, daß dein Ausschluß aus dem Tempel nicht auf einen absichtlichen Bruch deiner heiligen Gelübde zurückzuführen ist, sondern eher auf die Dringlichkeit deines Auftrages.« Derwin hielt inne, um Quentin sorgsam zu mustern. Unter dem scharfen Blick des Einsiedlers und der plötzlichen Erkenntnis, so durchschaubar zu sein, errötete Quentin ein wenig. »Ich sehe, daß ich mit meiner Behauptung richtig liege.«

»Bursche, du kannst uns vertrauen. Wir wollen dir kein Leid zufügen. Ich glaube, zwei bessere Männer wirst du nicht finden, die dein Geheimnis wahren würden, als wäre es ihr eigenes, und ginge es um ihr Leben.« Teido sprach in aller Ruhe und voller Selbstsicherheit. Quentin glaubte dem hochgewachsenen Fremden, saß aber trotzig schweigend da, weil er nicht wußte, ob er mehr erzählen oder den Mund halten sollte.

»Deine Zielstrebigkeit und dein Mut sind stark genug für zwei von deiner Größe«, fuhr Derwin fort. »Aber es gibt Ereignisse, gegen die Tapferkeit und Kraft allein nicht ausreichen. Das war Bjorkis wohl klar, und darum schickte er dich zu mir, in der Hoffnung, ich würde den Ernst deiner Mission erkennen und dir helfen, wenn ich könnte. Vielleicht hat der Gott selbst dir eingegeben, dein Geheimnis vor uns auszuplaudern, um dich vor Schaden zu bewahren.«

»Ist es denn so gefährlich für einen Untertanen, mit seiner Königin zu sprechen?« fragte Quentin schmollend.

Beide Männer nickten schweigend. Teido erwiderte: »Die Königin zu treffen ist ein Kinderspiel, falls es dir gelingen sollte, lebend Zutritt zur Burg zu erlangen. Es gibt Menschen, die wollen sie im unklaren über die Ereignisse außerhalb halten, um ihre eigene böse Saat leichter ausbringen zu können.«

»Ohne unsere Hilfe wirst du die Königin vielleicht nie erreichen. Prinz Jaspin würde dich ergreifen, wenn eine Bande Strauchdiebe dich nicht vorher erwischt.«

»Prinz Jaspin?« sagte Quentin erstaunt, da er diesen Namen noch nie vernommen hatte.

»Prinz Jaspin«, erklärte Derwin, »ist König Eskewars jüngerer Bruder. Er hat Absichten auf den Thron von Askalon. Schon begeht er mit immer größerer Frechheit Taten voll großer Dreistigkeit und Hinterlist. Ehrliche Männer müssen um ihre Güter und ihr Leben bangen, wenn sie sich ihm entgegenzustellen wagen. Viele Edle haben alles an diesen gierigen Hund verloren, weil sie sich seinen Ränken nicht willig anschlossen.«

Quentin ließ sich all diese schlimmen Neuigkeiten durch den Kopf gehen, wußte aber nicht, was er tun sollte. Schließlich entschloß er sich, dem ehemaligen Priester und seinem ungewöhnlichen Freund zu vertrauen und ihnen den Rest des Geheimnisses mitzuteilen.

»Ich bin auf dem Weg zur Königin«, sagte er langsam, »um ihr eine wichtige Nachricht zu überbringen. Vor zwei Tagen kam ein verwundeter Ritter zum Tempel und bat uns um Hilfe. Er war von Wegelagerern überfallen worden und tödlich verletzt. Ich meldete mich freiwillig, um die Nachricht zu überbringen, die im geheimen geschrieben und versiegelt war. Das Roß, das ich reite, gehört ihm, und dies ist sein Dolch.« Quentin schlug seinen Umhang zurück und zeigte auf den goldenen Messergriff.

»Weißt du, wie dieser Ritter hieß?« fragte Teido rasch.

»Er hieß Ronsard.«

»Ronsard! Bist du ganz sicher?«

»Ja, ich habe alles mit angesehen. Er nannte seinen Namen und bat, jemand möge die Botschaft an die Königin überbringen. Ich meldete mich freiwillig.«

»Dann bist du noch tapferer, als wir dachten«, meinte Derwin.

»Die Botschaft kommt also vom König«, stellte Teido fest. »Ronsard gehört zu seiner persönlichen Leibwache, ein Ritter, wie es an Kraft und Unerschrockenheit keinen zweiten gibt.« Traurig sah er Quentin an. »Er ist tot, sagst du?«

»Ja, das heißt, ich glaube«, zögerte Quentin. »Ich wagte sein Ende nicht abzuwarten, aber er war dem Tod schon nahe, als ich aufbrach.« Quentin schwieg, als er sich lebhaft der Ereignisse erinnerte, die ihn hierhergeführt hatten. Er hatte Angst und fühlte sich allein. »Kann ich euch trauen ... werdet ihr mich nicht täuschen? Ich habe versprochen, es keinem zu erzählen ...«

Derwin erhob sich, ging um den Tisch und legte Quentin seine Hand auf die Schulter. »Mein Sohn, dadurch, daß du uns dein Geheimnis preisgabst, hast du der Königin einen großen Dienst erwiesen. Und höchstwahrscheinlich deinem König einen noch größeren. Ronsard wäre, glaube ich, erfreut über diese Wendung der Dinge, hätte er selbst daran gedacht.«

»Der Einsiedler sagt die Wahrheit«, meinte Teido. »Aber jetzt müssen wir Pläne schmieden, wie wir deine Nachricht überbringen. Die Strauchdiebe werden unsere geringste Sorge sein.«

Teido und Quentin verließen die Einsiedlerhütte gegen Mittag. Leichte, launische Schneeflocken fielen auf sie herab und verloren sich in der Weiße, die den Boden bereits hoch bedeckte. Derwin blieb zurück, um seinen üblichen Verpflichtungen nachzugehen. Er meinte nur: »Ich erwarte euch mit heißer Brühe und einem kühlen Trunk, wenn ihr zurückkommt. Ich wäre euch nur hinderlich.« Als sie ihre Pferde auf den schmalen Pfad zur Straße zurückführten, hörten sie seine Stimme laut durch die winterliche Stille rufen: »Der Gott sei mit euch und lasse euch bald wiederkehren!«

»Welchem Gotte dient Derwin?« fragte Quentin, nachdem sie eine kurze Weile schweigend dahingeritten waren, jeder in seine eigenen Gedanken vertieft.

Teido schien über die Frage nachzudenken und antwortete schließlich: »Ich wüßte nicht, daß Derwin jemals seinen Namen genannt hat – vielleicht hat er nicht einmal einen.«

Ein namenloser Gott? Der Gedanke beschäftigte Quentin lange.

Sie ritten durch den Wald, ein dichtes Dickicht aus uralten Eichen, die ihre riesigen Äste über ihnen zu einem festen Baldachin verwoben. Da und dort ragte eine Gruppe schlanker Kiefern auf der Suche nach Licht durch die ausladenden Äste der Eichen empor.

Die Pferde bewegten sich mühelos durch den Schnee, der auf dem Waldboden noch nicht so hoch lag. Teido ritt auf seinem geschwinden Fuchszelter voran, und Quentin folgte ihm leicht nach rechts versetzt rittlings auf dem mächtigen Balder. Der Junge horchte auf die Geräusche des Waldes: Schnee, der mit einem sanften Knistern von den Zweigen rutschte, das Knarzen eines in der Kälte wippenden Astes, ein einsamer Vogelruf, scharf und klar in der Ferne. Sogar die Stille war voller Geräusche, wenn man nur lauschte.

»Glaubst du, wir werden auf Wegelagerer stoßen?« fragte Quentin nach einer Weile, als ihm das Gespräch vom Vormittag einfiel.

»Hoffen wir, daß wir auf nichts stoßen außer Bäumen und Schnee. Aber es gibt auch ein paar Vogelfreie, die sind ehrlicher als du und ich, Männer, die von Prinz Jaspin und seinen Diebeskumpanen dazu getrieben wurden, Zuflucht im Wald zu suchen.« Das sagte er mit einem stillen Trotz, den Quentin sofort spürte. Doch es lag noch etwas anderes im Tonfall des dunkelhaarigen Mannes, das er nicht erriet. »Wenn wir hier im Walde zufällig jemanden antreffen, dann bete, daß er keinem anderen Herren dient als dem Drachenkönig«, fuhr Teido fort. »Bei diesen Leuten habe ich einen gewissen Ruf.«

»Vielleicht hält der Schnee sie heute im Warmen zurück«, meinte Quentin. Aber er hatte noch nicht ausgeredet, als die Wolken über ihnen Anstalten machten, aufzureißen. Die letzten paar Flocken segelten langsam zu Boden.

»Ja, vielleicht. Andererseits ist ein Reisender heutzutage ein willkommener Anblick. Viele, die einst zu Geschäften in fremde Gegenden reisten, haben begonnen, bewaffneten Begleitschutz anzuheuern oder sich zusammenzuschließen, weil sie hoffen, daß die Anzahl allein Räuber abschreckt. Die meisten meiden den Wald zur Gänze, und diejenigen, die das Glück haben, ungeschoren davonzukommen, bleiben dennoch unter dem Eindruck ihrer Reise. Du, mein junger Freund, hast großes Glück gehabt, daß du bisher verschont bliebst. Hattest du keine Angst?«

»Ich wußte nicht, daß diese Räuber ein so schwerwiegendes Problem geworden sind.«

»Den Berggipfel erreichen keine Nachrichten, wie? Die Götter und ihre Diener kümmert es nicht, was in der Menschenwelt geschieht?« Er lachte seltsam. »Mensandor wird von Schwierigkeiten belagert. Einst aufrichtige Männer gehen aufeinander los; täglich wird unschuldiges Blut vergossen. Die Zeiten sind ernst.«

»Davon hatte ich nichts gehört...«, entgegnete Quentin, als müßte er sich verteidigen. Weshalb, wußte er allerdings nicht.

»Das glaube ich dir. Vielleicht ist es so besser – Unschuld ist ein Geschenk. Wer weiß, vielleicht hättest du dich nie freiwillig zu einem solchen Auftrag gemeldet, wenn du geahnt hättest, was vor dir liegt.«

Schließlich, als sie nur noch eine Stunde Tageslicht hatten, begann der Wald lichter und offener zu werden, die Bäume standen in weiteren Abständen. Und plötzlich hatten die beiden Reiter ihn ganz hinter sich gelassen. Dort, auf der anderen Seite eines breiten Tals, in das ein tiefer schmaler Strom schnitt, erhoben sich die hohen Zinnen von Askalon.

Des Königs Festung stand auf einer Hügelkuppe und funkelte im schwindenden Licht. Ihre mächtigen Türme erlaubten einen Blick bis zum Horizont und waren ihrerseits aus jeder Richtung meilenweit zu sehen. Mit dem Abendrot im Hintergrund wirkte die massige Festung dunkel und bedrohlich, ganz wie ein sagenhafter Drache, der sich auf seinem Lager aus Stein zusammengerollt hat. Quentin erschauderte in seinem Sattel. Von diesem Anblick hatte er seit langem geträumt; jetzt durfte er ihn erleben.

»Es heißt, diese Burg ist das älteste von Menschenhand geschaffene Ding im Land«, sagte Teido. »Von sämtlichen Wundern aus früheren Zeiten hat nur Askalon überlebt. Als König Zelbakor ins Land kam, legte er den Grundstein persönlich. Und erst tausend Jahre später wurde die Burg vollendet. Sie bietet Platz für fünfzigtausend Kämpen und halb so viele Pferde. Keine zweite Festung von Menschenhand kommt ihr gleich. Sie hat Belagerung um Belagerung und Krieg um Krieg überstanden.

Diese Mauern standen schon, als die Väter unserer Väter Säuglinge waren, und sie werden noch stehen, wenn wir in unseren Gräbern zu Staub zerfallen sind.«

»Ist sie denn nie erobert worden?«

»Nein, niemals, wenigstens nicht von außen und mit Gewalt. Aber die Ränke, der Kampf in ihrem Inneren, hat schon viele Könige zum Stürzen gebracht. Sogar diese dicken Mauern feien nicht gegen Betrug.«

Die beiden ritten den sanften Abhang hinab und rasch durch den Fluß. Das letzte Tageslicht war bereits erloschen. Aber im Dorf, das sich dicht unterhalb der schützenden Wälle Askalons duckte, funkelten Lichter. Als sie näher kamen, verlor sich der dunkle Koloß über ihnen in der Nacht wie ein Berg, der hinter einem Schatten verschwindet. Die rosig durch die Fenster schimmernden Lichter warfen ihren warmen Schein auf den Schnee. Im Vorüberreiten hörte Quentin Stimmen aus den Häusern klingen, und hin und wieder drang der Hefeduft heißen Brotes in seine Nase oder auch der scharfe Geruch von über dem offenen Herd röstendem Fleisch. Plötzlich fühlte er sich sehr müde und hungrig.

»Gehen wir gleich zur Königin?«

»Nein, wohl nicht. Morgen ist früh genug. Ich will erst herausfinden, wie es derzeit bei Hofe steht. Ich bin länger nicht mehr hier gewesen.« Er hielt inne, zügelte sein Pferd, damit Quentin auf gleicher Höhe reiten konnte. Dann sprach er leise weiter: »Heute abend bist du mein Neffe, falls jemand neugierig fragt. Sprich nur, wenn man sich an dich wendet, und sage zu niemandem etwas von der Königin oder dem König. Achte stets auf das, was ich tue, verstehst du?«

Quentin nickte schnell. »Nun denn«, fuhr Teido etwas entspannter fort, »wie wäre es mit einem Abendessen?«

Quentin blickte auf und sah, daß sie vor einem stattlichen Wirtshaus haltgemacht hatten. Über der Tür hing ein wettergegerbtes Schild, das die Reisenden willkommen hieß; es bildete etwas ab, das Quentin nicht genau erkennen konnte.

Als sie abstiegen, flog die Tür auf; herausgerannt kam ein

kleiner Mann in einem kurzen Hemd und weiten Hosen mit einem Tuch um den breiten Bauch. »Willkommen! Willkommen!« säuselte er. »Das Abendessen wird gerade aufgetragen. Wenn ihr euch beeilt, findet ihr noch einen Platz an der Tafel! Macht rasch! Keine Sorge, eure Pferde versorge ich!«

»Das ist sehr freundlich von dir, Milscher«, sagte Teido lachend. »Du bist so blind wie eh und je und weißt nicht einmal, wen du aus der Nacht hineinzerrst. Es ist dir gleich.«

»Bei den Göttern! Bist du es, Teido?« Der Mann trat näher und blickte dem Reisenden ins Gesicht. »Ja, natürlich. Ich wußte es doch. Ich habe deine Stimme erkannt. Komm herein. Komm herein. Hier draußen ist es zu kalt, um die Zunge zu wetzen. Hinein mit dir! Hinein mit euch beiden!«

Er nahm den beiden die Zügel ab und führte die Pferde hinter das ausladende, massige Gebäude. »Macht schnell, das Essen wird gerade aufgetragen!« rief er noch einmal, als er um die Ecke verschwand.

Teido und Quentin erklommen die Stufen zum Eingang, Teido drückte die breite Tür auf und legte Quentin eine Hand auf die Schulter. »Vergiß nicht, was ich dir gesagt habe.« Er legte seinen langen Zeigefinger auf die Lippen. Quentin nickte mit einem verstohlenen Lächeln. »Ja … Onkel.«

5

Der Raum hallte von den lauten Stimmen und dem Geklapper der Bierkrüge aus Zinn wider. Er war bis zur niedrigen Decke vom Rauch der Kerzen auf dem Tisch, der Fackeln an den Wänden und dem schlecht belüfteten Feuer im großen Herd erfüllt. Es herrschte eine fröhliche und zugleich derbe Stimmung, die Leute waren prahlerisch und überschwenglich. Quentin strahlte bereits, als er kaum durch die Tür gegangen war.

Teido führte sie beide zu einem langen Tisch ein paar Schritte vom Herd. Im Unterschied zu Milschers Behauptung gab es dort noch genügend Platz; die meisten Gäste begnügten sich an diesem Abend mit flüssiger Nahrung. Aber ganz unrecht hatte der Wirt nicht gehabt: Die beiden Reisenden kamen gerade rechtzeitig. Kaum hatten sie sich auf der derben Bank am anderen Ende des Tisches niedergelassen, als man Platten mit dampfenden Speisen hereintrug. Gebracht wurden die Teller voller Fleisch, Gemüse und verschiedenen Arten Brot und Käse von einer stämmigen Frau mit gutmütigem Lächeln und roten Backen sowie einem dünnen, schlaksigen Knaben, der unbeholfen stolperte und die Zinnteller polternd absetzte. »Vorsicht, Oto!« rief die Frau freundlich. »Du hast dein Essen schon gehabt, jetzt paß auf, daß diese vornehmen Herren das ihre in Frieden genießen können.«

Das lustige Paar ging in die Küche zurück, kam aber häufig wieder, um den Gästen mit weiteren Speisen und Getränken zuzusetzen. »Eßt!« schalt die Frau. »Eßt! Eßt! Eßt! Bitte! Ihr eßt ja gar nicht!«

Als die Gäste fertig waren, überließen sie den Tisch anderen, die sich an ihre Plätze setzten. Auf Teidos Befehl speiste Quentin ausgiebig und in aller Ruhe. Teido ließ seinen wachsamen Blick über das lärmende Spektakel gleiten, auf jeden kleinen Hinweis bedacht. Aber sogar sein waches Auge übersah einen kleinen, dunkelhaarigen Mann, der wie ein Schatten an der Tür auftauchte und sich in eine finstere Ecke verdrückte. Einige Augenblicke später verschwand der Spitzel unentdeckt wieder.

Nach einer Weile ging Milscher, der geschäftige kleine Inhaber des Wirtshauses, herum und erkundigte sich, ob es seinen neuen Gästen an nichts mangelte. »Ihr werdet doch wohl heute bei uns übernachten?« fragte er.

»Ja, wir überliefern uns deiner Gnade«, erwiderte Teido lächelnd.

»Schön. Das dachte ich mir. Ich habe eure Pferde für die Nacht versorgt. Aber wer ist das?« rief er, als er Quentins gutherzigen Blick bemerkte. »Du hast mir deinen Freund, glaube ich, noch nicht vorgestellt, Teido.« Mit seinem vom Herumwieseln roten Gesicht strahlte er den Knaben an.

»Tatsächlich?« sagte Teido beiläufig. »Ich dachte, du kennst ihn. Das ist mein Neffe Quentin.«

»Ach, natürlich! Das wußte ich schon, was? Ja, wirklich, und schon so groß! Wie er gewachsen ist!« Und schon war der kleine Mann wieder verschwunden und schwirrte wie eine Biene in eine andere Ecke des lauten, überfüllten Saales.

»Hoffen wir, daß sich heute abend sonst keiner mehr für meine Familie interessiert. Milscher schwatzt mehr als zwanzig Weiber. Mir wäre es lieber, von unserem kleinen Besuch würden möglichst wenige Leute erfahren.«

»Glaubst du, daß jemand nach uns suchen könnte?« Daran hatte Quentin vorher gar nicht gedacht.

»Wahrscheinlich. Wer Ronsard getötet hat oder ihn töten ließ, wird inzwischen wissen, daß das Geheimnis, das er bei sich trug, nicht mit ihm starb. Aber da können wir nicht sicher sein. Vielleicht wußten diejenigen auch gar nichts von der Botschaft.«

»Willst du damit sagen, er wurde gar nicht von Strauchdieben angegriffen?«

»Nein, mein Junge. Nicht ganz. Vielleicht hat jemand Strauchdiebe dazu angestiftet, aber sie hätten es wohl nicht gewagt, sich gegen einen Ritter des Königs zu stellen, hätten sie es nur auf seine Geldkatze abgesehen. Sogar ein Wegelagerer schätzt sein Leben höher ein. Nein, vermutlich war es jemand, der wußte, was Ronsard bei sich hatte, oder der seinen Auftrag ahnte.«

»Prinz Jaspin vielleicht?« Die Ränke des Hofes waren für Quentin zwar neu, aber er fühlte sich unwiderstehlich von ihnen angezogen. Sein rascher Verstand sah alle möglichen Verwicklungen voraus wie ein Fuchs in einem Hof unbeholfener Küken.

»Vielleicht. Es wäre nicht das erste Mal, daß er andere für Taten benützt, bei denen er sich nicht selbst die Finger schmutzig machen will. Aber ich glaube, da steckt noch jemand anders dahinter. Warum, kann ich nicht sagen. Ich spüre es hier.« Er deutete auf seinen Bauch. »Nun, wenn du dich richtig satt gegessen hast, könnten wir eigentlich zu Bett gehen. Wir müssen immer noch einen Weg finden, morgen ungestört mit der Königin sprechen zu können.«

Milscher kam zurück und zeigte ihnen ihr Zimmer, wo seine Frau, die fröhliche, rotgesichtige Kellnerin, das Zeug für ein hohes, wuchtiges Bett bereitgelegt hatte. Neben dem Kamin, der das Zimmer erwärmte, stand eine kleinere, tragbare Pritsche. Das Gemach war schlicht und einfach, aber recht ungestört und gemütlich. Es hatte kein Fenster, das hatte Teido so gewünscht.

»Schlaft gut heute nacht, liebe Gäste«, sagte der Wirt, als er die Zimmertür schloß und leise davontrippelte.

»Ich würde nur meinen Gürtel lockern«, warnte Teido, als Quentin auf dem Rand seiner Pritsche saß und sich das Wams ausziehen wollte. »Heute nacht müssen wir auf alles gefaßt sein.«

Nicht weit weg, hoch oben auf dem Burghügel Askalon brannte in einem geräumigen und reich ausgestatteten Schlafzimmer eine kleine Kerze. Die Böden waren aus weißem Marmor, an den Wänden hingen herrliche Teppiche mit Darstellungen von der Lieblingsbeschäftigung des Bewohners: der Jagd. Auf einem wunderbar geschnitzten Tisch mit einem breiten dunkelblauen

Tuch voll silberner Stickereien lagen unzählige Landkarten und Pergamentrollen. Am einen Ende des gewölbten Zimmers – es war das oberste im Ostturm – loderte in einem üppig verzierten Kamin prasselnd ein helles Feuer; über dem Kaminsims hing ein schweres Wappen mit den Insignien des vorherigen Bewohners.

In einem großen Sessel mit hoher Rückenlehne und geschlossenen Seitenlehnen, welche die Luftströme, die durch die alten Burgmauern zogen, abhalten sollten, kauerte eine freudlose Gestalt. Der Sessel, eher ein kleiner Thron, stand nah am Feuer, aber sein Benutzer schien aus den tanzenden Flammen weder Wärme noch Trost zu ziehen. Statt dessen starrte er niedergeschlagen in die Lohe. In der Hand hielt er ein großes Horn voll Wein, ohne davon zu kosten.

Prinz Jaspin rührte sich kaum, als ein scharfes Klopfen von den äußeren Türen seines Gemachs her an sein Ohr drang. Atemlos kam ein Höfling mit der Nachricht herein, ein bestimmter Ritter wünsche ihn zu sprechen. Als Prinz Jaspin den Namen hörte, verlor er die Beherrschung.

»Schicke ihn sofort herein, du alter Narr! Ich warte seit Tagen auf Nachricht von ihm, und du läßt ihn draußen im Gang warten wie ein Stück Vieh. Ich sollte dich geißeln lassen!«

Der Kammerdiener war an die Anfälle seines Herrn gewöhnt. Er hörte gar nicht, was der Prinz sagte, weil er gleich loslief, um den dringlich erwarteten Besucher vor den Erzürnten zu führen.

»Nun, Ritter Bran, was gibt es Neues? Hast du ihn endlich gefunden?« Jaspin sprang von seinem Sessel auf, als der Ritter eintrat.

»Ja, er ist hier im Dorf«, erwiderte der Ritter und verbeugte sich rasch.

»Im Dorf? Wo? Ich lasse ihn sofort ergreifen!«

»Davon würde ich abraten, Herr. Das würde zuviel Aufsehen erregen. Wir wissen nicht, wie viele es sind. Vielleicht hat er ein paar von seinen Leuten mitgebracht. Besser, wir schlagen am Morgen zu.«

»Ja, vermutlich hast du recht.« Der Prinz ließ sich wieder auf den seidenen Kissen seines Sessels nieder. Über die Nachricht war er hocherfreut. »Wir dürfen diese Gelegenheit nicht wieder so zuschanden machen wie die letzte.« Er schwieg und fragte dann beiläufig: »Bist du sicher, daß Ronsard tot ist?«

»Ganz sicher.« Der Ritter, der einen mit Pelz besetzten Umhang und darunter ein Wams aus feinstem Brokat trug, legte seine Handschuhe ab. Der Kammerdiener brachte einen Stuhl und nahm den Mantel mit. Der kräftige Ritter schenkte sich einen Kelch Wein aus einer Karaffe ein und leerte ihn halb mit einem Schluck. »Du lebst gut, mein Prinz«, sagte er, als er sich Jaspin gegenüber setzte.

»Diejenigen, die meine Sache unterstützen, werden sich ihren Appetit auf schöne Dinge nicht zu versagen brauchen, das versichere ich dir. Habe ich dir schon gesagt, Bran, daß ich mir überlegt habe, dir für deine Anstrengungen Crandall zu schenken? Was würdest du damit wohl anfangen?«

»Schenke es mir, und du wirst sehen«, versetzte der Ritter.

»Du bist ganz versessen darauf, nicht wahr?« Der Prinz lachte. »Ja, mit der Zeit werden wir sehen. Ich würde es dir sofort schenken, aber leider ist dieser Spielverderber Teido, oder wie er sich nennt, noch unterwegs und zieht durch die Lande. Wir können es uns nicht leisten, daß er auftritt und seinen Anspruch anmeldet… das wäre zu peinlich.«

»Ich werde schon mit ihm fertig«, höhnte Bran und goß sich noch einen Kelch Wein ein.

»So wie mit Ronsard?« stichelte Jaspin.

»Du wirst dich daran erinnern, daß wir nicht wußten, wer der Bote war, bis wir Ronsard erkannten. Bei seinen Wunden und der Eiseskälte ist er nicht weit gekommen. Das weiß ich.«

»Aber der Leichnam wurde nicht gefunden, richtig?« sagte der Prinz fest.

»Es hat geschneit, bei Zoar!« fauchte der Ritter wütend. »Glaubst du mir nicht? Der Schnee hat innerhalb einer Stunde alles zugedeckt. Sein Pferd lief weg und ließ ihn liegen, wo er gestürzt war, und der Schnee deckte ihn zu…«

»Ja, ja. Ich weiß. Der Schnee... du hast den Hinterhalt aus der Ferne beobachtet...«

»Und bis ich hinkam, fand ich nur zwei meiner Männer!«

»Nun denn, es ist vorbei. Jetzt beseitige unser zweites Problem, diesen Anführer der Vogelfreien, wie nennen sie ihn gleich noch?«

»Der Falke«, erwiderte der Ritter trotzig.

»Ja. Merkwürdig, daß dieser Falke sich plötzlich zeigt. Und dann in nächster Nähe. Wie erklärst du dir das?« fragte der Prinz heimtückisch.

»Ich erkläre es mir gar nicht!« Der Ritter donnerte den silbernen Kelch auf die Stuhllehne. Wein schwappte über und tropfte auf seine Hand. »Es ist ein Zufall, nichts weiter«, sagte er ein wenig ruhiger; er bemühte sich, sein Gleichgewicht wiederzufinden. »Oder womöglich ist einer der nichtsnutzigen Räuber, die ich für dies... für dies Unternehmen angeheuert habe, zu seiner Höhle gelaufen und hat seinem Herrn mit dem Schwanz gewedelt.«

»Schon möglich, schon möglich. Unter Hunden gibt es keine Ehre, ich weiß«, meinte Jaspin witzig.

Der Prinz nippte an seinem Wein und schwieg eine Weile, während er in das schwächer werdende Feuer starrte. »Ich fürchte, wir werden morgen unseren Freund, den Falken, selbst fragen müssen.«

Der Ritter lächelte rasch und nahm noch einen tiefen Schluck Wein. »Ja, morgen werden wir es gewiß erfahren.«

6

Nachdem Ritter Bran seinen Wein ausgetrunken hatte, wechselte er noch ein paar Worte mit dem Prinzen, um die bevorstehende Ergreifung des Falken am folgenden Morgen zu planen. Dann entließ der Prinz ihn. Er wartete, bis er weg war, ehe er seinen Kammerdiener rief und ihn ebenfalls für die Nacht fortschickte.

Sobald er hörte, daß die äußere Tür zu seinem Gemach mit einem Knarren zugefallen war, stand er auf, nahm die Kerze vom Tisch, ging zu einem dunklen Alkoven am anderen Ende des Zimmers, der hinter einem tief hängenden Teppich vor den Blicken Neugieriger verborgen war. Jaspin schlüpfte hinter den Teppich, angelte in den Falten seiner Gewänder und holte einen Schlüssel heraus, mit dem er eine Geheimtür öffnete, die geschickt zurückgesetzt und versteckt war.

Leise trat der Prinz in das versteckte Gelaß und stellte die Kerze auf den Tisch. Dann ließ er sich auf dem Stuhl davor nieder.

Auf dem Tisch lag ein vornehmes Samttuch, auf dem eine kleine Kassette stand. Die Kassette war feuerrot lackiert und mit goldenen Intarsien und glänzenden Perlen eingelegt; der herrliche Zierat funkelte im Schein der einzelnen Flamme.

Prinz Jaspin verlor keine Zeit, sondern legte seine Hände an die Seiten der Kassette und hob sie weg. Jetzt lag vor ihm auf dem Tuch ein noch merkwürdigerer Gegenstand: eine goldene Pyramide, in die sonderbare Geheimzeichen geritzt waren. Die gesamte Oberfläche der Pyramide war mit seltsamen, phantastischen Runen beschrieben, welche die Quelle ihrer ungewöhnlichen Macht bildeten.

Prinz Jaspin betrachtete sein Kleinod mit einem eigenartigen Funkeln in den Augen, als würde er innerlich von einer unnatürlichen Quelle erleuchtet. Die Pyramide verfehlte nie ihre Wirkung auf ihn. Er fühlte sich kühn, unbesiegbar und klüger als alle anderen Menschen.

Die goldene Pyramide war ein Geschenk des Geisterbeschwörers Nimrod, ein listiger alter Hexer, den Jaspin bei seinen Schandtaten einsetzte. Viele Nächte lang nützte Jaspin das Geheimnis des seltsamen Gegenstands und das Wissen seines Erfinders. Aber in letzter Zeit bekam Jaspin von seinem Komplizen immer weniger Sicherheit und spürte zwischen ihnen tiefes Mißtrauen keimen.

Jaspin legte seine Hände um die Pyramide, schloß die Augen und murmelte einen sanften Singsang. Allmählich fing die im flackernden Licht fahle Pyramide an, mit gespenstischer Leuchtkraft zu strahlen. Das Glühen wurde heller; es zeichnete Jaspins Züge schärfer und warf den Schatten seiner gebückten Gestalt an die Wand. Als der überirdische Glanz seinen Höhepunkt erreichte, wurden die Seiten der Pyramide durchsichtig, blieben in den Händen des Prinzen aber fest. Die Pyramide leuchtete jetzt mit fast stechendem Licht. Jaspin konnte die eigenen Hände durch die Seiten schwach erkennen. Im Nu war das merkwürdige Ding vollkommen durchscheinend geworden, fast unsichtbar, und Jaspin blickte in seine kristallenen Tiefen.

Erst verbarg ein hellgrüner Dunst das Innere vor seinem Blick, aber dann wurde der Nebel zusehends dünner und verflüchtigte sich. Jetzt konnte er die Gestalt eines Mannes erkennen, der sich wie aus großer Ferne auf ihn zubewegte. Der Mann ging zwar ganz normal, kam aber mit erschreckender Geschwindigkeit näher, so daß Jaspin sich im Handumdrehen von Angesicht zu Angesicht seinem alten Zauberer gegenüber befand.

Der Hexer hatte kein angenehmes Gesicht. Es war entstellt. Grausam. Unter seiner schweren, drohenden Stirn funkelten zwei stechend blaue Augen. Obwohl er offenbar alt war, hatte er eine wilde, dunkle Haarmähne, durchschossen mit weißen Strähnen, die seinen Kopf auf scheußliche Weise umrahmte. Das Gesicht war völlig verrunzelt, und jede Furche stand für eine Missetat, die der Mann ausgeheckt hatte.

»Aha, Prinz Jaspin!« Der Geisterbeschwörer sprach nicht, sondern er zischte. »Ich hatte deinen Ruf erwartet. Ich gehe davon aus, daß alles so ist, wie ich vorhersagte?«

»Ja, deine Auskünfte sind immer richtig, Nimrod«, erwiderte der Prinz funkelnden Auges. »Ritter Ronsard tauchte genau dort auf, wo du sagtest, und wurde abgefangen, ehe er seine Mission erfüllen konnte. Unglücklicherweise werden wir nie erfahren, worin sie bestand, denn er wurde in einem Hinterhalt getötet.«

»Wie schade. Er hätte uns gewiß viel zu berichten gehabt. Aber wir kennen ja andere Wege.«

»Und noch eine deiner Saaten scheint Frucht zu tragen, kluger Magier. Der vogelfreie Falke ist wieder aufgetaucht, wie du es weissagtest. Diesmal sind wir auf ihn gefaßt. Morgen mittag wird diese lästige Bande von Abtrünnigen keinen Anführer mehr haben.«

»Begehe nicht den Fehler, ihn abermals zu unterschätzen«, warnte der Zauberer. »Er hat dich schon einmal überlistet, das weißt du genau.« Der Hexer verzog das Gesicht zu einem häßlichen Grinsen.

»Glaube ja nicht, daß ich ihn noch einmal entwischen lasse. Die Klinge meines Hauptmanns ist durstig, und das Blut eines Banditen ist genau die Erfrischung, die ich ihr empfehle. Sein Kopf soll einen Pfahl auf dem Dorfanger schmücken. Die Halunken sollen sehen, wie gering ich ihre Drohungen achte.

Dann werde ich nicht auf Widerstand treffen, wenn der Regentschaftsrat sich versammelt und mich zum König ernennt. Die Bittschriften sind bereits unterschrieben.« Der Prinz rieb sich voll gieriger Vorfreude die Hände. »Alles ist bereit.«

»Was ist mit der Königin?« fragte der Zauberer hinterhältig. »Wird sie so einfach auf den Thron verzichten? Ist ihre Macht bereits so gering?«

»Die Königin wird einwilligen, die Dinge so zu sehen, wie ich sie sehe. Sie ist zwar stark, aber nur eine Frau. Und wenn man ihr die Wahl zwischen dem Kopf des Königs und der Krone des Königs anbietet, wird sie sich wohl eher für seinen Kopf entscheiden.«

»Vielleicht verliert sie aber beide – wie der König auch. Haha!« kicherte Nimrod.

»Das ist deine Sorge, nicht meine. Laß mich dabei aus dem Spiel. Du kriegst den König und ich seine Krone – so lautet unsere Abmachung. Ich will keine Schwierigkeiten. Ich kann es mir nicht leisten, den Verdacht des Volkes zu erregen. Ich brauche seinen Rückhalt noch eine Weile lang.«

»Ich stehe dir zu Diensten, Prinz Jaspin«, erwiderte der Hexer. »Verlangst du noch irgend etwas?«

»Nein, wohl nicht. Jetzt ist alles bereit«, entgegnete der Prinz. »Geht es meinem Bruder gut?«

»O ja, Eskewar ist schließlich der König.« Der Geisterbeschwörer lachte so plötzlich, daß Jaspin eine unerklärliche Wut in seiner Brust aufsteigen fühlte.

»Aber nicht mehr lang!« rief er. »Bald wird es einen neuen Herrscher auf dem Thron geben. Das verspreche ich!«

Der Zauberer schien sich tief zu verbeugen, und mit einemmal wurde die Pyramide trüb, ihre Seiten wurden wieder undurchsichtig und kalt. Jaspin stülpte die verzierte Hülle darüber, nahm die Kerze und verließ umgehend den Raum. Er wußte zwar nicht, warum, aber allein wenn man den Namen seines Bruders erwähnte, erboste ihn das. In dieser Nacht wurde sein Schlaf von Träumen voller Zweifel und Angst heimgesucht.

Erschrocken wachte Quentin in dem fremden Zimmer auf. Er schaute zu Teidos Bett hinüber und sah, daß es leer war. Dann warf er seine Decke zurück, erhob sich von seiner Pritsche, raffte seinen Umhang zusammen und begab sich auf die Suche nach seinem Freund.

Teido befand sich im Stall hinter dem Wirtshaus und sah nach den Pferden. »Guten Morgen, mein Junge. Es freut mich, daß du ein Frühaufsteher bist. Ich bin selbst eben erst heruntergekommen.« Nachdem er den Pferden Futter hingestreut hatte, richtete er sich auf. »Nun, das ist erledigt. Sorgen wir jetzt für uns selbst.«

Sie frühstückten an einem kleinen Tisch in der Küche, denn

Teido wünschte, ungestört zu sein, obwohl noch keiner der übrigen Gäste, falls welche da waren, aufgestanden war.

»Ich habe mir einen Plan überlegt«, sagte Teido leise. Quentin aß ruhig weiter und lauschte Teido, der seinen Plan erläuterte.

Dieser war recht einfach: Sie gedachten, sich als Pelzhändler, die gerade aus der Wildnis zurückgekehrt waren und der Königin die schönsten Schätze darbieten wollten, die sie erworben hatten, Zugang zu verschaffen.

»Wir haben aber keine Pelze«, wandte Quentin ein. Teido erklärte ihm, daß sie keine brauchten. Sie mußten nur eingelassen werden, um ein richtiges Treffen zu verabreden und die Kleidungsstücke in Empfang zu nehmen, welche die Königin vielleicht mit ihrer Ware besetzen lassen wollte. Solche Treffen mit Handwerkern von hohem Ruf waren nicht selten. Sobald sie jedoch vor der Königin stünden, würden sie ihre List aufdecken und ihr den wahren Grund ihres Kommens eröffnen.

»Sollte etwas schieflaufen«, fuhr Teido mit fester Stimme und ernstem Blick fort, »mußt du weglaufen, wie du nur kannst. Denke erst gar nicht nach, lauf einfach. Kehre zu Derwin zurück und erzähle ihm alles. Er wird weiterwissen. Höre, was ich dir sage, und gehorche. Verstanden?«

Quentin nickte feierlich. Er hatte nicht daran gedacht, daß sie vielleicht scheitern könnten. Als Teido die düstere Miene des Knaben sah, lächelte er und sagte: »Sorge dich nicht, mein Junge. Jaspins Männer jagen mich nicht zum erstenmal. Außerdem gehen meine Pläne selten schief.«

Dieser Gedanke tröstete Quentin gar nicht.

Sie beendeten ihr Mahl und gingen durch den Kücheneingang hinaus über den Hof zu den Pferden. Als sie die Ställe erreichten, zog Teido die breiten Tore auf und erstarrte. »Lauf! Schnell! Fort!« rief er Quentin zu. Gleichzeitig warf er seinen Mantel beiseite und zog aus einer verborgenen Scheide ein Kurzschwert. Quentin stand vor Schrecken angewurzelt da. Teido drehte sich zu ihm und schob ihn weg. »Lauf! Du mußt frei bleiben!«

Im selben Augenblick brachen aus dem Stall zwei Reiter hervor. Beide hatten ihre Schwerter gezogen und hielten zwei kleine

Rundschilde, um damit die Hiebe ihres Opfers abzuwehren. Quentin machte kehrt und floh, über die Schulter zurückblikkend. Er sah, wie Teido auf den Schild des einen Bewaffneten einhieb, der den Schlag jedoch ebenso ablenkte wie sein Kumpan; dann klemmten sie ihr Opfer zwischen den beiden Pferden ein, und einer hob sein Schwert zum tödlichen Schlag.

»Töte ihn nicht, du Narr!« ertönte hinter Quentin eine Stimme über den Hof. Er drehte sich gerade so rechtzeitig um, daß er nicht mit einem weiteren Berittenen zusammenstieß. Dieser war an seiner feingearbeiteten Rüstung als Ritter zu erkennen. Wieder rief der Mann: »Wir müssen ihn lebend bekommen!« Im nächsten Augenblick spürte Quentin, wie eine Hand kräftig seinen Umhang packte und ihn fast vom Boden riß.

Ohne nachzudenken, trat er gegen das Bein des Pferdes und traf es fest. Das temperamentvolle Roß warf den Kopf zurück, hob die Vorderläufe vom Boden und machte einen Satz zurück. Sogleich mußte der Ritter Quentin loslassen, der Junge rannte unter dem Bauch des scheuenden Pferdes durch und war fort. Als er die Ecke des Wirtshauses erreichte, sah er gerade noch, wie einer der Reiter Teido mit dem Schwertknauf aufs Haupt schlug. Er hörte es dumpf krachen, und Teido sackte zu Boden.

7

Quentin rannte blindlings durch die schmalen Gassen, die kaum mehr als Pfade zwischen abgeschotteten Behausungen waren. Beim Laufen warf er hastig einen Blick zurück, weil er erwartete, der Berittene werde an jeder Ecke auf ihn losstürmen. Seine kräftigen Beine flogen so schnell auf und ab, wie seine Angst ihn davonzutragen vermochte.

Allmählich geriet er außer Atem und verbarg sich in einem schmalen Durchgang zwischen zwei Gebäuden, der auf die Hauptstraße der Stadt Askalon führte. Von der Straße aus war er nicht zu sehen, und er wartete, bis er wieder zu Atem gekommen war und einen klaren Gedanken fassen konnte.

»Geh zu Derwin zurück«, erinnerte er sich Teidos Worte, »er wird wissen, was zu tun ist.« Aber er hatte kein Pferd, und Derwin war einen Tagritt weit weg. Es war nicht zu schaffen – zu Fuß, allein und ohne Vorräte; die mußte er sich auf jeden Fall besorgen. Er hatte allerdings keine Ahnung, wie und wo er sie bekommen sollte.

Da er nicht zu lang an einem Fleck bleiben wollte, fing er an, durch die Straßen zu spazieren. Er hatte keinen blassen Schimmer, wohin er ging, und merkte erst, daß er sich der Burg genähert hatte, als er einmal aufblickte und die himmelstürmenden Mauern über sich sah. Er schien von ihr angezogen zu werden. Denn obgleich er absichtlich zweimal die Richtung geändert hatte, um ihr nicht zu nahe zu kommen, damit ihn niemand sah und ohne Federlesen gefangennahm, war er jedesmal, wenn er aufsah, näher bei ihr als zuvor.

In der Zwischenzeit hatten die Läden im Kaufmannsviertel, durch das er gerade ging, ihr tägliches Geschäft angefangen. Obzwar die Dächer voll Schnee lagen und von den Gauben

Eiszapfen hingen, rissen die Kaufleute ihre Läden weit auf, um den strahlenden, wolkenlosen Morgen einzulassen und den Beginn eines neuen Handelstages einzuläuten. Bald hörte man auf den gepflasterten Straßen das Getrappel eifriger Füße und die schrillen Stimmen der Verkäufer, Inhaber und Straßenhändler, die einander grüßten, ihre Waren verhökerten und sich um die Preise zankten. Einige Bauern hatten der Kälte getrotzt und Stände aufgebaut, an denen sie ihre Winterwaren anboten: Eier und Käse, verschiedene Sorten Bier und Apfelmost. Vor den Ständen brannten große Kohlebecken. Dort lungerte Quentin herum und wärmte sich auf. Verzweifelt grübelte er nach, wie er sich am besten Proviant besorgen sollte.

Am Ende beschloß er, das Risiko einzugehen und zum Wirtshaus zurückzukehren, um sein Pferd zu holen, vorausgesetzt, die Entführer hatten es dagelassen. Er ging eine Straße hinunter, in der allem Anschein nach die Handwerker ihren Sitz hatten. Quentin erkannte verschiedene von ihnen: einen Schmied, einen Lichterzieher, einen Kürschner. Zu letzterem zog ihn irgend etwas. Er stellte sich eine Weile vor den Eingang und fragte sich, warum er sich hierhingehörig fühlte – ein unerklärlicher Eindruck. Hier war er doch noch nie im Leben gewesen.

Quentin ging vor dem Gebäude auf und ab und starrte das bunt bemalte Schild an, auf dem ein roter Fuchs mit einem ungewöhnlich langen, buschigen Schweif abgebildet war. Schließlich setzte er sich wieder in Bewegung, ehe jemandem sein unverschämtes Herumlungern auffiel und er weggejagt wurde. Als er sich gerade von der Tür abwandte, kam eine kleine, zweirädrige Kutsche mit einem zotteligen braunen Pony angefahren. Sie war glänzend schwarz lackiert und trug auf der Tür ein Wappen: ein roter, sich windender Drache mit goldener Umrandung.

Der Fahrer, der vorausging, hielt das in der kalten Morgenluft tänzelnde Pferd an, und die Tür des Einspänners flog auf. Im Inneren saß eine Dame, die in ein dickes Gewand gehüllt war und eine Haube auf dem Kopf trug. Die Dame schien aussteigen zu wollen, da sah sie, daß Quentin unmittelbar vor ihr stand. Sie lächelte und sprach: »Junge, komm näher.« Sie warf ihre Haube zurück; zum Vorschein kamen feine Gesichtszüge und lange dunkle Flechten, die ihr auf die Schultern fielen. Quentin glaubte, noch nie im Leben so einen schönen Menschen gesehen zu haben. Und dann schien das Mädchen auch noch sein Alter zu haben, soweit er das schätzen konnte, es war höchstens ein oder zwei Jahre älter. Auftreten und Benehmen jedoch machten ihm klar, daß er es sicherlich mit jemand von königlichem Geblüt zu tun hatte.

Hölzern trat er zur Kutsche und legte seine Hand auf die Tür. »Jawohl, Majestät.«

Das Mädchen lachte, und Quentin lief puterrot an. »Ich bin nicht die Königin«, erwiderte es. »Ich bin nur Ihrer Majestät... Gefährtin. Meine Herrin wünscht, daß dein Meister sie heute nachmittag besuche.« Das Mädchen machte eine Kopfbewegung in Richtung der Kürschnerei. »Nimm das«, sagte es und reichte dem überraschten Quentin ein kleines, gefaltetes Stück Pergament, das mit einem Band verschlossen und mit Wachs versiegelt war. »Damit werdet ihr geradewegs in die Gemächer meiner Herrin vorgelassen. Um welche Zeit, darf ich ihr ausrichten, werdet ihr kommen? Ihr wäre es recht nach dem Mittagsmahl.«

Quentin erinnerte sich der Hofetikette, verbeugte sich tief und erwiderte etwas unsicher: »Dein ehrwürdiger Diener wird sich einstellen, Herrin.« Er hatte einiges durcheinandergebracht, aber der Ton war richtig gewesen. Die Gesellschafterin der Königin lachte wieder. Ihre Stimme war fröhlich und kündete von einem glücklichen Herzen.

»Ich bin mir sicher, daß ihr eure schönsten Pelze mitbringen werdet.« Quentin verbeugte sich abermals, und der Fahrer nahm, ohne nach rechts oder links zu blicken, die Zügel auf und führte die Kutsche fort.

Quentin starrte die Einladung in seiner Hand an und staunte über sein bemerkenswertes Glück. Ariel, eine Gottheit, zu deren Eigenschaften unverhofftes Glück gehörte, hatte es schließlich gefügt, daß Quentin seine Unterredung mit der Königin bekam. Quentin betrachtete den Irrtum des Mädchens als ein Wunder höchster Ordnung und steckte das Schreiben tief in sein Wams. Rasch ging er davon, mit frischer Entschlossenheit, und vergaß vollkommen Teidos Befehl, den frommen Einsiedler Derwin um Hilfe zu ersuchen.

Obwohl Quentin bis zu seiner Unterredung noch mehrere Stunden blieben, beschloß er, sich schon zu den Toren zu begeben und dort auf den vereinbarten Moment zu warten. Er wollte die Zeit dazu nutzen, sich genau zu überlegen, was er in Gegenwart der Königin sagen und tun würde: Wie er seine List gestehen, seine Botschaft übergeben und vor allem um die Freilassung seines Freundes bitten würde; er wußte zwar nicht, warum Teido gefangengenommen worden war, nahm aber an, es habe etwas mit dem geheimen Schreiben in seinem Wams zu tun.

Quentin vergaß seine Furcht vor den Bewaffneten und dem Scharmützel im Stallhof des Wirtshauses, denn er glaubte, seine Mission stehe unter dem Schutz der Götter. Kühn stolzierte er voran, als würde er die unüberwindliche Rüstung eines königlichen Ritters tragen. Daß ein junger Mann in seinem gewöhnlichen braunen Umhang und seinem dunkelgrünen Wams, seiner etwas zu großen Hose, den Überstrümpfen und den schweren, wegen der Winterkälte hochgeschnürten Bauernsandalen mitten auf der Straße daherstelzte wie ein ganzes Regiment königlicher Recken, brachte die Städter zum Schmunzeln.

Hätte Quentin die Heiterkeit bemerkt, die sein Marsch zu den Toren der Burg hervorrief, er hätte sich verlegen aus dem Staub gemacht. Aber sie entging ihm, so beschäftigt war er mit seinen stolzen Taten und seinem Glück.

Seine Haltung änderte sich jedoch jäh, als er die Tore der Festung Askalon erreichte. Es waren hünenhafte Gebilde aus Holz und Eisen, so breit, daß eine ganze Schar Ritter, ein Dutzend nebeneinander, hindurchreiten konnte. Sie waren eine Warnung für jeden, der gegen König Eskewar einen Krieg vom Zaun brechen wollte. Die Tore hatten bei unzähligen Belagerungen Feuer, Äxten und Rammböcken getrotzt. Mit vor Staunen offenem Mund stand Quentin am Fuß der langen Anstiegsrampe zu den Toren und starrte den herrlichen Anblick an. Die Burg ragte schwungvoll in den hellblauen Winterhimmel empor. Auf einer Reihe von Türmen flatterten rotgoldene Banner; Quentin hörte das Klatschen der Fahnen im eisigen Wind.

Von fünf Wundern aus Urzeiten war nur Askalon übrig. Die anderen vier – der Feuerbrunnen von Pelagien, die Eistempel von Sanarad, die Höhlengräber der Bralduräer Könige und die Singenden Steine von Syphrien – waren alle verfallen und in grauer Vorzeit untergegangen. Aber Askalon, die mächtige Königsstadt, unter deren Berg ein Drache schlief, stand und würde ewig bestehen.

Die Grundmauern Askalons waren aus dem Felsen des Hügels gehauen, auf dem die Burg ruhte, sie selbst ein Berg an Stärke und Anmut. Die harten Steinwälle waren unter Anleitung von zweihundert Maurern durch die rohe Kraft von zweitausend Steinbrechern und Knechten errichtet worden. Diese Arbeit zog sich über einen Zeitraum von hundert Jahren ununterbrochen hin. Sobald der äußere Mauerring stand, wurden die Türme fertiggestellt und mit dem Bau des Torhauses begonnen. Das Tor, die verletzlichste Stelle der Festung, war selbst eine einzigartige Leistung des Erfindergeists und wurde über weitere fünfzig Jahre errichtet und vervollkommnet. Dann begann die Arbeit am inneren Festungsring, den Mauern, die den Arbeits- und Lebensbereich des königlichen Gefolges aus Kriegern, Dienern, Köchen, Wärtern, Aufsehern, Mägden und der ganzen Schar von Aufgabenträgern einschließen sollte, die nötig waren, um den reibungslosen Gang des Reiches zu gewährleisten.

Der innere Festungsring bestand wie der äußere aus einem Doppelwall; der Hohlraum in der Mitte wurde mit Erde und Geröll aufgefüllt, damit die Mauern den zerstörerischen Schlägen von Rammböcken standhalten konnten. Sobald der innere Ring und die dazugehörigen Türme fertig waren, begann die Arbeit an den Gemächern und Behausungen. Die Zusammenstellung der Innengebäude wechselte über die Zeiten unzählige Male, jeder neue Herrscher ließ nach seinem persönlichen Geschmack und der Mode der Zeit Veränderungen vornehmen.

Auch die äußere Gestalt der Burg blieb nicht gleich, da neue Angriffsstrategien eine verbesserte Verteidigungsanlage bedingten. Über tausend Jahre war die Burg gewachsen und hatte sich verändert, bis sie zu einem furchteinflößenden und schönen Bauwerk geworden war. Und dieses sah Quentin, als er staunend himmelwärts starrte und die Anlage mit einem langen Blick zu erfassen suchte. Sie übertraf seine sämtlichen Erwartungen.

Nach einer Weile kam er an die Rampe und begann mit dem langsamen, mühevollen Aufstieg zu den Toren. Auf seinem Weg überholten ihn mehrere Ochsenkarren und -wagen mit Vorräten für das Schloß. Er nahm sie nicht alle wahr. Seine Augen hingen an den dräuenden Zinnen und aufragenden Türmen der Festung, die seine kühnsten Erwartungen in den Schatten stellten und in seiner Phantasie noch die Übertreibungen hinter sich ließen, welche sich die Menschen von ihr erzählten. So brauchte er für den Weg weitaus länger als nötig.

Als er schließlich das Ende der Auffahrt erreichte und vor der Zugbrücke anlangte, hielt er inne: Das einziehbare Viereck spannte sich über einen mächtigen Graben, der zwischen der Auffahrt und den Toren in die halsbrecherische Tiefe voll Felsgeröll bis zum ausgetrockneten Wassergraben führte. Da er nicht die Aufmerksamkeit der gefährlich wirkenden Wächter erwecken wollte, hielt er sich im Schatten eines der Häuser auf, die man in Stufen entlang der Rampe errichtet hatte. Das letzte von ihnen bot Schutz vor dem Wind, darum ließ er sich vor einer Mauer nieder und wartete.

Die Leute eilten, in eigenen Geschäften unterwegs, hin und her, aber Quentin hatte nichts im Kopf außer der vor ihm liegenden Aufgabe. Er versuchte, sich die Königin auszumalen. Er hatte Geschichten über die liebliche Alinea gehört, aber bei seiner begrenzten Erfahrung mit Frauen konnte er sich kaum eine schönere vorstellen als die Maid, die er erst am Morgen kennengelernt hatte. Königin Alinea sollte langes, rotbraunes Haar haben, das in der Sonne leuchtend schimmerte, und Augen, so grün wie Waldesschatten an einem Sommernachmittag.

Ihre Stimme galt als ein zauberisches Instrument; wenn sie sprach oder sang, wofür sie weit und breit berühmt war, klang es einem wie ein fröhlich sprudelnder Bach im Ohr. Diese und andere Einzelheiten hatte er an der Tafel der Priester gehört oder dem Reden der Pilger entnommen, die er zufällig belauschte, wenn sie an Sommerabenden vor dem Tempel lagerten und auf ihr Orakel warteten.

Königin Alinea, so hieß es, ergänzte König Eskewars Stärke und ruhelose Lebenskraft durch ihre Anmut und Schönheit auf vollkommene Weise.

Als Quentin meinte, der Mittag sei vorüber, setzte er sich in Bewegung; er war froh, sich wieder strecken zu können, denn beim Warten war ihm kalt geworden. Also hielt er entschlossen auf die Tore zu. Die Haupttore waren zwar geschlossen, aber kleinere, die immer noch so breit waren, daß zwei Wagen aneinander vorbeifahren konnten, standen offen und wurden von finster blickenden Wächtern gehütet. Quentin wußte nicht, wie er sich richtig bei der Königin anzumelden hatte, aber er wollte dem Erstbesten sagen, was er vorhatte, und die Dinge ihren Lauf nehmen lassen.

Der Erstbeste war natürlich ein Wächter, dem Quentin sich pflichtschuldig näherte. Aber als Quentin etwas sagen wollte, winkte der Mann ihn mit seiner Lanze weiter. Sofort befand er sich in einem langen, niedrigen Tunnel, dem Inneren des Torhauses, durch das der Weg in den Außenbezirk der Burg führte.

Mangels militärischer Erfahrung hatte Quentin angenommen, sobald er die Tore nach drinnen durchschritten hätte, würde er wie im Tempel in der Burg sein. Die Straße durch das Torhaus empfand er als höchst unangenehm. Das dunkle, bedrückende Gefühl rührte von den massiven Fallgattern mit den scharfen Eisenzähnen, unter denen er durchgehen mußte, und das tat er rasch.

Sobald er das Torhaus hinter sich hatte, stand er im Außenbezirk und hatte eine kleinere Burg vor sich, die von einer kleinen Stadt mit Häusern, Ställen, Küchen, Lagerschuppen und Nebengebäuden umgeben war. Einige waren aus Stein, andere aus Holz und Lehm wie in der Stadt unterhalb des Hügels. Diese innere Burg hatte ein eigenes Torhaus, auf das Quentin sofort zuging. Hier waren die Sicherheitsmaßnahmen strenger, und der Wächter am Tor verlangte sein Begehr zu wissen. Quentin zog das gefaltete Pergament heraus. Der Krieger warf einen Blick auf das Siegel und winkte ihn weiter.

Als Quentin das Torhaus hinter sich gelassen hatte, stand er ratlos in einem beachtlich großen Hof. Der ganze Innenbezirk bestand aus gepflegten Gärten, die sämtliche bekannten Pflanzen und Bäume des Königreichs und anderer Weltgegenden enthielten. Im Frühling leuchtete der Innenbezirk vor Blüten in bunten Farben. Jetzt war er mit einer leblosen, weißen Schneeschicht bedeckt.

Während Quentin alles betrachtete, tauchte aus einem steinernen Bogen ein Mann in einem langen Brokatmantel mit Zobelbesatz auf – seiner prächtigen Kleidung nach ein Baron oder Fürst – und eilte durch den Garten in einen anderen Teil der Burg. Quentin ließ den Edlen an sich vorübergehen und folgte ihm dann. Der Mann hastete über die verschneite Fläche und eilte in die Burg, Quentin unmittelbar ihm nach.

Sobald Quentin drinnen war, verlor er den Mann aus den Augen, weil dieser in einer der vielen Türen verschwand, die auf den Hauptkorridor gingen. Er stand da und überlegte, was er tun sollte, als eine mürrische Stimme hinter ihm belferte: »Was hast du hier zu schaffen, junger Spitzbube?«

Quentin drehte sich rasch um und sah einen vierschrötigen Mann drohend auf sich zukommen. »Ich möchte die Königin besuchen.« Er sagte, was ihm gerade einfiel.

»Ach, tatsächlich?« Der Mann runzelte wütend die Stirn. »Pack dich! Du solltest wissen, daß man in meinem Bereich nicht herumlungert! Pack dich, sage ich!«

Quentin machte einen Schritt zurück und hielt das versiegelte Schreiben vor sich, als wollte er damit einen drohenden Schlag abwehren. »Bitte, Herr, ich habe einen Brief.«

»Was geht hier vor, Wärter?« Die Stimme drang aus einer

offenen Tür; Quentin schaute auf und sah den Edlen, dem er ins Schloß gefolgt war.

»Der Bursche hier sagt, er möchte die Königin besuchen. Ich glaube, er führt etwas im Schilde.«

Der Mann trat vor Quentin. »Laß mich deine Papiere sehen.«

Quentin schluckte und reichte dem Mann das versiegelte Pergament. Er riß den Brief an sich, betrachtete das Siegel, erbrach es und überflog das Schreiben. »Wo ist dein Herr?« wollte der Mann wissen und musterte Quentin genau.

»Er – er konnte nicht kommen und schickte mich daher los, um die Königin um Vergebung zu bitten.«

»Hm, sage deinem Herrn, er solle die Bitten der Königin in Zukunft höher achten, sonst fällt er in ihrer Gunst und verliert den Gewinn aus dem Handel mit ihr.« Er gab Quentin den Brief zurück. »Nun gut, folge mir.«

Der Mann war kein Adliger, wie Quentin vermutet hatte, sondern der Kammerherr der Königin. Er geleitete Quentin durch ein Labyrinth von Fluren und Vorzimmern bis zu einem hochgewölbten Gang, der zu einem höhergelegenen Stockwerk des Schlosses führte. »Setze dich«, befahl der Kammerherr schließlich.

Quentin nahm im Flur auf einer niedrigen Bank vor einer großen, geschnitzten Holztür Platz. Auf den Innenbezirk ging ein breites, verglastes Fenster hinaus, und Quentin blickte verdutzt hinaus. Er versuchte sich zu erinnern, was er der Königin sagen wollte, hatte aber alles vergessen.

Der Kammerherr ging mehrmals ein und aus wie andere auch, zum größten Teil Dienerinnen oder andere Frauen. Ein- oder zweimal glaubte Quentin, die Königin selbst aus dem Gemach kommen zu sehen; diese Schönheiten waren, wie Quentin entdeckte, die Hofdamen der Königin; alle waren jedoch für Quentins ungeübten Blick angetan wie Königinnen und benahmen sich auch so.

Nach einer Weile kam der Kammerherr wieder und trat geradewegs zu Quentin. »Ihre Majestät wünscht dich jetzt zu sehen«, sagte er und gab Quentin noch einen Hinweis: »Wenn man das königliche Gemach betreten hat, kniet man geziemenderweise, bis Ihre Majestät einen bittet, aufzustehen.«

Quentin nickte und folgte dem Mann durch die Tür zum äußeren Gemach der Königin. Es handelte sich um einen großen, offenen Raum voller Teppiche und Möbel. Da saßen ein paar Frauen an Webstühlen und unterhielten sich bei ihrer Arbeit. In einer Ecke begleitete ein Spielmann einige Damen, die sangen. Der Raum schien voll zauberhafter Dinge. Quentin fragte sich, welche der liebreizenden Frauen wohl Königin Alinea sei. Aber der Kammerherr führte ihn durch diesen Raum in einen weiteren, das Privatgemach der Königin.

Der Diener klopfte einmal an die wundervoll geschnitzte Tür und öffnete sie, ohne eine Aufforderung abzuwarten. Er verneigte sich tief und schob Quentin hinein. Quentin wagte nicht, den Blick zu heben, und ließ sich auf die Knie sinken.

»Majestät, der Kürschner«, verkündete der Kammerherr und zog sich sofort zurück. Dann hörte Quentin die Stimme der Königin.

8

»Unser Kürschner ist ja so jung und so förmlich«, sagte Königin Alinea. Ihre Stimme glich, ganz wie die Dichter behaupteten, tatsächlich einem fröhlich plätschernden Wildbach, dachte Quentin. »Steh auf, junger Kürschner«, befahl sie freundlich. Unsicher hob Quentin den Kopf, denn er wagte es kaum, den Blick auf die Königin zu richten. Doch als er sie sah, konnte er die Augen nicht mehr von ihr wenden.

Königin Alinea stand an einem Fenster. Das strahlende Blau des nachmittäglichen Winterhimmels bildete einen leuchtenden Hintergrund, der ihr schönes rotes Haar hervorhob. Ihre anmutige Gestalt steckte in einem schlichten, tief türkisgrünen Kapuzenkleid, das sanft gefältelt zu Boden fiel. Sie trug einen Gürtel aus geflochtenem Gold und Perlen, der ihre schlanke Taille betonte, und um ihren Schwanenhals schlang sich ein zartes und zierliches Band aus den gleichen Materialien. Das Haar war aus ihrer hohen, edlen Stirn gekämmt, um die sich ein einfacher Goldreif spann. Die rotbraunen Flechten schlängelten sich in lockiger Pracht ihren Hals hinab und umrahmten ihr Antlitz, das so offen und ehrlich war, daß es den Betrachter entwaffnete. Ihre Augen blitzten vor Gutherzigkeit, ihr lieblicher Mund wurde von einem Lächeln umspielt, das jederzeit drohte, ihre feinen Gesichtszüge in hellem Lachen aufzulösen.

All dies sog Quentin mit dem Blick auf, als hätte er kein Benehmen; er starrte sie schamlos an, sprachlos angesichts ihrer blendenden Erscheinung.

»Unser junger Besucher scheint von deiner Schönheit betört, Bria«, meinte die Königin. Da bemerkte Quentin das Mädchen, das er am Morgen kennengelernt hatte. Es saß mit einem Stickrahmen im Schoß neben der Königin. Diese hatte dem Mädchen gerade feinere Stiche beigebracht. »Ich wiederhole es: Steh auf, junger Kürschner«, sagte die Königin. Sie trat von ihrem Podest und ging zu Quentin, der rasch aufsprang und sich tief verneigte.

»Hast du mir etwas zum Zeigen mitgebracht, junger Mann«, fragte die Königin freundlich, »oder soll ich dir beschreiben, was mir vorschwebt, damit mich die Kunstfertigkeit deines Herrn überrasche?«

Erschrocken erinnerte Quentin sich mit einemmal daran, daß er nicht der Kürschner, ja nicht einmal dessen Lehrling war; auch seinen Namen kannte er nicht. Mit zitternder Hand tastete er nach dem Brief, für den Ronsard sein Leben gelassen hatte. Die Königin bemerkte sein Zaudern und Zagen und fragte: »Fehlt dir etwas? Warum zögerst du so?«

»Majestät... ich bin nicht des Kürschners Gehilfe«, brachte Quentin stotternd hervor. Und als sie ihn liebenswürdig erstaunt anblickte, fuhr er fort: »Ich habe Euch etwas Wertvolleres gebracht, als Ihr ahnt. Es ist...« Er verstummte mit einem Blick auf die Gefährtin der Königin. »Ich glaube, Ihr werdet wünschen, dies unter vier Augen entgegenzunehmen.«

Die Königin lächelte ob dieser Heimlichkeit, nickte Bria aber zu. Diese entfernte sich mit einem scharfen, mißbilligenden Blick auf Quentin.

»Nun«, meinte die Königin und faltete die Hände vor sich. »Was bedarf meiner heimlichen Aufmerksamkeit?«

»Ein Brief, Euer Majestät«, antwortete Quentin und schlug seinen Umhang zurück. Er nahm den Dolch mit dem Goldgriff von seinem Gürtel und schnitt sein Wams dort auf, wo der Brief eingenäht war.

»Dieser Dolch...«, sagte die Königin plötzlich neugierig. »Laß ihn mich sehen.«

Sie nahm ihn entgegen und besah sich genau den goldenen Griff. »Dieses Messer ist mir bekannt«, sagte sie schließlich. »Ich weiß nur nicht, woher.«

Quentin hatte das Pergament endlich aus seiner Umhüllung befreit und streckte es der Königin unverzüglich entgegen: »Der Besitzer dieses Messers schickt es Euch an seiner Statt.« Sie nahm den Dolch und erbrach das Siegel des Schreibens. Dann faltete sie das knisternde Pergament auf und las. Da Quentin nicht wußte, was der Brief enthielt, wartete er gespannt auf ihre Reaktion. Er beobachtete ihr Gesicht nach einem Hinweis, immer eingedenk, daß ein Mann für diesen Inhalt mit seinem Leben bezahlt hatte.

Quentin hatte den Eindruck, als würde die Nachricht erst allmählich wirken, obwohl die Königin sie sofort verstanden haben mußte. Ihr Antlitz wurde fahl, und sie ließ den Dolch klappernd zu Boden fallen. Der Glanz ihrer Augen schien zu erlöschen; sie füllten sich mit Schrecken. Die Königin warf den Brief beiseite und murmelte: »Mein König.«

Wie in Granit gehauen stand Quentin da und wagte sich nicht zu bewegen, um die Königin nicht in ihrem Kummer zu stören. Die schöne Fürstin ließ schlaff die Arme hängen, als hätte sie sämtliche Kraft eingebüßt. Ihr Kinn sank auf ihre Brust. Quentin stöhnte innerlich auf, als er die edle Dame so grausam getroffen sah. In diesem Augenblick gelobte er, alles, was der Königin dieses Unheil gebracht hatte, in Ordnung zu bringen, mochte es sein, was es wollte. Und sollte es dafür zu spät sein, wollte er ihren Gram rächen.

Er trat zu ihr, sein Herz blutete für sie. Unwillkürlich griff sie nach seinem Arm und klammerte sich daran. Ihre Augen überflogen abermals den Brief. Sie schwieg eine Weile. Quentin wollte schon in das angrenzende Zimmer laufen und Hilfe holen, traute sich aber nicht, die Königin allein zu lassen. Darum blieb er stehen und bot ihr seinen Arm, ja, wenn nötig, hätte er ihr in diesem Augenblick auch sein Leben geboten.

Da hub sie wieder an zu sprechen; ihre Stimme klang jedoch ganz anders als noch kurz zuvor.

»Kennst du den Inhalt dieses Schreibens?« fragte sie. Quentin erwiderte nichts. »Dann erzähle mir, wie du in seinen Besitz gelangtest, denn ich fürchte, es ist kein Scherz. Die Unterschrift kenne ich nur zu gut. Und der Dolch am Boden ist Beweis genug.«

»Ich heiße Quentin und war Priesterschüler im Tempel des

Ariel. Vor drei Tagen langte ein verwundeter Ritter im Tempel an und bat uns um Hilfe. Sein Auftrag sei entscheidend für das Wohl des Reiches – eine Botschaft vom König. Er fürchtete nicht den Tod, sondern nur, daß er zu früh von ihm ereilt werden könnte und er seine Nachricht nicht mehr an Euch überliefern würde. Darum schrieb er alles auf; diesen Brief haltet Ihr in Händen.«

»Ronsard, der kühne Ronsard, hat dich an seiner Statt gesandt? Einen Priesterschüler aus dem Tempel?« Verblüfft, daß Quentin sich zu einer solchen Aufgabe gemeldet hatte, betrachtete die Königin den Jungen. Dieser mißdeutete die Frage der Königin jedoch.

»Er wählte mich nicht aus, Herrin. Aber es gab außer mir niemanden ...«

»Und wie steht es um Ronsard?« Königin Alinea wandte den Kopf ab, als wollte sie sich vor der Antwort schützen. Quentin blieb stumm. »Ist er tot?« Abermals schwieg Quentin, denn er brachte es nicht übers Herz, es ihr zu sagen.

Da richtete die Königin sich auf, straffte die Schultern und reckte den Kopf. Als sie sich wieder Quentin zuwandte, wirkte sie erstaunlich gefaßt und zeigte so ihre bemerkenswerte innere Stärke. »Er vertraute dir und legte so die Sicherheit des Königs und die Zukunft des Reiches in deine Hand. Darum muß auch ich dir trauen.«

Sie ging zu einem hohen, gepolsterten Stuhl, der am Fenster stand. Der Himmel draußen, der gerade noch so rein und klar gewesen war, wirkte jetzt kalt und abweisend, so trüb, als hätte jemand einen Schleier ausgeworfen.

Alinea setzte sich und forderte Quentin auf, es ihr gleichzutun. Als er sich auf die Fensterbank neben sie setzte, sagte sie: »Quentin, dieser Brief kündet allen, die sein Geheimnis kennen, von düsteren Ereignissen. Unser Königreich schwebt in Gefahr. Der König befindet sich in der Gefangenschaft des Geisterbeschwörers Nimrod; verraten hat ihn sein eigener Bruder, Prinz Jaspin, der selbst den Thron besteigen möchte. Mehr steht nicht in dem Brief, aber die Folgen lassen sich leicht erahnen.

Ich bin all die Jahre über blind gewesen. Während ich den

Kriegen in der Fremde folgte, wurde die Macht des Königs im Lande während seiner Abwesenheit geschmälert, von Jaspin und seinen gedungenen Dieben geraubt. Ich bemerkte es zu spät – bin nun selbst eine Gefangene im eigenen Schloß. Meine einzige Hoffnung beruhte darauf, daß die Rückkehr des Königs in ihren feigen Herzen Furcht säen würde und daß der König, sobald er wieder im Besitz seiner Macht wäre, mit ihnen abrechnen würde.

Das wird nun wohl nicht geschehen. Ich fürchte, unsere Sache ist verloren, noch ehe wir Alarm geschlagen haben.« Die Königin schaute zum Fenster hinaus, aber ihre Augen sahen nichts von dem, was draußen war.

Quentin, der sofort großes Mitleid für die Königin empfand und zugleich einen noch größeren Zorn auf Jaspin, sprach voll stiller Entschlossenheit: »Dann müssen wir den König retten.« Die Königin drehte den Kopf und lächelte traurig.

»Du bist ein echter Mann. Ronsard tat recht, dir zu vertrauen. Aber vermöchte ich eine Streitmacht aufzustellen, so wäre das Leben des Königs verwirkt. Jaspin, mußt du wissen, würde augenblicklich davon Kenntnis erhalten. Seine Spitzel sind überall. Im Wald von Pelgrin fällt kein Blatt vom Baum, ohne daß er es erfährt.«

»Ich habe Freunde«, erbot sich Quentin. »Vielleicht können einige wenige ausrichten, was vielen verwehrt ist.« Wie wenige es waren, hatte Quentin erst gar nicht bedacht. Die einzigen Menschen auf der Welt, die er außer Bjorkis zu seinen Freunden zählen konnte, waren Teido und der Einsiedler Derwin.

»Du würdest es auf dich nehmen, deinen König zu retten? Du und deine Freunde allein?« Königin Alinea schien Quentins Anerbieten abtun zu wollen, zögerte aber. Nachdenklich betrachtete sie Quentin, den Kopf zur Seite geneigt, als wollte sie ihn für ein neues Gewand abschätzen. »Es hört sich nach Wahnsinn an, aber deine Worte sind vielleicht klüger, als du weißt. Wer sind deine Freunde?«

Auf diese Frage hin erblaßte Quentin, denn ihm wurde klar, daß es wenige waren und nicht ein Ritter darunter. Aber so überzeugt, wie er konnte, erwiderte er:

»Nur Derwin, der fromme Einsiedler von Pelgrin, und ein Mann namens Teido.« Er schämte sich, nicht mehr Namen nennen zu können, aber die dunkelgrünen Augen der Königin begannen zu leuchten.

»Glücklich der Mensch«, rief sie aus, »der den höchst edlen Teido zum Freunde hat. Weißt du, wer er ist?«

Diese Frage brachte Quentin in die Klemme; er wußte *nicht*, wer Teido war. Im Grunde wußte er gar nichts, außer daß Teido früh am Morgen von Fremden gefangengenommen worden war – und das hatte er bis gerade eben vergessen. Er hatte keine Ahnung, was er antworten sollte, aber als er gerade anhub, seine Unkenntnis zu gestehen, fuhr die Königin fort: »Teido wurde seit einiger Zeit von niemandem mehr gesehen. Er gehörte zu den tapfersten Rittern des Königs und war höchst edel obendrein. Als sein Vater starb, kehrte er aus dem Krieg zurück. Doch als er hier anlangte, beschuldigten Jaspin und seine Schurken ihn fälschlich des Verrats. Daraufhin wurden seine Burg und seine Ländereien eingezogen. Er entkam ihren Fallen und lebt seitdem als Vogelfreier.«

Die Königin erhob sich und trat vom Fenster weg. Mit plötzlicher Herzlichkeit blickte sie auf Quentin hinab. »Auch ihm würde ich mein Leben anvertrauen. Den frommen Einsiedler Derwin kenne ich nicht, aber wenn er mit dir und mit Teido befreundet ist, dann soll er genauso mein Freund sein. – Warum schaust du so? Fehlt dir etwas?« fragte die Königin, als sie Quentins jähe Niedergeschlagenheit bemerkte.

»Herrin«, erwiderte Quentin betrübt – er mußte sich zum Sprechen zwingen –, »Teido wurde heute morgen von Männern gefaßt, die ihm aufgelauert hatten. Ich bin hierher entkommen, aber was aus Teido wurde, weiß ich nicht, und auch nicht, wohin er verschleppt wurde.«

Die Antwort der Königin auf diese offenbar schicksalsschwere Auskunft überraschte Quentin und erfreute ihn aufs höchste: »Dieses Rätsel läßt sich rasch klären«, sagte sie mit grimmigem Unterton. »Denn es gibt nur einen Menschen, der die Untertanen des Königs bei hellem Tageslicht derart bedrängt –

eine Tat, für die noch die finstersten Lumpen die Dunkelheit der Nacht wählen würden. Prinz Jaspin hat unseren Freund entführt. Daran besteht kein Zweifel.« Sie überlegte kurz. »Seine Anmaßung ist sicher so groß, daß er nicht davor zurückschreckte, seine Beute bis in diese Mauern zu schleppen.«

Rasch durchmaß die Königin das Zimmer, riß die Tür auf und rief nach dem Kammerdiener, der im Nu vor ihr stand. Sie flüsterten miteinander an der Tür, dann eilte der Kammerdiener fort.

»Wir werden bald um das Los unseres Freundes Teido wissen. Ich habe Oswald ausgesandt, daß er sich beim Kerkermeister heimlich erkundigt, ob heute morgen ein neuer Gefangener seiner Obhut anvertraut wurde. Wir werden sehen, ob ich richtig geraten habe.«

Sie warteten auf die Rückkehr des Kammerdieners. Quentin zappelte nervös und enttäuscht. Er wollte in das Verlies laufen, wo es auch sein mochte, selbst nachsehen und seinem Freund auf der Stelle zur Freiheit verhelfen. Die Königin dagegen ertrug das Warten mit fürstlicher Gelassenheit. Ihre Gefühle waren entschlossen, das spürte Quentin; unter dem ruhigen Äußeren schien es zu brodeln.

Schließlich kam der Kammerdiener Oswald zurück. Er verbeugte sich tief und ging rasch zur Königin: »Majestät, heute morgen wurde ein Gesetzloser gefangengesetzt. Mehr weiß der Wärter nicht; allerdings hat ihn der betreffende Ritter angewiesen, niemanden zu dem Gefangenen zu lassen und nichts von seiner Anwesenheit verlauten zu lassen.«

»Kannte der Kerkermeister diesen Ritter?«

»Es war Ritter Bran«, erwiderte Oswald. Die Königin dankte ihrem Kammerdiener und entließ ihn. Dann sagte sie zu Quentin: »Unser Rätsel ist wohl gelöst. Aber jetzt stehen wir vor einem anderen Problem, das größere Schwierigkeiten bereitet: Wie sollen wir den Gefangenen befreien?«

9

Die Nachmittagssonne, so schien es Quentin, war zu rasch untergegangen. Das Gemach der Königin wurde düster; jeden Augenblick würden die Diener beginnen, die vielen Kerzen zu entzünden, die überall standen. Der Tag war so ereignisreich gewesen, vor allem die letzten Stunden.

Jetzt aber war alles bereit, und sie warteten: »Du wirkst besorgt, junger Mann.« Die Königin ging zu Quentin hinüber, der auf seiner Fensterbank Wacht hielt. Sie hatte sich bis zuletzt um sämtliche Einzelheiten gekümmert und war soeben zurückgekehrt. »Mache dir keine Sorgen, Quentin.« Er lächelte schwach und wandte den Blick langsam vom Fenster. Von dort aus hatte er den ganzen Spätnachmittag über die Diener beobachtet, die im Schnee durch den Hof eilten und die klammheimlichen Aufträge der Königin ausführten.

»Ich habe keine Angst«, log Quentin, »oder fast keine.« Er betrachtete die schöne Alinea im Dämmerschein. Sie hatte sich sehr verändert, seitdem er sie zum letztenmal gesehen hatte. Statt der feinen königlichen Gewänder, die sie gerade noch getragen hatte, war sie nun in schlichtere Stoffe gehüllt: Sie hatte ein dunkelgrünes Wams an, ganz ähnlich seinem eigenen, und darüber einen purpurnen Mantel, der schwer war, aber herrlich gewirkt. Um die Taille hatte sie einen breiten Männergürtel geschlungen, darunter trug sie eine Hose; hohe Reitstiefel vervollständigten ihre Ausstattung. »Nun, gefällt dir die Aufmachung der Königin?« fragte sie lachend, damit Quentin sich nicht ängstigte. »Du und ich, wir haben denselben Schneider.«

Quentin zwang sich zu einem Lachen und stand auf. »Wann brechen wir auf? Die Sonne ist untergegangen ... Dauert es noch lang?«

»Nein, das nicht«, tröstete ihn die Königin. »Oswald ruft uns, wenn alles fertig ist. Wir brauchen nicht zu zagen. Unsere Vorbereitungen liegen in guten Händen.«

Quentin fühlte sich jetzt weniger wohl als zuvor. Er hatte einen Geschmack davon bekommen, wie gefährlich seine Mission war, und hatte die Auswirkungen auf Teido miterlebt. Und diese Gefahr hatte sich durch alles, was in den vergangenen Stunden geschehen war, noch erhöht und vervielfacht: Ronsards Botschaft, die hastig ersonnene List zu Teidos Befreiung, die fieberhaften Vorbereitungen für ihre Flucht und jetzt das Warten.

So hatte Quentin aber auch Gelegenheit, über alles, was passiert war, nachzudenken, seine neu entdeckte Beherztheit in Frage zu stellen, die Vorzeichen zu bezweifeln und sich zum tausendstenmal zu wünschen, er hätte den Tempel nie verlassen, und das blinde Ungestüm zu verfluchen, das ihn mitten in dieses finstere Abenteuer getrieben hatte.

Abermals wandte er seinen Blick düster zum Fenster; der Hof lag tief in violetten Schatten, und über einem der Südtürme blinkte wie ein Leuchtfeuer ein einzelner Stern. Ein gutes Zeichen, dachte Quentin und fühlte sich ein wenig aufgemuntert.

Es klopfte rasch an die Tür zum Gemach der Königin. Gleich darauf trat Oswald ein. Quentin hätte ihn fast nicht erkannt, denn er war nicht als Kammerherr der Königin, sondern wie jemand höheren Standes gekleidet; er sah aus wie ein Edelmann.

»Du gibst einen hübschen Prinzen ab, Oswald«, sagte die Königin. »Bist du bereit, die Rolle zu übernehmen?« Oswald verbeugte sich wieder. Er wandte Quentin und Alinea den Rükken zu und rief mit gedämpfter Stimme: »Ihr könnt gehen! Fort!« Dann drehte er sich um und fragte geradeheraus: »Würdet Ihr sagen, das genügt für unseren Zweck?« In seiner Stimme lag etwas Spöttisches, und mit Schrecken wurde Quentin klar, daß Oswald die Rolle des geheimnisvollen Jaspin spielte.

»Ich glaube, es wird wunderbar gehen ... Ich hoffe nur, daß ich nicht meinen Kammerherrn verliere. Vielleicht gefällt er sich ja als Prinz – wenn auch bestimmt nicht als Schurke wie Jaspin.«

Daraufhin ging Oswald wieder in das Vorzimmer. Quentin vernahm das hohle Echo seiner Anweisungen an den Wärter. Die Königin meinte zu dem Jungen: »Es ist Zeit, aufzubrechen. Folge dem Wärter, und er wird dich zur Nebenpforte führen. Dort warten die Pferde mit unseren Vorräten. Wir kommen nach, sobald wir können. Rasch jetzt.«

Quentin folgte dem Wärter, einem kleinen, dicken Stier von Mann mit schwarzen Augen und schwarz gelocktem Haar. Man sah ihm jeden Zoll den Krieger an, der er einst gewesen war. Quentin eilte dem Mann hinterher durch dunkle Nebenflure und über wenig benutzte Wege der Burg.

Sie gingen rasch, blieben nirgendwo stehen. Trotzdem erhaschte Quentin so manchen Blick auf üppige und prachtvolle Räume, wie er sie sich nie hätte erträumen können. Ihn verlangte danach, sich einfach hinzustellen und sie von den Korridoren aus anzustarren. Sie kamen an mehreren Gemächern vorbei, an der Rüstkammer, Vorzimmern, Schlafgelassen. Einmal kreuzten sie eine große Eichentür, die einladend weit offenstand. Der Raum war mit einer doppelten Säulenreihe ausgestattet, die eine riesengroße Gewölbedecke aus aufeinander zulaufenden Bögen trugen; der Saal schien die Schätze des ganzen Königreiches zu umfassen. Dergleichen hatte Quentin nie geschaut. Der Raum wirkte so groß, als würde der ganze Ariel-Tempel hineinpassen. Als Trenn, der Wärter, sah, daß Quentin große Augen machte, erklärte er: »Das ist die große Halle des Drachenkönigs. Dergleichen gibt es auf der ganzen Welt nicht mehr.«

Das glaubte Quentin ihm.

Kaum hatte der Wärter ausgeredet, stürzte er sich wie ein Blitz auf Quentin und packte ihn hinten am Wams. Quentin war überrascht und erschrocken. Er zappelte wie eine Marionette und schlug den Mann mit Armen und Beinen. »Komm mit, du Halunke, ich werfe dich den Hunden vor!« brüllte der Wärter.

»Brauchst du Hilfe, Trenn?« hörte Quentin eine Stimme hinter sich. Er drehte sich um und sah zwei prächtig gekleidete Männer in den großen Saal gehen. Einer glich der Rüstung nach einem Ritter, aber einem, wie Quentin noch keinen gesehen hatte. Die Rüstung war aus Silber und funkelnd hell poliert, sein Umhang war karmesinrot und mit Zobel besetzt, ebenso seine Handschuhe und Stiefel.

Der Mann neben dem Ritter trug einen reich bestickten Umhang aus Seide, in den feine Goldfäden gewebt waren. Sein Wams war königspurpurn, und um den Hals hatte er ein breites Band mit seinem Wappen: ein doppelköpfiger Geier, der nach rechts und nach links blickte.

Quentin vermutete, daß der Ritter gesprochen hatte, war sich aber nicht sicher. »Ich werde schon fertig mit ihm, Herr«, erwiderte Trenn und neigte knapp den Kopf. »Wir haben den Kerl in der Speisekammer geschnappt, als er sich die Taschen vollstopfte.«

»Ja, dann laß ihn deinen Riemen spüren«, sagte der Edelmann ungeduldig. Die beiden Männer wandten sich ab, und Trenn zerrte Quentin hinter eine der großen Türen und hielt ihm den Mund zu.

»Still, Junge!« flüsterte er heiser. »Man darf uns hier nicht sehen.« Dann machte er ihm ein Zeichen, leise zu sein, und nahm die Hand weg.

»Wer ist das?« wisperte Quentin. Trenn verdrehte die Augen.

»Orfe steh uns bei! Es war Prinz Jaspin mit einem seiner Edlen, Ritter Grenett. Einen verlogeneren Herrn hat die Welt nie gesehen.«

»Dann laß uns rasch gehen!« sagte Quentin, der keinen Grund sah, noch länger zu verweilen.

»Das dürfen wir nicht. Oswald kann jeden Moment in die Falle laufen! Dagegen müssen wir etwas tun!«

Der Plan war zwar einfach gewesen, aber nicht ganz gefahrlos. Der Kammerdiener Oswald sollte Prinz Jaspin spielen, nachdem er sich heimlich einige von dessen Kleidungsstücken beschafft hatte. Dem Kerkermeister wurde eine falsche Botschaft überbracht, den neuen Gefangenen unter Bewachung in den großen Saal zu bringen; das war der einzige Ort, an dem Jaspins Auftauchen die Verschwörer unwahrscheinlich dünkte.

Aber ihre schlimmsten Befürchtungen waren, wie so oft bei solchen Gelegenheiten, wahr geworden.

Prinz Jaspin und einer seiner adeligen Schurken hatten sich den Saal gerade jetzt zu einem vertraulichen Gespräch ausgewählt; und genau da sollte jeden Moment der verkleidete Oswald auftauchen. Nur der tapfere Trenn und Quentin wußten von dem ernsten Mißgeschick. »Ich fürchte, die Götter sind gegen uns, Junge. Dort kommt Oswald, und der Gefangene wird auch bald da sein.« Am anderen Ende des Korridors waren Schritte zu hören, Oswald kam herbeigeeilt. »Uns bleibt nur eine Wahl«, sagte Trenn. »Wir müssen sie ablenken.«

Er lugte um die massige Tür und deutete schräg hinüber auf einen dunklen Türbogen. »Siehst du die Tür da drüben?« fragte er. »Dort werden Tische und Bänke gelagert sowie alles übrige für Festtage. Außerdem auch eine Reihe von Flaggen und Wimpeln und ähnliches. Steck das alles in Brand!« Er schob Quentin einen kleinen Flintstein in die unsicheren Hände, dazu ein Stück Eisen an einem Lederband, was er alles in einem Beutel bei sich trug. »Ich komme dir gleich schreiend hinterher, um ihre Aufmerksamkeit zu erregen. Wenn du mich rufen hörst, laß alles stehen und liegen und komm heraus. Wir haben nicht viel Zeit, aber vielleicht klappt es.«

»Ich verstehe.«

»Dann los.« Trenn schubste Quentin so fest, daß der Junge durch die Tür zum großen Saal flog und Flintstein und Eisen fallen ließ. Die beiden Dinge fielen klappernd zu Boden und rollten über den schwarzen Marmorboden fast bis zu der Stelle, wo Prinz Jaspin und Ritter Grenett im Gespräch standen.

Quentin sprang auf und duckte sich nach dem Flintstein und dem Eisen. Trenn rief hinter ihm: »Haltet ihn! Haltet den Dieb!« Prinz Jaspin und Ritter Grenett drehten sich gerade rechtzeitig um. Sie sahen Quentin auf sich zulaufen, sich bücken, die verlorenen Gegenstände auflesen und davonrennen. Ohne nachzudenken, setzte Ritter Grenett dem flüchtenden Jungen nach; Prinz Jaspin aber, für den diese Unterbrechung bei wichtigen Angelegenheiten völlig zur Unzeit kam, blieb wütend stehen.

Quentin erreichte die Tür zum Lagerraum und schlug mit der flachen Hand gegen den Eisenriegel. Die Tür war von innen gesichert, nein, sie gab ein wenig nach, aber schon war Ritter Grenett ihm auf den Fersen. Quentin warf sich mit seinem ganzen Gewicht gegen die Tür, so daß der Riegel beiseite sprang und die Tür einen Spalt aufging. Schnell drückte er sich durch und machte sie fast im selben Moment hinter sich zu. Ritter Grenett donnerte mit der schweren Faust gegen den Riegel.

In dem Raum war es stockdunkel; durch die Schießscharte ganz oben in der Wand drang kaum Licht. Vor der Tür ertönten Ritter Grenetts zornige Beschimpfungen, Trenns aufgeregte Stimme und das Hämmern der beiden gegen die Tür, aber Quentin stolperte weiter und fand in einer Ecke die Banner und Standarten. Er warf sie zu Boden und rieb Eisen und Flint aneinander.

Sein Bemühen schien vergebens. Die Funken konnten nirgends greifen. Wütend sah er sich nach etwas um, mit dem er die Lohe entfachen konnte. Dort auf dem Boden lag ein Stück Pergament, irgendeine Bekanntmachung, die auf einem längst vergessenen Gelage verlesen worden war. Er warf es vor der Tür hin und schlug Eisen und Flinte darüber an. Der Funke erfaßte die brüchige, alte Haut. Vorsichtig blies er darauf, eine Flamme loderte auf. Zitternd schob Quentin das glimmende Pergament auf die Schwelle und blies hinein, so daß der Qualm unter der Tür durchströmte.

»Feuer!« hörte er Trenn losbrüllen. »Der Schurke hat das Lager in Brand gesteckt!«

Prinz Jaspin, der angesichts der Dreistigkeit des jungen Halunken immer ungeduldiger wurde, lief wutentbrannt zu Ritter Grenett und Trenn, die gegen die Tür hämmerten. »Ruft sofort die Wachen! Ich lasse die Tür unverzüglich aufbrechen!«

»Vorher steht der Raum in Flammen«, wandte Trenn ein. »Euer Gnaden, laßt mich hierbleiben, während Ritter Grenett durch das Vorzimmer zur anderen Tür geht.«

»Der Lagerraum hat zwei weitere Türen, wenn ich mich nicht irre«, meinte der erzürnte Prinz, am Ende seiner Beherrschung.

»Euer Gnaden könnten es an der zweiten versuchen«, meinte Trenn.

Der Prinz schien etwas dagegen zu haben, aber jetzt wand der Rauch sich um ihre Füße. »Bei Azrael! Ich werde diesen Narren selbst auspeitschen!« fluchte er und machte sich zu der Tür auf, deren genaue Lage er nur ungenau kannte. »Ritter Grenett«, rief er, »auf Posten! Setzen wir diesem Ärgernis unverzüglich ein Ende!«

Die beiden gingen zu ihrem jeweiligen Posten. Sobald sie außer Sichtweite waren, flüsterte Trenn durch die Tür: »Sie sind weg, junger Herr. Fort mit uns!«

Als Quentin das Zeichen hörte, kam er hustend aus dem Lager. Das Pergament war inzwischen zu Asche verkohlt, es war völlig verbrannt. Trenn packte ihn so fest am Arm, daß er ihm fast die Schulter auskugelte und zerrte ihn mit sich. Am Eingang zum großen Saal trafen sie auf den verwirrten Oswald, der ängstlich hineinspähte.

»Unser Plan ist entdeckt«, sagte er, als sie zu ihm kamen.

»Nein«, erwiderte Trenn mit gedämpfter Stimme. »Aber du darfst hier nicht die ganze Nacht herumstehen. Wir haben ein wenig Zeit geschunden. Kümmere dich um deine Angelegenheit und fliehe!«

Oswald wirkte alles andere als sicher, aber die Stimmen und Geräusche im Korridor hinter ihm und ein kurzer Blick auf den Kerkermeister und seine Wachen, die mit dem Gefangenen nahten, brachten ihn wieder zu sich. Der Kammerdiener durchquerte den Saal und stellte sich mit dem Rücken zum Eingang in Position.

Quentin und Trenn warteten das Ende des Dramas nicht ab, sondern eilten zum vereinbarten Ort, der Nebenpforte.

Als sie aus der Burg hinaus auf den Außenring traten, spürte Quentin die stechend kalte Nachtluft im Gesicht. Die beiden flitzten wie Schatten über den Schnee, stahlen sich durch einen kleinen Steinbogen in einer niedrigen Mauer und betraten den Hof zur kleinen Nebenpforte. In dem weißverschneiten Viereck standen drei mit Vorräten beladene Pferde, bei ihnen einer von Trenns Torwächtern, der gerade Sattel und Zaumzeug überprüfte.

»Es ist alles in Ordnung, Herr«, meldete der Wächter den beiden.

»Gut«, erwiderte Trenn. »Schau nach, daß die Planke heruntergelassen ist. Die übrigen kommen gleich.«

Der Mann machte kehrt und eilte davon. Beunruhigt warf Trenn einen Blick hinter sich auf die Burg. Dann sagte er leise zu Quentin: »Bisher hatten wir Glück; alles übrige müssen die Götter besorgen.« Nach einer Pause fügte er flüsternd hinzu: »Horch! Da kommt wer!«

10

Schlotternd stand Quentin in der Kälte. Gerade ging über dem Ostwall zwischen zwei Türmen in einer silbernen Sichel der helle Mond auf. Aufgeregt beobachtete Quentin ihn; er wollte fort. Er stand im Schnee und hielt die Zügel seines Reittiers: Es war der kräftige Balder, den die Königin in ihrer Umsicht aus dem Stall des Wirtshauses gerettet hatte. Die Fallensteller hatten, sobald sie ihre Beute ergriffen hatten, keinen weiteren Gedanken an die Pferde verschwendet und sie zurückgelassen.

Nicht weit weg stand die Königin und redete mit Trenn, der sich halsstarrig gegen etwas widersetzte, das sie anmahnte: »Mein lieber Wärter«, sagte sie, »ich würde nicht darauf bestehen, wenn ich glaubte, die Gefahr wäre für dich nur gering. Da drinnen tobt der Prinz und verlangt Rechenschaft. Er glaubt, du hast Verrat an ihm geübt; sich in der großen Halle übel mitspielen zu lassen behagt ihm gerade jetzt ganz und gar nicht. Wenn er erfährt, daß der Gefangene entkommen ist, wird er deinen Kopf fordern.«

»Woher soll er wissen, daß ich etwas mit seinem kostbaren Gefangenen zu schaffen habe?« wandte Trenn ein.

»Er braucht keinen Grund, um Verdacht zu schöpfen, er verdächtigt alle. Jaspin wird seinen Argwohn gegen dich lenken und mit deinem Tod zumindest ein Exempel für diejenigen statuieren, die ihn nicht ernst nehmen. Du bist nicht sicher, wenn du zurückbleibst.«

»Ich habe seinen Zorn schon früher erduldet. Ich halte ihn aus.«

»Nein, diesmal nicht. Er wird erst zufrieden sein, wenn dein Kopf auf einer Stange steckt. Du mußt mit uns kommen.«

In diesem Augenblick schossen zwei Gestalten durch den

niedrigen Torbogen: die vordere war groß und dunkelhaarig, die hintere folgte dichtauf, ihr Umhang schimmerte hell im Mondschein.

»Teido«, rief Quentin, als die beiden Männer da waren.

»Bist du das, Quentin?« fragte die dunkle Gestalt leicht überrascht.

»Jetzt aber schnell«, sagte Trenn. »Es gilt wahrhaftig, keinen Augenblick zu verlieren. Ihr müßt fort.«

»Trenn, du kommst mit uns«, sagte die Königin fest und rief einem der Wächter in der Nähe zu: »Mach noch ein Pferd bereit!«

»Dafür ist keine Zeit«, wandte der dickköpfige Wärter ein. »Hier bin ich euch nützlicher. Geht jetzt und sorgt euch nicht um mich.«

»Ja, ihr müßt unverzüglich aufbrechen«, sagte Oswald. »Der Kerkermeister wird bald nach seinem Gefangenen schicken und merken, daß er weg ist. Dann wird Jaspin von dem Verrat erfahren.«

Quentin saß bereits im Sattel seines großen Streitrosses. Balder schnob und schüttelte die Mähne. Die in der kalten Luft klingelnden Glöckchen erinnerten Quentin an winzige Gebetsglocken. Teido schwang sich auf seinen braunen Zelter; das Pferd warf den Kopf zurück und stampfte mehrmals auf, als wollte es sagen: »Es ist Zeit! Fort jetzt!« Mit Hilfe von Trenns ruhiger Hand stieg die Königin in den Sattel und gab Oswald letzte Anweisungen.

»Jaspin darf mein Fehlen wenigstens zwei Tage lang nicht bemerken. Zögert die List so lange wie möglich hin. Jedermann soll glauben, ich liege mit einer plötzlichen leichten Erkrankung zu Bette und wolle nicht gestört werden. Meine Damen müssen sich benehmen, wie es sich unter diesen Umständen geziemt. Und du mußt vergessen, daß du weißt, wie die Sache sich wirklich verhält.«

Oswald verbeugte sich, Trenn machte einem seiner Leute ein Zeichen, das Seitentor hochzuziehen, und die Reiter brachen auf. Die Hufe der Rösser klapperten über den Steinboden des

Torhauses und dröhnten dann dumpf über die Planken der kleinen Zugbrücke, die über den breiten Graben herabgelassen worden war, der die Seitenrampe vom Torhaus trennte. Sie ritten den von Mauern umgebenen, gewundenen Weg an der Rückseite des Burghügels hinab. Als sie die letzte Brücke über den ausgetrockneten untersten Torgraben hinter sich gelassen hatten, drehte Teido sich im Sattel um und hielt kurz an, bis die anderen zu ihm aufgeschlossen hatten. »Wem ich auch sonst meine Freiheit zu verdanken habe, so danke ich meinem Freunde Quentin«, sagte er und verbeugte sich im Sattel. Dann wandte er sich an Königin Alinea mit den Worten: »Und ich danke seiner einflußreichen Freundin.«

»Wir werden dir für unsere Gefangennahme danken müssen, wenn wir uns nicht sogleich von hinnen begeben«, erwiderte sie lachend und fügte dann etwas ernsthafter hinzu: »Lieber Teido, das Unrecht, das dir zugefügt wurde, tut mir so leid, aber vielleicht haben die Götter ja noch vor, das Böse, das Prinz Jaspin angerichtet hat, wiedergutzumachen. Ich selbst bin froh, daß du noch lebst und jetzt neben mir reitest. Keinem anderen würde ich meine Sicherheit lieber anvertrauen.«

»Herrin, wir stehen noch nicht einmal am Anfang. Vielleicht wirst du bald Grund haben, denjenigen zu verfluchen, den du nun so ehrenvoll bedenkst.«

»Nein, du hast dein Stehvermögen schon zu oft unter Beweis gestellt. Ich habe keine Angst, gleich welche Gefahren lauern mögen.«

»Dennoch hast du noch Zeit, umzukehren. Du ...«

Die Königin schnitt ihm das Wort ab: »Ich habe meine Entscheidung getroffen und bleibe dabei. Ich könnte nicht länger in der Festung leben, nachdem ich erfahren habe, was Jaspin getan hat ... wie hoch er greift. Und mit diesem Wissen ist mein Leben ohnehin so zerbrechlich wie das eines im Unterholz gestellten Rehs.« Sie holte tief Luft und wandte ihren Blick gen Osten. »Nein, meine Zukunft liegt dort draußen. Mein König wartet auf mich.«

Teido zog die Zügel an. »Dann los!«

Die Pferde stoben durch den Schnee und warfen glitzernde Diamanten in die silbrige Luft. Die Schatten der drei Reiter glitten still schwankend durch die sanfte Nacht – drei Schatten, die durch die schlafende Welt flogen. Fort hasteten sie gen Osten, auf den dunkel näher rückenden Rand des Pelgrin-Waldes zu, ihre schwarzen Gestalten hoben sich im flimmernden Silberschein des Wintermondes ab.

Quentin duckte sich tief hinter Balders breiten Nacken, er konnte nicht hoffen, mit den anderen mitzuhalten, wenn er seinem Roß nicht die Zügel locker ließ. Er war kein geübter Reiter – im Tempel brauchte man nur selten Pferde. Diesen Teil seiner Erziehung hatte man zugunsten von anderen, einem Priester eher angemessenen Lehren zurückgestellt. Also lehnte er sich in den Wind, so daß Balders Mähne ihm ins Gesicht peitschte, und blinzelte in die Nacht. Er drängte die eisigen Tränen zurück und ertrug die Stiche des von den Pferdehufen aufgewirbelten Schnees.

Der Mond stand im Zenit, als sie die ersten zerzausten Ausläufer des Waldrandes erreichten. Teido ritt geduckt durch die niederen Bäume und das Gestrüpp, bis die Reiter schließlich in den tiefen Wald kamen. Hier zügelte Teido sein Roß, damit die Tiere verschnaufen konnten. Alle drehten sich im Sattel um und schauten zurück nach Askalon, das jetzt viele Meilen hinter ihnen lag.

Quentin reckte den Hals, um die Burg sehen zu können, die sich im Mondschein schwach abzeichnete, ein dunkler Fleck vor einem noch dunkleren Hintergrund. Über ihnen sandten Tausende von Sternen kalte Lichtpunkte aus, die auf sie herabstrahlten. Von den Pferden stiegen blasse Atemwolken auf.

»Bis zum Morgengrauen müßten wir Derwins Hütte erreicht haben«, sagte Teido. Er sah sich wieder nach der weiten weißen Fläche um, die sie gerade durchquert hatten. »Soweit ich sehe, ist uns niemand gefolgt. Aber wir sollten uns wohl darauf gefaßt machen. Sie werden uns mit Sicherheit aufzuhalten versuchen. Unsere einzige Hoffnung besteht darin, einen so großen Vorsprung zu halten, daß ihre Bemühungen zu spät kommen.«

»Vielleicht schütteln wir sie unterwegs ja ab«, meinte Alinea.

»Durchaus möglich, jedenfalls ist das unsere einzige Aussicht auf Entkommen. Jaspin hat überall im Land viele Späher, und manch einer von ihnen schuldet ihm teure Dienste. Er wird sie einsetzen. Wenn wir sie nur lange genug hinters Licht führen, sind wir sie vielleicht los, bis wir das Land verlassen.

Wir reiten so gelassen durch den Pelgrin, wie eine Gruppe, die es eilig hat, nur kann. Einmal möchte ich allerdings eine Rast einlegen, und das recht bald.« Er lenkte sein Pferd in den Wald, die anderen folgten ihm dichtauf.

Quentin fand die Gangart nun etwas weniger beschwerlich. Er konnte aufrecht im Sattel sitzen, auch wenn er sich wegen der tief herabhängenden Zweige dauernd ducken und bücken mußte. Teido ritt erbarmungslos weiter – fast zwei Stunden lang, wie Quentin anhand der Stellung des Mondes schätzte, den er hin und wieder durch lichte Stellen zwischen den Ästen am klaren Himmel zu erspähen suchte.

Sie hielten sich gleich neben dem Hauptweg durch den Wald und gelangten bald zu einer uralten Eiche von gewaltigem Umfang, die größte, die Quentin sein Lebtag gesehen hatte. Teido hieß die anderen halten und ritt selbst ein paar Schritte voraus. Dann richtete er sich im Sattel auf, legte zwei Finger seiner bloßen Hand an den Mund und stieß einen leisen Pfiff aus. Er wiederholte den Pfiff und trottete wieder zu der Stelle, wo Quentin und die Königin warteten. Er wollte gerade etwas sagen, als ein langer schriller Pfiff auf sein Signal antwortete.

»Kommt«, meinte Teido, »wir dürfen weiter.«

An der Eiche verließen sie den Pfad, und Quentin sah zwischen zwei dichten, undurchdringlichen Hecken eine schmale Öffnung. Der Spalt war gerade so breit, daß ein Reiter oder ein Mensch zu Fuß durchpaßte – wenn er nach der Stelle suchte, denn sie war vollkommen hinter der alten Eiche verborgen.

Hinter der Gestrüppmauer kamen die Reiter auf eine Lichtung in einer Senke. Der Boden fiel vor ihnen ab und stieg auf der anderen Seite wieder an bis zu einem Felsgrat, der von schlanken, jungen Birken gekrönt wurde. Um den ganzen Hügel herum wuchsen Hollerbüsche, die im Mondschein kompakt und schwarz wirkten.

Teido führte die Gruppe in die Mitte der Senke und wartete dort. Quentin hatte keine Ahnung, warum sie hierhergekommen waren, noch wer Teidos Zeichen erwidert hatte, denn ein Zeichen war es offenkundig gewesen. Er brauchte nicht lange auf eine Beantwortung seiner Fragen zu warten. Als er den begrenzten Horizont der Senke mit den Augen absuchte, entdeckte er etwas. Und als er genauer hinsah, merkte er, daß die Büsche selbst lebten – jeder von ihnen war ein Mann, geschickt hinter einer Tarnung aus Ästen und Zweigen verborgen, die an Armen und Schultern befestigt waren. Hingerissen beobachtete Quentin, wie die laufenden Sträucher raschelnd aufstanden und auf sie zukamen. Es waren ihrer sechzehn. Ihr Anführer schien ein kräftiger Mann zu sein, der sich einen Hut aus trockenem Laub tief ins Gesicht gezogen hatte. Leichtfüßig kam er her und blieb unmittelbar vor Teido stehen. »Guten Abend, Ritter Falke«, sagte er mit einer Verbeugung. »Dein Signal reißt uns aus einem langen Winterschlaf. Aber wir sind bereit, dir zu jeder Zeit und in jeder Angelegenheit zu dienen. Wie können wir dir helfen?«

»Du bist ja reizend, Voss. Im Augenblick möchte ich nur mit euch reden, und dann könnt ihr in eure gemütliche Höhle zurück.«

Der Mann verneigte sich wieder, und diesmal sah Quentin sein breites, gutmütiges Gesicht im Mondschein, der die Senke erfüllte und vom funkelnden Schnee zurückgeworfen wurde. Voss winkte seine Männer herbei, und sogleich waren die Reiter von einer sonderbaren Schar von Köpfen, Armen und Zweigen umgeben. Jeder Mann trug ein Kurzschwert und einen Langbogen. Quentin sah keine Pfeile, nahm aber an, daß sie unter der Tarnung verborgen waren.

»Ich wurde heute morgen auf Jaspins Befehl gefangengesetzt.«

»Der Hund!« fauchte Voss. Der Kreis aus Buschleuten erhob ein drohendes Gemurmel. Quentin gewann den Eindruck, wenn Jaspin oder einer seiner Leute jetzt in Reichweite eines

Bogens gewesen wäre, dann hätte er bald Federn getragen. »Wie ging das vonstatten?«

»Das weiß ich nicht, aber es ist auch gar nicht wichtig. Ich bin jetzt frei, weil meine Freunde hier so rasch gehandelt haben.« Teido deutete mit dem Kinn auf Quentin und Alinea.

Auf diese Kunde hin verbeugten die Buschleute sich gemeinsam, und Voss sprach allen aus der Seele, als er sagte: »Im Pelgrin soll euch nie ein Unheil widerfahren, solange einer von uns wacht und atmet. Ein Pfiff gleich diesem«, er machte es vor, »wird euch Hilfe bringen und euch vor Mensch oder Tier retten. Und wenn es euch an Nahrung oder Unterschlupf mangelt, dann stehen bei uns für euch Lager und Tafel bereit, solange Bäuche Nahrung und Augen Schlaf brauchen.«

»Wir nehmen dein großzügiges Versprechen an, lieber Mann«, erwiderte die Königin. »Du darfst sicher sein, daß ich dich beim Worte nehmen werde, sollte ich jemals solcher Hilfe bedürfen.«

»Bitte«, warf Teido ein, »wir wollen euch heute nacht keine weiteren Umstände machen, sondern euch nur mitteilen, daß wir schnurstracks zur Hütte des frommen Einsiedlers Derwin reiten. Vermutlich werden wir verfolgt, wenn man uns nicht jetzt schon auf den Fersen ist. Ich bitte darum, daß ihr eine Wache aufstellt, die uns rechtzeitig warnt, sollte einer von den Leuten des Prinzen in den Wald kommen.«

»Das ist leicht gesagt und auch getan«, erwiderte der Waldbewohner. Er nickte einigen seiner Gefährten zu, und diese machten sich sofort auf den Weg und verschwanden lautlos wie Schatten im Wald. »Noch etwas?«

»Ich werde euer Geschick vielleicht auf die Probe stellen müssen, aber jetzt noch nicht. Wir verabschieden uns und danken euch für eure Hilfe. Später bleibt mir vielleicht keine Zeit dafür.«

»Wir fordern keinen Dank«, erwiderte Voss mit breitem Lächeln. Im Dunkeln glitzerten seine Augen, und seine Zähne schimmerten weiß. »Wir sind überglücklich, daß wir in der gleichen Münze vergelten können, wie uns so oft gegeben wurde. Fort mit euch!« rief er plötzlich und klopfte den Pferden auf die Nacken. »Noch könnt ihr vor dem Morgengrauen Schlaf finden.«

Teido grüßte den stämmigen Mann und verbeugte sich vor dem Kreis seiner versammelten Gefährten. Sie erwiderten seinen Gruß, reckten ihre Langbogen hoch in die Luft und riefen: »Möge Ariel euch leiten!« Dann sprangen drei Männer herbei, ergriffen die Zügel der Pferde und führten sie in den Wald davon. Quentin schaute über die Schulter zurück zu der Stelle, von der aus Voss und seine Leute ihnen nachblickten. Er winkte, und der Anführer der Bande winkte zurück. Quentin sah hin, bis sie außer Sichtweite waren und der Wald sie wieder verschluckt hatte.

11

Quentin wurde vom Duft scharf gewürzten Bratens geweckt. Der Geruch kitzelte ihn in der Nase; ihm lief das Wasser im Munde zusammen, und sein leerer Bauch tat ihm weh. Es kam ihm so vor, als hätte er seit einem Monat nichts mehr gegessen.

Seine Lider waren schwer wie Blei, und er hatte keine Kraft, sie aufzuschlagen. Darum blieb er in einem Zustand gespannter Aufmerksamkeit liegen, wach, aber reglos; er raffte seine zerstreuten Gedanken zusammen und wollte sich wieder rühren, aber beides gelang ihm nur halb.

Schließlich übermannte ihn der Hunger, und die angenehmen Gerüche, die über ihm schwebten, lockten so sehr, daß er seinen Mantel beiseite schob und sich das Stroh aus dem Haar zupfte.

Er hörte Stimmen, mühte sich aus der trockenen, mit Streu gefüllten Ecke, die seine Lagerstatt gewesen war, und trat zu dem langen Tisch des Einsiedlers, wo Derwin und Teido miteinander flüsterten.

»...Dann müssen wir jede erdenkliche Vorsicht walten lassen. Ein falscher Schritt könnte tödlich sein. Es steht soviel auf dem Spiel...« Diese unheilschwangeren Sätze hörte Quentin, als er zu den beiden ging. Derwin hatte sie gesagt. »Wir müssen uns entsprechend bewaffnen. Eine andere Möglichkeit sehe ich nicht.«

»Nein«, erwiderte Teido sanft, aber mit ernster Entschlossenheit. »Das kann ich von dir nicht verlangen. Es muß eine andere Möglichkeit geben.«

Gerade in diesem Augenblick kam Quentin an den Tisch. Die beiden Männer brachen ihr Gespräch ab und begrüßten ihn freundlich. »Derwin, unser junger Priesterschüler hat mir gestern das Leben gerettet. Habe ich dir das erzählt?« sagte Teido und hob einen Becher mit dampfender Flüssigkeit auf Quentin. Derwin stellte eilends eine Schüssel mit heißem Brei und Brot vor ihn hin.

»Ja, du hast es mir heute morgen erst dreihundertmal erzählt, aber ich höre es mir gern noch einmal an«, entgegnete der Einsiedler.

In schillernden Farben berichtete Teido alles, was sich seit dem vorigen Morgen ereignet hatte, von der Gefangennahme bis zur gewagten Flucht und dem Ritt durch die Mondnacht. »Wäre mein Freund nicht so ungehorsam gewesen, so würde ich heute den Eulen als Fraß dienen.«

»Ungehorsam? Wann war ich dir ungehorsam?« krächzte Quentin.

»Du hattest Anweisung, sofort zu Derwin zu reiten, wenn mir etwas zustoßen oder unser Plan schiefgehen sollte.«

Da erinnerte Quentin sich an den Befehl. Durch das Durcheinander und die Angst bei dem Hinterhalt hatte er ihn völlig vergessen. Und später hatte er glücklicherweise einen anderen Plan gefaßt.

»Quentin«, fuhr Teido fort, »jegliche Schuld sei dir vergeben. Aber eines muß ich betonen: Von nun an mußt du meinen Befehlen stets Folge leisten. Gehorche mir, gleich, wie dich das Ergebnis dünkt. Hast du verstanden?«

»Ja, Herr«, antwortete Quentin unsicher. Gerade erst hatte man ihn ob seiner Tapferkeit und seines Muts gelobt. Jetzt fühlte er sich streng getadelt.

»Tss«, sagte Derwin, »sei nicht so dickköpfig, Teido. Ich glaube, der Gott hat sich mit einem eigenen Befehl eingemischt. Ich sage dir, die Hand des Gottes ruht auf diesem Burschen.« Der fromme Einsiedler nickte Quentin aufmunternd zu, und der war für diese Stärkung dankbar.

»Ich werde bis in alle Einzelheiten gehorchen«, sagte er. Er setzte sich auf die Bank und begann, das Brot in Stücke zu teilen und sie in den dampfenden Brei zu rühren. »Darf ich jetzt nach etwas fragen, das mich beschäftigt?«

»Nur zu. Wir wollen keine Geheimnisse voreinander haben.«

»Warum nennen die Menschen dich Falke?«

»Das kommt von meinem Familienwappen, dem Jagdfalken. Die Leute im Wald und auch andere in der Gegend kennen mich als der Falke – sie betrachten mich als einen Gesetzlosen wie sich selbst.« Er zuckte die Achseln. »Es kommt ihnen zupaß, und mir ermöglicht es, mich frei zu bewegen, wo ein anderer Name hinderlich sein könnte.« Er verstummte und fügte dann etwas fröhlicher hinzu: »Meine Freunde kennen mich wie jeher unter dem Namen Teido.«

»Und diejenigen, die den Namen kennen, bedürfen keines aufrichtigeren Freundes.« Das hatte die Königin gesagt, die jetzt unmittelbar hinter Quentin stand. Sie war durch das Geräusch der Stimmen wach geworden und still an den Tisch getreten. Derwin wirkte ein wenig aufgeregt, als er ihr schleunigst den besten Platz an seiner Tafel anbot: seinen eigenen.

»Euer Majestät«, sagte er und verbeugte sich tief, »es ist mir eine Ehre, Euch in dieser bescheidenen Hütte zu haben.«

»Deine Freundlichkeit schätze ich sehr«, erwiderte sie und ließ sich auf dem Stuhl nieder. »Aber von heute an bin ich Alinea. Ich habe meine Krone abgelegt und bin erst wieder Königin, wenn mein Gemahl zurückkehrt und seinen Thron einfordert und so auch mich wieder in den Stand setzt. Also bitte, lieber Einsiedler, keine Umstände um meinetwillen.«

»Wie du wünschst, Alinea«, erwiderte Derwin sanft. Er hatte eine Gabe, den Menschen, ob hohen oder niederen Ranges, so zu begegnen, daß sie sich von ihm geehrt und in seiner Gegenwart wohl fühlten. Das hatte Quentin gleich gespürt. »Jetzt laßt uns schweigen, bis wir alle gefrühstückt haben.«

Mit vor Wut geröteten Augen stürmte Prinz Jaspin durch die Flure der alten Burg. Er hatte die ganze Nacht kein Auge zugetan und gerade erfahren, daß die Königin krank zu Bette lag und niemand sehen noch Nachrichten empfangen wollte. Damit hatte er keine Gelegenheit zu einem Gespräch mit ihr. Der elende Prinz war erbost.

Während der Nacht hatte er alle seine Edlen benachrichtigt, die nahe genug lebten, um bis Mittag zu ihm zu kommen, damit sie sich einen Plan anhören konnten, den er seit einiger Zeit erwogen hatte. Der Zorn darüber, daß er seines Gefangenen verlustig gegangen war, hatte ihn dazu bewegt, diese Ränke unverzüglich in die Tat umzusetzen.

Er stolzierte in den Ratssaal; sein scharf geschnittenes Gesicht war vor Groll und Erschöpfung rot. Mehrere Ritter und Edelleute, insgesamt über zwanzig, standen neben ihren Bannern und Standarten und warteten auf ihn. Vielen sah man an, daß sie lang und scharf geritten waren, um rechtzeitig einzutreffen.

»Meine werten Herren, nehmt bitte Platz. Wir haben vieles zu besprechen.« Alle verneigten sich, während er sie zu den Stühlen an der langen Tafel winkte. Ritter Bran wies er einen Sitz zu seiner Rechten an und Ritter Grenett einen zu seiner Linken. Nicht weit von ihm saß ein Edelmann mit verschlagenen, schmalen Augen und einem verkniffenen, spitzen Mund, ein Mann, der ausgedehnte Ländereien besaß und außerordentlich reich war; dieser wollte der neue Oberminister des Königs werden. Er hieß Ontesku, ein Name, den die Sklaven, die auf seinen Gütern Frondienste leisteten und die Last seiner ehrgeizigen Bestrebungen zu erdulden hatten, nicht gern hörten.

»Herr, du wirkst heute morgen schlechter Dinge. Du hast hoffentlich ruhig geschlafen.« Er hatte erraten, daß der Prinz darauf brannte, von seiner jüngsten Aufregung zu berichten. Er wollte ihm bereitwillig lauschen.

»Leider nicht. Ich habe vergangene Nacht gar nicht geschlafen. Aber das tut jetzt nichts zur Sache.« Der Prinz ließ die Gelegenheit, seine Sorgen loszuwerden, verstreichen und drängte auf ein wichtigeres Thema. »Meine Herren«, rief er, »eure Anwesenheit freut mich. Wie wir alle wissen, hat unser Reich seit einiger Zeit keinen König und wird in dessen Abwesenheit vom Regentschaftsrat geleitet. Ich habe Beweise entdeckt, daß einige Edle dieser Versammlung Gesetzlosen dabei halfen, im Wald dieses Landes zu rauben und freche Bubenstücke zu begehen.

Erst gestern verhafteten meine Leute den Anführer dieser Gesetzlosen. Ich hatte ihn in diesen Mauern festsetzen lassen, damit er gegen seine Bande aussagte und auch gegen andere Bandenführer, die er gut kennt.

Ich habe mir zum Ziel gesetzt, die Wälder und Hügel von diesen reißenden Wölfen zu befreien und die Straßen wieder den Menschen und dem Handel zugänglich zu machen. Bevor ich mir diesen Halunken jedoch persönlich ansehen konnte, verhalfen ihm hohe und angesehene Komplizen zur Flucht. Ich habe die Männer, die diesen Schurken die Freiheit gaben, noch nicht entdeckt, aber ich weiß jetzt, wer sie dazu angestiftet hat.« Er hielt inne, und aller Ohren und Augen waren auf ihn gerichtet. »Baron Weldon und Baron Larcott!«

Sofort ertönte ein Schrei: »Das ist unmöglich!« Baron Larcott schlug mit der Faust auf den Tisch und sprang auf, um seine Unschuld zu beteuern. Baron Weldon blieb fassungslos auf seinem Stuhl sitzen. Die übrigen Ritter und Edlen erstickten Larcotts Rufe mit ihren eigenen Forderungen nach Gerechtigkeit.

Prinz Jaspin hielt die Hand hoch und gebot Schweigen. »Ihr, als edle Barone dieses Königreichs, werdet Gelegenheit bekommen, auf die Vorwürfe gegen euch zu antworten. Inzwischen werdet ihr, bis man eure Verbrechen anhört, zum Turm gebracht und dort eingekerkert.« Mit einem Nicken gab Prinz Jaspin vier bewaffneten Wachen das Zeichen, die Barone Weldon und Larcott zum Verlies zu geleiten. Der Lärm an der Tafel ging weiter, als die beiden Unglücklichen von ihren Sitzen gerissen und von den rohen Händen der Wachen aus dem Saal gestoßen wurden.

Baron Larcott schrie: »Bei Zoar, diese Schmach wirst du mir büßen! Ich werde deinen Kopf auf dem Pfahl verfaulen sehen!« Baron Weldon verließ den Saal still, einen Ausdruck tiefsten Schmerzes und starren Kummers auf dem grauen Gesicht. Diejenigen, die ihm ins Gesicht sahen, blickten schnell weg; seine Augen schienen sich jedem, der ihn anklagte, in die Seele zu brennen.

Als sie fort waren und die Ordnung wiederhergestellt war, kam

Prinz Jaspin eiligst zum Kern seines Plans: die beiden gerade frei gewordenen Sitze im Regentschaftsrat neu zu besetzen. »Edle, wie ihr wißt, bedarf das Volk täglich dringender starker Führer, um die Ordnung im Lande aufrechtzuerhalten. Ich schlage vor, daß wir jetzt zwei neue Mitglieder in den Rat wählen, und zwar unverzüglich.«

»Hört! Hört!« riefen die Edelleute, die hinter Jaspin standen, erfreut, daß er sie so eindrucksvoll und weitsichtig führte. Als der Lärm wieder erstorben war, stand einer am Tisch auf. »Einem solchen Schritt kann ich nicht zustimmen«, sagte Baron Holben, ein Ritter von hohem Ansehen. Er war mit Larcott befreundet und von König Eskewar selbst in die Ratsversammlung berufen worden. »Denn neue Mitglieder in diesen Rat zu wählen würde bedeuten, die einstigen Mitglieder für schuldig zu erklären. Bisher wurde keine Anklage erhoben und kein Urteil gefällt. Da Adelige betroffen sind, ist die Angelegenheit von höchster Ordnung und kann nur vom König selbst bei seiner Rückkehr entschieden werden.«

»Er hat recht«, sagten einige. Andere wandten ein: »Die Sache duldet keinen Aufschub!« Wieder hallte der Saal von Geschrei gegensätzlicher Stimmen wider, bis Ontesku seine Hand hochhielt und damit dem Tumult Einhalt gebot.

»Sicherlich hat der Prinz nur das Beste für das Reich im Sinne. Daher werde ich die Entscheidung Prinz Jaspins in dieser Angelegenheit annehmen«, sagte Ontesku. Er lächelte dem Prinzen hinterhältig zu.

»Ich beuge mich ihr ebenfalls«, sagte Ritter Bran. Unterstützung fand er bei Ritter Grenett, der alle am Tisch der Reihe nach finster anblickte, sollte es jemand wagen, ihm zu trotzen. Am Ende standen die meisten, ob freiwillig oder widerwillig, auf ihrer Seite; widersetzlich blieben allein Baron Holben und einige seiner Nachbarn, denen Jaspin gleichgültig war.

»Ich baue in dieser Sache allein auf die Gerechtigkeit des Königs. Gegen die des Verbrechens Angeklagten darf weiter nichts unternommen werden«, erklärte Holben. »So soll es bleiben, bis der König zurückkehrt.«

»Nun gut«, fauchte Jaspin gereizt. »Die Sache soll im Augenblick auf sich beruhen. Es verstößt jedoch auch gegen des Königs Gesetz, daß im Rat ein Stuhl leer bleibt. Die freien Plätze müssen neu besetzt werden. Da wir alle hier versammelt sind, sehe ich keinen Grund, nicht zur Wahl neuer Mitglieder zu schreiten.«

Baron Holben sprang auf, um etwas einzuwenden, wurde von Jaspins Parteigängern jedoch niedergebrüllt.

»Nun gut«, fuhr Jaspin fort. »Da die Versammlung einverstanden ist, schlage ich als Empfehlung die Namen von Ritter Bran und Ritter Grenett vor.«

»Ich rate zu«, sagte Ontesku. Seine Worte fanden ihren Widerhall, als der Reihe nach um den Tisch herum abgestimmt wurde, Mann für Mann. Fast alle billigten die Wahl des Prinzen von Herzen. Nur Baron Holben selbst wagte es, dagegen zu halten.

»Ritter Grenett und Ritter Bran«, sagte Prinz Jaspin strahlend, »ihr gehört jetzt zu den Regenten des Reiches. Ihr werdet in den nächsten vierzehn Tagen auf euer Amt eingeschworen, wie es des Königs Gesetz verlangt«, meinte er abfällig, während er unter dem Tisch die Fäuste ballte. »Was sagt ihr dazu, ihr kühnen Recken? Nehmt ihr die Bürde an, die euresgleichen auf eure Schultern laden?«

»Ja«, erwiderten sie.

In diesem Moment entstand Aufruhr im Saal. Unter wütenden Flüchen, wilden Drohgebärden und finsteren Blicken stolzierten Baron Holben und seine Anhänger lautstark aufbegehrend hinaus. Das Lächeln, das eben noch Prinz Jaspins Mundwinkel umspielt hatte, verblaßte allmählich.

Auch andere Edle und Ritter verabschiedeten sich und gingen nach draußen, ihre Pagen und Bannerträger hinterher, jeder mit Wimpel und Wappen seines Herrn. Prinz Jaspin stand auf und rief Ontesku zu sich. »Einige Stimmen haben meine neuen Regenten nicht laut genug unterstützt. Suche sie auf und enthebe sie jeder Unsicherheit mit allen Mitteln, die dich angemessen dünken. Ich möchte diese Männer auf meine Seite ziehen – so viele von ihnen sich von Vergünstigungen gewinnen lassen.«

»Selbstverständlich, Herr. Du weißt wie immer, was am besten ist. Deine Sache soll nicht unter mangelnder Großzügigkeit von meiner Seite leiden. Ich werde sie gewiß überreden«, erklärte der Möchtegernkanzler. Und schon folgten seine listigen Augen verstohlen den Edelleuten, während er den Preis für die Treue jedes einzelnen berechnete.

»Schön«, sagte der Prinz. »Habe ich dir gesagt, daß ich daran denke, dir Crandall zu geben? Nein? Fürwahr, es bedarf nur eines geringfügigen Beweises deiner Zuverlässigkeit, und das Gut ist dir sicher – eines der größten im Reich, wie man mir sagt.«

»Ich fühle mich geschmeichelt, Herr.«

»Geh jetzt und melde mir deinen Erfolg so rasch wie möglich. Mich erwarten jetzt andere dringende Angelegenheiten. Geh.«

Ontesku eilte den aufbrechenden Baronen nach. Er verwikkelte sie nacheinander in Gespräche unter vier Augen, drängte ihnen Versprechen, Gold und das königliche Ehrenwort von Jaspins unvergänglicher Treue auf; er ölte das Staatsgetriebe mit warmen Worten und hochtrabenden Zusicherungen.

Prinz Jaspin hastete durch eine Seitentür aus dem Ratszimmer und begab sich sofort zu seinem Gemach, in dessen Vorzimmer fünf Männer warteten.

»Diese Schurken! Diese Narren!« schalt er auf dem Weg. »Sie werden schon sehen, wie Jaspin mit den Störenfrieden fertig wird! Aber erst müssen wir die Blutlecker auf diesen Falken und seine elenden Freunde hetzen.«

12

»Die Not ist groß, vielleicht ist es schon zu spät. Gäbe es einen anderen Weg oder könnten wir den Aufwand geringer halten, ich würde nicht darauf bestehen. Aber uns bleibt keine Wahl. Darum sage ich, wir müssen nach Dekra ziehen.« Das hatte Derwin gesagt, und Quentin merkte, daß das Gespräch, das sofort aufflammte, als der Frühstückstisch abgeräumt war, eine Fortsetzung der Unterhaltung war, die er zuvor unterbrochen hatte. Halb dösend saß er träge in einem Fleck warmen Sonnenscheins vor einem dick verglasten Fenster, das von der tief stehenden Wintersonne mit fließendem gelbem Licht erfüllt wurde. Quentin aalte sich im Licht und ließ sich schön wärmen.

»Nein«, sagte Teido zum wiederholten Mal und, wie es Quentin schien, mit übermenschlicher Hartnäckigkeit. »Wir finden eine andere Lösung. Wir haben Zeit und wissen nicht genau, was Jaspin im Schilde führt…«

»Ganz recht! Wir wissen nicht genau, was Jaspin im Schilde führt, aber sicher etwas Gemeines und Grausames. Wahrscheinlich ist seine Bosheit schon wieder los. Aber was soll's? Er will nur eine Krone. Nimrod wird sich nicht so leicht zufriedenstellen lassen – er will die Welt! Wir müssen nach Dekra.«

Was Dekra war, wußte Quentin nicht. Aber das Gespräch dauerte schon so lange, daß seine Neugier versiegt war und er sich zum Träumen in eine Ecke verzogen hatte. Die Königin saß noch mit den beiden Männern am Tisch, aber sie war längere Zeit nicht zu Wort gekommen. Quentin war klar, daß die Sache erst weitergehen würde, wenn das Patt zwischen den beiden Männern entschieden wäre.

Er stand auf, gähnte, schlug sich den Mantel um und stahl sich still nach draußen. Die kalte Luft brannte ihm in den Lungen, und der stechend weiße Schein des das Sonnenlicht spiegelnden Schnees trieb ihm Tränen in die Augen, so daß er sich mit dem Handrücken darüber rieb. Zum erstenmal seit seinem Abschied vom Tempel fragte Quentin sich, was der freundliche, dickliche Bjorkis, sein einziger Freund unter den Priestern, wohl gerade tat. Höchstwahrscheinlich hantierte er mit seinen Arzneien. Oder er hielt einem armen Priesterschüler eine Standpauke, weil dieser irgendwelche Schriften nicht gelernt oder Pergamente nicht gelesen hatte.

Quentin hörte die Tür mit einem Knirschen aufgehen. Als er sich umdrehte, kam Alinea herausgeschlüpft. Im Gewand eines Waldbewohners war sie ebenso liebreizend wie in den feinen Kleidern einer Königin. Ihr Haar glänzte in der Sonne, und die Kälte rötete ihr die hübschen Wangen.

»Fehlt dir der Tempel, Quentin?« fragte Alinea leichthin. Sie betrachtete ihn so herzlich und verständnisvoll, wie es Quentin nur selten widerfahren war.

»In gewisser Weise«, erwiderte er, »aber nicht sehr. Ich hatte nicht viel Zeit, etwas zu vermissen.«

»Ja.« Sie lachte, und wieder lag Musik in ihrer Stimme. Diese hatte er nicht mehr gehört, seitdem er ihr Ronsards Botschaft überliefert hatte. »Ja, es war nicht viel Zeit außer zur Flucht.« Sie lächelte, faßte Quentin am Arm und nahm ihn auf einen Spaziergang mit. »Erzähle mir von deiner Zeit im Tempel. Wie bist du Priesterschüler geworden?«

»Das weiß ich nicht, Herrin. Ich war sehr jung. Meine Eltern starben an der Schlafsucht, die das Land im Frühling des Todes heimsuchte. Ich erinnere mich kaum an sie und meine Familie. Manchmal sehe ich ein Gesicht vor mir, vielleicht das meiner Mutter. Die meiste Zeit habe ich im Tempel gelebt.«

»Warum hast du dich dann freiwillig gemeldet, um ihn zu verlassen, da du keine andere Heimstatt besitzt?«

»Ich hatte das Gefühl...« Er zögerte und suchte nach dem richtigen Ausdruck. »Ich hatte das Gefühl, das etwas an mir zerrt. So, als *sollte* ich weggehen, als wäre es das Richtige für mich. So war es mir zuvor noch nie ergangen.«

»Dieses Gefühl muß sehr stark gewesen sein, wenn du deshalb alles, was dir vertraut war, aufgabst: deine Heimstatt, deine Freunde.«

»Ich habe im Tempel keine Freunde. Außer Bjorkis, einem der älteren Priester.«

»Warst du dort einsam?«

Darauf wußte Quentin zunächst keine Antwort. »Nein, das heißt, ich glaube nicht. Der Tempel… die Priester sind da, um dem Gott zu dienen. Die Schüler dienen den Priestern. Es gibt Regeln und Aufgaben. Das ist alles.«

Die Königin nickte nachdenklich. Quentin war nicht einsam gewesen, weil er nichts anderes kannte als die strenge Ordnung des Tempels, wo jeder seinen Platz und seine Aufgabe hatte. »Was würdest du gerade tun, wenn du jetzt dort wärst?« fragte sie ihn nach langem Schweigen.

»Ach, lernen. Ich hatte viel zu lernen, mehr, als ich manchmal bewältigen konnte. Und bald hätten wir uns darauf vorbereitet, den Gott bei seiner Rückkehr vom Winter zu empfangen. Er kommt im Frühling wieder, wie jedes Jahr, und dann muß der Tempel bereitet sein. Wir müssen Reinigungsriten vollziehen, die heiligen Steine waschen und salben. Da gibt es viel zu tun.«

»Das glaube ich.«

»Aber«, fuhr Quentin fort, und seine Augen leuchteten vor Aufregung, weil er allmählich in Fahrt kam, »wenn alles fertig ist, kommt der Gott und wir feiern – das dauert Wochen. Es gibt Gelage und Spiele, es herrscht große Fröhlichkeit. Der Tempel wird den Pilgern geöffnet, die sich vor seinen Mauern versammeln, und alle nehmen an den Feierlichkeiten teil.«

»Ja, das ist eine schöne Zeit für unser Volk. Ich habe manchen dieser Feierlichkeiten beigewohnt – als kleines Mädchen. Ich fürchtete mich immer vor den Priestern. Ich hielt sie für Götter.«

»Manchmal halten sie sich selbst auch für welche«, erwiderte Quentin. Sein Gesicht hellte sich kurz zu einem Lächeln auf. »Nun ja, sie würden es einen gern glauben machen. Aber meiner Meinung nach muß mehr dahinterstecken. Ach, ich weiß nicht…« Er brach ab, außerstande, seine Gefühle in Worte zu fassen. Die beiden hatten den Fuß des Hügels erreicht, auf dem die Hütte des Einsiedlers stand.

»Ich verstehe, was du meinst. Ich denke oft, daß die Götter nicht im geringsten an uns und unseren Sorgen Anteil nehmen. Und dennoch spüre ich selbst meinen Zweifeln etwas innewohnen, das ich nicht erklären kann. Etwas Lebendiges. Eine Sehnsucht in mir nach etwas Größerem.«

»Du hast es auch gespürt«, sagte Quentin fest. »Vielleicht habe ich darum entschieden, wegzugehen. Ich durfte nicht länger bleiben. Oft lag ich des Nachts wach und brannte vor einem seltsamen Fieber. Ich hörte jemanden meinen Namen rufen, und doch war die Nacht um mich herum still. Ich erzählte den Priestern von diesen Dingen, und sie sagten, der Gott rufe nach mir, er habe etwas Besonderes mit mir vor. Aber in meinem tiefsten Inneren wußte ich, daß es das nicht war. Schließlich wies Bjorkis mich an, mit keinem der anderen Priester mehr darüber zu sprechen. Aber wenn ich die Stimme hörte oder das Feuer spürte, ging ich zu Bjorkis, und wir redeten darüber. Er fragte mich, was es meiner Meinung nach zu bedeuten hatte.«

»Und was war das?«

Quentin holte tief Luft und blickte zum sonnenklaren Himmel empor. »Ich bin kein Priester, glaube aber, daß ein Gott mich rief. Aber ein größerer Gott als jener. Der höher steht und klüger ist. Und er erkannte mich.«

»Du bist ein ganz besonderer Mensch«, sagte Alinea und umfaßte sein Gesicht. »Das merkte ich gleich, als du aufgeregt in meinem Gemach standest. Ich merkte auch, daß du kein Kürschner warst.« Sie lachte.

Die Luft schien schneidender zu werden, als eine Bö um die beiden Gestalten herum Schnee aufwirbelte. Ohne ein weiteres Wort machten sie kehrt und gingen den Hang hinauf zur Hütte.

Der Prinz kauerte in seinem Armsessel und betastete einen weichen Beutel voller Goldmünzen. Links und rechts von ihm standen Ritter Grenett und Ritter Bran, und alle drei betrachteten mit einiger Bangigkeit die drei Besucher vor ihnen. Nach einigem Nachdenken sagte Prinz Jaspin: »Ich will, daß ihr sie findet und zurückbringt: diesen Falken und seine Freunde, wer sie auch sein mögen und was es auch kostet. Mir ist gleich, welche Mittel ihr wählt.«

Die Ritter Bran und Grenett, in der Schlacht erprobte Recken, die keine Furcht kannten, zuckten vor dem Anblick der Blutlecker zurück: Es waren grimmige, gewalttätige Männer, denen jegliches menschliche Mitleid und auch Barmherzigkeit fremd waren. Die Blutlecker, wie man sie in Mensandor nannte, waren die letzten Nachkommen eines uralten Volkes im Reich, der grausamen Schoz. Eine wilde, kriegerische Rasse, die aus Spaß am Morden tötete und Freude daran hatte, anderen Schmerz zuzufügen.

In einer langen, ununterbrochenen Geschichte von Kriegen hatten die Schoz besondere Fähigkeiten entwickelt, die es ihnen ermöglichten, ihre Feinde mit treffsicherer Genauigkeit aufzuspüren, Fähigkeiten, welche die einfachen Bauern für übernatürliche Kräfte hielten: das Vermögen, im Dunkeln so gut zu sehen wie eine Katze, eine Fährte zu erschnüffeln und die Angstgefühle ihrer Beute zu wittern. Es war, als könnten sie Gedanken in der Luft aufschnappen, und manche Leute glaubten dies wirklich.

Es gab nur noch wenige Schoz auf der Welt. Sie starben unwiderruflich aus. Aber die Überlebenden verdingten sich als Söldner oder um Gesetzlose aufzuspüren. Für diese Dienste wurden sie von ihren Gönnern reich belohnt; sie bekamen alles, was sie verlangten, denn keiner machte sie sich gern zu Feinden.

Die Blutlecker waren bei allen gefürchtet, die von ihrem Dasein wußten oder die ihnen begegneten, falls einer oder mehrere von ihnen des Weges kamen, und das war selten.

Das Haar fiel ihnen in zwei Flechten vom Kopf, die im Nakken zusammengebunden waren und ihnen bis tief über ihre breiten Rücken reichten. Ihre wolfsähnlichen, steinernen Gesichtszüge wurden durch die vielen blauen Tätowierungen noch furchterregender. Ihre Kleidung war grob, sie bestand aus Tierhäuten, bei denen die Haare abgekratzt oder weggesengt waren.

Sie trugen weiche Stiefel aus dem gleichen Material; diese waren außen vom Knöchel bis zum Knie geschnürt. Um den Hals hatten sie Bänder aus dem Haar und den Fingerknöcheln ihrer Opfer, an den stämmigen Armen Reifen aus Menschenzähnen.

Wenn man einen Blutlecker erblickte, wußte man, was Angst hieß. Ihre wunderliche Erscheinung war schonungslos darauf ausgerichtet, Schrecken einzuflößen und ihre hilflosen Opfer vor Entsetzen erstarren zu lassen.

Sie trugen lange schmale Schwerter mit gezackten Klingen, so daß die Wunden, die sie damit schlugen, nicht so schnell und leicht heilten. Das spielte aber kaum eine Rolle, denn nur wenige, die ihre gefährliche Schneide zu spüren bekamen, überlebten, um davon zu berichten. Daneben trugen sie kleine Schilde aus Holz und Fell, auf welche die derben Symbole ihrer barbarischen Religion gemalt waren, die angeblich auch regelmäßige Menschenopfer kannte.

Die Blutlecker, die sich als Spürhunde verdingten, setzten auch Greifvögel ein, meist Falken, aber auch kleine Adler oder Raben, um mit deren Hilfe ihre menschliche Beute auf größere Entfernungen zu orten. Diese Vögel nahmen sie auf ihrer sonderbaren Rasse kurzbeiniger, stämmiger Ponys mit; sie saßen auf schmukken, an den Sätteln befestigten Stangen. Die Sättel selbst waren für gewöhnlich aus Knochen und Haut – den Knochen und der Haut ihrer Opfer. Manche Leute behaupteten, die Blutlecker würden mit ihren Vögeln Gedanken austauschen, so gut klappe die Verständigung zwischen diesen beiden Raubtierarten.

»Sie sind mindestens zu dritt, vielleicht sind es auch mehr. Einer der Wächter berichtete mir, daß er gestern nacht drei Leute Richtung Pelgrin reiten sah.« Prinz Jaspin stand unvermittelt auf und schleuderte dem vordersten Blutlecker einen Beutel Münzen entgegen; der fing ihn behende auf und schob ihn in eine Innentasche unter seiner Kleidung. »Ihr bekommt mehr Geld, wenn ihr zurückkehrt; die Bezahlung soll reichlich sein.« Er schlug sich mit der geballten Faust auf die offene Handfläche, um seinen Worten Nachdruck zu verleihen. »Ich will, daß ihr sie findet!«

»Das werden wir«, erwiderte Gwert, der mächtigste der drei.

Dann machten sie ohne ein weiteres Wort kehrt und verschwanden so lautlos wie Rauch im Wind.

Als sie fort waren, pfiff Ritter Bran scharf zwischen seinen Zähnen durch. »Mein lieber Prinz, diese Wendung der Dinge behagt mir nicht. Mir wäre es lieber gewesen, du hättest mich und ein paar meiner Bewaffneten losgeschickt, um diesen Gefangenen zurückzuholen. Diesen Blutleckern, den Barbaren, darf man nicht trauen. Du wirst deinen Gefangenen und seine Kumpane bekommen, aber dann muß dir gleichgültig sein, in wie vielen Stücken sie eintreffen.«

»Es ist mir gleichgültig«, entgegnete Jaspin wütend. »Ich will nur, daß man sie findet und aufhält.«

Ritter Grenett mischte sich ein: »Herr, warum ist dieser Mann, dieser Falke, eine so große Bedrohung für dich? Er ist doch bloß ein Vogelfreier – und selbst wenn er der Anführer einer Bande wäre, würde er dich nicht mehr kosten, als du am Ende ohnehin wirst zahlen müssen. Warum suchst du ihn so eifrig zu verderben?«

»Das«, versetzte der erzürnte Prinz, »ist allein meine Sache und geht dich nichts an!« Drohend fügte er hinzu: »Ihr werdet das beide für euch behalten, habt ihr gehört? Außerdem«, fuhr er etwas freundlicher fort, »möchte ich nicht, daß meine neuen Regenten sich mit so mühevollen Verfolgungsjagden abgeben müssen. Es gibt Wichtigeres zu tun. Kommt, schmieden wir die Pläne für unsere nächste Überraschung.«

Er führte sie zu seinem Tisch, wo auf einem silbernen Tablett eine Karaffe Wein und Becher standen, die er voll schenkte. »Meine Freunde, auf eure Gesundheit und euren Erfolg«, sagte er und hob seinen Pokal. Sie nahmen alle einen tiefen Zug, und sobald die Ritter ihren Becher abgesetzt hatten, hoben sie ihn abermals, um Jaspins Trinkspruch zu erwidern.

»Auf Askalons neuen König!«

13

Der alte Mann lag in einem großen dunklen Saal auf einem Steinaltar. An jeder Seite des fünfeckigen Quaders qualmten Fackeln und warfen einen sonderbaren, flackernden Schein, der sich wie Wellen über das Antlitz des Mannes kräuselte. Er schien zu schlafen oder tot zu sein, doch selbst in seinem tiefsten Schlummer war die ausgeprägte Bosheit seiner Züge nicht gemildert. Die schwarze Seele, die in diesem Körper wohnte, war dermaßen verdorben, daß sie alles verzerrte, womit sie in Berührung kam. Das Gesicht war eine haßerfüllte Maske, die um so schrecklicher wirkte, als es auch von großem Scharfsinn zeugte.

Nimrod schien es, als würde er durch viele Rauchschichten aus großer Höhe stürzen. Sein Kopf pochte; dumpfe Schmerzen schossen ihm durch die Glieder. Aber er zwang sich dazu, weiterzumachen.

Der Rauch wurde dünner und löste sich ganz auf. Er blickte durch ihn hindurch und sah die feste Erde weit unten dahingleiten. Der Magier sank immer noch rasch tiefer, schwebte jetzt aber, anstatt zu fallen, und konnte Einzelheiten des Landes erkennen. Weit weg lag eine hohe, schneebedeckte Gebirgskette, die Fiskills; rechts das lange silberne Band der Wilst, die auf ihrem verschlungenen Weg zum Meer jetzt zugefroren war; und gerade voraus, aber noch verschwommen, die dunkle, graugrüne Masse des ausgedehnten Pelgrin-Waldes, der halb von Wolken verdeckt wurde. Noch ein Stück weiter lag ganz außer Sichtweite Askalon, die Stadt auf dem Hügel.

Nimrod verlangsamte seinen Abstieg. Er hörte die kalte Luft an sich vorbeirauschen, spürte aber nichts. Er schloß die Augen, und als er sie wieder aufschlug, wandte er den Kopf und sah den schwarzen Flügel gleichmäßig auf- und abgehen, während der

Wind schrill durch seine Federn brauste. Der Hexer hatte die Gestalt eines Raben angenommen und flog rasch dahin.

Als Nimrod sich dem Wald näherte, konnte er in der Ferne mit seinen scharfen Vogelaugen blaß die Umrisse von Askalon erkennen. Das Licht schwand, denn die Welt versank in der Dunkelheit einer langen Winternacht. Bis er die Burg erreichte, würde es stockfinster sein, aber das spielte keine Rolle. Denn Nimrod war ein Freund der Finsternis und aller Dinge, die die Finsternis schätzten. Er benutzte die pechschwarze Nacht, um unter ihr seine Untaten zu verbergen.

Nimrod hatte sich tief auf die heimlichen Künste eingelassen; er hatte mit Geheimnissen gespielt, die seit Anbeginn der Welt verhüllt waren. Er war weit gereist und hatte die Kenntnisse von Zauberern und Hexern aller Völker erworben. Er war in seiner Jugend unersättlich wißbegierig gewesen und hatte bei jedem Meister der Magie gelernt, bis er mächtiger war als alle vor ihm. Er hatte das Herz des Unnennbaren geschaut und jede menschliche Regung dafür gegeben, um die Macht zu erlangen, nach der ihn verlangte, die er aber noch immer nicht besaß: die Macht, alle Menschen seinem Willen zu unterwerfen.

Als Nimrod sein Ziel endlich erreichte, kreiste er über Askalon und schwebte in einer Spirale nach unten. Er hielt auf den Turm zu, in dem Prinz Jaspins Gemächer lagen, und landete auf dem Sims einer schmalen Schießscharte hoch oben in der Wand von Jaspins Gemach. Der Prinz war allein und saß in seinem großen Stuhl am Kamin. Nimrod flatterte lautlos auf den Boden und verwandelte sich dort in seine menschliche Gestalt zurück.

»Prinz Jaspin«, sagte er, erfreut, daß er dem Prinzen einen Schrecken einjagte. »Du erwartest doch niemanden, oder?«

»Bei Zoar! Du hast mich erschreckt.« Jaspin warf sich auf seinem Stuhl zurück und griff sich ans Herz. »Nein, bei Azrael, ich erwarte niemanden. Und dich am allerwenigsten, Nimrod. Wie kommst du hierher?«

»Das ist für dich, fürchte ich, kaum von Interesse. Ich bin eigentlich gar nicht hier. Du siehst nur ein Gespenst, das Bild meiner Körperseele, oder wie du es nennen willst.« Der Hexer ging durch den Raum, und als er am Kamin vorbeikam, konnte Jaspin die Flammen durch seine geisterhafte Gestalt scheinen sehen. Unmittelbar vor dem erstaunten Prinzen blieb er stehen.

»Was tust du hier? Wenn du mir schon nicht verraten willst, wie du hierhergekommen bist, so sage mir wenigstens, warum.«

»Das werde ich.« Der Hexer verschränkte die Arme über der Brust und starrte auf Prinz Jaspin hinab, der verstört tiefer in den Kissen seines Sessels versank. »Du hast ihn entwischen lassen!« rief Nimrod. Jaspin kam es so vor, als würde er in der Stimme des Zauberers Donnergrollen hören.

»Er bekam Hilfe... von Freunden im Schloß. Ich habe den Kerkermeister und die Wachen köpfen lassen... Ich...«

»Schweig!« zischte Nimrod. »Glaubst du, man kann mich besänftigen, indem man das Blut wertloser Wächter vergießt? Gewinnt man damit die Beute zurück?«

Wütend zog Nimrod die Brauen hoch und ging vor dem Kamin auf und ab. Erschrocken und hingerissen beobachtete Jaspin ihn. »Er gehört mir! Ich will ihn! Du hast ihn zweimal entkommen lassen! Ach!« schrie er erbost.

»Zweimal?« fragte Jaspin schüchtern. »Da irrst du dich wohl. Wir haben ihn nur einmal gefangengenommen.«

»Nimrod und sich irren?« Die Augen des Magiers sprühten Funken, aber als er den Mund öffnete, kam ein hohles, meckerndes Lachen heraus. »Da kennst du mich schlecht, Prinz Schakal.« Dann verlor er wieder die Beherrschung: »Du Tor!« brüllte er. »Weißt du es denn nicht? Dieser Vogelfreie, den sie den Falken nennen, ist kein anderer als Baron Teido von Crandall, das größte kriegerische Verstand seiner Zeit.«

»Nein, das...« Dem Prinzen hatte es die Sprache verschlagen.

»Kein anderer. Du hattest ihn in den Klauen, als du ihn bei seiner Rückkehr aus dem Krieg festsetzen ließest. Schon damals ist er dir entkommen.«

»Das war etwas anderes«, wandte Jaspin ein und erhob sich von seinem Stuhl.

»Du wagst es, Nimrod zu widersprechen?« schrie der Hexer. Das Feuer im Kamin flackerte mit einem Fauchen auf, so daß es

Funken und Asche ins Zimmer regnete. Jaspin spürte die Hitze auf seinem Gesicht. »Ich mache aus diesem Steinhaufen glimmende Asche, Prinz. Sei auf der Hut.« Nimrod fuhr sich mit den langen, schmalen Händen durch sein wirres Haar und ging wieder auf und ab.

»Was willst du jetzt unternehmen?« fragte er.

»Ich habe Blutlecker auf die Spur angesetzt«, sagte Jaspin schmollend. »Wir haben ihn in ein paar Tagen wieder.«

»Hmm ... na schön. Du kannst deinen Kopf also gebrauchen, wenn du unbedingt mußt. Aber benachrichtige mich sofort, wenn du ihn wiederhast. Tot oder lebendig, ich will ihn. Du hast dir noch einmal eine Gelegenheit erkauft und dir vielleicht die Krone gerettet. Aber versage nicht wieder, andernfalls war das deine letzte Tat als Mensch. Ha!« höhnte der böse Nimrod.

Dann drehte er sich um und starrte Prinz Jaspin finster in die Augen. Jaspin spürte, wie seine Glieder schwer wurden und keine Kraft mehr hatten; das Herz in der Brust erkaltete ihm. »Es gibt schlimmere Schicksale als den Tod, das versichere ich dir. Ich kenne einige davon, und alle sind sie gleichermaßen niederschmetternd. Die hebe ich mir für diejenigen auf, die mich auf besondere Weise enttäuschen. Du bekommst noch eine einzige Gelegenheit ... enttäusche mich nicht.« Der Hexer machte kehrt und trat in die lodernden Flammen. Als Jaspin das sah, sprang er auf.

Der Hexer lachte hämisch; er schien sich zu strecken und größer und durchsichtiger zu werden. Kurz bevor er den Blicken entschwand, sagte er: »Wußtest du, daß Ronsard lebt? Nein? Nun, nicht mehr lang. Ich habe jemanden auf ihn gehetzt.« Er lachte wieder und verschwand vollkommen in der Lohe. Jaspin hörte nur noch das schwache Echo seines verdorbenen Gelächters, dann war auch dieses weg.

Der Prinz ließ sich wieder in seinen Sessel sinken. Sein Gesicht war leichenblaß geworden.

Die Flammen in Derwins Herd waren niedergebrannt. Quentin schlief leicht, er lag in einer warmen Ecke unweit des Feuers. Er hatte das Gefühl, endlich genug geruht zu haben, und seine Gedanken glitten durch wechselnde Träume. Der Tag war ereignislos gewesen; die Freunde hatten ihn bei Gesprächen und genauen Vorbereitungen verbracht, an denen Quentin kaum teilnahm. Er hatte fast nur gegessen und geschlafen, die Pferde versorgt und ihnen allen eine zusätzliche Ration gegeben, weil sie in der Nacht so scharf hergenommen worden waren.

Teido und Derwin saßen am Feuer und rauchten lange Holzpfeifen, in denen von Derwin angebaute aromatische Blätter verkohlten. Sie schwiegen, denn alles war besprochen. Sie pafften ihre Pfeifen und stöhnten manchmal kurz auf, während sie über alles nachgrübelten.

Alinea schlief bequem auf dem niedrigen Holzbett des Einsiedlers. Sie hatte den ganzen Tag nur wenig gesprochen, aber ihre Blicke, dachte Quentin, kündeten beredt von den Auseinandersetzungen, die sich in ihrem Inneren abspielten. Ihre smaragdgrünen Augen schienen innerlich zu weinen, weil sie in so großer Bangnis um den König war. Und dennoch hatte sie ihre eigenen Qualen hintangestellt und freundliche Worte für Quentin gefunden, als die beiden eine Weile allein waren. Dafür, das hatte Quentin sich geschworen, wollte er bei der erstbesten Gelegenheit mit Freuden sein Leben für sie lassen.

Endlich stand Derwin auf und streckte sich. Sachte klopfte er seine Pfeife am Herdsims aus, dann begab er sich in eine weiter entfernte Ecke, wickelte sich in seinen Mantel und überließ Teido seinen Gedanken. Quentin, der unruhig schlummerte, glaubte zu hören, wie der Einsiedler einen scharfen Pfiff ausstieß, und fand ein derartiges Benehmen zu dieser Tageszeit höchst sonderbar.

Dann hörte er den Pfiff wieder. Er rappelte sich aus seinem Halbschlaf und stützte sich auf seine Ellbogen. Derwin war wie angewurzelt stehengeblieben und horchte. Teido, der seinen Stuhl nach hinten gekippt hatte und seine langen Beine am Kamin ausstreckte, hörte zu paffen auf und lauschte ebenfalls.

Der Pfiff ertönte ein drittes Mal, jetzt aus größerer Nähe. Teido stand auf und schlüpfte zur Tür hinaus. Über Quentin wehte ein kalter Luftzug hinweg, so daß er vollkommen wach wurde. Jetzt war ein weiteres Signal zu hören, ganz nah bei der Hütte. Das war Teidos Antwort.

Auch Alinea war nun wach und stellte sich neben Derwin. Sie beugte den Kopf und redete mit dem Einsiedler, aber Quentin konnte ihre Worte nicht hören. Er strengte alle seine Sinne an, um mitzubekommen, was draußen vor sich ging. Aber er vernahm lediglich das Knistern und Knacken des Feuers im Herd sowie seinen eigenen Atem.

Dann erklang das sanfte, gedämpfte Schlurfen von Füßen, die durch den Schnee zur Hütte kamen. Teido bückte sich durch den Eingang und rieb sich dabei die Arme warm. »Voss und seine Leute haben einen Besucher für uns«, erklärte er. »Sie bringen ihn gleich.«

Kaum hatte er ausgeredet, als es an der Tür leise klopfte. Teido riß sie auf, und draußen stand der stämmige Anführer der Bande. Hinter ihm befand sich ein Mensch, den mehrere Männer in Fesseln hielten.

»Kommt herein, Voss«, sagte Teido. »Laßt uns euren Fang sehen.«

Der kräftige Waldler trat in die Hütte und winkte seinem Gefangenen.

»Trenn!« rief die Königin, als ihr Wärter ins Licht stolperte. Er schwankte unsicher und sah aus, als würde er gleich umfallen, aber Voss hielt ihn mit einer Hand aufrecht. Derwin zog einen Hocker heran und drückte den Mann darauf.

»Wir überwachten ihn, sobald er den Wald betreten hatte. Als wir den Eindruck hatten, daß er hierher wollte, haben wir ihn festgesetzt«, sagte Voss wie nebenbei.

»Trenn, was tust du hier?« Alineas Augen suchten sein Gesicht nach Hinweisen ab. »Hat Jaspin unser Spiel entdeckt?«

»Das fürchte ich, Herrin«, antwortete Trenn. Er stand auf und verbeugte sich. »Ich bin hier, um Euch zu warnen: Jaspin hat Blutlecker auf Eure Spur gehetzt. Ich betete zu sämtlichen Göttern, die ich kenne, daß ich nicht zu spät komme.«

Bei der Nennung der gefürchteten Spürhunde erbleichte sogar

Voss' breites Gesicht. »Das sind schlimme Neuigkeiten«, sagte er. Alinea schlug die Hände vors Gesicht. Hastig warf sie einen Blick auf Teido, der ungerührt dastand.

»Da haben wir unsere Antwort«, meinte Derwin.

»Wann ist das passiert?« fragte Teido mit erzwungener Gelassenheit. Er sprach sehr vorsichtig und freundlich, damit seine Stimme nicht seine Erschrockenheit verriet.

»Ich sah sie heute gegen Mittag durch die Seitenpforte kommen, unter der Führung einiger Ritter Jaspins. Auch am Haupttor war heute morgen viel los. Es kamen Ritter und Edelleute, einige sogar aus dem Flachland. Das Gerücht sagt, Jaspin habe rasch eine Versammlung einberufen, um diejenigen zu ergreifen, die dir zur Flucht verholfen haben.«

»Was? Der Mann ist wahnsinnig«, versetzte Teido.

»Es war nur eine List«, erklärte Trenn. »Prinz Jaspin hat zwei Edelleute beschuldigt, dir bei der Flucht geholfen zu haben. Das erfuhr ich vom Kerkermeister, dem neuen Kerkermeister.« Mit einer raschen, schneidenden Bewegung deutete er an, was er meinte. »Die beiden Edelleute wurden gefangengesetzt. Es sind die Barone Weldon und Larcott.«

»Die Schlange!« sagte Teido ruhig. »Er benutzt meine Flucht dazu, um den Regentschaftsrat neu zu besetzen. Er hat vermutlich keine Zeit verloren, zwei neue Regenten einzusetzen. Weißt du, wer die Plätze eingenommen hat?«

»Sicher kann ich es nicht sagen, aber ich glaube, Ritter Bran und Ritter Grenett«, antwortete Trenn. »Baron Holben soll sich gegen ihn gewandt und das Leben der beiden Herren gerettet haben. Der Prinz wollte sie wegen Verrats hinrichten lassen. Baron Holben berief sich auf die Richterschaft des Königs.«

»Er hat ihnen vorläufig das Leben gerettet und sein eigenes wohl verspielt«, meinte Teido.

»Nimmt Jaspin sich soviel heraus?« fragte die Königin, erschrocken, daß an ihrem eigenen Hof solche Dreistigkeit möglich war. »Das ahnte ich nicht.«

»Wir können Weldon und Larcott nicht helfen«, sagte Teido traurig. »Wir müssen jetzt für uns sorgen.«

»Trenn, wie bist du hierher gelangt, ohne daß die Blutlecker dich sahen?«

»Ich brach vor ihnen auf, und da ich wußte, wohin ich wollte, holte ich einen Vorsprung heraus, auch wenn ich mein gutes Pferd wohl fast zu Tode gehetzt habe.«

»Sie sind dir sicher gefolgt«, meinte Voss. »Das erleichtert ihnen ihre Aufgabe ungeheuer.«

»Ich hoffe, daß ich etwas gewitzter bin«, erwiderte Trenn. »Ich habe ein paar meiner Leute ein Stück weit mitgenommen, um die Spur zu verwischen. Sie haben sich nach einer Weile von mir getrennt, alle in unterschiedliche Richtungen. Mehr konnte ich in der kurzen Zeit nicht machen.«

»Gut«, sagte Teido und sprang auf. »Das verschafft uns ein wenig Zeit.«

»Meine Kameraden und ich können euch noch ein bißchen mehr bringen«, sagte Voss. »Ich werde sie darauf ansetzen, daß sie die Spur verwischen. Wir können die Teufel tagelang im Wald an der Nase herumführen.«

»Das sind Blutlecker, keine gewöhnlichen Jäger«, wandte Teido ein.

»Und wir sind kein gewöhnliches Wild«, prahlte Voss. »Keine Sorge. Sie werden uns nicht zu Gesicht bekommen und unsere Ränke erst entdecken, wenn ihr längst unterwegs seid. Aber ewig können wir sie nicht aufhalten.«

»Wir könnten uns auf einen Kampf mit ihnen einlassen«, schlug Trenn vor.

»Und dabei umkommen«, erwiderte Teido. »Nein, unsere einzige Hoffnung besteht darin, ihnen vorauszubleiben, bis wir den Wall überquert haben. Ich bezweifle, daß selbst die Blutlekker uns finden können, sobald wir in der Wildnis sind.«

»Genau!« meinte Derwin triumphierend. »Jetzt gibst du es zu. Wir ziehen nach Dekra.«

»Ja, wir ziehen nach Dekra. Du hast deinen Willen, mein Freund. Und das ist unsere einzige Hoffnung. Wir ziehen nach Dekra… und wir brechen noch heute nacht auf.«

14

Unter den dunklen Schwingen der Nacht brach die ungewöhnliche Rettungsmannschaft von Derwins Hütte im Wald von Pelgrin zu ihrer Suche auf. Sie hatte nur geringe Hoffnung auf den Erfolg ihrer Bemühungen und noch kaum einen Plan, wie sie ihr Ziel erreichen und den König aus den Klauen des bösartigen Zauberers Nimrod befreien sollte.

In den vierzehn Tagen waren die fünf auf dem Pfad Richtung Nordosten durch die fernsten Ausläufer des Pelgrin und die niederen Vorgebirge der Fiskills keiner weiteren Menschenseele begegnet. Das betrachteten sie jedoch als gutes Vorzeichen, denn es bedeutete, daß sie nichts von dem gesehen hatten, was sie am meisten fürchteten und was sie immer wieder dazu bewegte, zurückzublicken, wenn sie glaubten, die anderen merkten es nicht: Sie hatten keine Spur von den gnadenlosen Blutleckern entdeckt.

Unter Derwins Führung und Teidos Drängen schlugen sie einen Weg ein, bei dem sie die trügerischen Berge umgingen und statt dessen durch die hügeligen Waldgebiete Askalons reisten, die sich gen Osten bis zu Zelbakors Wall erstreckten.

Sobald sie den Wall hinter sich hatten, und ihn zu überwinden war an sich schon eine fürchterliche Anstrengung, wollten die Retter geradewegs auf die Bucht des Malmar zuhalten und sie auf dem Eis zu Fuß überqueren. Und wenn sie dann sicher auf der anderen Seite waren, wollten sie kurz in dem Fischerdorf Malmarn rasten, einem der wenigen menschlichen Vorposten auf der weiten Halbinsel Obrain. Dort hofften sie Zeit zu haben, ihre Vorräte aufzufrischen und einen Führer zu finden, der sie nach Dekra bringen würde.

Quentin hatte schließlich erfahren, daß es sich bei Dekra um die verlassene Stadt eines geheimnisvollen Volkes handelte, das vor langer Zeit untergegangen war. Keiner hatte eine Erinnerung daran, was mit den sonderbaren Bewohnern der Stadt geschehen war. Aber sie hatten eine sagenhafte Metropole zurückgelassen, die durch Lieder und Legenden reich und wunderbar verklärt worden war, obschon nur wenige Menschen sie jemals gesehen hatten. Es gab zwar Menschen, die an ihre Existenz glaubten, aber meistens wurde die Stadt als schillerndes Märchen betrachtet, erfunden von Barden und Minnesängern, um die Ohren der Leichtgläubigen zu kitzeln. Einige jedoch beharrten darauf, daß es sie gebe und sie ein übler Ort sei, an dem Menschen nicht willkommen seien; diejenigen, die nach ihr suchten, kehrten angeblich nie zurück.

»Hast du noch nie von Dekra gehört?« wollte Derwin wissen. Fragend zog er die buschigen Brauen hoch, als Quentin sich bei ihm danach erkundigte. »Nein, vermutlich nicht. Die Priester Ariels geben nicht freiwillig zu, daß die Stadt existiert. Nun, du wirst Gelegenheit bekommen, etwas zu tun, was den meisten Menschen versagt bleibt: Du wirst sie mit eigenen Augen erblikken.«

»Ist es denn schlimm dort?« fragte Quentin. »Wollte Teido deshalb nicht hinreisen?« Er hatte seinen üblichen Platz am Ende des Zuges unmittelbar vor Trenn verlassen und ritt auf Balder neben dem Einsiedler her. Quentin hielt sich gern neben Derwin auf, wenn der Pfad es erlaubte.

»Nein...«, erwiderte Derwin nach kurzem Schweigen; er hatte versucht, die richtigen Worte zu finden. »Dekra ist kein schlimmer Ort, auch wenn viele dies glauben. Die Stadt ist einer der sieben alten machtvollen Orte auf Erden. Und obzwar die Macht inzwischen größtenteils versiegt ist, finden sich immer noch Überreste davon, wenn man Augen hat, sie zu sehen.

Ein schlimmer Ort ist es nicht. Das war nicht der Grund, warum Teido dagegen war. Er wußte, daß die Reise gefährlich werden würde und vergebens, falls wir nicht finden sollten, wonach wir suchen.«

Mit dieser Antwort mußte Quentin sich begnügen, denn mehr

wollte Derwin von der Ruinenstadt nicht erzählen noch sagen, aus welchem Grund sie sie aufsuchten. Aber Quentin merkte an der Stimme des Einsiedlers, daß er vieles verschwieg. Da war etwas, das Derwin nicht preisgeben wollte, und Quentin, dessen jungenhafte Neugier geweckt war, brannte darauf, es herauszufinden. Darum lauschte er ständig auf alles, was Derwin und Teido bei den Mahlzeiten oder abends am Feuer sagten. Meistens wurde er jedoch enttäuscht.

Teido trieb die Gesellschaft unbarmherzig zur Eile an; er machte tags nie lange Rast noch Feuer. Die Nächte hielt er absichtlich kurz. Bei Einbruch der Dämmerung wurde haltgemacht, ein paar Stunden geschlafen, und schon vor Tagesanbruch ging es weiter. Quentin hatte die Kunst erlernt, im Sattel zu schlafen, wenn er die Augen nicht mehr offenhalten konnte. Ja, er war überhaupt rasch zu einem besseren Reiter geworden. Er freute sich an den neuen Fertigkeiten, die er tagtäglich fortentwickelte, und auch an den Dingen des Waldes, in denen Derwin ihn unterwies, der sich als unerschöpflicher Wissensborn herausstellte.

Quentin konnte jetzt dreißig verschiedene Arten von Bäumen und Sträuchern benennen. Er erkannte die Spuren sämtlicher Tiere des Waldes, die sich mitten im Winter noch bewegten. Das betrachtete er als bei weitem nützlicher denn alles, was er im Tempel gelernt hatte, auch wenn er zugeben mußte, daß ihm die Kenntnisse, die er dort erworben hatte, auf andere Weise zupaß kamen.

Aus diesen und anderen Gründen, aber vor allem wegen der Nähe, die eine Gruppe von Menschen mit gemeinsamem Ziele schafft, fühlte Quentin trotz der Mühsalen der Reise eine tiefe Freude in sich, die ihn die unzähligen Unannehmlichkeiten des Lebens in der Wildnis vergessen ließen. Auch die Gefahr, die ihnen bei jedem Schritt drohte, hatte er fast vergessen: die Blutlecker. Denn nichts schien auf die Anwesenheit der verhaßten Verfolger hinzudeuten.

Teido jedoch ließ sich immer wieder hinter den Trupp zurückfallen. Manchmal blieb er stundenlang weg, hielt Ausschau und wartete, suchte den Wald nach Zeichen ab, die auf die Verfolger hätten hindeuten können. Jedesmal kam er mit der Meldung zurück, daß er von den Blutleckern nichts gesehen hatte. Aber jeden Tag wurde er unruhiger.

»Ich fürchte, sie warten darauf, daß wir uns in offenes Gelände begeben«, sagte er eines Nachts zu den anderen. Die Sonne war gerade untergegangen, und sie saßen ums Feuer, in ihre Mäntel und dicke Gewänder aus Tierfellen gehüllt, die Derwin gestellt hatte.

»Glaubst du nicht, daß wir sie abgeschüttelt haben?« fragte Trenn hoffnungsvoll, »daß Voss und seine Waldler sie in die Irre geleitet haben ...«

»Nein«, erwiderte Teido ernst und schüttelte langsam den Kopf. »Ich fürchte nicht. Voss hat sie vielleicht kurze Zeit an der Nase herumgeführt, und da wir noch leben und uns fortbewegen, ist das sogar wahrscheinlich.

Aber ich spüre ihre Gegenwart jeden Tag deutlicher. Ich habe das Gefühl, daß sie mit ihren Gedanken nach uns greifen und immer näher kommen. Vielleicht haben sie unsere Fährte noch nicht entdeckt, aber sie holen auf.«

»Warum sollten sie warten, daß wir uns in offenes Gelände begeben?« fragte Alinea. »Warum sollten sie uns nicht im Wald ergreifen?«

Wieder schüttelte Teido den Kopf. »Das weiß ich nicht. Irgend etwas hält sie ab, was es ist, kann ich aber nicht sagen. Sobald wir jedoch den Wald verlassen, werden sie uns mühelos sehen können. Die Hügel dahinter bieten denjenigen, die Schutz vor Späheraugen suchen, im Sommer wenig Deckung und im Winter noch weniger.«

»Wenn wir das Hügelland jedoch bis zum Wall durchqueren, schaffen wir es vielleicht«, warf Derwin ein. Er allein schien Hoffnung zu haben.

»Erst müssen wir einen Weg über den Wall finden«, gemahnte Trenn ihn. »Das kann Tage dauern. Wenn meinem Roß keine Flügel sprießen, weiß ich nicht, wie wir hinüberkommen sollen.«

»Es muß eine Möglichkeit geben«, sagte Alinea. »Der Wall ist alt, vielleicht gibt es eine Bresche...«

»Bete, daß es keine gibt, Herrin«, entgegnete Trenn. »Jeder Vorteil, den wir entdecken, nutzt unseren Häschern noch mehr.«

»Die Blutlecker sind unsere Häscher nicht«, sagte Quentin in merkwürdigem Tonfall. Die anderen hielten inne, schauten vom Feuer auf und sahen ihm ins Gesicht. Es drückte Furcht und Erstaunen aus, seine dunklen, runden Augen blickten über den Lichtschein hinaus, den das Feuer warf. »Unsere Häscher sind die dort.«

Teido folgte Quentins Blick als erster und sah, was jener gesehen hatte: Sie waren von Gesichtern eingekreist; diese waren in der Dunkelheit zwar kaum zu sehen, aber ihre großen Augen funkelten. Sie waren umzingelt.

15

Das Dorf der Dscher, wenn man es so nennen konnte, war so weit unsichtbar wie möglich. Man hatte Unterschlüpfe für fünfzig und mehr Menschen aus Ästen und Zweigen, Rinde und Laub gebaut. Jeder von ihnen war in der Erde vergraben und hatte die Gestalt einer flachen Kuppel. Wären vor diesen schlichten Behausungen keine Menschen gestanden oder hätten nicht welche aus den Eingängen gelugt, Quentin wäre ohne weiteres mitten durch das einfache Dorf gegangen, ohne auch nur etwas davon zu ahnen.

Die Fußspuren im Schnee kündeten jedoch von etwas ganz anderem, denn der Schnee war vom häufigen Hin und Her vieler Menschen festgetrampelt. Es sah so aus, als hätten die Dscher den ganzen Winter lang in diesem Teil des Waldes gelebt, und so war es auch. Sie hatten im nördlichsten Bereich des Pelgrin gejagt und Fallen gestellt und hier ihr Winterlager aufgeschlagen. Im Frühling würden sie wieder in ihre angestammten Gefilde zurückkehren: in die Wildnis von Obrain.

Als Quentin sie jetzt bei hellem Tageslicht sah, fragte er sich, warum er sie in der langen Nacht gefürchtet hatte, als sie am Rand des Lagerfeuers standen. Die ganze Nacht über hatten sie ihre seltsame Wacht gehalten; ihre Gesichter hatten sich nur bewegt, wenn einer seinen Platz einem anderen überließ. Quentin hatte von ihnen alle möglichen gräßlichen Foltern gewärtigt. Doch wenn er jetzt in ihre breiten, braunen Gesichter blickte, in ihre zarten, aber doch kräftigen Züge und die klaren, ungetrübten braunen Augen, die klug und allwissend wirkten, schämte er sich, daß er diesen schlichten Menschen etwas Böses zugetraut hatte.

Bei Anbruch des Morgengrauens war ihr Anführer, der sich Huth nannte, ans Lagerfeuer getreten. Dort standen Teido und

Derwin und warteten darauf, ihn zu empfangen, wie er sich auch geben mochte – friedlich oder feindlich. Dann hatte Derwin unerwarteterweise alle erschreckt, durchaus auch die Dscher, die vor Erstaunen johlten, indem er sie schleppend in ihrem wiegenden Singsang ansprach.

Derwin hatte sich an seine Gefährten gewandt und etwas einfältig gesagt: »Es tut mir leid, meine Freunde. Ich hätte euch schon früher sagen sollen, daß wir von den Dscher nichts zu befürchten haben. Aber ich hielt es für das Beste, auf der Hut zu bleiben, denn ich hatte schon lange keinen von ihnen mehr in diesem Teil des Waldes getroffen, und die Welt hat sich sehr verändert. Ich durfte mir nicht sicher sein, wie man uns aufnehmen würde. Aber es verhält sich, wie ich hoffte: Sie heißen uns als Freunde willkommen.« Dann wandte er sich wieder an den Anführer der Dscher und redete abermals in jener seltsamen Sprache.

Huth machte seinen Freunden aufgeregt Zeichen, es waren in etwa ein Dutzend. Sie traten näher und murmelten erstaunt ob des Wunders, das sie erlebten: einer von den Hellhäutigen beherrschte ihre Sprache.

Ja, es war wirklich ein Wunder. Die Dscher waren ein Nomadenvolk. Einfach und schlicht hatten sie ihre Sitten und Bräuche seit tausend Jahren kaum geändert. Sie bauten keine Städte, errichteten keine Altäre, kannten keine Schrift für ihre Sprache. Sie waren noch älter als die verhaßten Schoz; älter gar als das Land, soweit man wußte. Woher sie kamen, war ein unergründliches Geheimnis, eines der vielen, die dieses scheue Volk wie die dicke Rinde einer alten Eiche umgaben.

Im Gebiet von Askalon sah man sie nur noch selten. Die Urbarmachung des Landes drängte sie immer weiter nach Nordosten in die Wildnis ab. Nur wenige Stadtbewohner waren den sanftmütigen Dscher jemals begegnet, aber die Bauern, die nah am Nordrand des Pelgrin lebten, erhaschten hin und wieder einen Blick auf sie. Manchmal sah man sie in einer Gegend über eine Generation lang nicht, dann tauchten sie plötzlich wieder auf.

Die Dscher waren ein friedliebendes, scheues Volk, das keine

Feinde hatte außer den gewalttätigen Schoz, die sie jagten wie das Wild, von dem sie lebten. Es war ein Wunder, daß diese bescheidenen Menschen überhaupt kämpfen konnten. Sie schienen zu keiner Auseinandersetzung fähig zu sein. Aber zu ihren überraschenden Wesenszügen gehörte der angeborene Haß auf die letzten ihrer uralten Feinde.

Derwin saß neben Huth, dem Anführer der Dscher, mitten auf einer kleinen Lichtung und beriet sich mit ihm. Quentin bekam mit, daß alles sehr langsam vonstatten ging. Sie wiederholten immer wieder die gleichen Worte, machten viele Handbewegungen und verfielen immer wieder in verwirrtes Schweigen. Aber Derwin schien allmählich voranzukommen. Bald nickte er häufiger und schien seltener Fragen zu stellen. All dies waren wilde Vermutungen Quentins, da die Sprache in nichts den Worten glich, die er kannte. Sie klang mehr nach dem zufälligen Ausstoßen von Waldlauten und dem Nachahmen von Naturgeräuschen als nach einer richtigen Sprache. Und doch hörte sie sich in Quentins Ohren seltsam schön und rührend an, denn er vernahm aus ihr die sanften Klänge der Erde im Lauf der Jahreszeiten, von Bäumen im Wind, über Steine rieselnden Wassers, herumtollender Tiere. Die Sprache der Dscher war voll von der Schönheit des Waldes und seiner Bewohner.

Während die beiden Männer sich miteinander zu verständigen suchten, stellte Quentin auf seine Weise Verbindung her: Keck starrte er die seltsamen Menschen an, die sich um sie geschart hatten. Die Dscher schauten genauso dreist zurück; sie deuteten auf die Fremdländer – ihr Ausdruck für alle anderen Menschen – und beneideten sie um ihre Pferde und Stahlmesser.

Die Dscher, befand Quentin, waren eine gedrungene Rasse und eher anmutig als bullig. Ihre Körper waren glatt und wohlgestaltet, mehr gelenkig als muskulös – wie bei Rehen. Die Dscher hatten so lange unter ihnen gelebt, daß sie ihnen ähnlich geworden waren. Quentin fiel auf, daß sie sogar wie Rehe schauten, mit ihren großen dunklen und unergründlichen Augen, die so tief und ruhig wie Waldteiche waren.

Ihre Bekleidung war aus Rehfellen gemacht, mit Fäden aus Rehdarm und Nadeln aus Rehbein zusammengenäht. Sie aßen Wildbret und benutzten Rehfett als Brennstoff für ihre Lampen, die aus Rehschädeln bestanden. Sie hatten ihr Überleben ganz auf die Rehe abgestellt und folgten ihnen, wo immer die flinken Tiere je nach Jahreszeit hinzogen.

Auf jedem der grobschlächtig verzierten Kleidungsstücke und Gebrauchsgegenstände, die Quentin zu Gesicht bekam, waren Bilder von Rehen zu sehen: aufgemalt, eingekratzt oder eingekerbt. Bisweilen fand sich auch eine Darstellung der Sonne darunter, die sie ebenfalls verehrten.

Diese Menschen hatten dieselben wachen Instinkte und blitzschnellen Reaktionen wie die scheuen Waldtiere. Daneben verfügten sie über helle Sinne gegenüber ihrer Umgebung. Durch all das wurden sie für die lauten, schwerfälligen Hellhäutigen unsichtbar, die durch den Wald wanderten, ohne zu merken, daß andere Menschen nicht weiter weg waren als die Lärche, unter der sie gerade standen.

Quentin war eben dabei, mit einigen mutigen Dscherkindern Handzeichen auszutauschen, als Derwin aufstand und zu den übrigen zurückschlurfte, die auf Rehhäuten im Schnee saßen und auf das Ergebnis der Unterredung warteten.

»Huth sagt, daß wir dem Tod geweiht sind«, verkündete Derwin, bemerkte seinen Patzer aber gleich, als er die erschrokkenen Gesichter seiner Gefährten gewahrte. »Nein, nein! Von den Dscher haben wir nichts zu befürchten. Oje! Verzeiht mir, ich wollte mir die Geschichte zusammenreimen und habe nicht aufgepaßt, was ich sage.

Huth sagt, daß uns Blutlecker folgen, das wissen wir bereits. Die Blutlecker sollen uns aber schon dichter auf den Fersen sein, als wir dachten. Die letzte Nacht wäre beinahe unsere letzte gewesen. Darum seien sie bei uns geblieben und hätten gewacht, damit die Schoz nicht versuchten, uns zu ergreifen. Ohne es zu wissen, seien wir in die Nähe ihres Winterdorfes gestolpert, aber die Schoz wollten sie nicht so nah bei sich haben.«

»Sie haben uns also heute nacht beschützt, ja?« sagte Teido.

»Ich bin ihnen für ihre Hilfe dankbar. Aber was geschieht, wenn wir weiterziehen? Die Blutlecker erwarten uns, sobald wir den Wald verlassen.«

»Darüber haben wir gesprochen«, antwortete der Einsiedler. Er lächelte und wies mit dem Kopf auf Huth, der ein paar Schritte entfernt stand. Huth erwiderte die Geste. »Huth will uns eine Leibwache und einen Führer mitgeben, der uns von den Schoz auf Wegen weglotst, die nur die Dscher kennen.«

»Wie viele werden denn mit uns kommen?« fragte Trenn. Er ließ seine Augen über die Dscher schweifen, als wären es Rekruten. »Fünf oder sechs von den größeren dürften genügen.« Mit seinem soldatischen Verstand hatte Trenn sie bereits zu einem Kampftrupp zusammengestellt und sie mit Helmen, Rundschilden und dem festen Lederpanzer der Fußsoldaten ausgerüstet.

Derwin machte ein verwirrtes Gesicht. »Wie viele Huth uns mitgeben will, kann ich nicht sagen.« Er drehte sich um und begab sich wieder zu dem Häuptling, der mit vor der Brust verschränkten Armen und gesenktem Haupt dastand. Sie steckten die Köpfe zusammen und redeten wieder; dabei fuchtelten sie mit den Händen, als wollten sie die Worte aus der Luft pflücken. Schließlich drehte Huth sich um, stieß einen Pfiff aus und winkte einer Gruppe von Männern, die bei den Pferden standen und Tiere, Zaumzeug und Ausrüstung bewunderten. Ein schlanker junger Mann, kaum älter als Quentin, kam zu Huth, der ihn Derwin vorstellte.

»Das ist unser Leibwächter und Führer«, erklärte Derwin, als er mit dem Jungen zurückkam.

»Was?« brach es aus dem entsetzten Trenn hervor. Ihm fielen fast die Augen aus dem Kopf, der Mund stand ihm sperrangelweit offen. Der junge Dscher schien es nicht einmal mit einem aus seinem Volk aufnehmen zu können, geschweige denn mit drei mordlustigen Blutleckern.

»Das ist Toli«, sagte Derwin, ihn vorstellend. Dann nannte er der Reihe nach die Namen aller seiner Gefährten. Toli versuchte nicht, den Klang nachzuahmen. Er lächelte einfach und nickte höflich.

»Wann brechen wir auf?« fragte Teido mit einem Seufzer. Auch er zweifelte an dem Leibwächter der Dscher. Er warf kurz einen Blick zum Himmel empor, der sich zugezogen hatte, während sie Derwins und Huths Beratungen abgewartet hatten.

»Huth meint, wir sollten ein paar Stunden schlafen. Heute nacht könnten wir dann aufbrechen. Wir sollen uns keine Sorgen machen. Toli werde uns einen Geheimweg über den Wall zeigen, den die Schoz angeblich nicht kennen.«

16

Der König saß in der Finsternis des tiefen Verlieses von Kassach, Nimrods hochgemauerter Bergfeste. Um ihn herum verstreut lagen die Teile seiner Rüstung, die jetzt in der alles durchdringenden Feuchtigkeit des Kerkers verrosteten. Sein einst stolzes Haupt war ihm schwach auf die Brust gesunken, und die eingefallenen Augen hielt er vor seiner unwürdigen Umgebung geschlossen. Das lange, schwarze Haupt- und Barthaar, das sich einst vor Lebenskraft gelockt hatte, hing nun zottig, schmutzig und verfilzt herab und war an den Spitzen ergraut.

Er verfluchte sich in seinem Inneren ob seiner eigenen Torheit und mangelnden Voraussicht. Er war so begierig auf die Heimkehr gewesen, so voller froher Erwartungen, daß er die Krieger seinen Befehlshabern anvertraut und sich nur mit einer kleinen Leibwache aus Rittern eilends auf den Weg begeben hatte, um das letzte Schiff zu nehmen, ehe die tosenden Herbststürme die Schiffahrt lahmlegten. Sie waren an Bord gegangen und gegen die Bedenken des Kapitäns losgesegelt, obwohl das Meer angeschwollen war und der Himmel vor angestauter Wut dräute.

Am vierten Tag war der Sturm losgebrochen, und der Kapitän hatte auf den nächstgelegenen Hafen zugehalten, Fallers an der Südspitze von Elsendor. Klugerweise hatte er sich geweigert, die Fahrt fortzusetzen, darum hatten Eskewar und seine Ritter sich auf den Landweg gemacht. Einen Tag und eine Nacht später wurden sie angegriffen. Als sie in eine schmale Schlucht ritten, lauerte ihnen eine Schar Bewaffneter auf.

Der König und seine Ritter hatten sich tapfer gewehrt, waren aber an Zahl weit unterlegen und wurden schließlich überwältigt. Man fesselte sie und warf sie auf Karren. Von Segeltuch bedeckt fuhren sie so viele Tage lang durch felsiges Gelände.

Ronsard, einer der Ritter, hatte das Glück, sich von seinen Fesseln befreien zu können, und war entkommen; sein Pferd und seine Waffe konnte er zwar mitnehmen, mußte den König und seine Gefährten aber zurücklassen.

Ronsard war den Karren bis zu ihrem Ziel gefolgt, einem Schiff mit schwarzen Segeln, das an einem einsamen Strandabschnitt wartete. Er hatte gehofft, eine Gelegenheit zu finden, um seine Kameraden zu befreien. Aber als er das finstere Schiff und seine vierschrötige Besatzung erblickte, war ihm verzweifelt klargeworden, daß er mit einem Schwert nichts für seine Freunde tun konnte. Da brach er nach Mensandor auf, um die Königin zu benachrichtigen.

Monate waren vergangen, und jeder Tag war unerträglicher als der vorige. König Eskewar weigerte sich, die Hoffnung aufzugeben, obwohl sie immer geringer wurde. Erst hatte er gegen seinen Häscher getobt und seine mächtige Stimme in gerechtem Zorn erhoben. Die Säle und Flure von Kassach hatten von seinem wütenden Donner widergehallt.

Währenddessen war Nimrod wie wahnsinnig lachend in seinen Gemächern auf und ab gegangen; seine wilden Augen leuchteten von einem heftigen, übernatürlichen Licht.

Nach einigen Wochen war Nimrod in sein Verlies hinabgestiegen, um wenigstens einmal einen bösen Blick auf seine Beute zu werfen. Der König hatte ihm gedroht, hatte um die Freilassung seiner Ritter gefleht, hatte ihm ein beträchtliches Lösegeld versprochen, hatte nach den Gründen seiner Gefangennahme verlangt. Daraufhin hatte er erfahren, daß sein Bruder, Prinz Jaspin, angeordnet habe, ihn sicher eingekerkert zu halten, bis er selbst die Krone trug.

Dann ging Nimrod wieder weg und ließ seinen elenden Gefangenen allein, damit er sich vor Wut und Enttäuschung verzehren konnte. Seit diesem Gespräch hatte der König keinen Menschen mehr gesehen.

Eskewar hörte, wie ein Eisenriegel knirschend hochgeschoben wurde und dann wieder herunterfiel, anschließend quietschten die selten benutzten Angeln. Darauf vernahm er das Klirren von Schritten auf der Wendeltreppe, die hinab ins Verlies führte. Der Wächter bringt Essen, dachte er.

Dann sah er das flackernde Licht einer Fackel über die rauhen Wände des schmalen Flurs huschen, der an den Zellen vorbeiführte. Er lauschte und wartete. An dem Getrappel im Gang erkannte er, daß der Wärter nicht allein war. Als jemand ihm die Fackel vors Gesicht hielt, waren seine Augen von der ungewohnten Helligkeit geblendet. Ein scharfer Schmerz durchzuckte seinen Kopf, als er sich zwang, den Wärter anzusehen.

Unsicher rappelte Eskewar sich auf, damit er den Kerkermeister und seine beiden schändlichen Wächter überragte.

»Zurück mit dir!« brüllte der Kerkermeister und fuchtelte mit der Fackel zwischen den Stäben der Eisentür. Das alte rostige Ding ging auf, und die beiden Wächter traten mit stoßbereiten Lanzen behende ein. Einer stieß den König mit dem stumpfen Ende seiner Lanze vorwärts, und der König wankte wie ein Greis hinaus auf den Gang. Der tröpfelnde Korridor war so schmal und niedrig, daß er sich zusammenkauern und bücken mußte, um durchzupassen. Zur Sicherheit und um daran zu erinnern, daß er bewacht wurde, bekam er hin und wieder einen Lanzenstoß in die Rippen, während die vier die Wendeltreppe hinaufgingen.

Eskewar stolperte dabei zweimal, fing sich aber immer wieder und stieg langsam und sehr entschlossen weiter. Er wollte Zeit schinden, um einen Teil seiner Kräfte zu sammeln und seine Augen an das fahle Licht zu gewöhnen, das immer heller wurde, je weiter sie das Verlies hinter sich ließen.

Endlich trat der König wieder hinaus ans Tageslicht, das seine entwöhnten Sinne zu überwältigen schien. Er atmete tief durch und füllte sein Lungen mit kalter, klarer Luft. Davon bekam er den Kopf frei von dem Durcheinander, das sich dort jüngst eingenistet hatte. Mühsam richtete er sich auf, drückte die Schultern durch und reckte den Kopf.

Der kleine Trupp wurde in den großen Saal eingelassen, wo Nimrod auf seinem hohen schwarzen Thron saß und wartete.

»Sieh an, unser Gefangener lebt also noch?« zischte der Geisterbeschwörer. »Wie schade; da werden unsere Tierchen noch ein wenig auf ihr Fleisch warten müssen!« Er lachte in sich hinein. Eskewar bemerkte, daß der häßliche, riesenhafte Kopf einer Schlange unter dem Thron nach ihm gierte.

»Lasse mich frei oder töte mich«, sagte der König. »Du wirst kein Lösegeld bekommen, und mein Bruder wird niemals meinen Thron einnehmen. Das werden die Regenten nicht zulassen.«

»Vielleicht deine Regenten nicht, stolzer König. Aber anscheinend werden einige von ihnen gewisser übler Machenschaften verdächtigt. Zwei von ihnen sind bereits in den tiefen Kerkern von Burg Askalon eingesperrt und erwarten ihr drohendes Schicksal.«

»Du Teufel!« rief der König und stürzte sich auf ihn. Einer der Wächter versuchte, ihm mit der gesenkten Lanze den Weg abzuschneiden, aber der König packte sie, entwand sie dem Mann und stieß ihn mit dem Griff seiner eigenen Waffe zurück. Dann schwang er die Lanze in weitem Bogen um sich und hielt so den Kerkermeister und den zweiten Wächter auf Abstand. Eskewar legte die Lanze ein und ging drohend auf Nimrod zu. Der Hexer reckte die Arme über seinen Kopf und rief einen Zauberspruch: »Borgat invendum cei spensus witso borgatti!«

»Deine Kräfte können ...«, hub der König an, dann legte sich etwas wie ein bleiernes Netz über seine Glieder, und er spürte seine Stärke schwinden. Er hob seinen mächtigen Arm, um die Lanze zu schwingen, aber die Waffe schien plötzlich soviel zu wiegen wie die Kerkertür. Der Wurf war kraftlos, und die Lanze schlitterte matt über den Steinboden.

»Du wirst schon sehen, was meine Kräfte vermögen!« fauchte der erzürnte Zauberer. »Auf diesen Augenblick habe ich nur gewartet! Fesselt ihn! Und bringt ihn in den Turm.«

Wütend rief König Eskewar: »Töte mich gleich! Wenn du dir diese Gelegenheit entgehen läßt, wirst du es in alle Ewigkeit bereuen, du schwarzer Hexer!«

Die Wächter stürzten sich auf den hilflosen Herrscher und

legten ihn in Ketten. Dann zerrten sie ihn aus dem Saal und in den Turm, wo er in einen absonderlichen Raum gesperrt wurde, keine Zelle, sondern ein Zimmer mit hoher, gewölbter Decke und Wänden, die mit grotesken Gestalten und merkwürdigen Schriftzeichen bemalt waren. Kaum war er in diesem Raum und die Tür hinter ihm zugefallen, verspürte er einen übernatürlichen Drang nach Schlaf.

Die schweren, einschläfernden Dünste schienen unmittelbar aus dem Boden aufzusteigen. Der Kopf sank ihm auf die Brust und baumelte hin und her, seine Lider flatterten. Die Knie knickten ein, und er stürzte auf den Holzboden, von dem er sich wieder zu erheben suchte. Unbeholfen kam er wieder auf die Knie, denn die Ketten ließen ihm nur begrenzte Bewegungsfreiheit.

»Du wirst das Ausruhen hoffentlich sehr erholsam finden«, zischte Nimrod. Eskewar riß den Kopf hoch und erblickte das scharfgeschnittene, verzerrte Gesicht seines Folterers durch die mit Eisenstäben versehenen Türschlitze.

»Ich verfluche deine Knochen, Magier«, schnaubte der König. Doch noch im Reden wurde ihm die Zunge im Mund schwer, und seine Lider fielen zu. Er versuchte, noch einmal aufzustehen, aber seine Beine trugen ihn nicht, und er sank besinnungslos auf die Seite und schlief ein.

»Betrachte die Welt ein letztes Mal als Sterblicher, großer König. Damit mache ich dir ein seltenes Geschenk. Wenn du erwachst, wirst du einer meiner Unsterblichen sein. Schlafe wohl.«

17

In den vier Tagen seit ihrem Aufbruch aus dem Lager der umherziehenden Dscher waren Derwin und seine Freunde unglaublich schnell vorangekommen. Ob der Geschicklichkeit und des klaren Verstands ihres Führers Toli waren sie alle überrascht, am meisten Trenn, der höchste Zweifel gehabt hatte, ob sie im Wald überhaupt eine Stunde überleben würden.

Aber Toli kannte die Gegend wie sich selbst. Instinktiv wußte er, wo ein Pfad abbog und wann man sich einen neuen suchen mußte. Vor seinen wachsamen Augen schien der Wald nichts verbergen zu können. Ja, der schlanke, braunhäutige junge Mann las seine Zeichen so mühelos wie Derwin die Schriftrollen, die er in so großer Zahl gesammelt hatte. Quentin vermutete, daß die Dscher, die über Generationen dem Wild gefolgt waren, sich in Wald und Wildnis besser zurechtfanden als in der Menschenwelt. Damit schloß er sich der üblichen Meinung an, denn die achtsamen Dscher wurden allenthalben als ein Volk betrachtet, daß eher auf die Stufe von Tieren zurückfiel, als diese hinter sich zu lassen.

Einen besseren Führer hätten die Freunde jedoch nirgends finden können. Und hätte es sechs wie ihn gegeben, die Gesellschaft wäre vor der Entdeckung durch die Blutlecker nicht sicherer gewesen. Toli wußte, wann er Rast machen und wann er weitergehen mußte. Er wechselte die Tageszeiten, an denen sie unterwegs waren, und hielt sich nie an ein bestimmtes Muster, sondern bewegte sich wie ein schlaues Tier, allerdings vorwiegend bei Nacht.

Trotzdem zweifelte keiner von ihnen daran, daß die Blutlekker ihnen noch auf den Fersen waren. Toli gab ihnen recht, daß sie erst hinter dem Wall in Sicherheit wären. Er und Derwin berieten sich oft kurz vor und nach jedem Tagesmarsch. Je näher sie dem großen Bauwerk kamen, desto ängstlicher wurde Derwin offenbar.

Das uralte Wunderwerk der Architektur hatte das Königreich Mensandor über tausend Jahre lang vor Plünderern und Eroberern geschützt. Jetzt stand es als Mahnmal dafür, daß das Volk von Mensandor in Freiheit leben wollte, denn seit Menschengedenken hatte kein Feind mehr gewagt, es mit einer Streitmacht zu überwinden.

Seit alten Zeiten war es bekannt als Zelbakor Wall; es erhob sich vier mal zwanzig Spannen hoch vom felsigen, unebenen Grund bis zu den gezackten Zinnen. Der Wall war so breit, daß oben auf ihm drei Ritter nebeneinanderreiten oder sich eine Kolonne von Kriegern mühelos fortbewegen konnten. Er erstreckte sich über hundert Wegstunden Länge von der Bucht von Malmar, wo er ins Wasser hinausragte, bis zur Felswand des Ostenkell in den nördlichen Fiskills.

Zelbakors Wall sollte Askalon von den wilden Gegenden in Sudland trennen, war aber nie fertiggestellt worden. Nur den beschriebenen nördlichen Teil hatte man hochgezogen, und das zu einem enormen Preis.

Aber dieser Teil stand unversehrt. Eine beeindruckende Leistung: nahtlos, über all die Jahre frei von Lücke oder Bresche, so kunstvoll gebaut, daß kein Mörtel nötig war, paßte Stein auf Stein; auf der ganzen Länge fügte sich alles mit höchster Genauigkeit ineinander.

Quentin hatte den Wall nie gesehen, aber schon viele Geschichten darüber gehört. Bei dem Gedanken, ihn endlich mit eigenen Augen schauen zu dürfen, war er aufgeregt bis in die Zehenspitzen. Doch jede Aufhellung seiner Laune wurde zunichte gemacht, als Derwin der versammelten Gesellschaft erklärte: »Heute nacht werden wir den Wall überqueren, und mit Sicherheit werden die Blutlecker jetzt versuchen, uns aufzuhalten. Toli glaubt, daß sie nicht mehr fern sind und unsere Absicht vermutlich schon erraten haben. Sobald wir den Schutz des Waldes verlassen, sind wir verwundbar.

Der Wald endet eine Wegstunde vor dem Wall, aber auf unserem Weg liegt ein geschütztes Tal. Dem werden wir folgen, solange wir können.«

»Und dann?« fragte Trenn, der sich in seiner Soldatenehre gekränkt fühlte. Er betrachtete es als Schande, sich nachts davonzustehlen wie feige Hunde. Dennoch hatte er kein Verlangen danach, sein Schwert mit den schrecklichen Klingen der drei Blutlecker zu kreuzen.

»Und dann? Nun, Toli wird uns zum geheimen Durchschlupf der Dscher führen. Wenn wir es schaffen, werden die Schoz uns wohl nicht folgen. Sie würden Tage brauchen, um mit ihren Pferden über den Wall zu gelangen, und Wochen, um außen herum zu reiten.«

»Wie bringen wir unsere Pferde hinüber?« fragte Alinea.

»Ja«, stimmte Teido ein. »Nehmen wir unsere Pferde mit oder nicht?«

Derwin rief Toli zu sich und besprach die Frage kurz mit ihm. Dann wandte er sich mit ernster Miene an die übrigen. »Er weiß es nicht. Die Dscher haben keine Pferde und haben sich daher nie überlegt, ob man sie mitnehmen kann oder nicht. Versteht ihr, der Geheimweg führt nicht über den Wall, sondern unten durch. Es ist ein Tunnel.«

»Zum Donnerwetter!« schimpfte Trenn. Die Sache gefiel ihm immer weniger.

»Ist es denn so schlimm, ohne Pferde weiterzureisen?« fragte die Königin.

»Es wäre sehr schwierig«, antwortete Teido.

»Unmöglich«, warf Trenn ein.

»Unmöglich nicht«, widersprach Derwin. »Erinnert euch, Toli und sein Volk leben in der Wildnis. Er wird uns zeigen, wie wir durchkommen. Diese Menschen hier sind immer in Bewegung.«

»Das schlimmste ist, daß wir ohne die Pferde beträchtlich langsamer vorankommen werden. Bis nach Dekra sind es Wochen, und zu Fuß dauert es noch länger.«

Quentin hörte sich dies alles voll Traurigkeit an. Er verabscheute den Gedanken, Balder zurückzulassen, so daß er Wölfen oder gar den Blutleckern zum Opfer fallen würde. Er wandte sich ab und ging zu dem Tier, das ihm in der kurzen Zeit, seit sie sich kannten, ans Herz gewachsen war.

»Sie sagen, daß du zurückbleiben mußt, Balder. Lieber wäre mir, sie würden mich zurücklassen«, sagte er schniefend, während eine Träne in sein Auge trat. »Ich will dich nicht im Stich lassen.« Er schlang dem mächtigen Roß einen Arm um den Nacken und drückte seine Wange an die breite Schulter des Tieres. Balder wieherte leise und senkte den Kopf, um Quentin am Arm zu stupsen.

»Du hast das Pferd gern.« Als Quentin sich umdrehte, stand Teido neben ihm und streckte die Hand aus, um Balders Blesse zu tätscheln.

»Das ist mir eben klargeworden.« Er wischte sich die Träne mit dem Ärmel von der Wange.

»Dessen brauchst du dich nicht zu schämen. Ein Ritter muß auch an sein Roß denken; in der Schlacht seid ihr aufeinander angewiesen. Und dieses stämmige Streitroß weiß am besten, wie es seinen Reiter im Kampf schützen kann, das schwöre ich.«

»Er wird doch selber für sich sorgen können? Wenn wir sie freilassen?«

»Ja, er wird zurechtkommen, besser als wir, will ich meinen. Aber ich habe nicht die Absicht, sie freizulassen, wenn wir es irgendwie vermeiden können. Wir brauchen unsere Pferde zu dringend.« An den Falten um Teidos Augen erkannte Quentin, wie angespannt dieser war.

»Ist der Weg durch die Wildnis denn so mühselig?« Quentin hatte gedacht, er würde nicht viel anders sein als der Weg, den sie durch den Wald genommen hatten.

»Ja. Schlimmer, als du dir vorstellen kannst, wenn du ihn noch nie erlebt hast. Es gibt keine Straße, keinen Weg, nicht einmal einen Pfad. Die ganze Gegend besteht nur aus Gestrüpp und Dornen in trügerischem Sumpfgelände. Wenigstens haben wir den Frost, der uns ein wenig mehr Sicherheit verleiht. Aber selbst damit müssen wir vorsichtig sein – viele der Sümpfe werden von unterirdischen heißen Quellen gespeist. Die frieren im Winter nicht zu, auch wenn manchmal Schnee darüber liegt. Es gibt kaum einen gefährlicheren Ort für Reisende.«

Diese Mitteilung nahm Quentin bedrückt auf und wünschte sich, die Reise hätte ein Ende. Er bekam das dauernde Aufschlagen und Abbrechen des Lagers und die langen Strecken dazwischen allmählich satt. An die Blutlecker und den Schrekken, den sie verkörperten, dachte er schon lange nicht mehr. Nachdem er sich tagelang damit gequält und nachts mit der Hand am Dolch wach gelegen hatte, wollte er sich einfach nicht mehr mit ihnen beschäftigen. Jetzt mußte er wieder überlegen, was sie wohl mit ihm anstellen würden, wenn sie ihn zu fassen bekämen.

In der Abenddämmerung brach der Trupp wieder auf. Der Wald wurde lichter, je näher sie dem Wall kamen. Und im gleichen Maß wuchs die fürchterliche Angst. Über das, was hinter ihnen lauerte, durften sie gar nicht nachdenken.

Quentin fühlte sich nur zum Teil sicher. Um möglichst rasch zum Wall zu gelangen, war Toli hinter ihm aufgesessen, da Balder das kräftigste Roß war. Die beiden saßen bequem beieinander. Obschon die Dscher keine Pferde besaßen, hatten sie offenbar keine Angst vor ihnen und konnten leidlich mit ihnen umgehen, wenn sie Gelegenheit dazu bekamen. Doch da Quentin der bessere Reiter der beiden war, hielt er die Zügel, und Toli gab ihm Anweisungen.

Die Gruppe ritt über eine Wegstunde im Gänsemarsch hinter Balder her. Der Himmel war finster, der Mond und die Sterne waren von dichten Wolken verdeckt. Um so besser, dachte Quentin. Vielleicht würden die Blutlecker sie gar nicht sehen.

Endlich erreichten sie den Waldrand, und ohne Zaudern führte Toli sie hinaus auf eine weite Fläche kahler Hügel, wo senkrecht stehende Steine scharf und kantig aus der Erde ragten. Die Landschaft war eine Einöde, hier lagen die Wurzeln der unterirdischen Gesteinsschichten blank, die sich weiter im Landesinneren auffalteten und die Fiskills bildeten. Quentin kam der Landstrich einsam und verlassen, karg und düster vor.

Mit etwas schnellerer Gangart leitete Tolis sie einen jähen Hang hinab zum Grund einer breiten Rinne, die von den Schmelzwassern des Frühlings in den Boden gegraben worden war. Neben ihnen ragten beiderseits die Ufer des trockenen Bachbettes auf. Von den Rändern der überhängenden Felsen hingen lange Eiszapfen herab, und der leichte Wind, der hinter ihnen aufgekommen war, strich über die zerklüfteten Spalten.

Nach vorn und hinten konnten sie gar nichts sehen und über sich nur den leeren dunklen Himmel. Aber jeder von ihnen hatte eine tiefe Vorahnung, so daß sie nur widerwillig weiterzogen. Jeder Schritt wurde zur Mühsal und jede Wegbiegung zu einer Drohung. Trotz Tolis Drängen wurden alle langsamer und tasteten sich nur zaudernd voran.

Quentin spürte, wie die Angst ihn durchflutete, und wußte gleichzeitig, daß sie nicht von innen kam. Als Priesterschüler hatte er Besessenheitszeremonien erlebt, bei denen ein Priester den Gott anrief, für kurze Zeit in seinem Körper Aufenthalt zu nehmen, damit er dessen Orakel erfahre. Bei diesen Gelegenheiten hatte er dasselbe empfunden, wenn die mit Gefühlen aufgeladene Atmosphäre merkwürdige Vorgänge zeitigte.

Die lähmende Macht, das wußte Quentin, kam von außen, und in jäher Erkenntnis wurde ihm ihre Quelle klar: die Blutlekker. Jetzt kamen sie endlich.

Genau in dem Moment, als Quentin diesen Gedanken faßte, spürte er, wie es ihm eiskalt über die Rippen lief. Er drehte sich um und blickte zurück: Er sah nichts. Als er sich wieder abwandte, bemerkte er, wie in einiger Entfernung eine dunkle Gestalt mit der Finsternis verschmolz. Worum es sich handelte, war nicht erkennbar, aber im tiefsten Inneren wußte Quentin, daß die Blutlecker da waren. Scharf zügelte er sein Roß. Balder blieb unverzüglich stehen, so daß Teido fast mit ihm zusammenstieß, als sein Tier im Dunkeln weiter ausgriff.

»Ich habe gerade etwas hinter uns gesehen«, flüsterte Quentin heiser. Teidos Gesicht sah er in der umgebenden Finsternis nur als dunkle Maske.

»Wie weit hinter uns?«

»Das kann ich nicht sagen«, erwiderte Quentin atemlos. »Ich habe bloß gesehen, daß sich da hinten etwas bewegt hat. Horch!« Noch während er redete, rollten ein Stück weiter zurück Steine in das Bachbett. Das dünne, klappernde Echo verlor sich sofort in der Leere.

»Nichts wie weg!« flüsterte Teido. Durch das Drängen in seiner Stimme hörte er sich klein und weit weg an. Er wendete sein Pferd und gab die Losung weiter. Quentin gab Balder einen Klaps und ließ das Pferd sich seinen Weg suchen. Polternd stoben sie in die Dunkelheit.

Während sie durch die gewundene Schlucht ritten, hielt Toli sich stur an Quentin fest. Er rief ihm etwas Unverständliches ins Ohr, und Quentin blickte nach vorn und sah die Ufer zu beiden Seiten flacher werden; sie stiegen einen sanften Hang hinan. Noch ein Satz und sie hatten das Tal hinter sich.

Vor ihnen erhob sich massig und gekrümmt Zelbakors Wall, eine bedrohliche Mauer von ungeheuren Ausmaßen. Quentin trieb sein Roß an, da brach der Mond am Himmel durch die tiefen Wolken. Jetzt konnte er das riesige Bollwerk aufragen sehen, erreicht hatten sie es aber noch nicht ganz.

Der Mond verschwand wieder, als sie gemäß Tolis Anweisungen abbogen und schräg auf den Wall zuhielten. Am Geklapper der Hufe merkte Quentin, daß die übrigen dichtauf folgten.

Sie galoppierten eine weitere steile Schlucht hinab und auf der anderen Seite wieder hinauf. Sie hatten die Anhöhe gerade erreicht, als der Mond wieder hervorlugte und sein Licht über die wilde Landschaft ergoß. Zu Quentins Schrecken sah er im flutenden Schein Stahl schimmern und zwei Reiter heranbrausen. Toli zupfte an seinem Arm, und er warf die Zügel herum und hielt geradewegs auf den Wall zu.

Ein durchdringendes Kreischen zerriß die Nacht. Erst hielt Quentin es für den Schrei einer Frau, erkannte aber dann den Jagdschrei des Falken darin. Ein Reiter stürmte an ihm vorbei, und er hörte Teido rufen: »Zum Wall! Führe die anderen zum

Wall!« Dann sah er das Mondlicht auf Teidos gezogener Klinge funkeln.

Toli brüllte und winkte den anderen, daß sie ihnen zum Wall folgen sollten.

»Sie haben uns!« schrie Trenn. Sein Pferd stolperte auf den losen Steinen, und er stürzte.

Die Königin, die unmittelbar vor ihm ritt, wollte umkehren und ihm helfen, aber Derwin trieb sie voran und meinte: »Ich kümmere mich um ihn, nur weiter mit dir!« Ihr flinkes Roß flog leichtfüßig wie ein Schatten über das unsichere Gelände, und im Nu war sie neben Quentin und Toli.

Unmittelbar voraus, aber von einem Felsvorsprung verdeckt, wurde gekämpft: Quentin hörte Stahl auf Stahl klingen und auch das wilde Wiehern der Pferde, als sie aufeinander losgingen. Sie erreichten eine geschützte Senke, Toli sprang ab und rannte schnurstracks auf die Mauer zu. Quentin blinzelte ein paarmal, denn er hatte geglaubt, den jungen Dscher im wechselnden Mondschein mitten zwischen den riesigen Fundamenten von Zelbakors Wall verschwinden zu sehen.

Im Handumdrehen war er wieder da, er schrie und trieb sie an. Abermals hörte Quentin den Schrei in der Luft über sich, diesmal ganz nah. Er drehte sich rasch um und warf sich unwillkürlich den Arm übers Gesicht, als Toli hochsprang wie eine Katze, ihn am anderen Arm packte und zu Boden riß.

Im Fallen hörte er ein Rauschen in der Luft und ein Reißen. Dann spürte er einen stechenden Schmerz im Oberarm, den er sich übers Gesicht geworfen hatte. Er sah Derwin herangaloppieren, bei ihm Trenn, der seitlich über den Rücken seines Pferdes geworfen war. Dann ging er zu Boden. Quentin verdrehte die Augen und erblickte zwei weiße Schwingen, die in der Nacht verschwanden. Dann betrachtete er seinen Arm: Sein Wams war zerfetzt, und aus der Wunde sickerte Blut.

»Hier ist der Tunnel!« rief jemand. Quentin spürte, wie ihn jemand auf die Beine stellte, dann rannte er zur Mauer. Von hinten donnerte ein Reiter heran, und Teidos Stimme dröhnte. Plötzlich dachte Quentin, wie seltsam es war, daß er wie ein erschrockenes Reh rannte. Er wollte sich setzen. Die Stimmen um ihn herum bildeten ein Gebrumm, und die Luft wurde warm. Er wurde langsamer und drehte sich um. Teido sagte etwas, da neigte Quentin den Kopf zur Seite; er war verwirrt, denn Teido redete plötzlich in einer unbekannten Sprache.

Er blieb stehen und blickte auf den doppelten Mond, der am Himmel schwebte. Er streckte den Arm aus, um einen von ihnen zu berühren, als wollte er ihn pflücken und in die Hand nehmen. Er hörte Musik: das Glockengeläut vom Tempel in weiter Ferne. Dann wurde der schwarze Himmel blutrot. Quentin blinzelte und setzte sich, erstaunt ob dieses sonderbaren Wunders. Er spürte, wie sein Kopf an den glatten Stein der Mauer prallte, und das letzte, was er sah, war Derwin, der wie aus großer Höhe auf ihn herabblickte und in einer wirren Sprache mit ihm redete. Eine Träne rollte Quentin über die Wange, dann wußte er nichts mehr.

18

Das blinkende, wechselnde Licht drehte sich in hellen Sternen. Quentin konnte sie sogar sehen, wenn er die Augen geschlossen hielt. Stundenlang folgte er ihrem Spiel hinter den Lidern halb schlafend, halb wachend. Irgendwo in der Ferne, aus einem anderen Raum oder vielleicht sogar einer anderen Welt, hörte er Musik. Hoch gestimmte Glöckchen, die schrill bimmelten und seine Ohren mit ihrem dünnen Klang reizten.

Wie lange er schon so dalag, die tanzenden Lichter beobachtete und dem klaren Klang der Glocken lauschte, wußte er nicht. Vielleicht seit Stunden. Vielleicht auch seit Tagen. Vielleicht schon immer.

Quentin befand sich in einer Dämmerwelt zwischen Dunkelheit und Licht, fast willentlich war er bei oder ohne Bewußtsein und nahm nichts wahr außer den schaukelnden Lichtsternen, die manchmal blau oder rot waren, meist aber rosig golden schimmerten. Er bemerkte nichts außer diesen Lichtern und den Klang der winzigen Glöckchen.

Das Zimmer, in dem Quentin lag, ging nach Westen und hatte Blick auf eine niedrige, bewaldete Gebirgskette. Sanft stiegen die Berge auf und ab wie der stachelige Pelz eines urzeitlichen Tieres, das seit langer Zeit friedlich schläft. Von der hohen Brüstung des Balkons aus konnte man im Westen den feurig roten Sonnenuntergang beobachten.

Und jeden Nachmittag warf die zur Erde sinkende Sonne auf ihrer Bahn das Licht mit aller Kraft durch die zweiflügelige oben abgerundete Tür, die auf den Balkon hinausführte. Das Licht flutete über Quentins reglose Gestalt und verwandelte sein fahles, wächsernes Antlitz in etwas Lebendiges. Oben an der

Spitze des Türbogens baumelten Windglöckchen in der leichten Brise und schwangen hin und wieder durch die offenen Türflügel ins Zimmer.

Neben Quentins hohem, breitem Bett saß eine alte Frau mit einer weißen Wollstola. In der Hand hielt sie ein Gefäß mit aromatischer Salbe, die sie in regelmäßigen Abständen auf eine Stelle über Quentins Herzen und auf seine Schläfen rieb. Bei diesen Gelegenheiten murmelte sie leise etwas und hielt ihre Hände über den bewegungslosen, kaum atmenden jungen Mann.

Den ganzen Tag über kamen Besucher herein und stellten sich an den Fuß von Quentins Bett oder einfach neben die Tür. Jedesmal schauten sie die Greisin fragend an, und jedesmal bekamen sie die gleiche Antwort: keine Veränderung.

Derwin löste die Greisin hin und wieder ab und setzte sich stundenlang neben den reglosen Körper. Am Abend brachte er eine Schale lauwarme Brühe, die er Quentin mittels einer kurzen hohlen Röhre aus Bein einflößte. Derwin ließ die Brühe langsam durch Quentins Kehle rinnen, um ihn nicht zu ersticken. Er bekam keinerlei Reaktion.

Eines Abends, als Derwin Quentin gerade die Brühe verabreicht hatte, trat Teido ein.

»Immer noch keine Veränderung?«

»Nein. Er schwebt zwischen Leben und Tod. Manchmal habe ich den Eindruck, er wacht gleich auf; er sieht aus, als würde er hochkommen, aber dann geht der Augenblick vorbei, und alles ist wie vorher.«

»Glaubst du, daß er sich erholen kann? Es sind schon fast zwei Monate.«

»Ich weiß es nicht. Eine derartige Krankheit habe ich noch nie erlebt. Vom Gift der Schoz erholt sich mit Sicherheit niemand. Aber das Volk von Dekra kennt viele Kräfte, von denen man andernorts nichts weiß. Und wäre seine Wunde tiefer gewesen oder an einer gefährlicheren Stelle, dann hätte die Heilkunst dieser alten Frau nichts vermocht – er wäre innerhalb einer Stunde gestorben, spätestens aber auf dem Weg hierher.«

Derwin betrachtete den ausgemergelten Körper des Jungen und seufzte. »Wir sind vergebens hier. Ich bin schuld, daß er so darniederliegt.«

»Mach dir keine Vorwürfe. Wenn wir einen Schuldigen finden wollen, dann brauchen wir bloß zu Jaspins Tür zu gehen. Er hat die Blutlecker auf uns gehetzt.«

»Trotzdem ist der Zweck unseres Hierseins verfehlt, und wir haben schon Verluste erlitten. Es liegt an meiner Sturheit und meinem Stolz, Teido. Darum muß der kleine Quentin jetzt leiden.«

»Nein, es liegt an deiner Heilkunst, lieber Einsiedler. Darum kann er noch atmen.«

Teido schwieg lange. Dann platzte er hastig heraus, als würde er sich vor dem fürchten, was er sagen wollte: »Wir dürfen nicht länger warten, Derwin. Bis zum Ende der Woche müssen wir weiter. Die Schiffe werden bald ihren Winterhafen in Bestu auf Tilldin verlassen, und wir müssen eines finden, das uns nach Karsch bringt.«

Überrascht zog der Einsiedler die Brauen hoch. »Glaubst du, daß du einen Kaufmann auftreibst, der sein Schiff einer solchen Gefahr aussetzt?«

»Für den König gewiß.«

»Für keinen König und kein Königreich. Das Schicksal eines Königs gilt diesen Seeleuten nicht viel. Der Aufstieg und Untergang der Völker ist ihnen gleich. Ihre Treue richtet sich danach, wie prall deine Börse ist.«

»Dann soll der Kapitän, der sich unserer Unternehmung zur Verfügung stellt, für seine Mühen ein königliches Lösegeld bekommen. Das kann ich ihm zusichern – die Königin selbst bürgt dafür.«

»Sei dir nicht so sicher. Diese Leute sind wild und abergläubisch. Der Haufen ist schlimmer als Bauern, wenn es um Zauber und Opfer geht. Karsch übt vielleicht eine solche Macht über sie aus, daß sogar ihre Liebe zum Gold sie nicht davon befreit.«

»Wir werden sehen. Jedenfalls haben wir keinen anderen Plan. Fliegen können wir nicht.«

»Nein, das wohl nicht. Ich bezweifle, daß selbst der alte Nimrod das voraussehen könnte«, sagte Derwin lachend.

Es hatte ein Witz sein sollen, aber Teido verzog keine Miene, als der Name des alten Magiers fiel. »Glaubst du, der Geisterbeschwörer sieht so viel? Weiß er von unserem Vorhaben?«

»Mit Sicherheit – entweder durch seine Schwarzen Künste oder durch seine Spitzel weiß er, daß wir außer Landes sind. Aber ich glaube nicht, daß er über alle fünf von uns Bescheid weiß.«

»Vier«, verbesserte Teido ihn. Derwin wollte gerade weiterreden, als er es an der Tür rascheln hörte. Alinea kam herein. Sie trat ans Bett und legte ihre warme Hand auf Quentins kalte Stirn. Traurig betrachtete sie sein Gesicht und ging dann zu den Männern hinüber.

»Können wir denn nichts weiter tun?« Ihre Stimme bat sanft um die Erlösung des jungen Mannes; ihre Augen waren voll rührenden Mitleids für ihren kranken Freund.

»Wir haben getan, was wir tun konnten. Jetzt müssen wir zusehen und abwarten«, entgegnete Derwin.

»Ja, ich weiß. Das hast du mir schon oft genug gesagt. Ich wünschte nur, es gäbe etwas, um die Waagschalen zu seinen Gunsten zu kippen. Das waren mühevolle Wochen.«

»Unser Warten ist bald vorbei«, sagte Teido. Auf den fragenden Blick der Königin hin erklärte er: »Wir müssen am Ende der Woche aufbrechen und unsere Reise zur Insel Tilldin beginnen. Die Schiffe werden bald in See stechen, und ich möchte uns eine Überfahrt sichern.«

»Das heißt, wir müssen ihn zurücklassen?«

»Das wäre wohl das Beste«, warf Derwin ein. »In seinem Zustand darf er nicht reisen, das ist offenkundig. Selbst wenn er sich bis dahin erholen sollte, wäre er noch wochenlang zu schwach dazu. Nein, wir müssen ihn hierlassen. Die Kuratak werden sich um ihn kümmern. Wenn er wieder bei Kräften ist, kann er nach Askalon zurückkehren; Toli wird ihn sicher bis in den Wald von Pelgrin bringen.«

»Ja«, pflichtete Teido ihm bei, »so ist es das Beste. Wir wissen nicht, wie unsere Reise ausgehen wird. Quentin wäre in Derwins Hütte sicherer aufgehoben.«

»Es wird ihm das Herz brechen, wenn er merkt, daß wir fort sind«, sagte Alinea. »Er ist so weit gereist, und jetzt...«

»Da ist nichts zu machen, Herrin«, sagte Teido. Auch er war traurig, daß Quentin, der sich als unentwegter und würdiger Gefährte erwiesen hatte, jetzt zurückbleiben sollte.

»Wann brechen wir auf, hast du gesagt?« fragte sie. »Ende der Woche? Ich werde ihm einen Geleitbrief ausstellen, sollten Jaspins Männer seinen Weg kreuzen.«

»Glaubst du, das wird viel nützen?« fragte Teido.

Die Königin schwieg und sah die beiden Männer bekümmert an. »Nein«, erwiderte sie ruhig, »aber es ist das einzige, was ich vermag.«

»Jawohl«, meinte Derwin. »Ich werde ebenfalls einen Brief aufsetzen, in dem ich ihm erläutere, was alles geschehen ist und was wir vorhaben. Das sollte ihn beruhigen, daß wir ihn nicht ohne Grund zurückgelassen haben.«

»Gut! Ein wunderbarer Einfall. Ich kümmere mich um unsere Ausrüstung und Verpflegung«, sagte Teido, der nun ein weniger schlechtes Gewissen wegen der Abreise hatte. Wie die meisten Ritter ließ er einen verwundeten Kampfgenossen nicht zurück, wenn es sich irgendwie vermeiden ließ. Entschlosseneren Schrittes, als er hereingekommen war, verließ er das Zimmer. Er war beruhigt.

»Ich weiß nicht so recht«, brummte Derwin in seinen Bart.

»Was macht dir Sorgen, Freund Derwin«, fragte Alinea. »Hast du mir noch etwas zu sagen?«

»Mehr, als ich bisher verriet? Ja, ich gebe es zu.« Er ging zu Quentin und setzte sich auf die Bettkante. Dann legte er dem Jungen kurz die Hand auf die Brust. »Ich hatte ihm einst gesagt, er habe in dieser Angelegenheit eine gewisse Rolle zu spielen. Und das glaube ich immer noch. Aber der Gott, dem ich diene, hat mich noch nicht weiter erleuchtet, fürchte ich.« Liebevoll betrachtete er die reglose Gestalt neben sich. »Vielleicht ist das für ihn erst der Anfang und nicht das Ende.«

Schweigend nickte Königin Alinea. Sie legte dem Einsiedler eine Hand auf die Schulter. Nach einer kurzen Weile gingen sie beide hinaus und überließen Quentin abermals der Fürsorge der Greisin.

19

Der Schnee im Innenbezirk von Askalon begann zu schmelzen. Das vom Wind klar gefegte hohe Himmelsgewölbe wirkte makellos und kündigte ein frühes Ende des Winters an. Bedienstete unterschiedlichen Ranges eilten über den Hof; sie mieden den Schlamm und die Wasserpfützen, so gut es ging. Jeder erledigte eifrig irgendeine wichtige Tätigkeit. Wenn man sie beobachtete, konnte man den Eindruck gewinnen, einer Schar Ameisen zuzusehen, die ihre Aufgaben mit mehr als dem üblichen Elan versahen.

Inmitten von Dienern, die Möbel und Habe einpackten, hielt der Prinz in seinen Gemächern hof und empfing eine ununterbrochene Prozession von Rittern und Edlen. Einige von ihnen wollten in seinem Gefolge reiten, und alle waren sie gekommen, um Treue und Unterstützung für seine Sache zu geloben und dafür eine Gegenleistung einzustreichen. Der Speichellecker Ontesku stand zur Linken des Prinzen und flüsterte ihm ins Ohr, wieviel der Beistand des jeweiligen Edelmanns gekostet hatte oder welchen Lohn dieser oder jener Ritter erwartete, um sein Gewissen zu beruhigen.

Ein junger Ritter, der sich die Ländereien seines Vaters, die er verschleudert hatte, mit der Lanzenspitze zurückholen wollte, trat ein und kniete vor Jaspin nieder. Als er an die Reihe kam, brachte er sein Anliegen vor, und der Prinz gab ihm auf Onteskus Einflüsterungen hin statt. Als der Ritter aufstand, sich tief verbeugte und verabschieden wollte, fragte Prinz Jaspin: »Wirst du uns in unserer Sommerresidenz Erlott aufsuchen?«

»Wenn es Euch gefällt, Majestät«, erwiderte der Ritter. Einige der jüngeren Ritter und ein paar weniger selbstsichere Edelleute hatten angefangen, als Zeichen der Unterwerfung die königliche Anrede zu benutzen, und das verfehlte seine Wirkung auf den habgierigen Prinzen nicht, der sich dadurch gebührend gewürdigt fühlte. Diejenigen, die es besser wußten, hielten ihre Ehrerbietung klug zurück.

»Es gefällt mir, deine Lanze immer kampfbereit in meiner Nähe zu wissen, Herr Ritter«, entgegnete der Prinz. Er umgab sich gern mit Gepränge, wenn er durchs Land zog. »Ich würde sagen, es wird ausreichend Sport und Spiele geben, um einen jungen Mann mit flinker Hand zu beschäftigen, der sich gern unter seinesgleichen auszeichnen möchte.«

»Es ist mir eine Ehre, lieber Prinz«, antwortete der Ritter und verbeugte sich abermals. Er hätte sich lieber um die Wiederinbesitznahme seiner verlorenen Ländereien gekümmert, aber eine Einladung des Prinzen durfte man nicht so ohne weiteres abtun.

Als der Ritter fort war, sagte Jaspin zu Ontesku: »Du hast meinen Kammerherrn und seine Helfer nach Erlott vorausgeschickt, damit sie meine Ankunft vorbereiten?«

»Ja, natürlich. Sie sind vorgestern aufgebrochen und müßten im Augenblick bereits alles für dein Eintreffen zurechtmachen«, erwiderte Ontesku, der sich in jüngster Zeit beim Prinzen eingeschmeichelt hatte und in dessen Wertschätzung wuchs. »Wir können aufbrechen, sobald du den Befehl erteilst.«

»Sehr schön. Ich bin dieses verfluchten Turmes überdrüssig. Ich möchte wieder einmal meine eigenen Güter sehen. Aber es behagt mir nicht, daß die Königin verschwunden ist. Sie ist schon zu lange weg, ohne daß etwas über ihren Verbleib bekannt wurde.«

»Was sollte dich daran beunruhigen, Herr?«

»Da ist irgend etwas faul, das spüre ich. Ich fürchte weniger um ihre Sicherheit als um meine, wenn sie irgendwo im Land unterwegs ist und wer weiß was tut. Sie könnte Aufruhr gegen mich schüren.«

»Wenn sie einen Aufruhr schürte, so würdest du es rasch erfahren. Du könntest ihn im Nu ersticken und sie dafür in Ketten legen lassen.«

»Die Königin in Ketten legen? Ha, was für ein Gedanke! Das hätte ich schon längst tun sollen, wenn ich es nur gewagt hätte.

Trotzdem würde ich ruhiger schlafen, wenn ich wüßte, wo sie ist.« Er schwieg, und eine kleine Sorgenwolke zog über seine Stirn. »Ich würde gern auch etwas von meinen Blutleckern hören. Sie müßten längst mit ihren Gefangenen wieder hier sein, oder inzwischen mit den Knochen ihrer Gefangenen. Das beunruhigt mich noch mehr als das Fehlen der Königin...«

»Was soll ihnen schon passiert sein? Sind sie nicht ausgewiesene Meister ihres Fachs, und besitzen sie nicht List im Übermaß? Ich bin mir sicher, daß wir unsere Antwort in nur wenigen Tagen bekommen werden.«

Der Prinz zupfte sich am Kinn und warf seinem Ratgeber einen besorgten Blick zu. »Du hast wohl recht. Aber ich würde gelassener zu meinem Sommersitz reisen, wenn diese unabgeschlossenen Geschichten beendet und abgelegt wären.«

»Sorge dich darob nicht. Wenn du es wünschst, werde ich zurückbleiben, bis ich dir höchstselbst die Nachrichten überbringen kann, die du wünschst.« Ontesku lächelte so gewinnend und liebenswürdig, wie er konnte.

»Du bist wahrhaftig ein guter Ratgeber, Ontesku«, erwiderte Jaspin, der froh war, daß man ihm die Angelegenheit abnahm. »Eines will ich dir sagen: Männer mit deinen Fähigkeiten kann ich gebrauchen, wenn ich an die Macht komme, und das wird nun nicht mehr lange dauern. Ritter Bran und Ritter Grenett sind tüchtige Männer, aber sie sind und bleiben Krieger und verstehen nichts von den Feinheiten des Hofes und des Herrschens. Du hast auf diesem Gebiet, auch wenn du es nicht zugeben magst, eine besondere Begabung, das sehe ich.«

»Du bist zu gütig, Herr.« Ontesku verbeugte sich und machte ein entsprechend unschuldiges Gesicht, um sich diese Gunstbezeigung auch zu verdienen; im Inneren hüpfte er vor Freude darüber, daß sein Ziel so zum Greifen nah gerückt war.

Insgesamt nahm der Prinz fünfzig Ritter und Edelleute mit auf sein Sommerschloß. Mit den Dienern und Bewaffneten belief sich die Zahl auf das Fünffache.

Der Zug nach Erlott, das persönliche Schloß des Prinzen, wo er im Jahr vier bis fünf Monate verweilte, war eine aufgebauschte

Angelegenheit, um die mehr Aufhebens gemacht wurde, als nötig gewesen wäre. Aber Jaspin wollte es so. Da das Schloß nur eine Stunde zu Pferde vom Meer entfernt lag, blieb es dort in den heißen Monaten ein wenig kühler; die Anlage war zwar viel kleiner als Askalon, aber trotzdem gut befestigt und ausreichend groß für die Zwecke des Prinzen. Burg Erlott konnte sein Gefolge mühelos beherbergen.

Die Ankunft des Prinzen in Hinsenbucht, dem nächstgelegenen Dorf, war stets ein Staatsereignis. Die Leute säumten die Straßen, während der königliche Konvoi vorüberzog. Sie bestaunten die Ritter und Rösser, die Waffen und die kostbaren Möbel, die sorgsam auf den Karren verstaut waren. Das Ganze war ein gut besuchtes Schaustück, fröhlich und festlich. Jaspin sorgte normalerweise selbst für Stimmung, indem er einen großen Teil des Fleisches und des Weines zur Verfügung stellte.

Dieses Jahr hatte Jaspin um Wochen früher den Wunsch, sich in die Sicherheit seiner eigenen Festung zu begeben. Dazu hatten vor allem zwei Dinge geführt: sein wachsendes Unbehagen über seinen Pakt mit Nimrod, der sich als verdorbener und machthungriger Bundesgenosse herausstellte, und sein Wunsch, sich von Askalon fernzuhalten, bis der Regentschaftsrat zusammenkam und ihn zum König ernannte. Dann wollte er in einem großen Triumphmarsch in die Stadt einziehen. Er wollte die Wirkung des strahlendsten Augenblicks in seinem Leben nicht dadurch trüben, daß er in Askalon blieb, bis alles soweit war. Jaspin ergötzte sich an der Pracht und dem Glanz solcher Ereignisse. Er wußte, wie man den einfachen Leuten Freude bereitete, und warb um sie mit ausgedehnten Spektakeln und billiger Unterhaltung, um ihre unstete Aufmerksamkeit von ihren Sorgen abzulenken und so ihre verletzenden Zungen zum Schweigen zu bringen.

Es war ein sehr kalter, aber sonniger Morgen, als der Prinz und sein Heer aus Edlen und Rittern, Dienern und Kriegern aufbrachen; dazu waren einige Bänkelsänger, Spielmeister und Damen eingeladen worden, um ihnen an den kühlen Frühlingsabenden die Zeit zu vertreiben. In einem guten Tagesritt würden sie bis südlich von Hinsenbucht gelangen, dort ein Lager aufschlagen und einen Tag bei Wettkämpfen zubringen, ehe sie nach Erlott weiterreisten, das noch einen halben Tag weiter im Westen lag.

Das Wetter war ideal für die Reise, und sie erreichten Hinsenbucht weit vor Einbruch der Dämmerung. Die Diener machten sich daran, auf den weiten Feldern im Westen der Siedlung die leuchtenden, bunten Zelte aufzustellen, die bei diesen Gelegenheiten zum Einsatz kamen. Die Zeltstadt erblühte unter den funkelnden Blicken und dem Gelächter der Dörfler. In der Mitte des Feldes wurde ein großes Freudenfeuer entfacht und darum herum und vor einigen Zelten kleinere Feuer zum Kochen.

Es sollte die ganze Nacht geschmaust werden und am nächsten Morgen unter den Rittern und den geschickteren Knappen ein Scheinturnier stattfinden: Dieses diente den Rittern zur Freude und Übung und dem Volk zur Belustigung, das sich am Rande des Platzes versammelte, um die Rösser mit den tapferen, schwer bewaffneten Rittern aufeinanderprallen zu sehen. Man verwandte große Umsicht darauf, daß niemand zufällig verletzt wurde, denn bei einem Scheinturnier verwundet zu werden trug keinen Ruhm ein, und ein kranker Ritter hatte weder Ehre noch ein Auskommen. Wie die Ritter in allen Landen verließen die meisten sich nämlich auf ihr Waffengeschick, um sich der Gunst und des Schutzes eines reichen Edelmannes zu versichern, wenn sie nicht selbst von edlem Geblüt waren.

Während der lärmende Trubel der feiernden Menge bis tief in die Nacht anhielt, schlief Jaspin ruhelos in seinem großen Zelt, das ein Stück höher als die übrigen auf einem Holzpodest stand. Der Prinz hatte sich früh von seinen zechenden Anhängern verabschiedet und sich mit der Begründung zurückgezogen, er wolle für das Turnier am nächsten Morgen frisch sein. In Wahrheit war er aber unruhig und rastlos geworden, weil er den ganzen Tag lang über Königin Alineas Verschwinden und das Ausbleiben der Blutlecker nachgedacht hatte, die er den Flüchtigen hinterhergehetzt hatte.

Besorgter Stimmung ging er zu Bett und fiel sogleich in einen unruhigen, von Träumen zerrissenen Schlaf, in dem der Geist seines Bruders sich anklagend vor ihm erhob und zu wissen verlangte, was mit seiner Frau Alinea geschehen sei.

Zweimal wachte er auf, weil er das Gefühl hatte, irgend etwas lauere in der Nähe, als würde jemand um das Zelt herumschleichen. Jedesmal rief er seinen Kammerdiener, der sich draußen umsah und meldete, daß alles in Ordnung war.

Am Morgen hatte er seine mißvergnügliche Nacht fast vergessen; die Aussicht auf Spiele heiterte ihn sehr auf. Sein nächtliches Unbehagen schimmerte nur noch hin und wieder als unbestimmte Vorahnung auf, ganz so, als würden die schlechten Nachrichten unerwartet über ihn kommen.

Aber selbst diese Anspannung wich, als die Vorbereitungen für das Scheinturnier begannen. Mit Lanzen, an denen rotgoldene Wimpel flatterten, wurden die Grenzen des Kampfplatzes abgesteckt. Die Zelte an beiden Enden des Turnierfeldes wurden den teilnehmenden Rittern zur Verfügung gestellt. Dann bereitete man die Waffen vor – sämtliche scharfen Kanten wurden mit Leder umwickelt und die Lanzenspitzen zum Schutz mit Holzkappen versehen. Helme, Schilde und Brustharnische wurden poliert und die Mottos und Wappen dort, wo sie abgerieben waren, frisch nachgemalt.

Die Einwohner von Hinsenbucht und aus dem ganzen Umkreis – manche waren die ganze Nacht über durchgewandert, um dabeizusein – fanden sich am frühen Morgen auf dem leicht morastigen Feld ein. Die meisten brachten Körbe mit, in denen sie Speise und Trank für den ganzen Tag hatten; andere feilschten mit den Händlern vor Ort, die den plötzlichen Zustrom von Besuchern ausnützten, um besondere Spezialitäten zu verkaufen: Würstchen, Brötchen und kleine würzige Fleischküchlein.

Die für die Jahreszeit sehr helle und warme Sonne stand im Mittag, da war alles bereit. Jaspin saß auf einem erhöhten Podest unter einem Baldachin, so daß er einen guten Überblick über das ganze Feld hatte; zu seinen Seiten drängten sich etwa zwei Dutzend seiner liebsten Edlen. Unmittelbar vor dem

Podest saßen die Damen, die ihr Gesicht prüde vor der Sonne geschützt hatten. Diese hübschen Fräulein schalten zwar stets laut darüber, was für ein grober Zeitvertreib Turniere seien, aber nicht eines von ihnen zuckte zusammen, wenn die Waffen aufeinanderprallten oder Blut floß, wie es bei den Spielen recht häufig der Fall war.

Als sämtliche Teilnehmer geschnürt und gewappnet auf ihren gedrungenen Streitrössern zweimal um die Schranken geritten waren, trat der Grießwärtel aufs Feld und las den Kombattanten, die jetzt zu beiden Seiten des Feldes in Stellung gegangen waren, die Turnierregeln vor.

Die Reihenfolge, in der die Ritter kämpfen sollten, war durch das Los bestimmt worden. Ritter Grenett war als erster dran. Er ritt über das Feld, hielt inne und wandte sich an Prinz Jaspins Gesellschaft.

»Für Mensandor und Ruhm!« rief er. Und die Leute erwiderten den Ruf: »Für Freiheit! Auf zum Kampf!« Prinz Jaspin neigte den Kopf, und Ritter Grenett ritt zu den am westlichen Ende auf ihren Rössern aufgereihten Streitern, um sich unter ihnen einen Gegner zu erwählen. Vor Ritter Weilmar blieb er stehen und berührte dessen Rundschild mit der Lanzenspitze. Die beiden ritten auf das Feld und gingen einander gegenüber in Position.

Als der Prinz mit dem Handschuh das Zeichen gegeben hatte, spornten die beiden Reiter ihre Rösser an, die Lanzen hochgereckt. Als sie einander in der Mitte des Feldes näher kamen, senkten sie die Lanzen und wappneten sich für den Zusammenprall.

Ritter Weilmar hatte gut gezielt. Er plazierte seinen Schlag genau auf die Mitte von Ritter Grenetts Brust. Dieser traf jedoch ebenso genau, so daß die Wucht des Zusammenstoßes die beiden Pferde heftig erschütterte. Ritter Weilmars Lanze zersplitterte wie Feuerholz, als sie auf die schwere Rüstung seines Gegners prallte. Ritter Grenett ging es kaum besser, nur daß sein Arm etwas stärker war und er bei seinem Gewicht fester im Sattel saß. Sein Stoß erwischte Ritter Weilmar und hob ihn halb aus dem

Sattel; da dieser jedoch ein hervorragender Reiter war, behielt er die Zügel fest in der Hand.

Statt dessen rissen seine Sattelriemen und der Sattel verrutschte, so daß der auf ihm hinterrücks zu Boden stürzte. Dieser leichte Vorteil wurde Ritter Grenett zwar angerechnet, aber eigentlich hatte keiner von beiden einen entscheidenden Treffer erzielt.

All dies ereignete sich im Nu unter dem Gejohle und Geschrei der Zuschauer, von denen viele auf ihren Favoriten Wetten abgeschlossen hatten. Der Grießwärtel wertete Ritter Grenett als Sieger und Ritter Weilmar als den Unterlegenen. Die beiden Kämpen zogen sich zurück, um sich in Ruhe die übrigen Tjoste anzusehen; sie hatten für heute genug Ehre errungen und konnten das Feld den beiden folgenden Kombattanten überlassen. Ritter Grenett erhielt für seinen Sieg ein Goldstück; Ritter Weilmar blieb nichts außer einem kaputten Sattelgurt und die leicht zu verschmerzende Niederlage.

Die Wettspiele nahmen zum Entzücken des Publikums ihren Lauf. Sämtliche Ritter stellten ihre Kraft und ihre Waffenkunst unter Beweis. Doch mitten unter den Spielen erhob sich am Rande des Feldes genau gegenüber der Tribüne von Prinz Jaspin ein erschrockenes Raunen. Die Reiter, die auf das Zeichen zum Beginn ihres Tjostes warteten, wurden aufmerksam und wandten sich der Menge zu, um herauszufinden, worin die Ursache dieser Störung liegen mochte.

»Was in Orfes Namen!« fluchte der Prinz, als die Zuschauer aus Angst vor irgend etwas Unbekanntem aufs Turnierfeld flüchteten.

»Da hat wahrscheinlich jemand eine Schlange im Gras gesehen«, scherzte Baskan von Endonien, der neben dem Prinzen saß. »Es ist gewiß nichts Ernstes.«

Ein anderer wollte den Spaß weitertreiben und sagte: »Besser eine Schlange im Gras als Ratten im Keller.« Daraufhin lachten wieder alle.

Doch der Prinz, der in dieser Bemerkung eine Anspielung darauf zu sehen meinte, daß er Weldon und Larcott eingekerkert hatte, fuhr den Witzbold wütend an: »Wer wagt es, sich über mein Urteil lustig zu machen? Heraus damit!«

»Ich wollte damit gar nichts sagen, Herr. Es war nur ein Scherz ...«, stotterte Ritter Bran. »Ich beabsichtigte nicht, dich zu kränken, das versichere ich dir.« Er wollte weitersprechen, als sich den Damen, die unterhalb saßen, ein Aufschrei entrang und einige Ritter auf dem Podium aufsprangen.

»Azrael schütze uns!« rief jemand.

Die Menge auf der gegenüberliegenden Seite des Turnierplatzes hatte sich geteilt und einem einzelnen Reiter eine breite Gasse geöffnet. Dieser kam mit langsamem, würdigem und leicht drohendem Schritt über das Feld. Auch aus Prinz Jaspins Gesicht wich sämtliche Röte, und seine Hände zitterten gleich verschreckten Vögeln in seinem Schoß.

Ein einsamer Blutlecker ritt über den Platz und brachte sein Roß vor dem Prinzen zum Stehen. Auf seiner Schulter hockte ein großer Falke, und an seiner Seite hing ein sperriges Bündel.

Ohne ein Wort machte er es los und holte seine Last aus dem groben Sack. Dann erhob sich der trotzige Blutlecker im Sattel, damit alle sehen konnten, was er da hielt: die abgetrennten, blutverschmierten Häupter seiner toten Gefährten.

20

Quentin stand an der Balkonbrüstung seines Zimmers und blickte auf den düsteren, in Nebel gehüllten Wald hinab. Er kam sich nutzlos und entehrt vor, weil man ihn zurückgelassen hatte. Niedergeschlagen ließ er die Arme baumeln, in der einen Hand hielt er die Briefe, die seine Freunde ihm geschrieben hatten und die er gerade noch einmal gelesen hatte.

Er hörte ein Geräusch hinter sich und drehte sich um. Es war Mollena, seine greise Pflegerin. Sie humpelte herein, warf einen Blick auf das leere Bett und dann auf den Balkon. Als sie ihn erblickte, schenkte sie ihm ihr zahnloses Lächeln.

»Komm herein, junger Herr. Dort draußen wirst du dich verkühlen. Die Wärme erreicht dieses alte Gebirge nur langsam. Du wirst deinen Mantel noch eine ganze Zeit lang brauchen.«

Quentin erwiderte nichts, ging aber widerstrebend hinein und ließ sich aufs Bett fallen.

»Du fühlst dich bereits kräftiger, das sehe ich. Aber du darfst dir noch nicht zuviel zumuten. Deine Füße wollen zwar weiter, aber dein Herz bedarf der Ruhe.« Sie hielt inne und betrachtete Quentins eingefallene Gestalt. »Bewegt es deine Seele so sehr, was du gelesen hast, mein kühner junger Mann?«

»Warum nur haben sie mich zurückgelassen, Mollena?« Quentin kannte die Antwort; er wollte nur beruhigt werden, daß man seiner nicht vergessen hatte.

»Sie konnten nicht anders. Das weiß ich.« Das sagte sie in einem merkwürdigen Tonfall. Quentin drehte sich um und sah sie an. Die Kuratak waren ein sonderbares Volk und hatten auf vielen seltsamen Wegen Kenntnis von vielerlei Dingen.

»Was weißt du?« fragte er, als würde er eine Wahrsagerin bitten, ihm die Zukunft zu lesen.

»Ich weiß, daß dein Freund Toli dich unten erwartet. Komm, ein Spaziergang wird dir, glaube ich, guttun.«

Quentin erhob sich vom Bett und schlurfte zur Tür. »Hier«, sagte Mollena, als er hinausgehen wollte, »vergiß deinen Umhang nicht.« Quentin nahm ihn und warf ihn sich über die Schultern. Dann stieg er mit der alten Frau nach unten zu seinem Freund.

Vermittels der Pflege der heilkundigen Greisin hatte Quentin sich erholt und war drei Tage, nachdem Teido mit den übrigen aufgebrochen war, aus seiner Bewußtlosigkeit erwacht. Wie nach einer langen durchschlafenen Nacht hatte er die Augen aufgeschlagen, hungrig und nur ein klein wenig benommen. Lange lag er da und versuchte sich zu erinnern, was ihm widerfahren und wie er an diesen Ort gelangt war. Aber sein Bemühen war vergebens.

Irgendwo tief in seinem Gedächtnis ruhte schattenhaft und verschwommen eine Erinnerung an einen Traum, an dem er teilhatte. Aber der schien weit zurückzuliegen und mit ihm nicht mehr viel zu tun zu haben, als wäre alles jemand anderem widerfahren und er hätte es nur gelesen. Und gelesen hatte er die Geschichte tatsächlich, nämlich in den Briefen von Derwin und Alinea.

Am zweiten Tag seiner Genesung war Quentin aufgestanden und im Zimmer herumgegangen, und am Tag darauf hatte er das ganze obere Stockwerk erkundet. Unter Mollenas fürsorglicher Anteilnahme hatte er einiges über Dekra und die geheimnisvollen Kuratak erfahren, welche die Ruinen hüteten.

Dekra war die letzte Festung einer großen und mächtigen Kultur gewesen, eines Volkes, das schon tausend Jahre lang spurlos untergegangen war, als Zelbakor aufgetreten war, um sein Königreich zu gründen. Die Kuratak, auch Aufpasser genannt, hatten vor langer Zeit die verfallene Stadt besiedelt und die üppig wuchernden Pflanzen der Wildnis zurückgedrängt. Ja, sie hatten bisweilen sogar andere Stämme vertrieben, die sich dort niederlassen wollten.

Sie hatten die Erinnerung an Dekra und seine Bewohner vor dem Vergessen bewahrt und die zerbröckelnden Mauern und Säulen der einst so stolzen Stadt eines edlen Volkes vor völligem Verfall und Staub gerettet. Sie hatten tief in der Vergangenheit gegraben, vieles von den Sitten und Gebräuchen ihrer Vorgänger gelernt und sogar weite Teile der öffentlichen Plätze und des Herrschaftssitzes der uralten Stadt wiederhergestellt. Hier, im weitläufigen, erhabenen Palast des Regenten von Dekra, der den Kuratak nun als wichtigstes Gemeinschaftsgebäude diente, hatten Quentin und die übrigen Zuflucht gefunden.

Quentin hatte von der verfallenen Stadt noch nicht viel gesehen, jedoch genügend, um zu begreifen, daß die Aura von Angst und Schrecken, welche die bloße Erwähnung ihres Namens umgab, völlig unbegründet war. Die Legenden, welche die Menschen einander im Dunkeln am Feuer erzählten, waren mit Sicherheit falsch, ja vielleicht sogar absichtlich erdichtet, damit die Kuratak ungestört unter sich bleiben und ihre Aufgabe erfüllen konnten: Sie wollten die Stadt in ihrem ursprünglichen Glanz wiedererstehen lassen, ein Vorhaben, das, wie Quentin erfuhr, den Aufpassern als äußerster Beweis ihrer Verehrung für ein Volk galt, welches sie anscheinend wie Götter verehrten.

Die Aufpasser glaubten, daß die Ariga, die ersten Bewohner Dekras, eines Tages wiederkehren und ihre Stadt zurückfordern würden. Und an diesem Tage würden sie selbst kraft ihrer liebevollen Bemühungen in den Kreis der Ariga aufgenommen werden.

Wo die Kuratak selbst herkamen, war höchst ungewiß; sie schienen nämlich nicht viel auf ihre eigene Geschichte zu geben, es sei denn, sie konnten dadurch die der Dekra im Gedächtnis bewahren. Über die Jahrhunderte war ihre Zahl von ein paar Dutzend auf einige hundert Menschen angewachsen. Auch Außenseiter verschlug es gelegentlich in die Stadt; manche blieben und schlossen sich den Arbeiten an. Die Kuratak hatten nicht das geringste gegen Besucher, die ausschließlich lautere Absichten hegten und etwas über die alten Sitten und Bräuche erfahren wollten. Vielmehr waren sie stets äußerst angetan, allen, die danach fragten, die Kunstfertigkeiten der untergegangenen Ariga zu überliefern. Auch dies hielten sie für ihre fromme Pflicht.

Derwin hatte die Stadt schon mehrfach besucht und war einmal über drei Jahre lang geblieben. Er hatte in den Ruinen viel gesehen und erfahren und bei der Instandsetzung eines der Hauptgebäude persönlich mitgeholfen, eines Tempels des Gottes der Ariga. Er war ein einsamer Gott und trug keinen Namen.

»Glaubst du, ich bin bald kräftig genug, um weiterzureisen?« fragte Quentin, als sie unten angekommen waren. Sie gelangten in einen weiten Saal, den man in kleinere Räume unterteilt hatte, ohne daß er seine lichte und offene Atmosphäre verloren hatte; in jedem anderen Gebäude, das Quentin kannte, wäre wohl ein dunkler, dumpfer Keller daraus geworden. Ein wenig schwindelig vom vielen Treppensteigen, setzte er sich auf einen dreibeinigen Hocker, während Mollena sich in einer Ecke des Raumes zu schaffen machte. Toli war anscheinend wieder zu einer seiner endlosen Erkundungen davongeschossen.

»Du willst bald weiterreisen? Das kommt auf dich an. Du kannst gehen, sobald du das Bedürfnis danach verspürst. Und du kannst bleiben, solange du möchtest«, antwortete Mollena nach einer Weile. Quentin betrachtete das graue Haar der Greisin und ihre runzelige, gebeugte Gestalt. An anderen Orten hätte man sie für eine von Orfes Töchtern gehalten. Aber hier gehörte sie ebenso zur natürlichen Umgebung wie die merkwürdigen Bauten, die er allenthalben sah, und die fremden Wandgemälde, die fast jede Mauer zierten. Außerdem hatte Mollena etwas an sich, durch das sie so jung und lebhaft wirkte wie sämtliche Mädchen, die Quentin kannte – das waren in seinem Fall allerdings recht wenige.

Stets hatte er den Eindruck, Mollena achte darauf, ihm ja nicht zuviel zu erzählen, und wisse mehr, als sie ihm sagen könne. Aber nicht nur Mollena, nein, alle übrigen, die er in den vergangenen Tagen kennengelernt hatte, redeten in verschlüsselter Weise.

»Würdest du mich etwas lehren?« fragte er, nachdem er sie

dabei beobachtet hatte, wie sie ihm geschäftig einen kleinen Imbiß zubereitete. Sie wandte sich um und sah ihn lange scheel an, mit zur Seite geneigtem Kopf, als würde sie etwas abwägen.

»Es gibt ein paar Dinge, die ich dich lehren könnte, aber es gibt andere Menschen, die viel gelehrter sind als ich. Was möchtest du erfahren?« fragte sie.

»Das weiß ich nicht, nun ja ... Ich weiß nicht, wo ich anfangen soll. Erzähle mir einfach, was ich deiner Meinung nach über die Stadt hier wissen sollte, und auch über die Welt.«

»Meine Meinung zählt nicht viel. Du mußt selbst entscheiden, welchen Weg du einschlagen möchtest«, erwiderte Mollena. Sie stellte ein Tischchen vor ihn, auf dem eine Schale mit Trockenobst und ein Becher mit einer warmen, gelben Flüssigkeit standen. »Iß jetzt, damit du wieder zu Kräften kommst. Überlege dir, was dir beim Erreichen deines Zieles nützen wird, und das will ich dich lehren.«

Quentin aß und dachte nach, wie sie es ihm geraten hatte, war aber am Ende seiner Mahlzeit keinen Schritt weitergekommen.

»Es hat keinen Zweck«, verkündete er. Er schob die Schale beiseite und wischte sich mit dem Handrücken über den Mund. »Ich weiß nicht genug über die Stadt und die Leute hier, als daß ich entscheiden könnte, was zu lernen mir am meisten nützen könnte.«

»Gut gebrüllt«, entgegnete die alte Frau herzlich lächelnd. »Das ist der erste Schritt zum Wissen. Komm, ich führe dich durch die Stadt; dabei finden wir die Antworten, nach denen du suchst.«

Gerade als sie losgehen wollten, tauchte Toli in der Tür auf. Also gingen sie zu dritt.

Zwischen dem stillen Dscher und Quentin war eine enge Freundschaft erwachsen. Toli schien den ehemaligen Priesterschüler zu verehren, als würde er mystische Kräfte besitzen. Einer, der die vergifteten Krallen des Falken eines Blutleckers überlebte, durfte in Tolis Augen als Gottheit gelten und in denen eines schlichten Bauern ebenfalls. Er schien entschlossen, Quentin als Leibwächter und Mundschenk zu dienen.

Quentin hingegen betrachtete Tolis rasches Mitdenken und seine blitzschnelle Reaktion, als er ihn in jener pechschwarzen Nacht zu Boden gerissen hatte, noch immer als den einzigen Grund für sein Überleben. Der Falke hatte mit den hohlen, giftgefüllten Klauen seinen Oberarm kaum gekratzt und war eigentlich darauf abgerichtet, auf die Kehle zu zielen.

Darum ließ Quentin es sich aus Dankbarkeit angelegen sein, Toli zu unterrichten und selbst die singende Sprache der Dscher zu erlernen. Es überraschte ihn, daß er nach der strengen Lehre der offiziellen Tempelsprache diejenige der Dscher klarer fand, als er erwartet hatte. Sie verfügte nur über eine Handvoll von Lauten, die zu Wörtern und Sätzen zusammengesetzt wurden.

Durch stetes Bemühen und Geduld fanden die beiden Jungen zu einer Art und Weise, sich miteinander zu verständigen.

Die alte Frau führte sie über breite, baumbestandene Alleen, die in früheren Zeiten, so dachte sich Quentin, wohl von Karren und feilschenden Menschen nur so gewimmelt hatten. Er bestaunte die wundersam ersonnenen, mächtigen Gebäude – hoch aufragende Türme von schwereloser Anmut. Die Architekten von Dekra benutzten zwar den gleichen Stein wie später die Erbauer von Askalon, setzten ihn aber völlig anders ein. Sie waren so geschickt, daß noch das kompakteste, gedrungenste Gebilde luftig und leicht wirkte, wohl gefügt und zierlich. Eine Stadt wie von Dichtern geschaffen.

Der einzige Tempel der Stadt befand sich genau in ihrer Mitte, und auf ihn waren sämtliche Achsen ausgerichtet. Die Straßen gingen alle vom Tempel aus und waren untereinander in konzentrischen Kreisen verbunden. Der Tempel selbst war so groß, daß er mühelos alle Einwohner der Stadt aufnehmen konnte.

Zu diesem Tempel führte Mollena die beiden. Wie in einem Wachtraum ging Quentin durch die stillen Straßen, die nicht alle gleich gut hergerichtet waren. Die Stadt des untergegangenen Volkes war fremdartig und sonderbar, eine Art Traumstadt. Ehrfürchtig blickte er sich um und staunte ob der Seltsamkeit des Ortes. Er fragte sich, wie die Menschen hier ausgesehen haben mochten.

»Was ist aus den Menschen hier geworden?«

»Das weiß man nicht. Nun ja, hin und wieder tauchen Dinge auf, und es sind verschiedene Vermutungen im Umlauf, aber die Antwort auf unsere dringendste Frage bleibt ein Geheimnis. Wir wissen jedoch folgendes: Sie sind alle zusammen auf einmal weggegangen, und zwar schnell. Wir fanden Töpfe, welche noch in der Asche des Feuers standen, das unter ihnen gebrannt hatte, und welche die verkohlten Reste der Mahlzeiten enthielten, die man in ihnen zubereitete; sie waren unberührt. Im Händlerviertel fanden wir viele geöffnete Kisten, die noch voll und unausgepackt waren. Einmal entdeckten wir einen Tisch mit Schreibwerkzeug und den Überresten eines angefangenen Briefes – der Schreiber hatte den Griffel mitten im Wort weggelegt, als wäre er jählings und unerwartet weggerufen worden und nie wieder zurückgekehrt.«

Die alte Frau blieb stehen und blickte sich um. Ihr Gesicht leuchtete von einer Aufregung, die derjenigen Quentins in nichts nachstand. »Die Antwort liegt hier, innerhalb dieser Bauten und Mauern. Eines Tages werden wir sie entdecken.«

Quentin blieb stumm, während sie gemächlich weiterspazierten. Nach einer Weile wagte er eine weitere Frage: »Wie sahen diese Menschen aus, Mollena? Waren sie anders als wir?«

»Vom Aussehen wohl weniger, auch wenn sie größer und kräftiger waren als wir. Das wissen wir durch die vielen Wandgemälde in sämtlichen Wohnhäusern und öffentlichen Gebäuden. Und es gab viele Künstler und Schriftsteller von hohen Gnaden. Eines der ersten Gebäude, das man wiederherstellte, war die Bibliothek von Dekra, eine riesige Sammlung von Schriftstücken. Viele der Rollen waren noch in lesbarem Zustand; viele andere wurden gerettet und entziffert, auch wenn das langwierig und mühselig ist. Wir haben jedoch gelernt, ihre Sprache zu lesen, und viele von uns Kuratak widmen sich ganz dem Studium der Lehren dieser alten Meister. Sie zeugen von einem weisen, gutherzigen Volk mit hohem Verstand. Die Lehren sind nicht leicht zu begreifen, aber sie haben uns vieles beigebracht. Und es bleibt noch viel mehr zu entdecken.«

Die drei gingen auf einer der schnurgeraden Straßen, die sternförmig auf den Tempel zuliefen. Quentin lauschte den Worten der Greisin und beobachtete zugleich, wie der Tempel vor ihnen immer größer wurde. Das Heiligtum erhob sich majestätisch über die Wipfel der umstehenden Bäume: nichts als klare Linien und Spitzen, die gen Himmel wiesen.

»Wer waren sie wohl?« fragte Quentin mehr in sich hinein als an Mollena gerichtet. Tief in sich spürte er eine wachsende Erregung, vermischt mit einem Gram, den er sich nicht erklären konnte, als könnte etwas, von dessen Dasein er nichts wußte, mit einemmal auftauchen.

»Wer waren sie wohl?« wiederholte Mollena, als die drei auf den weiten Platz traten, der die hoch aufragende Weihestätte umgab. »Sie nannten sich Ariga: Kinder Gottes.«

»Und wer war ihr Gott?« fragte Quentin. »Kennen wir ihn?«

»Viele kennen ihn, allerdings nicht seinen Namen. Der Gott der Ariga hat keinen Namen. Er ist einzig, namenlos und steht über allem. In ihren heiligen Schriften taucht manchmal die Bezeichnung ›Whist Oren‹ auf, das heißt der Allerhöchste, oder auch ›Peran Nim Gadre‹, das bedeutet König der Könige. Meistens nannten sie ihn Dekron: der Eine oder der Eine Heilige. Doch sein Name taucht nie auf, falls er einen hatte.«

Ohne ein weiteres Wort führte Mollena sie in das Innere des großen Tempels. Dort sah Quentin Kuratak lautlos ihrer Arbeit nachgehen. Ihnen gegenüber hatte ein Abschnitt der Westwand nachgegeben. Um diesen eingestürzten Teil hatte man Gerüste gebaut, auf denen Arbeiter sich tatkräftig um eine Wiederherstellung mühten. Alle verrichteten ihre Aufgaben voller Ehrfurcht, schien es Quentin.

»Wir Kuratak«, erläuterte Mollena, »sind in dem Sinne, daß wir den namenlosen Gott als unseren eigenen verehren, selbst zu Ariga geworden.« Als sie Quentins fragenden Blick sah, fuhr sie fort: »Wir glauben wie das untergegangene Volk, daß ihr Gott viele Kinder hat.«

»Wo wohnten die Priester?« fragte Quentin sich umsehend. Der größte Teil des Innenbezirks war offen; an einem Ende erhob sich ein Podest, auf das rundherum Stufen emporführten. Er sah keine Stelle, wo die Priester hätten gewohnt haben können, es sei denn, ihre Räume lagen irgendwo im Untergrund.

»Es gab keine Priester, das heißt keine Priester, wie du sie kennst. Die Ariga wandten sich unvermittelt an ihren Gott. Allerdings gab es Leser, Männer, welche die frommen Schriften ausgiebig studiert hatten, welche auf ihren Versammlungen zu ihnen sprachen und ihnen die verschiedenen Lehren ihrer Religion ins Gedächtnis riefen. Aber Priester standen nicht zwischen dem Volk und seinem Gott.«

Dann wandten sie sich zum Gehen. Als sie wieder im Freien waren, fiel Quentin plötzlich etwas ein, das er sich schon oft überlegt hatte und wonach er Derwin auf ihrer Reise in die Ruinenstadt oft hatte fragen wollen.

»Mollena, warum hatte Teido Angst, hierherzukommen? Warum wollte er Derwin von hier fernhalten?«

Die Greisin blinzelte ihn aus ihren verrunzelten Augen an. »Wer hat dir gesagt, daß er Angst hatte?«

»Ich hörte sie darüber reden. Derwin wollte von Anfang an, daß wir hierherkommen; aber Teido war dagegen. Dann kam Trenn mit der Nachricht, daß die Blutlecker uns nachspürten, und Teido gab nach. Wovor hatte er Angst?«

»Das kann ich dir nicht sagen, aber du kannst Jeseph danach fragen. Er ist einer unserer Anführer. Er kann dir vielleicht eine Antwort auf deine Frage geben, ich vermag es nicht.«

Abermals eine geheimnisvolle Erwiderung. Was verschwiegen ihm diese Kuratak? Er hatte doch bisher nichts gesehen, wovor man sich fürchten mußte. Darüber zerbrach er sich den ganzen übrigen Tag lang den Kopf und dann noch die halbe Nacht, bis ihm die Augen zufielen. Als er am nächsten Tag aufwachte, faßte er den Entschluß, Jeseph aufzusuchen und ihn zu fragen. Warum hatte Teido Angst um Derwin gehabt? Und warum hatte er es sich anders überlegt?

21

»Das Glück steht noch auf unserer Seite, meine Freunde«, rief Teido aus, als er aus dem Hafen von Bestu zurückkehrte.

»Hast du ein Schiff aufgetrieben, mit dem wir nach Karsch fahren können?« fragte Alinea. Sie und Derwin saßen im Vorraum des Fliegenden Fisches und warteten darauf, daß Teido ihre Überfahrt zur Inselfeste des Geisterbeschwörers Nimrod zuwege brachte.

»Ja, aber es war nicht ganz einfach. Ich habe die Hälfte der Kapitäne am Hafen gefragt, ob einer uns mitnimmt, bekam aber stets dieselbe Antwort: ›Wir halten uns fern von Karsch. Keiner Menge Goldes zuliebe, ja nicht einmal um der Götter selbst willen würden wir dorthin fahren!‹

Ein Mann allerdings kam von selbst auf mich zu und sagte, ihm gehöre ein Schiff, das an Karsch vorbeifahren würde. Er sei bereit, uns an einer geeigneten Küste anzulanden, falls es auf Karsch so etwas gebe.«

»Er kam auf dich zu, sagst du?« fragte Derwin grübelnd. »Wir müssen jeder allzu bereitwilligen Hilfe gegenüber Mißtrauen bewahren. Vielleicht hat Nimrod ihn gedungen.«

Ungeduldig wischte Teido diesen Einwand beiseite. »Wir können nicht unter jedem Stein und hinter jedem Baum nach Spitzeln schauen. Wir müssen auf unsere eigene Kraft vertrauen; wir müssen handeln!«

»Mein Freund, ich bin voll und ganz dafür, daß wir unsere Unternehmung vorantreiben. Aber wir müssen Vorsicht walten lassen. Unser Feind ist ein höchst geschickter, finsterer Zauberer, der vor keinem Übel zurückschreckt. Und er hat das Netz seiner Ränke wahrhaftig weit ausgeworfen.«

»Das mag wohl sein«, erwiderte Teido ein wenig erzürnt. Es

zehrte an ihm, untätig die Hände im Schoß zu halten. Er war ein Mann der Tat und wollte sofort handeln. »Wir können doch nicht ewig auf ein Zeichen vom Himmel warten: Ob dein Gott lächelt oder nicht – wir müssen los.«

»Meine Herren, ich muß doch bitten! Haltet euch unserer Sache zuliebe im Zaume«, bat Alinea. Sie hatte Teidos wachsende Unrast beobachtet, da sie seit ein paar Tagen auf eine günstige Nachricht vom Hafen warteten. Oft mußte sie Frieden stiften, ein freundliches Wort sprechen oder mit einer sanften Berührung die hitzigen Auseinandersetzungen zwischen den beiden Männern beruhigen. »Mir liegt so dringend daran wie euch beiden, daß wir unsere Reise zu Ende bringen, aber der Preis dafür darf nicht Feindseligkeit zwischen uns heißen. Das wäre für unseren guten König, fürchte ich, ein großes Unglück.«

Teido nickte und nahm den Verweis hin. Auch Derwin gab nach. Er nahm Alinea bei der Hand und sagte: »Du hast recht, Herrin. Unserem Zweck ist nicht damit gedient, daß wir miteinander die Klingen kreuzen.«

»Dann kommt, liebe Freunde. Fassen wir einen Entschluß. Unsere Meinungsverschiedenheit ist nichtig. Bringen wir sie rasch hinter uns.« Lange betrachtete sie Teidos gezeichnetes Antlitz und Derwins normalerweise fröhliche, jetzt aber umwölkte Miene. »Mein König besaß niemals edlere Untertanen noch welche, die auch nur halb so kühn waren. Seine Dankbarkeit euch gegenüber wird sich kaum gebührend ausdrücken lassen.«

»Ihn am Leben und bald wieder in Sicherheit zu sehen soll mir als Lohn genügen«, erwiderte Teido. Er lächelte nun, aber die Falten um seine Auge blieben angespannt.

Nach einem strengen Marsch durch den wilden Urwald hinter Dekra hatte die Gesellschaft den Hafen Bestu auf der Insel Tilldin erreicht. Hinter dem Fischernest Tak, das fast zu klein war, um die Bezeichnung Dorf zu verdienen, war ihr Weg sicherer und leichter geworden. Sie hatten die Fähre bestiegen, die auf der schmalen Meerenge zur Insel Tilldin verkehrte, eine der größten der sogenannten Sieben Geheimnisvollen Inseln. Im Grunde hatte keine der Inseln dieser Gruppe etwas besonders Geheimnisvolles, abgesehen davon, daß die größte von ihnen namens Korythia vor Urzeiten einer düsteren Geheimreligion als einfache Kultstätte gedient hatte. Auf dieser seltsam geformten, oft in Nebel gehüllten Insel sollten sich noch immer merkwürdige Dinge ereignen.

Aber Tilldin, die zweitgrößte der sieben Inseln, verfügte über den schönen, umtriebigen Seehafen Bestu. Dieser Handelsplatz diente im Winter den Schiffen von ganz Mensandor als Zuflucht, denn die Bucht war ausgedehnt und geschützt; und sie fror selbst in den kältesten Monaten nur selten zu, obwohl die Insel so weit im Norden lag.

Nachdem der grobschlächtige Fährmann Teido, Derwin, Alinea und den treuen Trenn recht unsanft abgesetzt hatte, mußten die vier einen mühseligen Bergpfad erklimmen, das krumme, gewundene Rückgrat der Insel hinan, bis der geschlängelte Weg schließlich auf der anderen Seite zum Hafen hinabführte.

Sie brauchten für die Strecke kaum mehr Zeit, als Teido ihnen zugestehen wollte. Und als die Gruppe in Sichtweite des Hafens kam und gleich Strauchdieben von den Hügeln hinter Bestu herabstieg, hatte Teidos gnadenloses Vorantreiben sich als richtig herausgestellt: Die Schiffe lagen zum Glück noch vor Anker; ihre bunten Segel waren eingerollt und warteten auf das erste gute Wetter, um endlich in See stechen zu können.

Als Teido am ersten Morgen nach ihrer Ankunft am Strand entlangging – sie hatten am Kamin des Wirtshauses zum Fliegenden Fisch die erste warme Nacht seit Wochen verbracht –, sprach er die Kapitäne und Seeleute großer und kleiner Schiffe an. Alle lehnten es ab, manche höflich, andere mit frecher Dreistigkeit, ihnen Überfahrt auf jene verfluchte Insel zu gewähren.

Ihr Widerwille war begreiflich. Karsch, ein bizarrer Flecken Erde, die Spitze eines ungeheuer großen, versunkenen Gebirges, ragte vor der Ostküste von Elsendor, dem weitläufigen Nachbarreich von Mensandor, aus dem Wasser. Abergläubische Seeleute hatten die Insel schon lange gemieden, bevor Nimrod sich dort festsetzte und seine Festung errichtete. Sie hatte nichts Menschliches und eignete sich lediglich für die zahllosen Seevögel, die in den jähen Klippen an der Westküste nisteten, und für die winzigen Strandkrebse, die sich an den angespülten Überresten verfaulter Fische und den verendeten Jungvögeln aus den Klippen gütlich taten.

Teido war mit Trenn im Schlepptau zwei Tage lang am Kai herumgelaufen, ehe er dem Kapitän begegnete, der sie auf die verhaßte Insel bringen wollte.

Da Teido endlich zufrieden war, sein Ziel erreicht zu haben, machte er sich nicht die Mühe, das Schiff und seine Besatzung zu begutachten, sondern verließ sich ganz auf das Wort des Kapitäns, eines verhältnismäßig kleinen, bedrückt wirkenden Mannes, der sich Pyggin nannte und die Seetüchtigkeit seines Gefährts zusicherte.

Vor sich hin summend kehrte Teido zum Gasthof zurück und überließ es Trenn, ihre wenigen Habseligkeiten sowie die für die Reise notwendige Verpflegung an Bord zu schaffen. Nachdem Trenn seiner Aufgabe nachgekommen war, begab auch er sich wieder in das Wirtshaus, allerdings nicht so glücklich wie sein Freund Teido.

»An diesem Schiff ist irgend etwas faul«, berichtete Trenn, Teido nach dem Nachtmahl beiseite ziehend.

»Ist dir an Bord irgend etwas aufgefallen?« Der Ritter suchte in den beunruhigten Zügen des Kriegers nach einem Hinweis auf seine Sorgen.

»Nein, nichts Genaues, Herr. Aber ich merkte, daß alle anderen Mannschaften im Hafen sich eifrig darauf vorbereiteten, bald in See zu stechen – sie verluden und verstauten Proviant, flickten die Segel, teerten die Planken und so weiter –, während dieser Kapitän Pyggin müßig herumsaß. Solange ich an Bord war, rührte kein Mensch eine Hand. Alle standen auf Deck herum oder saßen auf Fässern im Laderaum, als ... als würden sie auf etwas warten.« Er runzelte die Stirn. »Das gefällt mir ganz und gar nicht.«

»Vielleicht sind sie schon bereit und warten nur auf den ersten guten Wind, um die Segel zu hissen. Das hat mir jedenfalls der Kapitän gesagt«, erwiderte Teido und wischte die Klagen des anderen beiseite, so freundlich er konnte.

»Ja, vielleicht, aber ich habe noch nie ein Schiff von dieser Größe gesehen, das nicht ausgebessert werden mußte, noch einen Kapitän, der seine Mannschaft untätig herumstehen ließ.«

»Nur keine Sorge, Trenn«, sagte Teido. »Ich bin sicher, daß wir nichts zu fürchten haben. Wir verlangen ja nur, an der Küste unseres Zielorts abgesetzt zu werden. Da kann gewiß nicht viel passieren.«

Trenn zupfte sich am Kinn und machte ein verdrießliches Gesicht. Dabei wiederholte er seine Worte von vorher: »Gebe Ariel, daß es so sei, wie du sagst. Aber ich behaupte immer noch: An diesem Schiff ist irgend etwas faul.«

22

Als Prinz Jaspin die Spiele verließ, die durch das jähe, unwillkommene Auftauchen des Blutleckers und seiner scheußlichen Mitbringsel unterbrochen worden waren, flüchtete er sich sogleich auf seine Burg Erlott. »Die Spiele sollen weitergehen«, verkündete er großmütig, nachdem er seine Schuld bei dem hassenswerten Spürhund beglichen hatte, der das Doppelte von dem verlangte, was man ihm zugesagt hatte, und dazu noch den Lohn für seine toten Kameraden. Da Prinz Jaspin in einer peinlichen Lage steckte und nicht die Gefühle der Öffentlichkeit verletzen wollte, die glaubte, jeder, der sich mit den Blutleckern einlasse, sei ebenso verkommen wie diese, entlohnte er den wilden Kerl und schickte ihn so beiläufig wie möglich weg.

Er ließ die Wettkämpfe also fortführen, um das Volk nicht allzu sehr zu enttäuschen. Dann brach er unter dem Vorwand, zu wichtigen Staatsgeschäften gerufen worden zu sein, mit einer Handvoll seiner engsten Vertrauten unverzüglich auf.

In Wahrheit wollte der Prinz sich mit seinen Kumpanen nur hinter die sicheren Mauern der Burg Erlott flüchten. Dort berief er eilends eine Besprechung ein, um die Lage zu erörtern.

Das Treffen ergab wenig, um den bereits angerichteten Schaden wiedergutzumachen, und da der Prinz Jaspin nicht den tatsächlichen Anlaß seiner Befürchtungen preisgeben konnte, entließ er brüsk alle seine Ratgeber und zog sich in sein inneres Gemach zurück, um mit sich selbst zu Rate zu gehen.

Sobald die Türen des Vorzimmers gesichert und Wachen aufgestellt waren, die dafür sorgen sollten, daß ihn kein Eindringling störte, schlich der Prinz sich in das innere Gemach, ein finsteres Zimmerchen ohne Fenster nach draußen, eine Nische, die in den wuchtigen Außenwall der Burg eingelassen war.

Dort setzte Jaspin sich vor die schwarzlackierte Lade. Er nahm den Deckel ab und legte seine Hände an die Seiten der Wunderpyramide; dann spürte er die Kraft des goldenen Dinges wirken, es begann zu leuchten. Bald wurden Jaspins scharfe Gesichtszüge von dem zunehmenden Schein gebadet. Er hörte das Pochen seines eigenen Herzens in den Ohren dröhnen und sah zu, wie die undurchlässigen Seiten von Nimrods Erfindung dunstig wurden.

Dann schaute der Prinz wie stets zuvor in die aufklarenden Tiefen des verhexten Gegenstandes und beobachtete, wie hinter den dünner werdenden Schwaden das gräßliche Antlitz seines bösartigen Mitverschwörers auftauchte.

»Nun, was verheißt mir dieser unverhoffte Ruf, mein Prinz? Hast du eine Nadel verloren? Einen Thron?« Der Magier warf den Kopf zurück und lachte, aber der Laut erstarb ihm in der Kehle. Dann starrte er Jaspin mit eisigem Blick an.

Der Prinz wand sich wegen der Nachricht, die er dem Hexer mitzuteilen hatte. Doch da ihm keine Wahl blieb, wappnete er sich für den schrecklichen Zorn des Geisterbeschwörers. »Die Blutlecker sind zurückgekehrt«, sagte er wie beiläufig.

»Gut. Sie haben wohl erfolgreich Beute gemacht, nehme ich an?«

»N-nein«, stotterte Jaspin, »sie kamen mit leeren Händen zurück, das heißt einer von ihnen. Die anderen beiden büßten ihr Leben ein.«

»Du Narr! Ich habe dir nur noch eine Gelegenheit gegeben, und du hast sie vertan. Es ist aus mit dir! Höre mich nur, du tölpelhafter Wicht!«

Jaspin dachte schnell nach und klammerte sich, um den tobenden Zauberer zu besänftigen und weitere Drohungen abzuwenden, an das einzige bißchen an Neuigkeiten, über das er verfügte. Das hielt er ihm entgegen wie ein Blatt im Sturm. »Ich weiß, wohin sie gegangen sind, Nimrod!«

Der rasende Hexer hielt in seinem Wüten inne und fragte noch immer mit erzürnter Miene: »Und wohin sind sie gegangen? Sage es mir.«

»Erst mußt du mir versprechen …«, hub Prinz Jaspin an, aber Nimrod fiel ihm ins Wort.

»Ich etwas versprechen? Ha! Hör mir zu, du Hund! Ich gebe keinem Menschen mein Wort! Vergiß das nie!« Dann schlug der schwarze Magier einen sanfteren Tonfall an, ganz so, als würde er mit einem Kind sprechen, dem ein Mißgeschick passiert war. »Aber ich will dir vergeben. Sage mir nur, wohin diese elenden Ränkeschmiede gezogen sind, und ich werde den Ärger zwischen uns vergessen.«

Rasch berichtete Jaspin ihm die paar Bruchstücke, die er dem Blutlecker hatte aus der Nase ziehen können. »Sie sind zu sechst, darunter eine Frau. Die Königin, vermute ich. Es steht fast sicher fest, daß sie zur Ruinenstadt Dekra gezogen sind, wahrscheinlich, um sich dort zu verbergen. Jedermann weiß, daß dort nichts ist.«

»In Dekra geht mehr vor sich, als die Leute wissen«, erwiderte Nimrod. Eine winzige Spur von Besorgnis zeigte sich auf seinem runzeligen Gesicht, wurde aber sogleich von einem hochmütigen Grinsen verdrängt. »Sie werden von dort aus weiterziehen. Ich werde diesen kühnen Wanderern eine besondere Überraschung bereiten. Ja, ich weiß schon, wie sie aussehen wird.« Dann fuhr er an den Prinzen gewandt fort: »Du leistest mir gute Dienste, ohne etwas dafür zu können, stolzer Prinz. Und du hast dir eine Verschnaufpause von meinem Zorn verdient. Vielleicht kann ich dich ja noch gebrauchen.«

»Du vergißt, wo du hingehörst!« begehrte Jaspin auf, über die prahlerische Dreistigkeit des Geisterbeschwörers erbost. »Ich habe dich angestellt: Du dienst mir!«

»Ich werde der Spiele deines kleinmütigen Ehrgeizes allmählich überdrüssig«, zischte der Zauberer. »Einst hat es mir gefallen, deine kindischen Ränke zu begünstigen. Aber ich habe Pläne, von denen du keine Vorstellung besitzt. Doch diene mir gut, dann wirst du an meinem Ruhm Anteil haben.«

Die Pyramide verlor ihre kristallene Klarheit und wurde wieder kalt und fest.

Quentin hatte Mollena angefleht und nicht lockergelassen, bis sie ihm so bald wie möglich eine Begegnung mit Jeseph verschaffte. Und das war in dem Augenblick, als er am Morgen nach ihrem kurzen Spaziergang durch die verfallene Stadt die Augen aufschlug.

Toli saß Quentin beim Frühstück gegenüber und deutete auf die Gegenstände im Raum; dabei fragte er seinen Lehrer nach der richtigen Bezeichnung dafür, um sie zu lernen. Quentin kam dieses Spiel zwar manchmal wie eine nicht zu bewältigende Aufgabe vor, aber er strahlte ob der Fortschritte seines Schülers. Toli konnte stockend bereits ganze Sätze sprechen, auch wenn sie einfach waren, und verstand fast alles, was Quentin zu ihm sagte, selbst wenn er es nicht zu wiederholen vermochte. Wenn jedoch andere Menschen zugegen waren, fiel er in der Regel in seine Muttersprache zurück.

Sie waren ganz vertieft, als Quentin die schlurfenden Schritte der Greisin auf den Steinstufen vor der Küche hörte, in der sie gerade ihr Mahl beendeten.

»Mollena? Gibt es etwas Neues? Darf ich ihn sehen?« platzte er heraus, sobald er ihr faltiges, freundliches Gesicht auftauchen sah.

»Morgen nicht. Und nächste Woche auch nicht.«

»Mollena ...«

»Aber heute. Wir gehen zu ihm, sobald du soweit bist.«

»Ich bin fertig!«

»Nein, du hast noch nicht aufgegessen. Du mußt essen, damit du wieder zu Kräften gelangst.«

Mit aufmerksamem Schweigen beobachtete Toli diese Unterhaltung, so wie er es meist tat. Aber dann mischte er sich ein und verlangte in seiner Sprache zu wissen, was Quentin vorhatte: »Was verlangt mein Freund?«

Quentin aß weiter und erzählte ihm dabei, so gut er konnte, von dem Gespräch zwischen Derwin und Teido, ihrer anfänglichen Meinungsverschiedenheit und dem Entschluß, der sie nach Dekra geführt hatte. Toli nickte und sagte: »Wird uns dieser Anführer Jeseph sagen, was wir tun sollen?«

Quentin hätte es etwas anders ausgedrückt, aber nach kurzem Überlegen nickte er zustimmend: »Ja, vielleicht sagt er uns, was wir tun sollen.« Mollena, die bewundernd beobachtet hatte, wie die Freundschaft zwischen den beiden wuchs, hieß sie nun aufstehen.

»Gehen wir, ihr trägen Burschen. Einen Anführer der Kuratak läßt man nicht warten.«

Die drei mühten sich gemeinsam über das herausgerissene Pflaster verödeter Straßen. Wieder war Quentin von der Anmut und der Eleganz der Stadt beeindruckt. Sogar im Verfall kündeten die verlassenen Gebäude von Reinheit und Ausgewogenheit. Hier lagen mit Sicherheit Schätze vergraben, die über jeden materiellen Wert hinausgingen.

Unterwegs trafen sie gelegentlich auf Trupps von Arbeitern, die Steine schleppten oder um eine einstürzende Mauer ein Gerüst bauten. Währenddessen erklärte Mollena Quentin, wer Jeseph war und wie man ihn geziemend anredete. Quentin lauschte ihr aufmerksam und achtete auf jedes ihrer Worte, denn er wollte den Mann nicht kränken, der ihm auf seine Fragen am besten antworten konnte.

Sie bogen in einen kleinen Hof, gesäumt von Bäumchen und Steinbänken, auf den viele Türen gingen. »Das sind die Leseräume der Bibliothek der Ariga«, erklärte Mollena, als sie an den offenen Türen vorbeigingen. Durch ein paar schaute Quentin hinein und sah Schreiber an ihren Tischen sitzen und eifrig Rollen kopieren.

»Wo ist die Bibliothek?« fragte er, als ihm klarwurde, daß er kein Gebäude gesehen hatte, das ausgereicht hätte, um die große Büchersammlung unterzubringen, die man ihm geschildert hatte. Er sah sich suchend nach ihr um.

Mollena merkte, wie er den Hals reckte und nach der Bibliothek Ausschau hielt. Sie mußte lachen: »Nein, so findest du sie nicht. Du stehst auf ihr!« Quentin blickte auf seine Füße und machte eine verwirrte Miene. »Sie ist unterirdisch angelegt. Kommt.«

Sie führte die beiden an das Ende des kleinen Hofes und durch eine breite Tür. Drinnen gingen sie über den glatten Marmorboden eines großen, runden Raumes, an dessen Wände prächtig gewandete Männer gemalt waren. »Das sind die Führer der Ariga.« Mollena deutete mit weit gespreizten Händen auf sie. »Noch wissen wir nicht viel über sie, aber wir lernen stets dazu.«

In der Mitte des runden Raumes, in dem Quentin keinerlei Möbel entdeckte, erhob sich ein Bogen. Als sie ihm näher traten, sah Quentin die Stufen, die in eine unterirdische Kammer führten. »Der Eingang zur Bibliothek«, sagte er.

»Ja. Sieh nur, wie abgenutzt die Stufen von den Füßen der vielen Ariga sind, die sie über die Jahrhunderte benutzten. Sie liebten die Bücher und das Wissen. Das ist unsere größte Aufgabe«, erklärte Mollena mit einer weit ausholenden Armbewegung, »die Schriftrollen der Ariga zu bewahren, damit sie nicht aus dem Blickfeld der Menschheit verschwinden und ihre Schätze nicht mit dem Volk untergehen, das sie schuf.«

Quentin erfaßte etwas von der Ehrfurcht, mit der die Greisin sprach. Wie zuvor rührte ihn die Mischung aus Verehrung und Erregung, als befände er sich in Gegenwart eines mächtigen Herrschers, der ihm ein wunderbares Geschenk machen wollte.

»Dorthin.« Mollena deutete die dunkle Stiege hinunter. »Jeseph erwartet dich. Geh zu ihm. Vielleicht findest du den Schatz, nach dem du suchst.«

Quentin trat vor und setzte seinen Fuß auf die erste Stufe. Augenblicklich wurde die finstere Treppe von beiden Seiten beleuchtet. Er wandte sich nach Mollena und Toli um, die ihm anscheinend folgen wollten, dann aber unsicher zurückblieben. Da hatte er das sonderbare Gefühl, er werde womöglich nie wiederkehren. Er wischte es beiseite und sagte: »Ich bleibe nicht lang.« Dann ging er die Stufen hinab.

Kaum war er unten angekommen, hörte er eine Stimme rufen: »Aha, Quentin. Ich habe dich erwartet.« Quentin trat in die riesige, höhlenartige Kammer und erblickte dort mehr Bücher, als er jemals auf einem Fleck gesehen hatte. Drei Mann hohe Regale voller Rollen sonder Zahl, jede in einem Fach für sich, mit einem Bändchen daran, auf dem Titel, Verfasser und Inhalt verzeichnet waren. Er war derart von diesem umwerfenden Anblick hingerissen, daß er den kleinen Mann nicht sah, der unmittelbar vor ihm stand.

»Ich heiße Jeseph und bin einer der Ältesten der Kuratak und verwalte die Bibliothek. Sei willkommen.« Der Mann trug eine schlichte blaue Tunika und darüber einen weißen Umhang mit braunem Saum.

»Es freut mich, dich kennenzulernen, Herr«, sagte Quentin ein wenig enttäuscht. Er hatte jemanden gleich einem König oder einem stattlichen Edelmann erwartet, keinen klein gewachsenen, kahl werdenden Mann, der leicht hinkte, als er ihn durch die Korridore zwischen den Regalen führte.

»Komm nur«, rief der Verwalter, »wir haben viel zu bereden und viel anzusehen.« Zwischen zwei hohen Regalen blieb er stehen und sagte: »Ich sehe jedem an, ob er Bücher mag oder nicht. Du gehörst hierher, das weiß ich.«

Quentin hub zum Sprechen an. Aber die Worte entflohen ihm, von einem höchst bemerkenswerten Gefühl verjagt. Es war, als wäre er schon einmal hier gewesen ... als hätte er das alles schon einmal gesehen ... irgendwo, irgendwann, vor langer Zeit vielleicht. Er war hier gewesen und nun zurückgekehrt.

23

Dumpf grübelnd saß Nimrod auf seinem schwarzen Thron, er hatte sich breit gemacht und wirkte wie ein vom Wind gebeuteltes Tuch. Er zürnte Prinz Jaspin zwar ob dessen hinhaltenden Unvermögens, mußte aber widerwillig zugeben, daß die zufällige Begegnung von Teido und Pyggin eine noch günstigere Möglichkeit eröffnete, als er vorgesehen hatte – die Gelegenheit, diesen vorwitzigen Einsiedler Derwin, diesen Stachel in seinem Fleisch, ein für allemal niederzuringen.

Als er über die jüngsten Entwicklungen nachdachte, nahm ein neuer Plan Gestalt an. Er befahl seinen Dienern, ihm die Schlüssel zu bringen, und das taten sie wie bei allem vor Hast stolpernd, um ihrem verdorbenen Herrn nicht zu mißfallen.

»Sage Eurich, daß ich ihn sofort im Kerker zu sehen wünsche«, fauchte Nimrod den zitternden Wicht an, der ihm die Schlüssel gebracht hatte. Er riß dem Diener den großen Bund aus der bebenden Hand und flog wie eine Fledermaus vom Thron auf durchs Zimmer ins Freie.

In einem abgelegenen Winkel traf Eurich, ein Mann, der fast genauso verkommen wie sein Herr war, den Hexer dabei an, wie er die Tür zu einer besonderen Zelle aufschloß. »Laß mich das für dich erledigen«, krächzte der dunkelhäutige Eurich mit den lückenhaften Zähnen. Er nahm die Schlüssel, und im Nu flog die widerspenstige Tür auf. Nimrod trat in den finsteren Raum. Er klatschte in die Hände. Sofort sprang von seinen Fingern Feuer auf eine Fackel über, die in einer Eisenhalterung an der Wand steckte. Er reichte die Fackel Eurich und wies ihn an, voranzuschreiten.

Sie durchmaßen den Raum und eine Tür auf der gegenüberliegenden Seite. Diese ging auf einen schmalen Saal, an dem eine

Reihe Zellen lag. Sie eilten an ihnen vorbei und gelangten in einen Gang, der an einer engen Steintreppe endete; diese wand sich in eine schwarze Höhle hinab.

Die beiden betraten die Höhle. Wieder klatschte Nimrod in die Hände, so daß alle Fackeln um ihn herum erstrahlten. In ihrem flackernden Licht lagen in drei Reihen neun massive Steinplatten. Sechs dieser Tafeln wurden von den ausgestreckten Gestalten mächtiger Ritter in funkelnder Rüstung eingenommen. Sie hatten ihre Schwerter über der Brust liegen und die Schilde über den Lenden. Jeder von ihnen wirkte gefaßt und heiter; sie schienen zu schlafen und jeden Augenblick bereit, dem Ruf an die Waffen zu folgen. Doch ihre Haut war aschfahl wie die von Toten und ihre Augen waren eingesunken wie die Verstorbener.

»Die Totenlegion«, zischte Nimrod. »Sieh sie dir an, Eurich. Schrecklich, nicht wahr? Bald wird sie vollständig sein. Dann werde ich das Zeichen geben, und dieses mein Heer wird sich erheben. Mit ihm werde ich die Welt erobern. Wer kann solchen Männern standhalten, den kühnsten Männern, welche die Welt jemals sah.« Er ging an den Tafeln entlang und nannte die Krieger beim Namen: »Hestlerid, Vorgil, Junius, Khennet, Goffrich, Lewyn...«

Eurich zeigte auf die drei leeren Grabmäler. »Wer soll diese Plätze einnehmen, um die Zahl voll zu machen?«

»Eines ist für Ronsard, der jetzt hier läge, wären Pyggin und seine Leute nicht so ungeschickt gewesen. Aber ich habe ihnen noch einmal eine Gelegenheit gegeben, ihre Scharte auszuwetzen. Sie bringen ihn jetzt übers Meer; die zweite ist für König Eskewar, der meine Legion befehligen soll. Er wird sein Heer sehr bald übernehmen. Sein Wille ist stark; er wehrt sich noch. Aber mein Wille ist stärker, und bald wird er mir gehören.

Sieh nur, wie reglos sie schlafen. Sogar der Tod beeinträchtigt sie nicht.«

Die Augen des Geisterbeschwörers gleißten vor Erregung, als er sein Werk betrachtete.

»Und für wen ist die letzte Tafel, die große?« fragte Eurich, der sich über seine Teilhabe an den Schwarzen Künsten ebenso freute wie Nimrod.

»Die letzte, so fürchtete ich, würde leer bleiben. Der große Ritter Marsant fiel in diesem kleinlichen Krieg gegen Gorr, und die unwissenden Barbaren verbrannten seinen Leichnam.

Aber jetzt werde ich anscheinend meine Krieger vollzählig bekommen, damit sie mein Fußvolk in die Schlacht führen. Teido, dieser lästige Aufrührer, wird endlich hierherkommen. Er wird mir zweifellos für die Gelegenheit danken, daß er seinem König im Tode dienen darf, wie er ihm im Leben einst auf der Walstatt diente.«

»Wie soll dies geschehen?«

»Habe ich dir das nicht gesagt? Die Götter haben wahrhaftig das Glück in meine Waagschale geworfen. Pyggin entdeckte ihn, als er auf dem Pier von Bestu herumlief, wo alle auf günstiges Wetter warten. Anscheinend verlangt der törichte Ritter, daß man ihn und seine Gefährten nach Karsch übersetze. Sie kommen her!

Da sie so begierig aufs Sterben sind, werde ich sie nicht enttäuschen. Pyggin wird sie schon recht an ihr Ziel bringen. Und zuvorkommender, als sie erwarten können. Ha!«

Eurichs Gesicht glitzerte im trüben Fackelschein. Hingerissen verdrehte er die Augen nach oben, als ihm die verwickelten Machenschaften seines verdorbenen Herrn aufgingen. Er verbeugte sich und sagte: »Du wirst die Welt beherrschen, Nimrod!«

Der Hafen von Bestu blieb mehrere lange und öde Tage in Regen und Nebel gehüllt. Dann brach an einem stillen Nachmittag voller feuchter Nieselschauer die Sonne mit einemmal hell scheinend durch, und sämtliche Seeleute, die in den Wirtshäusern und Schenken der Stadt warteten, strömten mit Rucksäcken und Seesäcken, in denen sie ihre wenigen Habseligkeiten verwahrten, zum Pier hinab. Sie kamen wie auf ein Signal. Diese Nacht würden sie an Bord ihrer Schiffe schlafen und mit Tagesanbruch die Segel setzen.

Sobald die aufgehende Sonne sich schwach im Osten ankündigte, begaben Teido und seine Gefährten sich zur Mole hinab und bestiegen den Ruderkahn zusammen mit einigen anderen Reisenden, die zu verschiedenen im Hafen ankernden Schiffen wollten.

Schon schwammen Schiffe auf die enge Hafenöffnung zu, um als erste in See zu stechen. Derwin und Alinea hörten, wie die Matrosen einander von Schiff zu Schiff zuriefen, die Kapitäne die im Winter eingerosteten Fähigkeiten ihrer Mannschaften verfluchten und wie die Ruder im grünen Wasser platschten.

Als sie weiter ins Hafenbecken hinausfuhren, sahen sie den buckligen Rücken von Tilldin im dünnen Frühlingsnebel auftauchen, der wie ein Schleier über Bestu lag. Möwen durchpflügten mit ihren schlanken Schwingen die Luft und klagten über die Betriebsamkeit in ihrem Hafen, während sie über den Schiffen schwebten und zwischen ihnen ins Wasser tauchten. Trenn stand vorne im Boot und lotste die Ruderer zum Schiff. Teido saß nachdenklich hinten und beobachtete, wie das Land sich allmählich entfernte.

»Du wirkst wehmütig, kühner Ritter«, meinte Alinea. Teidos düstere Miene war ihr nicht entgangen. »Sage uns, welche Sorge belastet deinen Sinn an einem solchen Morgen? Wir sind endlich auf dem Weg.«

»Ich habe letzte Nacht schlecht geschlafen, Herrin. Ein fürchterlicher Traum kam über mich, als ich mich auf meinem Bett hin und her warf. Ich erwachte in kaltem Schweiß, aber von dem Traume weiß ich nichts. Er verblaßte, wie jener Dunst verschwinden wird, wenn die Morgensonne ihn berührt. Doch die Schicksalsschwere ist geblieben, obwohl der Traum sich verflüchtigt hat.«

Derwin lauschte seinem Freund; er nickte und rieb sich übers Kinn. »Auch mir war vergangene Nacht unbehaglich zumute. Ich nehme dies als Bestätigung unserer Suche. Manchmal müssen wir die Bahn durch das zweifelhafteste Tor betreten. Gottes Wege sind eigen, oft sind sie geheimnisvoll und stets unvorhersehbar.«

»Ich hoffe nur, daß wir rechtzeitig kommen«, sagte die Königin. Sie wandte ihr liebliches Gesicht einen Augenblick lang ab und verstummte.

»Ja, Jaspin und die Kronregenten werden bald ihre Versammlung einberufen, glaube ich. Er hat sich seine Krone inzwischen mehrfach erkauft, wenn ich ihn recht kenne«, erklärte Teido.

»Die Zeit läßt sich nicht beschleunigen«, warf Derwin ein. »Wir können nicht schneller, als es geht. Ich werde zu Gott beten, daß unser Plan nicht vereitelt wird. Er ist ein gerechter Gott und liebt die Redlichkeit. Er läßt uns nicht scheitern.«

»Gut gesprochen, frommer Einsiedler. Ich vergesse immer wieder, daß der Gott, dem du dienst, von anderer Natur ist als die alten Götter. Aber was die Gerechtigkeit angeht, so vertraue ich lieber auf meinen eigenen Arm, und hinsichtlich der Redlichkeit lieber auf die Spitze meines Schwertes.«

»Ein Arm verliert seine Kraft und ein Schwert seine Schärfe. Dann erinnert man sich besser daran, woher die Stärke kam und wer ein Schwert in der Hand hält, das niemals stumpf wird.«

Alinea, die diesem Wortwechsel aufmerksam gelauscht hatte, sagte: »Frommer Einsiedler, erzähle mir von deinem Gott. Er scheint so anders zu sein als die launischen Unsterblichen, die unser Volk schon so lange verehrt. Darf ich etwas über ihn erfahren?«

»Ja, natürlich, Herrin. Er weist niemanden ab, der zu ihm kommt, und es wäre mir eine Ehre, jemanden zu unterweisen, der so klug und liebreizend ist wie du. Das verleiht den leeren Stunden der Reise einen Zweck«, erwiderte Derwin, erfreut, eine Schülerin zu haben und damit eine Ausrede, um über sein Lieblingsthema zu reden.

Bei seinen letzten Worten stieß das Ruderboot gegen den Rumpf von Kapitän Pyggins Schiff.

»Fahrgäste!« rief Trenn und griff nach dem Tau, das von der Heckreling baumelte. Oben an der Reling tauchte ein blinzelndes Gesicht auf. Der Mann musterte sie genau und verschwand wieder. Dann wurde über die Bordkante eine Strickleiter herabgelassen, welche die Ruderer rasch sicherten. Trenn kletterte die Leiter hinauf und reichte den anderen eine hilfreiche Hand. Als sie alle an Deck versammelt waren, kam Pyggin angekeucht.

»Alle Mann an Bord? Ja ..., oh, Verzeihung, ich wußte nicht, daß wir das Vergnügen haben würden, eine Dame in unserer Mitte zu begrüßen. Es ist mir eine Ehre. Hier entlang«, sagte der Kapitän und scheuchte sie weiter. »Ich zeige euch eure Unterkunft.«

Während Pyggin seine Fahrgäste vor sich hertrieb, gab er der Mannschaft das Zeichen, die Segel zu setzen. Weder Teido noch Trenn sahen es, noch bemerkten sie die paar Matrosen, die hinter ihnen herschlichen und in ihren dicken Fäusten Klampen schleppten.

»Die Graue Möwe ist ein kleines Schiff, aber dicht. Ich glaube, ihr werdet euer Quartier angemessen finden.« Pyggin deutete auf eine schmale Tür, hinter der eine Treppe in den Laderaum führte.

»Sind außer uns keine Fahrgäste da?« fragte Teido.

»Nein, wir nehmen nur selten welche mit, aber für euch machen wir eine Ausnahme, meine Herren.« Damit öffnete er die Tür und schob sie die Treppe hinunter.

Kaum hatte Teido als letzter der Gruppe die unterste Stufe zum Laderaum erreicht, als Pyggin die Tür zuschlug und rief: »Vergnügliche Reise, meine Herrschaften!« Und ehe Teido die Treppe hinaufklettern und sich gegen die Tür werfen konnte, erkannten sie an dem Geräusch schwerer Riegel und einklinkender Schlösser, daß sie gefangensaßen.

Teido hämmerte mit den Fäusten gegen die Tür. »Öffne die Tür, du Schurke! Im Namen des Königs! Öffne, sage ich!«

Durch die fest verriegelte Tür ertönte spöttisches Gelächter, und die Gefangenen hörten, wie sich auf Deck Schritte entfernten. Sie waren allein.

»Nun, jetzt sitzen wir in der Patsche«, sagte Teido. »Es ist meine Schuld. Ich hätte auf den Rat unseres guten Wärters Trenn hören sollen.«

»Nein, mach dir keine Vorwürfe«, erwiderte Trenn. »Ich hatte zwar eine böse Vorahnung, aber überlegen wir lieber, was wir tun können.«

Genau in diesem Augenblick hörten sie ein kaum vernehmliches Stöhnen, das hinter einem Stapel Fässer hervorkam.

»Was für ein Ungeheuer lauert hier?« flüsterte Trenn angespannt.

»Horcht...!« sagte Teido.

Das Geräusch ertönte wieder, erst leise und dann immer lauter, bis es am Ende verklang wie bei einem waidwunden Tier, das seine letzten Kräfte erschöpft.

»Das ist kein Ungeheuer«, sagte Alinea. »Es ist ein Mann, und er ist verletzt.«

Sie tastete sich durch den dunklen Laderaum, der nur durch ein paar mit Latten bedeckte Schlitze in der Mitte des Decks über ihnen erhellt wurde, und schlängelte sich mühselig durch die muffigen Bottiche, die übrigen dicht hinter ihr. Dort im trüben, grauen Licht sah sie die Gestalt eines Mannes, der auf einem Haufen schmutziger Lumpen und Taue darniederlag. Sein Kopf war eingebunden, und nachdem er seine Mitgefangenen wahrgenommen hatte, fiel er ohnmächtig wieder auf sein unsauberes Lager zurück.

Irgend etwas an der bewußtlosen Gestalt fiel der Königin auf. »Ich kenne diesen Mann«, sagte sie und bückte sich dicht über ihn. Sie nahm den verbundenen Kopf in ihre Hände und blickte angestrengt in das Gesicht des Besinnungslosen.

Plötzlich weiteten sich ihre Augen, als sie ihn erkannte. »Kann das sein?«

»Wer ist es, Herrin?« fragte Trenn. »Erkennst du ihn?«

»Sieh«, sagte sie und zog Trenn neben sich. Das Schiff, das schon Fahrt genommen hatte, schwankte und drehte, so daß einen Moment lang das schwache Licht voll auf das Gesicht des Mannes fiel.

»Es ist Ronsard!« sagte Königin Alinea, die das Haupt des edlen Ritters in ihrem Arm wiegte.

»Es ist Ronsard!« rief Trenn. »Bei den Göttern! Er ist es!«

24

»Du stehst blinzelnd da, junger Herr«, erwiderte Jeseph freundlich. »Hast du etwas auf dem Herzen, das deine Zunge nicht hervorzubringen vermag?«

Quentin, der von dem Gefühl gebannt war, schon einmal an derselben Stelle gestanden und mit diesem verehrungswürdigen kleinen Mann gesprochen zu haben, konnte nur vor Staunen starren. Aber das Gefühl zog vorüber wie eine Wolke an der Sonne, und Quentin kam wieder zu sich.

»Ich hatte den Eindruck, schon einmal hier gewesen zu sein und dich zu kennen«, sagte er und schüttelte den Kopf, um wieder klar zu werden.

Der greise Kuratak lächelte wissend und nickte. »Vielleicht trifft das zu. Ein Grund mehr für mich, meinem Gast ehrenvoll zu begegnen.« Er drehte sich um und ging zwischen den aufragenden Regalen voraus. »Das hier ist mein Leben«, sagte Jeseph und deutete mit erhobener Hand auf die unzähligen Reihen von Büchern. Dann beschrieb er die Arbeiten, die in der riesenhaften Bibliothek geleistet wurden.

Voll gefesselter Aufmerksamkeit folgte Quentin ihm, hingerissen von allem, was er erblickte, und heimgesucht von dem vagen Gefühl, daß er hierhergehörte, daß er in gewisser Weise heimgekehrt war.

Bald führte ihr Rundgang sie zu einer Reihe von Schreibtischen, wo Gelehrte der Kuratak eifrig über Handschriften arbeiteten, sich Notizen machten und übersetzten. Jeseph ging zwischen den Tischen durch, blieb bei jedem stehen, sprach anregende Worte oder beantwortete eine Frage. Dann erreichten sie eine angelehnte Tür, und Quentin betrat Jesephs persönliches Arbeitszimmer.

Der kleine Raum war kärglich möbliert: auf einem Schreibtisch waren Schriftrollen aufgetürmt, und ein gewöhnlicher Tisch ächzte unter dem Gewicht von noch mehr Büchern. Der Raum wurde durch ein rundes Oberlicht großzügig erhellt.

Einander gegenüber standen zwei zerbrechlich aussehende Stühle. Jeseph schloß die Tür, setzte sich auf einen davon und wies Quentin den anderen an.

»Nun denn, Mollena hat mir berichtet, daß du Fragen hast, die nur ich beantworten kann. Ich werde es versuchen«, sagte er mit einem Nicken und lächelte aufmunternd.

Einen Augenblick lang hatte Quentin seine Fragen vollkommen vergessen, aber er erinnerte sich wieder an sie, auch wenn sie ihm durch alles, was er gesehen hatte, nicht mehr ganz so bedeutend vorkamen. Quentin schilderte Jeseph, der ihm geduldig zuhörte, die Auseinandersetzung zwischen Teido und Derwin sowie Teidos Widerwillen, nach Dekra zu reisen. Er schloß mit den Worten: »... ich kann allerdings keinen Grund zur Furcht erkennen – hier gibt es gewißlich nur Gutes.« Er hielt inne und fügte dann hinzu: »Es sei denn, die Gefahr liegt nicht im Ziel, sondern im Grund für unser Kommen.«

Jeseph lächelte. »Du hast einen wachen Verstand! Ja, besser hätte ich es selbst nicht ausdrücken können.

Hier herrscht keinerlei Gefahr. Die Geschichten, die man sich erzählt – pah!« Er tat sie mit einem spöttischen Stirnrunzeln und einer Handbewegung ab. »Abergläubisches Geplapper, erfunden, um den Kindern Angst einzujagen. Ich muß allerdings zugeben, daß wir gegen diese Märchen nichts unternehmen. Unsere Arbeit ist äußerst bedeutsam. Und die Welt bleibt am besten fern von uns, damit sie uns nur selten stört.

Aber der Grund, aus dem Teido nicht kommen wollte, oder besser gesagt: nicht wollte, daß Derwin kommt, ist ein anderer.« Er stand auf ging in seiner Klause auf und ab, die Hände hinter dem Rücken verschränkt wie ein Lehrer, der seinen Schüler unterweist.

»Dekra ist ein machtvoller Ort, einer der letzten, die es auf Erden noch gibt. Das weiß Derwin, und Teido ebenso.« Er lachte. »Du kennst deinen Einsiedlerfreund kaum. Er ist ein

Mann von erstaunlichen Gaben. Er kam zu uns als Hoherpriester des Ariel-Tempels. Auf einer Pilgerreise, mit der er sein Wissen erweitern wollte. Er glaubte damals, Wissen allein könne einen Menschen verwandeln, ihn unsterblich machen, ihn in den Rang einer Gottheit erheben.

Hier entdeckte er, wie sehr er sich irrte. Ein geringerer Mann wäre daran zugrunde gegangen. Er jedoch nicht. Er wurde immer stärker, gab alle seine früheren Glaubenssätze auf, so schnell er die neuen anzunehmen vermochte. Nach drei Jahren hatte er alles gelernt, was wir ihn lehren konnten. Er kehrte in den Tempel zurück und verzichtete auf seine Stellung und seinen Glauben. Sie hätten ihn fast umgebracht, wäre es ihnen nicht um das Aufsehen zu tun gewesen.«

Jeseph blieb stehen, umfaßte die Lehne seines Stuhles mit den Händen und sah Quentin an. »Dann kam Derwin wieder zu uns, diesmal aber nur kurz, obschon wir ihn baten, zu bleiben und sich unserem Werk anzuschließen. Aber ihm standen größere Aufgaben bevor – das hatte der Gott ihm offenbart.

Verstehst du, er war lediglich zurückgekommen, um sich all seiner irdischen Macht zu entledigen. Als Hoherpriester hatte er lange Zeit Hexenkünste studiert, die Magie der Zauberer, und war höchst geschickt darin geworden. Aber er erkannte die Schwarze Magie als das, was sie war: der Weg des Todes. Er legte seine Macht ab, hier, wo er wußte, daß niemand sie mißbrauchen würde.

Und als zufällig entdeckt wurde, daß Nimrod sich gegen den König und sein Reich erhoben hatte, beabsichtigte Derwin hierherzukommen, um seine Macht zu einer guten Sache wieder zu ergreifen. Er nahm sich vor, selbst gegen Nimrod zu kämpfen, ganz allein.«

Jeseph lächelte traurig. »Doch so weit sollte es nicht kommen.«

Die Worte des Ältesten dämmerten Quentin nur langsam, aber als er ihren vollen Gehalt erfaßte, rief er: »Was soll dann aus ihnen werden? Sie treten dem Feind jetzt unbewaffnet entgegen!«

»Unbewaffnet mögen sie sein, aber nicht unbeschützt. Wir durften nicht zulassen, daß unser Freund eine so schreckliche Bürde auf sich nahm. Sie hätte ihn vernichtet. Das begriff Teido, wenn auch nicht ganz. Er wußte, daß hierherzukommen wahrscheinlich Derwins Tod bedeuten würde.«

»Aber er überlegte es sich anders. Warum nur?«

Jeseph zuckte die Achseln. »Er wurde schwach angesichts von Derwins Beharren und angesichts der Gefahr, die durch die Blutlecker drohte. Doch das spielte keine große Rolle. Wir gestatteten ihnen nicht, ihr Vorhaben auszuführen. Die Macht wurde abgelegt. Sie ist hier und wird hier bleiben.«

Quentin rang mit seinen aufwallenden Gefühlen; die Angst um seine Freunde und die Sorge um ihre Sicherheit tobten in ihm. »Wie konntet ihr sie ziehen lassen!« rief er, von seinem Stuhl aufspringend. Quentin wußte nichts über Nimrod, außer daß alle Menschen in seiner Umgebung bei der Nennung dieses Namens zu erzittern schienen. Der Hexer schien die Ursache aller Übel zu sein, die das Land befallen hatten. Er hatte das Böse des finsteren Zauberers nicht unmittelbar erfahren; das war ihm erspart geblieben, aber er hatte sich in seinem Kopf ein groteskes und vor schrecklichem Haß verzerrtes Bild zurechtgelegt, das weniger einem Menschen glich als einem bösartigen Ungeheuer. Dieses Ungeheuer Nimrod suchten seine Freunde nun auf, ohne die Macht, mit der Derwin sich möglicherweise hätte bewaffnen können.

»Wie konntet ihr sie ziehen lassen?« wiederholte er ganz ruhig und verzweifelt.

»Wie hätten wir sie zurückhalten können?« erwiderte Jeseph freundlich.

»Was wird nun geschehen?« Quentin erwartete bereits die schlimmsten Folgen. »Sie können nicht allein gegen Nimrod kämpfen.«

Jeseph lächelte wissend. »Deine Freunde sind nicht allein. Der Gott ist bei ihnen.« Das sagte er mit solcher Schlichtheit, so zuversichtlich, daß Quentin ihm unbedingt glauben wollte. Aber sein Zweifel und alles, was er im Tempel erlebt hatte, verwehten die Saat des Glaubens, ehe sie recht aufgehen konnte. Betrübt ließ er den Kopf hängen.

»Die Götter scheren sich nicht um die Dinge der Menschen; unser Leben bedeutet ihnen nichts«, sagte er bitter.

»Da hast du recht – und doch bist du weit von der Wahrheit entfernt.« Jeseph ging zu dem jungen Mann und blickte ihm fest in die braunen Augen. »Der allerhöchste Gott ist einzig. Die Götter von Himmel und Erde sind nur Staub, der vor dem mächtigen Wind weht, welcher sein Kommen ankündigt. Sie können seiner Gegenwart nicht standhalten, und ihre Macht vergeht.«

»Was unterscheidet diesen namenlosen Gott denn von all den anderen?«

»Ihm liegt an uns.«

Wieder wollte Quentin ihm unbedingt glauben, seinen Freunden zuliebe. Aber die Jahre der Ausbildung im Tempel, alle seine früheren Glaubenssätze, überfluteten ihn und löschten jeglichen Anflug von Überzeugung aus, daß Jesephs Worte wahr sein könnten. »Ach, wie ich mir wünsche, ich könnte dir glauben!«

»Habe keine Furcht um deine Freunde«, sagte Jeseph und legte Quentin eine Hand auf den Arm. »Der Gott hält sie in seiner Hand.«

»Sie werden vernichtet werden!« sagte Quentin und krümmte sich vor Entsetzen beim Gedanken, daß seine Freunde geradewegs in den Kampf gegen das Untier Nimrod marschierten, wehrlos und verletzlich.

»Vielleicht kommen sie um«, gab Jeseph zu, »aber vernichtet werden sie nicht. Es gibt Schlimmeres als den Tod, auch wenn ich nicht erwarte, daß du davon weißt. Für Derwin wäre es schlimmer, wenn er die Macht wieder aufgreifen würde, die er vor Jahren abgab – das würde ihn schließlich vernichten. Er würde zu einem Ebenbild Nimrods werden. Er würde zu genau dem werden, was er haßt. Das wäre schlimmer als ein ehrenhafter Tod.

Und glaubst du denn«, fuhr der Älteste der Kuratak fort, »dein Beisein würde soviel mehr Gewicht in die Waagschale werfen?«

Quentin ließ den Kopf auf die Brust sinken. Seine Wangen brannten vor Scham. »Wer bin ich schon?« fragte er niedergeschlagen und beinahe höhnisch. »Ich bin ein Niemand. Ein völliger Niemand.«

»Dir geht alles sehr nahe, Quentin«, tröstete ihn Jeseph. »Du bist jung und ungestüm. Dein Herz reagiert schneller als dein Kopf. Aber so wird es nicht immer sein.«

»Kann ich denn nichts tun, um ihnen beizustehen?« fragte Quentin. Er fühlte sich hilflos und beiseite geschoben wie überflüssiger Ballast.

»Bedeutet es dir so viel?« Der Älteste musterte ihn sorgfältig.

Quentin nickte schweigend. Seine Augen suchten in Jesephs Blick nach einem sicheren Zeichen, das ihm einen Weg weisen würde.

»Ich verstehe. Die Wege des Gottes sind in der Tat geheimnisvoll. Ich werde darüber nachdenken und die Sache vor unseren Ältestenrat bringen. Es gibt unter uns Menschen, die klarer erkennen als ich, wie des Gottes Hand auf die Zeiten und das Leben der Menschen einwirkt.«

Bei dieser Aussicht hellten Quentins Augen sich auf, und in seinem Herzen erwachte wieder Hoffnung. Als er Jeseph seiner Arbeit überließ, hatte er das Gefühl, ihm sei eine große Last von der Seele gefallen. Doch er wußte nicht, was er damit anfangen sollte.

»Quentin«, rief ihm der Bibliotheksverwalter nach, als der Junge durch die Tür schlüpfte, »in dir steckt mehr, als man mit bloßem Auge erkennen kann. Das merkte ich in dem Augenblick, als du zum erstenmal mit mir sprachst. Wenn dies alles vorbei ist, das verspreche ich dir, wirst du wiederkehren und mir zu Füßen sitzen. Ich habe dich vieles zu lehren.«

In dieser Nacht träumte Quentin abermals vom Fliegen.

25

Jaspin rief seine Mietlinge im großen Saal von Burg Erlott zusammen. Die Sonne stand bereits hoch am Himmel und wärmte das Land; es war ein frischer, früher Frühlingstag. Der Prinz wurde tagtäglich rastloser, bald war er nachdenklich und grüblerisch, bald in Gesellschaft süßlich zuvorkommend und sogar freundlich. Diejenigen, die den Prinzen am besten kannten, sahen an den gespannten, kleinen Falten um seinen Mund, daß er zutiefst verstört war.

»Ich habe beschlossen, den Regentschaftsrat innerhalb von vierzehn Tagen abzuhalten«, verkündete Jaspin den versammelten Rittern und Edelleuten. Viele waren zwar schon aus Erlott abgereist, um ihren eigenen Geschäften nachzugehen, aber manche waren auch geblieben, um dem Prinzen eine Freude zu machen. Diese murrten gegen den Vorschlag, daß die Ratsversammlung nicht zum vorgesehenen Zeitpunkt stattfinden sollte: am Tag der Sonnwende.

»Herr, wir müssen uns gegen diese Änderung wenden«, erkühnte Baron Neilor sich zu sagen. Er und sein Nachbar, Baron Holben, waren die einzigen, die sich dem Prinzen offen zu widersetzen wagten. Neilor, der Sekretär des Regentschaftsrats, war kein großer Freund Jaspins. Aber auch andere bezeugten ihre Übereinstimmung mit ihm, indem sie nickten und einander stupsten. »Der Rat kann nach so langen Jahren seiner Pflicht gewiß zur üblichen Zeit nachkommen.« Er lachte steif auf, denn er wußte um die Gefahr, der er sich ausgesetzt hatte. »Ich wüßte keinen Grund, warum wir jetzt davon abweichen sollten.«

Den Prinzen wurmte es, daß sich jemand seinem Ehrgeiz in den Weg stellte. »Was ich vorschlage, soll geschehen«, sagte er fest. »Und du, Herr, sollst sehen, daß man meinen Wünschen Folge leisten wird.«

Jaspin starrte Neilor mit eisigem Blick an, danach musterte er jeden einzelnen in der Runde, ob es einer wagen würde, gegen ihn aufzutreten. »Und du sollst Briefe schreiben lassen und an all jene senden, die nicht hier sind, daß wir die Versammlung auf Erlott abhalten und nicht in Paschett.«

»Und wenn ich mich weigere?« fragte Baron Neilor, der allmählich in Rage geriet. Der Prinz ahnte nicht, daß er sich die Lage dadurch erschwerte, daß er den Ratssekretär vor den Regenten zusammenstauchte, denn Jaspin war ein Mann, der sich auf eine Sache stürzte wie ein Hund auf einen Knochen und sich nicht mehr von ihr abbringen ließ.

»Eine Weigerung würde als Versagen in deinem Amt gelten. Man könnte dich ersetzen.«

Einige der Anwesenden, die Prinz Jaspin mit Freuden Treue gelobt hätten, wenn sie es anscheinend aus freien Stücken hätten tun dürfen, fühlten sich bei dem Gedanken unbehaglich, ihn nach seinem Gutdünken zu wählen, denn so faßten sie seinen Plan auf. Sie schraken vor der Idee zurück, ihn auf seiner eigenen Burg zum König auszurufen, und nicht, wie das Herkommen es verlangte, in der gewohnten Umgebung des großen Saals von Burg Paschett.

Jaspin war einzig daran gelegen, die Versammlung vorzuziehen, auf welcher er, da es um ihn ging, nicht persönlich auftreten durfte. Er glaubte, dadurch, daß er sie in seine eigene Burg verlegte, das Ergebnis um so schneller zu erfahren und sich einen Ritt nach Paschett zu ersparen, das einige Tagesritte entfernt lag.

Sein Gedanke fand jedoch nicht viel Gegenliebe. Und hätte Baron Neilor ihm nicht getrotzt, so wäre es einem kühleren Kopf wie Ontesku sicherlich gelungen, ihn von seinem Vorhaben abzubringen. Aber er hatte die Sache schon zu weit getrieben. Er ließ nicht mehr locker.

Holben und der Regentschaftssekretär trafen eine hastige Unterredung. Schließlich sagte Baron Neilor mit zusammengebissenen Zähnen: »Ich werde tun, was du verlangst, Herr. Aber du könntest deine Hartnäckigkeit in dieser Sache noch bedauern.« Er machte kehrt und verließ den Saal, während Jaspin ihm finster nachstarrte. »Mit deiner Erlaubnis«, sagte Neilor und ging hinaus.

Die Gefangenen hörten nichts außer dem Klatschen der Wellen gegen den Schiffsrumpf und ab und zu einen Fluch ihrer Kerkerherren, die über Deck ihren Geschäften nachgingen. In den vier Tagen auf See hatte man ihnen zweimal zu essen gegeben, und zwar nur ein Stück trockenes Brot. Da sie jedoch Zugang zu sämtlichen Wasservorräten an Bord hatten, litten sie keinen Durst.

Königin Alinea war es gelungen, Ronsard aus seiner Ohnmacht zu reißen. Durch ihre sanfte Pflege und mit Hilfe von Derwins Heilkräften fühlte der Ritter sich stündlich besser. Alinea bestand darauf, daß er liegen blieb und ruhte, doch Ronsard, den das Dasein seiner Freunde aufs höchste freute, achtete kaum auf ihre Bitten. Sie hatten viel zu bereden und er viel zu erzählen.

»Es bereitet mir keine Freude, Herrin, dies zu sagen«, hub Ronsard auf seinen Ellbogen gestützt an, »aber ich fürchte um den König. Nimrod ist ein heimtückischer Wurm. Seine Ränke übertreffen jegliche Vorstellungskraft. Wir können gewiß sein, daß jeder, den er in seinen Krallen hat, in Todesgefahr schwebt.«

»Er hat Prinz Jaspin dazu verleitet, dreist nach dem Thron zu greifen, auch wenn es dazu keiner großen Künste bedurfte«, sagte Teido.

»Und ich habe überall sagen hören, daß Nimrod ein Heer aushebt; aber wer oder was für ihn streiten soll, kann ich nicht sagen. In Elsendor gehen Gerüchte von einer Totenlegion.«

»Bei Orfe, nein!« sagte Alinea fassungslos. »Dieser Gedanke ist zu gräßlich.«

»Besitzt er denn die Macht, dergleichen zu bewirken?«

»Die besitzt er«, versetzte Derwin, »und wir haben keine Mittel, um ihn aus eigener Kraft aufzuhalten.«

»Wir werden welche finden«, erwiderte Teido. Seine Augen flammten auf vor Zorn gegen den bösartigen Hexer. »Nimrod soll aufgehalten werden. Darauf setze ich mein Leben.«

»Hätte ich nur genügend Kraft im Arm, um mein Schwert zu halten«, klagte Ronsard. Seine versteinerten Gesichtszüge kämpften gegen die Schmerzen, die seine Gefährten ihm ansehen konnten; er versuchte aufzustehen.

»Nein, tapferer Ritter. Ruhe und gönne dir Erholung«, sagte Alinea. Sie drückte ihn sanft auf sein Lager zurück.

»Ach weh«, jammerte Ronsard, »ich könnte wohl zehn Schwerter schwingen, aber in dieser Zeit der Not besitze ich nicht eines.«

»Schon bald, zu bald, wie ich fürchte, wird es an Klingen nicht mangeln, sondern an Händen, die sie führen könnten. Du wirst deine Gelegenheit bekommen, Ronsard. Gedulde dich nur ein wenig und bete, daß deine Kraft wiederkehre.« Derwin sprach leise und blickte Ronsard tief in die umnebelten Augen. Der Ritter schüttelte sein Haupt, seine Lider zuckten schwach. Er ließ den Kopf sinken und schlummerte gleich darauf ein. »Hätte ich nur solche Macht über unsere Feinde wie über die Wunden tapferer Ritter«, seufzte Derwin.

Trenn blickte den Einsiedler mit vor Ehrfurcht weit aufgerissenen Augen an. »Du hast genug Macht für viele Dinge, da wette ich. Vielleicht könntest du diesen Nimrod in den Schlaf zaubern, wie du es gerade mit Ronsard getan hast.«

»Könnte ich es nur! Aber nein, die Macht, die mir noch innewohnt, dient allein dem Heilen, auch wenn sie in Notzeiten zu anderen Dingen gebraucht werden kann. Wollte ich jemandem schaden, und sei es der böse Nimrod, ich würde diesen letzten Rest meiner Macht augenblicklich einbüßen. Das Gesetz dieser Kraft befiehlt, daß sie nur zum Heilen eingesetzt werden darf.« In Gedanken versunken hielt er inne. Nach einer Weile fuhr er aufgeregt fort: »Aber was man mit Tränken, Elixieren und Gemischen aus seltenen Erden vollbringen kann, das darf ich noch tun! Ach, warum dachte ich nicht früher daran! Schart euch rasch um mich! Ich habe einen Plan.«

Nach einiger Zeit hörten die Gefangenen einen Schlüssel klirren; dann wurden rostige Riegel zurückgeschoben. Ketten fielen klappernd zu Boden, und helles Licht blendete sie, als die Luke zum Laderaum aufging und der Sonnenschein hereinflutete.

Eine rauhe Stimme sagte: »Meine vornehmen Gäste genießen hoffentlich die Reise.« Es war Kapitän Pyggin, dessen beleibte Gestalt sich jetzt oben an der Treppe abzeichnete. Zwei seiner Halunken folgten ihm. »Gebt ihnen ihr Essen«, befahl er dem einen. Der andere hielt Wache.

»Bei Zoar! Ich...«, fluchte Trenn und sprang auf. Das lange Messer der Wache blitzte augenblicklich auf.

»Stoße keine Drohungen aus, wenn du nicht durch sie umkommen willst«, warnte Pyggin. »Meine Männer sind nicht so höflich wie ich. Sie töten zum Zeitvertreib.«

Trenn wich langsam zurück.

»Was willst du, Pirat?« fragte Teido.

»Ich will euch bloß auffordern, daß ihr eure letzten Stunden genießt.« Er warf einen lüsternen Blick auf Alineas liebreizende Gestalt. »In zwei Tagen sind wir am Ziel.« Er winkte, und der Matrose setzte den Eisenkessel ab und warf ein paar Brotlaibe auf den dreckigen Boden des Laderaums.

Pyggin wandte sich zum Gehen. »Laßt es euch schmecken!« Er lachte wie krank und stieg hinauf. Die Wache beobachtete sie mit finsterem Blick und sah sie alle trotzig an.

Dann war auch dieser Matrose weg, und als die Tür zuknallte, legte sich wieder Dunkelheit über den Raum. Die Ketten und Schlösser wurden vorgelegt, danach hörten die Gefangenen das höhnische Rufen Kapitän Pyggins durch das Gitter: »Zwei Tage noch. Gut aufgepaßt! Es sind eure letzten.«

»Und ich habe ihn für die Überfahrt auch noch bezahlt«, schimpfte Trenn, als Pyggin fort war.

»Er bringt uns dorthin, wohin wir wollen«, meinte Derwin.

»Ja, aber auf andere Art und Weise, als wir wünschten«, entgegnete Teido. »In zwei Tagen kann jedoch viel geschehen.«

26

Die letzten Sonnenstrahlen des Tages verglommen rot am Himmel und färbten die Wolkenränder blauviolett. Quentin ging aufgeregt, aber mühelos zwischen Mollena und Toli. Vor ihnen erhoben sich die anmutigen Umrisse des Tempels der Ariga.

Mollena trug ein langes weißes Gewand mit silbernen Säumen; das Haar hatte sie streng zurückgekämmt, so daß es ihr gerade in den Rücken fiel. Quentin betrachtete sie beim Gehen und dachte, daß etwas von dem, was sie einst gewesen war, an diesem Abend wieder in ihr erwacht war. Sie wirkte weitaus jünger, als sie war, ihre Haut war glatter, die Falten wurden durch ein Strahlen ausgeglichen, wie er es an ihr nie zuvor gesehen hatte.

»Ja, ich bin Mollena und keine andere«, sagte sie auf seinen staunenden Blick hin. Ihre Augen funkelten hell, als sie zur Fackelallee gelangten, die zum Eingang des Tempels führte.

Verlegen und erfreut zugleich, sagte Quentin: »Du bist heute abend schön, Mollena.«

Sie lachte. »Das kannst du sagen, weil du mich nicht als junge Frau kanntest.«

Es gab Quentin einen leichten Stich, als ihm klarwurde, daß er gar keiner jungen Frau begegnen würde: Er und Toli hatten sich vorgenommen, am nächsten Morgen aufzubrechen. Er ließ seinen Blick von Mollenas lachendem Mund zu Tolis tiefliegenden, dunklen Augen wandern. Der junge Dscher war gleich Quentin selbst in einen himmelblauen Umhang gekleidet, darunter trug er ein weißes Wams mit silbern besticktem Halsausschnitt. Mit seiner braunen Haut und dem leuchtend schwarzen Haar wirkte Toli wie ein Pelagischer Fürst. Nachdem sie alle Mühe gehabt hatten, ihn dazu zu bewegen, daß er seine groben Felle aufgab, sah er jetzt so aus, als wäre er an solch feine Gewänder durchaus gewöhnt.

Quentin war jedoch zu aufgeregt, um den Abend zu genießen – außer in den kurzen Augenblicken, in denen er vergaß, was sie erwartete. Denn er sollte auf einem besonderen Gottesdienst vorgestellt werden, der zu seinen Ehren stattfand. Er sollte ein besonderes Geschenk erhalten, hatte Jeseph erklärt: den Segen der Ariga.

Worin dieser bestehen würde, konnte Quentin nur ahnen.

»Da bist du ja«, sagte Jeseph. Quentin sah ihn erst nicht. Er starrte an den fliehenden Linien des schmalen, fingerdünnen Mittelturms über dem Tempel empor. Menschen, die mit ebenso schlichter Anmut gekleidet waren wie Mollena und Jeseph, strömten in den Tempel. »Folgt mir, ich führe uns zu unseren Plätzen.«

Quentin gehorchte stumm. Er war viel zu sehr damit beschäftigt, alles um sich herum wahrzunehmen: Ein Chor hatte zu singen begonnen, als sie in den Tempelvorraum traten.

Jeseph führte sie rasch weiter. Durch die Spalte zwischen den hängenden Wandteppichen konnte Quentin sehen, daß das Heiligtum sich schon größtenteils mit Gläubigen gefüllt hatte. Sie gingen außen um das Halbrund und erreichten schließlich einen Seiteneingang, wo drei Männer in langen weißen Gewändern mit einem halben Dutzend Burschen warteten, die große Kerzenhalter aus poliertem Gold hielten.

Einer der Priester – dafür hielt Quentin sie – reichte Jeseph sein weißes Gewand, das dieser über seine übrige Kleidung zog. »Jetzt sind wir bereit«, sagte er. »Quentin, du folgst mir und tust, wie ich dich unterwiesen habe. Mollena, du und Toli könnt euch in die vorderste Reihe setzen. Ihr könnt von dort aus zusehen.«

Die drei Priester oder Ältesten machten kehrt und stellten sich in einer Reihe auf, Jeseph schloß sich ihnen an, und hinter ihm kam Quentin. Zu ihren beiden Seiten nahmen die Kerzenträger Aufstellung. Das Ganze ergab, wie Quentin dachte, einen eindrucksvollen Zug.

Dann schritten sie einen breiten Gang entlang auf ein erhöhtes

Podest zu. Hinter diesem hing ein riesenhafter goldener Teppich, der im Licht Hunderter von Kerzen funkelte wie die helle Sonne.

Auf dem Podest standen hinter einem großen Steinaltar Stühle im Halbkreis. Oben begaben sich die Ältesten auf ihre Sitze, die Kerzenträger steckten ihre Last in Halterungen rund um den Altar. Jeseph nahm fast in der Mitte des Halbkreises Platz, Quentin zu seiner Rechten.

»Lausche mir achtsam und tue, was ich dich heiße«, sprach der Älteste Jeseph. »Wir werden ein Gebet sprechen und den Einen anrufen, der uns erhört. Der Älteste Temu wird an unser Volk eine kurze Botschaft richten. Danach sind wir an der Reihe. Wir werden an die heilige Stelle treten, ich voraus, du mir hinterher.«

Quentin nickte, daß er verstanden hatte. Dann stimmte der Chor ein kurzes Lied an, worauf einer der Ältesten sang, der auf den Altar gestiegen war, wie Quentin dachte. In Wirklichkeit handelte es sich um einen großen Steinwürfel in der Mitte des Podests, der an der Hinterseite Stufen hatte, auf denen der Sprecher nach oben klettern konnte. Um ihn herum flackerten die Kerzen, welche die Träger abgestellt hatten.

»Mächtiger Peran nim Perano, König der Könige, der du stets unsere Gebete erhörst, höre uns jetzt…«

Die Anrufung ging weiter. Quentin schien sie denen zu gleichen, die er im Tempel von Narramur erlebt hatte, und doch war sie anders. Die Redeweise und die Wörter waren ähnlich, aber die Atmosphäre des Vortrags unterschied sich gewaltig. Es herrschten keine Furcht, keine Befangenheit und keine Zurschaustellung von Demut. Der Älteste sprach in schlichter Weise und in der Überzeugung, daß der Gott seine Stimme hören werde, wie die Hunderte sie hörten, die das Heiligtum füllten. Quentin rutschte nervös auf seinem Stuhl hin und her, denn es beunruhigte ihn ein wenig, daß der Gott sie tatsächlich hören und beobachten sollte.

Quentin stellte sich vor, des Gottes Gegenwart richtig spüren zu können, und war dann überrascht, als er merkte, daß daraufhin eine Welle von Erregung in ihm aufbrandete. Darüber zerbrach er sich den Kopf, während die Zeremonie ihren festgelegten Verlauf nahm.

Als Jeseph aufstand, tat Quentin es ihm nach; die Worte des Ältesten Temu verklangen in der weitläufigen Halle. Quentin hatte die ganze Rede über vor sich hin geträumt. Es schien ihm als hätte er sich eben erst gesetzt, und doch erinnerte er sich verschwommen, daß man wieder gesungen und aus der Heiligen Schrift gelesen hatte. Aber in seinem Kopf verfloß alles zu einem einzigen Moment. Jetzt stand er und ging mit Jeseph zu dem Stein.

»Meine lieben Freunde«, sprach Jeseph die Versammelten an. Quentin blickte auf die vielen hundert Augenpaare hinab, die im Kerzenschein leuchteten. Er sah nichts als Augen. »Wir haben uns heute abend zusammengefunden, um diesem jungen Mann, der bei uns Gast ist, den Segen der Ariga zu geben.« Die Zuhörer nickten beifällig. »Steht uns nun mit euren Gebeten bei.«

Jeseph winkte den Lichtträgern, die jeder mit einer Kerze in einer flachen Schale vortraten. Sie begaben sich einer nach dem anderen zur hinteren Seite des Podestes, gefolgt von Jeseph, Quentin und den übrigen Ältesten. Als sie vor dem herrlichen goldenen Teppich anlangten, griffen zwei nach ihm und zogen ihn beiseite: Quentin erblickte eine schmale Türöffnung.

Jeseph ging durch die Tür, die nur von dem flackernden Schein der Kerzen erhellt wurde, Quentin folgte ihm, und sie gelangten durch einen schmalen Korridor in einen Innenraum.

Diese Kammer glich stark einem Grab, so empfand es Quentin. Sie war kahl, aus glattem Stein geschnitten. An der gegenüberliegenden Wand verlief ein Steinsims. Es kamen keine Zeichen und Verzierungen zum Vorschein, als die Lichtträger stumm ihre Kerzen im Raum verteilten.

Quentin hörte ein sanftes Wasserplätschern und sah, daß an einem Ende des rechteckigen Raumes ein kleiner Brunnen friedlich in eine am Boden stehende Schale sprudelte.

Die Ältesten stellten sich vor dem Steinsims auf, und Jeseph zog Quentin zur Quelle. »Knie nieder, Quentin.«

Quentin ging vor dem Brunnen in die Knie und fühlte den

kühlen Stein an seinen Beinen. In der Stille hörte er das Atmen der Ältesten hinter sich und das Gluckern des Quellwassers in der Schale. Dann sagte Jeseph, der neben ihm stand: »Dies ist ein Ort der Macht, der Mittelpunkt des Heiligtums der Ariga, denn in diesem Raum empfing jeder junge Ariga den Segen, sobald er das Alter dafür hatte.

Die Ariga erhielten im Laufe ihres Lebens viele Segen, aber dies hier war ein besonderer Segen, der nicht von einem Ältesten oder Priester gespendet wurde, sondern von Wist Orren, dem höchsten Gotte selbst.

Diesen besonderen Segen trugen sie ihr ganzes Leben lang, er wurde zu einem Teil ihres Lebens. Sie verdienten ihn sich nicht, noch erforderte er ein Reinigungs- oder Gehorsamsritual. Der Segen ist das Geschenk des Gottes. Nötig sind dafür nur ein aufrichtiges Herz und der Wunsch, ihn zu empfangen.

Nun denn: Gibt es einen Grund, aus dem du den Segen der Ariga nicht empfangen solltest?« Quentin, der seinen Blick auf den Brunnen geheftet hatte, während Jeseph sprach, sah dem Ältesten jetzt in die freundlichen Augen.

»Nein«, erwiderte er sanft. »Ich habe den Wunsch, den Segen zu empfangen.«

»Dann sei es«, sprach Jeseph. Er hob seine Hände über Quentins Haupt und begann: »Allerhöchster Gott, hier ist einer, der dir anhängen möchte. Sprich nun zu ihm und gib ihm nach deiner Weisheit und Wahrheit deinen Segen.«

Wieder erstaunte Quentin die einfache Schlichtheit des Gebets: eine schmucklose Bitte, in ruhiger Gewißheit geäußert.

Jeseph beugte sich über den Brunnen und formte seine Hände zu einer Schale. Dann schöpfte er Wasser und bot es Quentin dar. »Trink«, befahl er.

Quentin nahm einen Schluck, dann berührte Jeseph mit den feuchten Fingerspitzen seine Stirn. »Das Wasser ist das Sinnbild des Lebens; alle Lebewesen bedürfen seiner zum Überleben. Und damit ist es das Sinnbild des Lebensschöpfers Wist Orren.

Schließe deine Augen«, wies Jeseph Quentin an. Dann erhob er seine Stimme zu einem alten Lied.

Anfangs erkannte Quentin die Worte nicht; die zitternde Stimme des Ältesten klang ihm seltsam in den Ohren, wie sie so von den Wänden des steinernen Gelasses widerhallte. Jesephs Lied schien lauter zu werden, sich auszudehnen, die Kammer auszufüllen, da merkte Quentin, daß auch die anderen sangen. Das Lied handelte von dem Gott und seinem Versprechen, unter seinem Volke zu wandeln und es nach seiner Weise zu leiten. Es rührte Quentin, und als die einfache Melodie sich wiederholte, sprach er sich die Worte vor.

Allmählich erstarb Jesephs Lied, da hörte Quentin eine Stimme. Gehörte sie Jeseph oder jemandem anders? Er vermochte es nicht zu sagen: Es hätte seine eigene sein können. Die Stimme schien unmittelbar sein Herz anzusprechen, etwas, das er tief in seinem Inneren trug.

Quentin versank in einem Traum.

In diesem Traume kniete er weiterhin auf dem Steinboden, aber um ihn herum erstreckte sich eine helle Aue von grenzenloser Ausdehnung. Das üppige grüne Tal schimmerte im honigfarbenen Licht. Und das Licht selbst schien nicht von einer bestimmten Quelle auszugehen, sondern vielmehr wie ein goldener Dunst über der Aue zu hängen.

Die Luft roch nach Kiefern und dem leichten Duft von süßem Heu. Der Himmel bildete einen Bogen aus zartem, schillerndem Blau, das seine Schattierungen veränderte und doch stets das gleiche blieb. Keine Sonne stand am Himmel, nein, dieser schien wie das gesamte Tal voller Licht.

In der Nähe plätscherte ein kristallklarer Bach, der Quentins Ohren fröhlich seine Weise sang. Das Wasser wirkte lebendig, wie es so über glatte, runde Kiesel sprang und hüpfte.

Über dem ganzen Bild lag Friede, und Quentin spürte, wie Freude gleich einem Born in seinem Inneren zu sprudeln begann. Sein Herz bebte ihm im Leibe, als wollte es sich losmachen und sich auf den leichten Flügeln des Glückes hoch emporschwingen.

Die Stimme, die er zuvor gehört hatte, rief ihn noch einmal: »Quentin, kennst du mich?«

Quentin blickte sich furchtsam um. Er sah niemanden in der Nähe, er war vollkommen allein. Doch die Stimme fuhr fort:

»In der Stille der Nacht hörtest du meine Stimme, und in den Tiefen deines Herzens suchtest du mein Antlitz. Obgleich du in gottlosen Tempeln nach mir Ausschau hieltest, verwarf ich dich nicht.«

Quentin erschauderte und fragte schüchtern: »Wer bist du? Sage es mir, damit ich es weiß.«

»Ich bin der Schöpfer, der Eine, der Allerhöchste. Die Götter selbst erzittern vor meiner Gegenwart. Sie sind Schatten, schwache Nebelschwaden im Wind, die zerfließen. Ich allein bin deiner Anbetung würdig.«

Während die Stimme so sprach, wurde Quentin klar, daß er sie schon oftmals vernommen hatte oder sich zumindest nach ihr gesehnt hatte, wenn er in der Dunkelheit seiner Tempelzelle alleine weinte. Er kannte sie, obzwar er sie noch nie so deutlich und klar gehört hatte.

»O Allerhöchster, offenbare dich deinem Diener«, bat Quentin. Augenblicklich wurde die friedliche Wiese von einem strahlend weißen Licht überflutet, so daß Quentin sich schützend den Arm vor die Augen hielt.

Als er wieder hinzusehen wagte, sah er die gleißende Gestalt eines Mannes vor sich stehen.

Er hatte breite Schultern, war groß und eher jung, aber seine Züge kündeten von einem klugen, erfahrenen Führer. Dic Gcstalt des Mannes schien zu wackeln, als würde Quentin ein Spiegelbild im Wasser sehen. Der Mann wirkte zwar fest, aber seine Umrisse waren unscharf, als würden sie aus Lichtstrahlen bestehen oder als wäre er in eine regenbogenartige Helligkeit getaucht.

Doch am meisten fühlte Quentin sich von seinem Gesicht angezogen. Die Augen des Mannes aus Licht loderten wie heiße Kohlen und das ganze Antlitz schimmerte wie glühende Bronze. Quentin konnte seinen Blick nicht von den dunklen, unergründlichen Tiefen dieser flammenden Augen wenden. Sie hielten ihn wie in liebender Umarmung umfangen: fest, aber sanft; beherrschend und doch nachgebend. In diesen Augen brannte ein Hunger, den Quentin nicht benennen konnte, und er hatte Angst, ob er den Blick dieses strahlenden Wesens überstehen würde.

»Fürchte dich nicht«, sagte der Mann in einem unvorstellbar sanften Tonfall. »Ich halte seit langem meine Hand über dich und schütze dich. Sieh mich an, und dein Herz wird dir sagen, daß ich dein Freund bin.«

Quentin tat, wie ihm geheißen, und jählings erkannte er den Mann wieder, als würde er einem engen Freund oder Bruder nach langer Abwesenheit wiederbegegnen. In seine Augen traten Tränen.

»Bitte, ich bin nicht würdig…«

»Meine Berührung wird dich reinwaschen«, entgegnete der Mann aus Licht.

Quentin fühlte etwas Warmes auf seiner Stirn, auf die der Mann zwei Fingerspitzen gelegt hatte. Seine Scham verschwand in dem Maße, wie die Wärme durch seinen Körper floß. Er wollte springen, tanzen, singen – alles im Angesicht des Mannes aus Licht.

»Du suchst einen Segen«, sagte dieser. »Du brauchst ihn nur zu benennen.«

Quentin versuchte, die richtigen Worte zu finden, aber sie kamen nicht. »Ich weiß nicht, wie ich um diesen Segen bitten soll… Auch wenn ich tief im Herzen weiß, daß ich seiner bedarf.«

»Dann wollen wir dein Herz bitten, uns zu enthüllen, was in ihm liegt.«

Quentins Kehle entrang sich ein Schrei voll Angst und Gram, wie er noch keinen gehört hatte. Es war, als hätte jemand den Pfropfen aus einer Karaffe entfernt, so daß sich der Inhalt mit einemmal ergießen konnte.

Der Schrei endete so jäh, wie er eingesetzt hatte, wenn er auch noch kurz in der Luft hing, ehe er ganz verstummte. Quentin blinzelte staunend, fassungslos ob der Stärke seiner eigenen Gefühle, denn es waren seine ungefilterten, unausgesprochenen Gefühle gewesen, die sich seinem Herzen entwunden hatten.

»Dein Herz ist in Sorge wegen vieler Dinge«, sagte der Mann aus Licht. »Du schreist auf wegen deiner Freunde. Du sorgst dich, was ihnen zustoßen könnte, wenn du nicht bei ihnen bist. Du verlangst nach der Gewißheit, daß es ihnen gelingen wird, den König aus den Klauen des Bösen zu befreien.«

Quentin nickte dumpf. All dies hatte ihn in den vergangenen Tagen umgetrieben.

»Doch noch mehr als dies verlangst du nach höheren Dingen: Weisheit und Wahrheit. Du willst wissen, ob es wahre Götter gibt, zu denen die Menschen beten können, auf daß ihre Gebete erhört werden.« Es stimmte. All die vielen langen Nächte in seiner einsamen Tempelzelle, all die angstvollen Sehnsuchtsrufe fielen ihm wieder ein.

»Quentin.« Der Mann aus Licht hielt ihm seine breite, offene Hand hin. »Meine Weise heißt Weisheit, meine Worte sind die Wahrheit. Strebe nach ihnen, und dein Weg wird frei von Furcht sein. Strebe nach mir, und du wirst das Leben finden.

Du bittest um einen Segen. Ich will dir folgenden geben: Dein Arm soll Rechtschaffenheit heißen und deine Hand Gerechtigkeit. Auch wenn du müde wirst und im Dunkel wandelst, fürchte nichts. Ich werde deine Kraft sein und das Licht, das vor dir leuchtet. Ich werde dir Trost und Führer sein. Verlasse mich nicht, und ich werde dir ewigen Frieden schenken.«

Quentin, der dem Mann aus Licht tief in die Augen blickte, spürte, wie er in eine grenzenlose Zeitenleere fiel – wie durch die dunklen Räume einer sternenlosen Nacht. Durch die Augen des Gottes, nicht durch die eigenen, sah er den geordneten Gang der Zeitalter, die Zeit erstreckte sich in einer ununterbrochenen Geraden in die Zukunft und in die Vergangenheit.

Dann erblickte er einen Mann, den er zu kennen schien: ein Ritter. Er war zum Kampf gerüstet, und seine Rüstung funkelte, als bestünde sie aus einem einzigen Diamanten. Er trug ein Schwert, das flammend loderte, und einen Schild, der kühl und hell schimmerte und das Licht in allen Farben brach.

Der Ritter erhob die Stimme und sein Schwert, und die Dunkelheit wich vor ihm zurück. Dann schleuderte der Ritter das Schwert mit aller Wucht in die Luft, dort wirbelte es und schlug Feuerzungen, die den Himmel erfüllten.

Als der Ritter sich umwandte, erkannte Quentin erschrocken, daß dieser er selbst war: älter und kräftiger, aber er selbst.

»Ich bin der Herr des Weltalls«, sagte die Stimme, »der Schöpfer aller Dinge.« Dann verblaßte das Traumgesicht, und Quentin schaute wieder in die Augen des Mannes aus Licht. Doch jetzt wußte er, daß es die Augen des Gottes selbst waren, dessen Stimme er in der Nacht vernommen hatte, der ihn beim Namen gerufen hatte.

»Quentin, willst du mir folgen?« fragte er freundlich.

Quentin, der vor widerstreitenden Gefühlen fast platzte, warf sich dem Mann aus Licht zu Füßen und berührte sie mit seinen Händen. Da durchfloß ihn ein Strom lebendiger Kraft, und er fühlte sich stärker, klüger und sicherer als jemals zuvor im Leben. Ihm war, als hätte er die Quelle des Lebens selbst berührt.

»Ich will dir folgen«, erwiderte Quentin mit leiser, unsicherer Stimme.

»Dann steh auf. Du hast deinen Segen empfangen.«

Als Quentin wieder zu sich kam, lag er im Dunkeln auf seiner Seite. Neben ihm brannte eine einzelne Kerze. Vor ihm plätscherte der Brunnen; durch das Geräusch wirkte die Kammer leer. Quentin hob den Kopf und sah sich um: Er war allein.

Als er sich erhob und die Kammer verlassen wollte, bemerkte er, daß sein rechter Arm und seine rechte Hand merkwürdig prickelten: Sie waren gleichzeitig heiß und kalt. Er rieb sie kurz und ging dann hinaus.

27

Der graue Himmel hing tief, und es nieselte erbärmlich. Der Pfad war zu einem schlammigen Bach geworden, der zwischen den riesenhaften Urwaldbäumen langsam schlängelnd den Abhang hinab rieselte. Quentin saß auf Balder und Toli auf einem schwarzweiß gescheckten Pony, das die anderen zurückgelassen hatten. In gedämpftes Schweigen gehüllt wie in schwere Mäntel mit Kapuzen, als wollten sie sich so vor dem Regen schützen, schlitterten sie unsicher den Pfad hinunter. Der Weg von Dekra gen Osten war eine bessere Ausführung des sumpfigen Labyrinths, durch das sie sich zur Ruinenstadt durchgeschlagen hatten. Darum ließ Quentin Balder laufen, wohin er wollte, und gab sich ganz seinen Gedanken hin. Wieder kam ihm der Abschied von Jeseph, Mollena und den anderen in den Sinn.

Es war ein trauriger Abschied gewesen, denn in der kurzen Zeit, die Quentin bei ihnen verbrachte, hatte er sie sehr liebgewonnen. Sie sagten sich in wenigen Worten Lebewohl, denn die Kuratak glauben nicht an ausgiebige Abschiede, da sie überzeugt sind, daß all diejenigen, die dem Gott dienen, eines Tages wieder vereint werden und auf ewig zusammenleben dürfen. Als die Pferde ungeduldig im Boden scharrten, umarmte Quentin ein wenig unbeholfen Mollena und auch Jeseph.

»Kehre zurück, Quentin, wenn deine Suche abgeschlossen ist«, sagte Jeseph. »Ich hätte gern einen Schüler wie dich.«

»Ich komme zurück, sobald ich kann«, versprach Quentin, sich in den Sattel schwingend. »Ich bin dir dankbar für alles, was du mir in deiner Güte gegeben hast. Habe Dank.«

»Der Gott begleite euch«, sagte Mollena und wandte sich ab. Quentin sah in ihrem Augenwinkel eine Träne blitzen.

Er betrachtete die beiden kurz, dann wandte er sein großes

Streitroß und begann den Abstieg durch den Wald. Er blickte über die Schulter zurück und grub sich das Bild, das sich ihm bot, tief ins Gedächtnis ein. So wollte er sich stets daran erinnern: Die Sonne erfüllte alles mit freudigem Licht, der hohe, helle Himmel war mit weißen Wolken getupft, die roten Steinmauern der Stadt erhoben sich anmutig in die duftende Frühlingsluft, seine Freunde standen an den weit geöffneten Toren und winkten ihnen nach, bis sie schließlich hinter dem Hügel verschwanden.

Niemals hatte Quentin einen gefühlsschwereren Abschied erlebt. Aber, so überlegte er, etwas anderes als die Kälte der Tempelpriester hatte er ja auch nie gekannt; sie grüßten einen nie und verabschiedeten sich auch nicht.

Quentin brannte innerlich vor Erregung; sein Herz schwang sich auf wie ein Vogel, der nach langer Gefangenschaft endlich frei ist. Schnell vergaß er den Abschiedsschmerz in der überströmenden Freude darüber, zu leben, unterwegs zu sein und wieder das Traumbild der vorigen Nacht zu durchleben.

Das Einschlafen war ihm äußerst schwergefallen. Nach der Feier zu seinen Ehren, auf der man noch bis spät in die Nacht getanzt, gesungen und gespielt hatte, waren Toli und er in Mollenas Gemächer im Herrscherpalast zurückgekehrt. Er hatte ihnen von seinem Traumgesicht erzählt. Jeseph und einige der Ältesten, die ebenfalls da waren, hatten ihm aufmerksam gelauscht, genickt und sich die Bärte gezupft.

»Dein Traumgesicht ist ein mächtiges Zeichen. Der Gott ist dir gewogen«, hatte Jeseph verkündet. »Er hat mit dir etwas Besonderes vor.«

»Der Segen der Ariga ist an sich etwas Mächtiges«, meinte der Älteste Temu, »denn zu ihm gehört, daß man seine Bestimmung erfüllen kann. Der allerhöchste Gott gewährt jedem reinen Herzen einen eigenen Segen und dazu die Kraft, ihn nach seinem Willen auszuführen. Wenn du dies tust, wirst du deine Glückseligkeit und Erfüllung finden.«

Das verwirrte Quentin. Darum fragte er: »Was hat mein Traumbild genau zu bedeuten?«

»Das mußt du selbst herausfinden. Der Gott wird es dir vielleicht mit der Zeit weisen, aber meistens kommt die Erkenntnis mit dem Bemühen. Du mußt dir den Sinn selbst erarbeiten, denn die Deutung erschließt sich im Tun.«

»Das ist wahrhaftig anders als die Weise der alten Götter«, meinte Quentin. »Im Tempel kommen die Leute zu den Priestern, um einen Orakelspruch zu erbitten. Die Priester nehmen ihre Opfergaben entgegen und suchen für die Pilger nach einem Orakel oder einem Vorzeichen. Dann erklären sie ihnen deren Bedeutung.«

»Das liegt daran, daß die Orakel nichts als die Torheit blinder Menschen sind, wie Rauch ohne Feuer«, erwiderte Temu.

Als die Gäste fort waren und Quentin allein im Bett lag, hatte er zum erstenmal zu seinem neuen Gott gebetet, den er im Traum erblickt hatte. Dieses Traumgesicht kam ihm immer noch wirklicher vor als die verschwommenen Umrisse seines dunklen Zimmers und des bequemen Bettes. Er betete: »Geleite mich zur Entdeckung deiner Weise, allerhöchster Gott. Gib mir die Kraft, dir zu dienen.«

Mehr fiel ihm nicht zu sagen ein. Nach den vielen formellen Gebeten im Tempel, die schriftlich festgehalten waren, damit man sie auswendig lernen konnte, schien ihm sein eigenes schlichtes Gebet lächerlich unzureichend.

Aber er vertraute auf Jesephs Aussage, daß der Gott mehr den Sinn des Herzens als die Länge des Gebets im Auge habe, und ließ die Sache auf sich beruhen. Und er hatte die feste innere Überzeugung, daß sein Gebet erhört werden würde, und zwar von jemandem, der ihm sehr nahe war.

Am nächsten Morgen hatten Quentin und Toli, noch ehe die Sonne am Horizont auftauchte, ihr Vorgehen besprochen.

»Ich möchte Teido und den anderen folgen und sie wenn möglich einholen«, sagte Quentin, auf einem Körnerbrötchen kauend. Toli sah ihn merkwürdig an, was Quentin störte. »Warum schaust du mich so an?«

»Du hast dich verändert, Kenta«, erwiderte sein Freund leise und ehrfürchtig. Kenta war das Wort der Dscher für Adler und schien darüber hinaus auch Freund, Meister, Herr zu bedeuten, alles auf einmal. Es klang auch so ähnlich wie Quentins Name, den auszusprechen Toli sich zwar bemühte, aber, wie Quentin fand, nicht besonders eifrig. Toli hielt aus bestimmten Gründen an seiner eigenen Bezeichnung fest.

»Inwiefern habe ich mich verändert?« Quentin versuchte sein altes jungenhaftes Lächeln aufzusetzen, aber es kam ihm gezwungen vor. »Ich bin doch derselbe wie immer.«

Toli sah das anders. Er hatte die Segensfeier voller Bewunderung und Achtung miterlebt. Sie hatte ihn wie eine Königskrönung gedünkt, und er war stolz, daß seinem Meister, denn als solchen betrachtete er Quentin von Stund an unwiderruflich, eine so hohe Ehre widerfahren war.

»Nein«, entgegnete er, »du bist nicht derselbe.«

Mehr wollte er zu dem Thema nicht äußern. Darum wandte Quentin sich anderen Dingen zu. Sie würden nach Tak reiten und dann nach Bestu, wie es die anderen auch getan hatten – das hatten sie von Mollena gehört.

Quentin wußte nur, daß Nimrod auf Karsch zu finden war, aber wo dieses Land lag, hätte er nicht zu sagen vermocht. Mollena weigerte sich, darüber zu sprechen, und meinte nur, es sei eine böse Insel, die noch zu nah wäre, läge sie am Rande der Welt.

Darum hatten sie sich auf den Weg nach Tak begeben, über einen gottverlassenen Pfad durch die nördlichen Wälder, in dem Rotwild und Wildschweine in großer Zahl hausten. Die Tiere selbst hielten den Pfad offen, indem sie ihn für ihre Zwecke benutzten. Die Kuratak benutzten ihn nicht.

Am zweiten Tag ihrer Reise hatte Toli Quentin geweckt; der Morgen war scheußlich. Kurz nach ihrem Frühstück, das ihnen Mollena eigens hergerichtet hatte, begannen die donnernden Wolken, einen feinen Nieselregen zu versprühen. Die beiden jungen Männer hatten sich ihre Kapuzenumhänge übergeworfen und ritten niedergeschlagen und traurig weiter. Die hochbeschwingte Laune des ersten Tages sank im freudlosen Regen.

Mit der Zeit wurde Quentin rastlos; ein Gedanke beunruhigte ihn und nagte unablässig an ihm. Er wollte ihn bei der ersten Gelegenheit Toli gegenüber zur Sprache bringen. Als sie an einem kleinen Bach haltmachten, um die Pferde zu tränken, berichtete Quentin darum, was ihn beschäftigte.

»Toli, weißt du, was vor uns liegt?« fragte er. Der junge Dscher blinzelte und blickte den dunklen Pfad entlang.

»Nein«, antwortete er mit der typischen Logik seines Volkes. »Woher soll ich wissen, was vor uns liegt? Sogar Pfade, die man gut kennt, können sich verändern. Vermutlich reiten wir großer Gefahr entgegen.« Quentin suchte Tolis Gesicht nach einer Spur von Sorge ab. Er fand keine.

Quentin blickte auf den Wildbach hinab; sein Roß tauchte das Maul tief in das sprudelnde Wasser. »Ich habe kein Recht, dich darum zu bitten, daß du mich noch weiter begleitest. Dein Volk hat dich uns aus Freundschaft zum Führer mitgegeben. Da wir sicher nach Dekra gelangten, ja es bereits hinter uns haben, ist deine Aufgabe erfüllt. Du kannst ungehindert zu deinen Leuten zurückkehren.«

Als Quentin aufblickte, waren Tolis bronzefarbene Züge von tiefem Kummer geprägt. Seine Mundwinkel hingen weit herab. Seine dunkelbraunen Augen hatten ihr Feuer verloren. »Wenn du es wünschst, Kenta, so werde ich zu meinem Volk zurückkehren.«

»Was ich will, spielt keine Rolle. Aber du mußt zurück. Das hier ist mein Weg, nicht deiner. Du hast ihn nicht gewollt, und ich kann nicht von dir verlangen, daß du dein Leben aufs Spiel setzt. Die ganze Auseinandersetzung betrifft dich eigentlich nicht.«

»Du mußt mir sagen, was du wünschst«, erwiderte Toli und hob die Hände.

»Das kann ich nicht«, entgegnete Quentin. »Verstehst du?«

Das tat Toli nicht. Er blinzelte Quentin ernst an, als würde er ihn einer unvorstellbaren Grausamkeit zeihen.

»Du wirst womöglich umkommen«, erklärte ihm Quentin. Seine Kenntnisse der fremden Sprache waren bald erschöpft und reichten kaum aus, seine Zwangslage zu verdeutlichen. »Ich kann keine Verantwortung für dein Leben übernehmen, wenn du bei mir bleibst.«

»Die Dscher glauben, daß jeder Mensch selbst für sein Leben verantwortlich ist. Die Dscher sind frei, ich bin frei, wir dulden keine Herren über uns. Aber ein Dscher darf sich einen Meister erwählen, wenn er möchte.«

Toli sprach jetzt lauter, und sein Gesicht entspannte sich allmählich. »Für einen Dscher bedeutet es die höchste Ehre, sich einen Meister zu erwählen und ihm in allem bis zum Tod zu dienen. Denn einem würdigen Meister zu dienen verleiht dem Diener selbst Würde. Nur wenige aus meinem Volke finden eine so gute Gelegenheit, wie ich sie gefunden habe.« Den letzten Satz sagte er ganz stolz, mit funkelnden Augen. »Ein großer Meister macht auch seinen Diener groß.«

»Aber die Gefahr ...«

»Wer dient, teilt das Schicksal seines Meisters, ob Gefahr, Tod oder Triumph. Wenn der Meister geehrt wird, so ist der Diener noch mehr geehrt.«

»Aber ich habe dich nicht gebeten, mir zu dienen.«

»Nein«, erwiderte Toli stolz. »Ich erwählte dich.«

Quentin schüttelte den Kopf. »Was ist mit deinem Volk?«

»Sie werden es erfahren und sich für mich freuen.« Das Gesicht des jungen Dscher strahlte vor Entzücken.

»Das begreife ich nicht«, jammerte Quentin, obwohl ihn das eigentlich kaum störte.

»Das liegt daran, weil dein Volk in dem Sinne erzogen wird, daß es von Schwachheit zeugt, einem anderen zu dienen. Man dient jedoch nicht aus Schwäche, sondern aus Stärke.«

»Trotzdem wäre mir wohler, wenn ich dich selbst darum bitten dürfte.«

»Dann bitte mich, die Antwort habe ich dir bereits gegeben.«

»So kann ich dich also nicht loswerden?« scherzte Quentin. Der Witz entging Toli. Er verzog das Gesicht.

»Als Diener entlassen zu werden ist eine große Demütigung und Schande.«

»Ein würdiger Meister wird nicht so schnell einen Diener entlassen, der ihn so sehr schätzt«, sagte Quentin. »Aber vielleicht sollte ich dir dienen.«

Toli lachte, als hätte Quentin etwas völlig Lächerliches gesagt. »Nein«, sagte er prustend, »einige Menschen werden zwar als Meister geboren, aber im Dienen muß man schon in jungen Jahren unterwiesen werden. Besser, ich diene dir.« Dann wurde er wieder ernst. »Du, Meister, siehst nach großem Ruhm aus. Dir will ich dienen. Denn nur an deiner Seite werde auch ich Ruhm erringen.«

»Na schön«, sagte Quentin schließlich. »Da ich tatsächlich nicht so gern allein weiterreite und du auf keinen Fall lockerlassen willst, bleiben wir zusammen.«

»Wie du wünschst«, erwiderte Toli freundlich.

»Was ich wünsche, scheint wohl keine Rolle zu spielen«, meinte Quentin. Toli achtete nicht darauf, sondern hielt Balder fest, während Quentin aufsaß; dann schwang er sich auf sein schwarzweiß geflecktes Pony.

»Nach Tak also«, rief Quentin. Nun war ihm leichter ums Herz, und er hatte den Kopf frei. Er hätte nicht gern auf Tolis Gesellschaft verzichtet und ihn zum Bleiben zu überreden versucht, hätte dieser gehen wollen. An dieses Diener-und-Herr-Verhältnis mußte er sich aber erst noch gewöhnen. Er hatte nicht geahnt, daß Tolis Treue so weit ging, und fragte sich, ob er überhaupt ein guter Meister sein konnte. Die Verantwortung lastete bereits schwerer auf ihm, als er vermutet hätte.

Gemeinsam ritten sie durch den verregneten Nachmittag. Am Abend machten sie halt und fanden unter den langen, bis zum Boden reichenden Ästen eines Nadelbaums notdürftig Schutz.

Toli pflockte die Pferde an und ließ ihnen genug Raum, daß sie grasen konnten. Quentin rollte unter den Ästen des Baumes die Packtaschen auf und bereitete aus trockenen, duftenden Nadeln ein weiches Lager. Toli sammelte dürre Rindenschnitzel und Steine und hatte bald ein Feuerchen in Gang gesetzt, an dem sie sich aufwärmen und ihre triefnasse Kleidung trocknen konnten.

Rasch brach die Nacht über den Wald herein. Die beiden lagen im Dunkeln und lauschten dem Tröpfeln des Regens von den hohen Zweigen und dem Knistern des Feuers. Quentin streckte sich auf das Lager und atmete den balsamischen Geruch des Waldes tief ein.

»Was hältst du von dem neuen Gott?« fragte er ganz nebenbei und suchte im Dunkeln nach Tolis Augen.

Während ihres gesamten Aufenthalts in Dekra hatte er mit Toli nie über die Religion der Ariga geredet. Jetzt war ihm diese Unterlassung peinlich.

»Er ist nicht neu. Wir Dscher kannten ihn von jeher.«

»Das wußte ich nicht. Wie nennt ihr ihn?«

»Winuk.«

»Winuk«, wiederholte Quentin für sich. »Der Name gefällt mir gut. Was hat er zu bedeuten?«

»Man könnte sagen, er bedeutet Vater… Vater des Lebens.«

28

»Unsere Aussichten sind verschwindend gering, aber sie bestehen«, sagte Derwin, als er den Deckel des vordersten Wasserfasses abnahm.

»Ich frage mich bloß, warum uns das nicht schon früher einfiel«, meinte Teido. »Lausche an der Luke und warne uns sofort«, flüsterte er Trenn zu, der oben auf den Stufen hockte.

Derwin entnahm einem Tuch, das Alinea in Händen hielt, ein gelbliches Pulver. Er streute es in das Wasserfaß, Teido rührte mit einem kaputten Ruder um und machte den Deckel wieder zu.

»Glaubt ihr, daß sie heute Wasser holen werden?« fragte Alinea. Die drei gingen zum nächsten Faß und wiederholten den Vorgang.

»Das hoffe ich.« Teido verdrehte die Augen nach oben. »Sie kommen jeden zweiten Tag, um die Behälter an Deck mit Frischwasser aufzufüllen. Mit ein bißchen Glück kommen sie heute auch. Allerdings können wir nicht mehr weit vom Land sein. Da warten sie vielleicht.«

»Wir tun unser möglichstes. Das letzte Faß vergiften wir sicherheitshalber nicht; das ist für uns.« Derwin schüttete den letzten Rest des Pulvers in den Bottich und staubte sich die Hände ab.

Genau in diesem Augenblick pochte Trenn deutlich mit dem Fuß auf die Stufen. »Da kommt jemand!« flüsterte er heiser. »Schnell!«

Teido reagierte sofort, legte den Deckel auf das Faß zurück und klopfte ihn mit dem Ruder fest. Dann nahmen die drei ihre üblichen Plätze am Fuß der Treppe ein. Im nächsten Moment ging die Ladeluke auf.

»Holt reichlich!« rief eine Stimme von Deck aus den beiden Matrosen nach.

»Zurück mit euch!« fauchte einer von ihnen. Der andere ging in eine Ecke und machte sich dort an einem Stapel von Tauen zu schaffen. Als er gefunden hatte, was er suchte, kam er zurück und ging mit dem Tau die Stufen hinauf. Enttäuscht sahen ihm die Gefangenen nach.

Nachdem die Matrosen die Luke wieder verschlossen hatten, sagte Derwin: »Faßt Mut, der Tag ist noch jung. Vielleicht kommen sie noch einmal.«

Trenn machte ein zweifelndes Gesicht. »Wir wissen doch gar nicht, wie nah wir schon am Land sind. Womöglich werfen wir bald Anker.«

»Das könnte tatsächlich geschehen. Wenn es so kommt, dann soll es so kommen. Der Gott hält uns in seiner Hand und tut, was ihm beliebt.«

Doch noch während Derwin sprach, erhob sich an Deck ein Lärmen; dann riß jemand wütend die Ketten und das Schloß ab, mit denen die Luke versperrt war. Sie flog noch einmal auf, und die Freunde hörten, wie Pyggin seine armen Matrosen zusammenstauchte. »Die Tagesration Wasser, ihr Trottel! Holt sie! Eine Tracht Prügel habt ihr ja schon gekriegt!«

Drei verzweifelte Seeleute stolperten die Treppen herunter, als erster derjenige, der das Tau geholt hatte. Sie stürmten geradewegs aufs nächste Wasserfaß zu, ohne auch nur einen Blick auf die Gefangenen zu werfen, die sich zu dem Lichtstrahl drängten, der durch die Luke hereinfiel. Die drei hoben den Bottich mit ihren kräftigen Armen hoch und mühten sich damit die steile Treppe hinauf. Die freudig überraschten Blicke der Gefangenen entgingen ihnen, als sie mit der Wasserration für die gesamte Mannschaft auf Deck verschwanden.

»Wir wissen immer noch nicht, ob Pyggin aus der gleichen Schale trinkt wie seine Leute«, sagte Trenn, als die Schritte über ihnen verklungen waren.

»Diese Gefahr müssen wir eingehen«, erwiderte Teido. Er fragte Derwin: »Wie lange braucht dein Pulver, bis es wirkt?«

»Das ist natürlich unterschiedlich, je nachdem, wie groß der Mann ist, wieviel er trinkt... Ich habe die Wirkung jedoch langsam angelegt, dafür um so stärker. Wenn sich heute abend alle schlafen gelegt haben, wird vor dem Morgengrauen keiner mehr aufstehen, da könnte ein Sturm blasen oder die Wellen könnten die Masten umknicken.« Er lachte, und seine Augen blitzten im dunklen Laderaum auf. »Wir sollten dabei aber nicht vergessen, daß wir ein dringenderes Problem zu lösen haben ...«

»Genau«, sagte Trenn. »Wenn wir keinen Weg finden, wie wir aus diesem stinkenden Rumpf entkommen, ist es gleichgültig, wie lange diese Halunken schlafen.«

»Wie wäre es, wenn wir es durch eines von den Gittern versuchen«, meinte Alinea und deutete auf eines der beiden trüben Vierecke in der Decke, durch die ein wenig Licht hereinkam.

»Ein großartiger Einfall, Herrin.« Das war von Ronsard gekommen. Überrascht drehten sich alle nach ihm um: Ein wenig schwankend stand der Ritter hinter ihnen.

»Ronsard!« rief Teido. »Wie lange stehst du schon dort?«

»Lege dich sofort hin!« schalt Alinea. Sie eilte zu ihm und wollte ihn am Arm nehmen und zu seinem dürftigen Lager führen. Er machte einen Schritt auf sie zu; sein Gesicht verzerrte sich vor Schmerzen, und er faßte sich mit der Hand an die Seite.

»Ach!« sagte er sich fangend. »Ich bin es bloß nicht mehr gewöhnt, auf meinen beiden Beinen zu stehen.«

»Das wird schon«, versicherte ihm Derwin.

»Ich fühle mich so gut wie seit Monaten nicht mehr«, entgegnete der Ritter und setzte sich auf das Drängen der Königin auf einen Bottich. »Abgesehen von meinem pochenden Kopf komme ich mir vor wie neugeboren.«

»Das freut mich«, sagte Teido strahlend. »Ich hatte dich schon vor langer Zeit unter den Toten gewähnt, und auch als wir dich in diesem Zustand hier fanden, hegte ich kaum Hoffnung. Aber jetzt sieht es so aus, als hättest du es geschafft.«

»Das habe ich nur eurem Zauberpriester zu verdanken«, erwiderte Ronsard und lächelte Derwin zu.

»Ich habe nichts getan, sondern dir nur die Ruhe gegönnt, die dein Körper brauchte. Du hast drei Tage lang geschlafen.«

»Du wolltest etwas zum vorderen Gitter sagen, Herr«,

mischte Trenn sich ein. »Wenn du nichts dagegen hast«, fuhr er an Teido gewandt fort, »dies ist, glaube ich, unser dringendstes Problem.«

»Freilich. Was wissen wir über das vordere Gitter? Können wir es zur Flucht nützen?«

»Vielleicht gelingt uns das«, sagte Ronsard und erhob sich vorsichtig von dem Faß. »Als sie mich hier hineinwarfen, war das vordere Gitter nicht so gesichert wie das andere.«

»Sehen wir es uns an.« Teido führte die Schar an und bahnte sich sachte einen Weg durch die achtlos verstaute Ladung und die Vorräte. Im Nu standen sie unter dem kleinen Gitter und starrten durch die Stäbe nach oben.

»Das ist vermutlich ein Kohlengitter«, sagte Trenn schwarzseherisch. »Zu schmal für einen Mann.«

»Aber vielleicht nicht für eine Frau«, versetzte Alinea fröhlich.

»Herrin, ich verbiete dir, an Deck herumzulaufen. Was ist, wenn einer dieser Piraten nicht einschläft? Das ist gewiß zu gefährlich.« Trenn sprach sehr gebieterisch. Teido und Derwin wollten ihm eigentlich zustimmen, sagten aber nichts.

»Ja, sind Heldentaten den Männern allein vorbehalten?« Alineas Augen funkelten trotzig. »Ich will es mit jedem von Pyggins Rotte aufnehmen, wenn es dazu kommen sollte, aber Verstohlenheit und Überraschung sind auf meiner Seite. Ganz zu schweigen von Derwins Künsten.«

»Vielleicht ist das doch die beste Lösung«, sagte Ronsard. »Es wird dann ja auch dunkel sein.«

»Ja, und Alinea kann sich leiser bewegen als einer von uns, da wette ich«, meinte Teido.

»Erst einmal müssen wir einen Weg finden, das Gitter loszumachen«, erinnerte Derwin. »Ich schlage vor, wir machen uns an die Arbeit, solange wir noch ein wenig Licht haben.«

»Hier«, sagte Teido, »helft mir, ein paar Kisten und Fässer aufeinanderzustellen. Wir bauen unserer Herrin eine Leiter in die Freiheit.«

Die Gefangenen arbeiteten den ganzen Tag bis in den Abend hinein und feilten an der einen Schließe, mit der das Gitter gesichert war; sie hatten auf dem Boden des Laderaums ein paar verrostete Werkzeuge und Teile gefunden.

Als die Dämmerung hereinbrach, hörten sie an Deck Geräusche, aus denen sie schließen konnten, daß das Schiff sein Ziel in Sicht hatte: die grausame Insel Karsch.

Kapitän Pyggins Stimme, die er sich mit den Befehlen an seine stumpfsinnige Mannschaft heiser geschrien hatte, ertönte lauter als das Lärmen der eilenden Füße und reffenden Segel. »Ihr faulen Aasvögel! Ihr kriegt heute abend nichts zum Saufen! Land oder nicht! Bewegt euch! Was ist in euch gefahren! Seid ihr alle verhext?«

»Hm... das Mittel beginnt wohl zu wirken«, sagte Derwin.

»Bestimmt wird er nicht noch heute abend an Land gehen wollen.«

»Nein, höchstwahrscheinlich werden sie ein Stück draußen vor Anker gehen und nicht in der Dunkelheit zwischen den Felsen Gefahr laufen wollen«, erwiderte Ronsard von seinem Lager aus.

»Gut«, sagte Trenn. »Das läßt uns ein wenig Zeit. Bis zum Morgengrauen sollten wir an Land sein und diese Nußschale auf dem Meeresboden ruhen.«

»Ihr wollt das Schiff doch nicht mit allen an Bord versenken«, wandte Alinea ein. Sie saß auf einem Bottich und feilte an der Halterung des Gitters.

»Ich würde auch davor warnen«, pflichtete Derwin ihr bei. »Warum unnötigerweise den Menschen das Leben nehmen?«

»Aber wir befinden uns im Krieg!«

»Sogar im Krieg müssen wir uns menschenwürdig benehmen.«

»Außerdem brauchen wir das Schiff später vielleicht noch zur Flucht«, warf Teido ein.

»Also, das leuchtet mir ein«, schimpfte Trenn.

In diesem Augenblick klirrte oben an Deck ein Stück Metall.

Alinea flüsterte: »Es ist los! Das Gitter ist los!«

»Schön. Komm jetzt herunter. Wir warten, bis es dunkel ist, ehe wir losschlagen«, sagte Teido. »Lange kann es, glaube ich, nicht mehr dauern.«

Erzürnt ging Prinz Jaspin in seinem Gemach auf Burg Erlott hin und her. Der Kronrat hatte den ganzen Tag lang gesessen, so daß er nicht in die Nähe der Versammlung kommen durfte, die in seinem eigenen Saal stattfand.

»Überlasse sie ihren Geschäften«, mahnte Ontesku, der gerne des Prinzen Kanzler geworden wäre. »Sie werden ihren Wohltäter schon nicht vergessen, keine Sorge. Wenn du willst, so lasse ich etwas von deinem hervorragenden Bier aus dem Keller holen. Damit könnten sie ihren Geist erfrischen und einen Vorgeschmack auf die Reichtümer bekommen, die sie unter deiner Herrschaft zu erwarten haben, Herr.«

Auch wenn es dem geizigen Jaspin nicht so recht paßte, daß die Regenten sich sein bestes Bier zu Gemüte führten, erkannte er jedoch, wie schlau der Gedanke war. Das würde sie mit Sicherheit daran erinnern, wer die Fäden in der Hand hielt.

»Ja, eine gute Idee, Ontesku. Sorge sogleich für ihre Umsetzung.« Er ging wieder auf und ab.

»Wie lang sind sie nun schon da drin?« jammerte er nach einer Weile. »Wie lange bleiben sie noch? Was hält sie so lange auf?«

Kurz darauf kam Ontesku mit einer Nachricht wieder. »Das Bier wird aufgetragen. Die Regenten haben sich eine Zeitlang zurückgezogen. Dies hat mir Ritter Bran heimlich für dich zugesteckt.«

Gierig riß der Prinz Ontesku den Brief aus der Hand und las ihn unverzüglich. »Beim Barthaar der Götter!« rief er, die Beherrschung verlierend. »Die Ratsversammlung befindet sich in einem Patt. Dieser hinterhältige Halunke Holben hat ein paar seiner rückgratlosen Freunde auf seine Seite gezogen.« Der Prinz kochte. »Durch ihre Weigerung verhindern sie meine Ernennung.«

»Wie ist das möglich? Sie haben keine Macht, an deiner Statt einen anderen vorzuschlagen. Die Nachfolge gebührt dem Recht nach dir.«

»Wie wahr, aber sie berufen sich auf ein verstaubtes, altes Gesetz, das verlangt, daß der Tod des Königs über jeden Zweifel erwiesen sein muß. Diesen Beweis kann ich nicht liefern.«

»Gibt es einen solchen Beweis?«

»Das solltest du genausogut wissen wie ich«, wich Jaspin rasch aus. Er versuchte seinen Fehler zu vertuschen. »Falls der König tot ist, gibt es einen Beweis.«

»Ich wollte doch nur sagen: Auch wenn der König noch leben sollte – allerdings außerstande ist, seiner Herrschaft nachzukommen –, ließe sich vielleicht ein Beweis finden, der diese Störenfriede besänftigen könnte.«

»Hm ...« Der Prinz zog nachdenklich die Stirn kraus. »An dem, was du sagst, ist etwas dran, mein Freund. Wie rasch du denken kannst.«

»Sollte ein Suchtrupp losgeschickt werden, so meine ich, würde sich sicher irgend jemand oder irgend etwas finden lassen, um den nötigen Beweis zu erbringen.«

»Ja, das ist es«, rief Jaspin und rieb sich freudig die Hände. »Wo sollen wir deiner Meinung nach zu suchen anfangen?«

Ontesku verzog sein Gesicht zu einer schlauen Miene. Seine Wieselaugen zwinkerten fröhlich. Er beugte sich dicht an Jaspins Ohr und flüsterte etwas.

»Bei Azrael!« sagte Jaspin. »Du bist ein schlauer Fuchs. Beeilen wir uns. Wir haben keine Zeit zu verlieren.«

29

»Pst! Keinen Laut!« warnte Toli heiser flüsternd. Mit einer Hand hielt er Quentin den Mund zu, die andere tropfte noch von dem Wasser, das er seinem Freund ins Gesicht gespritzt hatte, um ihn zu wecken.

Quentin riß sich aus dem Schlaf und blinzelte mit den Augen. Anfangs war er verwirrt, aber dann sah er Tolis weit aufgerissene Augen und fest zusammengepreßte Lippen. Sie kündeten von Angst und Sorge.

Mit einem weiteren Zeichen, Stille zu wahren, nahm Toli seine Hand weg. »Was ist denn los?« flüsterte Quentin kaum hörbar. Er drehte sich auf die Seite und stützte sich auf einen Ellbogen. Dann folgte er Tolis Blick in den Wald. Es war kein Laut zu vernehmen.

Er spähte in die Nacht. Alles war dunkel, das Feuer war erloschen, und Quentin schienen bis zum Morgengrauen noch ein paar Stunden zu fehlen. Dichte Bewölkung verdeckte sämtliches Mond- und Sternenlicht. Der Wald lag in völliger Finsternis.

In diesem Augenblick wieherte eines der Pferde leise, das andere antwortete ihm. Quentin strengte Augen und Ohren an, hörte aber nichts. Er wartete ab und wollte wieder etwas sagen, als er in einiger Entfernung zwischen den Bäumen ein Licht flackern sah: eine gespenstische Gestalt, die sich von den schwarzen Baumstümpfen grauweiß abhob. Dicht am Boden. Rasch. Ein schmaler, fahler Schatten.

Er verschwand, gleich nachdem Quentin ihn erspäht hatte.

»Was ist das?« fragte Quentin, dicht zu Toli gebeugt. Er sah die angespannte Miene seines Freundes und spürte seinen schnellen, flachen Atem auf der Wange.

»Wölfe.«

Das Wort drang nur langsam in Quentins Bewußtsein ein, als gäbe es keinen Sinn. Aber dann traf ihn die Erkenntnis der Gefahr wie ein Schlag ins Gesicht. Wölfe! Um sie schlichen Wölfe herum.

»Wie viele sind es?« fragte er leise. Er bemühte sich, seine Stimme so ruhig und unbesorgt wie möglich klingen zu lassen, aber es gelang ihm nicht.

»Gesehen habe ich nur einen«, erwiderte Toli kaum hörbar. »Aber wo einer ist, finden sich noch mehr.«

Ganz unbewußt langte Quentin nach der einzigen Waffe, die er besaß: des königlichen Ritters Dolch mit dem goldenen Griff. Mit festem Griff zog er ihn aus seinem Gürtel.

Quentin warf einen kurzen Blick auf die qualmenden Reste ihres Lagerfeuers und wünschte, es würde wie von Zauberhand wieder aufflammen. Wölfe fürchteten sich vor Feuer, dachte er. Das hatte er irgendwo aufgeschnappt; jetzt fragte er sich, ob es stimmte. Als könnte Toli seine Gedanken lesen, beugte er sich über die verkohlten Reste und blies hinein. Im schwachen Feuerschein leuchtete sein Gesicht düster auf, und einen Augenblick loderte eine einzelne Flamme auf. Da sie jedoch nicht genügend Nahrung fand, erlosch sie wieder; die Asche erkaltete.

Die Pferde, die dicht hinter ihnen standen, im Dunkeln aber nicht zu sehen waren, klapperten mit ihrem Zaumzeug, als sie die Köpfe hin und her warfen, um sich loszumachen. »Wir müssen die Pferde losbinden«, sagte Toli, »damit sie kämpfen können.«

»Wird es denn dazu kommen?« fragte Quentin. Er hatte mit solchen Dingen keinerlei Erfahrung. Er fühlte sich fehl am Platz und höchst empört, was ihn gleichzeitig verwirrte.

Da erhaschte er wieder einen kurzen Blick auf eine graue Gestalt, die unmittelbar rechts neben ihnen durchs Gebüsch glitt. Jetzt war das Tier schon wesentlich näher.

»Sie drängen heran«, sagte Toli. Quentin merkte, daß er die Luft angehalten hatte.

»Was sollen wir tun?« fragte Quentin, entsetzt, daß er nicht die geringste Ahnung hatte, wie er sich verhalten mußte.

Zur Antwort reichte Toli ihm einen kräftigen Ast, den sie zum Verschüren aufgelesen hatten. Er war so stark, daß man ihn als

Keule verwenden konnte. Mit ihm in der einen und dem Dolch in der anderen Hand, fühlte Quentin sich nur ein klein wenig sicherer. »Bleibe geduckt«, warnte ihn Toli. »Schütze deine Kehle.«

Toli erhob sich sachte, da hörten sie aus einiger Entfernung den traurigen Ruf eines Wolfes. Quentins Magen zog sich zusammen, als würde jemand darauf drücken. Der unheimliche, hohle Ruf fand rechts von ihnen eine Erwiderung, ganz nah. Toli legte Quentin eine Hand auf den Arm und zog ihn mit stählernem Griff empor.

Plötzlich hörten sie von links aus nächster Nähe ein leises, röchelndes Knurren. Quentin drehte sich um und sah einen hageren weißen Totenkopf aus dem Wald auf sich zufliegen.

»Zu den Pferden!« brüllte Toli, machte auf dem Absatz kehrt und stürmte voran.

Quentin wandte sich im gleichen Augenblick um und eilte an Balders Seite. Er fand den Kopf des Tieres und riß an dem Zügel, mit dem es an einen Ast gebunden war.

Das mächtige Streitroß machte sich mit einem Ruck los und bäumte sich auf seinen Hinterläufen auf, um sich seinem gespenstischen Angreifer zu stellen. Quentin duckte sich weg, da pfiffen dort, wo soeben noch sein Kopf gewesen war, schwere, eisenbeschlagene Hufe durch die Luft.

Balder wieherte heftig und drosch mit seinen Vorderläufen um sich. Der Wolf, der sie aus dem Wald ansprang, wich zur Seite aus, um Balders sirrenden Hufen zu entgehen.

Aus dem Augenwinkel heraus sah Quentin einen zweiten Wolf von der Seite heranstürmen. Er sprang vor und wirbelte seine Behelfskeule hoch über dem Kopf; gleichzeitig brüllte er so laut er konnte. Das Geschrei überraschte ihn ebensosehr, wie es den Wolf erschreckte, der seinen Angriff so lange hinauszögerte, daß Quentin einen heftigen Hieb auf seiner langen Schnauze landen konnte. Die Kiefer des Wolfes schnappten zu, seine Fänge knirschten. Das Tier heulte bitterlich auf und zog sich zurück.

Hinter Quentin ertönte ein weiteres Heulen. Als Quentin

herumwirbelte, sah er, wie Toli mit einem langen Stock auf einen großen grauen Wolf einhieb, den die Schläge jedoch nicht beeindruckten. Quentin wollte Toli zu Hilfe eilen. Er war noch keine zwei Schritte gelaufen, als er mit dem Fuß an einer Wurzel hängenblieb und zu Boden stürzte.

Im Fallen spürte er, daß sich hinter ihm etwas bewegte, und noch ehe er aufschlug, warf er sich einen Arm über den Kopf: Die langen Fänge des Wolfes wollten sich gerade in seinen bloßen Nacken bohren. Er spürte den Dolch in seiner Hand und versuchte, seinen anderen Arm unter sich hervorzuziehen.

Er merkte, wie die Zähne des Wolfes an seiner Kleidung zerrten; sie hatten sich im Ärmel des Hemdes verfangen. Quentin wand sich unter dem Gewicht des Tieres und versuchte, das Messer hochzuziehen und dem Wolf in den Bauch zu stoßen.

Plötzlich war der Dolch frei und blitzte auf. Quentin blickte unter seinem Arm hervor und sah den Körper des Wolfes zur Seite fliegen und mitten in der Luft zusammenklappen, als hätte er kein Rückgrat. Dann sah er Balders Kopf hoch über sich, als er sich gerade bereitmachte, jedem weiteren Raubtier, das es wagte, in Reichweite seiner Hufe zu kommen, einen Schlag zu versetzen.

»Kenta!« schrie Toli. Quentin blickte sich um und sah, daß Toli mit seinem wirbelnden Ast vier Wölfe auf Abstand hielt. Drei weitere bedrängten das Pony und wollten sich auf die Kehle des verängstigten Tieres stürzen.

Quentin sprang auf, packte seine Keule und rannte zu seinem Freund. »Allerhöchster, steh uns bei!« brüllte er.

Einer der Wölfe ließ von dem Pony ab und stürmte auf Quentin los. Quentin holte mit dem Ast aus, aber das listige Tier duckte sich weg und packte den Ast mit dem Maul. Es riß mit solcher Gewalt daran, daß es Quentin fast den Arm ausgekugelt hätte. Er ließ die Keule los, hielt aber das Messer vor sich, während der Wolf sich zu einer neuerlichen Attacke sammelte.

Toli schrie etwas Unverständliches. Da sah Quentin einen Wolf auf den Hinterläufen stehen, die Vorderpfoten in Tolis Rücken krallen und heftig mit den Kiefern mahlen.

Vor ihm knurrte es, und er blickte in die bösen gelben Augen eines Wolfes hinab. Der Wolf fauchte wild und fletschte seine grausamen Fänge; er kauerte sich zusammen wie eine Schlange und setzte zum Sprung an.

Dann hörte Quentin es im Gebüsch quieken. Noch ein Wolf? Es klang nicht nach einem. Er hörte es wieder quieken, und dann donnerte lautstark etwas Großes durchs Unterholz.

Auch der Wolf vernahm das Geräusch. Er wandte seinen stieren Blick von Quentin und schaute auf den Busch hinter sich.

Mit einemmal brach ein schrilles Quieken hervor, dazu das Krachen kleiner Hufe, die Zweige zertrampelten. Vom anderen Ende der Lichtung her kamen dunkle Gestalten gleich Felsbrokken gekugelt.

Eines dieser Wesen hetzte an Quentin vorbei und hätte ihn fast umgeworfen. Da erkannte er, daß die quietschenden Gestalten Wildschweine waren: Eber und Sauen.

Sie wurden von einem riesengroßen Keiler mit langen, krummen Hauern angeführt und stürzten sich voll Wut in das Wolfsrudel. Toli sprang ihnen rasch aus dem Weg.

Da flogen Fellfetzen. Man hörte, wie sich Zähne in Fleisch bohrten und Knochen splitterten, dazu das angsterfüllte Geheul der Wölfe.

Der große weiße Wolf, der als Anführer den Angriff eingeleitet hatte, bellte einmal und sprang in den Wald davon. Diejenigen aus seiner Räuberbande, die noch laufen konnten, zogen den Schwanz ein und folgten ihm. Die Schweine rannten ihnen grunzend hinterher.

Im Nu waren sie verschwunden. Quentin stand mitten auf der Lichtung und rang nach Luft. Er hörte nichts mehr außer dem Krachen der davonrasenden Wildschweine, welche den fliehenden Wölfen nachsetzten.

Dann stand Toli neben ihm und blickte ihm voll ruhigen Staunens in die Augen. Tolis Antlitz war schweißnaß und blutverschmiert; er hatte eine kleine Wunde über dem Auge. »Bist du unversehrt, Kenta?« fragte er und berührte Quentin mit den Fingerspitzen am Arm.

»Ja, mir fehlt nichts. Aber du blutest.«

»Ich bin nicht verletzt, es ist bloß ein Kratzer.« Er horchte den ersterbenden Geräuschen der wilden Hatz nach.

»Dergleichen habe ich noch nie erlebt«, sagte Quentin atemlos. »Du?«

Toli schüttelte den Kopf. »Bei meinem Volk ist bekannt, daß Wildschweine bisweilen Wölfe abwehren, die ihre Jungen bedrohen. Aber das hier ... das ist ein mächtiges Zeichen. Winuk hält schützend die Hand über uns.«

»Dem Gott muß viel an uns gelegen sein«, sagte Quentin, der sich an sein verzweifeltes Stoßgebet von gerade eben erinnerte.

»Jawohl«, pflichtete Toli ihm bei. »Aber das ist nicht alles.«

Quentin wartete darauf, daß er fortfuhr.

»Hier im Wald gibt es für die Wölfe genug Wild zum Reißen: Rehe und Schweine, die alten und schwachen. Das ist viel sicherer, als Menschen mit Pferden anzugreifen. Wölfe greifen die Menschen nur selten an, im Winter, wenn sie kaum mehr Nahrung finden und zu verhungern drohen.«

»Was hat sie dann dazu gebracht?« fragte Quentin mit staunenden Augen. »Nimrod?«

Toli zuckte die Achseln und hob den Blick zu den hohen Baumwipfeln. Das Stückchen Himmel darüber war von stumpfem Eisengrau. »Bald geht die Sonne auf. Wir müssen aufbrechen.«

Gemeinsam versahen sie die sich allmählich beruhigenden Pferde und brachen das Lager möglichst schnell ab. Keiner sprach es aus, doch beiden war klar, daß sie so weit wie möglich von dort wegwollten.

30

Kapitän Pyggin hatte gedroht, seiner Mannschaft nicht die übliche Ration Schnaps auszugeben, die sie bekam, wenn ein Schiff den Hafen erreichte. Aber wie die meisten seiner Drohungen war auch diese leer. Als die Dämmerung herniedersank, wurden die Becher gefüllt, und die lärmende Vorstellung der Matrosen nahm ihren Lauf.

Die Gefangenen hörten das unflätige Geschrei betrunkener Männer, die lautstark sangen. Das wilde Zechen hätte für gewöhnlich bis tief in die Nacht angehalten, aber der Schnaps hatte zusammen mit Derwins Pulver eine stärkere Wirkung. Daher fielen die Männer nach ein paar derben Liedern und ein, zwei Bechern um, wo sie gerade standen – in einer Nacht wie dieser ein ganz normaler Vorgang, nur daß das Ergebnis dank Derwins Können schneller eintraf.

Das Singen brach jählings ab, dann erklang das Schnarchen der Matrosen unter dem sanften Klatschen der Wellen.

»Wir sind soweit!« erklärte Derwin. »Das war die Arznei. Jetzt an die Arbeit.«

»Sei auf der Hut, Alinea«, warnte Teido. »Vielleicht ist der eine oder andere noch auf den Beinen. Halte dich verborgen, bis du dich richtig umsehen kannst.«

»Das werde ich«, erwiderte sie. »Keine Sorge, ich werde euch im Nu befreit haben.« Alinea, die jetzt eher einem Stalljungen als einer Königin glich, stieg auf die Behelfstreppe und stieß das Gitter weg, während ihr die anderen von unten aus zusahen.

»Ach, Herrin«, jammerte Trenn aufgeregt. »Mir wäre wohler, ich könnte deine Stelle einnehmen.«

Derwin lächelte: »Das ist nicht nötig. Außerdem würdest du in deiner augenblicklichen Gestalt kaum durch die Öffnung passen. Kommt, machen wir uns bereit.«

Die drei stiegen die Treppe bis zur verriegelten Luke hoch. Gleich darauf hörten sie Alineas Schritte. »Was siehst du?« fragte Teido, sobald sie vor der Luke stand.

»Alle schlafen fest außer dem Koch und seinem Kombüsenjungen. Sie sitzen mit einem Krug Schnaps und ihren Bechern am anderen Ende des Decks.«

»Können sie uns von dort aus sehen?«

Schweigen. »Nein ... ich glaube nicht. Aber sie werden ohnehin bald nicht mehr stehen können, geschweige denn eine Waffe führen.«

»Wir müssen die Schlüssel für die Ketten finden. Wie viele Schlösser sind es?«

»Es sind zwei und dann noch das in der Luke. Wo soll ich zu suchen anfangen?«

»Beim Diener des Kapitäns«, meinte Trenn. »Wenn ich mich nicht getäuscht habe, öffnete er den Laderaum, als wir hineingeworfen wurden.«

»Du hast einen scharfen Blick, Mann!« sagte Teido. Alinea bat er: »Suche den Mann, der uns an Bord willkommen hieß. Wenn ich mich recht entsinne, trug er eine blaue Jacke und schielte.«

»Er hält sich wahrscheinlich in der Nähe des Kapitäns auf«, fügte Trenn hinzu.

»Ja, suche nach dem Kapitän.«

Sie hörten, wie ihre Schritte sich entfernten, und warteten auf ihre Rückkehr. Es dauerte und dauerte. Die Zeit schien sich endlos auszudehnen.

Schließlich hörten sie sie zurückkommen. »Pyggin habe ich zwar gefunden, diesen Mann aber nicht. Der Kapitän hatte keine Schlüssel bei sich.«

»Wenn ich dort oben wäre, ich würde den Piraten schon aufspüren. Die Schlüssel stecken irgendwo in seinen Taschen.« Trenn ballte beim Sprechen die Fäuste.

Kaum hatte er ausgesprochen, als sie in der Ferne ein leises Grollen hörten. »Was war das? Horcht!«

»Es ist Donner«, antwortete Alinea. »Der Himmel ist zwar

klar, aber vom Osten kommt ein gewaltiger Sturm auf. Es blitzt. Es scheint ein heftiges Gewitter zu werden. Und es rückt geschwind näher.«

»Wir müssen diese Schlüssel finden«, schimpfte Trenn.

»Was ist mit dem anderen Gitter?« meinte Derwin. »Der Ladeluke? Durch sie könnten wir mühelos hinausklettern.«

»Alinea, wir wollen es an der Ladeluke versuchen. Wie ist das Gitter befestigt?« In der Ferne donnerte es.

»Horcht«, sagte Trenn. »Der Wind frischt auf.«

Das stimmte. Jetzt konnten sie den Wind oben in der Takelung des Schiffes sirren hören, noch unstet, aber immer kräftiger werdend.

»Ich wecke lieber Ronsard auf«, sagte Derwin. »Er braucht womöglich Zeit, um seine Kräfte zusammenzuraffen.«

Alinea kehrte von der Ladeluke zurück. »Es ist eine einfache Schließe mit einer einzigen Klammer. Da braucht man keinen Schlüssel. Sie haben einen Pflock durch die Klammer getrieben. Den kann ich herausziehen, wenn ich ein geeignetes Werkzeug finde.« Sie begab sich eilends auf die Suche.

»Kommt«, sagte Teido, »halten wir uns bereit, damit wir sogleich hinausklettern können, wenn das Gitter weg ist.«

Die drei machten sich emsig daran, meist leere Kisten und Fässer aufeinanderzutürmen, bis sie eine einfache Treppe hatten, die bis kurz unter das Gitter reichte. Teido stand oben auf dem Stapel, während ihm Trenn und Derwin die notwendigen Teile gaben. Ronsard saß ein Stück weg und klagte: »Ich bin bei Kräften, das versichere ich euch. Ich kann euch helfen …«

»Spare dir deine Stärke, tapferer Ritter«, erwiderte Trenn. »Du benötigst sie vielleicht noch, ehe die Nacht zu Ende geht.«

»Nicht mehr als ihr, sollte man meinen.«

»Vielleicht nicht«, gemahnte ihn Derwin, »aber keiner von uns war dem dunklen Tor des Todes so nahe wie du. Es gibt noch viel zu tun, ehe wir ans Ziel gelangen. Wir werden deiner uneingeschränkten Hilfe noch bitter bedürfen.«

Jetzt war zu hören, wie Alinea sich mit dem Verschluß abmühte. Der schwankende Turm aus Frachtgut wackelte gefährlich, denn die Wellen, auf denen das Schiff schaukelte, schlugen allmählich höher.

Die drei hielten den Atem an und warteten.

»Der Pflock ist los!« rief Alinea und darauf: »Au!« Ihr Schrei kam gedämpft und brach gleich ab.

»Da stimmt etwas nicht!« rief Teido, kletterte die schwankende Treppe hoch und hob das Gitter weg.

Als er seinen Kopf aus der Luke streckte, sah er, daß Alinea sich im Griff einer bulligen Gestalt befand, die ihre Kehle umklammerte. Sie wehrte sich heftig gegen die überlegene Kraft ihres Angreifers.

»Laß los, du Schuft!« schrie Teido und hievte sich aus der Luke. Der Angreifer der Königin drehte sich langsam, betrunken um und wollte Teidos Attacke abwehren. Dieser sprang auf ihn zu und rammte seinen Kopf dem Mann voll in den Bauch.

»Uff!« stöhnte der Pirat, als er zu Boden ging. Er fiel um wie ein gefällter Baumstamm und blieb der Länge nach auf dem Rücken liegen. Dann unternahm er einen schwachen Versuch, seinen umnebelten Kopf zu heben, gab aber gleich wieder auf und ließ ihn, schon eingeschlafen, auf den Boden krachen.

»War das der Koch?« fragte Trenn, der sich neben Teido gestellt hatte und zum Eingreifen bereit war.

»Ja«, erwiderte Alinea, die zitternd nach Luft rang.

»Ach, Herrin, bist du unversehrt?« Der Wärter faßte sie am Arm und wollte sie zum Sitzen bewegen.

»Keine Sorge, lieber Wärter. Mir fehlt nichts. Der Mann war so eindeutig betrunken ... Er hat mich bloß ein wenig erschreckt, das ist alles.«

»Jetzt rasch!« rief Derwin, als er aus der Luke geklettert war und einen Blick gen Himmel geworfen hatte. »Das Gewitter wird gleich über uns hereinbrechen. Wir müssen fort!«

Teido rannte über Deck und rief: »Trenn, hilf mir mit den Booten!«

»Ronsard, du und Alinea, geht zu ihnen. Ich komme gleich nach.« Mit diesen Worten drehte Derwin sich um und stieg auf den Niedergang, der zur Kapitänskajüte führte.

Ronsard und Alinea begaben sich zu Trenn und Teido, die die Langboote hinabließen. Es waren drei zerbrechlich aussehende Gefährte, die ihre beste Zeit längst hinter sich hatten. Sie waren morsch und vernachlässigt. Eines von ihnen war bereits im Wasser, als die Königin und der Ritter hinzukamen.

»Hier, halte dieses Seil fest«, sagte Teido und drückte Ronsard ein dickes, geflochtenes Seemanstau in die Hand. Das andere Ende war an einem kleinen Boot befestigt. »Das scheint mir am seetüchtigsten zu sein.« Zusammen mit Trenn lief er noch ein Stück weiter, um auch das letzte zu Wasser zu lassen.

»Der Himmel gefällt mir ganz und gar nicht«, sagte Ronsard. Da klatschten auch schon die ersten dicken Regentropfen nieder und sammelten sich zu ihren Füßen in kleinen Pfützen. Der Wind peitschte auf die Takelung, und das Schiff begann, heftig zu schaukeln. »Ich fürchte, wir stecken mittendrin.«

»Wo ist Derwin?« fragte Teido, als er wieder angelaufen kam.

»Er sieht sich, glaube ich, in der Kapitänskajüte um«, antwortete Ronsard.

»Gehen wir von Bord, solange wir noch können.« Teido schwang ein Bein über die Reling und klammerte sich mit den Händen an den Netzen dort fest. Wie eine unbeholfene Spinne ließ er sich an der Schiffswand hinab und sprang ins Boot. Er griff sich ein Ruder und schob das Boot, das jetzt wie ein Korken auf den Wogen tanzte, näher ans Schiff.

»Liebste Königin, du bist die nächste. Trenn und Ronsard, helft ihr vorsichtig hinunter.«

»Ich komme schon zurecht«, sagte sie und schwang sich über die Reling wie ein erfahrener Seemann; dann glitt sie an den Netzen entlang ins Boot. Trenn und Ronsard sahen ihr staunend nach.

»Na los, ihr beiden«, brüllte Teido.

Jetzt folgte Ronsard, der ein wenig Mühe hatte und sich ganz langsam hinabließ. Als letzter war Trenn an der Reihe, der die Taue zu den beiden anderen Booten durchtrennte.

»Wo bleibt dieser neugierige Hexer!« rief Teido ungeduldig.

»Laß mich ans Ruder, Herr«, sagte Trenn und setzte sich auf die Mittelbank.

»Da braucht es vielleicht zwei Männer«, meinte Ronsard und nahm neben ihm Platz. »Wenn man sich die Wellen ansieht, so haben wir ein schönes Stück Arbeit vor uns.«

Alinea setzte sich in der Mitte des Bootes möglichst flach auf den Boden. Teido führte das Ruder und blickte besorgt zur Reling hinauf, weil er hoffte, jeden Moment Derwins rundes Gesicht auftauchen zu sehen. »Was den Einsiedler nur zurückhält? Der Sturm hat uns fast erreicht.«

Blitze zuckten jetzt durch die schweren, schwarzen Wolken, und der Donner dröhnte krachend auf sie nieder. Die salzige Gischt der weißgekrönten Wellen durchnäßte sie, und der Regen, der nun immer heftiger strömte, prasselte auf sie ein.

»Seht!« rief Alinea, deren Stimme im Getöse des Sturmbrausens und Donnerns fast unterging. Die anderen folgten mit dem Blick ihrer ausgestreckten Hand.

»Die Götter mögen uns retten!« schrie Trenn in den heulenden Wind.

In der Dunkelheit grün leuchtend kam mahlend und wirbelnd, einer riesigen Schlange gleich, eine Wasserhose geradewegs auf sie zu. Das schreckliche Ungeheuer, das von den Blitzen rundherum beleuchtet wurde, drehte sich wild im Kreis und erhob sich eine halbe Meile hoch in den Himmel. Dahinter ergoß sich ein Regenvorhang, von den ohrenbetäubenden Winden gepeitscht, in die Fluten. Das Schiff neben ihnen erbebte, als die Wellen krachend gegen den Rumpf schlugen. Das Bötchen schaukelte zwar heftig, blieb aber auf dem Wellenkamm, sank mit ins Wellental und stieg dann wieder auf.

Schließlich tauchte oben an der Reling Derwins Schnurrbart auf. Ohne einen Blick auf die nahende Wasserhose zu werfen, obwohl der Sturm doch die Welt mit seinem Kreischen ganz zu erfüllen schien, schwang der Einsiedler sich über Bord und kletterte an dem schwankenden Schiff hinab.

»Vorsicht!« rief Teido. Keiner hörte ihn, aber alle sahen, wie sein Mund die Worte bildete.

»Spring!« schrie Teido. Derwin war im selben Moment auf den gleichen Gedanken gekommen, drehte sich halb um, maß die Entfernung ab und ließ sich ins Boot fallen. Sobald der Einsiedler auf dem Boden des Gefährts lag, steuerte Teido sie vom Schiffsrumpf fort.

Trenn und Ronsard legten sich in die Ruder und mühten sich mit aller Kraft. Das kleine Boot pflügte durchs Wasser und entfernte sich langsam vom Schiff.

Teido warf sich gegen die stramme Ruderpinne und lenkte sie zur Küste, die sich jetzt als schwacher, weißer Streifen im Zwielicht abzeichnete.

Als sie sich wieder hinzusehen trauten, war die Wasserhose ungeheuer angewachsen; sie kam vom Meer her angetost. Immer mehr Wasser aufnehmend, wackelte sie wie ein langer, böser Finger, der mit tödlicher Macht auf das Bötchen zuhielt.

Blindlings kämpfte die kleine Schar gegen die Wogen an, die sie in jedem Tal zu überfluten und auf jedem Wellengipfel umzukippen drohten. Irgendwie gelang es Teido, mit dem Boot stetig aufs Ufer zuzuhalten. Trenn und Ronsard brachten sie mühsam voran. Derwin klammerte sich mit weißen Fingern an der Bordkante fest, blickte zum Himmel empor und betete: »Gott aller Schöpfung, errette uns vor dem Zorn des Gewitters. Bringe uns sicher an jenen Strand, denn ohne deine Hilfe werden wir sicherlich ertrinken.«

Keiner an Bord hörte das Gebet, aber alle wußten, was Derwin tat, und folgten in Gedanken seinem Beispiel.

Mit einem lauten Schrei zog Teido die Blicke aller übrigen auf sich. Er stand da und deutete mit den Armen. Alle schauten sie durch den peitschenden Regen in die angegebene Richtung und erblickten zu ihrem Schrecken die Wasserhose, die unmittelbar hinter ihnen aufragte und wie ein vor Schmerz tobendes Tier wütend durchs Meer raste.

Teido warf sich flach ins Boot und bedeutete den anderen, es ihm gleichzutun. Von oben regnete Wasser in Strömen auf sie nieder. Das Dröhnen des Gewitters erfüllte ihre Ohren.

Dann, als die schreckliche Wasserhose über sie hätte hereinbrechen müssen, war plötzlich und unerklärlicherweise nichts mehr zu hören. Gar nichts. Der Regen hörte auf. Das Meer beruhigte sich.

Derwin hob den Kopf und lugte empor. »Seht! Die Wasserhose ist über uns hinweggefegt.« Das stimmte. Die Wasserhose, die sich eben noch vor ihnen aufgetürmt und gedroht hatte, das winzige Boot und seine Insassen in ihren schrecklichen Strudel zu ziehen, war über sie weggesprungen und wieder in den Wolken verschwunden. Sie sahen den grünen Wirbelwind unmittelbar über sich; er wand sich wie ein Wurm landeinwärts.

Die Ruhe dauerte nur einen Augenblick. Dann schlugen Wind und Wasser mit frischer Kraft auf sie ein. Das Boot drehte sich hilflos in der Strömung, das Steuerruder krachte ins Heck und riß aus den Angeln. Teido warf sich auf die Pinne, aber es war zu spät. Der Griff wackelte nutzlos in seiner Hand.

»Die Felsen!« kreischte Alinea.

Alle drehten sich um und sahen die spitzen Felsen vor der Insel wie wahnsinnig aus der Brandung ragen, dann wieder verschwinden, nur um erneut aufzutauchen, wenn das Wasser an ihnen vorbeigeschossen war.

Die Felsen bildeten eine scharfe Reihe von Zähnen, die die flache Bucht dahinter schützten. Bei ruhiger See klatschten die Wellen schwach dagegen, und selbst ein völlig hoffnungsloser Seemann konnte zwischen ihnen hindurchsteuern. Jetzt jedoch knirschten die steinernen Zähne wütend, von der kochenden See angespornt.

Das Boot wurde hochgehoben und mit den Wellen nach vorn geschleudert. Als die Woge sich brach, tauchte rechts neben ihnen ein Felsen auf. Ronsard packte seine Ruder und stieß sich von ihm ab; das Boot drehte sich weg und kratzte mit dem zerbrechlichen Rumpf kaum an dem unnachgiebigen Gesteinsbrocken.

Und wieder wurde das Boot auf die schäumenden Wellen hochgehoben und nach vorn geschleudert. Trenn wischte sich die spritzende Gischt aus den schmerzenden Augen und streckte sein Ruder aus, um einen anderen Felsen zu umschiffen. Aber noch ehe einer von ihnen die warnende Felsspitze vor ihnen wahrnehmen konnte, hörten sie das gräßliche Krachen. Das Boot war mitten auf die Spitze eines riesigen Felsens gedonnert, über den sie die Wogen getragen hatten.

Der Rumpf splitterte und verzog sich. Das Boot schwankte, war dann ganz aus dem Wasser und strandete wieder auf dem Felsen, als die Woge verebbte. Einen Moment lang hing das winzige Gefährt in der Luft, gleich einem aufgespießten Fisch. Dann gab der Rumpf nach, und es löste sich von der Klippe.

Eine hereindonnernde Welle erfaßte das lecke Trumm und riß es entzwei, so daß seine Insassen in die tobende, wütende See stürzten.

31

Nimrod schritt die hohe Brüstung seines Burgturms ab. Sein schwarzer Umhang flatterte im Wind. Sein rabenschwarzes Haar, das mit weißen Strähnen durchzogen war wie die schwarzen Gewitterwolken, die er erfreut beobachtete, vom Blitz, wehte in wilder Unordnung. Die dröhnenden Donnerschläge hallten in den Tälern unterhalb seines Felsennestes wider, und bei jedem lachte der böse Hexer hämisch.

»Blase, Wind! Donner, tose! Blitz, reiße den Himmel auf! Ich, Nimrod, befehle es! Hahaha!«

Der Zauberer hatte keine Macht über den Sturm; dieser war allein auf die Naturgewalten zurückzuführen. Doch er schien eine merkwürdige Freude aus der schrecklichen Kraft zu ziehen, als er auf die Bucht hinausblickte, in der Pyggins Schiff vor Anker lag. Nimrod konnte das Schiff nicht sehen; seine Burg stand zwar auf der Spitze des höchsten Gipfels der zerklüfteten Felsen, die sich in Gestalt dieser verlassenen Insel aus dem Meer erhoben. Aber die Bucht lag in Vogelfluglinie etwa eine Meile entfernt.

Der Sturm brauste auf erbarmungslosen Schwingen vom Meer heran. Während Nimrod ihn beobachtete, wurde sein dünner alter Körper von irrsinnigen Freudenkrämpfen geschüttelt. Seine düsteren Züge wurden von den zuckenden Blitzen grell beleuchtet. Der Zauberer sang, tanzte und lachte, er erregte sich an dem über ihn hinwegziehenden Sturm.

Schließlich begannen die schweren Regentropfen herniederzuprasseln. Nimrod wäre zwar gern geblieben, verabscheute die Nässe aber. Darum machte er kehrt und eilte in sein Gemach zurück.

»Eurich?« rief er, seinen schwarzen Umhang wegschleudernd. »Entzünde den Weihrauch. Mir ist danach, dem Sturm zu folgen.« Sein Spießgeselle eilte ihm die Wendeltreppe aus Stein voraus bis hinab in ein Gewölbe. Mit einer Fackel in der Hand flitzte Eurich um den Altar und entzündete die Weihrauchbekken, die auf niederen, metallenen Dreifüßen in jeder Ecke des Altars standen. »Geh jetzt«, rief Nimrod, als alle brannten.

Er legte sich auf den Altar und faltete die Hände über der Brust. Allmählich atmete er langsamer und flacher, während der Weihrauch ihn umwehte. Bald verfiel der Magier in einen tiefen Dämmerzustand: Sein Atem schien stillzustehen.

Während Nimrod wegdämmerte, erhob sein Geist sich wie aus Schichten bunten Rauches auf den kräftig riechenden Weihrauchschwaden. Und als der Rauch sich verzogen hatte, flog er hoch über der Erde dem rasenden Gewitter nach.

Der Geisterbeschwörer schloß die Augen. Als er sie wieder öffnete, hatte er die Gestalt eines Turmfalken angenommen, der durch die wilden Lüfte schwebte. Sein Körper prickelte vor Erregung, als er zwischen den donnernden Wolken hin und her flitzte, tief hinabschoß und im Nu wieder aufstieg.

Während er so hingerissen auf dem heftigen Wind segelte, beobachtete er, wie das Land unter ihm dahinglitt. Unmittelbar unter sich erblickte er seine Burg, die finster auf dem Gebirgsgipfel thronte. Im Westen drängten sich, zur Bucht hin scharf abfallend, die dicht bewaldeten Hügel aneinander wie die Rükken gequälter Tiere. Dahinter lag die funkelnde Sichel der Bucht selbst.

Plötzlich und blitzschnell erspähten seine scharfen Falkenaugen etwas in der Bucht. »Was das wohl sein mag?« dachte er bei sich. »Das will ich mir aus der Nähe ansehen.«

Nimrod tauchte in den Wind ein und schoß im Sturzflug zur Bucht hinab.

»Ein Schiff!« krächzte er, als er in einem Blitz die Umrisse erkannte. Dann schwebte er über die Bucht hinaus. »Könnte das schon Pyggins Schiff sein? So geschwind? Ich erwartete ihn erst in einer Woche.«

Da erblickte er über der Bucht segelnd, den Sturmwind zwischen den Federn, tief unten ein kleines Boot, das sich von dem Schiff abstieß. »Hei!« kreischte er. »Meine Gäste sind eingetroffen.«

Darauf flog er pfeilschnell zur Burg zurück und gelangte durch eine Schießscharte in der Wand in das Gewölbe. Er landete auf dem Altarrand und wurde wieder zu einer dünnen Rauchfahne, die kurz in der Luft verharrte, ehe sie sich über seiner halb schlafenden Gestalt auflöste.

Sobald der Rauch verschwunden war, schlug der Hexer die Augen auf und setzte sich unverzüglich auf. »Eurich!« brüllte er. »Komm sofort hierher!«

»Wo ist dieser törichte Sklave?« schimpfte er und schwang sich vom Altar. »Eurich!« rief er noch einmal. Dann vernahm er die eiligen Schritte seines Dieners im Flur. Er rannte zu seinem Meister. Nimrod begegnete ihm an der Tür.

»Du hast gerufen, o Weiser?« Der bemitleidenswerte Eurich verneigte sich und machte einen Kratzfuß vor dem Zauberer.

»Ja, du Kröte. Wir haben Arbeit. Unsere lang erwarteten Gäste sind eingetroffen. Wir müssen uns auf ihren Empfang vorbereiten. Rufe die Wachen. Bringe sie vor meinen Thron. Ich will ihnen ihre Anweisungen geben. Rasch jetzt! Wir haben keine Zeit zu verlieren.«

Es war an diesem Morgen schon das dritte Wirtshaus, bei dem sie es versuchten, und dieses hier lag unmittelbar am Hafenbecken. Toli und Quentin betrachteten das quietschende, vom Wetter gegerbte Schild, das im frischen Wind hin und her schaukelte. In dicken, blauen Lettern stand dort Fliegender Fisch zu lesen; der Wirt hatte sie wohl selbst gemalt, und seinen Namen, Baskin, gleich darunter.

»Das ist, glaube ich, das letzte Gasthaus in Bestu«, stellte Quentin fest. »Hier müssen sie übernachtet haben. Komm.« Er machte Toli mit dem Kopf ein Zeichen, ihm nach drinnen zu folgen. Toli, der unter dem Mißbehagen litt, das Siedlungen gleich welcher Größe den meisten Dscher einflößten, stakste ihm hölzern hinterdrein und blickte dabei aufs Meer.

»Verzeihung, Herr. Heißt du Baskin?« fragte Quentin höflich den ersten Mann, der ihnen drinnen begegnete.

Der Mann schaute von einem Stapel Münzen auf, die er gerade zählte. Er blinzelte, von dem Licht geblendet, das durch die offene Tür fiel. »Mein lieber Bursche!« rief er ein wenig überrascht.

»Heißt du Baskin, Herr?« fragte Quentin abermals, über das ungewöhnliche Betragen des Mannes erschrocken.

»Euch zu Diensten. Ja, wahrhaftig! Wenn ihr Baskin sucht, so habt ihr ihn gefunden. Was kann ich für die beiden ...«, er warf einen scharfen, leicht mißbilligenden Blick auf Toli, »für die beiden jungen Herren tun?«

»Wir suchen eine Gesellschaft Reisender, die hier in Bestu vor einiger Zeit durchgekommen sein muß.«

Der Mann kratzte sich mit fragender Miene am Kopf. »Die Beschreibung paßt auf eine ganze Menge von Leuten.«

»Es waren insgesamt vier Personen ...«

»Das ist schon besser, aber nicht viel. Viele Kaufleute reisen gemeinsam.«

»Es war eine Dame darunter. Eine sehr schöne Dame.«

»Das ist noch besser ... aber ich kann mich an dergleichen nicht erinnern. Mit wem sind sie gesegelt?«

»Das weiß ich nicht, Herr.«

»Sie wohnten hier, sagst du?«

»Womöglich, das heißt, ich kann es nicht mit Bestimmtheit sagen. Das ist der einzige Ort in Bestu, wo wir noch nicht gefragt haben.«

»Sehen wir mal«, entgegnete Baskin, sich am Kinn zupfend. »Ihr sucht nach einer Reisegesellschaft, die irgendwann hier vorbeikam, irgendwo wohnte und mit irgend jemandem segelte. Stimmt das?«

Quentins Gesicht lief puterrot an. Er senkte den Blick zu Boden.

»Ach, mach dir nichts draus, Junge. Ich möchte nur ...«

»Es tut mir leid, dich belästigt zu haben«, sagte Quentin und wandte sich zum Gehen.

»Bist du sicher, daß dir kein anderes Merkmal einfällt?« rief Baskin ihm nach.

Quentin blieb stehen und dachte einen Augenblick nach. Dann sagte er: »Sie wollten nach Karsch.«

Bei diesem Wort sprang der Wirt von seinem Hocker auf und ging um den Tisch herum zu Quentin und Toli. »Pst! Sprecht diesen Namen nicht hier drin aus. Das bringt Unglück! Aber, hm ...« Er rieb sich mit seiner langen Hand über die hohe Stirn. »Jetzt fallen sie mir, glaube ich, wieder ein. Jawohl: Es waren drei Männer und eine Dame.

Einer war groß und zappelig. Anscheinend jemand, der leicht aufbraust. Der andere war kräftig, gedrungen. Gekleidet wie ein Priester, aber anders als die, die ich kenne. Sie hatten eine Art Diener dabei. Ein stämmiger Kerl. Habe ihn nicht oft zu Gesicht bekommen. Und dann die Dame; schön mag sie wohl gewesen sein, doch sie bewies es mir nicht. Sie trug die ganze Zeit über Männerkleidung. Ob sie sich verkleidet hatte?«

»Ja, das sind sie!« rief Quentin.

»Das habe ich mir gedacht. Sie wollten ... an diesen Ort. Sie hatten aber Schwierigkeiten, wie sie jeder hätte, einen ehrlichen Kapitän zu finden, der bereit gewesen wäre, sie hinzubringen.«

»Fanden sie jemanden?«

»Ja, ich glaube schon. Es muß so gewesen sein. Sie brachen am ersten Tag mit entsprechendem Wetter auf. Beglichen am Abend zuvor die Zeche und waren wie alle übrigen im Morgengrauen fort.«

»An welchem Tag war das?« Quentin bekam fast keine Luft mehr, so erleichtert war er, daß er eine Spur von seinen Freunden entdeckt hatte.

»Ach, das muß jetzt eine Woche her sein. Ja, mindestens. Vielleicht auch länger. Laß mich überlegen ...« Der Wirt drehte sich um und ging wieder zu seinem Tisch. Daneben befand sich ein Regal, in dem er nach einem Pergament angelte. Schließlich zog er es heraus. »Ja. Hier ist es. Jetzt erinnere ich mich. Sie stellten ihre Pferde beim Schmied unter. Hier habe ich die Urkunde.« Er hielt Quentin das Papier unter die Nase.

»Sagten sie, mit welchem Schiff sie fahren würden...«

»Nein, davon weiß ich nichts. Aber es gibt wohl Leute, die gegen viel Gold eine solche Reise wagen. Viele dürften es aber nicht sein, würde ich sagen.«

Baskin blickte Quentin wie im Vertrauen an und fragte: »Ihr wollt ihnen doch wohl nicht folgen, oder?« Er las die Antwort in Quentins Augen, ehe dieser etwas sagen konnte. »Vergeßt es. Daraus kann nichts Gutes erwachsen. Ich will euch sagen, was ich ihnen gesagt habe: Haltet euch fern von jenem Ort. Das habe ich ihnen gesagt, und jetzt sage ich es euch. Kehrt dorthin zurück, woher ihr gekommen seid. Begebt euch nur nicht in die Nähe dieses bösen Landes. Haltet euch fern!«

32

Prinz Jaspin eilte durch die weiten Flure von Burg Erlott. Er war auf dem Weg in den großen Saal, wo der Regentschaftsrat seit drei Tagen zu keiner Entscheidung gelangte. Ihm folgten zwei seiner Leibwächter mit Hellebarden, an denen Banner in den königlichen Farben flatterten. Jaspin hatte sich diesen Augenblick ausgesucht, um die widerspenstigen Regenten an seine Macht und sein Ansehen zu gemahnen.

Hinterher kam außerdem Ontesku, der ein verziertes Kästchen in der Hand hielt. Neben ihm ging schleppenden Schrittes ein Mann in abgetragenen Soldatenkleidern; er ließ seinen Blick in sämtliche Richtungen schweifen, als suchte er Zuflucht für sein schlechtes Gewissen.

Dieser Zug erreichte nun die hohen Türen des großen Saals, die verschlossen waren und von drei Männern bewacht wurden, darunter der Herold des Regentschaftsrates.

»Halt!« rief dieser. »Der Rat hält gerade Sitzung.«

»Der Rat kommt nicht weiter«, erwiderte Prinz Jaspin so unhöflich er konnte. »Ich habe etwas bei mir, was das Patt auflösen wird. Laß mich durch!«

Der Herold blies seine Backen auf, als wollte er etwas einwenden, als von drinnen ein Klopfen ertönte. »Halte dich fern«, warnte er den Prinzen und öffnete die Tür.

»Herold, der Rat will den Prinzen anhören«, sagte Ritter Bran, als die Tür ein Stück aufging. Leise sagte er zu Jaspin: »Es tut mir leid. Ich habe dein Zeichen gerade erst bekommen, andernfalls hätte ich diesem Spatzenhirn befohlen, dich sofort einzulassen.«

»Hm!« schnaubte der Prinz. »Bist du bereit?« Ritter Bran nickte, und beide gingen hinein. »Und die übrigen?«

»Sie kennen ihre Rolle. Du wirst sie dir beistehen sehen, wenn es soweit ist. Sorge dich nicht.«

Ontesku folgte ihnen und machte dem Mann in der Soldatenkluft ein Zeichen, daß er draußen warten sollte. Die riesige Tür fiel krachend zu, so daß alle den Kopf wandten, um zu sehen, wer da ihre Beratungen zu stören gekommen war.

»Ich lege Beschwerde ein!« rief eine Stimme über das Gemurmel hinweg, das einsetzte, als man entdeckt hatte, daß der Prinz die Zurückgezogenheit des Rates störte. »Ich lege Beschwerde gegen die Anwesenheit des Prinzen auf dieser Versammlung ein.« Die schrille Stimme gehörte Baron Holben, der aufgesprungen war und anklagend mit dem Finger auf Jaspin deutete.

»Ich komme als Freund dieser Versammlung und möchte den Beweis erbringen, den der Rat verlangt.«

Baron Holben ballte die Fäuste und steckte mit einer seiner Freunde den Kopf zusammen. »Der Rat sorgt selbst für die Beweise, die er benötigt«, entgegnete Holben. Alle um den Tisch Sitzenden nickten.

»Natürlich.« Der Prinz lächelte süßlich. »Aber der Rat kann sich doch jeden Beweis ansehen, den man ihm vorlegt, gleich, wer ihn liefert, wenn es ihm beliebt.« Wieder beifälliges Nicken.

»Woher weißt du, daß der Rat eines solchen Beweises bedarf?« erkundigte sich Baron Holben. Seine Stimme klang angespannt, er konnte sich kaum mehr beherrschen. »Du hast offenbar lange Ohren, mein Prinz, aber wie mir scheint, sind es die eines Esels.«

»Das geziemt sich nicht, Herr!« schrie Bran. Er tat so, als wollte er durch den Saal zu Holben eilen, der zitternd vor Wut dastand.

»Meine Herren, laßt ab!« rief Baron Neilor, der Ratsvorsitzende. »Der Rat hat das Recht, darüber zu befinden, ob er den Beweis Prinz Jaspins zulassen will oder nicht.« Er wandte sich an alle Versammelten. »Was sagt ihr dazu, meine Herren?«

Rechts neben Baron Neilor beginnend, sagte jeder der Edelleute seine Meinung: ein Ja oder ein Nein, für oder gegen eine Begutachtung von Jaspins Beweis. Die Neugier verlockte die meisten von ihnen, so daß der Prinz aufgefordert wurde, sein Beweisstück vorzuzeigen.

»Ich verneige mich vor eurer Entscheidung«, sagte der Prinz mit einer tiefen Verbeugung. Er lächelte zwar, aber seine Augen waren wie von Stein, als er sie auf Baron Holben und die Abweichler richtete.

»Mir ist zu Ohren gekommen, daß der Rat zu keiner Entscheidung gelangt, weil es ihm an einem Beweis für den Tod des Königs gebricht. Und obwohl es mich mehr bekümmert, als ihr euch vorstellen könnt, daß ich euch diese traurige Meldung machen muß, wäre es nachlässig von mir, würde ich mich taub stellen und nichts tun, auch wenn ich eurer Uneinigkeit ein Ende setzen könnte.«

Abermals erklang beifälliges Gemurmel um den Tisch. Jaspin stützte sich auf seine bestochenen Anhänger und sah sie der Reihe nach an.

»Vor ein paar Stunden erhielt ich den endgültigen Beweis dafür, daß der König tot ist. Und obzwar dies für uns alle ein ungeheurer Schlag ist, die wir wider alle Hoffnung erwarteten, ihn eines Tages wiederkehren zu sehen, bestätigt der Umstand doch die Notwendigkeit dieser Versammlung.« Traurig blickte er auf. »Er bestätigt unsere finstersten Ahnungen.«

Prinz Jaspin reckte seinen Zeigefinger und winkte Ontesku mit dem schmuckverzierten Kästchen herbei. Er nahm es und stellte es persönlich vor Baron Neilor auf den Tisch. Dann reichte er ihm den Schlüssel mit den Worten: »Ich glaube, darin wirst du die Antwort auf eure Fragen finden.«

Baron Neilor nahm den Schlüssel, steckte ihn wortlos ins Schloß und drehte ihn um. Im Saal war es so still, daß man das Aufschnappen des Kästchens hören konnte. Neilor zog den Schlüssel heraus und hob den Deckel vorsichtig ab. Was darunter zum Vorschein kam, ließ ihn erbleichen. Er schloß den Deckel und schaute weg. Dann ließ er sich mit geschlossenen Augen auf seinen Stuhl sinken.

Das kleine, vergoldete Kästchen wurde um den ganzen Tisch gereicht; jeder Regent schaute für sich hinein. Prinz Jaspin beobachtete die Wirkung der Schatulle auf jeden der Räte. Einige starrten ungläubig hinein, andere wie Neilor voll Schwermut und wieder andere zeigten nichts als schreckliche Neugier.

Alle außer Holben schienen den Inhalt als Beweis für des Königs vorzeitigen Tod zu betrachten.

»Glaubst du, Prinz Jaspin«, hub der Baron ganz ruhig an, »daß dieser winzige Überrest uns genügen wird?« Er holte tief Luft. »Es ist ein Betrug!« rief er und schleuderte das Kästchen von sich. Der Inhalt, ein abgeschnittener, blutig verstümmelter Finger, der inzwischen verrottet und verfault war, rollte mitsamt dem goldenen Ring, der an ihm steckte, über den Tisch. Es war König Eskewars persönlicher Siegelring.

»Ich habe den Ring an der Hand Seiner Majestät gesehen. Mit eigenen Augen habe ich ihn gesehen!« rief jemand.

»Auch ich sah ihn. Ich schwöre, daß es der echte ist!« schrie ein anderer.

Weitere Stimmen mischten sich in den Chor, aber Holben gab nicht nach. »Der Ring mag ja echt sein, meine Herren. Es mag sogar der Finger des Königs sein, an dem er steckt. Aber das beweist nichts. Gar nichts!«

»Er hat recht«, sagte ein Edelmann zu Holbens Rechter. »Eines Königs Ring und eines Königs Finger beweisen noch nicht eines Königs Tod. Ein König kann das eine oder das andere verlieren, ja sogar beides, ohne daß dieser Mangel tödlich sein muß.«

Auf ein paar Gesichtern waren kurz Zweifel zu erkennen.

»Ein König duldet nicht, daß sein Ring, das Inbild seiner Macht, ihm abgenommen wird, es sei denn im Tod. König Eskewar hat sicher bis zum letzten Atemzug gekämpft und diesen Ring nicht lebendigen Leibes hergegeben. Mir reicht dies als Beweis.« Derjenige, der gesprochen hatte, es war Ritter Grenett, setzte sich triumphierend hin, als hätte er den Sieg des Tages errungen.

Aber Baron Holben blieb unbeirrbar. »König Eskewar, da pflichte ich bei, hätte lieber tausendmal dem Tod ins Auge gesehen, als diesen Ring preiszugeben. Aber vielleicht hatte König

Eskewar ja gar nichts mit der Sache zu schaffen.« Wütend und trotzig starrte er den Prinzen an.

Jaspin wiegte langsam den Kopf und sagte anscheinend mit großem Widerwillen: »Ich hatte gehofft, euch die gräßlichen Einzelheiten ersparen zu können, aber da Baron Holben die Erinnerung an unseren gerühmten Herrscher mit seiner krankhaften Geringschätzung beschmutzen möchte ...« Er drehte sich um und gab Ontesku einen Wink, daß er den Zeugen hereinholen sollte.

Ontesku, der an der Tür bereitstand, klopfte einmal scharf. Der Herold öffnete die Tür und ließ den Soldaten eintreten.

»Dieser Mann, dieser arme Elende, den ihr vor euch seht, folgte unserem König in die Fremde und kämpfte tapfer an seiner Seite. Er war bis zum Ende dabei, als Eskewar in der letzten Schlacht fiel und der Feind ihm den Finger mit dem Ring von der Hand schlug.« Der Soldat ließ den Kopf hängen und gab sein Bestes, um pflichtschuldigst bekümmert zu wirken.

»Wie kam dieser Ring in deinen Besitz?« fragte Baron Neilor freundlich.

»Wenn du gestattest, Herr, der Anblick unseres tot auf der Walstatt liegenden Königs bestürzte unsere Leute so sehr, daß wir von einem regelrechten Wutanfall überwältigt wurden und die Feinde erschlugen, die unseren König gefällt hatten, als sie sich siegreich zurückzogen. Und so holten wir den Ring zurück.«

»Du sahst den König fallen?«

»Ja, Herr.« Die Augen des Soldaten schweiften unruhig von einem Gesicht zum anderen.

»Und wie kam der ... Ring ... Wie kam der Ring in deinen Besitz?«

»Da der Krieg vorüber war, kehrten wir alle nach Hause. Ich befand mich an Bord des ersten Schiffes, das in die Heimat segelte. Es war allerdings auch das letzte, das vor dem Winter noch in See stach. Ich meldete mich, um die Botschaft zu überbringen.«

»Die Truppen werden also in Kürze wiederkommen?«

»Ja, Herr. Mit den ersten Schiffen des Frühjahrs.«

Abermals schloß Baron Neilor die Augen so, als wäre er sehr müde. »Danke, braver Soldat.« Er nickte und entließ den Mann. Dieser entfernte sich rückwärts gehend und sich verbeugend vor der Tafel. Prinz Jaspin winkte ihn verstohlen fort.

»Wo ist dein Befehlshaber?« fragte Holben. »Warum wurde dieser Ring nicht von einer Ehrengarde begleitet? Antworte mir!«

»Der Mann eilte geradewegs zu mir, so rasch er konnte«, warf Prinz Jaspin ein, ohne auf Baron Holbens Verlangen zu achten. Sein Zeuge verließ den Saal.

»Ja, natürlich«, meinte Baron Neilor erschöpft. Dann hob er den Kopf und sagte mit gefühlsgeladener Stimme: »Meine Herren, ich glaube, wir haben genug gehört und gesehen.« Er hob rasch die Hand, um Baron Holbens Einwand zu parieren. »Genug, um eine Entscheidung herbeizuführen. Ich persönlich glaube, was ich sah und was uns berichtet wurde. Ich sehe keine andere Wahl mehr, als das zu tun, wozu wir hier versammelt sind.«

»Wir können noch warten«, warf Holben rasch ein. »Bis die übrigen heimkehren. Mitglieder der Leibwache des Königs zum Beispiel. Diejenigen, die ihn begruben ...«

»Und wie viele müssen kommen, bis du es glaubst?« fragte Ritter Bran. »Du würdest deinen eigenen Augen nicht glauben, und denen anderer schon gar nicht.«

»Dieser Ratsversammlung obliegt eine Pflicht, die sich nicht länger aufschieben läßt«, sprach Ritter Grenett. »Das Reich ruft täglich nach einer starken Hand.«

»Und das von dir, Ritter Grenett?« höhnte Holben. »Seit wann liegt dir an einer starken Hand? Dir und deinem diebischen Spießgesellen!«

»Sachte, mein hitzköpfiger Herr! Du gehst zu weit. Hier ist nicht der Ort, um unsere Meinungsverschiedenheiten auszutragen«, fauchte Ritter Grenett, mächtig an sich haltend.

»Du hast recht, Ritter Grenett«, vermittelte Neilor. »Dies ist weder der Zeitpunkt noch der Ort, sich mit derlei Dingen aufzuhalten. Baron Holben, du hast ein Recht auf deine Meinung, aber auch die übrigen Ratsmitglieder dürfen frei entscheiden.

Prinz Jaspin, überlasse uns bitte unserer Pflicht. Wir werden versuchen, dich innerhalb der nächsten Stunde von der Entscheidung des Rates in Kenntnis zu setzen.«

»Ich glaube, eine Krönung zur Sonnwende käme mir herrlich zupaß«, sagte Prinz Jaspin lachend auf dem Rückweg in seine Gemächer. »Was meinst du dazu, Ontesku? Ich bin überglücklich. Endlich gehört die Krone mir!

Wein! Wir brauchen Wein! Mir ist nach Feiern zumute. Schicke den Kammerdiener, um eine Kiste meines besten Weines zu holen.«

»Das tat ich bereits«, erwiderte Ontesku. »Und ich möchte dir persönlich gratulieren und die Gelegenheit ergreifen, um dich an gewisse Versprechungen zu erinnern.«

»Ach, papperlapapp! Ich bin nicht in der Stimmung, solche Kleinigkeiten zu besprechen. Wir reden bald darüber. Dafür ist später genügend Zeit. Laß uns vorderhand feiern.«

»Ich möchte nichts übereilen«, entgegnete Ontesku steif.

»Übereilen, sagst du? Unsinn!« Das Funkeln in den Augen des Prinzen erstarb, und das Lächeln wich von seinen Lippen. »Doch wenn du meinst, so wollen wir warten. Lieber so, das ist klar. Ich möchte mit meinen Freunden gemeinsam feiern. Ja, freilich, ganz recht.«

Jaspin ließ sich auf seinen Sessel fallen und wartete unruhig eine Stunde auf die Nachricht, nach der er sich so sehr sehnte. Schließlich streckte der Kammerdiener den Kopf zur Tür herein, um eine Abordnung des Regentschaftsrates anzumelden. »Laß sie ein, du Tor!« rief er dem Mann nach.

»Herr, gute Zeitung!« Ritter Bran stand mit einem Satz vor dem Prinzen, gefolgt von Ritter Grenett und einigen anderen. »Der Regentschaftsrat hat mir den Auftrag erteilt, dich davon zu unterrichten, daß du auf den Thron von Askalon berufen wurdest, zum König von Mensandor.«

»Der Rat erwartet mit Freuden, daß du den Tag für deine

Krönung festsetzt«, fügte Ritter Grenett hinzu. »Teile mir deine Wahl mit, damit ich die Krönung sogleich ankündigen kann.«

»Hm ... Darüber habe ich noch gar nicht nachgedacht«, sagte Prinz Jaspin. Seine wulstigen Lippen zuckten boshaft. »Aber ich glaube, der Tag der Sommersonnwende würde mir prächtig zusagen. So soll es verkündet werden.«

33

Quentin saß auf den kalten Steinen der Hafenmauer und stupste mit den Füßen an das dichte grüne Moos. Einem Schatten gleich stand Toli neben ihm und blickte mit verschränkten Armen hinaus aufs Meer. Über ihnen kreischten Möwen und taten ihr Mißfallen kund, daß die beiden Menschen ihnen ihr sonniges Plätzchen streitig machten.

»Die Schiffe sind alle fort«, seufzte Quentin. Er ließ seinen Blick über das weite, leere Hafenbecken schweifen. Es lagen nur noch zwei Schiffe vor Anker, alle übrigen waren in der Woche zuvor in See gestochen. Die beiden mußten ausgebessert werden und konnten so schnell nirgendwohin segeln. Quentin hatte sich bereits nach ihnen erkundigt.

»Sie kommen wieder«, erwiderte Toli. Er hatte eine Art, die offenbarsten Tatsachen in höchst rätselhafter Weise zu äußern.

»Zweifellos. Sie kommen wieder. Aber für uns ist es dann vielleicht schon zu spät.«

Quentin erhob sich von der niedrigen schiefen Mauer, die das Meer weitgehend daran hinderte, die Gassen von Bestu zu überfluten. »Ich weiß nicht, wie es jetzt weitergehen soll.« Er seufzte noch einmal und wischte sich mit der Hand die Hose ab.

»Wisi tera ilja murenno«, sagte Toli, der noch immer weit aufs Meer hinausblickte.

»Die Winde sagen was?« Quentin hatte nicht alles verstanden.

»Die Winde wehen, wie er will«, erwiderte Toli. Abermals blickte er Quentin in die Augen. Diesem fiel auf, daß in den Augen seines Dieners ein merkwürdiges Licht strahlte.

»Wie wer will?«

»Winuk.«

»Hm«, machte Quentin nachdenklich. »Dann wollen wir die Sache ihm überlassen. Komm, kümmern wir uns um die Pferde.«

Mit einem Blick zur Sonne schätzte er, daß es fast Mittag war. »Ich könnte auch etwas zu essen vertragen. Und du?«

Die beiden stiegen den langen Hang hinan, an den Bestu gebaut war und der sich von den Wäldern oben bis ans Meer erstreckte. Sie hatten die Pferde bei einem Bauern am Ortsrand von Bestu gelassen, weil sie nicht wußten, ob diese in einer Hafenstadt willkommen waren.

Im Nu lag der Ort hinter ihnen. Bestu dehnte sich zwar entlang der ganzen Bucht aus, hatte aber keine Tiefe. Die Kaufleute drängten sich am Wasser; ein Stück höher standen die Häuser der wohlhabenden Schiffseigner, die in Bestu zu Hause waren; und dahinter befanden sich weit verstreut die einfachen Behausungen aus Holz und Stein, in denen die Bergbewohner und Bauern lebten.

Gemächlich begaben die beiden sich zum baufälligen Haus des Bauern. Quentin unterhielt sich gleich mit ihm, und seine Frau bestand darauf, daß die jungen Männer zum Mittagsmahl blieben. Toli tränkte die Pferde und führte sie dann zum Weiden auf die frische grüne Wiese hinter dem Haus.

Die Reisenden und ihre Gastgeber aßen mächtige Kanten dunklen Brotes, das die geschwätzige Bauersfrau über kleiner Flamme im Herd röstete, und dazu dicke Scheiben fahlgelben Käses. Im Laufe der Unterhaltung kam der Bauer mehrmals bewundernd auf die Pferde zu sprechen, vor allem auf die alles in den Schatten stellende Kraft Balders. »Der kann schuften, das wette ich«, sagte er, als würde er eine große Wahrheit aussprechen.

»Balder ist ein Streitroß«, erwiderte Quentin. »Zum Kampf abgerichtet.«

»Ja, und stark ist er auch noch.«

»Nun ja...« Quentin zwinkerte Toli zu. »Hast du Arbeit für ein Pferd? Dann würden wir sehen, was sich machen läßt.«

»Ach nein. Nein. Das würde ich nicht wagen... nun ja, in dem Feld steckt ein Baumstumpf. Ach nein... Glaubst du, das ginge?«

»Wir wollen es versuchen«, sagte Quentin und erhob sich

schwerfällig. Soviel hatte er seit ihrer Abreise aus Dekra nicht mehr gegessen, und die lag viele Tage zurück. »Das ist das mindeste, was wir tun können, um dir deine Freundlichkeit zu vergelten.«

»Macht euch unseretwegen keine Umstände«, wehrte die Bauersfrau ab. »Wir freuen uns über eure Gesellschaft. Wir Bauern haben ein einsames Los. Wir freuen uns über jede Unterhaltung.«

Quentin sah jedoch, daß sie beide seine Hilfe erhofften; und es machte ihm Spaß, ihnen dienlich sein zu können; es wärmte ihm das Herz. Dienen, dachte er.

»Dieser Baumstumpf ärgert mich schon seit zwei Jahren. Er steckt mitten auf meinem neuen Feld«, erklärte der Bauer, als sie hinausstapften.

Pferde waren auf Tilldin zwar nicht unbekannt, aber recht selten. Zum Reisen bedurfte man ihrer nicht, denn man konnte ja nirgends hin, und im Hafen fanden sie auch nur wenig Verwendung. Nur ein paar der größeren Bauern besaßen welche, um mit ihrer Hilfe das Land zu bestellen. Aber die waren alles andere als zahlreich und hatten wirklich Glück.

Sie fertigten für Balder ein Geschirr aus Lederriemen und Tauen. Nebo, der Bauer, schleppte einen langen, kräftigen Ast herbei, den er als Hebel benützen wollte. Quentin führte Balder, Toli trug das Geschirr. Tischa, die Bauersfrau, lief flink hinter ihnen drein.

Nach mehreren Versuchen mit dem groben Geschirr senkte Balder endlich das Haupt und legte sich ins Zeug. Die Seile strafften sich und drohten zu zerreißen. Nebo, Quentin und Toli hängten sich an den Ast und brachen ihn beinahe entzwei. Tischa hatte sich neben Balder gestellt und trieb ihn mit sanften Worten an.

Plötzlich ertönte in der Erde ein dumpfer Knall, dann ein langgedehntes Knarzen. Balders glatte Muskeln schwollen unter seinem seidigen Fell an. Und dann lag der Baumstumpf mit einem Ruck da, so daß seine feuchten Wurzeln voller Erdklumpen in der warmen Frühlingsluft baumelten.

»Hoho!« rief der Bauer. »Das ist das stärkste Tier, das ich je sah. Hoho! Wenn das Lempi erfährt. Hoho!«

»Also, Nebo«, sagte die Bauersfrau, »vergiß nicht, daß du gelobt hast, Ariel ein Opfer zu bringen, wenn der Stumpf rechtzeitig vor der Aussaat wegkommt. Er ist weg. Der Gott verlangt seinen Teil.«

»Ach ja. Richtig«, gab der Bauer widerwillig zu. »Ich werde ihm eine Silberschale für den Tempel spenden.« Er zauderte. »Auch wenn ich mir dafür lieber eine neue Pflugschar kaufen würde.«

Unlustig lauschte Quentin dem Wortwechsel. »Bitte, bringt dem Gott Ariel kein Opfer da. Das ist nicht nötig. Helft einfach einander, wenn ihr könnt; das soll euer Opfer sein.«

Der Bauer und seine Frau blickten ihn sonderbar an, da kam Quentin sich mit einemmal töricht vor. Hätte er nur seinen Mund gehalten!

»Bist du denn Priester, junger Herr?« fragte Nebo vorsichtig.

»Ich gehörte einst dem Tempel des Ariel an«, gestand Quentin. »Aber nun folge ich einem größeren Gott. Einem, den man nicht durch Silber ehrt.«

Da machte sich Erleichterung auf Nebos rundem gutmütigem Gesicht breit. »Dann wollen wir das Opfer bringen, das du und dein Gott verlangen«, sagte er erfreut. Er war fröhlicher denn je. Nun hatte er den ärgerlichen Stumpf entfernt und sich auch noch den Preis einer Silberschale gespart. Dieser neue Gott, wie er auch heißen mochte, beeindruckte ihn zutiefst. Voll kindischer Freude klatschte er in die Hände.

»Ich bin müde«, verkündet Quentin. »Ich habe zuviel gegessen, und die Sonne macht mich schläfrig.«

»Dann halten wir ein Nickerchen«, erwiderte Nebo. »Ein wenig Schlaf tut immer gut.«

Widerwillig murrend wachte Quentin auf. Die Luft war kühl, die Sonne, die vorher zwischen den Wipfeln hindurch auf sein Gesicht geschienen hatte, begann bereits ihren Abstieg in die Nacht. Toli war schon etwas früher erwacht und saß still da.

»Warum hast du mich nicht geweckt?« fragte Quentin, sich hochstemmend. Sie lagen an einem Grashang neben Nebos kleinem Bauernhof.

»Es ist an der Zeit, daß wir zum Hafen zurückkehren«, erwiderte Toli.

Den Kopf zur Seite geneigt, starrte Quentin seinen Freund an: »Jetzt? Warum sagst du das?«

Toli zuckte die Achseln. »Ich habe einfach das Gefühl. Irgend etwas hier drin sagt es mir.« Er deutete auf seine Brust.

»Dann gehen wir. Wir lassen die Pferde erst einmal hier.«

»Nein. Wir sollten sie mitnehmen.«

»Wie du wünschst«, entgegnete Quentin freundlich, obwohl er keinen Sinn darin erblickte, die Pferde mit in die Stadt zu nehmen. Sie würden sie nur wieder zurückbringen müssen. Er hätte ihnen lieber Ruhe gegönnt. Aber an einem so herrlichen, strahlenden Nachmittag lohnte sich das Streiten nicht.

Sie verabschiedeten sich von dem gütigen Bauern und seiner Frau und machten sich auf den felsigen Weg nach Bestu. Während sie zum Ufer hinabstiegen, konnten sie die ganze Stadt, den Hafen und das blaue Meer sehen, das in der Ferne funkelte.

Sie wanderten schweigend und lauschten den friedlich klappernden Pferden hinter ihnen; in der Luft hing ein frischer Duft nach Gras und Wachstum. An einem solchen Ort und an einem solchen Tag hätte Quentin seine Aufgabe wohl ganz vergessen können, so dachte er. Die Könige und Zauberer, das Kämpfen und Sichverstecken vergessen können. Er hätte sich in diesen Hügeln verlieren können, im müßigen Summen der Bienen, die zwischen den Wildblumen schwirrten, welche am Wegrand mit ihren rosaroten und gelben Köpfchen nickten. Quentin riß sich aus seiner Betrachtung des staubigen Pfads unter ihren Füßen. Er hatte eine Frage auf den Lippen und wollte sie Toli stellen. Doch sie erstarb sofort, als er dessen Gesicht gewahrte.

Abermals brannte das ferne Leuchten in den dunklen Augen des Dscher und verlieh seinen Zügen einen seltsamen Glanz. Quentin kam es so vor, als würde sein Freund in die Zukunft schauen oder zumindest sehr weit in eine unbekannte Ferne.

»Was ist los? Was siehst du, Toli?«

»Ein Schiff kommt«, erwiderte er ganz nüchtern.

»Ein Schiff?« Quentin blickte zum Hafen hinab. Dort war nichts zu sehen. Er blickte aufs Meer hinaus: auch nichts. Am ganzen Horizont vermochte er nichts zu entdecken. Er ließ seine Augen von Norden nach Süden wandern, so weit es ging, bis ihm die Hügel zu beiden Seiten die Sicht versperrten. »Ich sehe kein Schiff«, meinte er schließlich.

Toli sagte nichts weiter, also setzten sie ihren Weg schweigend fort.

Sie erreichten die Häuser, dann die gepflasterten Straßen, an denen die Kaufleute ihre Stände hatten, und schließlich die Hafenmauer, auf der sie am Morgen gesessen hatten. Quentin suchte noch einmal den Horizont ab wie schon den ganzen Weg über. Er wollte ebenfalls ausmachen, was Toli anscheinend ganz deutlich sah.

Die Straßen waren voller Leben. Die Fischer waren in ihren langen, flachen Booten von der Arbeit zurückgekommen. Frauen mit Weidenkörben eilten zu ihnen, um den Fang zu begutachten, den sie vor sich auf dem Pflaster ausgebreitet hatten. Am Himmel kreischten die Möwen, die auf ihren Anteil hofften.

Quentin nahm das Treiben mit leichter Neugier wahr. Ganz nebenbei entdeckte er noch immer die Lebenswelt außerhalb des Tempels. Alles schien so neuartig zu sein; er fühlte sich davon angezogen wie ein wildes Tier von einer menschlichen Behausung. Es war ein anderes Leben, gewöhnlich und doch fremd.

Toli stand wie angewurzelt da und starrte auf einen Punkt in der Ferne. Da es keinen Zweck hatte, mit einem Dscher über irgend etwas zu streiten, band Quentin die Pferde an einen großen, in die Hafenmauer eingelassenen Eisenring, der üblicherweise zum Vertäuen der Schiffe diente. Dann hockte er sich hin und wartete, während er die Betriebsamkeit um sich herum beobachtete.

Die Sonne stand tief hinter ihnen, und der Schatten der Hafenmauer erstreckte sich weit über das graugrüne Wasser des Hafenbeckens. Quentin beobachtete einen Mann mit einem Karren voller Muscheln, der die guten und schlechten sortierte. Danach rappelte er sich auf und fragte Toli: »Wie lange sollen wir noch warten?« Sein Tonfall verriet leichte Ungeduld.

»Nicht mehr lang«, antwortete Toli mit einem knappen Nikken. Quentin folgte dem stummen Hinweis und schaute aufs Meer hinaus. Dort, durch die schmale Hafenmündung, kam langsam ein Schiff hereingesegelt, ein großes Schiff, dessen Segel in der Nachmittagssonne orangerot leuchteten.

Endlich entspannte Toli sich und lächelte. »Das Schiff ist da«, verkündete er. Seine Stimme klang triumphierend, als hätte er das Schiff kraft seines Willens herbeibeschworen. Quentin war überzeugt, daß der Dscher das Schiff tatsächlich auf geheimnisvolle Weise zum Auftauchen gebracht hatte, denn Toli besaß schließlich viele ungewöhnliche Fähigkeiten, die Quentin erst allmählich entdeckte.

Das Schiff kam näher, und schon bald konnte Quentin die Masten erkennen, die Takelung und auch die einzelnen Matrosen, die sich auf Deck zu schaffen machten. Daran, daß das Schiff Schlagseite hatte, erkannte auch er, daß etwas nicht stimmte. Es war jetzt gar nicht mehr weit weg und glitt fast unbeholfen durchs Wasser, neigte sich erst auf die eine, dann auf die andere Seite. Und anstatt mitten im leeren Hafen Anker zu werfen, hielt es geradewegs auf die Mole zu.

Quentin und Toli sahen zu, wie das Schiff längsseits zum Kai beidrehte, dann banden sie ihre Pferde los und liefen an der Hafenmauer entlang, bis sie auf gleicher Höhe waren.

»Die Marribo«, las Quentin vor.

»Ein guter Name«, meinte Toli selbstzufrieden.

»Sie sieht nach einem guten Schiff aus.« Quentin hatte keine Ahnung von Schiffen, aber die geraden Linien der Takelung und die ordentlich zusammengerollten Taue auf Deck gefielen ihm, auch die Art, wie die Segel fachgemäß an den Wanten aufgerollt worden waren. Alles schien ihm in schönster Ordnung zu sein. Darum dachte er: ein gutes Schiff.

Der Laufsteg wurde heruntergelassen, und die Matrosen gingen emsig ihren Aufgaben nach; sie waren sehr geschickt. Der Kapitän, das heißt der Mann, den Quentin dafür hielt, stand am Bug und rief seinen Männern Befehle zu. Sie schienen es eilig zu haben, und das fand Quentin merkwürdig bei einem Schiff, das gerade seinen Bestimmungsort erreicht hatte.

»Kapitän, Herr«, rief Quentin. Er hatte ganze zehn Herzschläge gebraucht, bis er den Mut dazu fand. »Darf ich dich etwas fragen...«, hub er an.

»Ich bin nicht der Kapitän«, brüllte der Mann achtlos zurück. Er deutete mit dem Daumen auf einen Mann in einem kurzen blauen Wams, der gerade den Laufsteg herunterkam, in eine Unterhaltung mit einem zweiten vertieft, der eine Lederschürze trug und wie ein Schiffsbauer aussah.

Die beiden steckten noch eine Weile die Köpfe zusammen, dann eilte der Schiffsbauer davon. Der Kapitän ließ sich auf dem Mauerkranz nieder, zündete sich eine lange Lehmpfeife an und beobachtete seine Mannschaft bei der Arbeit.

»Bist du der Kapitän, Herr?« fragte Quentin ihn, diesmal etwas mutiger.

»Ja, mein Junge. Das bin ich, und dies hier ist mein Schiff. Zu deinen Diensten.«

»Und wir zu deinen«, erwiderte Quentin mit einer Verbeugung. »Es ist ein schönes Schiff.«

»Kennst du dich aus mit Schiffen?« Der Kapitän blinzelte ihn an und blies Rauch aus.

»Nein... ich... ich war noch nie auf einem.«

»Da hast du Pech gehabt. Ach, das Meer... Ich könnte euch Geschichten erzählen...« Er verschwand hinter einer Qualmwolke. »Ich bin Kapitän Wiggam. Und wer seid ihr?«

»Ich heiße Quentin. Und das ist mein... mein Freund Toli.« Es war ihm immer noch unangenehm, Diener zu sagen.

»Was kann ein Seemann für euch tun, ihr jungen Herren?« Der Kapitän streckte seine breite, trockene Pranke aus. Quentin schüttelte sie heftig.

»Könntest du uns sagen, Herr, ob du vielleicht bald...«

Kapitän Wiggam fiel ihm ins Wort. »Ohne Steuerruder fahren

wir so bald nirgendwohin. Was für ein Pech! Kaum waren wir einen halben Tag auf See, brachen die Scharniere. Bei den Göttern! Wir haben einen halben Tag gebraucht, um zu wenden, und noch einen ganzen dazu, um zurück zum Hafen zu zuckeln.« Er hielt inne und zog genüßlich an der Pfeife. »Wollt ihr irgendwohin mitfahren?«

»Ja, Herr. Wir möchten nach Karsch.« Quentin sprach ganz selbstsicher, trotz allem, was der Wirt über die Insel gesagt hatte.

Der Kapitän riß die Brauen hoch. »Nach Karsch!« Er blinzelte wieder und fragte mißtrauisch: »Warum wollt ihr dorthin?«

»Ich... wir haben dort Freunde in Not. Wir wollen ihnen helfen.« Quentin wußte nicht mit Sicherheit, ob sie sich gerade in einer besonderen Notlage befanden, aber er hatte den Nagel auf den Kopf getroffen.

»Wenn sie auch nur in der Nähe von Karsch sind, so haben sie gewiß Schwierigkeiten.«

»Könntest du uns hinbringen?«

»Ich? Mit diesem Schiff? Niemals!« Kapitän Wiggams Gesicht versteinerte. Er blickte weg.

Quentin war sprachlos. Einen anderen Plan hatte er nicht. Doch der Kapitän, der jetzt wütend seine Pfeife paffte, schien ein wenig einzulenken. »Wir sind unterwegs nach Andraj in Elsendor. Ich werde euch dorthin bringen, wenn du glaubst, daß es euch etwas nützt.«

»Ich weiß nicht genau, wo das ist, Herr.«

»Tatsächlich nicht?«

»Nein... Ich habe im Tempel gelebt. Bis vor kurzem. Ich war Priesterschüler.«

»In welchem Tempel? Welchem Gott dientest du?«

»Ariel, im Hochtempel von Narramur. Ich sollte Priester werden.« Quentin glaubte, in den klaren, grauen Augen des Kapitäns einen Anflug von Neugier aufblitzen zu sehen. Schweigend dachte der Kapitän nach. Auf dem Schiff ertönten Hammerschläge und das sanfte Klatschen der Wellen gegen den Rumpf.

»Ariel ist der Gott über Glück und Schicksal, der Wohltäter

der Seeleute. Ich möchte ihn nicht enttäuschen, indem ich einen seiner Diener abweise.« Er klopfte die Pfeife an der Mauer aus und stand auf. »Ich will dir eines sagen: Ich bringe euch nach Valdaj, auf der anderen Seite der Halbinsel Andraj. Weiter wage ich mich nicht. In Valdaj gibt es Leute, die gelegentlich nach Karsch fahren. Vielleicht findet ihr jemanden, der sich traut, euch weiter zu bringen als ich.«

Kapitän Wiggam blickte erst Quentin, dann Toli an. Als er Quentins besorgte Miene sah, fragte er: »Hast du noch etwas auf dem Herzen?«

»Wir haben kein Geld, um für die Überfahrt zu zahlen.«

»Aha, ich verstehe. Nun, vergiß es einfach. Die Marribo ist ein Frachtschiff; Fahrgäste nehmen wir nur hin und wieder mit.«

»Und wir haben Pferde.« Quentin versuchte die Tiere durch eine möglichst unauffällige Geste in ihre Richtung kleiner wirken zu lassen.

Wiggam zwinkerte und schätzte die beiden Pferde ab, die ein paar Schritte weiter am Verankerungsring festgebunden standen. »Das ist ein Problem«, sagte er. Sein ernster Tonfall nährte wieder Quentins Zweifel. Dann zwinkerte er wieder. »Aber es ist nicht schlimmer als ein bißchen Tang im Speigatt. Pferde haben wir schon häufiger befördert. Schließlich sind wir ein Frachtschiff.« Er lachte, und vollkommen erleichtert stimmte Quentin mit ein.

Der Kapitän wandte sich zum Gehen. »Ich muß mich jetzt um die Ausbesserungsarbeiten kümmern, ihr Burschen. Starkel wird euch an Bord bringen. Ich gebe ihm Bescheid.«

»Wann stechen wir in See?« rief Quentin dem Davoneilenden nach.

»Sobald wir nur können, sobald das Steuerruder seetüchtig ist. Schafft eure Sachen an Bord. Heute abend geht es los.«

34

Hustend und Sand speiend wachte Derwin auf. Er lag mit dem Gesicht auf einem stacheligen Kissen aus Seetang, das nach faulem Fisch stank. Ausgerechnet an seinem Kopf fühlte er einen scharfen, stechenden Schmerz. Vielleicht hatte gerade dieser Schmerz ihn zu sich gebracht.

Noch so ein Stechen und noch so ein Schmerz. Derwin fuhr sich mit dem Arm über den Kopf und vertrieb so eine Möwe, die mißmutig kreischend über den Strand davonflatterte. »Noch bin ich kein Vogelfutter«, schimpfte Derwin leise.

Er stützte sich auf seine Ellbogen auf und wartete ab, daß das Pochen in seinem Kopf nachließ. Dann wischte er sich mit seiner schmutzigen Hand den Sand aus den Augen und blickte sich um. Er lag ganz allein am Strand, in der Nähe eines Felsens, der wie der alte Zahn eines urzeitlichen Drachen aus dem Sand ragte. Der Felsen hing ebenso wie Derwin voll übelriechendem Tang.

Die Sonne war zwar noch nicht aufgegangen, aber der rosige Schein am Horizont kündete vom baldigen Nahen eines neuen Tages. Die Sturmwellen hatten den Einsiedler hoch ans Ufer geschleudert. Als er sich aufsetzte, um seine Umgebung zu betrachten, spürte er merkwürdige Blicke auf sich. Eine Schar Krebse kam auf ihn zugeeilt, ihre Augen funkelten im jungen Tageslicht. »Nagt an den Gräten eines armen Fisches«, brüllte er sie an. »Ich brauche meine Haut noch etwas länger.«

Derwin rappelte sich mühselig schwankend auf seine geschwächten Beine. Er stützte sich mit der Hand auf den Felsen und suchte den zackigen, felszerklüfteten Ufersaum in beide Richtungen ab. »Ach, das ist wirklich ein übler Ort«, schalt er. Er schleppte sich ans Wasser, das jetzt ruhig und friedlich an den Strand spülte, als könnte nichts seine glatte Oberfläche trüben. Dort tauchte er die Hände ein, um sich das Gesicht und den schmutzigen Hals abzuwaschen. Er schüttelte sich den Sand aus Haupt- und Barthaaren und machte sich dann am Ufer entlang auf die Suche nach den anderen, voller Angst, was er wohl entdecken könnte.

Er war noch keine zehn Schritte getorkelt, als er hinter einem niedrigen, mit Moos bewachsenen Steinbrocken einen hübschen Fuß hervorragen sah. »Alinea!« Er eilte an die Seite der Dame, die vorsichtig die Lider aufschlug.

»Derwin? Was ist denn geschehen? Mir ist so übel«, sagte sie.

»Du hast vermutlich soviel Meerwasser getrunken, wie du selbst wiegst. Genau wie ich.«

Dann kam sie weiter zu sich und fragte: »Und die anderen … Teido, Trenn, Ronsard? Wo sind sie? Hast du sie schon gefunden? Sind sie …?«

»Pst … alles zu seiner Zeit«, tröstete er sie. »Außer dir habe ich noch niemanden entdeckt. Die anderen können aber nicht weit sein. Wir suchen gemeinsam nach ihnen.« Er zögerte und fügte dann hinzu: »Ich kann aber auch allein losgehen, wenn dir das lieber ist. Dann kannst du dich ausruhen.«

»Nein. Wir gehen gemeinsam. Ich werde schon alles aushalten. Zu warten wäre schlimmer.«

Derwin half der triefnassen, mit Sand bedeckten Königin auf die Füße. »Setz dich einen Moment auf den Felsen. Atme tief durch. Ganz tief. Dann fühlst du dich gleich besser.«

»Ich muß aussehen wie Orfes Tochter – eher geeignet für die Gesellschaft von Fischen als von Menschen.«

»Wir werden wohl alle sorgfältiger Pflege bedürfen, da bin ich sicher. Aber daß wir leben, das ist doch das Schönste, was es gibt. Nach der letzten Nacht …«

»O Derwin …«, rief die Königin atemlos. Sie faßte nach seinem Arm und drückte ihn fest.

Derwin folgte ihrem starren Blick, der auf etwas gerichtet war, das er für einen Haufen Tang und Algen am Strand gehalten hatte. Jetzt erkannte er, daß es eine menschliche Gestalt war, und dann sah er, worüber Alinea so entsetzt war. Dutzende von Krebsen taten sich an einer offenen Wunde des Körpers gütlich.

Mit ihren Scheren schnitten sie winzige Stückchen rotes Fleisch aus der Flanke.

»Pfui!« rief Derwin, zu seinem Kameraden eilend und die blaugrünen Krebse verscheuchend.

»Es ist Trenn!« rief er, als er den Körper umdrehte. Er legte sein Ohr an die Brust des Mannes. »Gott sei Dank, er lebt!« Dann bückte der Einsiedler sich, um die Wunde an Trenns Seite zu betasten, ein langer, faseriger Schnitt, der tief ging, aber nicht blutete. Das Salzwasser hatte das Blut zum Stocken gebracht.

»Wird er sich erholen?« fragte Alinea, die neben Derwin gekrochen war.

»Ich glaube ja. Die Wunde ist zwar tief, aber nicht ernst. Aber womöglich hat er weitere Verletzungen, die wir nicht sehen können.«

Bei der Erinnerung an die Krebse erschauderte Alinea. »Ich habe sie an ihm reißen sehen... ich dachte...«

»Ich auch. Aber sieh nur. Die Krebse haben ihm sogar noch einen Dienst erwiesen. Die Wunde ist jetzt sauber. So heilt sie schneller.« Derwin tat zwar sicher, warf aber einen zweifelnden Blick auf die Züge des Bewußtlosen.

Plötzlich krachte etwas durchs Unterholz des dicht ans Ufer reichenden Waldes. Derwin blickte auf und sah sich einem Kreis glanzloser Augen und dummer, gefühlloser Gesichter gegenüber. Es waren in etwa zwanzig Soldaten mit Panzerschurz und Helm, die Speere auf sie richteten. Auf jedem Helm befand sich das Wappen ihres grausamen Herrn: der schwarze, krächzende Rabe des Geisterbeschwörers Nimrod.

Aus dem Gebüsch sprengte ein Reiter auf einem schwarzgefleckten Roß an den Strand. Bösartig betrachtete er die gedemütigten Schiffbrüchigen. Sein Gesicht wurde von der Stirn bis zum Kinn von einer violetten Narbe zerrissen, durch die auch die Nase verbogen war.

»Packt sie!« rief der Reiter höhnisch.

Die zuvor reglosen Soldaten machten sich unverzüglich daran, Derwin und Alinea hochzuzerren und sie derb zu fesseln. Dann führten sie die Gefangenen unter viel Stupsen und Stoßen in den Wald oberhalb des Strandes.

»Lebt er?« fragte der Reiter, mit dem Kopf auf dem im Sand liegenden Trenn deutend.

»Ja, er lebt«, antwortete Derwin. »Geht vorsichtig mit ihm um. Er ist verletzt.«

»Ts, so ein Jammer! Er wäre besser tot.« Der Reiter trieb sein nervöses Pferd an Derwin und der Königin vorbei. »Nehmt den anderen auch mit«, rief er.

Die drei wurden auf einen Karren mit hohen Seiten geworfen. Alinea und Derwin betteten Trenn vorsichtig auf den Karrenboden und ließen sich dann, so gut es ging, neben ihm nieder.

»Kein Wort über die anderen«, warnte Derwin leise.

»Schafft sie fort!« brüllte der Reiter mit der üblen Narbe, der den Trupp am Strand zu befehligen schien.

Der Karren holperte in den Wald und schaukelte so sehr, als wollte er gleich umkippen. Weder der Fahrer noch die vier Soldaten, die den Wagen begleiteten, paßten im geringsten auf. Der Karren fuhr durch einen kümmerlichen Wald aus drahtigen Bäumen und Weinranken. Aus dem Boden ragten Steine mit scharfen Kanten und machten den Weg äußerst beschwerlich. Und obwohl die Sonne gerade aufging, schien der trostlose Wald sie nicht zulassen zu wollen und lieber in ewiger Dämmerung zu verharren.

»Das ist ein freudloser Ort«, stellte die Königin fest.

»In der Tat. Jeder Ort, den der Zauberer sein eigen nennt, ist freudlos und, wie ich fürchte, Schlimmeres.«

Der Wagen rumpelte mit seinen Insassen über Stock und Stein. Schließlich gelangten sie zu einem kaum erkennbaren Pfad, der in den steinigen Boden gegraben war. Der Wald um sie herum wurde immer lichter.

Bald merkten sie, daß sie einem Wildbach folgten; das tosende Wasser war ganz in der Nähe zu hören. Zu beiden Seiten ragten ungestalte Hügel auf, die dicht mit eklen Pflanzen bewachsen waren. Über dem Tal, das sie durchquerten, lag eine schicksalsschwangere Stille. Nur der gelegentliche Ruf eines einsamen Vogels und das Knirschen der ungeschmierten Wagenräder brachen das bedrückende Schweigen.

Nach über einer Stunde – die Zeit schien an diesem Ort keine Bedeutung zu haben – bog der Karren auf einen breiteren Pfad ein und fuhr steil bergan. Alinea blickte sich erschrocken mit weit aufgerissenen Augen um.

»Fürchte dich nicht, Herrin«, tröstete Derwin sie. »Er ist nicht so schrecklich, daß man ihn nicht ansehen könnte. Das Böse stellt sich nie so dar, wie es ist. Bete lieber für Teido und Ronsard. Vielleicht können sie entkommen. Darauf sollten wir unsere ganze Hoffnung richten.«

»Ich will tun, worum du bittest, auch wenn ich von dem Gott nicht soviel weiß wie du.«

»Es ist gleich, welche Worte man findet. Er hört das Herz selbst.«

Nach einem langen Stück bergan rollte der Karren auf ebener Strecke weiter: über eine breite, aus dem Felsen gehauene Steinstraße. Von hier aus konnten die unglücklichen Gefangenen, wenn sie über die hohen Seiten des Karrens lugten, die geduckten Hügel sehen, durch sie gefahren waren. Die Sonne stand zwar am Himmel, wirkte aber trüb und weit weg. Ein grauer Dunst hüllte die Hügel ein und legte sich dicht auf die beklagenswerten Täler. Das Land wirkte wie von Nebeln beherrscht und verlassen.

Irgendwo erhob sich ein schriller Klagelaut in die Luft, als würde eine arme Seele um ihre Errettung flehen.

»Das war bloß eine Möwe«, sagte Derwin zum Himmel blikkend. Aber überzeugt klang er nicht.

Wieder machte sich Stille breit. Und dann machte es: »Oooh, ooh...« Ein leises Stöhnen. Derwin schaute die Königin an und dann Trenn. Eines seiner Lider zuckte, ein Finger ebenfalls.

»Na bitte! Er kommt zu sich.« Da Derwins Hände auf seinem Rücken gefesselt waren, konnte er nichts tun, um Trenn bei seiner Rückkehr in die Welt der Lebenden zu helfen. Aber er beugte sich dicht über sein Ohr und flüsterte: »Ruhe dich aus, Trenn. Keine Sorge. Wir sind bei dir. Laß dir Zeit.«

Sogleich schlug der Wärter die Augen auf und drehte steif den Kopf. »Zusammengepfercht wie die Hühner, was«, sagte er.

»Ach, Trenn. Du lebst.«

»Ja ... au!« jammerte er, als er sich aufsetzen wollte. »Aber mir ginge es besser, würde sich jemand um mich kümmern.«

»Du hast eine gräßliche Wunde«, sagte Alinea. »Leg dich wieder hin.«

»Wo sind die anderen?«

»Pst!« warnte Derwin.

»Wir wissen es nicht. Wir konnten sie heute morgen nicht finden.« Er machte eine zweifelnde Miene. »Aber wir hatten ja auch keine Zeit zum Suchen.«

»Wo sind wir? In Nimrods Land?«

»Anscheinend sind wir auf dem Weg zu ihm.«

»Du solltest nicht soviel reden«, flüsterte Alinea. »Ruhe dich aus, solange du kannst.«

Danach sagte lange keiner mehr etwas. Jeder hing seinen Gedanken nach und wehrte die Furcht ab, die mit jedem Schritt näher an Nimrods elendem Nest stärker wurde wie ein dumpfer Kopfschmerz.

Schließlich wisperte Derwin: »Wir sind da!« Er schaute an dem Fahrer des Wagens vorbei. Alinea drehte sich um und erblickte Nimrods Burg, die wie ein schwarzer Schädel auf einem Felsen saß.

»Was für eine scheußliche Ruine«, sagte Alinea.

»In der Tat.«

Aus dem Gebirge erhoben sich senkrecht schwarze Steinmauern. In den Felsen war ein Labyrinth aus Treppen und finsteren Türen gehauen worden, das den Gängen von Würmern glich. Seltsam geformte Türme unterschiedlicher Höhe erhoben sich über das große Gewölbe des Saales. Leere Tür- und Fensterhöhlen starrten wie blinde Augenhöhlen aus dem Gewirr von Zimmern um die Kuppel herum. Durch die kühle Luft über der Burg flatterten dunkle Vögel. Sie kreischten, als der Wagen sich näherte.

Der gewundene Pfad zur Burg verlief auf einem Felsgrat. Die

Straße war gerade breit genug für einen Karren und je einen Begleiter links und rechts; sie fiel zu beiden Seiten jäh ab. Der Felsgrat endete vor einem steilen Abgrund unmittelbar vor der langen und schmalen, mit Eisen beschlagenen Zugbrücke.

Vor der eingezogenen Brücke hielt der Wagen abrupt an. Die Schlucht, die aus atemloser Höhe schroff in die Tiefe reichte, lag drohend vor ihnen. Unten bahnte sich ein lärmender Wasserfall seinen Weg, daß es klang, als würden Schwert und Schild aufeinanderprallen.

Mit einem langgezogenen Ächzen senkte sich die Zugbrücke herab. Dann setzte sie mit einem dumpfen Krachen auf, und der Wagen holperte darüber. Jedes Quietschen des Karrens klang um ein Vielfaches lauter. Jeder Schritt der beschlagenen Pferdehufe tönte wie Totengeläut, das in der Schlucht widerhallte.

Böse quietschend verließ der Wagen die Zugbrücke und rumpelte durch das dunkle Torhaus, begleitet vom stieren Glotzen einer Eule, die im Gebälk kauerte. Das Torhaus war so dunkel und feucht wie eine Höhle. Von der Decke und den Steinwänden platschte Wasser.

Trenn, der jetzt aufrecht im Wagen saß, stieß einen lauten Pfiff aus, der durch den ganzen Tunnel hallte. »Unter der Straße ist es hohl«, stellte er fest, nachdem er auf das Echo gelauscht hatte. »Was dort unten lauert, möchte ich lieber nicht wissen.«

»Nur Mut, Freunde. Unser Feind will unseren Geist brechen. Widersteht ihm. Gebt eurer Angst nicht nach.«

»Ich fürchte keinen Sterblichen«, sagte Trenn. Ein Zittern lief durch seine Stimme. »Aber dieser Hexer ...«

»Er ist ebenso sterblich wie wir auch. Er hat große Kräfte, gewiß, aber man kann ihn schlagen. Man kann ihm trotzen.«

»Der König ist hier«, sagte Alinea. Obwohl Derwin sie im Dunkeln nicht sehen konnte, erkannte er am Klang ihrer Stimme, daß sie den Tränen nahe war. »Wie lange schon, ach, wie lange schon? An diesem elenden, häßlichen Ort.«

»Fasse Mut, meine Königin. Der König ist stark, und wenn ich mich nicht sehr irre, so war seine Gefangenschaft nicht völlig unerträglich. Er kann standhaft bleiben.«

»Gut gesprochen«, erwiderte Alinea schniefend. »Ich bin seine Gemahlin, also werde auch ich standhaft bleiben.«

Der Karren rollte plötzlich aus dem finsteren Torhaus hinaus in einen ungestalten, ungepflegten Innenhof. Dort wartete ein Mann in einem pechschwarzen Umhang, in schwarzem Wams, schwarzer Hose und hohen schwarzen Stiefeln.

»Bringt sie herein«, befahl er, machte auf dem Absatz kehrt und verschwand in der gähnenden Tür zur Burg. Die Gefangenen wurden aus dem Wagen geholt und durch ein Labyrinth aus Fluren und Gängen geführt. Die Burg wirkte verlassen, so wenige Diener begegneten ihnen. Ohne Federlesens stieß man sie unvermittelt in Nimrods Thronsaal.

Der Zauberer erwartete sie bereits. Die Augen halb geschlossen wie in einem Tagtraum, hockte er auf seinem schwarzen Thron, als hätte er sich bei einer gräßlichen Leidenschaft verausgabt und wäre nun völlig kraftlos. Die öligen Kerzen hinter dem Thron sandten dicken, schwarzen Qualm in den Saal und tauchten alles in einen schmierigen Glanz.

»Willkommen auf Karsch, meine Freunde«, höhnte der Magier. Er schlug weder die Augen auf, noch rührte er einen Finger, um zu zeigen, daß er ihr Kommen bemerkt hatte. »Ich habe euch erwartet. Ich brauche bloß zu warten. Mit der Zeit kommt alles zu mir.«

»Sogar Tod und Zerstörung – das Ende deiner Ränke«, erwiderte Derwin ungerührt.

»Schweig, du Tor! Ich kann dir auf der Stelle die Zunge herausreißen lassen!« Nimrod war aufgesprungen und stand jetzt drohend vor ihnen. In der Hand hielt er einen Stab aus poliertem, schwarzem Marmor.

»Aber nein«, sagte der Hexer mit einemmal sanfter. »Plappere nur fort. Deine Worte sind Kindergeschwätz. Schall und Rauch. Sie haben keine Kraft. Sie belustigen mich. Bitte, fahre fort.«

Derwin blieb stumm.

»Nichts mehr zu sagen? Wir werden sehen, ob ich dich zum Reden bringe! Schafft sie ins Verlies!« Er wirbelte den Stab über seinem Kopf, und die Wächter, die sie vom Wagen aus hereingebracht hatten, schoben sie mit den Enden ihrer Lanzen weg. Im Hinausgehen hörten sie Nimrods hämisches Lachen: »Ihr werdet bald Gesellschaft bekommen. Eure Freunde werden mir nicht lang entwischen, es sei denn, sie sind tot. Ha! Doch das ist gleichgültig. Ob tot oder lebendig, ihr werdet Gesellschaft bekommen. Haha!«

35

Quentin wachte auf, weil Toli ihn leise an der Schulter gefaßt hatte und sanft aus dem Schlaf rüttelte. Verwirrt schreckte er hoch. Das einlullende Ächzen des Schiffes beruhigte ihn, und ihm fiel wieder ein, daß sie sich an Bord der Marribo befanden, mit Kurs auf Valdaj.

»Du hast im Schlaf geschrien, Kenta«, berichtete Toli.

»Wirklich?« Quentin rieb sich mit den Handkanten den Schlummer aus den Augen. »Ich kann mich an nichts erinnern ...« Doch da war er wieder: der Traum.

»Ach doch, Toli, ich hatte einen Traum.« Im Dunkeln sah er Tolis funkelnde Augen, in denen sich das Licht des Sternenhimmels spiegelte. Der Mond war schon untergegangen und hatte es den schwächeren Lichtern der Sterne überlassen, zu leuchten, als wären sie die Laternen nächtlicher Fischer auf einem unendlich weiten Meer.

»Erzähle mir deinen Traum. Schnell, bevor du ihn vergißt.«

»Nun, ich stand auf einem Berg. Und ich blickte um mich und sah die ganze Erde in Finsternis liegen. Und ich spürte, daß die Finsternis einem Tier glich, das lauerte und wartete.«

Beim Erzählen geriet Quentin wieder in den Bann seines Traumes. Abermals sah er, wie im Traum, nur klarer, deutlicher, jenes ferne Land, das unter einem schwarzen, öden Himmel lag. Ein uraltes Land, so alt, daß man seine Jahre nicht ermessen konnte, und so finster zusammengekauert wie ein Raubtier, das schwer atmete und wartete.

»In diese Dunkelheit«, fuhr er fort, »kam ein Licht, einer einzelnen Kerzenflamme gleich, es fiel herab wie ein Funke, fiel herab, als käme es geradewegs aus dem Himmelsgewölbe.«

Wieder sah er den winzigen Lichtpunkt durch den Raum fallen, am Himmel einen Bogen beschreiben, zur Erde purzeln.

»Und das Licht fiel auf die Erde und zerbrach in tausend Stücke, die sich über das ganze Land verstreuten und sich in die Finsternis brannten. Ein Funkenregen. Und jeder Splitter wurde zu einer Flamme gleich dem ursprünglichen Funken und begann zu brennen, und die Finsternis wich zurück vor dem Licht. – Das war alles. Dann bin ich aufgewacht.«

Quentin blieb stumm, während er über den blendenden Feuerregen nachdachte und das Gefühl bekam, daß der Traum etwas mit ihm zu tun hatte. Da blickte er Toli wieder an, auf dessen Gesicht sich stilles Erstaunen abzeichnete.

»Das ist ein machtvoller Traum.«

»Findest du? Im Tempel hatte ich oft solche Träume, Seherträume nannten wir sie. Aber ich dachte, sie hätten aufgehört. Ich hatte kein Vorzeichen mehr gesehen und keinen Traum mehr gehabt, seit ich den Tempel verließ ... den in Dekra nicht mitgerechnet.« Wieder verstummte er für eine Weile. »Was hat der Traum deiner Meinung nach zu bedeuten?«

»Bei meinem Volk heißt es, die Wahrheit gleiche einem Licht.«

»Und das Böse der Finsternis. Ja, bei uns sagt man auch so. Die Wahrheit kommt, vielleicht ist sie schon da, und sie wird die Finsternis treffen und sich ihr entgegenstellen.«

»Ein Traum kann viele Bedeutungen haben, und alle sind sie richtig.«

»Glaubst du, wir haben eine Deutung bereits gefunden?«

»Ich glaube, es ist dein Traum und du wirst die Deutung in dir finden.«

»Ja, vielleicht. Alles war so echt, ich war dabei. Ich sah alles ...«

Quentin legte sich wieder auf seine dicke Strohmatte. Er drehte und wendete den Traum, und ehe er wieder einschlief, sagte er: »Schlafen wir lieber ein wenig. Morgen treffen wir in Valdaj ein ...« Aber Toli schlief bereits fest.

Als Quentin erwachte und den Duft der frischen Salzluft roch, war der Hafen von Valdaj bereits in Sicht. Die Sonne stand am

Himmel und erfüllte alles mit einem goldenen Schein. Der Himmel wölbte sich königsblau über ihnen, mit ein paar dünnen Wölkchen getupft, die über die leeren Weiten segelten.

Toli war längst aufgestanden und hatte die Pferde versorgt. Quentin sah ihn an der Reling stehen und beobachten, wie Valdaj näher kam.

»Schau«, sagte er und deutete auf etwas, sobald Quentin neben ihm stand. »Da läuft noch ein Schiff ein.«

Unmittelbar vor ihnen pflügte ein Schiff durchs Wasser; es teilte die Wellen und erntete weißen Schaum. Das Schiff war gedrungen, eckig und lag flach im Wasser, ganz so, wie viele andere Schiffe auch, aber Quentin überlief ein unangenehmes Gefühl, als er es auf den Hafen zusteuern sah. Es hatte etwas Merkwürdiges, aber was? Dann wurde ihm klar, was ihn störte.

»Toli, das Schiff hat schwarze Segel!«

Toli erwiderte nichts, gab aber mit einem raschen Nicken zu erkennen, daß er verstanden hatte.

»Wie sonderbar«, meinte Quentin. »Ich weiß nicht viel über Schiffe, aber von einem mit schwarzen Segeln habe ich noch nie gehört. Ich frage mich, woher es kommt?«

»Da kannst du dich wahrhaftig fragen.« Hinter ihm dröhnte eine tiefe Stimme. Quentin drehte sich um und begrüßte Kapitän Wiggam. Dieser fuhr fort: »Es trägt vermutlich die schwarzen Segel von Karsch. Ja. Sieh es dir nur an.«

Kapitän Wiggam hatte sich während der ein paar Tage dauernden Überfahrt mit Quentin angefreudet. Und daß er vorhatte, seine Gefährten zu suchen, beunruhigte ihn zutiefst. »Vergiß Karsch«, sagte er mit einem angewiderten Blick auf das Schiff. »Bleib hier. Ich mache einen Seemann aus dir und zeige dir die Welt.«

»Ich kann meine Freunde nicht im Stich lassen«, erwiderte Quentin. Kapitän Wiggam hatte sein Angebot nicht zum erstenmal gemacht. »Aber vielleicht wenn ich zurückkomme…«

»Ja, freilich«, sagte Wiggam ein wenig traurig, wie Quentin meinte. »Du kannst in jedem Hafen nach mir Ausschau halten und bist an Bord meines Schiffes stets willkommen.« Der Kapitän verschränkte die Hände auf dem Rücken und ging an der Reling entlang weg.

»Er würde dir gern helfen«, sagte Toli, als Wiggam außer Hörweite war, »aber er hat Angst.«

»Glaubst du?« Quentin schaute dem Kapitän nach und zuckte die Achseln. »Die Sache betrifft ihn ja auch nicht; sie ist unsere Aufgabe.«

»Sie ist die Aufgabe von allen, die bereit dazu sind«, erwiderte Toli mit Bestimmtheit.

In Valdaj wimmelte es vor Betriebsamkeit. Der Hafen war zwar kleiner als der von Bestu, aber es ging dort genauso geschäftig zu. Elsendor war viel größer als Mensandor und hatte an der Westküste viele solcher Häfen mit Verbindungen in alle Welt.

»Dort liegt das schwarze Schiff«, sagte Quentin übers Wasser deutend. Sie hatten am Nordrand des Hafens angedockt, während das schwarze Schiff, wie sie es nannten, kleiner war und ein Stück weiter in den Hafen eingelaufen war. Quentin beobachtete, wie die Mannschaft die schlaff herabhängenden Segel einholte.

Bald lag die Laufplanke, so daß Quentin und Toli sich verabschiedeten. Sie führten ihre Pferde auf den Pier und winkten Kapitän Wiggam zum Lebewohl noch einmal zu. Pfeife rauchend stand er an Deck und schaute ihnen nach. Er winkte kurz und wandte sich ab.

»Wir müssen die Pferde irgendwo unterstellen«, sagte Quentin, der sich bereits einen Plan zurechtlegte. »Es gibt hier bestimmt einen Schmied. Den suchen wir auf, vielleicht kann er uns helfen.«

Sie brauchten sich nicht lange zu bemühen. Dem Schmied begreiflich zu machen, was sie begehrten, war allerdings schwieriger. Die Bewohner von Elsendor ähnelten ihren Nachbarn in Mensandor zwar in vielen Dingen, hatten aber eine eigene Sprache, ein Umstand, den Quentin nicht bedacht hatte und der seine geringen Kenntnisse überforderte. Der Schmied, der sich anstrengte, Quentins für ihn seltsames Kauderwelsch zu begreifen, glaubte, er solle die Pferde der beiden beschlagen.

»Nein. Keine Hufeisen. Wir möchten die Pferde bei dir unterstellen oder wissen, wo wir sie lassen können.«

Der kräftige, rußverschmierte Mann schüttelte abermals lächelnd den Kopf. Dann trat er neben Balder, tätschelte ihm den Hals und griff nach einem Huf. Er betrachtete das Hufeisen, klopfte kurz mit dem Hammer darauf und knurrte anerkennend. Dann stellte er das Bein des Tieres wieder ab und breitete fragend die Arme aus.

Toli war inzwischen in der Schmiede verschwunden. Nun kam er zurück und sagte: »Dort hinten gibt es einen Stall mit Pferden. Außerdem Wasser und Futter.«

»Komm«, bedeutete Quentin dem Schmied. Er führte ihn zum Stall und zeigte auf die Pferde dort. »Können wir unsere Pferde bei dir lassen?« Er wies auf Balder und Ela, wie Toli sein Pony getauft hatte, dann auf den Schmied und schließlich auf den Stall. Da hellte sich die Miene des Schmieds allmählich auf. Er nickte mehrmals mit dem Kopf. Dann streckte er den Arm aus und pochte mehrmals mit dem schwarzen Zeigefinger auf die Handfläche.

»Er will Geld. Was sollen wir jetzt machen?« fragte Quentin.

In diesem Augenblick tauchte vor der Schmiede ein vertrautes Gesicht auf. »Hallo, Kapitän Wiggam!« rief Quentin.

»Ich dachte mir schon, daß ihr Hilfe braucht«, meinte der Kapitän schlicht. »Dieser Mann soll eure Pferde versorgen, was? Na schön.«

Wiggam sagte rasch ein paar Worte zu dem Schmied. »Die Sache ist geregelt«, sagte der Kapitän. »Wie lange wollt ihr sie hierlassen?«

»Das weiß ich nicht!« Daran hatte Quentin nicht gedacht.

Der Seebär mit dem breiten Gesicht wühlte in seiner Tasche und reichte dem Mann ein Geldstück. Der Schmied nickte heftig und dankte ihm. »Hier, das sollte eine ganze Weile lang reichen. Ihr könnt sie abholen, sobald ihr wiederkommt.«

»Danke, Kapitän Wiggam. Ich will dir das Geld zurückgeben, sobald ich kann.«

»Vergiß es einfach. Wenn ich, was die Götter verhüten mögen, auf Karsch wäre und mich in Schwierigkeiten befände, dann hätte ich gerne einen Freund wie dich, der mich retten möchte. Du bist ein tapferer Bursche.«

Quentin errötete ein wenig. Er kam sich gar nicht tapfer vor.

»Wißt ihr schon, wie ihr nach Karsch kommen wollt?« Sie gingen jetzt durch die Straßen.

»Jawohl.« Quentin erläuterte seinen Plan, und der Kapitän hörte ihm nickend zu.

»Als blinde Passagiere?« Er nickte wieder und überlegte. »Sobald ihr an Bord seid, findet ihr genug Verstecke. Das ist für zwei so gewitzte Matrosen wie euch kein Problem. Aber wie wollt ihr ungesehen an Bord gelangen?«

»Wir wollten warten, bis es dunkel ist, und dann an der Schiffswand hochklettern.«

»Da gibt es vielleicht eine bessere Weise«, entgegnete der Kapitän zwinkernd. »Aber... holla!« rief er, zur Mittagssonne emporblickend. »Das sollten wir bei einem Fischertopf besprechen. Was haltet ihr davon? Habt ihr das schon einmal gegessen? Nein? Dann kommt mit. Der Kapitän zeigt euch ein Wunder.«

Wiggam schlurfte durch die gepflasterte schmale Gasse davon, an der alle möglichen Läden lagen. Quentin und Toli mühten sich ihm nach. Die Straßen waren vollgestopft mit Matrosen, Kaufleuten und Städtern, die es Quentin schreiend und drängelnd fast unmöglich machten, mit dem Kapitän Schritt zu halten, der wie ein Schiff unter vollen Segeln dahinschoß.

Schließlich machte er vor einem Wirtshaus halt, das so voll war, daß einige der Gäste mit ihren Bierkrügen draußen auf der Straße saßen. Quentin und Toli kamen hinterhergestolpert. »Ah! Riecht nur, meine Freunde! Habt ihr schon einmal einen so würzigen Duft erlebt?« Damit bahnte er sich einen Weg durch die Tür und rief nach dem Wirt, den er gut zu kennen schien.

Dann saßen sie plötzlich mit drei weiteren Seeleuten am Tisch, lauter Kapitäne, wie Wiggam stolz verkündete. Und im Nu aßen sie einen kräftigen Eintopf mit Fisch und Gemüse, der in einer tiefen Schüssel gekocht und dann goldbraun überbacken worden war. Auf der Tafel standen Krüge mit hellem Bier, und

Quentin stillte seinen Durst mit dem zu Kopf steigenden Gebräu.

»Noch einen Krug«, gelobte Kapitän Wiggam. Das hatte er schon drei Wirtshäuser früher versprochen. Quentin blickte zweifelnd zum Himmel empor: Die Sonne war schon fast untergegangen und warf lange Schatten.

Sie waren den ganzen Nachmittag lang herumgelaufen, bald hierhin, bald dorthin, und hatten mit diesem und jenem Kaufmann geredet. Wiggam wollte wohl etwas ganz Bestimmtes herausfinden, und am Ende schien er mit seinen Nachforschungen zufrieden zu sein.

»Ich habe folgendes in Erfahrung gebracht«, berichtete der Kapitän, als sie ein steiles Gäßchen hinanstiegen. »Das Schiff verkehrt nur zwischen hier und der Insel, wie ich es mir seiner Größe nach schon dachte. Ein Versorgungsschiff für kurze Fahrten. Karsch liegt bei gutem Wetter nur einen Tag und eine Nacht entfernt. Sie kommen recht oft hierher, um ihre Vorräte aufzufrischen. Wie heute auch. Aha, wir sind da.«

Sie waren vor einem offenen Hof stehengeblieben, der den Hobelspänen am Boden nach vermutlich eine Zimmerei war. Kapitän Wiggam trat ein und rief: »Alstrop! Wo bist du, alter Freund? Komm schnell her, Alstrop! Du hast Kundschaft!«

»Ich höre dich ja! Du brauchst gar nicht so zu brüllen!« erklang die Antwort hinter einem wackeligen Turm aus Fässern.

Ein ergrauter Lockenkopf spähte um den Stapel herum neugierig auf die Besucher. »Wiggam! Alter Seebär!« rief der Zimmermann, als er sie sah, und kam hinter den Fässern hervor. Quentin erblickte einen Mann, der zwar schlohweißes Haar und gebeugte Schultern hatte, aber stark war, voller Lebenskraft steckte und über große Hände und kräftige Arme verfügte.

»Keinen Schaden an deinem alten Kahn? ... Das wäre ja mal ein Glück.« Er stapfte herbei und schüttelte Wiggam die Hand.

»Nein. Allerdings muß ich zugeben, daß ich deine Hilfe vor ein paar Tagen hätte gebrauchen können. Die Ruderpinne.«

»Ach, ja. Das hatte ich dir gesagt. Überlaß mir die Marribo

eine Woche lang, und ich bringe sie in Ordnung. Aber du? Von wegen. Zuviel zu tun. Bei den Göttern!«

»Sie ist ein strammes Schiff. Stramm genug, um sogar deine Nörgelei zu überstehen.«

»Pah!« Der Zimmermann streckte die Hände hoch. »Was führt dich dann hierher?«

»Ich habe Freunde, die deiner Hilfe bedürfen. Zwei von den Fäßchen würden genügen.«

Der Kapitän erläuterte Alstrop den Plan, während der Zimmermann voll Ernst nickte und sich am Kinn kratzte. Mit seinen hellblauen Augen schaute er sich alles an: den Himmel, die Holzspäne, Quentin, den Kapitän, Toli, die Fässer. Und als Wiggam zu Ende war, schien der Zimmermann in sich hineinzublicken und sich selbst zu mustern.

»Ja, das ist eine Idee«, meinte er unbestimmt. »Und mit Sicherheit stammt sie von dir. Wer sonst könnte sich dergleichen ausdenken? Lächerlich! Und sonst nichts. Das ist keine Idee, sondern ein Witz.«

Der Zimmermann machte kehrt und schlurfte an seinen Arbeitstisch. Dann kam er mit einem Stück zugeschnitztem Holz zurück, das er als seinen Denkstock bezeichnete. Damit klopfte er sich auf seine fleischige Handfläche.

»Also. Mit den Fässern könnte es gehen. Ja, bestimmt. Aber man muß sie entsprechend herrichten. Und ich muß sie persönlich hinbringen. Nein? Dann gehen wir gemeinsam. Ich habe einen Handkarren. Alles übrige später. Jetzt an die Arbeit. Rasch! Uns bleibt nicht viel Zeit.«

Das Licht der Nachmittagssonne war verblaßt und der erste Abendstern aufgegangen, als die beiden Männer einander zufrieden zunickten. Sie standen neben einem Karren mit zwei Fässern. »Los geht's«, sagte einer von ihnen flüsternd zu einem Bottich. »Mögen die Götter euch gewogen sein.« Dann steuerten sie den Karren um die Ecke und die holperige Gasse hinab zum Pier, wo das Schiff mit den schwarzen Segeln sich gerade zum Auslaufen bereitmachte.

»He da!« rief der Zimmermann einem Matrosen auf Nimrods Schiff zu. Der Seemann starrte ihn trotzig an, erwiderte aber nichts. »Sage deinem Kapitän, daß wir Ladung für ihn haben.«

Nach einem langen, bösen Blick verschwand der Matrose und kam mit einem Mann zurück, der eine geflochtene Lederpeitsche in der Hand hielt.

»Bist du der Kapitän?« fragte Alstrop.

»Der Kapitän hat zu tun«, rief der Mann grob. »Wir stechen in See. Fort mit euch!«

»Wir haben Fässer für euch.«

»Wir haben unseren Proviant bereits geladen.« Der Mann fuhr sich mit der Peitsche über die Hand.

»Das mag so sein«, erwiderte der Zimmermann ganz ruhig. »Aber diese zwei Fässer gehen noch an Bord. Überlege es dir lieber und hole deinen Kapitän, damit er sich um die Sache kümmert.«

»Das schaffe ich allein, du Schwein! Verschwindet!« Er wandte sich zum Gehen und machte den Matrosen, die neugierig herbeigelaufen waren, ein Zeichen, die Arbeit wiederaufzunehmen.

Kapitän Wiggam zwinkerte dem Zimmermann zu. »Na schön, wir nehmen sie wieder mit«, rief er laut. »Aber ich möchte nicht in der Haut des Mannes stecken, der seinem Meister berichten muß, daß er auf dem Kai zwei Fässer vergessen hat!« Er nickte Alstrop zu. Der drehte sich um und schob den Handkarren mit den Fässern wieder hügelan.

Da kam der Seemann mit der Peitsche zurück und blickte wütend über die Reling. Dann schlug er ein paarmal mit der Peitsche dagegen. »Wartet!« belferte er. »Was ist in den Fässern drin?«

Wiggam zuckte die Achseln. »Nichts Besonderes. Vermutlich völlig unwichtig...« Er schloß sich Alstrop an.

»Halt!« rief der Seemann. Er machte einigen seiner Leute ein Zeichen, und plötzlich ließen sie die Laufplanke herab. Zwei Matrosen kamen von Bord und liefen den Fässern hinterher. Sie holten den Karren zurück und hatten die beiden großen Bottiche im Nu an Bord geladen.

»Jetzt aber fort mit euch«, fauchte der Diensthabende.

»Geht vorsichtig mit den Fässern um«, warnte der Zimmermann. »Ich lasse mich nicht für beschädigte Ware haftbar machen. Den Bruch zahlt ihr, wenn ihr etwas kaputtmacht!«

Die beiden Männer sahen zu, wie die beiden Fässer sachte achtern geschafft wurden; dann lief das Schiff in der Abendbrise gemächlich aus. »Der Wind sei euch gewogen, meine jungen Freunde«, flüsterte Kapitän Wiggam.

»Und mögen die Götter euch rasch wieder zurückbringen«, fügte Alstrop hinzu.

Dann machten die beiden Männer kehrt und gingen in der rasch zunehmenden Dunkelheit fort. Hoch am Himmel glitzerte neben dem gerade aufgegangenen Mond der Abendstern. »Aha«, meinte der Zimmermann. »Ein gutes Omen für ihren Erfolg.«

»Ja«, entgegnete der Kapitän. »Aber jetzt bedürfen sie anderer Dinge als nur eines Omens, damit sie nicht zu Schaden kommen. Der Gott selbst wird seine Hand über sie halten müssen.«

36

»Wir finden keinen Fluchtweg, Herrin«, sagte Trenn mit verzweifelter Stimme. »Ich habe jeden Riegel und jedes Schloß dieses Kerkers überprüft... eine Flucht ist unmöglich. Es sei denn, durch diese Tür. Und zu der hat Nimrod den Schlüssel.«

Die Königin hatte die Arme verschränkt und die Knie angezogen. Ohne aufzublicken, sagte sie: »Etwas anderes hatten wir ja nicht erwartet.« Dann seufzte sie tief.

»Laßt nicht sämtliche Hoffnung fahren, meine Freunde.« Derwin hatte sich in den kleinen Lichtfleck gestellt, der durch eine unsichtbare Schießscharte fiel. Er gesellte sich zu Trenn und Alinea, die am Boden kauerten. »Der Gott wird uns aus diesem Loch erretten.«

»Seit wann«, höhnte Trenn, »kümmert sich ein Gott um das Schicksal der Sterblichen? Schau uns nur an: Was hat dein Gott jetzt mit uns zu schaffen? Wenn ihm an uns gelegen wäre, dann würde er uns nicht so leiden lassen.«

»Der Allerhöchste geht manchmal sonderbare Wege. Und die sind den Menschen unverständlich.«

»Sprich mir nicht von den Wegen der Götter. Ich mag nichts mehr davon hören.« Trenn wandte sein Gesicht ab. »Mich interessiert nur, was Menschen zu tun vermögen.«

»Laß ab«, besänftigte Alinea ihn und legte ihm ihre Hand auf den knorrigen Arm. »Wir müssen auf jeden Fall durchhalten. Tun wir es mit Würde.«

»Seht ihr?« fragte Derwin, mit dem Arm emporweisend. »Das ist Nimrods Werk, die Hoffnungslosigkeit, die uns beschleicht, die uns gegeneinander aufbringt. Werft sie von euch. Sie ist eine List des Feindes.«

Trenn starrte Derwin mit steinerner Miene an.

»Außerdem bleibt uns noch Hoffnung, solange Teido und Ronsard frei sind. Sie werden sich bemühen, uns und auch den König zu erretten.«

»Wenn sie noch leben«, entgegnete Trenn bitter. »Der Sturm, Nimrods Leute…«

Derwin erwiderte nichts, sondern stellte sich wieder in den Lichtfleck und betete.

Das Verlies war ein gräßliches Loch in den untersten Gewölben der Burg. Eine Verbindung nach draußen bestand nur durch die verrostete Eisentür und die unsichtbare schmale Schießscharte. Unter den Füßen der Gefangenen war nichts als nackte Erde; der Boden war ganz glitschig von der stinkenden Feuchtigkeit, die an den Wänden herabrieselte und von der Decke tropfte. Durch die Risse und Spalten in den Grundmauern der Burg glitten Schlangen.

Die Gefangenen hatten das bißchen verschimmeltes Stroh zusammengetragen, das vor langer Zeit einmal als Lager auf den Boden gestreut worden war, und sich damit mitten in dem verkommenen und modrigen Gelaß ein Plätzchen zum Sitzen bereitet.

In der Dunkelheit des Kerkers erkannten sie nur an dem dünnen Lichtstrahl, wie der Tag verging. Sie sahen zu, wie der schwache Schein über den Boden kroch, bis er in der Dämmerung der hereinbrechenden Nacht verschwand. Dann drängten sie sich dicht aneinander, um die elende Ödnis der elendsten aller Nächte leichter zu ertragen.

Als der fahle Lichtschein, der ihnen als Kalender diente, am zweiten Tag fast das Ende der gegenüberliegenden Wand erreicht hatte, hallte ein Geräusch durch den niedrigen Felsstollen, der das Verlies unter einem der Türme mit dem Kellerlabyrinth aus Zellen und unterirdischen Räumen verband.

»Schritte!« sagte Trenn und erhob sich steif, eine Hand auf der verwundeten Seite. Die Schritte waren jetzt deutlich zu vernehmen. »Da kommt jemand.«

Er hatte recht; die Schritte, die sich nach einem ganzen Regiment anhörten, kamen eindeutig näher. Außerdem hörten sie eine rauhe, unverständliche Stimme Befehle raunzen. Und dann wurde krachend und klirrend der Riegel der Eisentür zurückgeschoben. Sie ging auf.

Durch die schmale Öffnung traten zwei von Nimrods Soldaten mit Fackeln in der Hand, ihnen folgte ein dritter mit einer gefährlich wirkenden Hellebarde. »Zurück!« fauchte einer, als Trenn auf ihn zuhumpelte.

Dann stolperte, von hinten rüde geschubst, eine hochgewachsene Gestalt durch die Tür und fiel mit dem Gesicht voraus die grobgehauenen Steinstufen hinab in den stinkenden Schmutz. Der Mann stöhnte auf. Dann blieb er reglos liegen.

Die beiden Soldaten mit den Fackeln kamen herunter, packten ihn jeder an einem Arm und rissen ihn hoch. »Du willst uns wohl die Arbeit erschweren?« zischte einer. Dann hob er einen Fuß an, drückte ihn dem Mann in den Rücken und stieß ihn nach vorn. Die Hände des Gefangenen waren auf dem Rücken gefesselt, und darum konnte er seinen Sturz nicht auffangen. Sein Kopf fiel zurück, und er krachte auf den Kerkerboden. Dann machten die beiden kehrt und gingen fort.

Die Tür fiel quietschend ins Schloß, und die Schritte entfernten sich wieder.

Derwin eilte mit Alinea zu dem am Boden Liegenden. Trenn machte einen Satz nach vorn und beugte sich über ihn. Er blickte auf und sagte leise zu den anderen: »Da liegt unsere Hoffnung!«

»Teido!« schrie Alinea, als Derwin den Mann in seinen Armen barg.

Das Gesicht des Ritters war grün und blau geschlagen und blutverschmiert; unter seinen Augen und an einer Schläfe hatte er dunkle Schwellungen. Er hielt die Augen zwar geöffnet, sah aber nichts, weil sein Blick noch von der gerade erlittenen Folter getrübt war.

»Wenn wir nur Wasser hätten«, sagte Alinea. »Von der Ration, die sie uns heute morgen gaben, ist nichts mehr da.«

Derwin hatte sich jedoch bereits ans Werk gemacht. Er legte Teido eine Hand auf die Stirn und murmelte merkwürdige

Worte. Dann machte er mit den Fingern ein Zeichen und berührte sanft jeden blauen Fleck. Teido stöhnte vor Schmerzen.

»Jetzt wird er schlafen. Kommt, helft mir, ihn loszubinden.«

Tatsächlich schlief der kräftige Ritter aber nicht. Kaum hatten sie ihn von seinen Fesseln befreit, war er wieder wach. Der Schleier über seinen Augen hatte sich zwar verzogen, aber er schien eine Weile zu brauchen, bis er wieder bei sich war. Er blinzelte und sah seine Freunde der Reihe nach an. »Ihr lebt!« rief er schließlich.

»Ach, Teido, wir haben uns solche Sorgen um dich gemacht«, erwiderte Alinea und drückte ihm die Hand.

»Sie haben mir erzählt, daß ihr bei dem Schiffbruch ums Leben gekommen wäret. Sie haben gesagt, ihr wäret ertrunken und sie hätten euch am Strand den Vögeln überlassen.«

»Lügen!« Schwarz vor Wut ballte Trenn die Fäuste und biß die Zähne zusammen.

»Wo ist Ronsard?« fragte Teido, sich langsam aufrichtend.

»Hast du ihn nicht gefunden?« entgegnete Alinea.

»Nein, ich habe niemanden gesehen, nicht einmal die Männer, die mich fingen. Sie schleppten mich noch halb voll Meerwasser und völlig erschöpft vom Strand weg. Ich hörte sie nicht einmal kommen.«

»Wann war das?«

»Ich weiß es nicht... am Mittag in etwa.«

»Wir wurden gestern im Morgengrauen ergriffen«, berichtete Derwin. »Sie müssen noch einmal zum Strand gegangen sein und gründlicher gesucht haben.«

»Dann ist Ronsard also verschollen?« fragte die Königin mit bebender Stimme.

»Nein, das können wir nicht genau sagen. Vielleicht lebt er ja noch; schließlich haben wir den Sturm auch überstanden.«

»Aber wir waren nicht verletzt«, meinte Trenn mitleidlos. »Ronsard ist tot.«

»Machen wir uns darüber im Augenblick lieber keine Gedanken«, riet Teido. »Trenn, hast du dir dieses verfluchte Loch genau angesehen?« Langsam blickte er sich im Dämmerlicht um.

Der Wärter der Königin nickte stumm und hob verzweifelt die Hände.

»Ich verstehe, es gibt also ...«

»Horcht!« sagte Derwin. Teido brach seinen Satz ab. Ganz weit weg konnte man Schritte durch den Gang nahen hören. »Sie kommen zurück.«

»Vermutlich weil sie jetzt einen anderen von uns foltern wollen«, meinte Trenn. »Ich melde mich freiwillig, und zwar mit Freuden!«

»Nein, noch einen von uns bekommen sie nicht«, erwiderte Teido. »Wir wehren uns.«

Die Schritte waren jetzt vor der Kerkertür angelangt. Das harsche Knirschen des Riegels und das Quietschen der sich auf ihren rostigen Angeln drehenden Tür erfüllten den Raum.

Wieder schoben sich zwei Wachen mit den Fackeln voraus in den Kerker. Dann tauchte der Wächter mit seiner langen Hellebarde auf; sie funkelte kalt und hell im Fackellicht.

Auf diesen folgte eine kleine, bucklige Gestalt, die sich stumm hinter den anderen postierte. Und danach platzte ein dunkler Schatten herein und stellte sich in den Fackelschein. Die Gefangenen erkannten das schwarze Haar mit den weißen Strähnen.

»Nimrod!« rief Derwin.

»Höchstselbst.« Der Hexer lächelte hinterhältig. »Und jetzt ist eure kleine Schar vollständig, wie ich sehe.« Er blickte sie der Reihe nach an, dann richtete er sich zu seiner ganzen Größe auf und rief: »Ihr Toren! Sich mit Nimrod dem Geisterbeschwörer anlegen! Ich werde euch alle zu Asche verbrennen!«

Er eilte die Stufen hinab, und in der feuchten Luft flatterte sein schwarzer Umhang wie Fledermausflügel. Vor Teido blieb er stehen; der rührte sich nicht von der Stelle.

»Bei dir will ich anfangen, du Emporkömmling, du ›Falke‹. O ja!« zischte er, als Teido bei der Nennung dieses Namens zusammenzuckte. »Ich hatte schon lange ein Auge auf dich, verstehst du. Aber du sollst nicht brennen wie die übrigen. Mit dir habe ich Besseres vor. Viel Besseres. Du sollst einen ganz besonderen Platz einnehmen, Herr Ritter.«

»Lieber sterben, als dir dienen«, antwortete Teido kühl.

»Das wirst du. O ja! Ich darf wohl sagen, das wirst du«, entgegnete der böse Zauberer lachend. »Aber erst wenn du deinen Freunden beim Schreien zugesehen hast.« Von seinen schäumenden Lippen flog Speichel. Er warf den anderen einen furchterregenden Blick zu, drehte sich rasch um und eilte wieder die Treppe empor.

Dort stellte er sich ins Fackellicht, so daß er in der Dunkelheit um sich herum wirkte wie ein Gespenst. Er wollte sich zum Gehen wenden, zögerte aber. »Ich würde mir euch gleich vornehmen«, sagte er, die Gefangenen tückisch anlächelnd. »Aber ihr müßt leider noch warten. Ich muß nämlich zu einer Krönung, die könnte euch interessieren. Danach werden wir genügend Zeit für unsere Späßchen haben.«

»Was für eine Krönung?« fragte Derwin.

»Ach, ihr tut so, als ob ihr nicht davon wüßtet. Die von Prinz Jaspin natürlich. Am Sonnwendtag. Bald gibt es in Askalon einen neuen König! Hahaha! Ich breche noch heute auf. Ich werde ihm eure herzlichsten Grüße übermitteln. Und du, Königin Alinea, du glaubst wohl, ich habe dich nicht erkannt. Der Prinz fragte sich, was aus dir geworden sei. Ich werde ihm berichten, was ihr vorhattet. Ich werde ihm alles über euch erzählen, und dann sage ich ihm, was ich mit euch vorhabe.«

Nimrod drehte sich um und verschwand durch die Tür, gefolgt von dem buckligen Mann und den Soldaten. Während er durch die Gänge davoneilte, hallte den Gefangenen sein krankhaftes Lachen in den Ohren. Es kam ihnen vor wie das Donnergrollen des Schicksals.

»Hahaha! Ich komme bald zurück, dann können wir anfangen. Haha! Askalons neuer König wird sich freuen! Hahaha! Bis dann, schlaft wohl, meine Kinder. Hahaha! Schlaft wohl!«

37

Die Geräusche arbeitender Männer, die den Laderaum des Schiffes leerten, waren erstorben. Quentin drückte das Ohr an die Faßwand und lauschte. Er hörte nichts außer dem sanften Klatschen der Wellen gegen den Schiffsrumpf, so als wären sie ganz weit weg. Gelegentlich vernahm er das Kreischen eines Vogels hoch in der Luft. Sämtliche Laute, die durch das schwere Eichenfaß an sein Ohr drangen, waren gedämpft und verschwommen.

Er hatte sich die Stunden an Bord mit Dösen und Warten vertrieben, im Dunkel seines kleinen Gefängnisses gelauscht und sich danach gesehnt, die Beine auszustrecken, aber keinen Muskel zu rühren gewagt. Als schließlich sämtliche Fasern und Nerven seines Körpers nach Erleichterung verlangten, hatte er seine Lage verändert. Er fand ausreichend Platz, und nachdem seine Bewegung nicht aufgefallen war, wechselte er häufiger die Stellung, allerdings stets so lautlos er konnte.

In regelmäßigen Abständen schob er den Deckel vom Spundloch, damit Frischluft in das enge Faß kam. Er drückte sein Gesicht an das Loch und lugte hinaus, konnte aber niemanden sehen. Das war gut und schlecht zugleich, dachte er. Denn so konnte er häufiger Luft schöpfen, ohne Angst vor Entdeckung haben zu müssen. Andererseits hätte er nicht gemerkt, wenn man sie entdeckt hätte, und hatte auch keinen Ausblick, an dem er hätte sehen können, ob sie ihr Ziel erreicht hatten.

Darum verließ er sich auf seine Ohren, um mitzubekommen, was um ihn herum vorging. Er mußte geschlafen haben, als das Faß hochgehoben und vom Schiff geschleppt wurde. Das Gefühl, ohne Vorwarnung durch die Luft getragen und dabei wachgerüttelt zu werden, überraschte ihn derart, daß er einen Schrei unterdrücken mußte.

Doch dann war er auf dem Strand abgestellt worden: Es gab keinen Hall wie auf dem Schiff, als man das Faß absetzte; darum schätzte er, daß er auf Sand gelandet war.

Er wartete ab, bis das Ächzen und Schimpfen der Männer aufgehört hatten. Dann raffte er seinen ganzen Mut zusammen und lugte wieder durchs Spundloch.

Der neue Ausblick durch sein winziges Fenster war etwas ermutigender. Sein Faß schien unweit einer Holzrampe zu stehen, die in seinem Gesichtsfeld schräg anstieg. Das, so dachte er sich, war wohl der einfache Pier, der in die Bucht ragte, die Nimrods Leute als Hafen nutzten. Hinter der Rampe sah er ein Stück Küste, an das sanft Wellen brandeten; von weiter draußen war das Dröhnen von Brechern zu hören. Ein paar aufgestellte Felsen bezeichneten den Strand; ihre langen Schatten verrieten Quentin, daß die Sonne fast untergegangen war und bald Abend sein würde.

Er sah keine Matrosen oder Wachen noch sonst etwas, das auf die Anwesenheit von Menschen gedeutet hätte. Nun gut, sagte er sich, warten wir, bis es dunkel wird.

Er hatte gerade das Spundloch verschlossen und sich wieder zusammengekauert, als er ein leises Klirren hörte, das immer lauter wurde. Dann erklangen gedämpft Stimmen. Das waren vermutlich zwei Männer, die sich miteinander unterhielten. Jetzt ertönten Pferdeschnauben und das Knirschen von Rädern im Sand. Ein Wagen, dachte er, sie haben einen Wagen geholt.

»Dann an die Arbeit«, sagte die eine Stimme. Quentin nahm den Deckel vom Spundloch, um besser hören zu können.

»Nicht so schnell!« meinte die zweite. »Die anderen kommen gleich. Die können auch etwas tun.«

»Aber es ist bald Nacht. Ich habe keine Lust, den Karren bei Dunkelheit hinaufzufahren. Es ist bei Tag schon schlimm genug.«

»Dann bleiben wir die Nacht über eben hier. Was spielt das für eine Rolle. Sei nicht so launisch.«

»Du hast gut reden! Du bist noch nicht so lange hier wie ich, hast noch nicht erlebt, was ich erlebt habe. Ich kann dir sagen ...«

»Jetzt fängst du schon wieder damit an! Halt den Mund, ja? Ich will deine Geschichten nicht hören. Bei Zoar! Du bist ein Schwächling!«

»Ich weiß von den Dingen, ich sag's dir. Ich habe nachts Angst hier, weil ich Dinge gesehen habe ...«

»Du hast nichts gesehen, was es anderswo nicht auch gibt. Und jetzt halt den Mund. Ich will nichts mehr davon hören.«

Nach diesem erbosten Wortwechsel fing der andere Mann an, vor sich hin zu murren. Quentin verstand nicht, was er sagte, aber er wußte, daß er jetzt rasch überlegen mußte. Er hatte die Wahl: Entweder wartete er ab und ließ sich mit den übrigen Vorräten auf den Karren laden, oder er versuchte zu entwischen, ehe die anderen zurückkamen. Er steckte den Deckel wieder auf und war einen Moment lang unentschlossen.

Dann entschied er sich zu warten. Ungehindert in die Burg zu kommen war besser, als vor der Höhle des Gegners herumzulungern. Doch als er seinen Entschluß gerade gefaßt hatte, wurde ihm die Wahl abgenommen.

»He!« rief einer der Männer. »Da hat sich gerade ein Faß bewegt!«

»Du schon wieder! Sei still! Ich versuche zu schlafen«, fauchte der zweite wütend.

»Da hat sich was bewegt, das sage ich dir! Eines der Fässer hat sich bewegt!« wiederholte der erste.

»Zu Heoth mit dir und deinem Faß! Ich zeige dir, daß nichts drin ist. Welches war es?«

Quentin hörte die Männer durch den Sand auf sich zuschlurfen. »Das hinterste dort«, sagte der erschrockene Knecht, hinter dem anderen versteckt.

Drei weitere Schritte. Quentin pochte das Herz bis zum Hals. Es klang ihm wie Trommelschlagen, das über den ganzen Strand tönte.

Er hörte den Mann atmen. Die Schritte waren unmittelbar neben ihm verhallt. Dann hörte er die Kleider des Mannes rascheln, der auf ihn niederstarrte. »Da ist nichts, bei Zoar!«

»Ich habe etwas gesehen. Vor einem Augenblick.«

»Einen Schatten.«

»Es war kein Schatten. Diese Fässer sind irgendwie merkwürdig.«

»Schau selber! Hier ist nicht das geringste. Bei den Göttern! Muß ich jetzt alle Fässer aufmachen, um es dir zu beweisen?«

Quentin zog sich das Herz zusammen, als würde ein Riese es in seiner Faust halten.

Er hörte etwas Schweres über sich kratzen: Sie hoben den Deckel vom Bottich.

Quentin zog die Beine an und machte sich sprungbereit.

Der Deckel ging mit einem Ruck auf.

»Hier, sieh nur«, sagte der Knecht. »Der Deckel ist gar nicht richtig zu.«

In diesem Moment schoß Quentin aus dem Faß heraus. Dabei schleuderte er dem Mann den Holzdeckel ins Gesicht und brüllte, so laut er konnte.

Beim Herausspringen erhaschte er einen Blick auf den verängstigten Knecht, der sich umdrehte und über seine eigenen Beine stolperte, als er sich zu fliehen bemühte. Der andere erschrak vor diesem fremden, kreischenden Wesen, das aus Fässern hüpfte, fast ebensosehr; er fiel rücklings in den Sand, und dabei traf der Deckel ihn am Schädel.

»Toli!« rief Quentin. »Lauf! Wir wurden entdeckt!«

Toli, der genau begriffen hatte, was los war, sprang im Nu aus seinem Faß und lief über den Strand in das Wäldchen oberhalb.

Als die beiden Burschen wegrannten, kam der Mann, der zwischen den Fässern saß, wieder zu Sinnen. Der andere kauerte unter einem Wagen und hatte den Kopf in den Sand gesteckt. »Hier kommen die anderen! Nimrods Soldaten werden sie schon erwischen!« schrie der erste.

Quentin schaute beim Rennen über seine Schulter nach hinten. Er sah ein Dutzend Soldaten den Strand hinabmarschieren. Einige trugen lange Speere, andere hatten ihre Schwerter gezogen; alle standen sie neben den beiden Knechten, die jetzt wild mit den Armen fuchtelten und in ihre Richtung wiesen.

Quentin senkte den Kopf und spurtete in den Wald. »Lauf, Toli! Lauf! Sie sind uns auf den Fersen! Weg von hier!«

Ohne recht innezuhalten, ließ Toli im Laufen den Blick über die dünn bewaldete Gegend gleiten. Dann stürzte er wie ein Hirsch vor dem Jäger davon, tiefer hinein in die dichter bewachsenen Abschnitte weiter oben.

Quentin konnte kaum Schritt halten. Wachsam und mit gespannten Sinnen, war Toli wieder in seinem Element. Mühelos schien er durchs dichte Unterholz zu flitzen; er wich Hindernissen aus, schob sich durch kleine Durchlässe, sprang behende über Felsen und umgestürzte Baumstämme hinweg.

Anfangs stolperte Quentin über die eigenen Beine, er fiel hin, rutschte aus und hing hinterher. Aber dann ahmte er Toli nach, wich aus, wo dieser auswich, duckte sich, wo dieser sich duckte, und kam leichter voran. Er vergaß seine Furcht und rannte ungehindert weiter. Sein Herz pochte vor wilder Freude an der Hetze.

Hinter ihnen liefen die Soldaten krachend durchs Dickicht. Sie hatten sich aufgefächert, um ihre Beute besser einkreisen zu können. Sie fluchten, schlugen sich durch Sträucher und Büsche, blieben an Dornen und niederen Zweigen hängen.

Zweimal legte Toli eine kurze Rast ein und lauschte. Jedesmal klangen die Geräusche der Verfolger leiser. Allmählich verloren sie sich in den abendlichen Lauten des Waldes.

»Bald wird es dunkel«, sagte Toli. Er schaute zum Himmel empor, wo immer noch ein Rest Licht schimmerte. Aber der tiefe Wald um sie herum versank rasch in der Finsternis. Schon fiel es Quentin schwer, einen Baumstamm von seiner Umgebung zu unterscheiden.

»Sie folgen uns nicht länger ... anscheinend haben wir sie abgeschüttelt.« Diese Feststellungen waren in Wirklichkeit Fragen. Quentin wollte bestätigt werden.

»Sie werden uns nicht kriegen«, meinte Toli. »Aber wir müssen weitergehen, bis wir einen Lagerplatz für die Nacht finden.« Er drehte sich um und schnupperte bald in die, bald in jene Richtung. Dann lauschte er, den Kopf nach einer Seite geneigt, auf ihre Verfolger. »Bleib dicht hinter mir«, sagte er und rannte weiter.

Diesmal änderten sie die Richtung und stiegen bald einen Hang hinan. Der Pfad verlief stetig nach oben und wurde immer steiler. Toli machte jetzt langsamer, kletterte aber pausenlos voran.

Die Geräusche hinter ihnen im Wald erstarben völlig. Quentin vermutete, daß die Soldaten entweder aufgegeben oder ihre Spur ganz verloren hatten. Doch jetzt gewöhnten seine Ohren sich an die Laute des Waldes, die in der Nacht zum Leben erwachten. Das Grün von Laub und Moos, das Braun von Bäumen und Erde, das Blau der Schatten, alles war zu einem unklaren Farbton verschmolzen. Er folgte Toli jetzt mit dem Gehör statt mit den Augen und stapfte blindlings weiter.

»Autsch!« Stöhnend ging Quentin zu Boden. Er hatte sich mit der Schuhspitze in einer Wurzel verfangen und war aufs Gesicht gefallen. Toli hörte ihn stürzen und kam zurück. »Machen wir Rast!« schlug Quentin vor. »Nur ganz kurz. Es ist zu dunkel zum Rennen.«

»Das habe ich ganz vergessen, Kenta, deine Augen sind ja nicht an die Nacht gewöhnt.« Toli erstarrte und drehte horchend den Kopf. Quentin vernahm ein sonderbares Schlurfen. Toli schien zu schnuppern.

»Das ist kein guter Ort. Hier dürfen wir nicht bleiben«, sagte der Dscher schließlich. Er streckte Quentin die Hand hin und half ihm auf die Beine. Dann lief er weiter, allerdings etwas langsamer.

Der Pfad stieg immer noch an; dann ging es unvermittelt jäh bergab. Sie gelangten auf den Grund einer Schlucht, die der Regen in die Erde gegraben hatte. In der Nähe toste ein kleiner Wildbach. Quentin konnte ihn hören. Langsam stieg ein übelriechender Dunst auf; er sickerte aus dem Boden und waberte in zerrissenen Schwaden zwischen ihren Beinen, als sie sich durch die gierigen Schlingpflanzen mühten.

Irgendwo über ihnen schrie ein Uhu und erhielt aus der Ferne eine Antwort. Und während die Nacht sich übers Land legte, kamen weiter Laute aus dem Wald: hinterhältiges Getschilpe, verstohlenes Geraschel im trockenen Laub am Boden, das Schwirren unsichtbarer Flügel.

Einmal hörte Quentin es in der Nähe durch die Luft sirren und spürte etwas seine Wange streifen. Vor dieser sanften Berührung schreckte er zurück wie vor einem Hieb. Als er mit der Hand an die Stelle faßte, merkte er, daß eine klebrige Flüssigkeit an seiner Backe hing. Er verzog das Gesicht, wischte sie ab und trottete weiter.

Der stinkende Nebel wurde dichter und stieg in wirbelnden Schwaden höher in die Luft empor. Quentin bildete sich ein, der Nebel ziehe an seinen Beinen, um ihn festzuhalten. Er konnte seine Füße nicht mehr sehen.

Toli schien von dem, was um sie herum vor sich ging, nicht weiter Notiz zu nehmen, daher ging Quentin zaudernd entschlossen weiter. Er wollte von diesem elenden Pfad wegkommen und wieder in den Wald hinaufsteigen.

Da trat sein Fuß auf einen verrotteten Ast. Das laute Knacken, mit dem er entzweibrach, schien die gesamte Schlucht zu erfüllen. Plötzlich tauchte rechts neben seinen Füßen eine Gestalt auf und brüllte ihn an: weiß und gestaltlos kreischte sie so laut, daß die ganze Gegend davon widerhallte. Sie stürmte geradewegs auf Quentin zu, so daß er sich die Hände vors Gesicht schlug. Aber als sie aufeinanderprallten, spürte Quentin nichts. Er lugte zwischen den Händen hindurch und sah die weißen Flügel eines Vogels, der sich davonschwang.

»Toli, gibt es keinen besseren Pfad?«

Toli blieb stehen, blickte sich um und schätzte ab, welche Strecke sie schon zurückgelegt hatten. »Ja. Bald kommen wir auf einen anderen. Nur noch ein kleines Stück.«

Und wie Toli gesagt hatte, führte er sie kurz danach auf eine steile, mit Weinranken überwucherte Böschung. An einer morastigen Kreuzung kamen sie heraus; dort floß ein kleiner Bach in die Schlucht; das armselige Rinnsal tröpfelte stinkend über Steine, die glitschig von schwarzem Moos waren.

Quentin rutschte aus und verlor auf dem Schlamm den Halt.

Er fing sich wieder, bohrte die Hacken wütend ein und zog sich an Unkrautbüscheln hoch.

Dann hatten sie die Schlucht endlich hinter sich und standen auf einer von Bäumen gesäumten weiten Ebene. Hinter ihnen lag also die Schlucht mit dem übelriechenden Nebel, vor ihnen ein dicht bewaldeter Hügel.

Ohne ein Wort begann Toli mit dem Aufstieg. Stumm tat Quentin es ihm gleich. Es hatte keinen Zweck, nach dem Wohin und dem Warum ihres Weges zu fragen. Toli hatte sicher seine Gründe. Und im übrigen hatte Quentin keinen besseren Vorschlag.

Als sie mehrere Stunden durch den dunklen Wald gelaufen waren, erblickte Quentin etwas, das ihn erschreckte, obwohl er nicht wußte, warum.

Er sagte nichts, sondern ging weiter, die Augen auf die Stelle ein Stück weiter den Hügel hinan geheftet, wo er das Ding gesehen hatte. Und da war es wieder. Nur einen kurzen Augenblick.

Er reckte den Kopf und sah es abermals – ein Ding, das ein Stück weiter oben in der Luft schimmerte. Er reckte den Kopf: Es funkelte. Es flackerte und tanzte und schien sich jedesmal, wenn er näher kam, fortzubewegen.

Der Pfad stieg unablässig an, und bald war Quentin sich sicher, daß er kein Gespenst sah. »Schau dorthin.« Er deutete durch die dichten Zweige. »Da oben. Da schimmert etwas.«

Nach zehn Schritten mehr wußten sie, was es war: ein Feuer. Jemand hatte ein Lagerfeuer entfacht.

Behutsam schlichen sie sich an. Toli war ganz dafür, dem Lager auszuweichen, aber Quentin wollte es anders. Er wollte es genau wissen. Also krochen sie unendlich vorsichtig näher, ohne das geringste Geräusch zu machen.

Nach einer Stunde mühsamen Krabbelns befanden sie sich in unmittelbarer Nähe des gemütlichen Feuerchens, gerade noch außerhalb des Lichtscheins. Es war niemand zu sehen. Wer das Feuer auch entzündet haben mochte, er war nicht da.

»Ob es die Soldaten waren?«

Toli schüttelte den Kopf. »Hier nicht. Ein so kleines Feuer reicht nicht für sie alle.«

Sie schreckten zu spät hoch.

Auf dem Pfad raschelte es, dann ertönten schwere Schritte. Und plötzlich warf sich eine hünenhafte Gestalt auf sie. Toli wich zur Seite aus, aber Quentin erwischte es. Er wurde in den Lichtschein geschleudert. Das Ungeheuer brüllte wie vor Schmerzen, und Quentin ging unter zahllosen Schlägen zu Boden.

Er zuckte hin und her, sein Kopf lag fast im Feuer. Dann sah er etwas an sich vorbeiblitzen: ein Gesicht. Und eine Stimme sagte: »Bleib, wo du bist!«

Der Befehl kam streng und ruhig. Es lag eine Spur Furcht in der Luft, die sich aber rasch verflüchtigte. Quentin blickte vorsichtig auf und sah einen kräftigen Mann über sich stehen, der eine Keule in der Hand zu schwingen schien.

Quentin glaubte, an der beeindruckenden Gestalt etwas Vertrautes zu erkennen, obwohl sie so dastand und ihm mit der Keule den Schädel zu zertrümmern drohte.

Er schaute noch einmal und musterte das Gesicht im flackernden Schein der Flammen.

Unmöglich! dachte er. Das kann nicht sein. Aber dann überlegte er sich, daß es an diesem unmenschlichen Ort durchaus möglich sein konnte, einem Geist zu begegnen. Das war im Grunde nur zu erwarten. Fast im selben Atemzug fiel Quentin ein, daß Schatten keine Keulen schwangen und ihre Opfer auch nicht schlugen, soweit er wußte.

Aber das Gesicht hatte doch etwas Bekanntes. Irgendwo hatte er es schon gesehen. Vor langer Zeit an einem anderen Ort.

Dann kam es ihm. Er rang mit seiner Erinnerung, wollte nicht so recht daran glauben. Aber obschon Quentin alles andere als sicher war, setzte die Erkenntnis sich durch.

»Ronsard?« sagte er leise mit zitternder Stimme.

Einen Herzschlag lang hörte er nur das Knistern des Feuers.

Der Mann ließ sich neben ihm auf die Knie fallen und beugte sich über sein Gesicht. Bebend streckte er eine Hand aus.

»Ronsard, bist du es?«

38

»Ich bin Ronsard«, erwiderte der Mann, der am Feuer kniete. »Wer an diesem gottverlassenen Ort kennt meinen Namen?« Er sprach freundlich. Jetzt konnte Quentin, wenn er sich näher zum Feuerschein beugte, die eckigen Züge, das hervorspringende Kinn erkennen, die von Stärke und Entschlossenheit kündeten. Trotzdem wirkte der Ritter müde und ausgelaugt. Um seine Mundwinkel und Augen zeichneten sich vor Erschöpfung tiefe Falten ab.

»Kennst du mich noch?« fragte Quentin. »Ich bin der Priesterschüler Quentin. Du hast mir die Nachricht für die Königin anvertraut ...«

Da hellte mit einem Schlag ein breites Lächeln das Gesicht des Ritters auf und verscheuchte Sorge und Angst. Seine Augen leuchteten.

»Ist das die Möglichkeit? Quentin? ... Ja, ich erinnere mich ... Aber wie geht das zu?« Die Fragen überschlugen sich fast, als der verdutzte Ritter versuchte, sich dieses offenkundige Wunder zu erklären.

»Komm heraus, Toli«, rief Quentin. Er wußte, daß sein Freund in nächster Nähe lauerte, außer Sichtweite, aber bereit, jeden Augenblick herbeizuspringen.

Das Gebüsch teilte sich, Toli schlüpfte heraus und stellte sich neben Quentin. »Es ist alles in Ordnung. Das ist Ronsard, der Ritter, von dem ich dir erzählte.«

»Der mit der Botschaft«, erwiderte Toli in seiner Sprache. »Jawohl und ein großer Krieger dazu.« Toli verneigte sich tief, wie Quentin es ihn für solche Gelegenheiten gelehrt hatte. Der förmliche Gruß in dieser wilden Umgebung brachte Ronsard zum Lächeln und Quentin zum Lachen. »Willkommen, mein Freund aus dem Walde«, sagte Ronsard. »Ich habe nie einen

Angehörigen deines Volkes kennengelernt. Um die Wahrheit zu sagen, ich hatte nicht gehört, daß ihr so wohlerzogen seid.«

»Wir stehen dir beide zu Diensten«, sagte Quentin lachend. Ihm war ein Stein vom Herzen gefallen.

»Und ich euch«, entgegnete Ronsard. »Nun, liebe Freunde, wir haben viel zu erzählen und zu besprechen. Erstens, wie seid ihr hierhergekommen? Teido hat mir berichtet, daß du schwerkrank in Dekra zurückbliebst. Man hatte sich Sorgen gemacht, daß du dich nie wieder erholen würdest.«

Da machte Quentin sich an die Schilderung all seiner Erlebnisse, seit er von Dekra aufgebrochen war, und auch sämtlicher Ereignisse zuvor, nachdem er dem Tempel den Rücken gekehrt hatte. Beim Erzählen kam ihm selbst alles ein wenig unglaublich vor, als wäre es einem anderen widerfahren und als wäre er selbst im Tempel geblieben. Als er von seiner Zeit dort erzählte und wieder daran zurückdachte, wurde er ein bißchen wehmütig. Trotzdem wußte sein Herz, daß er dort nichts mehr zu suchen hatte.

Ronsard hörte sich alles geduldig und doch begierig an. Hingerissen versuchte er, alles zu verarbeiten. »Du bist ein ganz besonderer Mensch«, sagte er am Ende. »Aus dir könnte ein großer Ritter werden.«

Ob dieses hohen Lobes errötete Quentin. »Ich bin nur froh, daß du lebst und gesund bist.«

»Ich lebe zwar, aber gesund muß ich erst noch werden, und zwar bald. Ich fühle mich jeden Tag kräftiger. Wären nicht die Entführung und der Schiffbruch gewesen, dann wäre ich so munter wie eh und je.« Ronsard erzählte, wie Pyggin und seine Schurkenbande ihn im Tempel aus Bjorkis heilkundigen Händen gerissen hatten. »Ich hatte eine Zeitlang dort zugebracht und war gerade am Genesen, als sie mich ergriffen. Die Tempelwächter waren diesen Halunken nicht gewachsen. Sie ließen es kaum zum Kampf kommen, und selbst konnte ich mich auch nicht wehren. Sie warfen mich auf einen Karren und brachten mich durch das Geschaukel von Narramur bis Bestu fast um. Dort wartete ihr Schiff.

Daß sie auf Teido, Derwin und die übrigen stießen, ist ein merkwürdiger Zufall. Allerdings war ich dankbar für die Gesellschaft.« Er berichtete von dem Sturm, dem Schiffbruch und seiner einsamen Wacht auf der Insel.

»Und heute nacht habe ich meinen Freund aus dem Tempel wiedergetroffen«, sagte Ronsard lachend. »Um der Wahrheit die Ehre zu geben, ich glaubte, dich nie wiederzusehen. Ich war mir sicher, daß meine Botschaft verlorengegangen war. Aber anscheinend haben die Götter unsere Lose zusammengeworfen.«

Toli, der ihrer Unterhaltung lauschte, reimte sich alles zusammen, so gut er konnte. Am Ende wurde er jedoch müde, ließ gähnend den Kopf sinken, rollte sich am Feuer zusammen und schlief ein.

»Ja, ich würde auch gern schlafen«, sagte Ronsard. »Ich war gerade dabei, das Feuerholz für die Nacht zu sammeln, als ich euch auf dem Pfad bemerkte. Ich hatte euch nicht gesehen und gehört, bis ich fast über euch stolperte und mein gesamtes Feuerholz verstreute.«

»Ach, das war es«, meinte Quentin, als ihm einfiel, daß er bei seinem Sturz so viele Hiebe abbekommen hatte. »Wir haben dich auch nicht kommen hören.«

»Man darf sich auf dieser Insel nicht bemerkbar machen. Sie ist ein absonderlicher Ort und alles andere als sicher.«

Quentin nickte. »Was ist mit den anderen?« Es hatte ihn schon die ganze Zeit verlangt, nach ihnen zu fragen, aber er hatte es nicht gewagt. Der Gedanke an sie brachte ihn wieder zurück in die Gegenwart und zu dem, was vor ihnen lag.

»Darüber reden wir morgen bei Tageslicht.« Darauf gähnte Ronsard und legte sich zur Ruhe.

»Gute Nacht«, sagte Quentin. »Ich bin sehr froh, daß ich dich wiedergefunden habe.«

»Ich auch. Gute Nacht.«

Sobald Quentin die Augen aufschlug, war ihm klar, daß Toli schon seit dem Morgengrauen oder länger auf den Beinen war. Er hatte aus Blättern geflochtene Körbchen voller Beeren neben das Feuer gestellt, dazu ein paar eßbare Wurzeln gewaschen und sauber hingelegt. Über dem Feuer brieten abgezogen zwei dürre Kaninchen am Spieß fröhlich vor sich hin; sie waren fast gar. Und Wunder über Wunder, auf einer Matte aus Blättern lag eine Honigwabe voll goldenen Nektars.

»Anscheinend hat dein Freund uns ein Frühstück bereitet«, stellte Ronsard fest.

Quentin rieb sich den Schlaf aus den Augen und setzte sich auf. »Das sehe ich. Wo steckt er?«

Da kam Toli mit drei länglichen grünen Dingen in einer Hand und drei Äpfeln in der anderen ins Lager zurück.

»Hier ist Wasser«, sagte er und reichte ihnen die Becher mit klarem Wasser, die er aus breiten Blättern gefaltet hatte. Dann sah er rasch nach den Kaninchen.

Sie schmausten, als hätten sie noch nie etwas zu essen bekommen. Sie stopften sich den Mund voll und genossen jeden einzelnen Bissen. Der Honig, den sie sich bis zum Schluß aufhoben, brachte Tolis Kenntnissen des Waldes höchstes Lob ein. »Ich habe in der Wildnis noch nie so gut gespeist«, sagte Ronsard. »Meine Kraft kehrt auf Adlerfittichen wieder. Und ich kann sie gebrauchen. Heute müssen wir uns an Nimrods Nest heranmachen.«

Quentin hatte Nimrod fast vergessen, das heißt, er hatte den Schwarzen Magier aus seinen Gedanken verdrängt. Bei der Erwähnung des finsteren Hexers überlief ein eiskalter Schauder sein Herz.

»Liegt die Burg weit von hier?«

»Ein gutes Stück, aber nicht weiter als knapp zwei Meilen, wie der Adler fliegt. Sie liegt auf einem Berg, und wir müssen mächtig klettern, wenn wir sie erreichen wollen. Der Weg ist jedoch klar zu erkennen, soviel habe ich bereits gesehen.«

»Dann laßt uns aufbrechen«, sagte Quentin. Toli war schon auf den Beinen; er hatte das Feuer zum Erlöschen gebracht und die Asche verstreut, so daß von ihrer Anwesenheit nichts mehr zu merken war.

Wieder machten sie sich auf den Pfad, dem Quentin und Toli

in der Nacht gefolgt waren. Nach einer Weile ging es bergab auf einen breiteren Weg. Dieser war eindeutig vor kurzem benutzt worden: Man sah Fußspuren von Soldaten in beide Richtungen, Wagenradspurem und Hufabdrücke.

»Ich werde Toli vorausschicken«, erbot Quentin sich. »Er soll ausspähen, ob jemand des Weges kommt. Die Bäume stehen hier so dicht, daß wir ihnen geradewegs in die Arme laufen würden.«

»Ein guter Einfall. Ich halte uns den Rücken frei, auch wenn ich nicht glaube, daß uns jemand folgt.«

Auf diese Weise legten sie die Strecke rasch zurück und erreichten gegen Mittag den Anstieg zum Gipfel. Und als sie die letzte Biegung hinter sich hatten, erhob sich vor ihnen Kassach, die Burg des Zauberers.

»Wir sind da.« Ronsard schirmte sich mit einer Hand die Augen ab und betrachtete die Festung. »Kein hübscher Anblick.«

Quentin starrte mit derselben Mischung aus Furcht und Neugier hin, wie er sie empfunden hätte, wenn sich auf einem Stein in der Nähe eine tödliche Schlange gerekelt hätte. »Scheußlich«, sagte er nach einer Weile.

Toli kam um einen dicht mit Weinranken überwucherten Felsvorsprung zu ihnen gehuscht. »Die Krieger des Bösen kommen aus der Burg«, berichtete er Quentin, der die Meldung Ronsard übersetzte.

»Verschwinden wir von der Straße und schauen, was sie vorhaben.« Ronsard sprang ins Unterholz am Wegrand. Quentin suchte sich einen gut getarnten Platz hinter ihm, von dem aus er die Straße bestens einsehen konnte.

Hinter ihm raschelte es, dann brach ein Zweig ab. Toli hüpfte mit einem Farnwedel in der Hand auf die Straße zurück und verwischte die Spuren an der Stelle, wo sie sich gerade unterhalten hatten. »Dieser Dscher überläßt nichts dem Zufall«, flüsterte Ronsard. »Er ist schlau und schnell. Ich schätze ihn.«

»Die Soldaten können nicht mehr weit sein.« Quentin unterdrückte den Wunsch, Toli eine Warnung zuzurufen, weil er Angst hatte, die Soldaten könnten ihn hören. Als er das laute

Getrappel und das Geklirr von Zaumzeug hörte, biß er sich auf die Lippe.

Und kaum war Toli wieder neben ihm, tauchte der erste Soldat auf. Er ritt auf einem schwarzgefleckten Gaul, und als er sich umdrehte, um seinen Männern einen Befehl zu erteilen, erblickte Quentin eine breite Narbe, die sein Gesicht zweizuteilen schien.

»Den habe ich schon einmal gesehen«, flüsterte er Ronsard zu. »Unten am Strand.«

Dem Reiter folgte ein von Pferden gezogener Karren mit hohen Wänden, dahinter ein etwa vierzig Mann starker Trupp. Der Zug bewegte sich ungeordnet voran. Zwei Soldaten saßen sogar hinten auf dem Wagen und ließen die Beine baumeln.

»Keine Disziplin«, murmelte Ronsard. »Dreist.«

»Sie suchen uns.« Als Quentin die Truppe vorbeiziehen sah, fiel ihm seine Angst vom Vortag wieder ein.

»Woher weißt du das?«

»Sie entdeckten uns gestern abend am Strand, bevor wir in den Wald flüchteten.«

Die Soldaten schlurften müßig die Straße hinunter. Als sie verschwunden waren, wartete Ronsard noch kurz ab, und da ihnen niemand mehr folgte, wagte er sich wieder auf den Weg.

Rasch erreichten sie die lange, gewundene Straße auf dem Berggrat. Im Schutz der letzten Bäume sagte Ronsard: »Das ist mir gar nicht recht. Sobald wir einen Schritt weitergehen, kann man uns sehen.«

Er sah sich das Gelände genau an, um den Abstand bis zur Höhle des bösen Magiers abzuschätzen. »Einen anderen Zugang zur Burg entdecke ich nicht. Wir haben die Wahl«, erklärte er Quentin und Toli. »Entweder wir versuchen es jetzt ganz frech bei Tageslicht, oder wir warten, bis die Dunkelheit uns verbirgt.«

»Wenn wir warten, kommen die Soldaten vielleicht zurück. Ich möchte nicht gern in der Nacht beim Herumschleichen ertappt werden.« Quentin schauderte bei dem Gedanken.

»Gut denn. Und ich würde keinen Augenblick länger auf meine Befreiung warten wollen, wenn ich dort gefangensäße.

Damit ist die Sache entschieden«, verkündete Ronsard. »Wir ziehen sofort los.«

Quentin tastete nach dem goldenen Dolch an seinem Gürtel. Er umklammerte ihn fest und eilte Ronsard nach, der bereits auf die Burg zumarschierte.

»So weit, so gut«, meinte der Ritter. »Es ist kein Wächter in Sicht.«

Sie hatten sich in den Schatten der mächtigen Steinpfeiler geduckt, welche die Zugbrücke stützten, die den Abgrund zwischen dem Schloß und dem Felsgrat überspannte. Diese beiden Pfeiler standen links und rechts des Weges gleich Pfosten eines riesigen Portals. Auf jeder von ihnen grinsten steinerne Greifen.

Quentin lugte vorsichtig um die Ecke und konnte jenseits der Brücke den schwarzen Tunnel des Torhauses sehen. Soweit er sagen konnte, war es leer.

»Da drinnen sind auch keine Wachen«, meldete er.

»Dann los!« sagte Ronsard. »Eine bessere Gelegenheit bietet sich vielleicht nicht.«

Quentin wollte etwas einwenden. Ohne Plan geht das nicht, dachte er. Man mußte sich die Sache genau überlegen, nicht einfach unvorbereitet hineinlaufen. Wer wußte denn, was ihnen begegnen würde. Womöglich erwartete Nimrod sie persönlich, sobald sie die Brücke hinter sich hatten.

Doch Ronsard war schon unterwegs und rannte über die Zugbrückc. Toli raste ihm wie ein Schatten hinterher. Da Quentin nicht zurückbleiben wollte, stolperte auch er hinüber.

Sie schlichen sich durch das Torhaus und spähten am anderen Ende in den Innenhof. »Keiner da«, stellte Ronsard fest. »Merkwürdig.« Er rümpfte die Nase. »Wonach riecht es hier?«

Ein leicht säuerlicher Geruch lag über dem dunklen Gestank des Torhauses. Er schien aus dem Innenhof zu kommen.

»Bleibt dicht hinter mir. Los...« Ronsard rannte aus dem Tunnel ans Licht. Quentin, der ihm auf den Fersen folgte, sah ihn unvermittelt innehalten. Auch er blieb stehen. Was stimmte nicht? Waren sie entdeckt worden? Ronsard drehte sich um: Sein Gesicht war vor entsetzlichem Grauen verzerrt.

»Was …?« hub Quentin an. Dann traf der gräßliche Geruch auch ihn wie eine geballte Faust. Er spürte, wie ihm der Magen hochkam, und fing zu würgen an. Er ging in die Knie und stützte sich auf die Hände. Seine Augen füllten sich mit Tränen. Dann hörte er, wie Ronsard sich übergab und Toli nach Luft rang.

Als die Übelkeit nachließ, hob Quentin den Kopf und blickte sich langsam um. Der Hof war völlig verwahrlost. In den Ritzen zwischen den Pflastersteinen wucherte Unkraut, in sämtlichen Winkeln häufte sich Unrat, in Trögen stand schales Wasser, über dem in dicken schwarzen Wolken Fliegen schwirrten.

»O nein …«, hörte Quentin Ronsard stöhnen. Er drehte sich nach dem Ritter um, der ein Stück weiter stand und etwas anstarrte. Quentin erkannte nicht, was es war, und kroch näher.

»Der böse Teufel!« fluchte Ronsard und wandte sich ab.

Quentin blickte zu Boden und sah die Gerippe zweier Pferde in der Sonne verrotten. Die Tiere waren noch an zwei Eisenringen angepflockt; sie mußten an Ort und Stelle verhungert sein. Dann hatten sich die Vögel über sie hergemacht und große Brocken aus ihren Flanken gerissen. Dies war die Quelle des üblen Gestanks.

Quentin wandte sich ab und zog Toli mit sich. Der Dscher sagte nichts, aber seine Augen waren unerbittlich hart geworden.

In der Burg verhielt es sich ähnlich: Alles lag verlassen und stank vor Unsauberkeit. Wo sie auch hinsahen, traf ihr Blick auf irgendeine Scheußlichkeit. »So eine Verschwendung!« fauchte Ronsard, während sie weiterschlichen. Quentin hatte eine Gänsehaut. Er fühlte sich schmutzig, als hätte er sich eine verzehrende Seuche zugezogen. Er wußte, daß er in der Nähe des frechen, unverschämten Bösen war, und davon wurde ihm eiskalt.

Schweigend gingen sie weiter, bis sie am Ende eines langen krummen Flurs an einen großen Steinbogen kamen.

»Äußerst merkwürdig.« Ungläubig schüttelte Ronsard den Kopf. »Wo sind sie nur alle?«

»Nimrod kann nicht viele Freunde haben«, meinte Quentin. Ronsard warf ihm einen wissenden Blick zu.

»Das Verlies muß da unten sein.« Er deutete auf eine schwere eisenbeschlagene Tür mit einem eisernen Riegel davor. »Sehen wir nach.«

Ronsard ruckte an dem Riegel und entdeckte, daß er recht mühelos aufging, wenn auch lauter, als ihm lieb war. Und dann sahen sie die Wendeltreppe, die hinab in die Finsternis führte. Gleich neben der Tür steckte griffbereit eine Fackel, daneben flackerte eine Kerze. Ronsard packte die Fackel und entzündete sie mit der Kerze. Er ging voraus, dann folgte Quentin und zuletzt kam Toli.

Quentin dachte, die Treppe würde nie aufhören, da kamen sie zu einem breiten Absatz, der sich auf einen großen Raum öffnete. Dieser war mit Waren und Fässern vollgestopft, mit Rüstungen, neuen Schwertern und Lanzen.

»Er muß ein Heer ausrüsten!« stellte Ronsard fest. »Das ist der Keller. Das Verlies liegt darunter.« Sie setzten ihren Weg in die Tiefe fort.

Die Stufen endeten vor einem Türbogen. Ronsard blieb stehen, reichte Quentin die Fackel und lugte durch die Öffnung. Nach beiden Seiten verlief ein breiter Gang, an dem Zellen lagen, und geradeaus verlor sich ein kürzerer Korridor in der Finsternis.

Ronsard griff wieder nach der Fackel und sagte: »Wir müssen in jeder Zelle nachsehen. Ich gehe nach links, ihr beiden nach rechts.«

Sie brauchten gar nicht so lange wie gedacht: sämtliche Zellen waren leer. An der Kreuzung trafen sie sich wieder. »Jetzt bleibt nur noch …« Ronsard verstummte. »Lauscht!«

Sie hörten Schritte um die Ecke schlurfen. Dann rief jemand laut: »Eurich! Bist du's? Bring deine Fackel her, Eurich!«

Zwei Herzschläge lang war Quentin wie erstarrt, dann drückte er sich an die Wand. Ronsard legte einen Finger auf seine Lippen und zwinkerte. Und als der Mann gerade um die Ecke biegen wollte, trat Ronsard ihm in den Weg, hielt die Fackel hoch und schlug dem Mann mit der Faust ins Gesicht. Dieser sackte ohnmächtig zu Boden, ohne zu wissen, wie ihm geschah.

»Das muß der Kerkermeister sein«, meinte Quentin und deutete auf den großen Knüppel, der an einem Lederband am Gürtel des Mannes hing. Daneben befand sich ein Eisenring mit mehreren Schlüsseln.

»Ja, wir haben Glück«, erwiderte Ronsard. Er packte den Mann unter den Armen und zerrte ihn in die nächste leere Zelle. »Jetzt kommt. Die Luft müßte rein sein.«

Rasch, aber leise liefen sie durch den kurzen Flur und dann eine Treppe hinab.

Die schmale Eisentür war gut versperrt. Der Riegel lag vor, und an einer Kette hing ein großes Schloß aus Eisen. Die Gefangenen hörten die schnellen Schritte im Gang, dann das Knirschen eines Schlüssels, dann eines zweiten und eines dritten, und plötzlich wurde der Riegel zurückgeschoben, und die Tür ging quietschend auf.

»Ronsard!« Die Königin erkannte ihn als erste. »Kühner Recke, du hast uns entdeckt!«

»Ich wußte, daß du kommen würdest«, sagte Derwin. Trenn und Teido starrten sprachlos.

Dann stürzte Quentin herein, Toli auf den Fersen. Er blickte hinab auf seine Freunde, und seine Augen füllten sich mit Tränen.

»Quentin!« schrie Derwin. Der Einsiedler lief mit offenen Armen zu ihm. Dann umhalste Quentin ihn, als wäre er sein Vater. Die anderen versammelten sich um sie und klopften ihm auf die Schultern. Alinea küßte ihn auf die Wange.

Alle redeten wild durcheinander: Wie, wann, wo – so purzelten die Fragen auf Quentin ein. Doch der junge Mann bekam nichts davon mit. Er wischte sich die Tränen aus dem Gesicht. Das war für ihn das schönste Wiedersehen, das er je erlebt hatte. Diesen Augenblick würde er nie vergessen.

39

Die Flucht aus Nimrods Burg hätte nicht einfacher und schneller vonstatten gehen können. Quentin staunte: aus dem Verlies nach oben, durch die Korridore der Burg zurück, dann über den stinkenden Hof zwischen Innen- und Außenwall, ins Torhaus hinein und über die Zugbrücke in die Freiheit.

Quentin wartete darauf, daß Nimrod jeden Augenblick auftauchte, um sie zu fangen und einzusperren oder ihre Flucht zumindest zu stören. Aber sie begegneten keiner Menschenseele, obschon sie einen gräßlichen Gesang hörten, als sie an den Gängen zur Küche vorbeisausten. »Ein Gelage? Hier?« wunderte sich Ronsard.

»Die Schlange ist fort«, erwiderte Derwin und erklärte, daß Nimrod sich bei der Krönung von Prinz Jaspin aufhalte.

»Der Prinz, Prinz Jaspin soll König werden? Dann steht es ja noch schlimmer, als ich dachte«, erwiderte Ronsard.

»Daran ist nun nichts zu ändern«, sagte Teido. »Darum kümmern wir uns zu seiner Zeit. Jetzt müssen wir erst einmal den wahren König befreien.«

»Jawohl«, pflichtete Ronsard ihm bei. »Es ist Zeit, Kriegsrat zu halten.«

Sie versammelten sich neben einem der Pfeiler und besprachen, wie sie den König am besten finden und befreien konnten. Quentin war nicht besonders erfreut über die Aufgabe, die man ihm übertrug: Er sollte die anderen auf dem Pfad dorthin zurückführen, wo der Felsgrat in den Wald und auf die geschützte Straße dahinter überging. Dort sollte er warten und ein Zeichen geben, falls die Soldaten zurückkehrten, ehe Teido und Ronsard wieder bei den übrigen waren.

»Warten!« beklagte Quentin sich bitter bei Derwin, als sie

zurück zu ihrem Versteck trotteten. »Jetzt sind wir so weit gereist, und dann müssen wir warten, während die beiden ihn befreien.«

Er hatte zwar nicht darüber nachgedacht, aber selbstverständlich angenommen, daß er bei der Rettung des Königs mitwirken würde. Da ihm diese Möglichkeit nun verwehrt war, fühlte er sich betrogen.

»Ja, das ist wirklich ungerecht«, meinte Alinea mitfühlend. »Aber die Königin freut sich über die Gesellschaft ihrer Beschützer.«

»Oh, Verzeihung«, platzte Quentin heraus. »Ich wollte nicht...«

»Ich verstehe schon«, fiel sie ihm ins Wort. »Du hattest das Recht, dabeizusein. Aber wir müssen alle unsere Rolle nehmen, wie sie kommt. Und ich bin wirklich dankbar. Ich hätte es in diesem Verlies keinen Augenblick länger ausgehalten. Du hast deiner Königin abermals einen großen Dienst erwiesen. Das werde ich dir nie vergessen.«

Bei diesem Lob hellten Quentins Züge sich ein wenig auf, er nahm seine Aufgabe ernster. Ihr Marsch hügelabwärts verlief ereignislos, und sie erreichten den Schutz des Waldes ohne Zwischenfall. Trenn stapfte finster hinterdrein: Auch er war gekränkt, daß er mit den anderen gehen mußte, die er als die Nichtkrieger betrachtete.

In dem kleinen Tal machten sie Rast: ein Stück vom Weg entfernt und gut versteckt, aber so, daß sie die schreckliche Burg auf ihrer Felsklippe gen Himmel ragen sahen. Alle setzten sich. Derwin schloß die Augen und schlief sofort ein.

Sie warteten. Die Zeit verstrich quälend langsam. Erst eine Stunde. Dann noch eine. Quentin konnte es nicht ertragen und lief häufig zum Weg hinauf, um zu schauen, ob jemand kam. Trenn war sich sicher, daß etwas schiefgegangen war und daß sie alle zurückeilen sollten, um ihre abermals gefangengesetzten Gefährten zu retten.

Die Sonne am Nachmittagshimmel sank allmählich tiefer. Quentin beobachtete, wie ein langer Schwanz Wolken von Westen her aufzog. Er hatte beschlossen, den Rettern Zeit zu lassen, bis die letzte Wolke über die Burg gezogen war. Dann wollte er nach ihnen sehen, sämtlichen Befehlen zuwider.

Da tauchten auf dem Felsgrat Gestalten auf und bewahrten ihn vor der Verletzung seiner Pflichten.

»Da kommen sie!« rief er fast. Toli, der den Weg ein Stück weiter unten bewacht hatte, kam zurückgerannt. Auch Alinea und Trenn liefen auf den Weg, um zu schauen.

»Ja, da kommt wer, das stimmt. Aber ich sehe nicht, wie viele es sind. Könnt ihr es sagen?« Trenn kniff die Augen zusammen, weil die Sonne jetzt waagrecht über dem Felsgrat stand.

Quentin sah auch nicht sehr weit und fragte daher Toli. Der hielt einen Moment lang angestrengt Ausschau und verkündete dann: »Lea nol epra. Rhunsar en Tido.«

»Was hat er gesagt?« erkundigte sich Trenn besorgt. Die Königin sagte nichts, sondern faltete nur die Hände unter dem Kinn und schloß die Augen.

»Er sagt, es sind nur zwei: Ronsard und Teido. Der König ist nicht bei ihnen«, antwortete Quentin. »Es tut mir leid, Herrin.«

Kurz danach tauchten Teido und Ronsard auf. Teido, der ganz außer Atem war, weil er so schnell gerannt war, sagte nach Luft schnappend: »Er ist nicht dort. Der König ist verschwunden. Wir haben die ganze Burg abgesucht und sogar den Kammerdiener, den wir beim Schlafen ertappten, gezwungen, alle Schränke aufzusperren. Er hat uns erzählt, daß alle mit Nimrod fort sind. Aber wen er mit alle meinte, konnte er nicht sagen.«

»Seid ihr sicher?« rief Trenn. Sein Angst war überdeutlich, und er sprach allen aus der Seele. »Dort oben gibt es zehntausend Stellen, wo man jemanden verstecken kann.«

»Und wir haben an zehntausend nachgesehen!« fauchte Ronsard. Vor Enttäuschung machte er ein finsteres Gesicht. »Er war nicht da, sage ich dir.«

»Ja, du hast recht«, mischte Derwin sich ein, der die ganze Zeit über ungewöhnlich still gewesen war. Quentin hatte sogar geglaubt, er schlafe.

»Ich habe den Äther nach einem Zeichen abgesucht. Vom

König keine Spur. Der Kammerdiener sprach anscheinend die Wahrheit. Der wahnsinnige Nimrod hat seine Beute mit sich geschleppt. Das hätte ich mir denken können.«

»Das klingt einleuchtend«, meinte Ronsard schmollend. »Darum sind wir auf keinen Widerstand gestoßen, als wir in die Burg eindrangen.«

»Und auch nicht, als wir sie verließen«, sagte Teido. »Jetzt müssen wir zusehen, wie wir von dieser verfluchten Insel fortkommen.«

»Das dürfte nicht allzu schwierig sein«, meinte Quentin. »Vielleicht liegt das Schiff, das Toli und mich hierherbrachte, noch in der Bucht.«

»Hervorragend! Quentin hat uns ein Schiff besorgt. Auf zum Strand!«

»Es ist kein großes Schiff«, sagte Quentin entschuldigend.

»Und wenn es ein Eimer mit Rudern ist«, rief Teido. »Solange es uns weit weg bringt, ist es mir recht. Geh voran.«

Quentin und Toli führten die Gesellschaft sogleich an den Strand. Toli lief voraus, um den Weg Richtung Süden zu erkunden, damit sie nicht den Soldaten in die Arme liefen. Aber die Luft war rein, und als die Schatten lang geworden waren, erreichten sie den schwach bewaldeten Streifen Land an der Bucht.

»Noch ein kleines Stück weiter«, flüsterte Quentin. »Gleich hinter den Bäumen dort. Toli wird nachsehen, ob jemand da ist.« Er machte Toli rasch ein Zeichen, und der Waldbewohner verschwand im Nu zwischen den Schatten, welche die nahende Dämmerung warf.

Und schon war er wieder da. Er sagte kurz etwas zu Quentin. Die anderen sahen besorgt zu. Quentin erklärte ihnen: »Das Schiff ist da.« Doch dann dämpfte er die Hoffnungen der gerade erst dem Kerker Entronnenen. »Aber die Soldaten auch. Toli meldet, daß sie am Strand ein Lager aufgeschlagen haben.«

»Merkwürdig«, wunderte sich Teido. »Warum nur?«

»Zumindest wissen wir jetzt, warum sie nicht in der Burg waren«, warf Ronsard ein.

»Hm!« schnaubte Trenn. »Wie viele sind es? Wir können es leicht mit ihnen aufnehmen, und stünde es zehn zu eins.«

»Da würde ich dir recht geben, aber wir haben keine Waffen.«

»Bis zum Einbruch der Dunkelheit ist es nicht mehr lang«, meinte Derwin. »Vielleicht wissen wir bis dahin Rat.«

Die kleine Schar ließ sich nieder, um den Schutz der Nacht abzuwarten. Aber kaum hatten sie es sich bequem gemacht, sprang Derwin auf. »Ich hab's! Die perfekte Ablenkung!«

»Pst! Wir brauchen keine Ablenkung mehr, wenn du den Hunden verrätst, wo wir sind«, zischte Teido.

Derwin achtete nicht auf ihn. Er warf einen Blick zum Himmel empor. »Rasch! Uns bleibt nicht viel Zeit. Wir müssen einiges sammeln.« Er nannte jedem etwas, was er aus dem Wald holen sollte: die Rinde bestimmter Bäume, Blätter einer bestimmten Art, gewisse Steine und anderes mehr. »Rasch jetzt! Und bringt mir alles, was ihr findet.«

Bis die Sonne unterging, hatte Derwin einen kleinen Stoß seiner Rohstoffe beisammen. Er machte sich ans Werk, sie zu zerkleinern, zu vermischen und dann die Stoffe auf kleinen Haufen zu sortieren. Als der erste Stern am Himmel aufging, verkündete er:

»Das ist es! Wir sind endlich bereit. Teido und Ronsard, ihr kriecht an den Waldrand bis zum Sand. Dort grabt ein Loch, etwa so groß, nein, grabt drei, eines links und rechts des Pfades, der in den Wald führt, und eines mitten auf dem Pfad.

Quentin und Toli, ihr beide nehmt etwas hiervon«, er schöpfte etwas von dem Zeug in seine Hände, »und folgt mir. Trenn und Alinea, sammelt Brennholz und kommt an den Strand, wo wir graben.«

Daraufhin setzten sich alle in Bewegung. Als die Löcher ausgehoben waren und Derwin sie gutgeheißen hatte, legte er die Dinge, die er verlangt hatte, in die flachen Mulden, und zwar voll quälender Geduld in bestimmten Schichten. Dann griff er nach seinem Lederbeutel und leerte den Inhalt über den drei Häufchen aus.

Die Soldaten am Strand hatten ein Feuer entfacht und bereiteten sich ein Nachtmahl. Rauhes Gelächter und Fetzen ihrer rohen Unterhaltung wehten zu den Gefährten, die schweigend arbeiteten, während Trenn Wache hielt, damit nicht zufällig einer der Männer am Strand des Weges kam und sie überraschte.

»Jetzt«, sagte Derwin, »zündet sie an.«

»Noch einen Augenblick«, bat Ronsard. »Sage uns, was geschehen wird.«

»Habe ich das noch nicht? Wir müssen den Soldaten zur Unterhaltung einen Drachen schaffen. Wenn sie den sehen, werden sie schreiend in die Nacht fliehen, das versichere ich euch. Entzündet die Stapel, die wir angelegt haben, und versteckt euch dann gut. Sobald die Soldaten auf und davon laufen, rennt zum Schiff. Ich komme gleich nach.«

»Wo willst du hin?« fragte Teido.

Da schlug Trenn Alarm: »Da kommt jemand!«

»Der Drache braucht eine Stimme!« sagte Derwin und eilte in den Wald.

»Warte!« zischte Ronsard ganz leise. »Wir haben nichts zum Feuermachen.«

»Was?« rief Derwin erschrocken. »Na schön. Wahrscheinlich habe ich doch noch einiges zu tun.« Damit bückte er sich und nahm einen Zweig von einem der Haufen. Er hielt den Zweig vor sich hoch und streckte seine andere Hand über seinen Kopf. Dann murmelte er mit geschlossenen Augen einen alten Zauberspruch. Rasch fuhr er mit seiner erhobenen Hand nach unten: Von seinen Fingern sprang ein blauer Funke auf den Zweig über, der sofort Feuer fing.

»Hier! Zündet sie sofort an. Erklärungen bekommt ihr später. Aufs Schiff und fort mit euch, sobald die Luft rein ist.«

»Rasch!« warnte Trenn. »Sie kommen näher. Gleich sehen sie uns.«

Teido, der den Zweig in der Hand hielt, entzündete den ersten Haufen. »Versteckt euch alle! Und macht euch bereit. Wenn ich das Zeichen gebe, lauft ihr zum Boot.«

Er entzündete die beiden anderen Hügelchen und verbarg

sich neben dem Pfad. Vom Strand drang dröhnendes Gelächter herauf. Die Soldaten hatten sich eindeutig aus einem Faß Wein bedient und bekamen jetzt dessen Wirkung zu spüren. Einige von ihnen gingen Richtung Wald, um sich zu erleichtern.

Quentin betrachtete die Scheiterhaufen im Sand. Soweit er sehen konnte, geschah gar nichts. Ein paar Rauchschwaden stiegen auf, waren aber in der Dunkelheit, die sich übers Land gelegt hatte, nicht zu sehen.

Doch plötzlich stieß der mittlere Haufen eine große Qualmwolke aus, kurz darauf die beiden anderen. Die Wolke wurde flacher und breitete sich aus. Sie schlängelte sich Richtung Strand.

»Schau!« sagte Quentin zu Toli, der neben ihm hockte. »Der Atem des Drachens!«

Jetzt wallte bläulicher Rauch auf. Er ergoß sich auf den Strand und kroch wie Nebel langsam über den Sand. Von grünlichem Feuer aus dem Haufen erleuchtet, wurde der Rauch immer dichter. Er wand sich jetzt bis zum Wasser.

Der erste Soldat, der den Pfad hinaufstolperte und dabei aus vollem Hals ein Seemannslied sang, blieb stehen und betrachtete trunken den Pfad, von dem aus Rauch um seine Füße waberte und an seinen Beinen hochzüngelte. Er machte ein paar Schritte zurück und wäre beinahe auf die beiden gefallen, die hinter ihm herkamen. Einen Augenblick lang starrten sie alle den geheimnisvollen Nebel an, der um sie herumwirbelte, dichter wurde und davontrieb.

Quentin spürte das dumpfe Dröhnen, bevor er es hörte: Es vibrierte in seiner Brust. Er bildete sich ein, der Felsen neben ihm wackele als Reaktion auf das Geräusch.

Es schwoll an und wurde immer lauter. Daneben ertönte jetzt ein scharfes Zischen, so als würde aus einem Spalt in der Erde Dampf entweichen oder als würde gleich ein riesiger Lindwurm losbrechen. Dann erbebte der Wald von einem lauten Brüllen. Das Gebüsch raschelte wie im Sturm, aber es ging kein Wind. Von den Bäumen rieselte Laub.

Vor Aufregung lief Quentin ein Schauder über den Rücken.

Mit großen Augen blickte er Toli an, der ihn angrinste. »Das Brüllen des Drachen.«

Die drei Soldaten am Strand waren erst verdutzt, dann erschrocken. Sie wankten und wichen zurück. Sie wollten weglaufen, blieben aber wie angewurzelt stehen. Das Gegröle am Feuer hatte aufgehört. Ein paar Männer waren aufgesprungen und sahen sich um.

Wieder erklang das Gebrüll. Diesmal noch lauter. Irgendwo hinten im Wald loderte ein helles Licht auf wie ein Blitz aus heiterem Himmel. In seinem kurzen Schein sah Quentin die entsetzten Gesichter der Männer am Strand: Der unaussprechliche Schrecken, der sich in ihren Zügen abzeichnete, machte plötzlich auch ihm angst. Und wenn nun wirklich ein Drache da war?

Auf den Lichtblitz folgte ein merkwürdiges Geräusch, das Knirschen von Zweigen, die vom Stamm brachen, und dann das Krachen, als sie auf die Erde fielen.

»Die Götter mögen uns retten!« schrie einer entgeistert vom Ufer her. »Der Drache naht!«

Der wabernde Rauch hatte den dicht gedrängten Haufen von Männern am Strand erreicht. »Der Atem des Drachen! Wir sind verloren!«

Zwei von denen, die in den Wald hatten gehen wollen, rannten ans Lagerfeuer zurück und ließen den dritten im Stich. Der lag auf den Knien, hielt sich mit den Händen die Ohren zu und kniff verängstigt die Augen zusammen. Er schluchzte schrecklich, dann kippte er mit dem Gesicht nach unten um.

»Er wird uns alle töten«, kreischte einer. Die Pferde, die hinten am Karren festgebunden waren, rissen sich mit angsterfüllten Augen los; sie wieherten und schlugen gegen jeden aus, der sich ihnen näherte. Die Männer fingen an, am Strand hin und her zu rennen und zu den Waffen zu greifen.

Dann ging von den rauchenden Haufen ein gespenstisches Glühen aus und tauchte das Ufer in ein unheimlich grünes Licht. Das Brüllen erklang abermals, so daß die Zweige knarzten und die Steine am Boden wackelten – da war Quentin sich diesmal sicher. Er warf einen schüchternen Blick über die Schulter zurück und bildete sich ein, die riesige dunkle Gestalt eines unnennbaren Ungeheuers aus den Schatten des Waldes kommen zu sehen. Das Ächzen der Bäume und das Krachen im Unterholz wurden lauter. Schwefelgestank erfüllte die Luft.

Die Scheiterhaufen, die alles in ein dämonisches Licht tauchten, stießen jetzt plötzlich einen Regen von Funken und winzigen Glutbrocken aus. Sie wurden zu flammenden Fontänen.

Die verstreuten und verwirrten Soldaten kreischten auf wie ein Mann. Die Pferde bäumten sich auf und rannten zum Ufer hinab. Nach kurzem Zaudern ließen die Männer ihre Waffen fallen und liefen weg; manche stürzten sich ins Meer und riefen den Wellen zu, sie sollten sie verbergen. Andere flitzten am Strand entlang, um sich zwischen den Klippen zu verstecken. Im Nu war am Strand niemand mehr zu sehen, außer dem Soldaten, der im Sand zusammengebrochen war.

»Los mit euch!« rief Teido. Quentin merkte, daß seine Beine schon so schnell zum Ufer liefen, wie sie konnten, als der Befehl ertönte.

Er stürzte sich auf die wackelige Holzrampe und dann über die Reling des kleinen Schiffes. Dann rannte er über das Deck zum Muringtau und machte es los. Er schaute nicht auf, als er spürte, daß Toli genauso fieberhaft an der Arbeit war wie er.

»Sind alle an Bord?« schrie Teido. Ronsard, der unten an der Rampe stand und cinc Ladung Schwerter sowie ein, zwei Schilde in den Armen hielt, brüllte zurück: »Ich sehe Derwin nicht. Er muß gleich kommen ...«

Quentin blickte zum Strand und zum Wald zurück. Er glaubte, im grünen Schein der qualmenden Scheiterhaufen zu sehen, wie sich die Riesengestalt eines schwarzen Drachen auf die Lichtung wälzte. Zwei große Augen glühten in der Nacht. Noch einmal erklang das Brüllen, das einem das Blut zum Erstarren hätte bringen können. Und dann tauchte unerklärlicherweise Derwin aus dem Rauch auf und tänzelte auf dem Pfad zum Boot hinab.

40

Prinz Jaspin beobachtete von seinem Altan aus die letzten Vorbereitungen zu seiner Krönung. Unten auf dem Rasen von Askalon waren hundert bunte Zelte erstanden wie blühende Sommerblumen. Damen und Herren spazierten umher, während Diener emsig dabei waren, dringliche Aufträge auszuführen.

In der Luft wogte der Duft Tausender Sträuße; darunter mischte sich das saftige Aroma der in Gruben röstenden Braten und der Süßigkeiten, die für das hohe Fest zubereitet wurden. Wo Jaspin auch hinsah, traf sein Blick auf bunten Frohsinn, so daß sogar er geblendet und entzückt war.

Er rieb sich die plumpen Hände und schlug wie verrückt vor Freude die Arme um sich.

Gern hatte der Prinz sich das Aussehen eines Königs verliehen. An jedem Finger klirrte ein Ring; um seinen Hals hingen goldene Ketten; sein üppiger Leib füllte ein wundervolles Brokatwams mit Spitzenbesatz aus; auf seinem Kopf saß eine goldbestickte flache Mütze, und außerdem hatte er sich zur Feier des Tages das Haar locken lassen. An den Füßen trug er Stiefel aus vergoldetem Leder. Seine Beine steckten in den feinsten Strümpfen, und darüber hatte er eine kurze Samthose an, die an den Knien mit silbernen Knöpfen geschlossen war. Er gab ein vollkommenes Bild königlicher Anmut ab.

Sein Einzug in die Stadt am Tag zuvor war nicht weniger großartig und majestätisch gewesen. Alle seine Edelleute ritten, in ihren schönsten Rüstungen und auf ihren besten Pferden, in einem triumphalen Zug neben ihm durch die Stadt. Auf den Straßen drängten sich dicht die Gaffer, die laut aufjubelten, sobald es angezeigt war. Ein unvoreingenommener Betrachter hätte die Begeisterung vielleicht nicht sehr heftig und herzlich gefunden; aber da Jaspin ganz von seinem Prunk geblendet war, kamen ihm die Freudensalven so großartig wie nur möglich vor. Ja, der Beifall des Volkes überwältigte ihn dermaßen, daß er ungewohnterweise die Stricke seiner Geldkatze lockerte und Gold- und Silbermünzen in die Menge warf. Das trug ihm natürlich weitere Gefühlsstürme ein, allerdings vor allem seitens eher zwielichtiger Gestalten. Diejenigen, die Jaspin nicht besonders schätzten, die aufrichtigen Bürger, blieben dem Umzug völlig fern.

Ein unparteiisches Auge hätte erkannt, daß die Lobeshymnen vor allem aus den Kehlen des Gesindels ertönten. Aber Jaspin galten die Leute als Damen und Herren, von edlem Stande allesamt.

Am Abend hatte man bis spät in die Nacht getanzt, geschmaust und gezecht. Jaspin hatte sich wider seine Gewohnheiten früh zurückgezogen, um sich seinen Glückstag nicht durch die Nachwirkungen des Weines zu vergällen.

Und jetzt stand er strahlend wie die Sonne selbst auf dem Altan und betrachtete das Schauspiel seines Ruhmes. Alle, die sein Blick traf, bedachte er mit seltenem Wohlwollen.

Da glitt ein flüchtiger Schatten über seine Augen. Er blickte auf und sah einen großen Vogel am Himmel schweben. Daraufhin machte er kehrt und ging in sein Gemach zurück, um sich auf die bald beginnenden Feierlichkeiten vorzubereiten, die mehrere Tage lang dauern sollten. Draußen auf dem Altan erklang ein Krächzen, und als er sich umdrehte, nahm er wahr, daß der Vogel, den er gerade erspäht hatte, auf der Brüstung landete. Ehe er sich versah, verwandelte der Vogel sich. Er wurde immer größer und wechselte die Gestalt. Im Nu stand der schreckliche Nimrod in der Tür und verdeckte die Sonne. Kalte Furcht packte Prinz Jaspins Herz.

»Was willst du?« fragte er atemlos.

»Nun komm. Wir wissen beide, was ich will. Warum sich zieren?« Der Hexer lächelte wie eine Schlange. »Ich verlange, was du mir versprachst.« Sein Ton war ein tückisches Zischen.

»Was ich dir versprach? Ich versprach dir nicht mehr, als ich dir bereits gab. Du wolltest den König – den gab ich dir. So lautete unsere Abmachung.«

»Und hast du geglaubt, ich würde mich damit zufriedengeben? Wie harmlos du bist.« Nimrods schwarze Augen flammten auf. Sein wildes Haar flatterte wie vom Wind bewegt. »Nein! Du hast jedem, der dir zum Thron verhelfen würde, etwas versprochen. Ich habe dir den Thron geschenkt. Geschenkt, hörst du?« Tobend ging der Geisterbeschwörer auf und ab. »Jetzt verlange ich meinen Lohn!«

»Und was möchtest du zum Lohn?« fragte der Prinz vorsichtig. Wenn sein Reichtum betroffen war, vermochte er genauso laut zu toben wie der wahnsinnige Zauberer.

»Dein halbes Königreich.« Nimrod grinste höhnisch. »Dein halbes Königreich, mein Prinzlein.«

»Das wirst du nicht bekommen, bei Azrael! Das wagst du zu fordern? Hinweg mit dir, du elender...«

Die Worte blieben ihm plötzlich im Hals stecken. Entsetzt blickte er in Nimrods zusammengekniffene Augen, die rot glühten.

»Ich könnte dich zertreten wie einen Wurm, Prinz. Spiele nicht mit mir. Ich bin dein Meister. – König willst du werden? Nun gut. Du sollst König werden, aber zu meinem Preis.«

»Und wenn ich mich weigere?« jammerte Jaspin kläglich.

»Das kannst du nicht.«

»Das kann ich nicht?« Der Prinz begann zu schmollen. »Wer sollte mich daran hindern? In zwei Tagen werde ich die Krone tragen. Ich werde auf jeden Fall König.«

»Ich frage mich, ob deine kleinmütigen Regenten dir die Krone so bereitwillig aufs Haupt setzen würden, sollte plötzlich Eskewar auftauchen.«

»Du hast gesagt, er ist tot. Du hast seinen Ring geschickt...«

»So gut wie tot. Er ist nicht weit von hier; gut versteckt. Du wirst ihn niemals finden. Aber man kann ihn wieder so weit ins Leben holen, daß er Anspruch auf seinen Thron erhebt. Das versichere ich dir.«

»Das wirst du nicht tun«, höhnte der Prinz. »Das würde alles, was du zuwege brachtest, zunichte machen. Alle deine Ränke wären vergebens gewesen.«

»Ach, der Anblick zweier Brüder in einem Zweikampf auf Leben und Tod würde mich aufs höchste erfreuen. Und ich brauche dir wohl nicht zu sagen, wer siegen würde.« Nimrods schwarze Augen glänzten triumphierend; er richtete sich zu seiner ganzen Größe auf. »Nun, wie lautet deine Entscheidung? Die Krone oder Eskewars Rückkehr im ungünstigsten Augenblick?«

»Du schwarze Schlange!« Jaspin ballte die Fäuste in der Luft. »Nun gut! Nun gut! Du sollst bekommen, was du verlangst. Aber welche Sicherheit bietest du mir? Woher soll ich wissen, daß du zu deinem Wort stehst?«

»Du weißt mit Sicherheit, Prinz Schakal, was ich tun werde, wenn du mich erzürnst. Alles andere? Nimrod läßt sich zu keinem Sterblichen herab.«

Jaspin wurde rot vor Wut, aber er wagte es nicht, seinem Zorn Luft zu machen. Seine Angst vor dem Zauberer war größer. Er hielt den Mund.

»Also abgemacht«, säuselte Nimrod. »In vierzehn Tagen komme ich wieder, um die Besitzurkunden meiner neuen Ländereien abzuholen. Und ich bringe dir ein Zeichen mit zur Erinnerung an deinen Schwur ... ein Zeichen, das dein Los besiegeln könnte, wenn du es dir anders überlegst.«

Nimrod drehte sich rasch um, sein Umhang bauschte sich hinter ihm. Dann hüpfte er auf die Stufe zum Altan, sprang auf die Brüstung und warf sich ins Leere, während Jaspin ihm entsetzt nachstarrte. Sobald er jedoch fiel, veränderte sich seine Gestalt so unglaublich schnell, daß man hätte meinen können, er sei nie etwas anderes als der große schwarze Rabe gewesen, der sich in den Himmel schwang.

41

Quentin hatte nur wenig geschlafen und unruhig dazu. Er hatte sich hin und her geworfen, als läge er im Fieber. Stimmen hatten ihn gerufen, und als er erwachte und sich aufsetzte, verschwanden sie. Zu hören war nur noch das Klatschen des Buges, der durch die Wellen pflügte.

Bald gab er es auf, Ruhe zu finden, und setzte sich statt dessen zu Derwin ans Ruder. »Nach den Sternen zu steuern ist leicht, sobald du den Dreh heraus hast«, antwortete Derwin auf Quentins Frage. »Wie bei allem anderen braucht man bloß zu wissen, wonach man sucht.«

»War heute abend wirklich ein Drache am Strand? Ich habe nämlich etwas gesehen. Was es war, kann ich aber nicht sagen.«

»Es war eine Täuschung. Rauch. Sonst nichts.«

»Mehr nicht? Aber das schreckliche Gebrüll, die Blitze, der Geruch.« Bei der Erinnerung daran zog Quentin die Nase kraus. »Wie hast du das alles gemacht?«

»Wie ich schon sagte, es gibt ein paar Dinge, die ein einstiger Zauberer, der seiner Macht abgeschworen hat, tun darf. Ich darf bisweilen zur Förderung des Guten eingreifen, aber auch das hat seinen Preis. Macht hat stets ihren Preis. Nein, meine früheren großen Kräfte liegen für immer außer meiner Reichweite, und es war nur zum Besten, daß ich darauf verzichtete.«

Darüber dachte Quentin eine Weile schweigend nach. Dann fragte er: »Warum hast du es getan?«

»Meiner Macht abgeschworen? Das ist ganz einfach: Ein Mensch kann nicht zwei Herren zugleich dienen. Die Macht ist ein fürchterlicher Meister. Sie verlangt dein ganzes Leben.«

»Und wer ist der andere Meister?«

»Das weißt du bereits. Der andere ist der allerhöchste, ein

Gott. Auch er verlangt dein ganzes Leben. Aber in ihm ist das Leben, nicht der Tod – und zu diesem führt die Macht am Ende.«

»Kann man die Macht nicht zum Guten gebrauchen? Wie heute abend am Strand?«

»Ja, freilich. Aber das war ja keine richtige Macht. Die Versuchung liegt darin, immer mehr Macht zu wollen und sich ihrer Herrschaft zu unterwerfen. Denn selbst wenn du die Macht gebrauchst, ist sie doch dein Meister. Am Ende stehen zwangsläufig Sklaverei und Tod. Früher oder später zerstört sie alles, was mit ihr in Berührung gelangt.«

»Wird sie dich zerstören?« Quentin mußte es wissen, auch wenn er den Gedanken verabscheute.

Derwin lachte leise. »Wer weiß? Vielleicht.«

»Aber du sagtest, du habest ihr abgeschworen.«

»Das habe ich auch. Aber die Macht wirkte viele Jahre lang stark in mir. Ich benutzte sie nach meinem Belieben zu meinen Zwecken, und wie ich sagte: Die Macht fordert ihren Preis. Ich hätte in Dekra wieder nach ihr gegriffen, aber klügere Köpfe als ich rieten davon ab. Sie erkannten, daß nicht einmal der Sturz eines Königreichs eine Seele wert ist. Nicht einmal eine armselige Seele wie meine!« Wieder lachte er.

»Aber wenn du ihr abgeschworen hast, wie kann sie dir dann noch schaden?«

»Wer vermag das zu sagen? Heute abend am Strand setzte ich nur einen kärglichen Rest meiner früheren Fähigkeiten ein. Und schon verspüre ich den Drang nach mehr. Die Macht zehrt an deiner Seele, bis nichts mehr da ist. Aber der Gott ist eifersüchtig. Ich habe vieles vergeudet, was er hätte haben können. Wer vermag zu sagen, was aus mir hätte werden können, wenn ich nicht soviel Energie auf die Beschäftigung mit der Schwarzen Kunst verschwendet hätte.« In Derwins Stimme lag zwar keine Trauer, aber Quentin hörte eine Sehnsucht heraus, eine Sehnsucht nach etwas unwiederbringlich Verlorenem.

»Du zum Beispiel«, fuhr Derwin fort. Er hielt das Ruder in der Hand und stützte diese locker auf sein Knie. »Du hast die besten Voraussetzungen, du bist noch jung. Für mich ist es zu spät.«

Das machte Quentin zwar traurig, aber er wußte, was der Einsiedler meinte. »Ich weiß von dem Gott«, sagte er. »Dem einen.«

»Tatsächlich? Woher?«

»Ich begegnete ihm in einem Traumgesicht. In Dekra. Ich empfing den Segen der Agria aus den Händen Jesephs und der Ältesten. Es geschah in der Nacht vor meinem Aufbruch.«

»Erzähle mir davon.«

Quentin berichtete Derwin alles, was ihm in Dekra widerfahren war; der Höhepunkt war die Segensfeier. Derwin hörte ihm aufmerksam zu, nickte und knurrte zustimmend.

Quentin steigerte sich ein zweites Mal in das Gefühl, das er in jener Nacht empfunden hatte. Das schien inzwischen so lange her. Er beschrieb den Mann aus Licht und seine Worte. »›Dein Arm soll Rechtschaffenheit heißen und deine Hand Gerechtigkeit. Ich werde deine Kraft sein und das Licht, das vor dir leuchtet. Verlasse mich nicht, und ich werde dir ewigen Frieden schenken.‹«

»So ist das also«, sagte Derwin atemlos. »Du hast ihn geschaut. Jetzt weißt du Bescheid. Alle, die ihn wahrhaft geschaut haben, können nicht mehr so weitermachen wie zuvor.«

»Siehst du ihn oft?«

»Ich habe ihn nie gesehen«, antwortete Derwin schlicht.

»Nie?« Quentin war fassungslos. Er hatte geglaubt, daß der Einsiedler mehr als jeder andere auf vertrautem Fuß mit dem Allerhöchsten stand.

»Nein, nie. Aber ich brauche ihn nicht zu sehen, um seine Anwesenheit zu spüren, seine Art zu erfahren. Es genügt mir, daß er mich als seinen Diener angenommen hat. Ich bin es zufrieden.«

»Aber ich dachte ... Du weißt so viel über ihn.«

»Das tue ich wohl. Ich weiß viel über ihn. Er überträgt jedem Menschen eine besondere Aufgabe im Leben und eine Segen, den er zu erfüllen hat. Du wurdest zu einem großen Werk auserwählt, und dein Segen ist etwas ganz Besonderes. Mir ist er niemals erschienen. Ja, dein Segen ist machtvoll, wie Jeseph sagen würde.«

Quentin war vollkommen sprachlos. Derwin hatte den Gott, dem er so treu diente, niemals geschaut. Die Worte des Einsiedlers klangen ihm in den Ohren: Es genügt mir. Ich bin es zufrieden.

Quentin versank ganz in seinen Grübeleien. Er rührte sich erst, als er das Knarzen nahender Schritte neben sich hörte. »Ihr beiden müßt ein wenig schlafen, ehe die Nacht vorüber ist«, sagte Teido. »Ich löse euch ab. Legt euch zur Ruhe. Bald bricht der Morgen an, und am Mittag laufen wir in den Hafen von Valdaj ein.« Er lachte. »Falls der Drachen tötende Einsiedler uns nicht auf offene See hinaus gesteuert hat.«

»Halte den Bug auf einer Linie mit dem Stern, der am niedrigsten steht, und den untergehenden Mond zu deiner Rechten. Dann gelangen wir ans Ziel. Gute Nacht.«

Die drei großen Schiffe ließen den Hafen von Valdaj klein wirken. Kriegsschiffe seien es, stellte Ronsard fest; von welchem Land, vermochte er allerdings nicht zu sagen. Die Freunde waren noch zu weit vom Hafen entfernt; sie sahen lediglich die hohen Masten und die breiten Rümpfe, die sich im diesigen Licht abzeichneten. Ronsard und Trenn lehnten sich gespannt über die Reling und hielten nach einem Abzeichen Ausschau: ein Banner, eine Flagge, eine Wappenfarbe oder ein Wappenzeichen, das ihnen die Herkunft der Schiffe verraten hätte.

»Es ist König Selrich!« rief Ronsard schließlich, sobald er die Flagge am Topmast erkennen konnte. »Dort weht sein Feldzeichen. Ich kenne es so gut wie mein eigenes.«

»Jawohl, es scheint Selrich zu sein«, bestätigte Trenn. »Wie lange ich nichts mehr von ihm gehört habe!«

»Was meint ihr?« fragte Teido. »Ist das die Vorhut der heimkehrenden Heere?«

»Ja, richtig! Das hätte ich fast vergessen«, rief Ronsard freudig. Quentin wurde, obwohl er nicht wußte, warum, von der nämlichen überschwenglichen Laune erfaßt, die seine Kameraden packte. Er beobachtete genau, wie ihr kleines Boot beidrehte, in die Hafenmündung einlief und auf den Anlegeplatz zuhielt. Neben den mächtigen Kriegsschiffen wirkte ihr winziges Gefährt mit den schwarzen Segeln wie ein unbeholfenes Spielzeug. Quentin staunte die breiten Rümpfe und die aufragenden Masten an. Dergleichen hatte er noch nie gesehen. Und dann waren es drei so große Schiffe, die einander glichen wie ein Ei dem anderen und mit ihrer Kühnheit und Anmut von Mut und Macht ihres Eigners kündeten.

»Wie lange sie wohl schon hier liegen?« fragte Teido.

»Noch nicht lang, glaube ich«, erwiderte Ronsard. »Als Quentin hier war, bestimmt noch nicht. Er würde sich an sie erinnern.« Quentin nickte zustimmend.

»Ja, wahrhaftig noch nicht lang!« rief Trenn. »Seht nur! Die Boote befördern immer noch Männer. Selrichs Heer geht an Land.« Er schwenkte seinen Arm, und alle an der Reling sahen, daß er recht hatte. Die langen Ruderboote brachten Soldaten aus dem letzten Kriegsschiff an den Kai.

»Wenn ich Selrich recht kenne«, rief Ronsard, »dann ist er dort drüben.« Er wies mit dem Kopf auf das am weitesten entfernte Schiff. »Er bleibt an Bord, bis der letzte Mann an Land ist. Ein echter Feldherr.«

Sie suchten Selrich unverzüglich auf. Und sie trafen ihn, wie Ronsard vorhergesagt hatte, dabei an, daß er seine Leute beaufsichtigte, wie sie über die Heckreling von Bord gingen. Als er Teido, Ronsard und die Königin erblickte, stürmte er selbst die Strickleiter hinab, um sie zu begrüßen. Auf Alineas Anregung lud er sie alle zu einem Gespräch in seine Kajüte ein. Dort erzählte Alinea ihm die Geschichte von Jaspins Verrat und dem Unglück des Königs.

Obzwar keiner es ausgesprochen hatte, vermuteten doch alle, daß Selrich für ihre Sache Verständnis aufbringen würde. Aber nicht nur das: Selrich, der König von Drin, geriet außer sich vor Zorn, als er erfuhr, was geschehen war, während er und seine Krieger an der Küste Pelagiens den Winter ertrugen und auf die ersten Frühlingswinde warteten, um in die Heimat zu segeln.

»Der dreiste Schurke!« rief Selrich und schlug sich mit der Faust auf die Handfläche, während er in der Kommandeurskajüte auf und ab ging. »Sein Ehrgeiz ist größer als sein Können. Das wird ihn den Kopf kosten, wenn ich etwas dazu beitragen kann!«

»Dann willst du uns helfen, Herr?« fragte Alinea.

»Euch helfen? Natürlich werde ich euch helfen, bei allen Göttern des Himmels und der Erde!« gelobte Selrich. Die Röte war ihm in die Wangen gestiegen und unterstrich sein feuriges rotes Haar und sein berüchtigtes Temperament.

Wütend hin und her stapfend fuhr er fort: »Wißt ihr, daß Eskewar mir und auch meinen Männern das Leben gerettet hat, häufiger, als ich aufzählen kann? Kein Mann, der in Gorr kämpfte, würde sich weigern, ihm jetzt beizustehen, bei Zoar!«

Quentin verfolgte alles aufmerksam. Selrich war der erste König, den er je gesehen hatte. Er war hingerissen von der schlanken, beeindruckenden Gestalt mit dem furchterregenden roten Haar, die vor ruhelosem Elan geradezu strotzte. Selrich konnte nicht einen Augenblick still sein. Sogar wenn er saß, was selten vorkam, fuchtelte er mit den Händen. Und seine Augen schauten beständig herum; nichts entging ihnen, gleichviel, wie unbedeutend es sein mochte.

Jetzt glich Selrich einem wütenden Löwen. Quentin schauderte innerlich, als er sich fragte, wie es wohl wäre, sich mit diesem herrischen Mann anzulegen.

»Wann können wir aufbrechen?« fragte Teido.

»Ja, sofort natürlich! Wir brechen sofort auf! Heute abend.«

»Aber deine Männer sind gerade erst an Land gegangen«, wandte Ronsard ein.

»Na und!« schnaubte Selrich. »Sie waren den ganzen Winter über an Land! Ich sende sofort meine Trompeter los, daß sie das Signal geben.«

Mit zwei langen Schritten war der König an der Tür. »Kellaris!« rief er. Sogleich tauchte ein hochgewachsener Mann mit pockennarbigem Gesicht auf. Er bückte sich durch die Tür und kam in die überfüllte Kajüte.

»Ich stehe zu Diensten, Herr«, sagte er und neigte leicht den Kopf.

»Kellaris, ich habe soeben bestürzende Neuigkeiten erfahren. Sende Trompeter an Land und lasse in der Stadt zum Sammeln rufen. Wir müssen die Männer so schnell wie möglich an Bord bringen. Mehr dazu später. Gib mir Bescheid, wenn alles bereit ist.«

»Wie du wünschst, Herr.« Ein Nicken, und Kellaris war fort.

Quentin beugte sich zu Toli und flüsterte ihm etwas ins Ohr. Toli nickte, und beide gingen unbemerkt hinaus, denn die anderen besprachen schon wieder ihr weiteres Vorgehen.

42

Der Abendhimmel funkelte von Tausenden winziger Sterne, von denen sich jeder wie ein Edelstein vom königsblauen Firmament abhob.

Es war ein langer Tag gewesen, dachte Jaspin. Ein langer und herrlicher Tag. Die Krönung war ganz nach seinen Wünschen ausgefallen: ein glänzendes, blendendes Spektakel. Voller Pomp und Prunk. Und jetzt war er endlich König. Endlos grübelte er darüber nach, während er den Söller entlanglief, von dem aus man die prachtvollen Gärten um den großen Saal herum überblickte. Die Nacht war noch warm vom Tage und erfüllt vom Duft Tausender Blumengirlanden, welche den Saal und die Umgebung schmückten, so weit das Auge reichte.

Tief zufrieden seufzte König Jaspin auf; er hatte die Hände hinter dem Rücken gefaltet und schlenderte vor sich hin summend auf und ab. Seine Gäste, es waren Tausende, schmausten und tanzten noch immer im großen Saal oder lustwandelten im Mondschein auf dem Söller und durch den Garten.

Jaspin jedoch wünschte ein wenig allein zu sein. Er verließ das hohe Fest und suchte sich ein ruhiges Plätzchen. Dazu stieg er eine kurze Treppe hinab, die zu einem niedrigen Wachtfenster in der Mauer führte, von dem aus man Blick auf den Söller hatte. Hier standen in Kriegszeiten Soldaten Wache über den Innenbezirk der Burg. Kaum hatte er die oberste Stufe erreicht, hörte er ein Zischen und ein Rascheln auf dem kühlen Stein. Er erstarrte und wagte nicht mehr, sich zu rühren. Seine Nackenhaare sträubten sich.

Dort im silbernen Mondlicht wand sich eine dicke schwarze Schlange über die graue Brüstung. Jaspin konnte den scharfgeschnittenen, eckigen Kopf und die funkelnden Augen deutlich erkennen, die ihn im Näherkommen genau beobachteten.

Dann rollte die Schlange sich vor Jaspins Augen zu einem Haufen zusammen und verschwand: Es blieb nichts außer dünnen Nebelschwaden. Der Dunst verfestigte sich zu einer ungestalten Masse und hing vor Jaspins verängstigtem Gesicht in der Luft. Da erkannte er innerhalb des Nebels Züge, die ihm nur zu vertraut waren. Einen Augenblick später bestand kein Zweifel mehr.

»Nimrod!« Jaspin entfuhr ein unterdrückter Schrei; er wollte niemandes Aufmerksamkeit erregen.

Das Gesicht im Nebel wurde immer klarer, bis das schreckliche Antlitz des Hexers Jaspin anstarrte. Der Zauberer fauchte: »Ich habe keine Zeit, Höflichkeiten mit dir auszutauschen.« Die Stimme klang dünn und fern.

»War das jemals anders?« fragte Jaspin sich leise.

»Ich will dir nur mitteilen, daß die Gefangenen entflohen sind.«

»Was geht mich das an?«

»Hüte dich, mit mir zu spielen, König Schakal!« Sogar als nächtlicher Nebel leuchteten die Augen des Geisterbeschwörers wie Blitze. Jaspin spürte die fürchterliche Macht des Magiers und schwieg stocksteif.

»Schon besser. Wir beide sind Verbündete, mein begriffsstutziger Freund. Vergiß das nie! Schließlich gehört mir die Hälfte deines Thrones. Halb Mensandor ist mein, wird es bald sein. Wenn ich mir die Mühe mache, dich zu warnen, dann kannst du sicher sein, daß die Sache dich angeht. Das tut sie wahrhaftig.«

»Die Gefangenen, sagtest du?« Jaspin versuchte eine ausreichend besorgte Miene aufzusetzen, was bei seiner Festlaune schwierig war.

»Hast du alles so rasch vergessen? Oder rätst du nicht einmal, um wen es geht?« Nimrods rascher Blick erkannte die Antwort auf seine Frage. »Du Tor, ich hatte dir mehr Verstand zugetraut, als du verdienst. Wußtest du nicht, daß in meinem Kerker Teido und einige seiner Freunde saßen? Königin Alinea, ein Wärter und ein Einsiedler namens Derwin. Ronsard sollte ebenfalls bei ihnen sein, aber er galt als ertrunken.«

Sosehr Jaspin es auch versuchte, er sah nicht, wie diese Menschen für ihn irgendeine Bedrohung darstellen sollten, auch wenn sie höchst verdächtig waren. Er blinzelte Nimrod verständnislos an. »Ich dachte, sie verstecken sich in Dekra.«

»Pah! Ich weiß nicht, warum ich mich überhaupt mit dir abgebe! Sie sind entflohen und kehren hierher zurück. Alles übrige magst du dir zusammenreimen, wenn du dazu imstande bist. Inzwischen achte auf meine Warnung und schütze deine Krone. Ich werde mich beeilen, die Flüchtigen zu ergreifen. Meine Späher sind bereits unterwegs, um sie aufzuspüren. Lange werden sie nicht in Freiheit bleiben.«

»Aber ...«, wandte Jaspin ein. Der Nebel mit dem Bild des Zauberers löste sich auf und wehte im nächtlichen Wind davon.

Jaspin überlief ein eiskalter Schauder. Er hastete davon und blickte immer wieder über seine Schulter zurück, falls jemand Zeuge seiner Unterredung geworden sein sollte.

»Wie dumm ich war!« verfluchte Jaspin sich, als er in seine Gemächer eilte. »Ich hatte diesen giftigen Hexer gar nicht nötig; ich hätte es alleine geschafft! Jetzt zieht er mich in seine Ränke hinein!«

Sie kommen also hierher zurück, dachte er. Teido und die Königin. Dazu Ronsard, der trotz allem noch lebt. Aber wer war dieser Derwin? Waren noch mehr Menschen beteiligt, von denen er nichts wußte? Und was machte das? Wie konnten sie ihm jetzt noch etwas anhaben? Die Krönung war vorüber, er war König. Nun gut, sollten sie kommen. Er würde auf alles gefaßt sein.

All dies überlegte Jaspin sich auf dem Weg in seine Gemächer. Als er seine Schlüsse gezogen hatte, machte er kehrt und begab sich wieder zu seiner Feier. Er war sicher, daß nichts schiefgehen konnte, und als er den großen Saal betrat, umschwärmten ihn sofort Schmeichler und Gratulanten.

Eine stete Brise bauschte die Segel von Selrichs Flaggschiff Windläufer. Quentin stand an der Steuerbordreling und sah zu, wie der Mond hinter dem Meer unterging.

Er atmete die salzige, nach Tang riechende Meeresluft ein und lauschte dem sanften Klatschen des Wassers am Bug des Kriegsschiffes. Dann hörte er leise Stimmen näher kommen. Er drehte sich um: Teido, Ronsard und König Selrich gingen in seine Richtung. Er wandte sich wieder dem Sternenfunkeln zu.

Die Männer blieben ein Stück von ihm entfernt stehen. Quentin konnte sie jetzt recht deutlich hören, obwohl sie leise und vertraulich miteinander redeten. Das Gespräch behagte ihm gar nicht.

Gleich wurde er des Lauschens überdrüssig. Er verfiel in eine bedrückte Stimmung, seufzte und ging weg.

»Was fehlt dir, junger Herr?« Jemand hatte ihn aus dem Schatten des Mastes heraus angesprochen.

Quentin spähte angestrengt in die Dunkelheit, konnte aber niemanden erkennen. Dann stellte er sich selbst in den Schatten und erblickte Kellaris, der auf einer Taurolle saß, den Rücken an einen Bottich gelehnt. »Ach, du bist es«, sagte Quentin.

»Ich bin schon einmal freundlicher begrüßt worden«, erwiderte König Selrichs engster Vertrauter.

»Verzeih mir«, murmelte Quentin, aber seine Entschuldigung kam nicht sehr überzeugend.

»Etwas quält dich, das sehe ich. Bist du seekrank?«

»Nein.«

»Was ist es dann?«

»Ich habe gerade die anderen belauscht«, gab Quentin zu.

»Unaufgefordert mitzuhören – daraus erwächst nichts Gutes.«

»Ich konnte nicht anders. Was sie über den König sagten, über Eskewar. Also ...« Quentin verstummte. Er wußte nicht, wie er sich ausdrücken sollte.

»Sie glauben, wir hoffen vergebens. Daß jede Hilfe zu spät kommen könnte. Stimmt's?«

Quentin ließ sich zu Boden senken und setzte sich mit verschränkten Beinen aufs Deck. Er nickte bloß. Ihm war zumute, als habe jemand ihn völlig ausgesaugt. Als er weiche Schritte näher kommen hörte, schaute er erst gar nicht auf.

»Ist diese Unterredung Männern vorbehalten, oder darf man sich als Dame dazugesellen?« Es war Alinea. Kellaris sprang auf, und auch Quentin erhob sich langsam.

»Bleibt bitte sitzen. Beide. Ich gehe wieder, wenn ihr ungestört sein wollt.«

»Ganz und gar nicht. Bitte, setze dich zu uns, Herrin. Der Rat einer Königin ist mir in der Sache, die wir bereden, höchst willkommen.«

»Du bist sehr freundlich. So will ich eine Weile bleiben. Nun, wozu bedürft ihr meines Rates«, fragte sie und setzte sich mit an die Brust gezogenen Knien neben Quentin.

»Der junge Mann hat Angst um den König. Er fürchtet, das Schlimmste könnte ihm widerfahren sein.« Obwohl der Ritter ganz freundlich sprach, riß Quentin den Kopf hoch und warf ihm einen warnenden Blick zu, als hätte er ein streng gehütetes Geheimnis verraten oder sein Vertrauen verletzt.

»Das steht tatsächlich zu befürchten. Ich selbst habe Angst davor.«

Quentin blickte auf und betrachtete die schöne Alinea, die so ruhig neben ihm saß. Sie beschäftigte zwar dieselbe Sorge wie ihn, aber ihre Stimme hatte nichts von seiner eigenen Unruhe.

»Die Sommersonnwende ist ja schon vorüber. Jaspin wurde zum König gekrönt...« Seine Stimme versagte.

»Und wir wissen nicht, wo Eskewar sich aufhält?« fuhr sie fragend fort.

Quentin nickte wieder bloß.

»Fasse Mut, lieber Freund. Die Geschichte ist noch nicht zu Ende. Es bleibt noch viel zu tun. Wenn wir nur einen kurzen Blick in die Zukunft werfen könnten, wie Derwin es anscheinend manchmal tut, würden sich die Aussichten vielleicht ganz anders darstellen, als sie uns jetzt scheinen. Auch wenn wir nicht voraussehen können, was kommen wird, bleibt uns die Hoffnung. Sie hat uns noch nicht verlassen, und wir selbst sollten sie nicht aufgeben.«

»Meine Herrin hat weise gesprochen«, pflichtete Kellaris ihr bei. »Das waren die Worte eines tapferen Herzens.«

Quentin mußte ihm recht geben. Alinea hatte die ganze Zeit über eine erstaunliche Beherztheit an den Tag gelegt. Plötzlich war er für den Schutz der Nacht dankbar, denn sie verbarg die Schamröte, die ihm in die Wangen gestiegen war.

Er stand langsam auf und sagte: »Ich danke dir für die freundlichen Worte, Herrin.« Mehr brachte er nicht heraus, ehe er sich langsam über Deck entfernte.

»Dieser junge Mann trägt die Last der ganzen Welt auf seinen Schultern«, sagte Kellaris, Quentin nachblickend.

»Ja, aber er beklagt sich nicht um seinetwillen«, murmelte Alinea. »Da schlägt ein edles Herz, gewappnet gegen alles Böse.«

Als Quentin in jener Nacht auf seinem Lager lag, betete er zum zweitenmal: »Allerhöchster Gott, lasse deinen Diener nur ein wenig weiter sehen. Oder gib mir wenigstens Hoffnung, die die Angst vertreibt.« Dann schlief er ein.

43

Als Quentin aufwachte, war auf dem Deck viel los: Stimmen riefen durcheinander, Füße trappelten hin und her. An den schräg einfallenden Sonnenstrahlen sah er, daß der Tag schon weit fortgeschritten war. Er schlug seine Decke zurück und sprang behende auf. Dann schwankte er kurz wie stets, wenn er auf See erwachte.

Auf dem Weg nach oben merkte er, daß die Schreie und Geräusche immer wilder durcheinandergingen. Irgend etwas stimmte nicht.

Voller Neugier rannte er an Deck, wo er fast mit Trenn zusammengestoßen wäre, der gleich hinter der Kajütentür stand.

»Sieh an, der junge Herr«, sagte Trenn blinzelnd und reckte sein Kinn vor. »Ach je, ein ganz schlimmes Zeichen.«

Zuerst wußte Quentin nicht, was Trenn betrachtete. Dann erschrak er: Wie hatte er das übersehen können!

Vor ihnen und zu beiden Seiten drohte eine ungeheure Nebelbank und wehte rasch über das Wasser auf sie zu. Das Meer lag ruhig, der Wind war sanft. Der dichte, wabernde Nebel schien von hinten angetrieben zu werden.

Es handelte sich um eine schmutzig graue Masse: Schwer und dunkel erhob er sich wie eine turmhohe Wand. Und während Quentin das Phänomen bestaunte, zogen die ersten Schwaden über die Sonne.

Quentin rannte zur Reling und beugte sich hinüber. Hinter ihnen hatten die beiden anderen Schiffe aufgeschlossen. Die Mannschaften versuchten ohne Erfolg, von einem Schiff zum nächsten Taue zu werfen, damit keines im Nebel verlorenging. Das erklärte die hastenden Geräusche, die er gehört hatte. Denn obschon die beiden anderen Schiffe noch bei klarem Wetter segelten, sich über ihnen ein wunderbar blauer Himmel spannte und die Sonne kräftig auf sie niederschien, war Selrichs Flaggschiff schon fast völlig im Nebel verschwunden.

Quentin beobachtete, wie die turmhohen Schwaden sich über ihnen schlossen und das letzte Stück des makellos blauen Himmels verdeckten. Die Sonne wurde erst zu einem trüben Fleck und verglomm dann ganz. Das war wahrhaftig ein schlimmes Zeichen, dachte Quentin, als die wogenden Wolken das Schiff verschluckten und den Blick auf die beiden anderen versperrten.

Er drehte sich um und staunte: Er konnte nicht einmal das Deck überblicken. Der Nebel war so dicht, daß er nicht sagen konnte, wo er gerade genau stand. Hätte er die Anlage des Schiffes nicht recht gut im Kopf gehabt, wäre er womöglich völlig verloren gewesen.

»Trenn«, rief er und war überrascht, als die Antwort aus nächster Nähe kam.

»Hier, Herr!« Der Wärter war nah an die Reling getreten. »Die Sache gefällt mir ganz und gar nicht. Das ist ein Trick dieses bösen Hexers Nimrod. Merke dir meine Worte. Er steckt hinter der Sache. Das spüre sogar ich.«

Trenn stand zwar dicht neben ihm, aber dennoch klang seine Stimme fern und gedämpft. Sein Gesicht verschwand im wallenden Nebel und tauchte wieder auf. Das Ereignis verhieß Übles. Quentin erschauderte und sagte: »Es ist bloß Nebel, Trenn. Ich bin mir sicher, daß wir bald durchgesegelt sind.«

»Ich neige dazu, Trenn recht zu geben«, ertönte eine Stimme hinter ihnen. Quentin wäre vor Schreck fast über Bord gegangen. Die Stimme war aus dem Nichts gekommen, Schritte waren nicht zu hören gewesen. Doch sie war vertraut, und jetzt konnte Quentin auch vage erkennen, daß der rundliche Derwin vor ihm stand.

»Wir haben keine Jahreszeit für Nebel auf See«, stellte der Einsiedler fest. Dann schwieg er lange. »Ich glaube, daß Zauberkraft dahintersteckt. Böse Hexerei. Dafür gibt es Anzeichen. Es ist kein gewöhnlicher Nebel, sondern Magie.«

Mehr sagte Derwin nicht, und das war auch gar nicht nötig.

Nur einer vermochte ein solches Blendwerk gegen sie in Gang zu setzen. Trenn hatte seinen Namen laut genannt, aber Quentin wagte es nicht.

Der Tag verstrich, und der Nebel wurde von Stunde zu Stunde unangenehmer. Er wurde beständig dunkler und kälter, so daß mitten am Nachmittag dichte Dämmerung herrschte und die feuchte Luft eisig war und sich in den Kleidern aller festsetzte, die sich aus ihren Kajüten trauten. Aus dem Nichts kamen merkwürdige, bitterkalte Windböen und trafen die überraschten Opfer hart im Gesicht, erst aus dieser, dann aus jener Richtung. Selrichs Männer, die gut ausgebildet und erfahren waren, sagten nichts, sondern bissen voll grimmiger Entschlossenheit die Zähne zusammen. Doch in ihren Augen wuchs die Furcht.

Quentin saß auf seinem Lager und aß einen Apfel, obwohl er gar keinen Appetit hatte. Der Apfel diente ihm bloß zur Ablenkung von dem schleichenden Unbehagen, das sie alle verspürten. Allein Toli, der auf seiner Pritsche döste, schien nicht beunruhigt zu sein. Allerdings hatte er den ganzen Tag lang kein Wort gesprochen.

Dann setzten die Stimmen ein. Quentin gewahrte sie, wie man merkt, daß der Wind aufgefrischt hat. Mit einemmal ist er da, obwohl er schon länger an Kraft zugenommen haben muß, ohne daß es einem aufgefallen ist. Genauso begannen die Stimmen. Erst waren sie ein kaum hörbares Geflüster. Dann wurden sie ein wenig lauter, schließlich schwollen sie an, bis die langen, jammernden Klagerufe weit übers Meer hallten.

Quentin und Toli schlichen sich an Deck und krochen bis zum Topmast, wo sich eine Schar Matrosen dicht zusammendrängte, außer ihnen auch Teido, Ronsard, König Selrich und Derwin.

Um sie herum war die stinkende Luft von Kreischen und Seufzen erfüllt. Schnarrende Rufe und schauerliches Gebrüll dröhnten durch die Luft. Weinen und Flüstern, greinende Ächzlaute umgaben sie. Der unheimliche Mißklang von Stimmen drang von allen Seiten auf sie ein: ein Chor sämtlicher unglücklicher Geister, die in der Unterwelt ihr Unwesen trieben.

Aus dem Bellen und Blaffen, dem Winseln und Plärren, dem

markerschütternden Heulen und dem gräßlichen Jaulen erhob sich ein Laut, der Quentin das Blut in den Adern erstarren ließ.

Ein Lachen. Ein Lachen, das erst leise und weit entfernt erklang und dann anschwoll. So unbeherrscht und wahnsinnig, gellend und scharf, daß davon die Takelung des Schiffes zu klappern anfing.

Quentin, der die Hände fest auf die Ohren preßte, konnte dieses irrsinnige Lachen durch die Fußsohlen spüren. Er wurde es nicht los. Der Laut hatte sich in seinem Kopf eingenistet. Schon wollte er glauben, wenn das Lachen nicht bald aufhörte, werde er über Bord springen, damit sich die Wellen still über ihm schlössen.

»Mut, Männer!« ertönte ein kühner Ruf. »Nur Mut!« König Selrich, der sich mit Derwin beraten hatte, als Quentin dazukam, war am Mast emporgeklettert und feuerte seine Männer an, wie er es sonst auf der Walstatt zu tun pflegte.

»Diese Schreie sind nur das Blendwerk eines Zauberers. Das sind nicht die Geister von Toten. Sie sind Lug und Trug, nichts weiter. Nur Mut!«

König Selrichs feste Worte schienen zu wirken. Quentin sah, wie die Angst in den Augen derer, die in seiner Nähe standen, nachließ. Selrich kletterte wieder herunter und nahm seinen Platz ein. Quentin und Toli, die beide stocksteif dagestanden hatten, gesellten sich zu den übrigen.

»Wie lange kann das so weitergehen?« fragte Ronsard, den Quentin im eklen Nebel kaum erkennen konnte.

»Endlos«, erwiderte Derwin. »Bis der Zweck der Unternehmung erreicht ist. Worin der allerdings besteht, weiß ich nicht.«

»Will er uns aufhalten? Vom Kurs abbringen?« fragte Teido.

»Vielleicht, aber meiner Meinung nach steckt ein anderer Grund dahinter.«

Quentin spürte, wie der Nebel sich veränderte und ein kalter Wind die Wellen aufpeitschte.

»Partro!« rief Toli. Quentin übersetzte.

»Nichts als Zauberstimmen um uns herum, und er sagt ›Horcht!‹«, höhnte Trenn.

»Nein, er hat recht!« rief Derwin. »Horcht! Was hört ihr hinter den Stimmen?«

Quentin lauschte und hörte etwas krachen, da brandeten Wellen gegen Felsen. Die Felsklippen!

»Wir geraten in die Klippen!« schrie Teido.

»Wir laufen auf!« rief Selrich und rannte los. »Steuermann, schwenke nach Backbord!«

»Nein, nicht!« schrie Derwin. »Selrich, befiehl deinem Steuermann, den Kurs zu halten. Weiche nicht aus.«

Der König blickte den Einsiedler verwirrt an. Er fing an, ihm zu widersprechen: »Wir werden gleich an den Felsen zerschellen. Wir kommen immer näher. Im Nu …«

»Es ist ein Trick! Halte Kurs!«

König Selrich zauderte kurz, dann befahl er: »Steuermann, halte Kurs.«

Dicht gedrängt standen alle da und warteten auf das gräßliche Geräusch, wenn Holzbalken an einer trügerischen Klippe zersplittern. Denn sie glaubten auf einer der Geheimnisvollen Inseln aufzulaufen. Sie warteten auf den heftigen Ruck und das Umkippen des Decks, darauf, zu stranden und ins Meer geworfen zu werden.

Aber obwohl sie rundherum vom Lärm auf unsichtbare Felsen schlagender Wellen umgeben waren, erlitten sie keinen Schiffbruch. Das Schiff blieb heil und glitt durch den bedrückenden Nebel.

Mehrere unerträgliche Stunden vergingen. Die Menschen auf Deck saßen jetzt gespannt im Kreis. Ab und zu stand einer von ihnen auf und ein anderer nahm seinen Platz ein, aber einige hielten stets Wacht.

Als die Nacht hereinbrach, wie man durch die zunehmende Finsternis, die durch den Nebel drang, annehmen durfte, befahl König Selrich, entlang der Reling Fackeln aufzustellen, damit niemand über Bord fiel. Im flackernden Licht der trüben Fackeln ging das elende Warten weiter.

Quentin, der auf den feuchten Planken zusammengesunken war und unruhig schlummerte, bemerkte plötzlich eine große

Verwirrung. Da rannten Leute über Deck, Warnrufe ertönten. Und in größerer Ferne hörte man das schreckliche Geräusch eines zerschellenden Schiffes.

Er sprang auf, schüttelte den Kopf, damit er klar wurde, und folgte den anderen zum Heck.

»Eines unserer Schiffe ist aufgelaufen!« rief ein Matrose. »Es geht unter!«

Als sie in den Nebel spähten, als wäre es ein Sumpf, sahen sie nichts. Aber die schlechte Luft war von den Angstschreien der Männer und dem gräßlichen Zersplittern des Schiffes, das an einem Felsen hing und auseinanderbrach, erfüllt. Quentin konnte den Mast aufs Deck krachen hören, dazu die Schreie der Männer, die unter seinem Gewicht zermalmt wurden. Er hörte Männer, die im Wasser ertranken. Quentin fühlte sich elend und hilflos, wie er so dastand und die Heckreling fest umklammerte. Man mußte etwas unternehmen, die Leute retten!

König Selrich wollte das Schiff umkehren und Beiboote ins Wasser lassen, um die Mannschaft des verunglückten Gefährts zu retten und die Überlebenden aufzufischen. Aber Derwin, der dicht hinter ihm stand, legte ihm warnend eine Hand auf den Arm und sagte: »Nein, gib den Befehl nicht. Da draußen ist nichts. Halte streng Kurs.«

Der König blickte sich im wirbelnden Nebel um und flehte die übrigen um ihren Rat an. Teido sagte nichts, Ronsard wandte sich ab. Da hatte Selrich seine Antwort. Er schlug mit der Faust auf die Reling und unterließ den Befehl.

»Wenn du möchtest, dann kann dein Trompeter den anderen Schiffen ein Signal blasen. Falls sie in der Nähe sind, dann hören sie, daß wir unbeirrt weiterfahren.«

Selrich folgte Derwins Vorschlag, der Trompeter stieg hoch auf den Mast und blies einmal lang und kräftig in sein Instrument. Dann wiederholte er den Ruf, als wollte er sagen: »Bleibt standhaft! Alles ist gut. Bleibt standhaft.«

Das Schiff fuhr weiter, und die Schreie der Männer aus dem Wrack verloren sich allmählich im alles schluckenden Nebel.

44

»Wir hätten etwas tun müssen.« Quentin ließ nicht locker. »Es war nicht recht, sie sterben zu lassen. Wir hätten ihnen helfen können. Wir hätten etwas tun müssen.«

»Wir haben doch etwas unternommen«, erwiderte Alinea sanft. »Wir haben Derwin vertraut.«

»Aber du hast es nicht gehört! Es war fürchterlich. Die Schreie der Männer…«

Quentin hatte gesehen, wie die Königin an Deck gekommen war. Ihre Stimme war zwar fest und tröstlich, aber an ihren rotgeränderten Augen erkannte er, daß sie von dieser Folter genauso mitgenommen war wie alle übrigen auch; allerdings hatte sie sie allein in ihrer Kabine ertragen.

»Derwin hatte einen Grund für sein Verhalten. Daran zweifle ich nicht. Komm, willst du dich nicht ein wenig ausruhen?« Alinea drehte sich um und schob Quentin in ihr eigenes Quartier, wo er sich hinlegen und seine unruhige Seele von ihrer Last befreien konnte. »Du brauchst Schlaf.«

Quentin nickte wie in Trance. Seine Gliedmaßen waren wie aus Blei, seine Augen brannten. Schlaf. Das Wort hörte sich so friedvoll an. Doch er fragte sich, ob einer von ihnen jemals wieder Frieden finden würde. Es war schon so lange her, daß er zum letztenmal wirklich Ruhe gefunden hatte, und der Schlaf war zu einer Reihe qualvoller Träume und halb wahrer Schrecknisse geworden.

Als er gerade durch die Tür trat und nach unten steigen wollte, hörte er den Steuermann rufen: »Freie Sicht voraus! Freie Sicht voraus!«

Quentin schaute hin und sah, daß der Nebel sich, von einem frischen Wind zerteilt, in dünne Schwaden auflöste. Dann blickte er zum Himmel empor: Der Dunst zog ab, als hätte eine Riesenhand einen Schleier zurückgezogen.

Am Firmament funkelten die Sterne so fröhlich, daß Quentin glaubte, sie hätten nie heller geschienen. Jetzt kämpfte das Schiff sich durch die letzte Nebelwand, und plötzlich waren sie frei.

Quentin sog die angenehme, frische Luft tief ein. Er mußte einfach nach der Hand der Königin greifen und sie drücken. Beinahe hätte er vor Freude getanzt. »Der Nebel ist weg!« rief er. »Wir sind frei.«

Keiner kam am nächsten Morgen freudiger an Deck als Quentin. Die häßlichen Ereignisse vom Tag zuvor waren durch eine Nacht tiefen Schlafes wie weggewischt und schienen im hellen Licht eines klaren Tages nun fern und unwirklich: wie Schatten. Hirngespinste eines müden Verstandes. Und doch wußte er, daß sie sich zugetragen hatten.

Die überraschendste und für ihn erfreulichste Entdeckung machte er, als er an Deck stieg. Er traute seinen Augen nicht, als er den Blick über den blauen Horizont schweifen ließ, erst die weißen Schäfchenwolken sah, die übers sonnendurchflutete Himmelsgewölbe zogen, und dann eines bemerkenswerten Anblicks gewahr wurde: hinter ihnen fuhren zwei Schiffe. König Selrichs Schiffe.

Um sich dieses Wunder erklären zu lassen, lief er zu Derwin, der an der Heckreling aufs Meer hinausblickte und dabei friedlich vor sich hin sann.

»Ja, so ist es. Wie du siehst, haben wir vergangene Nacht kein Schiff eingebüßt«, erwiderte er auf Quentins Frage.

»Aber ich habe doch alles gehört. Den Schiffbruch, die Hilfeschreie, das zersplitternde Holz. Ich habe alles gehört wie die anderen auch.«

»Ja, wir haben es tatsächlich gehört. Aber wie der Nebel selbst und die scheußlichen Stimmen war auch der Schiffbruch Hexerei. Dadurch sollten wir gewiß von unserem Kurs abgebracht werden und wirklich auflaufen. Wenn wir abgedreht hätten, wären wir mit einem der anderen Schiffe zusammengestoßen.«

»Es gab also keinen Schiffbruch und auch keine Klippen.«

»Überrascht dich das? Warum hast du den Nebel und die Stimmen so bereitwillig für Blendwerk gehalten, den Schiffbruch aber nicht?«

»Der war etwas anderes, irgendwie glaubwürdiger. Er wirkte so echt.«

»Das tat der Drache am Strand für die Soldaten auch.« Derwin lächelte geheimnisvoll. »Vieles verdankt sich der Bereitwilligkeit, es zu glauben.«

»Verzeihe mir«, sagte Quentin plötzlich, als er sich das mit der Zauberei lange überlegt hatte.

»Dir verzeihen? Warum denn?«

»Ich hielt dich...« Quentin brachte das Wort nicht heraus.

»Du hieltest mich für hartherzig, weil wir nicht umkehrten, um nach den Ertrinkenden zu sehen. Einen Moment lang hieltest du mich für genauso abscheulich wie Nimrod. Stimmt's?«

Quentin nickte und wich Derwins Blick aus.

»Pah! Mach dir nichts draus. Es war recht von dir, helfen zu wollen.«

»Woher wußtest du Bescheid? Woher wußtest du, daß es Zauberei war?«

»Ich hatte eine Ahnung: Ein Hexer erkennt Hexerei. Es sah Nimrod ganz ähnlich, uns dergleichen Schwierigkeiten in den Weg zu legen. Ich vertraute einfach auf mein Herz.«

»Dann wußtest du es also nicht mit Sicherheit?«

»Nein, nicht mit Sicherheit. Auf dieser Welt ist nur weniges sicher. Quentin, du mußt lernen, der leisen Stimme in dir zu vertrauen, innezuhalten und ihr zu lauschen. Der Gott führt uns anhand solcher kleinen Fingerzeige. Nur selten erteilt er einen regelrechten Befehl.«

Quentin verabschiedete sich und grübelte über Derwins Worte nach. Dieser Gott war so ganz anders als diejenigen, die er gut kannte; diese sprachen zwar in Rätseln, aber zumindest in bekannten Worten, nicht durch Zeichen, Winke und Omen. Nicht durch Fingerzeige. Wenn man ein Orakel hatte, konnte man sich wenigstens an etwas festhalten.

Doch noch als er dies dachte, fiel ihm ein, wie oft die Priester im Tempel den hoffenden Pilgern ein falsches Orakel genannt hatten, das sie sich ausdachten. Ja, dachte er wehmütig, nur sehr weniges war sicher. Dann erinnerte er sich an Alineas trostreiche Worte: »Wir haben doch etwas unternommen, wir haben Derwin vertraut...« Vertrauen konnte man also haben, gleichviel, wie einem zumute war.

Der Tag verlief im übrigen ohne Zwischenfall. Wie auch der nächste und übernächste und schließlich ein dritter. Quentin bekam immer mehr das Gefühl, daß das, was er seit seinem Aufbruch aus dem Tempel erlebt hatte, ein Traum gewesen oder einem anderen Menschen zugestoßen war. Aber das feste Deck unter seinen Füßen sagte ihm, daß alles Wirklichkeit war.

Während die Zeit so verstrich und das Schiff eine viele Meilen breite Furche durchs Meer pflügte, geriet Quentin in eine launische Stimmung. Bald war er himmelhoch jauchzend, bald bitterlich betrübt und stellte sich eine Unzahl von Schrecknissen vor, die ihnen erst noch bevorstanden. Nur allzu rasch war sein Anflug von Frohsinn verraucht.

Obwohl er nicht wußte, was sie erwarten würde, sobald sie Askalon erreichten, dachte er sich, daß es sicher nicht angenehm und wahrscheinlich sogar lebensgefährlich werden würde. Bisher hatten sie Nimrods Macht getrotzt. Doch allein der Gedanke an ihn erfüllte Quentin mit einer düsteren Vorahnung.

Ein stummer Gefährte, folgte Toli ihm auf Schritt und Tritt; der junge Dscher hatte es aufgegeben, seinen Herrn zu irgendeiner Beschäftigung anzuregen, die seine sorgenvollen Gedanken beruhigt hätte. Denn sobald sie einen Moment untätig waren, versank Quentin wieder in Trübsinn.

Schließlich kündigte ein schwacher rotbrauner Fleck am Horizont ihnen an, daß Mensandor voraus lag. Trotz des Nebels hatten sie den Kurs genau gehalten und waren erstaunlich schnell gewesen. Die gekonnte Umschiffung der Sieben Geheimnisvollen Inseln hatte wieder einmal die Redensart bestätigt: »Die Männer von Drin werden aus dem Meer geboren.«

Im Kriegsrat, der abgehalten wurde, sobald Land in Sicht war, faßte man den Beschluß, weder anzulanden und den Weg von Lindalien nach Askalon zu Fuß fortzusetzen noch ein Stück weiter um die Halbinsel zu fahren und von Hinsen aus zuzuschlagen, sondern – ein viel kühnerer und daher überraschender Plan – gar nicht zu landen. Sie wollten auf dem breiten, trägen Westarm der Wilst landeinwärts segeln.

»Läßt sich das bewerkstelligen?« fragte Teido. Sie saßen in der Kajüte des Königs und betrachteten eine große, auf Pergament gemalte Landkarte. Alle dachten angestrengt nach.

»Für gewöhnliche Seeleute nicht. Aber meine Matrosen schaffen das. Meine Schiffe sind zwar groß und breit, liegen aber flach im Wasser. Es sind schließlich Kriegsschiffe. Im Krieg weiß man, worauf es ankommen wird. Manchmal muß man über Flüsse fahren.«

»Für das Können seiner Seeleute und Schiffsbauer verbürge ich mich«, sagte Ronsard. »Die kann ich nach meinen Erfahrungen im Krieg gegen Gorr nur empfehlen. Es gibt keine besseren.«

»So sei es! Wir fahren von Lindalien auf dem Fluß landeinwärts. Aber schaffen wir die Gabelung, wo der Herwüt von der Wilst abzweigt? Falls nicht, wäre es besser, noch ein Stück weiterzusegeln und von Hinsen aus loszumarschieren, selbst wenn es mehr Zeit kostet.«

»Ich bin mir sicher, daß es zu schaffen ist«, versicherte Selrich.

»Ja«, meinte Teido. »Ich kenne die Gegend gut. Der Herwüt ist ein alter, tiefer Fluß. Dort, wo er in die Wilst fließt, hat das Wasser eine tiefe Schlucht eingeschnitten. An beiden Seiten steigen hohe Felswände an. Hier strömen die Gewässer auseinander.« Er deutete auf einen Punkt auf der Karte. »Da gibt es tiefe Strömungen. Wenn wir es mühelos bis zu dieser Gabelung schaffen, dann haben wir nachher überhaupt keine Schwierigkeiten.«

Quentin, der in einer Ecke kauerte, sagte nichts, aber es gefiel ihm, daß endlich etwas geschah, auch wenn nur geredet wurde.

Die Küste von Mensandor war stündlich klarer und deutlicher zu sehen. Das Nahen des Landes und die Ratsversammlung beschwingten zwar seine Laune. Dennoch überliefen ihn immer wieder Schreckensschauder, wenn er an das dachte, was vor ihnen lag. Vor seinem geistigen Auge sah er nichts als Blut und Verderben, Schwertkämpfe, Feuersbrünste, Schmerzen und Tod.

»Hör zu jammern auf! Du bist König, so benimm dich wie einer!« Nimrod zeigte mit seinem langen, knochigen Finger auf Jaspins Gesicht. Dieser zuckte zurück und ließ sich wieder auf seinen Thron sinken.

Er wimmerte beleidigt: »Das wäre alles nicht passiert, wenn du...«

»Wage nicht, über mich zu richten! Es war dieser verfluchte fromme Mann, dieser Derwin. Er hat meinen Zauber zunichte gemacht. Und er soll mir dafür büßen. Du wirst schon sehen, wie er sich winden wird. Sie sollen sich alle winden. Sie werden sich wünschen, auf dem Meeresgrund begraben zu liegen.«

Nimrod raste in wahnsinniger Wut mit wehendem Haar um Jaspins Thron. Er tobte und kochte; sein Ausbruch fand in Jaspins rückratlosem Geschwätz kein Ventil.

Mit einemmal blieb er stehen und schaute Jaspin böse an. Dieser erwiderte den brennenden Blick mit ängstlichen Augen und wagte kaum, dem Hexer ins Gesicht zu sehen.

»Was? Warum siehst du mich so an? Hör auf damit! Ich mag das nicht!« klagte Jaspin. Er rutschte unruhig auf dem Thron hin und her und umklammerte die goldenen Armlehnen.

»Sollen sie nur kommen«, schnurrte Nimrod. Ein schlangenhaftes Lächeln glitt über seine Lippen. Seine schwarzen Augen sprühten Feuer.

»Und dann?« Jaspin traute sich kaum zu fragen.

»Sollen sie kommen. Wenn wir sie mit Zauberkraft nicht aufzuhalten vermögen, so wird es uns mit Gewalt gelingen. König Schakal, wie viele Männer stehen unter deinem Befehl?«

»Nun, nur etwa dreitausend...«

»Und darunter sind wie viele Ritter?«

»Vierzig oder fünfzig. Um Einzelheiten habe ich mich noch nicht gekümmert. Es war keine Zeit...«

»Genug!« Der böswillige Zauberer schritt wieder auf und ab. Die Fragen richtete er über seine Schulter an Jaspin. »Wie viele Edelleute hast du gekauft?«

»Wenigstens ein Dutzend. Zweifellos ließen sich noch einige mehr überzeugen, da ich jetzt König bin«, prahlte Jaspin.

»Spare dir deine hohle Eitelkeit, sie zehrt an mir.« Nimrod verschränkte die Arme über der Brust und blieb vor Jaspin stehen. »Uns bleiben drei Tage, um unsere Kräfte zusammenzuziehen. Versammle deine Edelleute und alle ihre Bewaffneten. Wir brauchen genügend Streitkräfte, um sie unverzüglich zu vernichten.« Er griff sich aus einer Obstschale einen großen grünen Apfel und hielt ihn in seiner knorrigen Faust in die Höhe. Dann drückte er ihn zusammen, so daß der Apfel zu Jaspins Verblüffung in gelben Flammen aufging. Im Nu wehte die Asche wie Schneeflocken zu Boden.

»Haha! Du siehst, wie es geht!« Der Zauberer warf ein verschrumpeltes und verkohltes Stück auf den Boden. Das war alles, was von dem Apfel übrig war.

Inzwischen hatte Jaspin schnell gerechnet: »Ritter und Fußsoldaten kommen auf über zehntausend Mann. Es läßt sich nicht schaffen. Wir haben nicht genug Zeit.«

»Es muß zu schaffen sein.«

»Aber wer soll so eine Streitmacht befehligen? Ich glaube nicht, daß ich ...«

»Nein, du nicht, du Wurm. Ich habe einen Befehlshaber bei der Hand. Er braucht nur meiner Legion der Unsterblichen beizutreten.«

Bei diesen Worten wurden Jaspins schlaffe Züge gespenstisch fahl. Sein Gesicht wirkte mehlig. »Nein, nicht die Totenlegion. Das ist nicht nötig.«

»Still! Diesmal machen wir es auf meine Art, und dann ist ein für allemal Schluß. Wenn ich die Sache dir überließe, würdest du den Karren wieder in den Dreck fahren.« Der böse Zauberer starrte Jaspin hinterhältig lächelnd an. »Ja, mein kleines Püppchen.« Nimrod kicherte drohend. »Diesmal ist ein für allemal Schluß.«

45

Bei Einbruch der Nacht hatten die Kriegsschiffe die zerklüftete Küste von Mensandor erreicht. Die rötliche Farbe rührte von den Klippen, die sich am Ufer zu beiden Seiten der trägen Wilst erhoben. Die glatten, roten Sandsteinfelsen schimmerten kräftig im schwindenden Licht und warfen das Echo der kreischenden Möwen und Seeschwalben zurück.

Zur Nacht ankerten sie unmittelbar vor dem dreieckigen Felsbrocken, der die Flußmündung bewachte. Der Felsen, Kartwart, das heißt »Hüter«, genannt, stand Wache, ein Soldat in unablässiger Pflichterfüllung, der gleichzeitig zahllosen Seevögeln Unterschlupf bot. An seinem Fuß floß das trübe Wasser der Wilst ins grüne Meer, dem die Ureinwohner der Gegend den Namen Gerfallon gegeben hatten.

Am folgenden Tag begaben sich die Schiffe unter den Blicken der neugierigen Einwohner von Lindalien flußaufwärts. Die Leute wollten das Schauspiel der drei Kriegsschiffe nicht versäumen, die unter den Anstrengungen der Ruderer an den Klippen vorbeigesteuert wurden.

Am zweiten Tag hatte Selrichs Flotte die Gabelung erreicht, die Teido beschrieben hatte. Sie war genau so, wie er gesagt hatte: Die Fluten der beiden mächtigen Flußarme hatten eine tiefe Schlucht gegraben, die von hohen Felswänden eingeschlossen war. Über diese steilen Ufer ergossen sich wie ein Wasserfall aus Laubwerk üppig und grün Ranken und Sträucher.

Der Reihe nach liefen die Schiffe in tiefere Gewässer, zogen die Ruder ein und ließen sich vom Fluß weitertragen. Lautlos fuhren die Eindringlinge auf dem Herwüt in die Ebenen hinab. Überall lag eine fast greifbare Stille, dem honigfarbenen Licht gleich, das die Sonne auf sie warf.

Allmählich wichen die hohen Ufer zurück. Die Schiffe, die sich in der tiefen Fahrrinne des Herwüt hielten, fuhren an weiten baumbestandenen Hügeln vorüber. Gelegentlich glitten sie an einer Ansammlung einfacher Hütten vorbei, aus deren finstere Türhöhlen ängstlich Bauern blickten, während gefleckte Köter am Ufer trotzig bellten.

Quentin, der auf Deck stand, schien die Zeit wie im Traum zu vergehen; er sah die Welt vorüberziehen und spürte nichts dabei. Die dumpfe, schmerzliche Furcht hatte sich in eine vage Vorahnung verwandelt. Er wurde auf etwas zugetrieben. Etwas, das er zwar kannte, aber nicht benennen konnte. Manchmal erhaschte er einen Blick darauf: in Lichtflecken auf dem Wasser oder zwischen den Bäumen. Goldenes Licht und silberblauer Schatten. Dunkelheit. Immer wieder Dunkelheit.

Er wollte nach einem Vorzeichen Ausschau halten, hatte das Deuten von Omen aber aufgegeben. Tatsächlich? Er entsann sich nicht, jemals den konkreten Entschluß gefaßt zu haben, konnte sich aber nicht an das letzte Mal erinnern, daß er nach einem gesucht hatte. Diese Übung hatte er sein lassen, ohne es zu merken. Und bis jetzt hatte er sie auch nicht vermißt.

Also hatte er sich in Dekra stärker verändert, als er gedacht hatte. Auf welche Weise wohl noch? fragte er sich. Er verbrachte den Rest des Tages damit, über den Gott nachzudenken, der die Kraft besaß, seine Anhänger zu verändern; auch dies unterschied ihn von allen anderen Göttern, die Quentin kannte.

Am dritten Tag erreichten die Schiffe die Ebene von Askalon. Vom Burghügel bis zum Flußufer erstreckte sich eine Meile flachen Landes. Ein weites Feld, der Schauplatz zahlreicher Schlachten, die Wiege und das Grab vieler Feldzüge.

Bis zum südlichen Rand der Ebene und bis hin zum Herwüt reichten die Ausläufer des Waldes von Pelgrin. Hier, im Schutz der Bäume am Flußufer, wollte Selrich sein Feldlager aufschlagen. Sie würden sich am Waldrand niederlassen. Von dort aus konnten sie die Ebene überblicken.

Als die Schiffe anlandeten, waren die Tage des Wartens und der Untätigkeit abrupt zu Ende. Scharen von Männern ergossen sich aus den Schiffen; sie schleppten Vorräte, Waffen, Zelte und Werkzeuge. Die Pferde wurden, mit dicken Bündeln aus Rüstungen und Waffen beladen, an Land geführt. Sobald die Schiffe ihre Fracht freigegeben hatten, erstand zwischen den Bäumen eine kleine Stadt. Die Wälder hallten von den Rufen der Männer wider, die ihre Zelte aufbauten und mit Äxten das Unterholz ausschlugen.

»Ein guter Platz«, sagte König Selrich zu Teido, während sie das Treiben beobachteten. »Im Rücken schützt uns der Fluß. Vor uns liegt die Ebene. So leicht kann man uns nicht überraschen.«

»Geh ein Stück mit mir; vielleicht können wir die Burg schon sehen.«

Sie schritten ein kurzes Stück durch den Wald. An seinem Rand angekommen, erblickten sie die Ebene und darüber auf dem Hügel wie eine reglose Wolke die in Dunst gehüllte Burg Askalon. Doch die beiden verloren rasch ihre Neugier auf diesen Anblick, denn vor ihnen lag das gesamte Heer Jaspins und erfüllte die Ebene.

»Azrael soll ihn holen!« fluchte der König. »Der Fuchs erwartet uns!« Mit vor Überraschung und Entsetzen großen Augen schaute er Teido an. In diesem Augenblick knackte hinter ihnen ein Zweig. Die beiden drehten sich um.

»So ist es!« sagte Derwin und betrachtete die tausend Zelte und die flackernden Lichter der Lagerfeuer, die im Dämmerlicht aufflammten. »Das stand zu erwarten. Sie wußten die ganze Zeit, daß wir kommen würden.«

»Mit dem Überraschen ist es vorbei«, sagte Teido.

»Und mit den Kriegern, die wir haben, können wir es nicht gegen eine solche Streitmacht aufnehmen. Auf wie viele schätzt ihr sie?« Er ließ seinen Blick, so weit er konnte, von Norden nach Süden schweifen.

»An die zehntausend, will mir scheinen.«

»Gegen tausend von uns ...« König Selrich verstummte.

Ohne ein weiteres Wort kehrten die drei Männer ins Lager zurück.

Auch dort waren Feuer entfacht worden. Rauch und der Duft nach bratendem Fleisch und kochender Brühe wehten durch den dunklen Wald. Quentin und Toli, die seit der Landung seltsam geschäftig gewesen waren, kamen jetzt mit einem großen braunen Roß am Zügel herbei.

Teido, Derwin, Ronsard und die anderen saßen um ein knisterndes Feuer vor König Selrichs blauweiß gestreiftem Zelt.

Quentin strahlte. »Befindet sich in dieser Runde ein Ritter, der auf den Namen Ronsard hört?«

Fragenden Blickes hob Ronsard den Kopf. »Das weißt du doch, mein Junge. Hier bin ich.«

Quentin lachte. »Dann, Herr Ritter, steh auf und fordere dein Roß ein!« Er reichte dem verdutzten Ronsard die Zügel und machte einen Schritt zurück, um zu sehen, wie sein Scherz wirkte.

»Balder!« rief Ronsard. Sein Gesicht erhellte sich vor unverhoffter Freude. »Ist das die Möglichkeit?« Er schlang einen Arm um den sehnigen Nacken des Tieres und klopfte ihm liebevoll auf den Rücken. Dann trat er zurück und tätschelte die Stirn des Pferdes. »Du hast die ganze Zeit für ihn gesorgt? Du hast ihn für mich gehütet?«

Quentin nickte und spürte zum erstenmal einen Stich, weil er das Pferd aufgeben sollte.

»Ich muß dir ein Geheimnis anvertrauen.« Der ruppige Ritter schaute Quentin fest an. »Balder gehört gar nicht mir. Mein eigener Renner kam bei dem Hinterhalt auf den König um. Dieses gute Roß gehörte einem Kameraden ...« Ihm versagte kurz die Stimme, aber dann fuhr er ruhig fort: »Er wird kein Pferd mehr brauchen.«

»Aber du warst sein letzter Herr. Er gehört dir um so mehr, als sein Besitzer tot ist.«

»Nein, ich kann ihn nicht annehmen. Ein Tier wie dieses wählt sich selbst seinen Herrn. Ich glaube, er hat dich erwählt.«

Quentin vermochte seinen Ohren nicht zu trauen. Aber die

anderen pflichteten Ronsard bei. Teido sagte: »Jeder tapfere Ritter sollte ein ebenso tapferes Streitroß besitzen. Balder ist, glaube ich, das richtige Pferd für dich.«

Derwin fügte hinzu: »Du bist erheblich gewachsen und zu einem echten Reiter geworden, der nicht mehr viel mit dem jungen Priesterschüler zu tun hat, den ich vor meinem Herd liegen fand.« Er lachte. »Und der sein Pferd sich selbst überließ, während er schlief.«

Bei der Erinnerung daran errötete Quentin. Aber er nahm die Zügel dankbar wieder an und führte sein Pferd eifrig weg, um es für die Nacht zu versorgen.

Die Runde aß schweigend ein schlichtes Mahl, was Quentin merkwürdig vorkam. Seitdem sie Land gesichtet hatten, waren die Gefährten bei den Mahlzeiten immer höchst vergnügt gewesen. Königin Alinea verließ zum Essen nicht einmal ihr Zelt. Trenn schlang alles schnell hinunter, murrte und wartete ihr auf.

Die anderen gingen der Reihe nach still zur Ruhe. Quentin wußte, daß etwas nicht stimmte, aber er hatte nicht den Mut, geradeheraus zu fragen, was es war, weil er spürte, daß dadurch die allgemeine Laune noch weiter gesunken wäre. Er überlegte, ob die Stimmung am Lagerfeuer die Gedanken widerspiegelte, die er selbst in den vergangenen Tagen gehegt hatte. Als er auf dem Immergrün lag, das Toli in der Nähe ihrer Pferde aufgeschüttet hatte, grübelte er über alles nach. Er ruhte zwar, konnte aber nicht einschlafen. Nach einer Weile waren sämtliche Geräusche erstorben, die Soldaten hatten sich schlafen gelegt. Quentin stand auf und ging zum Feuer zurück. Dort saß ganz allein Derwin und strich sich, in die schwächer werdenden Flammen starrend, über den Bart.

»Was ist los?« fragte Quentin den Einsiedler leise.

»Weißt du das nicht?« erwiderte Derwin. Er schaute nicht vom Feuer auf. »Geh und sieh selbst.« Er zeigte mit dem Arm in Richtung der Ebene.

Quentin bahnte sich einen Weg durch die Bäume, bis er an den Waldrand gelangte. Dort blinkten auf der Ebene ausgebreitet Hunderte von Feuern wie die Sterne am Himmel. Einen Augenblick überlegte er, was das zu bedeuten haben könnte, aber dann ging ihm der Sinn dieses Schauspiels auf. Er bekam einen Frosch im Hals und spürte einen heftigen Stich in der Brust. Entmutigt stolperte er dorthin zurück, wo Derwin Wacht hielt.

»Es sind Tausende. Tausende...«

»So ist es. Ich hätte es vorhersehen sollen. Ich hätte es wissen müssen.« Er schwieg wieder.

»Warum sind sie nicht über uns hergefallen, als wir landeten?« fragte Quentin etwas später. Auch er starrte jetzt unverwandt ins Feuer, obschon er mit den Gedanken weit weg war.

»Das habe ich mir auch überlegt. Den ganzen Abend denke ich schon darüber nach. Ja, warum nicht?« Er hielt inne.

Plötzlich sagte er: »Ich kann es dir sagen! Sie warten auf etwas. Ja, so muß es sein. An Zahl sind sie uns bereits überlegen. Sie könnten uns unverzüglich vernichten. Aber sie zögern. Warum? Weil noch irgend jemand fehlt. Ein Befehlshaber? Vielleicht. Auf jeden Fall jemand, der da sein muß, ehe die Schlacht beginnen kann.«

So, wie Derwin es gerade erklärt hatte, schien alles ganz klar zu sein. Quentin fragte sich, warum er nicht von selbst darauf gekommen war. Seine Augen suchten Derwins Gesicht, das im Feuerschein rot glühte. Derwin schien für die Welt keinen Blick mehr zu haben, sondern suchte in der Glut nach einer Antwort. Quentin stand auf und legte ein Scheit nach; sofort züngelten knisternd wieder gelbe Flammen empor.

Der Einsiedler rührte sich jedoch nicht, als würde er auf der Suche nach einer Antwort bis ins Herz der Erde vordringen wollen. Gespannt beobachtete Quentin ihn. Derwins Züge veränderten sich und boten am Ende blankes Entsetzen.

In diesem Augenblick fühlte Quentin einen Schauder seinen Rücken hinunterlaufen, ganz so, als hätte ein eiskalter Finger ihn gestreift. Wider Willen zuckte er jäh zusammen.

Mit einer gewissen Anstrengung riß Derwin sich vom Feuer los. Er blickte Quentin fassungslos an. Seine Haut war leichenblaß, die Augen traten hervor. »Da. Du hast es auch gespürt. Gerade eben. Sie kommen ... die Legion der Toten kommt.«

Quentins Herz pochte wie wild. Er blickte zum Vollmond empor, der über den Baumwipfeln schwebte und ein kaltes, trostloses Licht auf sie warf. Quentin schien in sich eingesunken zu sein oder wie von einer unsichtbaren Hand zusammengedrückt. Er erschauderte wieder.

Dann sprang Derwin auf, packte einen langen, geraden Ast, als wäre es ein Zauberstab. Sein Gesicht leuchtete ängstlich im roten Feuerschein. »König Selrich!« rief er dröhnend in die dunkle Stille. Er schritt zu dem Zelt und rief den König und die übrigen wach.

»Sende deinen schnellsten Reiter gen Süden nach Hinsen«, sagte er zu Selrich, der halb schlafend aus seinem Zelt gestolpert kam.

»Was ist los?« Die Frage kam aus aller Munde. Die Freunde hatten sich sogleich um den Einsiedler geschart. »Was hast du entdeckt?« fragte Teido.

»Die Totenlegion. Sende deinen schnellsten Boten an die Küste. Vielleicht trifft er dort auf Eskewars heimkehrende Krieger. Das ist unsere einzige Rettung.«

»Hilfe könnten wir in jedem Fall gebrauchen«, erwiderte Selrich. »Aber ...«

»Ich habe keine Angst vor Nimrods übler Legion«, sprach Ronsard.

»Das liegt daran, daß du sie nicht kennst«, erwiderte Derwin. Er schüttelte bedächtig den Kopf, als würde er sich eines großen Unglücks entsinnen. »Diese Krieger sind schrecklich anzusehen: die größten Ritter unseres Zeitalters. Sie dienen ihm als Tote. Und sie sind als solche unsterblich. Weder Pfeil noch Schneide können ihnen in der Schlacht etwas anhaben. Sie kämpfen und werden nicht müde, denn die Kraft ihres finsteren Herrn stärkt sie.«

»Was nützt dann eine überlegene Zahl Krieger gegen sie? Könnten wir sie besiegen, wenn wir zehnmal mehr wären als sie?« Selrich seufzte verzweifelt.

»Mit Unterstützung gewinnen wir vielleicht einen Vorteil. Ohne Hilfe werden wir keinen Augenblick durchhalten«, erwiderte Ronsard.

»Ich schicke Kellaris los«, sagte Selrich. »Ruft ihn«, befahl er einem seiner Leute. »Sattelt das schnellste Pferd. Gebt ihm am besten mein eigenes.« Der Mann rannte davon. »Ist euch die Wahl recht?« fragte Selrich in die Runde.

»Ich könnte hinreiten«, erbot sich Ronsard.

»Bleibe hier, wir werden deiner dringend bedürfen.«

»Selbst wenn das Pferd Flügel hätte, wird er vermutlich nicht rechtzeitig ankommen«, sagte Teido. »Wie lange werden sie deiner Meinung nach auf der Ebene dort lagern?« fragte er.

Derwin, der nachdenklich die Stirn kraus gezogen hatte, antwortete: »Das kann ich nicht mit Gewißheit sagen. Einen Tag wohl. Ja, vielleicht auch länger. Ich spüre die Legion kommen, sie ist noch ein ganzes Stück weit weg. Ein wenig Zeit haben wir noch.«

»Dann werden Ronsard und ich morgen ausreiten, um die Lage der Feinde auszukundschaften«, schloß Teido. »Vielleicht weisen ihre Stellungen eine Schwäche auf, die wir zu unserem Vorteil nutzen können.«

»Ein glänzender Einfall.« Selrich wurde vom ungeduldigen Stampfen eines Pferdes und dem Geklirr von Zaumzeug unterbrochen. »Aha! Da ist Kellaris! Reite mit dem Wind, kühner Ritter! Bringe gute Botschaft zurück!«

»Lieber würde ich hier bei dir bleiben, mein König«, entgegnete der Ritter.

»Und ich hätte niemanden lieber an meiner Seite als dich. Doch die Not ist groß. Fort mit dir und guten Erfolg.«

Der Ritter hob die Hand zum Gruß, wandte sein Roß und sprengte in die Dunkelheit davon. Quentin glaubte, den Hufschlag noch lange durch die Nacht dröhnen zu hören.

Die übrigen zerstreuten sich, jeder ging seiner Wege. Quentin begab sich an Derwins Seite zum Feuer.

»Was ist diese Totenlegion?« fragte er, als sie wieder vor den flackernden Flammen saßen. »Ich habe noch nie von ihr gehört.«

»Es wäre besser, wenn keiner jemals von ihr gehört hätte.« Derwin seufzte. Er war nun völlig erschöpft. Er leckte sich über die Lippen, als müßte er in eine bittere Frucht beißen.

»Nimrods Zauberwerk kennt keine Grenzen. Er wagt alles und fürchtet nichts. Wo andere erbeben, schreitet er dreist voran. Seit seiner Jugend hat er dem Bösen ins Gesicht geschaut. Er ist bis ins Herz des Bösen vorgedrungen und hat es selbst in die Hand genommen.

Lange hat er sich mit seiner Spezialität befaßt: seinen Zauber über die Toten zu legen. Mittels seiner Schwarzen Kunst hat er die geschicktesten Krieger versammelt, die tapfersten Ritter, die die Welt je gesehen hat. Sobald sie in der Schlacht fielen, erfuhr er auf irgendeine Weise davon und brachte den Leichnam durch Geisterkraft in seine Burg. Dort verwahrt er sie auf und hält sie bereit. Er bewahrt sie vor Verwesung, damit sie ihm dienen.

Inzwischen hat er etwa sechs oder sieben von ihnen. Genau weiß ich es nicht. Mir sind hin und wieder Gerüchte zu Ohren gekommen, aber seit Jahren hörte ich nichts mehr. Ich wagte nicht einmal darüber nachzudenken, daß dergleichen möglich sein könnte. Aber als wir in Nimrods Verlies saßen, spürte ich ihre Anwesenheit. Da wußte ich Bescheid...« Derwin versagte die Stimme. Er schreckte vor der Erinnerung zurück, als wäre sie zu gräßlich, um auch nur einen Moment daran zu rühren.

»Und du hast nichts gesagt?«

»Ich habe nichts gesagt. Selrich, Teido und einige mehr wissen natürlich längst davon. Es hatte keinen Sinn, andere damit zu beunruhigen. Und ich hatte gehofft, Nimrod würde sie sich für eine andere Gelegenheit aufsparen, auch wenn das jetzt zugegebenermaßen töricht anmutet.«

»Kann man denn nichts gegen sie tun?«

»Möglicherweise doch, aber ich weiß es nicht. Das einzige Mittel, das ich kenne, wäre Nimrods Tod. Wenn er stürbe, wären sie vielleicht erlöst. Allein seine Macht bindet sie noch an die Erde. Aber wie du siehst, ist der Feind zehntausend Mann stark. Gegen eine solche Zahl... Tja, Nimrod kann sich in Sicherheit wiegen. Hätte ich meine Macht noch ...« Derwin starrte gedankenverloren ins Feuer. Auf seinem Gesicht stand tiefe Hoffnungslosigkeit geschrieben.

Dann rührte der Einsiedler sich plötzlich und stand auf. Müde lächelte er Quentin an: »Ich will die Nacht über wachen. Vielleicht kommt mir eine Lösung in den Sinn.« Er pochte sich gegen die Schläfen. »Gute Nacht, Quentin.«

»Gute Nacht.« Quentin wollte auf Derwin zugehen, die Arme um seine Knie schlingen, mit ihm weinen, ihn trösten und von ihm getröstet werden. Aber er blieb am Feuer sitzen, während der Einsiedler in Gedanken versunken davonschlenderte.

Während Quentin so vor den knisternden Flammen saß, beschlich ihn tiefe Einsamkeit. Als er schließlich aufstand, um sich wieder schlafen zu legen, fühlte er sich verlassener als jemals zuvor im Leben.

46

Kaum lugte die Sonne als umnebelter roter Ball hinter den Hügeln vor, als Quentin erwachte. Er blieb liegen und horchte auf die Geräusche des beginnenden Tages: den einsamen Ruf eines Vogels, der nach seiner Gefährtin rief, das Klappern und Scheppern von Eisentöpfen in den Händen der Köche, das Schwanzwedeln der Pferde und ihr leises Scharren und Schnauben.

Er suchte in den Geräuschen nach etwas, von dem er nicht wußte, was es war; ihn verlangte nach einer Antwort auf seine Träume.

Die ganze Nacht waren Bilder auf ihn eingestürmt. Merkwürdige, wirre Traumgesichte, die er schon einmal gesehen hatte. Diesmal waren sie zwar klarer und deutlicher, dennoch blieben sie rätselhaft.

Es handelte sich in erster Linie um ein Farbenspiel: leuchtende Grüntöne in sämtlichen Schattierungen, durchschossen von funkelndem Gold; ein kühles Weiß, gesprenkelt mit graugrünen Flecken; silberblaue Schatten, die bis zu Pechschwarz reichten. Die Farben wirbelten umher und vermischten sich, verschmolzen ineinander, zerflossen am Ende jedoch stets zu tiefster Finsternis.

Dazu hörte er unablässig eine Art Musik, ein schrilles Klingeln. Eine Glocke? Er war sich nicht sicher. Hinter diesem Geräusch verbarg sich etwas Unbestimmtes und Beunruhigendes. Er wollte der Sache nicht allzusehr auf den Grund gehen, weil er Angst vor dem hatte, was er womöglich entdecken würde.

Der Traum beinhaltete auch ein heftiges Verlangen, eine schöne Einsamkeit, eine ungestillte Sehnsucht, die beim Aufwachen ein hohles Gefühl in seiner Brust hinterließ.

Nach einer Weile rappelte Quentin sich auf und ging zum Waschen an den Fluß hinab. Das kalte Wasser weckte ihn vollends auf, und er begann seinen Traum zu vergessen; das hohle Gefühl blieb allerdings.

Als er zurückkam, hatte sich eine große Schar Menschen um einen Reiter auf schäumendem Roß versammelt. Wer dieser Reiter war, konnte er nicht erkennen. Dann erblickte er Toli, der von der Gruppe forteilte.

»Wer ist das, Toli? Welche Botschaft bringt er?«

Sein Freund blickte ihn sorgenvoll an. »Es ist Kellaris, König Selrichs Bote. Er ist wieder hier…«

»Wie ist das möglich? So schnell kann er nicht sein…«

»Er kam nicht durch«, sagte eine Stimme hinter ihm. Trenn hatte sich von der Gruppe entfernt. »Jaspins Streitkräfte dringen von allen Seiten her auf uns ein. Kellaris stieß in der Nacht auf sie. Er wurde verfolgt. Wir sind eingeschlossen. Wir sitzen in der Falle.«

Diese Worte klangen Quentin verhängnisvoll in den Ohren. Trenn stolperte zu Königin Alinea davon. Quentin wandte sich wieder Toli zu, der ihn einfach aus seinen runden, dunklen Augen anstarrte. Was der Dscher dachte, war ihm nicht anzumerken.

Quentin wollte sich etwas zum Frühstücken suchen, als ihm ein Gedanke kam und er innehielt. »Wo sind Teido und Ronsard?« fragte er.

Toli blinzelte ihn kurz an. »Sie kundschaften die Feinde aus. Sie brachen vor dem Morgengrauen mit fünf Rittern auf und ritten am Fluß entlang gen Süden.«

»Von dort kommt Kellaris ja gerade!« rief Quentin beunruhigt aus. »Sie können leicht in einen Hinterhalt geraten und umkommen! Jemand muß sie warnen! Rasch! Sattle Balder für mich!«

Toli zauderte erst, als wollte er sich gegen den Befehl seines Meisters sträuben. Er machte den Mund auf, schloß ihn aber wieder und eilte davon, Quentin ihm dicht auf den Fersen.

Im Nu stand Balder bereit, und als Quentin sich in den Sattel des mächtigen Streitrosses schwang, sprang auch Toli auf den bloßen Rücken seines Ponys. »Dann komm mit«, rief Quentin. »Wir reiten zusammen.«

Sie trotteten hinter dem Kreis aus Zelten durchs Lager. Derwin und Selrich standen da und besprachen sich mit Kellaris. Quentin rief ihnen zu: »Wir wollen Teido und Ronsard warnen.« Dann sprengte er davon.

»Nein! Wartet!« rief Derwin ihnen nach.

»Haltet sie auf! Kommt zurück!« brüllte König Selrich.

Aber sie waren schon auf und davon, im Wald verschwunden.

»Der Gott sei mit ihnen«, seufzte Derwin.

Toli ritt voraus. Als geübter Fährtenleser folgten seine scharfen Augen mühelos den Spuren der Kundschafter. Die beiden hatten das Gefühl, stundenlang unterwegs zu sein. Die anfängliche Begeisterung des Augenblicks verebbte. Quentin bekam Angst, daß es zu spät sein könnte, wenn sie sie nicht bald fänden.

Die Sonne stand hoch am Himmel und warf ein helles Licht in den Wald. Die goldenen Strahlen durchdrangen den Bodennebel, der sich auflöste, sobald sie ihn trafen. Der Wald roch nach feuchter Erde und Wachstum. Dort gedieh irgendwo Minze und schwängerte die Luft mit ihrem kühlen Duft.

Da vernahmen sie vor sich ein Geräusch: Pferde, die durchs Unterholz brachen, das Klappern ihres Zaumzeugs und das leise Quietschen von Leder. Als Toli sein schwarzweiß geflecktes Pony zügelte, hörten sie einen Reiter mit seinem Gefährten reden. Quentin, der neben Toli haltgemacht hatte, fragte seinen Freund: »Meinst du, das sind sie?«

Toli runzelte die Stirn. »Wir müssen versuchen, sie auszuspähen, ohne daß sie uns sehen können.« Er führte sie vom Pfad ein Stück weit weg zu einer Stelle, wo sie ihn einsehen konnten. Sie warteten. Die unbekannten Reiter kamen näher. Quentin konnte die Stimmen zwar hören, verstand aber nicht, was sie sagten.

Toli glitt von seinem Pferd und kroch bis an den Rand des Pfades. Dann kamen sie in Sicht. Quentin sah eine weiße Gestalt auftauchen, dahinter eine zweite und dann noch eine. Dann verlor er sie wieder aus den Augen. Die Bäume versperrten ihm den Blick.

Leise ließ er Balder ein paar Schritte machen. Das dunkle Laub schirmte sein Gesicht ab. Toli stellte sich neben ihn.

Die Reiter, es waren insgesamt vier, hatten an einer kleinen Lichtung angehalten. Einer von ihnen kniete auf dem Pfad nieder, und die anderen suchten die Bäume wie nach Spuren ab.

»Feinde«, flüsterte Toli.

Sie waren einem Trupp von Jaspins Leuten in die Arme gelaufen, der offenbar jemanden suchte. »Sie sind hinter Teido und den anderen her«, meinte Quentin. »Komm. Vielleicht erreichen wir sie vor den Jägern.« Damit wendete er Balder und verließ ihr Versteck am Pfad. Sie mieden ihn eine Zeitlang und kehrten dann wieder auf ihn zurück, ein ganzes Stück vor den feindlichen Soldaten. Kaum waren sie jedoch eine Weile geritten, als sie Berittene vor sich hörten. »Das muß Teido sein!« rief Quentin freudestrahlend aus.

Er spornte Balder an und ritt um eine baumbestandene Kurve. Plötzlich sah er sich fünf fremden Rittern gegenüber, die geradewegs auf ihn zukamen.

Quentin erstarrte. Toli wandte sein Pferd und zupfte Quentin am Arm. Erst schienen die Unbekannten sie nicht zu gewahren. Sie ritten zu zweit nebeneinander, unterhielten sich und hatten den Blick auf den Boden gesenkt.

Gerade als Quentin und Toli den Pfad verließen, blickte einer von ihnen auf. Quentin traf seinen Blick und erkannte sogleich die Überraschung darin.

»Seht!« rief der feindliche Ritter seinen Gefährten zu. Aber Quentin und Toli preschten bereits davon. »Späher!« hörten sie einen anderen schreien. Ein dritter brüllte: »Ihnen nach! Sie dürfen uns nicht entwischen!«

Toli war schon ein verschwommener Fleck vor ihm, als Quentin Balder vorantrieb. Das Roß senkte sein Haupt und sprang vom Weg ab. Quentin duckte sich unter den Ästen durch, die ihn fast aus dem Sattel geworfen hätten; mit eingezogenem Kopf lag er dicht an Balders Nacken.

Nicht weit hinter sich hörte er die Verfolger. Scharf und schneidend hallten Stimmen durch die Morgenstille. Toli blickte immer wieder über die Schulter zurück, um sich zu vergewissern, daß er Quentin nicht verlor.

Balders eisenbeschlagene Hufe schleuderten Erdbrocken hoch in die Luft. Dornen zerkratzten Quentins bloße Beine, aber er spürte nichts davon. Wie Toli flog er über umgestürzte Baumstämme hinweg und wich niedrig hängenden Zweigen aus.

Dann hörte er es hinter sich krachen; ein Pferd wieherte laut auf, dann ertönte ein Fluch. Einer der Männer war von einem Ast aus dem Sattel gefegt worden. Ein zweiter Ritter schrie auf, weil er befürchtete, in den ersten hineinzureiten. Als Quentin einen Blick zurückwarf, sah er, wie ein Pferd sich aufrappelte und ein Reiter sich im Gras wälzte. Er lächelte finster in sich hinein.

Aber als er wieder nach vorn blickte, war Toli nirgends zu sehen.

Er riß so abrupt an Balders Zügel, daß er beinahe aus dem Sattel geschleudert worden wäre. Dann versuchte er zu horchen und hörte nichts. Da sirrte ein Zweig, und dann erklang das Klappern von Tolis Pferd: Er war auf einen anderen Pfad ausgewichen und schoß jetzt ein Stück weiter links durch den Wald.

Quentin beugte sich zur Seite und warf die Zügel herum. Balder machte einen Schritt zurück und setzte zum Sprung an. Er schnaubte kurz, und es ging los. Da hörte Quentin ein Flirren in der Luft und spürte plötzlich einen stechenden Schmerz im Bein. Balder wieherte laut auf und sprang davon.

Quentin drehte sich in die Richtung, aus der das Geräusch gekommen war. Einer der Ritter ließ gerade die Armbrust sinken, lud sie wieder und wollte abermals schießen.

Als Quentin auf sein Bein hinunterblickte, ragte dort der Armbrustbolzen hervor. Der schlimme Pfeil hatte seine Wade durchschlagen und war in Balders kräftiger Schulter steckengeblieben. Quentin war geradezu an sein Roß genagelt.

Unter dem Eindruck der Verwundung und mangels eines Befehls von Quentin, rannte Balder in die falsche Richtung davon. Toli war auf die andere Seite geritten.

Der Schmerz traf Quentin wie ein Blitz; er schloß die Augen. Balder raste wie wahnsinnig durch den Wald. Quentin versuchte angestrengt, sich im Sattel zu halten. Das große Streitroß hatte jetzt seinen eigenen Kopf und galoppierte einen steilen Abhang hinab.

Der rasch vorübersausende Wald begann zu verschwimmen. Der strahlend blaue Himmel und die gelbe Sonne, die dunkelgrüne Erde und die grauen Baumstämme verschmolzen ineinander. Hinter sich hörte Quentin, wie die Ritter ihre Rösser zur Hatz antrieben. Doch der Lärm, den sie machten, wurde leiser und verschwand ganz, da Balder so schnell raste, daß er sie mit seinen Riesenschritten weit hinter sich ließ.

Der Pfad machte eine Biegung und führte bergab. Quentin glaubte, bald wieder am Fluß sein zu müssen, wußte aber nicht, welche Richtung sie eingeschlagen hatten. Unmittelbar vor ihm lag ein schmaler Bach, den er hörte, ehe er ihn sah, als Balder schon darübergesetzt hatte und das Ufer hinanstob.

Das Roß stürmte weiter, und durch seine vor Schmerzen trüben Augen nahm Quentin wahr, daß die Bäume dichter und dunkler wurden. Sie drangen ins Herz des Pelgrin-Waldes ein. Quentin erkannte die ehrwürdigen alten Eichen wieder, die ihre Äste über ihm ausbreiteten. Das Laub bildete ein lebendiges Dach, durch das grün das Licht der Sonne schimmerte.

Dann ragte plötzlich vor ihnen ein Erdwall aus dem Waldboden, gekrönt von einer dichten, robusten Holunderhecke. Zum Anhalten war es zu spät. Quentin warf sich nach vorn, umklammerte fest die Zügel und biß die Zähne zusammen.

Behende wie ein Hirsch sprang Balder hoch in die Luft und setzte über die Mauer hinweg, so daß sein Bauch die Hecke kaum streifte. Auf der anderen Seite landete er leichtfüßig in einer breiten, ringförmigen Mulde. Dort blieb er stehen.

Quentin ließ die Zügel sinken, drehte sich im Sattel um und zerrte mit einer gewaltigen Anstrengung an dem Bolzen, der so grausam in seinem Bein steckte.

Er zog kräftig und spürte, wie der Pfeil nachgab. Dann zog er noch einmal und bekam ihn los. Quentin richtete sich auf, aber noch ehe er sehen konnte, wo er war, traten schwarze Schatten vor seine Augen. Er fühlte sich plötzlich benommen und bekam keine Luft mehr. Er rang nach Atem, kippte im Sattel um und stürzte zu Boden.

Dann sah er, wie Balder ihn aus seinen dunklen Augen ruhig betrachtete. Der Himmel drehte sich. Danach wurde alles schwarz.

47

Den Kopf in die Hände gestützt, saß Derwin auf einem Baumstamm. Es war schon Stunden her, daß Quentin und Toli in den Wald geprescht waren. Er befürchtete das Schlimmste.

»Laß ab von deinen Sorgen, lieber Einsiedler«, sagte Alinea freundlich. »Du sagst stets, wir sollten Vertrauen haben. Wir wollen ihre Sicherheit und auch die unsere dem Gotte anvertrauen.«

»Du sprichst wahr, Herrin«, erwiderte Derwin und blickte in ihr liebliches Gesicht empor. »Aber mein Herz hört nicht auf dich.«

»Sieh hier!« rief sie und sprang auf. »Da ist etwas! Reiter kommen zurück! Teido und Ronsard! Sie sind wieder da, heil und unversehrt!«

»Ja, das ist eine gute Nachricht«, sagte Derwin und stand langsam auf. Er ging hinüber zu der Gruppe, die sich bereits zusammengeschart hatte, um zu hören, was die Kundschafter zu berichten hatten.

Teido bahnte sich wortlos einen Weg aus der Menge; Ronsard folgte ihm dichtauf. »Komm«, sagte er zu Derwin. »Gehen wir in Selrichs Zelt. Du auch, Herrin.«

Sie versammelten sich bei Selrich, der über genauen Karten der Gegend gebeugt dastand.

»Ihr seid wieder da, den Göttern sei Dank! Welche Botschaft bringt ihr? Was habt ihr entdeckt?«

»Nichts Gutes«, erwiderte Ronsard. Sein Gesicht war rot vor Anstrengung, der Schweiß rann ihm den Hals hinab. »Wir sind weit geritten und mußten entdecken, daß alle Wege abgeriegelt sind. Wir sind eingekesselt.«

»Jaspin verstärkt seine Kräfte auf allen Seiten.«

König Selrich nahm diese Nachricht in aller Ruhe auf. »Ich verstehe«, sagte er.

»So steht es also!« meinte Derwin. »Das wußten wir ja bereits.«

»Wie das?« fragte Teido.

»Kellaris kehrte gestern im Morgengrauen zurück«, antwortete der König gleichmütig. »Er ist nicht durchgekommen. Deine Worte bestätigen die seinen.« Er deutete auf die Landkarten. »Ich habe mir diese Karten daraufhin angesehen, ob es einen Punkt gibt, an dem wir uns gut verteidigen können.« Er seufzte schwer. »Ich konnte keinen entdecken.«

»Was soll geschehen?« fragte Alinea mit fester, aber ein wenig ängstlicher Stimme.

»Wir werden gegen sie kämpfen«, erwiderte Teido schlicht. »Sie wollen uns vernichten. Das steht fest. Jaspin wird uns keine Gnade gewähren. Er hat uns nicht einmal die Möglichkeit zu einem ehrenvollen Rückzug gelassen.«

»Er will uns an Ort und Stelle fällen«, warf Ronsard hitzig ein.

»Und wann?« fragte Alinea.

»Das kann ich nicht sagen«, erwiderte Teido. »Noch baut der Feind seine Stellungen aus. Er kann jeden Augenblick angreifen.«

»Nimrods Schreckenslegion ist noch nicht da«, gab Derwin zu bedenken. »Auf die werden sie warten.«

»Ich habe meine Männer angewiesen, gleich hinter den Bäumen einen Graben auszuheben. Vielleicht bekommen wir ihn rechtzeitig fertig. Er wird uns einen gewissen Schutz gewähren«, sagte König Selrich. »Wir müssen uns den Rücken freihalten, damit wir uns gegebenenfalls auf die Schiffe zurückziehen können.«

»Müssen wir jetzt schon an den Rückzug denken?« verlangte Ronsard zu wissen. »Lieber sterbe ich, als daß ich fliehe.«

»Ja, natürlich«, erwiderte Selrich ruhig. »Ich dachte ja nur an die Königin.« Er blickte in Alineas dunkle Augen, die trotzig aufblitzten. »Verzeihung, Herrin ...«

»Ich werde an der Seite meiner Gefährten kämpfen und nötigenfalls mit ihnen sterben. Ich werde nicht fliehen. Wenn mein König nicht mehr lebt, dann nützt mir meine Krone nichts mehr. Ohne König bin ich keine Königin und habe kein Königreich. Ich werde kämpfen.«

Die rauhbeinigen Gefährten blickten einander in der Runde an und gelobten stumm, für die gute Sache ihr Leben einzusetzen. »Dann ist alles klar«, sagte Teido leise.

In diesem Moment erhob die Menge draußen ein Lärmen; ein Bote kam angelaufen. König Selrich trat aus dem Zelt, um ihn zu empfangen. »Der Feind naht, Majestät. Er marschiert hierher und ist nur noch eine halbe Meile entfernt.«

»An die Waffen! An die Waffen!« brüllte Selrich. Seinen Trompeter wies er an: »Blase zum Alarm! Rufe die Männer zu den Waffen!«

Im Nu herrschte ein Durcheinander aus blitzendem Stahl und lautem Geschrei. Die Krieger des Königs griffen nach Schild und Schwert, die Ritter legten ihre Rüstungen an.

»Die Ritter sollen sich vor mir versammeln!« rief Teido über den Krawall hinweg. »Ich habe einen Plan, mit dem wir vielleicht Zeit schinden können.« Er hatte ebenfalls im Handumdrehen seine Rüstung angelegt und stand jetzt mit dem Schild über der Schulter vor dem Zelt, das Schwert hoch in die Luft gereckt.

Binnen kurzem ließ das wilde Treiben nach. Die Soldaten stellten sich hinter dem Erdwall auf, den sie am Morgen aufgeworfen und mit Piken gespickt hatten. Die Ritter, insgesamt sechzig Mann unter Teidos und Ronsards Befehl, bildeten zwei Rotten, die links und rechts der Fußsoldaten in Position gehen sollten, sobald der Feind sich dem Schlachtfeld näherte. Diese beiden Gruppen sollten beständig scherenförmig die Stellungen tauschen und so den Feind ermüden und seiner Attacke die Spitze nehmen, ehe er die Fußsoldaten hinter dem Wall erreichte.

Diese standen unter dem Befehl König Selrichs, der mit Trenn über die Königin wachte, obwohl sie sich dagegen wehrte. Sie schien ihrerseits starke Nerven zu haben und hatte sich mit einem schlanken Degen und einem Rundschild bewaffnet, der ihrer Kraft eher angemessen war als der schwere Schild der Ritter. Sie trug ein feines Kettenhemd und einen Helm mit Visier wie alle Ritter des Königs.

Sie warteten.

Aus weiter Ferne erschollen die Trompeten von König Jaspins Heer, die zum Sammeln bliesen. Die Füße der Krieger und die Pferdehufe wirbelten Staub in den mittäglichen Himmel. An langen Stangen flatterten bunte Banner und an den Lanzen der Ritter Wimpel; dort blitzte ein nacktes Schwert auf, da fielen die Strahlen der Sonne auf ein Visier: All das konnten die Soldaten sehen, die auf den Zusammenstoß warteten.

Das Heer kam näher. Der Wind trug das beständige Wirbeln der Trommeln und das Dröhnen fünftausend im Gleichschritt marschierender Soldaten herbei. Die Sonne verdüsterte sich durch die Staubwolke, die sie auslösten. Am Himmel schwebten Aasvögel und freuten sich auf ihren Schmaus.

Trenn reckte seinen stämmigen Hals und schnüffelte. »Dort drüben!« murmelte er König Selrich zu. »Ich wußte doch, daß ich etwas rieche. Sieh nur.«

Die ersten schwachen Rauchschwaden zogen über ihre Köpfe. Selrich bestätigte Trenns Entdeckung mit einem raschen Nicken. »Sie verbrennen den Wald hinter uns.« Er umklammerte seinen Schwertknauf fester. »So sei es!«

»Wo ist Derwin?« fragte die Königin um sich blickend. »Ich sehe ihn nicht mehr.«

»Ich habe beobachtet, wie er hinter die Zelte gegangen ist. Jetzt sehe ich ihn nicht mehr«, erwiderte Trenn. »Er bereitet wohl einen seiner Tricks vor, wenn ich ihn recht kenne.«

Die Trommeln wurden schneller. Auf der Ebene ertönte ein mächtiger Schrei.

»Sie kommen!« rief König Selrich. Er schwenkte sein Schwert über seinen roten Locken. »Für Ehre! Für Ruhm! Für König und Königreich!« Seine Soldaten erwiderten den Schlachtruf.

Der rasch vorrückenden Front eilte ein Keil von Reitern voraus; die Fußsoldaten liefen hinterdrein. Der Rest der versammelten Heere hielt sich zurück und wartete auf den geeigneten Moment, um sich ins Getümmel zu stürzen.

Als der Keil Reiter auf die wartenden Truppen losstürmte, brach zu beiden Seiten ein Schrei los. Teido, Ronsard und die Ritter stoben aus dem Wald und fingen die heranpreschenden Männer mitten in ihrer Attacke ab. Sie bestürmten sie von zwei Seiten gleichzeitig, so daß die Angreifer keine Zeit hatten, umzukehren oder in geschlossener Formation zu reagieren. Der Ansturm blieb stecken und löste sich dann in Verwirrung auf. Einige Pferde gingen zu Boden und wälzten sich über ihren schwer bewaffneten Reitern.

Teido und Ronsard schlossen die Lücke und gingen ihrerseits in die Offensive. Sofort war die Luft vom Klirren der Schwerter und den Schreien der Fallenden erfüllt.

Als die Fußsoldaten sahen, daß ihre Vorhut abgeschlagen worden war, machten sie kehrt und zogen sich zurück. Teido setzte ihnen mit seinem Trupp nach, während Ronsards Schar mit Jaspins Rittern focht. Viele fielen unwiderruflich in den Staub.

Angesichts des Wütens von Ronsards Rittern wichen Jaspins Krieger zurück und ließen die Hälfte ihrer Kameraden auf dem Feld liegen.

Teido und Ronsard brachen den Angriff sogleich ab und ritten unter dem Jubel ihrer wartenden Kameraden zum Graben zurück.

»Habt ihr sie gesehen?« fragte Selrich besorgt.

»Nein, die Legion war nicht dabei«, erwiderte Teido.

»Wo steckt sie?«

»Höchstwahrscheinlich warten sie ab, wie wir uns auf dem Feld schlagen«, antwortete Ronsard und schob sein Visier hoch. »Eben haben wir sie überrascht. Das nächste Mal haben wir vielleicht weniger Glück. Aber ich weiß eine List, die ich in Gorr gelernt habe.« Sie unterredeten sich rasch, dann saßen die Ritter wieder auf.

»Vergiß nicht«, rief Teido, »deinen Männern zu sagen, daß sie auf die Legion achten sollen. Sie sollen sich nicht in ihre

Nähe begeben. Zerstreut euch, wenn sie kommt, und greift hinter ihr an. Die Soldaten werden sie vermutlich als Schutzschild benützen und in ihrer Deckung voranmarschieren.«

Teido und seine Schar stellten sich hinter Ronsards Rotte auf, so daß diese eine Mauer vor ihnen bildete. Dann warteten sie.

Der zweite Angriff erfolgte bald. Jetzt griffen zwei Reitertrupps an, weil sie glaubten, wieder von den Seiten aus attackiert zu werden. Statt dessen trafen sie auf eine Mauer aus Bewaffneten, die in aller Gemütsruhe darauf warteten, sie hinzumetzeln. Die Fußsoldaten marschierten hinter ihnen her über die Toten auf dem Schlachtfeld voran.

Sobald die heranstiebenden Ritter merkten, daß sie nicht wieder von den Flanken aus angegriffen wurden, schwenkten sie zur Mitte, um Ronsards Mauer zu begegnen. Er rief einen Befehl und wich nach links aus, woraufhin Teidos Leute sich im letzten Moment nach rechts wegduckten.

Wieder waren die attackierenden Pferde verwirrt; sie trugen ihre Reiter der Länge nach in den Graben und warfen sie auf die scharfen Piken, die vor ihnen aufragten. König Selrichs Soldaten machten kurzen Prozeß mit ihnen.

Teido und Ronsard fielen abermals über die Krieger her und züchtigten sie streng. Wieder stolperten Jaspins Truppen vor der Wut ihrer hungrigen Schwerter zurück.

»Wir haben sie zweimal zurückgeschlagen«, sagte Ronsard strahlend, als sie wieder vor dem König zusammenkamen. »Welche List denken wir uns für das dritte Mal aus?«

»Ich habe eine«, erwiderte Teido. Sogar nach den beiden Scharmützeln wirkte er kaum angestrengt. »Wenn sie nicht zu viele auf uns hetzen, kann sie klappen.«

Wieder kam die Attacke, und wieder machte die kleine Schar die überlegene Zahl von Jaspins Streitkräften zunichte. Als sie sich endlich zurückzogen, lag die Walstatt voller Gefallener und toter Pferde. Der Boden war dunkel vor Blut.

König Jaspin saß auf seinem Reisethron in einem Pavillon aus blauem Zindeltaft, der auf einem hohen Gerüst stand, damit man das Schlachtfeld möglichst gut überblicken konnte. Er tobte vor Wut.

»Ritter Bran! Ritter Grenett!« rief Jaspin mit vor Ärger finsterem Gesicht. »Baron Orwen! Baron Enmor!« Die mit Schweiß und Schmutz verschmierten Ritter und Edelleute kamen zum Pavillon geritten; ihre Rüstungen wiesen tiefe Schnitte und rote Flecken auf.

Jaspin sprang von seinem Sitz auf und zeigte zitternd auf sie. »Ihr Toren!« brüllte er. »Sie halten euch zum Narren! Fällt sie! Zerschmettert sie!«

»Es ist leichter, einen Stein zu zerschmettern als einen Fluß«, antwortete Ritter Bran, »und leichter, einen Baum zu fällen als einen Schatten.«

»Sie stellen sich nicht zum Kampf«, klagte Ritter Grenett. »Sie verschwinden, sobald wir heranstürmen, und tauchen in unserer Mitte wieder auf. Sie bewirken, daß unsere unfähigen, schlecht ausgebildeten Fußsoldaten sich untereinander angreifen.«

»Tut etwas! Bald ist Nimrod hier, und ich hatte gehofft, diesen Feldzug auf meine Weise zu gewinnen!«

»Zu spät!« flüsterte Ontesku ihm von hinten zu. »Er ist bereits hier.« Jaspin drehte sich um und sah Nimrods finstere Gestalt auf seinen Pavillon zureiten. Der Hexer saß auf einem schwarzen Pferd, das halb wild aussah. Es scharrte im Boden und schnaubte. Nimrod trug einen schwarzen Helm, der von Flügeln gekrönt wurde, und einen langen schwarzen, in Silber gesäumten Mantel. In der Hand hielt er einen Stab aus ebenholzfarbenem Marmor, in den in seltsamen Mustern Silberstücke eingelegt waren.

»Nimrod!« sagte Jaspin fast röchelnd. »Wir haben auf dich gewartet!«

»Tatsächlich? Ich sehe Tote in Stapeln wie Feuerholz auf dem Feld liegen. Sie sind vermutlich aus Langeweile gestorben.«

»Die Teufel haben uns ohne Vorwarnung angegriffen. Wir mußten zurückschlagen. W-wir hatten keine Wahl«, stotterte Jaspin.

»So, wie es aussieht, würde ich sagen, sie haben unglaubliches

Glück gehabt«, höhnte der Hexer. »Eintausend, die zehntausend angreifen und sie in Schach halten. Ha!« Nimrod drehte sich steif im Sattel um und fauchte den Rittern und Edelleuten, die sich vor dem Pavillon versammelt hatten, Befehle zu:

»Geht sofort zu euren Leuten zurück. Stärkt ihren Mut, richtet sie wieder auf. Und wartet. Wenn ich wiederkehre, bringe ich meine Legion mit. Die zeigt euch, was kämpfen heißt. Jetzt hole ich meinen Befehlshaber.«

»Ist er hier?« fragte Jaspin entsetzt und sank zitternd und schwach auf seinen Thron.

»In der Nähe«, zischte Nimrod. »In einer Stunde bin ich wieder da. Inzwischen unternehmt ihr nichts. Diese Schlacht ist in kurzem vorüber. Das sollte sie eigentlich schon längst sein. Aber macht nichts. Du wirst ein Schauspiel erleben, das du nie vergessen wirst.«

Mit diesen Worten spornte der Zauberer sein nervöses Pferd an und galoppierte über die Ebene davon, hinein in den Wald.

»Was ist das für eine Legion, von der dieser wahnsinnige Magier spricht?« fragte Ritter Bran. »Warum sollen wir warten? Wir werden allein mit ihnen fertig. Der Sieg gehört uns!«

Jaspin winkte ab. Seine Hände schwitzten, sein Kinn hing schlaff herunter und sein Blick blieb in weite Ferne gerichtet. Als er wieder zu Sinnen kam, blickte er sich furchtsam um und sagte: »Das wirst du noch früh genug sehen. Du wirst alles noch früh genug sehen.«

»Diesmal können wir sie erledigen. Das weiß ich«, beharrte Bran.

»Nein!« schrie Jaspin und sprang auf. Von seinen Lippen troff Speichel; er wirkte wie ein wütender Stier. »Es ist zu spät! Zu spät! Wir warten!« Er schickte sie weg und kauerte sich auf seinen Thron. Dann fuhr er sich mit einem Taschentuch übers Gesicht und machte Ontesku ein Zeichen, den Vorhang des Pavillons zuzuziehen. Er wollte ungestört und allein warten.

»Ach!« rief er in höchster Not. Sein Körper wurde von Seufzern geschüttelt. »Was habe ich nur getan? Was habe ich nur getan?

48

Irgendwo aus der Ferne hörte Quentin schrilles Glockengeläut, so als würde der Wind es hertragen. Und noch ein Geräusch: leises Gemurmel, das wie Lachen klang.

Über ihm wogte Licht; er konnte den Bewegungen durch die geschlossenen Lider folgen. Ihm war warm und träumerisch zumute, und er merkte, daß ihm irgend etwas die Wangen und den Hals hinablief.

Er schlug die Augen auf.

Einen ganz kurzen Augenblick lang glaubte er, wieder in Dekra zu sein. Doch dieser Eindruck verging im Nu. Über ihm fing ein grüner Baldachin das Sonnenlicht auf und zerlegte es in tausend wechselnde Muster. Die Glöckchen, die er gehört hatte, waren winzige, zwitschernde Vögel, die auf der großen, weit ausladenden Eiche von Zweig zu Zweig sprangen, zwischen deren Wurzeln er lag. Geistesabwesend faßte er sich an die Wange. Sie war naß. Dann drehte er sich um und sah Balder das Maul senken, um ihn noch einmal anzustupsen.

»Schon gut, alter Junge. Ich bin ja wach«, murmelte Quentin.

Langsam richtete er sich auf seinen Ellbogen auf. Nach einem Moment ließ das Schwindelgefühl nach; an seine Stelle trat ein dumpfer, pochender Schmerz, der sich über seinen ganzen Körper ausbreitete, seinen Ursprung aber in Quentins linkem Bein zu haben schien. Er betastete es, und plötzlich fiel ihm wieder ein, wie es gekommen war, daß er auf dem Boden lag und in das Laubdach über sich blickte.

Die Wunde hatte zu bluten aufgehört, und das Blut war getrocknet. Quentin vermutete, daß er eine Weile ohnmächtig gewesen war. Er streckte eine Hand aus, packte einen Riemen von Balders Zaumzeug und zog sich daran hoch. Er entdeckte, daß er mit einiger Mühe gehen konnte, anfangs allerdings sehr steif und unter Schmerzen.

Er blickte sich um. Obwohl der Ort ihm völlig fremd war und er wußte, daß er noch niemals dort gewesen war, kam er ihm doch nicht ganz unvertraut vor. Soweit er sehen konnte, befand er sich auf einer Seite eines gewaltigen Erdrings. Seine Augen folgten der grasbewachsenen Böschung im Kreis herum, bis sie hinter einer Gruppe uralter Eichen verschwand, welche die Mitte des Rundes einnahmen.

Der ganze Umfang des Kreises war mit behauenen Steinen bestanden, dicken Platten, so hoch wie Quentin lang, vor Alter verwittert und mit grünen und grauen Flechten bewachsen.

Die stehenden Steine warfen in seltsamen Winkeln Schatten aufs Gras, denn einige standen schräg und drohten umzukippen.

Er ließ den Blick weiter zur Mitte schweifen, und erst da fielen ihm die geheimnisvollen Hügel auf, die vielen riesenhaften, mit Gras bewachsenen Bienenstöcken glichen. Alles war friedlich und still. Doch Quentin spürte etwas wie Furcht im Nacken, so daß sich ihm die Haare sträubten.

Er war doch schon einmal hier gewesen: im Traum.

Er hatte das alles im Traum gesehen; und nicht nur einmal, sondern oft. Es wirkte jetzt freilich ganz anders: Die Wirklichkeit bildete die andere Seite der Münze. Aber es war die gleiche Münze, dessen war Quentin sich sicher.

Aber wo genau war er? Und was hatten diese seltsam gestalteten Bienenstöcke aus Erde zu bedeuten?

Der Gedanke, es eilig zu haben, den er noch immer im Hinterkopf hatte, verblaßte im Licht des einzigartigen Gefühls, das ihn jetzt wie ein kalter Sturzbach überflutete. Quentin blickte sich um. »Ich sollte hierherkommen«, dachte er laut.

Er ließ Balder am Fuß einer Eiche weiden und humpelte zum Mittelpunkt des Kreises, der etwas tiefer lag. Es war eine sehr alte Anlage, das erkannte er mit Bestimmtheit. Die Vorderseiten wirkten angegriffen, die Inschriften waren von der Zeit und den Elementen fast ausgelöscht worden.

Wer die Anlage geschaffen hatte, dachte Quentin, mußte vor

langer Zeit gelebt haben. Vielleicht zu Zeiten der geheimnisvollen Hügelbauer. Von deren Werken gab es in abgelegenen Landesteilen noch Überreste. Spiralen, Hügel, Ringe: alles merkwürdige Gebilde.

Er hörte etwas glucksen und Wasser über Stein rinnen. Als er einen dicht belaubten Busch beiseite bog, tat sich ein schattiges Fleckchen auf, wo eine kleine Quelle sprudelte und sich in ein kristallklares Becken ergoß. Quentin kniete nieder und schöpfte mit der Hand von dem eisigen Wasser. Als er es schlürfte, fielen ihm die weißen Steine auf, die um das Becken gelegt waren, und gleich oberhalb der Stelle, an der die Quelle in das Becken floß, befand sich ein Heiligtum für den Gott des Frühlings: Darin stand ein aus Stein geschnittenes Inbild des Gottes, den die Bauern Pol nannten. Früher hätte er dem Gott ein Trankopfer dargebracht, aber jetzt nickte er dem ewig starren Blick des Götzenbildes nur zu und stand wieder auf.

Er begab sich zum nächstgelegenen Hügel und betrachtete ihn sorgfältig. Er war mit Gras bewachsen und zweimal größer als er selbst; ganz glatt, fiel er nach allen Seiten hin gleichmäßig ab.

Einige der Hügel waren größer als die übrigen, wie er jetzt feststellte. Und einige wirkten ein wenig abgeflacht oder eingesunken, als wären sie nach innen weggesackt, wie es manchmal bei Gräbern der Fall ist.

Gräber! Er ließ das Wort nicht los und drehte und wendete es, als würde er es zum erstenmal hören. Und so, als würde das Sonnenlicht langsam die Nacht vertreiben, dämmerte ihm, wo er war. Quentin war zufällig auf den Ring der Könige gestoßen, in Legenden und Liedern manchmal auch Königsrund geheißen. Es handelte sich um den alten Begräbnisplatz der ersten Könige von Mensandor. Hier lagen die Erbauer des Reiches begraben, ihre Hügelgräber befanden sich innerhalb des Ringes. Es war ein besonders heiliger Ort.

Quentin verharrte kurz, wo er war, und mühte sich dann unter Schmerzen zurück zu Balder. Er wollte fortreiten, doch irgend etwas hielt ihn fest. Er versuchte, sein unerklärliches Zaudern abzuschütteln und ging weiter, doch nach vier Schritten drehte er sich wieder um.

Da kam ihm ein Gedanke: Wenn er lebendig ins Lager zurückkehren wollte, brauchte er irgendeine Waffe, wenigstens einen Schild. Die Könige hatte man üblicherweise in ihren Rüstungen und mit ihren Waffen begraben, damit sie für die Schlachten in der Unterwelt gerüstet waren.

Bestimmt ist es nicht schlimm, dachte er, sich ein Schwert oder einen Schild aus einem der Gräber zu nehmen. Es war zwar eigentlich verboten und konnte die Geister der Toten wecken – eine Aussicht, die Quentin nicht besonders schreckte –, aber er beschloß, nach einer Waffe zu suchen.

Beim ersten Grabhügel konnte er keinen Eingang finden, auch beim zweiten und dritten nicht. Wo auch immer diese Kuppeln einen Zugang gehabt hatten, er war längst zugewachsen oder sorgfältig verdeckt worden.

Er wollte schon aufgeben und zu Balder gehen, als ihm der große Grabhügel in der Mitte ins Auge fiel. Nun gut, dachte er, einmal will ich es noch versuchen. Er hinkte hin, einem Riesen gleich, der sich zwischen unheimlichen begrünten Kuppeln bewegte.

Dieser Grabhügel war anders als die übrigen, die er sich angesehen hatte: runder, flacher, als würde ein Stück einer großen Kugel aus dem Boden ragen. Er ging einmal herum und stolperte über einen kleinen Busch, der im Schatten des Hügels wuchs.

Er fiel der Länge nach ins Gras und schlug mit dem verwundeten Bein schwer auf. Er verzog das Gesicht vor Schmerzen, spürte aber gleichzeitig, daß unter ihm etwas Hartes nachgab. Dann hörte er ein gedämpftes Knirschen, als würde eine Wurzel brechen, und schon purzelte er in die gähnende Finsternis, die sich jählings unter ihm aufgetan hatte.

Erschrocken kreischte Quentin auf, als er auf etwas Hartem landete. Er hustete und spuckte in den Schmutz, der von allen Seiten auf ihn eindrang. Dann wischte er sich den Staub aus den Augen; unter ihm kullerten Kieselsteine weg.

Als der Staub sich gelegt und Quentin sich umgesehen hatte, war ihm klar, daß er nur drei Schritte tief gestürzt war. Das Sonnenlicht fiel in den Spalt ein, in dem er saß, und warf einen Fleck auf den Boden. Er erblickte einen geraden Rand und dann im Schatten: Stufen. Da hatte sich jemand große Mühe gegeben, den Eingang zur Grabstätte zu verbergen, und er war hineingestolpert.

Quentin versuchte sich zu beruhigen und trat vorsichtig von einer Stufe auf die nächste. Es ging steil nach unten, und bald befand Quentin sich in völliger Dunkelheit. Er streckte die Hände vor sich aus und schritt weiter.

Nach nur wenigen Stufen hörte die Treppe auf, und Quentin, dessen Augen sich ein wenig an die Dunkelheit gewöhnt hatten, erblickte eine Steintür, welche eine unterirdische Kammer abschloß. In die vor Alter schwarze Tür waren komplizierte Zeichen und Runen der Alten geritzt. Doch an den Absplitterungen und Kratzern, die sich an der linken Seite der Platte im schwachen Dämmerschein weiß abhoben, erkannte er, daß jemand mit Werkzeug die Grabtür aufgestemmt hatte, und zwar erst vor kurzem.

Er legte die Hände auf den kühlen, feuchten Stein und drückte. Wider seine Erwartungen ging die Tür mühelos auf; quietschend drehte sie sich auf unsichtbaren Angeln.

Er trat in das Grab.

Dort drinnen war es kühl und still. In dem schwachen Lichtschein, der durch die offene Tür fiel, sah Quentin die goldenen und silbernen Gefäße schimmern, die entlang der Wände gestapelt waren. Der Boden war dick vom Staub der Zeiten bedeckt, so daß von den bunten Mosaiken, welche in herrlichen Bildern die Taten der verstorbenen Könige darstellten, nicht viel zu erkennen war. Links von Quentin stand eine Reihe Speere mit silbernen Spitzen, daneben mit Bärenfellen überzogene Schilde, die fast völlig vermodert waren. Zu seiner Rechten stand ein Sattel, dazu ein Roßharnisch und ein Roßkopf auf gekreuzten Lanzen.

Was sonst noch in dem alten Gewölbe lag, entdeckte Quentin

nicht. Denn sein Blick fiel auf die Steinplatte in der Mitte der Kammer. Und dort lag reglos und still wie in friedlichem Schlummer König Eskewar, umgeben von einem unheimlichen blauen Schein.

Obzwar Quentin seinen König nie gesehen hatte, wußte er in seinem Herzen, daß er ihn gefunden hatte, es konnte kein anderer sein. Das bärtige Kinn ragte trotzig vor, die hohe, glatte Stirn verriet Klugheit, die tiefliegenden, geschlossenen Augen deuteten auf Charakterfestigkeit und der gerade, feste Mund kündete von Hoheit.

Fast starr vor ungläubigem Staunen, ja beinahe wie ein Schlafwandler trat Quentin zu dem Steinsarg. Die Gestalt vor ihm trug eine glänzende Rüstung und hatte die Arme bewegungslos über der Brust gefaltet. Sie wirkte wie ein Inbild des Todes. Und doch …

Quentin hielt den Atem an, weil er fürchtete, das Traumbild vor seinen Augen könnte sich als unwirklich erweisen, und ging noch ein Stück näher.

Ein Schritt, ein zweiter und er wäre da.

Mit zitterndem Fuß machte er den ersten. Dann setzte er mit dem anderen Fuß zum zweiten an …

Hinter ihm regte sich etwas. Er spürte einen Luftzug, hörte ein metallisches Sirren und erhaschte einen Blick auf zwei gelb glühende Lichtpunkte, die durch die Luft sausten. Unwillkürlich versuchte er, den Schlag abzuwenden, wurde aber zu Boden geschmettert.

49

Auf dem Schlachtfeld war es still geworden, wie es die Gefallenen waren, die dort lagen. Doch die Stille hallte noch vom Klirren des Stahls und den Schreien der Krieger wider. Am Himmel schwebten die Aasvögel und warteten darauf, ihr gräßliches Mahl zu beginnen. Ihr Gekreisch durchschlug das Schweigen, das wie ein Leichentuch über der Ebene von Askalon lag.

In der Kampfpause hatte man die Verwundeten vom Feld getragen und zum Fluß gebracht, wo Selrichs Ärzte ihnen Hilfe und Trost spendeten, sofern sie es vermochten. Diejenigen, die noch in der Lage waren, Pike oder Schwert zu halten, verband man. Sie kehrten zum Graben zurück, um dort auf das nächste Gemetzel zu warten.

Derwin, der die Arme hochgekrempelt und sein Gewand zwischen den Beinen hochgerafft und in den Gürtel gesteckt hatte, eilte zwischen den Bahren hin und her, um mit Rat und Tat Beistand zu leisten, so gut er konnte. Wo er auch hinkam, ließen die Schmerzen nach und die Heilung setzte ein. Diejenigen, für die jede Hilfe zu spät kam, fühlten sich getröstet; auf ihrem Weg in die nächste Welt begleitete sie Hoffnung.

Als Derwin sich gerade über einen bewußtlosen Soldaten beugte, der am Flußufer im Gras lag, spürte er, wie jemand an seinem Gürtel zupfte. Er blickte auf und sah einen jungen Mann, schweißnaß und blutverschmiert, der ihn wegholen wollte.

»Was ist denn, mein Junge?« fragte der Einsiedler.

»Da drüben möchte ein Ritter dich sehen, Herr«, erwiderte der junge Arzt.

»Dann bringe mich zu ihm«, entgegnete Derwin. Beide eilten sie durch die Reihen der Verwundeten am Ufer.

»Hier ist der fromme Einsiedler, Herr Ritter. Ich habe ihn zu dir geführt, wie du es wünschtest.« Der Junge beugte sich zum Ohr des Ritters hinab. Derwin, der schon glaubte, er sei zu spät gekommen, denn danach sah es aus, war überrascht, als der Ritter wacher wurde und ihn aus seinen klaren blauen Augen wissend ansah.

»Es heißt, ich muß sterben«, sprach der Ritter. Er war noch jung, keine zwanzig. »Was sagst du?«

Derwin bückte sich, um die Wunde zu untersuchen, ein häßlicher, gezackter Schnitt in seiner Seite. Dort hatte die Axt seinen Panzer aufgeschlitzt und Stücke seines Kettenhemds tief ins Fleisch getrieben. Derwin schüttelte bedächtig den Kopf.

»Ja, es stimmt. Die Wunde ist tödlich, mein tapferer Freund. Wie kann ich dir helfen?«

»Es ist, wie ich fürchtete«, erwiderte der Ritter. Seine Stimme wurde schwächer. »Ich habe dich zwischen den Verwundeten umhergehen und Männer trösten sehen, die vor Schmerzen schrien; und du beruhigtest diejenigen, die Manes zu sich ruft.«

»Ich tue, was ich kann«, erwiderte Derwin leise.

»Dann sage mir, was ich über den Tod wissen muß, ich bin nämlich kein gläubiger Mensch. Es heißt, du kannst ins Jenseits schauen, Herr. Schau für mich und sage mir, was du siehst.«

Derwin wußte zwar schon, was er dem jungen Ritter sagen wollte, ließ aber den Kopf sinken und schloß die Augen. Zugleich legte er dem Ritter eine Hand aufs Herz. Einen Moment später hub er zu sprechen an:

»Ich sehe zwei Pfade, die du einschlagen kannst: Der eine führt in die Dunkelheit, der andere ins Licht. Der finstere Pfad führt ins Unglück. Folgt man ihm, wird man keinen Frieden finden, die Seelen derjenigen, die auf ihm wandeln, kommen nicht zur Ruhe, sie bleiben ohne Trost. Es ist ein einsamer, bitterer Weg.

Der andere hingegen, der lichte Weg, führt zu einer prächtigen Stadt, in die alle strömen, um sich an der Gegenwart eines liebevollen Königs zu erfreuen, der auf immer und ewig herrscht. Es ist ein Reich voller Frieden, in dem Elend und Tod besiegt sind, und alle, die dort leben, kennen keine Furcht mehr.

Diese beiden Pfade stehen dir offen, aber du mußt dich selbst entscheiden, welchen du einschlagen willst.«

»Diese Wahl fällt leicht, lieber Einsiedler. Ich möchte in die große Stadt ziehen und dem ehrenwerten König meine Dienste antragen. Wenn er einen wie mich gebrauchen kann, dann will ich dorthin. Aber ich weiß nicht, wie ich das bewerkstelligen kann, und habe Angst, in die Irre zu gehen.«

»Sorge dich nicht. Glaube einfach, und es wird geschehen. Glaube an den König, den König aller Könige und allerhöchsten Gott. Er wird dir auf dem Pfad entgegenkommen und dich selbst in seine Stadt geleiten.«

»Herr, ich will glauben. Aber deine Worte sind sonderbar. Sie sind anders als alles, was ich jemals von einem Priester gehört habe. Bist du Priester?«

»Ja, guter Freund. Ich bin ein Priester jenes Königs, von dem ich dir erzählt habe. Er weist keinen ab, der zu ihm kommen möchte. Dies hat er allen Menschen versprochen.«

»Dann gehe ich sogleich zu ihm.« Der Ritter konnte nur noch flüstern. »Danke, lieber Einsiedler. Ich werde mich deiner Freundlichkeit entsinnen und deinen König von dir grüßen. Leb wohl.«

»Leb wohl, tapferer Ritter. Wir werden uns wiedersehen.«

Auf diese Worte hin schloß der Ritter die Augen und hauchte sein Leben aus. Derwin stellte sich neben den Leichnam des jungen Mannes und staunte ob dessen Mut und Glaubensfestigkeit. »Der Allerhöchste hat heute einen sehr treuen Diener gewonnen«, sagte er bei sich. »Und einen äußerst beherzten.«

Als Derwin alles menschenmögliche für die Verwundeten und Sterbenden getan hatte, kehrte er zum Wall zurück, wo Selrich, Teido und Ronsard Rat hielten.

»Wir haben viele tüchtige Männer verloren«, sagte Ronsard. »Einem weiteren Angriff halten wir nicht stand, sollten sie uns den Garaus machen wollen.«

»Worauf sie nur warten?« wunderte sich Selrich. »Vielleicht wollen sie uns nicht mehr angreifen.«

»Nein«, widersprach Teido. »Sie warten auf ...«

»Sie warten auf Nimrod und seine Brut«, sagte Derwin, sich zu ihnen gesellend. »Die sind zwar noch nicht hier, aber nicht mehr weit.«

»Dann hatte Jaspin also gehofft, ohne Nimrods Hilfe den Sieg zu erringen?«

»So ist es! Jetzt wird er vor allen, die ihn König nennen, Nimrod als seinen Herrn anerkennen müssen.«

»Etwas Besseres hat er nicht verdient«, stellte Ronsard fest. »Ich glaube, er wird den Tag bereuen, an dem er des Hexers zum erstenmal ansichtig wurde.«

»Das Warten ist schlimmer als das Kämpfen. Können wir gar nichts tun?« fragte Selrich.

»Doch«, erwiderte Derwin. »Zum Allerhöchsten beten. Außer ihm kann uns keiner mehr helfen.«

Der Schlag von unsichtbarer Hand streifte Quentin, als er sich gerade wegrollte, an der Schulter und schleuderte ihn kopfüber in die Finsternis, so daß er auf allen vieren am Boden des Grabmals hingestreckt lag.

Er rappelte sich auf die Knie und wollte sich am Rand des Steinsargs hochziehen. Aber als er wieder auf die Beine kam, spürte er, daß etwas Geschmeidiges ihn nach hinten und mit schwerem Gewicht zu Boden zog. Es hielt ihn am Handgelenk gepackt. Quentin griff danach und berührte eine glatte, aber starre Oberfläche, die unter seiner Hand zuckte.

Er erschauderte vor Entsetzen und Abscheu, als er merkte, daß eine riesenhafte Schlange ihn gefangenhielt.

Sie krümmte sich um seine Arme und fesselte diese an seinen Körper. Dann wand sie sich um seine Brust. Quentin, der sich kraftlos loszukommen bemühte, sah den schrecklichen, eckigen Kopf vor seinem Gesicht auftauchen.

Die scheußlichen gelben Augen funkelten gespenstisch und blickten ihn drohend an. Er spürte, wie die Schlingen um seinen Körper fester wurden und ihm den Atem nahmen.

Vergebens versuchte er an den schweren Schuppen der Schlangenhaut Halt zu finden, seine Nägel rutschten wirkungslos an ihr ab. Jeder Atemzug wurde zur unerträglichen Anstrengung. Er hörte das heisere Zischeln der Schlange. Ihr Kopf bewegte sich auf ihn zu: Sie bleckte zwei Reihen grausamer, nadelspitzer Zähne und zwei große Reißzähne.

Quentin überlegte rasch, am Rande der Panik. Irgendwo mußte eine Waffe zu finden sein. Als er meinte, unter dem Druck der Schlange platzen zu müssen, fiel sein Blick zufällig auf das schimmernde Schwert des Königs, das neben der Grabplatte lag.

Quentin, der mit jedem Herzschlag schwächer wurde, ließ sich neben den Sarg fallen. Dadurch verlagerte die Schlange einen Augenblick lang ihr Gewicht. Quentin konnte Luft schöpfen und seine Arme losmachen, ehe die erbarmungslosen Windungen ihn wieder umklammerten.

Langsam zog Quentin die Beine an und stemmte sie gegen den Steinsims des königlichen Sarges. Dann stieß er sich ab, als die Schlange gerade wütend zischelnd zubeißen wollte.

Quentin hörte die gräßlichen Kiefer dicht über seinem Ohr zuschnappen. Aber er hatte sein Ziel erreicht. Sein freier Arm lag nun oben. Er streckte ihn nach dem Schwert aus.

Der Schlange entging die Bewegung nicht. Sie ließ ihren Schwanz vorschnellen, wickelte ihn um Quentins Handgelenk und zog es eisern nach unten.

Im bläulichen Leuchten sah Quentin abermals, wie der schreckliche schwarze Kopf vor ihm auftauchte und zum Schlag ausholte.

Er spannte sämtliche Muskeln an und hob die Hand. Unter Schmerzen bewegten seine Finger sich auf das Schwert zu. Er spürte, wie die Schlange sein Handgelenk zusammendrückte. Seine Finger wurden taub. Er schloß die Augen und schrie vor Anstrengung auf, als er das Gefühl hatte, ihm werde das Herz zerreißen. Dann spürte er den Rand des Sarges. Er klammerte sich daran.

Stück für Stück tastete er sich voran; seine Fingernägel zersplitterten am Stein. Er bekam keine Luft mehr. Ihn wollte Schwindel erfassen, aber er wehrte sich dagegen und versuchte, einen klaren Kopf zu behalten.

Dann lag wundersamerweise das Schwert in seiner Hand. Er umklammerte die kalte Stahlklinge und zog sie nach unten. Aber seine Kräfte waren geschwunden. Er konnte das Schwert nicht mehr heben noch mit ihm zuschlagen. Statt dessen lag die scharfe Schneide in seiner tauben Hand, und er betrachtete ihr Funkeln, während er spürte, daß die dunklen Nebelschwaden des Todes sich verdichteten.

Er wollte aufgeben, loslassen, in die friedliche Ruhe übergehen, die ihn erwartete. Da hörte er ein Geräusch gleich dem Rauschen des Windes oder tausend klagender Stimmen. Er bildete sich ein, dichtgeballte Wolken würden aufreißen. Dann fiel er durch diese Wolken.

Sie öffneten sich, und er sah unter sich die Schlachtreihen auf der Ebene von Askalon. Dort befanden sich seine Freunde, hinter ihrem Graben verschanzt. Er beobachtete den Angriff und hörte das Waffengeklirr. Dann verblaßte das Traumbild. Er spürte, wie eine Wärme seine Gliedmaßen durchzog und tiefe Müdigkeit ihn überkam. Er drohte, ins Jenseits zu dämmern.

»Nein!« schrie er und riß sich zurück. »Nei-ein!« hallte seine Stimme im Grabgewölbe wider.

Das Schwert lag schlaff in seiner kraftlosen Hand. Er packte es und spürte, wie ihm die Klinge in die Finger schnitt. Der Schmerz machte ihn wacher.

Er wandte den Kopf und sah das Schlangenhaupt über sich schwanken. Das Ungeheuer bewegte sich, um ihm den Todesstoß zu versetzen. Quentin zog das Schwert an seine Brust.

Die funkelnden Augen starrten in seine, die schwarze, gegabelte Zunge flackerte, der Kopf kam näher. In diesem Augenblick hob Quentin das Schwert.

Der Schlangenkopf schnellte auf ihn zu. Quentin spürte, wie ihm das Schwert plötzlich aus den Händen gewunden wurde. Er hörte ein zorniges Zischeln und schlug die Augen auf: Das Schwert steckte im Maul der Schlange und hatte ihren Schädel durchbohrt. Das Ungeheuer hatte sich auf die Waffe gespießt.

Die Schlange begann wild zu zucken; ihre Umklammerung lockerte sich. Im Nu befreite Quentin seinen anderen Arm und rappelte sich auf die Knie. Dann rutschte er rasch zur Seite. Die Schlange wand und krümmte sich, ihre Bewegungen wurden immer unkontrollierter.

Schließlich bäumte sie sich noch einmal auf, dann lag sie still.

Quentin kniete da, die Hände auf dem kühlen Stein, und rang heftig nach Luft. Er hörte ein Brodeln und Zischen und sah, daß das Ungetüm zu schrumpfen und zu schmelzen begann. Quentin staunte. Aus dem Kadaver stieg grüner Rauch aus, deckte ihn zu, und dann war der ganze Spuk vorbei. Dort, wo die eklige Schlange gelegen hatte, stieg nur ein Qualmwölkchen auf. Und dann war selbst dieses verschwunden.

Keuchend lehnte Quentin sich an den Sarg und kam allmählich wieder zu sich. Sämtliche Rippen taten ihm weh, und die Hand, mit der er das Schwert gepackt hatte, brannte. An seinen Fingern lief Blut herunter. Zitternd atmete er tief durch und schaute den König an. Das unheimliche blaue Leuchten um seinen Leichnam herum war verschwunden, als wäre die letzte Lebenskraft von ihm gewichen.

Quentin gab es einen Stich ins Herz, denn jetzt, so schien es, war der König zweifellos tot. Die breite Brust tat keinen Hauch mehr.

Quentin wandte sich zum Gehen. Es war nichts mehr zu machen. Doch den König gefunden zu haben und einfach zu gehen kam ihm unangemessen vor.

Er senkte den Kopf und sprach ein Gebet: »Vater des Lebens«, sagte er, Tolis Gottesnamen benutzend, »gib unserem König das Leben wieder.« Er überlegte kurz und setzte dann hinzu: »Erwecke einen Helden, daß er uns zum Sieg gegen unsere Feinde führe…« Mehr fiel ihm nicht ein.

Er trat neben den König und streckte die Hand nach dem kalten, leblosen Gesicht aus. Da fiel ein Tropfen Blut von seinen Fingerspitzen mitten auf die Lippen des Königs.

Quentin starrte den hellroten Fleck an.

Im schwachen Lichtschein, der durch die Öffnung der Grabkammer fiel, bildete Quentin sich ein, daß sich über der Miene des Königs Farbe ausbreitete. Entrückt beobachtete er die wundersame Verwandlung, die sich da vollzog.

Die erstarrten Züge des Königs wurden weicher. Die kalte, graue Farbe seiner Haut bekam einen wärmeren Ton und wirkte wieder lebendig. Quentin wagte sich nicht zu rühren, weder zu blinzeln noch wegzuschauen. Er sah, wie die Farbe in die leblosen, fahlen Hände zurückkehrte. Und am Hals sah er ganz schwach den Puls schlagen.

Vom König schien ein silberner Schein auszugehen, ein Leuchten, das die reglosen Gesichtszüge zu beleben schien. Es wurde immer stärker, bis Quentin es nicht mehr ertragen konnte. Er hielt sich einen Arm vor die Augen, und als er wieder hinsah, war das Licht verschwunden. Dafür sah er die Lider des Königs zucken und hörte ihn tief Luft holen.

Quentin ließ sich auf die Knie fallen. Tränen rannen ihm über die Wangen und troffen auf den staubigen Boden. Er senkte den Kopf und sprach ein stummes Dankgebet. Dann vernahm er ein leises Stöhnen. Er stand auf und beugte sich über den König. Wieder ertönte ein Stöhnen: König Eskewar schlug die Augen auf.

Was dann geschah, in welcher Reihenfolge es geschah, wer zuerst sprach und was genau, all das wußte Quentin später nicht mehr zu sagen, denn alles schien gleichzeitig zu passieren.

Er erinnerte sich, daß er König Eskewar von der Gefahr und der Schlacht berichtete, die gerade stattfand. Er erinnerte sich, daß Eskewar sich etwas wackelig von der Steinplatte erhob und dann donnernd zu Boden fiel. Er erinnerte sich an das unbeschreibliche Gefühl der Freude, das er empfand, als der König ihm eine Hand auf die Schulter legte, sie festdrückte und sagte: »Gut gemacht, mein tapferer Ritter.«

Sie verließen das Grabmal und gingen zu Balder. Eskewar wurde mit jedem Schritt kräftiger. Die Sonne stand hoch am Himmel, eine feurige, feste Kugel, und erfüllte Quentin mit Freude und Entschlossenheit, obwohl er nur mit Mühe durch das Gras humpeln konnte.

Die beiden saßen auf, Quentin hinter dem König. Während sie davonritten, erzählte er ihm alle Einzelheiten.

»Ein paar Menschen müssen doch noch treu zu mir stehen«, rief der König, daß seine tiefe Stimme durch den Wald hallte. »Wir werden sie finden!«

Quentin dachte nur, wenn sie nicht zehntausend fänden, die vor Jaspin nicht das Knie gebeugt hatten, so wäre ihre Suche vergebens.

»Erst einmal nach Askalon!« sagte der König. »Die einfachen Leute werden für ihren König in Not streiten. Wenn wir müssen, werden wir ein Heer aus Bauern und Kaufleuten aufbieten!«

Sie trabten durch den Wald und schlugen den Weg nach Askalon ein. Der König saß mühelos im Sattel. Quentin hielt sich an ihm fest, so gut er konnte.

Im Nu schienen sie durch die Straßen von Askalon unterhalb der Burg zu reiten. Der König hielt auf die Mitte des Ortes zu. Auf dem Marktplatz stellte er sich in den Sattel und reckte das Schwert.

»Landsleute! Euer König ist wieder da!« Seine Stimme schien die Festen des Burgfelsens selbst zu erschüttern.

»Folgt mir!« rief er. »Unser Königreich ist in Gefahr! Bringt Schwerter und Schilde, bringt Harken und Piken, Spaten und Heugabeln! An die Waffen! Für Mensandor!«

Als die Leute dies hörten, staunten sie und fielen auf die Knie. Die Frauen weinten, und die Männer blickten den König verdutzt an. Da erhob sich ein lautes Geschrei: »Der König ist wieder da! Der Drachenkönig lebt!«

Männer rannten durch die Straßen und forderten alle auf, dem Ruf zu den Waffen zu folgen. Ein Schmied kam mit einem Schimmel angelaufen. Dieser war bereits aufgezäumt und scharrte vor gespannter Erwartung. Eskewar sprang auf das Pferd und führte sein grobschlächtiges Heer an.

Kaum hatten sie die Stadt verlassen und die Straße eingeschlagen, die zur Ebene hinabführte, begegnete ihnen eine große Schar von Männern in dunkelgrünen Hemden mit Piken und Langbogen, die Köcher um ihre Schultern voll neuer Pfeile.

Eskewar, gleich hinter ihm Quentin, hielt vor ihnen an. Als ihr Anführer den König erblickte, kniete er nieder und rief mit lauter Stimme: »Dein treuer Diener, Herr. Meine Männer stehen dir zu Befehl.«

Der Mann kam Quentin bekannt vor. Wo hatte er ihn schon einmal gesehen? Da fiel ihm die kalte Nacht im Wald von Pelgrin ein, als die Büsche plötzlich lebendig geworden waren. Als der Mann wieder aufstand, erkannte Quentin das harte, wettergegerbte Gesicht von Voss. Inzwischen war seine Schar auf mehrere hundert Mann angewachsen.

»Wir hörten, daß dort unten gekämpft wird«, sagte Voss, neben den geliebten König tretend. »Da dachten wir uns, wir werfen uns für König und Königreich ins Getümmel. Wir hatten nicht erwartet, daß der Drachenkönig selbst uns in den Kampf führen würde.«

»Eure Treue soll ihren Lohn finden, denn heute werdet ihr sehen, wie euer König die Waffen gegen seine Feinde erhebt. Folgt mir!« Der König wandte sein Roß und führte sein Volk in die Schlacht.

Mit jedem Schritt wuchs ihre Zahl. Quentin sah sich zweimal um und staunte über den Anblick, der sich ihm bot: eine wogende See von Holzpiken und Heugabeln strotzte in der Sonne. Harken, Hauen und andere Geräte waren für Mensandors Drachenkönig zu Waffen geworden.

Aus den kühnen, fröhlichen Herzen erhob sich ein Lied und stieg zum strahlend blauen Himmel auf:

Der Drachenkönig ist zurückgekehrt!
Der Marsch des Volkes laut erklingt.
Seht unseres Führers kühnes Schwert,
In der Schlacht sein Lied es singt!

Seht, die Feinde sind gefällt!
Hört uns singen nun:
Unsren Sieg, den kündet aller Welt,
Dem Drachenkönig Preis zu tun.

50

Jaspin sah Nimrod mit einem unbeschreiblichen Blick an: eine Mischung aus Erleichterung und Enttäuschung, Angst und flüchtiger Hoffnung. »Ich… ich verstehe… nicht…«, stammelte Jaspin.

Nimrods Augen sprühten Blitze, und seine Stimme donnerte: »Meine Beute ist fort! Meine Beute ist verschwunden!«

Er warf einen haßerfüllten Blick auf die Ebene, wo König Selrichs Heer wartete. »Schwarz ist der Tag eures Verhängnisses! Eure Leichen sollen den Aasvögeln zum Fraß dienen, und eure Knochen sollen in alle Himmelsrichtungen verstreut werden. Jetzt werdet ihr Nimrods Zorn nicht mehr entkommen!«

Dann reckte er seinen Marmorstab hoch in die Luft und stimmte einen langen Zaubergesang an. Sein Rappe schüttelte die Mähne, scharrte in der Erde und wieherte ungeduldig. Nimrod achtete nicht darauf. Er richtete sich im Sattel auf und wiederholte den Zaubergesang: »Rara Nictu deasori Maranna Rexis!«

Eine kühle Brise kräuselte die Seide von Jaspins Pavillon. Die rotgoldenen Banner flatterten an ihren Standarten, und die Wimpel wehten bunt; da tauchte am Himmel eine schwarze Wolke auf. Mit geschlossenen Augen setzte Nimrod zischend seinen Gesang fort. Der Wind frischte auf, die Banner schaukelten wild, und die Wimpel an den Lanzen der Ritter knarrten laut. Die wogende Wolke schwoll zu einem wilden, brodelnden Sturm an. Die Taue, die Jaspins Pavillon hielten, sirrten.

Auf dem Sturmwind kam die Totenlegion angebraust.

Es waren sechs, jeweils zu zweit nebeneinander ritten sie auf ihren schnaubenden Rössern. Sie kamen von Süden aus dem Wald getrabt. Die versammelten Heere erhoben ein Murren, und als die Geisterreiter die ersten Linien erreichten, wichen die Männer zurück.

Jaspin beobachtete, wie sie immer näher stürmten. Sechs Ritter in pechschwarzer Rüstung, finster wie die Nacht, mit langen schwarzen Federbüschen auf den Helmen. Sie blickten weder nach links noch nach rechts, sondern kamen gemessenen Schrittes bis zum Pavillon. Dort hielten sie an. Ihre Visiere verbargen ihre Züge; aus den dunklen Schlitzen funkelte kein Auge.

Während die Wolken sich weiter verdichteten und die Sonne verdeckten, wurde die Erde in ein unheimliches Zwielicht getaucht. Alles wurde totenstill. Niemand sagte, niemand rief etwas; zehntausend Männer standen da wie einer. Reglos. Die einzigen Geräusche waren das Heulen des Windes, das Schnalzen der flatternden Fahnen und das ungeduldige Schnauben der Pferde.

Auf einen Wink Nimrods ritt der vorderste aus Nimrods Totenlegion unmittelbar vor Jaspin. Das Klappern der eisenbeschlagenen Hufe hallte Jaspin in den Ohren wie Totengeläut. Der erbleichte Thronräuber verzog das Gesicht und zuckte beim Gruß des schwarzen Ritters zurück.

»Der Tag gehört uns!« rief der Geisterbeschwörer kühn, so daß alle, die auf der Ebene versammelt waren, es hören konnten. Dann sagte er, an Jaspin gewandt: »Sieh in das Angesicht des Todes und verzweifle!«

Entsetzt beobachtete Jaspin, dessen Herz bebte und dessen Blut in den Adern zu Eis gerann, wie das gräßliche Gespenst den schwarzen Panzerhandschuh ans Visier führte und es langsam hochschob. Jaspin schloß die Augen und wandte den Blick ab.

»Sieh mein Werk an!« rief der Hexer.

Jaspin blickte der grauen, blutlosen Erscheinung ins Gesicht. Und als er sich vor Schrecken krümmte, hob der Ritter die aschfahlen Lider und starrte Jaspin eiskalt an. Jaspin umklammerte die geschnitzten Armlehnen seines Thrones und stieß einen leisen Schrei aus: Der Ritter hatte keine Augen.

»Fort!« schluchzte Jaspin.

Derwin hielt sein Gesicht in den brausenden Wind. Seine wissenden Augen beobachteten die großen schwarzen Wolken über der Ebene von Askalon, die den Himmel immer mehr eintrübten. Da fiel das unnatürliche, dämmerige Zwielicht aufs Schlachtfeld.

»Nimrod ist eingetroffen. Er ist da und hat seine Legion mitgebracht«, stellte der Einsiedler fest. »Wir müssen uns zum letzten Angriff rüsten.«

»Ich bin bereit«, sagte Ronsard. Seine kräftige Stimme verriet keinen Hauch von Furcht. »Ich habe dem Tod schon so viele Male ins Antlitz gesehen. Er ist ein alter Feind, der mich mit seinem Anblick nicht mehr quälen kann.«

»Gut gesprochen, edler Ronsard«, erwiderte Teido. »Auch ich bin bereit. Komme, was wolle, ich sehe Ruhm für uns alle hier voraus.« Er kniff die Augen zu und machte eine Kopfbewegung in Richtung der Ebene. »Ich will mir meinen Teil daran erfechten.«

»Jawohl«, fiel König Selrich ein, »und einen Platz im Herzen der Menschen, wann immer ums Feuer heldenhafte Taten besungen werden.«

Alinea, die lange geschwiegen hatte, hob jetzt den Blick zum Horizont und betrachtete zum Abschied die schimmernden Mauern von Burg Askalon, die sich diesig in der Ferne erhoben. Trenn stand entschlossen dreinblickend neben ihr.

»Ich bin eine Frau«, sagte die Königin leise, »und kein Soldat. Aber aus Liebe zu meinem König werde ich mit Freuden neben meinen tapferen Gefährten stehen, bis die grausame Klinge der Feinde meinen Geist der ewigen Ruhe überantwortet.«

Trenn sagte nichts, aber sein kräftiger Nacken wölbte sich, als er sein Schwert fester umklammerte und sich mit dem Heft ans Herz schlug.

Toli, der stundenlang vergebens nach seinem Meister gesucht hatte und aus dem Wald zurückgekehrt war, ergriff einen Langbogen und legte einen Pfeil auf die gespannte Sehne. Unter seiner dunklen Haut brannte Haß auf diejenigen, die seinen Herrn gefällt hatten.

Durch die Stille, die sich über die Ebene gelegt hatte, hörten die Waffenbrüder das Grollen fernen Donners, der am Himmel auf sie zukam. König Selrich nahm den Platz an der Spitze seiner Krieger ein. Er sprang auf einen Felsbrocken, um ihnen eine Rede zu halten. Mit erhobenen Händen und lauter Stimme rief er:

»Männer von Drin, Krieger! Hört mich an! Ich bin stolz darauf, euer König zu sein, und obschon unsere Zeit abläuft, wünsche ich mir keine größere Gunst, als euch noch einmal in die Schlacht zu führen.

Der Feind ist groß, aber selbst wenn er unsere Körper bricht, so wird er niemals den stolzen Geist besiegen, der uns bis ans Ende aufrechterhält. Streitet wohl, meine Freunde! Blickt nicht zurück, blickt voraus. Heute werdet ihr Ruhm und Ehre erringen. Erweist euch dessen würdig. Seid stark! Fürchtet euch nicht!«

Die Soldaten, die reglos wie Statuen dagestanden hatten, hoben jetzt Schwerter und Speere und riefen mit einem mächtigen Schrei wie aus einer Kehle: »Für Ruhm! Für Ehre! Für unseren König!«

Dann klopften sie mit ihren Schwertern auf ihre Schilde und stimmten ein Kampflied an. Selrich voraus, stellten sie sich zu einer Speerspitze auf und marschierten auf die Ebene, um dort den Feind zu erwarten.

Teido und Ronsard führten ihre Ritter zu beiden Seiten der furchtlosen Kameraden ins Feld. Die Streitrösser warfen die Köpfe hin und her und schnaubten, während der Wind aus dem brennenden Wald jenseits der Walstatt Rauch herübertrieb.

Abermals hörten sie das Trommelwirbeln, als der Feind vorrückte. Teido blickte sich um, weil er seinem Freund Derwin zum Lebwohl einen letzten Blick zuwerfen wollte, aber der Einsiedler war wieder verschwunden.

Dann tauchte das feindliche Heer abermals aus dem Rauch auf, der über die Ebene wehte. Diesmal wurde es von den sechs schwarzen Reitern der Totenlegion Nimrods angeführt.

Sie hielten an. Die Trommeln schlugen schneller. Die sechs legten ihre Lanzen ein und spornten auf das Trompetensignal hin ihre Rösser an. Die Legion brauste über die Ebene, daß die

Hufe ihrer Pferde Funken schlugen. Hinter ihnen folgten die Ritter von Jaspins Streitmacht, danach die Fußsoldaten, die jetzt laut brüllend zu rennen anfingen.

König Selrichs Heer stählte sich für den Zusammenprall dadurch, daß alle mit den Schwertern auf den Schilden klapperten. Teido und Ronsard trieben ihre Rösser in die Schlacht.

Der Zusammenstoß war ungeheuer. Die Erde erbebte davon. Staub wirbelte auf und hüllte die Streitenden ein, daß sie nicht mehr zu sehen waren. Pferde brüllten auf, das Klappern kalten Stahls hallte wider. Als der Staub sich verzog, sah Selrich, daß es Teido und Ronsard gelungen war, ihre Reiter unter nur geringen Verlusten zwischen die Gegner zu treiben. Ja, sie hatten es sogar geschafft, einen Ritter der Totenlegion aus dem Sattel zu werfen! Sein Pferd lag, im Todeskampf wiehernd, auf dem Feld, aber der Ritter focht zu Fuß weiter.

Teido achtete der pechschwarzen Ritter nicht und wandte seinen Angriff auf leichter verwundbare Widersacher. Jaspins Ritter waren ob dieser Taktik zwar überrascht, ließen sich aber auf die Schlacht ein. Sofort waren alle von Fußsoldaten umgeben, die sich ins Getümmel drängten.

»Fort!« rief König Selrich, und der Trompeter blies zum Rückzug, als die kühnen Tausend sich in die Schlacht werfen wollten.

Das Fußvolk versuchte die Ritter in ihren Rüstungen zu Boden zu ziehen, denn solange ein Ritter zu Pferde saß, war er nahezu unbesiegbar.

Die Reiter ließen ununterbrochen Schläge auf die schlecht geschützten Köpfe des Fußvolks prasseln und gingen dann wieder aufeinander los. Aus dem Sattel geworfene Ritter scharten Gefährten um sich und drangen wie lebende Schilde wieder ins Gewühl vor.

Teido kämpfte sich mitten ins Durcheinander, aber seine Kameraden konnten nicht mit ihm Schritt halten, so daß er abgeschnitten wurde. Er landete in einer tobenden See von Fußsoldaten. Seinen Schild vor sich haltend, hieb er auf die Hälse der Angreifer ein. Dann spürte er ein Zucken. Er blickte nach unten und sah eine feindliche Lanze aus der Flanke seines Rosses ragen. Es bäumte sich brüllend auf und donnerte nieder. Die Hufe schnellten vor und zermalmten das Gesicht des Gegners. Teido sank mit seinem sterbenden Pferd zu Boden, und schon wurde er von gierigen Händen aus dem Sattel gerissen.

Ronsard sah seinen Gefährten fallen und lenkte sein Streitroß mitten ins Gewühl. Sein Schwert sauste durch die Luft, die sirrende Schneide wurde zu einem blitzenden Wall. Die Feinde warfen sich lieber vor ihm zu Boden, als sich dieser schrecklichen Klinge zu stellen.

Der furchtlose Ritter warf sich in das Gedränge um Teido und hieb auf einen Streich drei Feinde nieder. Als die Widersacher sich zurückzogen, streckte Ronsard eine Hand aus und zog Teido hoch, hinter sich auf sein Pferd. »Deine Hand ist mir höchst willkommen, guter Freund«, rief Teido.

»Ein Ritter ohne Roß ist ein trauriger Anblick. Es gefällt mir nicht, wenn meine Freunde so verloren wirken«, erwiderte Ronsard und stob davon.

König Selrich schlug mit seinen Mannen eine Bresche bis dorthin, wo Ronsards unerschrockene Ritter sich brav mühten, obwohl sie bitter bedrängt wurden. Viele tapfere Recken waren schon gefallen, weil sie den tödlichen Biß eines Schwertes durch eine Ritze in ihrem Panzer zu spüren bekommen hatten. Bis Selrich sich zu ihnen durchgekämpft hatte, saß nur mehr einer auf seinem Gaul, und dessen rote Streitkeule troff vom Blut seiner glücklosen Gegner. Er grüßte den König und seine gefallenen Brüder, dann stürzte er sich wieder ins Gemetzel.

Nach und nach erschöpften Jaspins zahlenmäßig überlegene Truppen und Nimrods schwarze Legion die mannhaften Krieger König Selrichs. Da sich ihr grausamer Untergang bedrohlich rasch näherte, sammelte Selrich die zerschlagenen Überreste seines Heeres in einem Kreis um sich und ließ eine Mauer aus Schilden bilden, um die Hand der Vernichter so lange wie möglich abzuwehren.

Teido hatte sich wieder ein Pferd gewonnen und führte seine Schar durch das Getümmel, um sich Selrich anzuschließen, der neben Alinea in einem Rund aus Schilden stand. »Kämpft weiter, tapfere Ritter!« spornte er seine Leute an.

Plötzlich tauchten zwei Reiter der finsteren Legion Seite an Seite vor Teido auf. Dieser wich zur Seite aus, um ihnen zu entgehen, aber es war zu spät. Eine Klinge schnellte vor und erwischte ihn am Arm. Sie verursachte einen tiefen Schnitt; Teidos Schwert flog zu Boden, er hatte keine Kraft mehr.

Er spornte sein Roß an und riß die Zügel zurück, damit es sich aufbäumte. Das gut geschulte Tier schlug mit den Vorderläufen aus. Aber die pechschwarzen Ritter duckten sich weg. Eine Klinge blitzte auf; Teido drückte sich an den Nacken des Pferdes und hörte, wie das Schwert durch die Luft sirrte, wo soeben noch sein Kopf gewesen war.

Verzweifelt suchte Teido den Boden nach einer Waffe ab; währenddessen hielt er sich seinen Rundschild schützend über den Kopf. Mit einem kräftigen Hieb wurde ihm die kleine Wehr fast aus der Hand geschlagen. Ein zweiter traf wirkungsvoller und spaltete das Metall entzwei. Noch ein Schlag, und der Schild würde ihm keinen Schutz mehr bieten. Teido drehte sich im Sattel um.

Aus dem Augenwinkel gewahrte er einen merkwürdigen Anblick. Der pechschwarze Ritter zu seiner Rechten holte mit seinem Schwert weit zum tödlichen Streich aus. Doch als die schwarze Hand abwärts sank, riß es den Arm plötzlich weg, als hätte jemanden einen Ast von einem Baum gehauen. Er war von einer Axt abgetrennt worden, ohne daß Blut floß.

Er hörte einen Jubelschrei: Trenns stürmisches Gesicht strahlte ihn an. Dann hielt er die Axt plötzlich in der Hand.

Der schwarze Reiter zu seiner Rechten achtete des Schicksals seines Gefährten nicht und stürmte mit sirrender Keule heran. Einmal, zweimal hieb er mit ihr auf Teidos armen Schild los. Beim drittenmal traf er; die Streitaxt biß sich in das Metall und riß den Schild fort. Teido ließ ihn ledig. In dem Augenblick, als die Keule, kurz außer Gefecht, vom Gewicht des zertrümmerten Schildes nach unten gezogen wurde, holte Teido mit der Axt aus und donnerte sie mächtig auf den Brustpanzer des Elenden.

Die Streitaxt bohrte sich tief ein, spaltete den Panzer und grub sich fast ganz in die Brust des Ritters: kein Schmerzensschrei, kein Zeichen von Schwäche. Teido traute seinen Augen kaum, denn ein gewöhnlicher Sterblicher wäre umgefallen wie ein Stein.

Der Hieb hatte jedoch die Wirkung, daß Teido fortspringen konnte, während das schwarze Wesen an der Axt zerrte, die aus seiner Brust ragte.

Inzwischen rang Jaspins Heer Selrichs schwindende Mannen nieder, die zäh ihre Stellung verteidigten. Abermals feuerte der tapfere König seine Leute an, aber ihre Kraft ließ nach, und die Feinde kamen in immer neuen Schüben.

»Ich fürchte, es geht zu Ende«, sagte Selrich gerade, als Ronsard und Teido, ihre Pferde aufgebend, sich neben den tüchtigen Feldherrn stellten.

»Wir haben uns wacker geschlagen«, sagte Ronsard. »Ich schäme mich nicht, auf diese Weise zu sterben.«

»Ich auch nicht«, pflichtete Teido ihm bei. Er packte die Hand seines Freundes, als die Feinde gerade eine Bresche in die Mauer aus Schilden schlugen. »In den Tod!« rief er.

In diesem Augenblick erreichte ein unheimlicher Laut die gequälten Ohren der Gefährten: der Klang beherzter Stimmen, die ein Lied sangen. Dann rief jemand: »Das ist der Drachenkönig!«

Die Worte zündeten in ihren Herzen sofort Funken. Konnte es wahr sein?

»Ich habe ihn gesehen«, rief einer. »Der Drachenkönig kommt mit seinem Heer!«

Und sofort ertönte ein Schrei: »Der Drachenkönig lebt! Er ist wieder da!« Dann hörten sie das Lied:

Seht, das Heer zieht in die Schlacht,
Seht des Drachenkönigs Schwert!
Seht nur seine kühne Streitmacht,
Wie sie den Feind das Fürchten lehrt!

Die Angreifer gerieten ins Wanken und warfen einander besorgte Blicke zu. Ehe sie nachdenken oder sich rühren konnten, erhob sich ein Tosen wie ein mächtiger Wind. Sofort riß der Himmel auf. Die Dämmerung, die wie ein Todesschleier über dem Schlachtfeld gelegen hatte, zerstob, und am Himmel erschien donnernd eine glänzend weiße Lichtkugel.

Dann war er da: König Eskewar auf seinem weißen Streitroß, mit einer im gleißenden Licht funkelnden Rüstung, das Schwert hoch übers Haupt gereckt.

Dieser Anblick war für Jaspins Krieger zuviel. Entsetzt schrien sie auf und warfen ihre Waffen weg. Einige ließen sich zu Boden fallen, als hätte jemand sie niedergestreckt, andere wichen zurück und strauchelten über die hinter ihnen Stehenden.

Vergebens versuchten Jaspins Befehlshaber, ihre entmutigten Soldaten anzufeuern. Da zerplatzte ein zweiter Feuerball am Himmel und tauchte das Schlachtfeld in tiefes Rot. Das schlug die schwankenden Truppen endgültig in die Flucht. Die Schlachtreihe zerfiel, und Jaspins Heer trat den Rückzug an. Tausende rannten kreischend in den Wald.

Im Nu stand die Ebene in Aufruhr. Die Edlen, die ihre Treue gegen hohe Vergünstigungen an Jaspin verhökert hatten, gaben zwar nicht auf, aber die einfachen Soldaten, die nichts zu gewinnen hatten, wenn sie blieben, suchten das Weite.

In diese Panik fuhr der Drachenkönig mit seinem Bauernheer im Rücken. Im grellen roten Schein der Feuerkugel wirkten die einfachen Bauern mit ihren Harken und Rechen plötzlich wie bewaffnete Riesen; in den Augen der fassungslosen Feinde war jeder ein Ritter.

Als der Drachenkönig mit seiner geheimnisvollen Schar in die Schlacht eingriff, durchlief Jaspins Truppen ein Schreckensschrei.

Nimrod, der den Kampf aus der Ferne beobachtet hatte, kreischte: »Halt, ihr Hunde! Es sind bloß Bauern. Der Sieg ist unser!« Er galoppierte auf das Feld, um die Flucht zu verhindern. »Macht kehrt! Der Sieg ist unser, sage ich! Macht kehrt und kämpft!«

Doch keiner achtete auf die Schreie des Hexers. Eingezwängt zwischen den sturen, trotzigen Soldaten Selrichs und der wütenden Rache des Drachenkönigs, verließ Jaspins Heer das Feld und flüchtete in den Wald und den Fluß dahinter. Nur die Edlen und ihre Ritter sowie Nimrod mit seiner Legion blieben da, um die Schlacht zu Ende zu führen, deren Ausgang eben noch so eindeutig gewesen war.

Die Ritter und Edelleute fanden sich zusammen und bildeten einen Keil. In dieser Aufstellung wollten sie auf Selrich einstürmen, seine Mannen zerstreuen und sich dann ganz Eskewar und seinen Bauern widmen.

Der Keil donnerte über das Schlachtfeld, um die tapferen Verteidiger niederzumähen. Da erklang ein lautes Sirren, und plötzlich strotzte es in der Luft vor Pfeilen. Voss und seine Leute hatten sich parallel zu dem Keil aufgestellt und ließen jetzt einen überwältigenden Pfeilehagel auf die Reiter niedergehen.

Die Pfeile prallten größtenteils von den Rüstungen der Ritter ab, aber einige fanden durch ihre Wucht oder durch Zufall eine Ritze oder eine weiche Stelle und zeitigten Wirkung. Auch die armen Pferde bekamen manche der Geschosse ab, sie sackten zusammen und rissen andere mit sich nieder.

Der Keil brach auseinander, die Ritter verliefen sich.

Nimrod sah seinen letzten Versuch, die Schlacht zu wenden, scheitern und wußte, daß alles verloren war. Er wendete sein Pferd und galoppierte davon. Weit war er allerdings nicht gekommen, als ihn ein Reiter abfing, der aus dem nahen Wald schoß.

»Halt, du Ausgeburt des Bösen!« rief der Reiter mit dem Umhang.

»Aha, Derwin, du mißratener Zauberer, du mißratener Priester. Ich hätte deine kindischen Tricks gleich erkennen sollen«, zischte Nimrod, als der Einsiedler herbeigesprengt kam, um ihm den Weg abzuschneiden. »Aus dem Weg, oder ich lasse dich verschrumpeln wie ein Stück faules Obst! Dich hätte ich schon längst aus dem Weg räumen sollen. Ich hätte euch alle vernichten sollen, als ich euch in meinem Gewahrsam hatte.«

»Spare dir deinen Atem, Nimrod. Du vermagst nichts mehr zu tun.«

»Nein? Dann sieh nur!« Der Geisterbeschwörer streckte seinen Zeigefinger empor und zog um sich herum einen Kreis in die Luft. Sogleich loderten Flammen empor und bildeten eine Wand um ihm. Derwin stürzte zu Boden, als sein erschrockener Gaul entsetzt die Augen verdrehte, scheute und davonsprang.

»Hahaha!« lachte der Magier. »Dieser Zauberer kann noch viel. Jetzt wirst du den Tod zu spüren bekommen, den du dir durch deine Einmischung verdient hast!«

Nimrod hob seinen schwarzen Stab aus Stein und sprach rasch ein paar Zaubersprüche. Durch den leuchtenden Flammenvorhang sah Derwin, daß der Zauberstab zu glühen anfing wie frisch geschmiedetes Eisen. Dann ließ der grausame Nimrod den Stab sinken und zielte damit auf den Einsiedler. »Sag Lebwohl zu dieser Welt! Sollen deine Freunde dich retten! Hahaha!« fauchte er böse.

Funken schossen wie Blitze aus dem Stab und trafen Derwin, der sogleich zu Boden fiel. Er wollte sich wieder hochrappeln. Der Hexer lachte vor Entzücken. »Das war erst ein Vorgeschmack. Jetzt...« Seine Stimme versagte, als er den Stab ein zweites Mal senken wollte, um den tödlichen Stoß auszuteilen. Denn aus dem Nichts war ein Pfeil durch die Luft gesirrt und hatte den Arm des bösartigen Magiers durchbohrt. Der Stab fiel ihm aus der Hand.

Ehe Nimrod sich umdrehen konnte, traf ein zweiter Pfeil ihn in der Schulter, so daß er vom Pferd stürzte. Im Nu stand Toli neben Derwin und legte einen dritten Pfeil ein.

Er hob den Bogen und spannte die Sehne.

»Nein! Nein!« kreischte der Hexer. »Töte mich nicht! Aaah!«

Der Dscher achtete der Bitte des Geisterbeschwörers keineswegs. Der Pfeil sauste durch die Flammenwand und wühlte sich tief ins finstere Herz des Hexers.

Der alte Bösewicht brach zusammen und blieb als schwarzer Haufen auf der Walstatt liegen. Er zuckte noch einmal und lag dann reglos da.

»Endlich ist er dahin«, sagte Derwin und mühte sich empor. Sein Umhang rauchte an der Stelle, wo ihm der Feuerbolzen die Haut versengt hatte. Toli bot dem Einsiedler den Arm, und gemeinsam begaben sie sich zu ihren Freunden ins Schlachtgetümmel, das jetzt nachließ und rasch zu Ende kam.

Sie waren noch keine zehn Schritte gegangen, als sie ein lautes Zischeln hörten. Sie drehten sich nach Nimrod um und sahen, wie die zusammengesunkene schwarze Gestalt aufloderte. Dikker schwarzer Ruß wallte empor. Dann erkannten sie in den fauchenden Flammen die Gestalt eines großen schwarzen Vogels, der sich aus dem Rauch erhob.

Einen Augenblick später beobachteten sie, wie die riesigen schwarzen Schwingen ihn langsam in den Wald davontrugen. Dann hörten sie das Krächzen eines Raben herüberwehen.

51

Nach Nimrods Verschwinden vollzog sich eine unheimliche Verwandlung. Die Totenlegion, die mit Schwerthieben und sirrenden Keulenschlägen auf König Selrich und seine Krieger eindrosch, geriet plötzlich ins Straucheln. Die Ritter mit den schwarzen Panzerhandschuhen ließen die Zügel schleifen; sie schwankten kraftlos im Sattel hin und her und purzelten schließlich zu Boden, während die Pferde mit ihren Hufen um sich schlugen und eine große Staubwolke aufwirbelten. Endlich befreit galoppierten die sechs schwarzen Hengste über die Ebene davon. Die schreckliche Legion lag reglos am Boden.

Als erster näherte König Selrich sich den sechs Leichnamen in ihren schweren Rüstungen. Das rot gefärbte Schwert gezückt, schlich er sich heran. Dann kniete er sich neben den ersten Gefallenen, schaute kurz in die staunenden Gesichter seiner Männer empor, die sich um ihn geschart hatten, und schob langsam das Visier hoch.

Da grinsten ihn die leeren Augenhöhlen eines Totenschädels an. Die Totenlegion war dahin.

Lange war die Walstatt in Schweigen gehüllt; eine tiefe, ehrfurchtsvolle Stille hatte sich über den Boden gelegt, der vom Blut tüchtiger Männer getränkt war. Dann hoben die Krieger einer nach dem anderen den Kopf, als sie ein Klirren hörten. Der Anblick, der sich ihnen bot, erfüllte sie mit einer so großen Freude wie schon lange nicht mehr: Dort trabte der Drachenkönig auf seinem weißen Roß in ihre Mitte.

Die Königin rannte zu ihm. Eskewar nahm seinen Helm ab, Alinea warf Schild und Schwert beiseite. Dann fing er sie in seinen starken Armen auf, zog sie auf sein Pferd und drückte sie fest.

Die Ebene hallte von ungeheuer lautem, fröhlichem Beifall wider. Freudentränen rannen über die schmutzigen Gesichter. Der Drachenkönig und seine schöne Gemahlin waren endlich wieder vereint. Das Königreich Mensandor war gerettet.

Quentin, der Eskewar gefolgt war, kam sich vor wie im Traum. Da ritten der König und die Königin inmitten einer Schar ihrer treuesten Untertanen. Sie saß vor ihm im Sattel und wirkte strahlender und schöner als alle anderen Frauen, die er je gesehen hatte. Ihre rotbraunen Zöpfe waren zwar zerzaust und ihr Antlitz mit Ruß und Tränen verschmiert, aber das machte sie, so dachte er, nur noch lieblicher. Und der König, dessen Rüstung im goldenen Licht einer herrlichen Nachmittagssonne funkelte, die plötzlich durch den Dunst brach, reckte sein Schwert hoch empor und verkündete mit klarer, jubelnder Stimme den Sieg.

Plötzlich lag Quentin in den Armen seiner Freunde. Toli zerrte ihn von seinem Pferd und umarmte ihn heftig. Teido, dessen einer Arm frisch verbunden war, klopfte ihm mit der anderen Hand auf die Schulter, während Derwin Quentins Gesicht mit beiden Händen umfaßte und vor Freude geradezu tanzte. Ronsard, Trenn und König Selrich schüttelten ihm die Hand und lachten, bis ihnen die Tränen aus den Augen liefen und ihnen der Leib weh tat.

Quentin war vor Rührung sprachlos – sein Mund schien völlig ausgetrocknet zu sein. Darum strahlte er sie alle einfach an. Seine Augen schimmerten vor Freudentränen. Noch nie hatte er sich so herrlich und vollkommen gefühlt.

Der König hub mit lauter Stimme zu sprechen an, so daß die heiteren Gefährten sich ihm zuwandten. Seine Worte schollen über die Ebene: »Der heutige Tag soll der Trauer um unsere gefallenen Kameraden gelten. Heute nacht werden die Scheiterhaufen für ihre Leichname ihren tapferen Seelen heimleuchten. Heoths Heere haben heute viele tüchtige Krieger gefällt. Wir wollen sie ehren, wie es Männern von hohem Mut gebührt.«

Aller Augen waren voll staunendem Entzücken auf den Drachenkönig gerichtet, und viele konnten es noch immer nicht fassen, daß er tatsächlich zurückgekehrt war.

»Morgen«, fuhr er fort, »morgen soll in ganz Mensandor gefeiert werden! Wir haben gesiegt!« Darauf brachen alle auf der Ebene von Askalon in laute Hochrufe aus und sangen Siegeslieder. Bis spät in die Nacht ging es so weiter, nur als die Scheiterhaufen für die Gefallenen entzündet wurden, schwiegen alle.

Als die letzten Feuer bis auf ein wenig Glut herabgebrannt waren, begaben sich Quentin und seine Freunde auf die Burg Askalon. Der junge Mann blickte zurück und sah die Bestattungsfeuer glimmen und erlöschen, als würden die Sterne selbst für immer ausgehen.

Den nächsten Tag behielt Quentin sein Leben lang wie einen Schatz im Gedächtnis. Als er erwachte, strömte helles Sonnenlicht herein, durchs Fenster wehte eine sanfte Brise und trug ihm den frischen Duft wilder Blumen zu. Er rieb sich die Augen, und erst da fiel ihm ein, daß er die Nacht auf Burg Askalon verbracht hatte.

Er sprang aus dem Bett und entdeckte, daß man seine Kleider weggenommen hatte. An ihrer Stelle lagen prächtige Gewänder, wie sie einem jungen Prinzen geziemten: ein weißes Wams aus schwerer, golddurchwirkter Seide mit silbernen Knöpfen, eine königsblaue Hose und ein reich bestickter Umhang, dessen Goldfäden im Sonnenschein funkelten, als er ihn durch seine Hände gleiten ließ. Daneben fand er eine goldene Fibel in Gestalt eines Hirschkopfs mit einer goldenen Kette, um den Umhang zusammenzuhalten. So herrliche Kleider hatte er noch nie gesehen. Und die Schuhe! – feine Lederstiefel, die ihm wie angegossen paßten.

Ein Diener brachte ihm Wasser mit Rosenduft und bediente ihn beim Waschen. Quentin zitterten die Hände, als er sich anzog und dann aus seinem Gemach eilte. Erst im Laufen steckte er den Umhang mit der goldenen Fibel fest und vergaß darüber fast, daß sein Bein steif war und schmerzte. Teido und Derwin, die beide vornehmer aussahen, als er sie je erlebt hatte, traten ebenfalls gerade aus ihren Räumen, die seinen gegenüberlagen.

»He! Junger Herr, wohin so hastig am frühen Morgen?« rief Teido lächelnd.

»Wenn mich mein Blick nicht täuscht«, sagte Derwin, »ist das des Königs Held auf dem Weg zu einem neuen Abenteuer.«

»Es ist alles so wunderbar! Alles …« Ihm fehlten die Worte.

»Ja, ja. Wirklich wunderbar«, meinte Derwin lachend. »Aber du hast noch nichts gesehen, bis du die Halle des Drachenkönigs in Feststimmung erlebst.«

»Dann nichts wie hin!« rief Quentin. »Das möchte ich sehen!«

»Nicht so schnell«, bremste ihn Teido. »Erst das Frühstück. Allerdings würde ich mich dabei ein wenig zurückhalten, denn es wird den ganzen Tag lang eine Menge Köstlichkeiten geben. Erst treffen wir die anderen.«

»Und dann dürfen wir hingehen?« fragte Quentin besorgt.

»Alles zu seiner Zeit.« Derwin lachte. »Du bist so ungestüm. Ich hätte ahnen müssen, daß du den König in Person mitbringen würdest, als ich dich Teido nachreiten sah. Ich hätte es vorhersehen müssen.«

»Du mußt den Dienern des Königs wenigstens Gelegenheit lassen, den Saal entsprechend herzurichten. Eine Feier wie diese … Nun gut, du wirst nicht enttäuscht werden«, erklärte Teido. »Aber kommt jetzt. Nehmen wir ein leichtes Frühstück zu uns und begeben uns dann an unsere Plätze bei Hofe. Denn heute spricht der König Recht über diejenigen, die Verrat gegen ihn übten.«

Beim Frühstück trafen die drei Toli, Ronsard und Trenn, die alle prächtig herausgeputzt waren. Toli sah aus, als würde er zu einem königlichen Gefolge gehören, und bestand darauf, Quentin persönlich zu bedienen. Er hätte ihm schon in seinem Gemach aufgewartet, hätten seine eigenen Diener ihn nicht davon abgehalten, denn auch Toli war ein Gast, dem man große Ehre erwies. Quentin errötete, weil ihn Tolis begeisterte Dienste verlegen machten. Der junge Dscher sprach zwar kein Wort, aber dennoch sah Quentin seine großen, dunklen Augen vor Stolz leuchten. Für Toli hatte Quentin endlich seinen angemessenen Platz als Prinz des Reiches eingenommen.

Im großen Gerichtssaal saß König Eskewar auf seinem hohen Thron. Er wirkte ernst und gerecht, als er sich anhörte, welche Untaten während seiner langen Abwesenheit gegen ihn und sein Volk verübt worden waren.

Baron Larcott und Baron Weldon wurden aus dem Kerker befreit und wieder in ihre Verhältnisse gesetzt. An ihrer Statt kamen Ritter Grenett und Ritter Bran in Haft, bis ihre Herzen geläutert waren und sie ihrem König abermals Treue geloben wollten.

Als nächster erschien Jaspin vor dem Thron. Seine Gewissensbisse machten ihn so schwach, daß Wachen ihn herbeizerren und auf einem Hocker aufrecht halten mußten, damit er sich sein Urteil anhören konnte.

»Bei dir, Jaspin«, sprach Eskewar mit einem gewissen Mitleid, »will ich Nachsicht walten lassen, auch wenn dir deine Strafe wohl härter vorkommen wird, als du sie ertragen kannst. Doch wie dem auch sei, meine Entscheidung steht. Du wirst aus diesem Reiche verbannt und sollst durch die Welt ziehen, bis du Menschen findest, die bereit sind, dich aufzunehmen. Du wirst Mensandor nie wieder in Unruhe stürzen.«

Jaspin heulte auf, als hätte man ihn mit einem heißen Feuerhaken geschlagen. Er flehte seinen Bruder um Gnade an. »Gestatte mir, daß ich mich auf meine Burg zurückziehe. Du wirst diese unerfreulichen Ereignisse mit der Zeit vergessen.«

Aber Eskewars Entschluß stand unverrückbar fest. »Du darfst dir einen Begleiter mitnehmen: Ontesku.« Er nickte, woraufhin der listige Ontesku finster murrend vorgeführt wurde.

»Ontesku«, verkündete der König, »du wolltest zum Freund des Königs werden. Darum wirst du deinen ›König‹ begleiten, wohin auch immer er geht, und ihn in der Verbannung leiten, wie du ihn auf diesem Thron leiten wolltest.«

Ontesku erbleichte, verbeugte sich aber tief und sagte nichts, weil er dankbar war, wenigstens seinen Kopf gerettet zu haben.

Dann wurde eine ganze Schar von Edelleuten und Rittern hereingeführt, die man auf dem Schlachtfeld gefangengenommen hatte. Sie wurden alle dazu verpflichtet, dem Drachenkönig abermals einen Treueid zu schwören. Dann versprach jeder, ein Lösegeld für sich selbst und einen Zoll für ihre Ländereien zu entrichten. Daraufhin wurden sie sofort freigelassen.

»Ich habe meine Feinde behandelt, wie Gesetz und Gnade es gebieten. Jetzt soll auch meinen Freunden Gerechtigkeit widerfahren«, erklärte der König.

Als erster wurde König Selrich aufgerufen und trat vor Eskewar, der sich aus Ehrerbietung gegenüber seinem Freund erhob. »Ich kann dir deinen Mut und deine Tapferkeit auf dem Felde nicht vergelten und dir die Dienste nicht lohnen, die du und deine Soldaten meinem Reich geleistet habt. Darum will ich dich Bruder heißen, denn du hast dich als treuer erwiesen, als selbst Blutbande es vermocht hätten.

Als schlichtes Zeichen meiner Dankbarkeit laß mich dir wenigstens das reiche Lösegeld schenken, mit dem die Edlen sich losgekauft haben. Nimm es und verteile es unter deinen Kriegern und den Familien der Tapferen, die in Erfüllung ihrer Pflicht fielen. Bitte nimm es an, es ist nur eine geringe Entschädigung.«

»Ich danke dir, lieber Eskewar. Du bist gut und gerecht. Aber meine Krieger obliegen meiner Verantwortung, und ich besitze ausreichend Mittel, um sie zu entlohnen. Es soll ihnen an nichts fehlen, weil sie bei diesem Feldzug dabei waren, und auch ihre Familien sollen nicht unter dem Verlust ihrer Ernährer leiden. Ich selbst bin mit deiner Freundschaft hochzufrieden und werde dich mit Freuden Bruder heißen.«

Da stieg König Eskewar von seinem Podest und drückte König Selrich fest an sich. Dann faßten sich die beiden Männer an den Händen und reckten sie gemeinsam empor. Alle Versammelten jubelten laut Beifall.

Jetzt war Trenn an der Reihe und kniete vor dem Thron nieder. Als er sich erhob, befehligte er die Wache der Stadt Askalon. Auf ihn folgte Ronsard, der zum Obermarschall des Reiches ernannt wurde.

Teido bekam seinen Titel zurück, den Jaspin an sich gerissen hatte, dazu seine Ländereien sowie Jaspins Burg Erlott.

Als nächster trat Derwin vor. »Herr, ich will dir alles gewähren, was in meiner Macht steht: einen Titel, eine Stellung, Gold. Du brauchst deinen Lohn nur zu benennen, und er ist dein«, sprach Eskewar.

»Deine sichere Rückkehr und deine gerechte Herrschaft über das Volk sind mir Lohn genug«, erwiderte der Einsiedler aus dem Pelgrin-Wald. »Ich möchte einfach in meine Hütte zurückkehren und in Frieden leben.«

»Sonst nichts?«

»Nein, ich will nur der Diener eines gerechten und aufrichtigen Königs bleiben.« Er überlegte kurz und fügte hinzu: »Aber darf ich mir eine Gunst ausbedingen?«

»Sie sei dir gewährt.«

»Dann versprich, daß der Drachenkönig seinen Thron nie wieder so lange leer lassen wird.«

Eskewar lachte und hob die Hand zum Schwur. »Es sei. Ich habe es gelobt.«

»Es gibt noch einen, den ich belohnen möchte«, sagte der König, die Reihen der Zuschauer entlangblickend.

»Quentin, tritt vor.«

Quentin erschrak, als er seinen Namen hörte. Aufgeregt und nervös näherte er sich dem Thron des Drachenkönigs. Er kniete nieder wie die anderen vor ihm, die Hände um das aufrechte Knie verschränkt.

»Dich möchte ich am meisten belohnen«, sagte der König gerührt. »Denn du hast die Bande der Hexenkunst gebrochen, die mich gefesselt hielten, und mich dem Tode entrissen. Dein Blut und deine Gebete haben mich vom Zauber des bösen Geisterbeschwörers erlöst.

Alles, was ich besitze, sämtliche Schätze meines Reiches sollen dir gehören. Denn von heute an sollst du mein Mündel werden, mein Sohn.«

Quentin blickte voll Staunen und Unverständnis auf. Da sah er wieder Alinea, die Königin mit ihrem goldenen Reif auf der Stirn. Ihre smaragdgrünen Augen funkelten, als sie zu ihm trat. Der König stellte sich neben sie, und beide zogen den Knienden hoch. Dann verkündete der König so laut, daß der ganze Gerichtssaal und die Flure dahinter davon widerhallten: »Das Fest beginne!«

Mit einem Schlag flogen die Türen auf, und Trompeten taten des Königs Anweisung kund. Ihr heller Ruf erscholl im ganzen Schloß und auch in der Stadt Askalon, dann im ganzen Land, und jeder, der ihn hörte, wußte, daß er an diesem Tage in der Halle des Drachenkönigs willkommen sein würde.

Jetzt wurde Quentin, der zwischen dem König und der Königin einherging und wie auf Wolken schwebte, in die große Halle der Burg Askalon gespült.

Ihm war, als wäre ein Traum in Erfüllung gegangen. In der Halle hingen Tausende rotgoldener Wimpel. Blumengirlanden bildeten bunte Baldachine, die Fenster standen weit offen, damit die Sonne ihren goldenen Schein über alles verströmen konnte. Der Garten hatte sich in ein Schlaraffenland verwandelt. Man hatte unzählige Tische aufgestellt, und vor den Pavillons wurden die herrlichsten Speisen aller Art zubereitet. Die Köche und ihre Gehilfen liefen mit Platten voller Fleisch, Obst und Gebäck zwischen den Tischen umher.

Gleich Lerchengesang lag eine fröhliche Festlaune über allem. Dann wurden die Tore geöffnet, und das Volk strömte herein, um an der wunderbarsten Feier seit Menschengedenken teilzuhaben.

Die Sonne wollte gerade untergehen, als Quentin und sein persönlicher Schatten Toli endlich vom Schmausen, Singen und Lachen genug hatten. Im Schein Hunderter Fackeln im Saal und im Garten suchte Quentin nach Derwin. Dieser stand allein auf dem langen Balkon und betrachtete das bunte Treiben unten.

»Was hast du, Derwin?« fragte Quentin vorsichtig. Er hatte einen Schimmer von Traurigkeit in den Augen des Einsiedlers entdeckt. »Warum gesellst du dich nicht unter die Feiernden?«

»Ach, Quentin, du bist es. Ich habe mich so gut unterhalten, wie ich nur kann.« Er lächelte ein wenig betrübt, wie Quentin fand.

Der junge Mann blickte zu den Sternen empor, die jetzt

allmählich am Firmament auftauchten. »Wir haben gesiegt«, seufzte er, das Gesicht vom Fackelschein erleuchtet. »Endlich haben wir gesiegt.«

»So ist es! Wir haben die Schlacht gewonnen ... aber der Krieg ist, fürchte ich, noch nicht vorüber.«

»Nicht vorüber? Was soll das heißen?«

»Sieh dich um, Quentin. Denk über alles nach, was dir widerfahren ist. Die alten Götter des Himmels und der Erde verschwinden, die alte Ordnung vergeht. Der wahre Gott wird bekannt; seine Herrschaft beginnt erst. Aber die alten Sitten sterben nicht so schnell aus.

Das ist die Götterdämmerung, und es liegt noch lange Finsternis vor uns, ehe der Tag graut. Aber das Licht wird kommen. Das verspreche ich dir.«

Dann drehte der Einsiedler sich um und blickte Quentin lange voll Erstaunen an. »Erinnere dich deines Segens, Quentin. Du hast deine Rolle bei allem Künftigen zu spielen. Der Gott hält seine Hand über dich. Vielleicht hat er dich ausersehen, die neue Ordnung durchzusetzen. Was du vollbrachtest, war erst der Anfang, es bleibt noch vieles zu tun.«

Quentin blinzelte den frommen Einsiedler an.

»Derwin«, sagte er plötzlich. »Ich möchte zurück, zurück nach Dekra. Sollte mich irgend etwas davon abhalten?«

»Auf keinen Fall! Ein Mündel des Königs darf überall hingehen. Sämtliche Türen stehen dir offen.«

»Würdest du mich begleiten?«

»Das wäre mir das liebste. Ich möchte dir vieles zeigen.«

»Können wir gleich aufbrechen?«

»Sobald es geht, mein ungestümer junger Herr. Es würde sich jedoch ziemen, ein wenig auf Askalon zu verweilen, damit Eskewar dir seine Dankbarkeit erweisen kann. Wir ziehen früh genug los.« Als er Quentins besorgten Blick sah, fragte er: »Was? Hast du von Abenteuern nicht genug? Mußt du dich gleich ins nächste stürzen?«

»Wir haben ja so vieles zu tun, so vieles zu lernen!«

»Aber auch genug Zeit, um das zu vollbringen, was uns aufgetragen ist. Wir werden ein andermal über alles nachdenken. Sieh! Da kommt Toli mit jemandem, der den Helden des Tages kennenlernen möchte.«

Quentin drehte sich um. Dort eilte Toli herbei und ein junges Mädchen züchtig hinterdrein. Erschrocken stellte Quentin fest, daß es das Mädchen war, das er an einem kalten Wintermorgen, der sehr lange zurückzuliegen schien, vor dem Kürschnerladen getroffen hatte. Sie lächelte schüchtern, und da fiel Quentin auf, wie sehr sie Königin Alinea ähnelte. Sie hatten das gleiche rostbraune Haar und die gleichen smaragdgrünen Augen. Ehe Toli sie vorstellen konnte, rief Teido, der den Balkon entlangspazierte: »Ach, Bria! Da bist du ja! Nachdem du mir den ganzen Tag zugesetzt hast, daß ich dich vorstellen soll, hast du es jetzt alleine fertiggebracht!«

Quentin verbeugte sich tief und sagte ein wenig unsicher: »Ich heiße Quentin und stehe dir zu Diensten, Herrin.« Die grünen Augen des Mädchens funkelten. Sie machen einen tiefen Knicks, bei dem ihr mit Bändern verziertes blaues Kleid raschelte.

»Du sagst ›Herrin‹«, meinte Teido strahlend. »Weißt du nicht, daß du mit der Prinzessin sprichst?« Er und Derwin lachten, und als Quentin sich nach ihnen umdrehte, gingen sie bereits Arm in Arm fort in den Garten, wo unterm Sternenzelt die Musik zu spielen begonnen hatte.

»Ich bin Prinzessin Bria«, gab das Mädchen zu. »Möchtest du zusammen mit mir der Musik lauschen?«

Quentin fehlten die Worte, aber seine Augen waren sehr beredt. Toli hüpfte fast vor Entzücken; sein dunkles Gesicht leuchtete vor Freude, als er das verschämte Paar aufeinander zuschob. Bria umfaßte mit ihrer warmen Hand diejenige Quentins. Dann zog sie ihn in die Nacht davon. Die sollte, wünschte Quentin sich plötzlich, am besten nie zu Ende gehen.

Stephen Lawhead

Taliesin

Sänger und Seher. Aus dem Englischen von Frieder Peterssen. 576 Seiten. Geb.

Die Sage der Atlanter, die in England eine neue Heimat fanden, und die Liebesgeschichte von Taliesin und Charis bilden in »Taliesin« den Auftakt zu Stephen Lawheads großangelegter Pendragon-Saga.

Im Mittelpunkt des zweiten Bandes der Pendragon-Saga steht

Merlin

Magier und Krieger. Aus dem Englischen von Frieder Peterssen. 528 Seiten. Geb.

Der dritte Band der Pendragon-Saga ist das fesselnde Epos über König

Artus

Der legendäre König. Aus dem Englischen von Frieder Peterssen. 538 Seiten. Geb.

Den Abschluß der Pendragon-Saga bildet der vierte Band

Pendragon

Artus auf dem Weg zum heiligen Gral. Aus dem Englischen von Frieder Peterssen. 485 Seiten. Geb.

Mensandor
Die Sieben G
Korythia
Gerfallen
(Das Meer)
Waldsand
Flachlande
Wilst
Malmar
Worsto
Kartwart
Lindalien
Askalon
Pelgrin-
Wald
Malmar
Belwies
Wilst
Arwen
Zelbakors
Wall
Herwüt
Narramur
Hoch-
tempel
Towin
Erlott
Hinsenbucht
Fiskills
Siplet
Manerlir
Endon
Heilige
Insel
Perach
Odlande
Gerfallen
Sud
lande
Garre
Dorn
Kelkins
Drin
Heradrin
N